O HERDEIRO INADEQUADO

Também de Danielle L. Jensen:

A ponte entre reinos
A rainha traidora

DANIELLE L. JENSEN

O HERDEIRO INADEQUADO

Tradução
GUILHERME MIRANDA

SEGUINTE

Copyright © 2021 by Danielle L. Jensen
Os direitos morais da autora foram assegurados.

O selo Seguinte pertence à Editora Schwarcz S.A.

Grafia atualizada segundo o Acordo Ortográfico da Língua Portuguesa de 1990, que entrou em vigor no Brasil em 2009.

TÍTULO ORIGINAL The Inadequate Heir
ILUSTRAÇÃO DE CAPA Annabelle Moe
LETTERING DE CAPA Lygia Pires
MAPA Alessandro Meiguins e Giovana Castro/ Shake Conteúdo Visual
PREPARAÇÃO Renato Ritto
REVISÃO Adriana Bairrada e Paula Queiroz

Dados Internacionais de Catalogação na Publicação (CIP)
(Câmara Brasileira do Livro, SP, Brasil)

Jensen, Danielle L.
 O herdeiro inadequado / Danielle L. Jensen ; tradução Guilherme Miranda. — 1ª ed. — São Paulo : Seguinte, 2024.

 Título original: The Inadequate Heir.
 ISBN 978-85-5534-353-7

 1. Ficção – Literatura infantojuvenil I. Título.

24-216411   CDD-028.5

Índices para catálogo sistemático:
1. Ficção : Literatura infantojuvenil   028.5
2. Ficção : Literatura juvenil   028.5

Cibele Maria Dias – Bibliotecária – CRB-8/9427

Todos os direitos desta edição reservados à
EDITORA SCHWARCZ S.A.
Rua Bandeira Paulista, 702, cj. 32
04532-002 — São Paulo — SP
Telefone: (11) 3707-3500
www.seguinte.com.br
contato@seguinte.com.br

Para os ratos de biblioteca que sonham grande

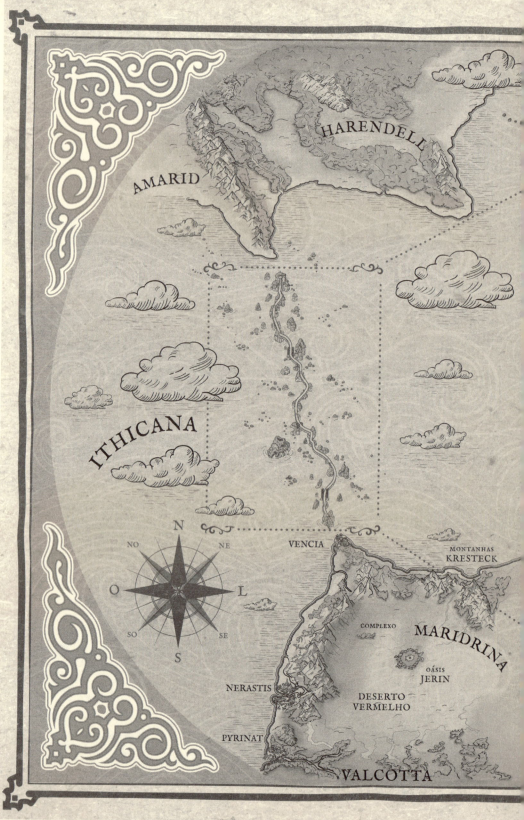

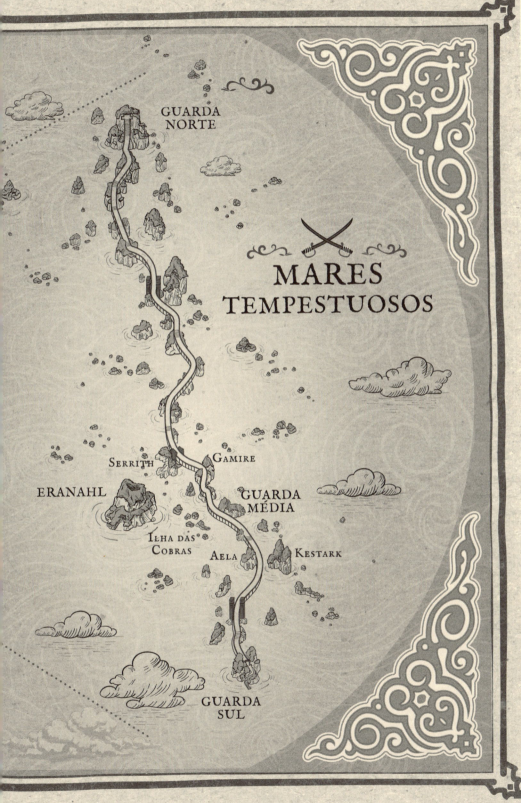

I
KERIS

Keris Veliant, o mais recente herdeiro do trono de Maridrina, seguiu o pai pela prancha de desembarque que dava no píer da ilha de Guarda Sul. Não tinham trocado sequer uma palavra durante a breve travessia, o pai no convés enquanto Keris se fechava nos aposentos do capitão. E mesmo se tivessem ficado lado a lado a viagem inteira, na verdade o resultado teria sido o mesmo: o silêncio taciturno de dois homens que sabiam muito bem que um desejava a morte do outro.

Um ithicaniano mascarado, os ombros curvados pela idade, se aproximou e fez uma grande reverência.

— Bem-vindo de volta à Guarda Sul, majestade. — Então inclinou a cabeça na direção de Keris. — Bem-vindo, alteza. Soube que esta vai ser sua primeira incursão em nossa ponte?

Keris abriu a boca para responder, mas o pai o interrompeu:

— Eles já chegaram?

— Sinto muito, sua majestade enviou desculpas. A presença dele era necessária em outro lugar.

Um lampejo de decepção atravessou Keris pela ausência do rei ithicaniano. Aren Kertell era um homem muito comentado, embora os rumores que tinha despertado parecessem em desacordo com as ações recentes dele, que haviam feito o povo maridriniano cantar seu nome pelas ruas, pregando que todos os governantes deveriam se inspirar nele.

E o pai de Keris o odiava por isso.

Contudo, Silas Veliant não demonstrou nenhuma ira, usando um tom firme para perguntar:

— E minha filha?

Lara. A irmã mais nova de Keris, a única irmã por parte de pai e mãe no mar de meias-irmãs e meios-irmãos gerados pelo harém do rei. Fazia dezesseis anos que não falava com ela, desde que havia sido levada para ser criada em segredo. Keris pensou que a jovem estivesse morta até o dia em que ela passou por Vencia a caminho do casamento com o rei de Ithicana como parte do Tratado de Quinze Anos. Uma noiva em troca da paz, diziam.

Keris não havia acreditado nisso nem por um segundo.

— A rainha prefere se manter ao lado de sua majestade, embora tenha enviado seus cumprimentos — disse o ithicaniano.

— Imagino.

Na superfície, a voz de seu pai era calma, mas, em nome da autopreservação, havia muito que Keris criara o hábito de ler os pequenos tiques e sinais que revelavam os verdadeiros sentimentos de seu pai. Por isso, ouviu o laivo de divertimento na voz do rei, um tom que fez Keris se arrepiar. O que divertia seu pai tendia a provocar uma reação bem diferente de outros.

Os olhos do ithicaniano se estreitaram um pouco e, receoso por qualquer coisa que pudesse pôr em risco sua fuga para Harendell, Keris disse:

— Sinto muito por não encontrar minha irmã, mas fico contente em saber da lealdade dela a seu rei. Mande meus melhores votos aos dois.

O pai soltou um riso baixo, dando um tapinha condescendente na bochecha de Keris.

— Meu filho é sentimental. Puxou a mãe.

A mãe que você assassinou, seu réptil de sangue frio?, Keris desejou perguntar, mas não era dia de testar a paciência do pai. Não estando tão perto de finalmente escapar dele.

— Todos temos nossos defeitos, majestade.

Os olhos azul-celeste do pai, iguais aos seus, o encararam, vidrados.

— Alguns mais do que outros. — Então bateu palmas abruptamente. — Vim apenas para ver sua irmã e o marido dela. Dada a ausência de ambos, não tenho por que prolongar minha presença. Acabemos logo com isso.

Sentimentalismo *não* era um dos defeitos do rei Silas Veliant.

O píer se transformou num turbilhão de atividade, mais de vinte jovens maridrinianos de casacos justos com tecido vibrante desembarcando, incomodados com o vento forte soprando seus cabelos penteados para trás. O cheiro de vinho os acompanhava, o que justificava os gritos para os marinheiros cuidarem de seus pertences ou sofrerem o açoite. Entredentes, Keris perguntou:

— Quem são?

O pai cruzou os braços e abriu um leve sorriso.

— Sua comitiva.

— Estou indo para a universidade, não para a corte, majestade. É um gasto desnecessário.

— Você é o herdeiro do trono de Maridrina — o pai respondeu —, e isso significa que deve chegar a Harendell com uma comitiva adequada. — Murmurando, acrescentou: — Você já me constrange bastante, não precisa me envergonhar ainda mais.

Não discuta. Fique de boca fechada, Keris ordenou, internamente, para si mesmo. Mas a raiva que costumava manter sob controle estava crescendo.

— Isso vai custar uma fortuna. Seria melhor irmos de navio. Estamos na estação de calmaria; não tem por que não ir.

Num navio, não importaria se aqueles homens se comportassem feito idiotas, os ithicanianos tinham regras de conduta em sua ponte e nenhuma tolerância para quem as quebrasse — o que esses bufões fariam de um jeito ou de outro até o fim do dia.

Talvez fosse com isso que o rei estivesse contando.

— Não seja ingênuo, Keris. Os mares estão cheios de embarcações valcottanas, e a última coisa de que preciso é que meu herdeiro seja morto.

— Considerando que meus oito predecessores estão a sete palmos, pensei que o senhor já teria se acostumado.

As palavras escaparam, e Keris imediatamente se preparou para o golpe, acostumado havia tempo a levar surras pela língua ferina. Em vez disso, porém, o pai o pegou pelos ombros e o puxou até centímetros de sua boca. Para quem quer que estivesse observando, não pareceria nada além de uma conversa íntima entre pai e filho, mas os braços de Keris já estavam dormentes pelos polegares do pai que apertavam seus nervos.

— Seu irmão mais velho era muito mais homem que você — o pai sussurrou. — Eu trocaria sua vida pela de Rask num piscar de olhos, se fosse possível.

E não apenas a de Rask. Embora Keris tivesse irmãos que fossem no máximo o detrito da humanidade, o pai estimava todos mais do que a ele. Era apenas Keris que ele odiava, apenas de Keris que zombava sem piedade.

— Queria tanto quanto o senhor que Rask estivesse vivo.

Não porque gostasse do irmão, mas porque, com Rask representando as funções do herdeiro (militar, política e belicista), Keris tinha conseguido evitá-las. Mas Rask foi morto num conflito contra os valcottanos, e o maior medo de Keris desde a morte do irmão era o de não conseguir mais fugir e ter que virar um soldado, um político e um belicista. E era por este exato motivo que parecia uma obra de Deus o fato de o pai não ter recuado do acordo permitindo que o filho fosse a Harendell.

Mas isso, considerando que era um incrédulo de primeira ordem, deixava Keris extremamente desconfiado.

— Você é patético e fraco, e sua língua não é digna sequer de pronunciar o nome de seu irmão. — As mãos do pai o apertaram ainda mais. — Mas ainda é meu filho. O que significa que vou encontrar maneiras de tirar proveito de seus atributos, por mais limitados que possam ser.

E aí estava a pegadinha.

É claro que o pai queria algo dele. Não deixaria que Keris partisse sem pagar um preço.

— O que quer que eu faça, pai? Espionar os harendellianos, imagino?

O outro riu baixinho, fazendo Keris se arrepiar. Então o pai soltou seus ombros.

— Não, Keris. Espiões, tenho de sobra. Mas fique tranquilo que vou encontrar uma maneira de usar você em minha vantagem. — E, sem dizer mais uma palavra, subiu a prancha de embarque e desapareceu a bordo do navio.

Não espionar, mas *alguma coisa*. E, o que quer que fosse, Keris sabia que não gostaria.

O velho ithicaniano ainda estava a alguns passos, esperando pacientemente.

— Se puder vir comigo, alteza, vamos seguir viagem. O acesso à ponte é restrito, todas as pessoas e bagagens devem ser revistadas. E — os olhos do homem se voltaram para as pilhas de baús e a comitiva de Keris — isso pode levar mais tempo do que o previsto.

Na verdade, levou horas. Os ithicanianos transferiram toda a bagagem para um galpão de pedra onde *tudo* foi meticulosamente revistado antes de ser carregado em carroças estreitas. E, embora Keris já tivesse visto o navio do pai zarpar, não conseguia ignorar a sensação de que *alguma coisa* o impediria de chegar a Harendell e o levaria de volta a Maridrina, mais uma vez imerso numa guerra da qual não queria fazer parte. Uma guerra que ia contra todos os seus princípios.

— Eles estão prontos?

Uma voz feminina fez Keris tirar os olhos do livro que estava lendo. Avistou uma ithicaniana entrando no galpão seguida por vários outros armados. Ela era alta e esguia, o cabelo castanho-escuro raspado nas laterais e as mechas restantes presas num rabo de cavalo comprido. Usava a túnica e a calça verde-cinza simples de que os ithicanianos gostavam, as botas de couro grosso até os joelhos e inúmeras armas no cinto. A pele negra dos braços só era coberta pelos avambraços afivelados e pelas poucas cicatrizes pálidas, sugerindo que estava habituada ao combate. Como o resto de seus compatriotas, usava uma máscara de couro, e era impossível saber sua idade, mas Keris duvidava que fosse mais de vinte anos.

— Sim — o velho ithicaniano respondeu. — A bagagem deles está em ordem. Uma superabundância de bebida, mas me juraram que é para a viagem, e não para venda. — Então trincou os dentes. — A... *conduta* deles leva a crer que é verdade.

— Maravilha. Não tem nada que eu goste mais do que escoltar maridrinianos babacas e bêbados.

Keris riu.

Ela virou para ele, que estava apoiado na parede, muito longe dos próprios companheiros.

Depois de pigarrear, o velho ithicaniano disse:

— Este é o príncipe herdeiro, Keris Veliant. O irmão mais velho da rainha.

Ela inclinou a cabeça.

— Perdão, alteza. Lamento que tenha ouvido meu comentário.

Mas *não* lamentava coisa nenhuma. Keris já estava gostando dela.

— Considerando que estou bem sóbrio, imagino que esteja encantada em *me* escoltar.

Os olhos amendoados dela brilharam de graça.

— Sóbrio... mas ainda assim um maridriniano.

— E olha só, também sou babaca, para sua sorte. — Sorriu para ela.
— Espero que seu rei esteja lhe pagando bem.

— Não o bastante. — Ela gesticulou para a comitiva dele. — Se puder se juntar a seus companheiros, vossa alteza será revistada em busca de armas, e depois poderemos seguir viagem.

Keris não fez nenhum comentário enquanto um dos soldados que a acompanhava o revistou dos pés à cabeça, tirando suas botas e inspecionando as solas. A eficiência do homem sugeria que tinha feito isso mais de cem vezes e já tinha prática. A comitiva de Keris, por outro lado, ficou rindo e zombando o tempo todo, comentando coisas que fizeram Keris ranger os dentes. Ele estava prestes a gritar que calassem a boca quando um deles disse para a mulher ithicaniana ajoelhada à sua frente enquanto o revistava:

— Você parece ter bastante experiência nessa posição, menina.

Todos os ithicanianos no ambiente ficaram imóveis, a raiva notável até para os imbecis da própria comitiva do homem, que já não tinha qualquer semblante de humor.

Merda.

A mandíbula da ithicaniana tinha ficado visivelmente tensa, mas ela não disse nada, apenas finalizou a revista. Então, ao terminar, levantou abruptamente, o ombro acertando o idiota entre as pernas com tanta força que o fez gritar. Ele caiu, encolhido, praguejando e gemendo com as mãos na virilha.

A mulher se virou para o velho ithicaniano, vociferando:

— Há um navio maridriniano no porto, Rin?

— Dois.

— Ótimo. Pegue um e mande levar sua alteza e os homens dele de volta a Vencia. A passagem pela ponte foi negada.

Keris sentiu um aperto no peito, pânico correndo pelas veias. Sabia que isso aconteceria. Que o pai encontraria um modo de voltar a seu mundo.

— Raina. — A voz do velho era reprovadora. — O príncipe Keris é irmão da rainha Lara.

Ela virou para Keris, olhando-o de cima a baixo.

— Vamos levá-lo, então. Mas o resto, não.

A oferta da mulher era tentadora. Ah, como ele queria aceitar e atravessar a ponte sozinho, mas sabia que seu pai o faria pagar por essa decisão. Sempre fazia.

— Peço perdão pelo desrespeito dele — ele disse, indo até a mulher, Raina, e parando a uma distância cortês dela. — É um tolo, mas não merece morrer.

— Não bati nele com *tanta* força assim. — A voz dela era fulminante. — Ele vai sobreviver.

— Não se você o mandar de volta. — Keris ergueu o ombro. — Meu pai não tolera bem constrangimento. Esse bêbado infeliz vai estar morto em menos de uma hora depois de aportar, a menos que encontre coragem para se jogar da ponte na viagem de volta.

— Talvez devesse ter considerado as consequências de seus atos antes de abrir a boca.

— Duvido que ele seja capaz de tanta perspicácia. — Keris olhou para os homens, que estavam em silêncio, finalmente, e podia ver nos olhos deles que sabiam que a ameaça era real. Não apenas para o idiota no chão, mas para todos ali. — Não vão sair da linha de novo; dou a minha palavra.

Ela soltou um longo suspiro.

— Não me faça me arrepender disso.

— Vamos nos comportar.

Mesmo de máscara, ele a viu revirar os olhos. Mas apontou para as carroças.

— Entrem.

A comitiva dele se dirigiu às pressas para as carroças de viagem, veículos lustrosos com assentos bem estofados que eram puxados por pares de mulas. Bem confortáveis, mas fechadas demais para o gosto de Keris.

— Você se importa se eu for andando?

Raina deu de ombros.

— Fique à vontade.

A caravana avançou com um rangido, outros nove ithicanianos fortemente armados flanqueando as carroças enquanto saíam do galpão sob uma chuva fraca. Raina guiou o caminho e Keris foi atrás, os olhos se erguendo para a curva da boca cavernosa da ponte. Névoa emanava da pedra cinza enquanto a chuva a atingia, e, quando se aproximaram, uma porta levadiça de metal pesado se ergueu, o barulho de correntes rivalizando com o estrondo distante de trovão.

Raina voltou o rosto para o céu, gotas de chuva caindo na máscara.

— Fique grato por ter decidido não ir de navio, alteza.

Keris voltou os olhos para a abertura escura, as grades de aço da parte de baixo da porta movediça muito parecidas com dentes.

— Por quê?

— Porque uma tempestade está a caminho. — E pegando uma lanterna luminosa de um dos guardas à espera, ela guiou Keris para dentro da ponte.

2
ZARRAH

A tenente Zarrah Anaphora, sobrinha da imperatriz de Valcotta, olhou o céu, as nuvens se movendo para o norte, o convés embaixo de seus pés subindo e descendo com uma violência crescente.

— A estação de calmaria está chegando ao fim, não é, primo? Chegou a hora de voltarmos para casa?

— Em breve. Mas ainda não.

A voz de seu primo Bermin era tão grave quanto o trovão que soou ao longe, e ela lançou um olhar de esguelha para a amurada onde ele estava. Mais de um palmo mais alto do que ela e pesando o dobro, o príncipe Bermin Anaphora era tudo que se podia pedir de um guerreiro. Incomparável em força, bravura e habilidade marcial.

Infelizmente, também era um tanto idiota.

E era por isso que, quando sua frota voltasse a Nerastis, Zarrah assumiria o comando dos exércitos de Valcotta.

A carta que havia recebido da imperatriz contendo as ordens estava escondida num bolso interno de seu uniforme, e ela precisou de muito autocontrole para não sacar o papel timbrado pesado lhe garantindo tanto poder que fazia seu sangue ferver de ansiedade. Quase desembainhava a faca do cinto ao pensar na oportunidade de decretar a vingança que buscava havia quase uma década, agora tão próxima que já dava para sentir o gosto. Ainda mais com Vencia a apenas meio dia de viagem.

Um grito ecoou do mirante acima, e um segundo depois o capitão do navio estava ao lado da prima.

— General, avistei uma frota no horizonte.

— Quantos?

— Quinze, pelo menos, senhor.

— Hmm. — O primo tirou uma luneta do cinto; Zarrah fez o mesmo.

Como os ithicanianos tinham se aliado aos maridrinianos e rompido o bloqueio valcottano em Guarda Sul, a frota do primo dela vinha patrulhando a costa ithicaniana e afundando com o maior prazer qualquer navio maridriniano que chegasse a seu alcance enquanto protegia as embarcações mercantis valcottanas se arriscando pelos mares violentos para contornar a ponte. Haviam entrado em alguns confrontos gloriosos com a marinha maridriniana, cujo rei cretino e sanguinário, no entanto, parecia se contentar em usar suas forças para proteger as próprias embarcações mercantis que cruzavam o trecho até Guarda Sul.

Mas a julgar pelas bandeiras balançando sobre os navios que avançavam na direção de Zarrah, isso estava prestes a mudar.

O pulso dela latejou, as armas implorando para serem sacadas, para se encharcarem de sangue maridriniano. Vagamente, ela ouviu o primo ordenar que soassem o alarme e se preparassem para a batalha, e os ouvidos dela retiniram um segundo depois, quando os sinos repicaram, ecoados pelos doze navios que formavam a frota de Bermin.

Soldados subiram para o convés, homens e mulheres armados até os dentes e prontos para lutar, e Zarrah soltou o próprio cajado, erguendo-o no ar.

— Talvez estejamos com sorte hoje e haja um principezinho Veliant a bordo — gritou ela. — Quando tivermos acabado, vamos velejar de volta a Nerastis com o verme pendurado no mastro principal pelas entranhas!

Os soldados gritaram, ergueram as armas, todos os olhos fixados na frota que se aproximava.

Rindo, Zarrah ergueu a luneta. Mas seu coração parou, a ansiedade substituída por preocupação enquanto aqueles nos cestos da gávea gritavam alertas.

Não eram quinze navios, como tinham sido contados originalmente. Eram uns vinte. Trinta.

E, embora já devessem ter avistado a frota valcottana a essa altura, não estavam entrando em posição de ataque.

— Primo...

Bermin não respondeu, então ela se virou para tocá-lo, sua mão parecendo a de uma criança no antebraço imenso dele.

— Olhe! Estão dando a volta por nós.

Ao redor dela, soldados baixaram guarda e se dirigiram à amurada, observando a frota com mais de cinquenta navios, todos velejando ao largo da frota valcottana e rumando para o norte.

— Aonde estão indo? — alguém murmurou.

Mas Zarrah sabia. A imperatriz tinha dito que este momento chegaria, era inevitável; apenas uma questão de quando e como. Mas saber não atenuava o choque.

— Vão atacar Ithicana.

Bermin grunhiu em concordância, depois apoiou os cotovelos na amurada, um leve sorriso curvando suas bochechas redondas.

— Precisamos intervir. — O coração de Zarrah trovejava no peito. — Impedir o ataque!

Bermin a ignorou.

— Baixe as armas.

Os sinos de alarme cessaram, e ninguém no convés ousava pronunciar uma palavra sequer.

Ela partiu para cima dele.

— Estão indo atacar Ithicana pelas costas! Precisamos intervir e alertar a Guarda Sul.

— Não. — A palavra de seu primo atravessou o convés feito trovão.

— Sim! — retrucou Zarrah, sem fôlego, enquanto pânico tomava seu peito.

Silas Veliant nunca comprometeria tantos navios num ataque, a menos que tivesse certeza da vitória. E, se Ithicana caísse, a ponte e toda a sua fortuna cairia nas mãos dos maridrinianos. Nas mãos de seu *inimigo*.

— Se você se deita com cobras, deve esperar uma picada — o primo respondeu. — A imperatriz viu isso e alertou o rei ithicaniano, mas ele parecia mais contente em dar ouvidos à cobra na cama dele.

Os soldados que estavam ali riram. Zarrah não.

— Nosso navio é mais rápido. Podemos chegar antes a Guarda Sul e alertá-los. Se Ithicana souber que os maridrinianos estão vindo, vão ter pelo menos uma chance de lutar.

— E correr o risco de dispararem quebra-navios contra nós? Acho que não. Aliás, a imperatriz especificou que, se isso viesse a acontecer, não interferiríamos. — O primo dela gesticulou para o capitão. — Veleje para Nerastis. Pode ser que o rei Rato tenha ficado exposto lá, e precisamos aproveitar a oportunidade.

Por mais interessante que fosse a oportunidade, Zarrah *sabia* o que aconteceria se eles permitissem isso. Tinha visto os resultados de invasões maridrinianas antes, casas incendiadas, civis massacrados e crianças orfanadas. A impotência doentia que ela sentia toda vez que chegava tarde demais embrulhou suas entranhas. A mesma impotência que ela havia sentido dez anos antes, quando Silas Veliant assassinou sua mãe e deixou Zarrah à beira da morte.

— Precisamos agir! — Ondas frias de pânico encheram suas entranhas. — Se eles invadirem Ithicana, vai ser um massacre. Não apenas de soldados, mas de famílias. De crianças! Precisamos intervir.

Os soldados por perto se inquietaram, tensos, diante daquelas palavras, os olhos se voltando para a frota, todos familiarizados com o resultado de um ataque maridriniano. Mas o primo dela apenas deu de ombros.

— Não é da nossa conta. Ithicana cuspiu em nossa aliança e agora vai pagar o preço disso.

Só que não era o povo de Ithicana que merecia pagar.

A carta em seu bolso que lhe dava autoridade para assumir o comando ardia como fogo, mas a tia havia sido específica: *não diga nada até voltar a Nerastis.*

A mente de Zarrah se digladiou com a ordem, com o desejo de fazer alguma coisa, qualquer coisa, para impedir o que estava prestes a acontecer a Ithicana.

— Primo, por favor. O rei Aren pode até ter cuspido em nossa aliança, mas vai ser o povo, inocentes que não tiveram nada a ver com a decisão dele, que vai pagar o preço mais alto. Por eles, precisamos intervir.

Bermin apenas fez que não.

— Que sirva de motivação para que Ithicana escolha um rei melhor. — Em seguida, gritou: — Vamos zarpar!

Ignore as ordens dele e assuma o comando, a consciência de Zarrah gritou. *Impeça isso!*

Mas, em vez disso, ela ficou observando em silêncio enquanto a frota maridriniana passava, rumo à destruição de Ithicana.

3
KERIS

Dentro da ponte, o ar estava denso e úmido, enchendo o nariz dele de um cheiro de mofo e estrume, além de algo que Keris não conseguia identificar. Parecido com petricor, mas não exatamente. Algo único.

— É o material que foi usado para construir a ponte — Raina disse, respondendo à pergunta que ele nem chegara a fazer. — Cria um odor característico. Forasteiros sempre franzem o nariz quando entram.

Forasteiros. Como se houvesse Ithicana e todo o resto.

— É bem... intenso. — Foi a palavra mais gentil em que conseguiu pensar.

— Dê-se por satisfeito, alteza. Quando os harendellianos passam gado, cheira a merda por semanas, mais ou menos o tempo que leva para limpar a sujeira.

— Imagino que uma guerreira do seu calibre não seja relegada a uma tarefa como esta, certo? — Considerando o mistério que cercava o Reino da Ponte e seu povo, Keris não tinha certeza de nada, mas sempre podia apostar em elogios para fazer as pessoas falarem.

Raina curvou a boca, que era a única parte visível de seu rosto, num sorriso.

— Fiz isso por um ano quando tinha dezesseis. É uma espécie de rito de passagem.

Keris ergueu a sobrancelha.

— O que isso prova além de aptidão com uma pá?

— Se a resposta não está óbvia, é porque vossa alteza não entenderia de qualquer jeito.

— Experimente.

Ela mordeu o lábio, e Keris percebeu que estava olhando para a boca da mulher, fascinado pelo contraste entre a incerteza do gesto e a ferocidade dela.

— Demonstra que você está disposto a fazer o que for preciso para provar sua lealdade e conquistar a confiança e o respeito do rei e dos comandantes.

— Se tanto pudesse ser provado limpando fezes de animais, cavalariços seriam reverenciados. Mas não acho que seja o caso — ele respondeu, pisando em ovos, testando se provocar o orgulho dela a faria revelar mais alguma coisa interessante.

Mas Raina não mordeu a isca tão facilmente. Olhou para a caravana que viajava atrás deles.

— Ithicana é uma nação que foi construída à base de segredos, e o direito de conhecer esses segredos precisa ser conquistado.

Segredos que todos eram desesperados para conhecer, e ninguém mais do que o pai de Keris. O rei Silas Veliant tinha o que só poderia ser descrito como uma obsessão pela ponte de Ithicana. Pelos segredos que ela guardava. Pelos lucros que garantia.

Por tomar a ponte para si.

E, embora Maridrina e Ithicana teoricamente fossem aliadas, Keris duvidava que seu pai fosse deixar que isso o impedisse de tirar a cobiçada ponte das mãos de Ithicana na primeira oportunidade. Lealdade e confiança, assim como sentimentalismo, *não* eram atributos daquele homem. No entanto, se os boatos fossem verdade, a irmã de Keris, Lara, era diferente.

Ou estava fingindo ser.

— Minha irmã conquistou o direito de conhecer esses segredos? — Keris mordeu o interior da bochecha assim que a pergunta saiu.

Fique fora disso, sua mente gritou. *Quanto menos você souber, melhor.*

— Depende de para quem estiver perguntando.

Era uma pena que o bom senso dele nunca deixasse de ser silenciado pela curiosidade.

— Estou perguntando a você. Perdoe minhas perguntas; mas sei pouco sobre minha irmã mais nova. Fomos criados separados.

— Estou sabendo. — Raina mudou a lanterna de mão. — Por quê, mesmo?

— Para protegê-la dos valcottanos — Keris respondeu, embora soubesse que era mentira.

Não havia nenhum lugar mais vigiado do que o harém de seu pai em Vencia. Lara tinha sido levada para longe por outro motivo. Outro propósito.

E era apenas questão de tempo até esse propósito se revelar.

— Ela é muito linda. — Raina lançou um olhar de soslaio para ele.

— Parece muito com vossa alteza, se me permite dizer. Vocês têm os mesmos olhos.

Azul Veliant. Muito provavelmente, os olhos idênticos aos do pai foram o *único* motivo para não ter sido rotulado como um bastardo e rejeitado. Se isso era uma bênção ou maldição, Keris não sabia ao certo.

— Isso não me diz muito sobre ela.

— Ela faz sua majestade muito feliz.

Keris abriu um sorrisinho travesso.

— Só está dizendo isso porque sou maridriniano, o que significa que *devo* pensar que o valor de uma mulher se resume a fazer os homens felizes.

Ela ergue os cantos da boca.

— Estou errada?

— Ah, sim. Sou muito mais egoísta do que você imagina; só me importo se as mulheres *me* fazem feliz.

Ela riu, um som tilintante de sinos de vento em um dia de verão, os ecos preenchendo a vastidão escura da ponte e provocando um sorriso em Keris.

Então as palavras de seu pai ecoaram por seus pensamentos: *Fique tranquilo que vou encontrar uma maneira de usar você em minha vantagem.*

— Está tudo bem, alteza?

— Sim — Keris respondeu, e então contradisse as próprias palavras ao andar um pouco mais rápido.

Keris se recostou na parede da ponte, observando a chama bruxuleante de uma lanterna. Estava exausto pelo dia de caminhada, mas, ao contrário de sua comitiva aos roncos, não conseguia pegar no sono no saco de dormir que os ithicanianos tinham oferecido.

Dormir nunca era tarefa fácil para ele, especialmente quando não estava sozinho ou protegido por paredes sólidas e uma porta trancada. Tinha sido apunhalado pelas costas — literalmente — vezes demais para *conseguir dormir.* Essa era a natureza de um príncipe maridriniano, o grande número de irmãos mantendo uma disputa constante por posição. Keris tinha sobrevivido por todo esse tempo porque seus irmãos não o viam como uma ameaça, preferindo assassinar os melhores guerreiros e os políticos mais ambiciosos dentre eles. Tinha funcionado muito bem até que o último de seus irmãos mais velhos foi morto, deixando Keris como herdeiro, quisesse ele ou não. E o herdeiro era sempre o maior alvo de todos.

O barulho baixo de botas chamou sua atenção, e ele ergueu os olhos. Raina entrou sob o círculo de luz da lanterna vindo de seu posto de guarda mais adiante no túnel da ponte. Ela parou ao lado de um ithicaniano adormecido, despertando o homem de seu sono. Ele se levantou sem hesitar, afivelando as armas enquanto seguia para assumir o lugar que ela havia vagado. Os outros ithicanianos de guarda fizeram o mesmo — uma máquina perfeitamente lubrificada que garantia que nada na ponte acontecesse sem que Ithicana visse.

Os olhos de Raina pousaram nele.

— É melhor descansar, alteza. Temos muito mais dias de caminhada e, se não conseguir acompanhar o ritmo, vou ter que pedir que viaje com seus amigos.

Keris franziu o nariz, olhando de esguelha para o grupo de homens inconscientes.

— Não são meus amigos. — Ele não tinha amigos.

Desafivelando o cinto da espada, Raina se sentou no chão de pernas cruzadas, a arma sobre os joelhos.

— Quem são eles, então?

— São o que meu pai considera uma *companhia adequada.*

— Se com "adequada" ele quis dizer capazes de absorver uma quantidade absurda de vinho, foi mesmo uma escolha excelente.

A comitiva de Keris havia bebido e apostado o dia inteiro, e seus risos eram estridentes e irritantes, embora tenham sido fiéis às regras de Ithicana.

— Até que entendo. Essa viagem é terrível. Andar na umidade e no escuro, comendo comida fria, dormindo no chão. Sem falar no gasto em ouro.

Os dentes de Raina brilharam, brancos, à luz da lanterna quando ela sorriu.

— O pagamento vai para nós ou para as tempestades, alteza. Todo viajante pode escolher.

— As tempestades são mesmo tão ruins assim?

Elas já eram violentas e imprevisíveis ao longo da costa norte de Maridrina, mas havia dezenas de portos com muralhas antitornado e quebra-mares para proteger os navios do pior da ofensiva.

Ela murmurou um sim.

— Dizem que o fundo dos Mares Tempestuosos cintila com o ouro derramado por cem mil navios afundados e que tal tesouro é protegido pelas inúmeras almas puxadas para baixo das ondas, os dedos gananciosos delas sempre erguidos e querendo mais.

— Então vou agradecer minha sorte por ter pedra sólida sob meus pés. — Ele bateu o punho no chão. — Mesmo que ela faça minhas costas doerem.

O ithicaniano que estava de guarda mais perto deles sorriu, e Keris notou que os ombros de Raina se ergueram de repente, e ela se voltou para o homem. Não assustada, mas culpada, pois a confraternização entre os ithicanianos e aqueles que estavam escoltando era fortemente desincentivada.

— Está tarde. — Ela se dirigiu ao seu pálete, puxando a coberta sobre o ombro. — É bom você descansar.

Keris não respondeu, apenas pegou o livro ao seu lado, inclinando as páginas na direção da luz. Ele estava perto, mas tão perto de escapar que chegava a doer. Quando estivesse em solo harendelliano, estaria longe da influência do pai.

E só então dormiria tranquilo.

Keris teve apenas instantes e migalhas de sono ao longo da noite, porém mais uma vez preferiu não viajar nas carruagens, e sim andar, cada passo que dava para longe do pai como um peso tirado de seu peito, e cada hora que passava o enchia de mais confiança de que essa não era uma artimanha elaborada para colocá-lo em seu lugar, de botá-lo para baixo.

Para aliviar o tédio, resolveu examinar o interior da ponte e os viajantes. A pedra estranha era lisa e uniforme; as únicas marcas eram os números gravados no chão que pareciam demarcar a distância. Keris contou os passos entre elas, e eram distâncias regulares, serpenteando e ziguezagueando entre as ilhas e os píeres de sustentação. Não era um trajeto linear para o norte, o que impossibilitava determinar onde, precisamente, estavam em Ithicana.

Apesar de estarem na estação de calmaria, havia mais tráfego do que ele imaginava, os zurros de asnos e os passos de botas competindo com os sopros de ar que enchiam o túnel sem fim. Dezenas de carroças, algumas em comboios, passaram por eles, e embora a maioria estivesse carregada de mercadorias sendo transportadas de Guarda Norte para Guarda Sul pelos ithicanianos, havia algumas com viajantes de outras nações, sobretudo harendellianos. De uma forma ou de outra, as carroças eram sempre escoltadas por ithicanianos fortemente armados, os olhos por trás das máscaras vigilantes, as mãos se dirigindo rapidamente às armas a qualquer movimento brusco. Apenas uma vez seu séquito foi ultrapassado por trás, um grupo de doze ithicanianos que observou a comitiva de Keris com interesse antes de correr à frente, nenhum deles dizendo uma única palavra.

Provavelmente como resultado do escrutínio de seu colega, Raina evitou Keris durante a maior parte do dia, mas, no fim da noite, depois que já havia voltado da vigia e se deitado no próprio saco de dormir, ele a ouviu murmurar:

— É verdade que você está indo para Harendell para estudar na universidade?

Sabendo que o ithicaniano a apenas uns dez passos de distância poderia ouvir a conversa, Keris disse:

— Sim. É um sonho antigo que tenho, embora meu pai só tenha concordado recentemente. Ambos somos mais felizes quando nos vemos menos, e, se eu estiver em Harendell, ele nem sequer vai precisar me ver.

— Por quê?

— Por que quero ir à universidade ou por que eu e meu pai não nos damos bem? — Sem esperar uma resposta, ele disse: — A resposta às duas perguntas é a mesma: prefiro livros a espadas.

O tom dela era melancólico quando disse:

— Você não é o único.

— Em ter um pai odioso ou em ter uma afeição por grandes bibliotecas?

— Ambos. — Ela curvou o braço sob a cabeça, os olhos brilhando detrás da máscara. — Meu pai era comandante de guarnição até pouco tempo atrás, então nunca houve nenhuma outra opção para mim além da espada.

— Não sei se vai haver opção para mim também, no fim das contas. Em algum momento, vou ter que voltar e entrar no combate contra Valcotta.

Aquela guerra sem fim e sem propósito.

Raina traçou um dedo no chão, e ele notou que ela havia se aproximado mais dele do que na noite anterior. Estava perto o bastante para que ele a tocasse, mas ele não fez isso. E nem faria.

A mão de Raina parou de se mexer, e, por um momento, ele pensou que ela havia pegado no sono. Até que ela disse:

— Quando for rei, você vai ter o poder de acabar com a guerra, se quiser.

Keris riu baixinho, sabendo que soava amargurado.

— Guerrear é fácil. O verdadeiro desafio é a paz. Uma ithicaniana deveria saber disso melhor do que ninguém.

— Estamos em paz agora.

Keris sentiu um frio na espinha, a pele se arrepiou. Ao se virar, viu um dos homens em sua comitiva observando-o de seu saco de dormir mas fechando os olhos na mesma hora.

— A paz é como uma dança — respondeu ele então, baixinho. — Só funciona se os dois parceiros estiverem escutando a mesma música.

E Maridrina só conhecia os tambores da guerra.

Três dias. Estavam andando naquele túnel escuro e sem fim havia três dias, e a claustrofobia começava a se instalar.

Assim como a exaustão.

Durma, seu idiota, Keris ordenou a si mesmo em silêncio, revirando o corpo no pálete. Mas não era o desconforto que o mantinha acordado; era o fato de não conseguir desligar a própria mente. Não conseguia silenciar os pensamentos, medos e anseios sem fim que rodeavam seu cérebro. E, toda vez que o corpo o forçava a adormecer, ele despertava com um sobressalto, o coração acelerado.

Por fim, desistiu, sentando, a coberta enroscada nos tornozelos, a única luz vinda do par de lanternas baixas. A comitiva dele dormia em uma fileira ao longo da lateral da ponte, vários roncando e todos fedendo a vinho, o chão cheio de garrafas vazias. Mais adiante, as carruagens estavam estacionadas perto da parede para deixar espaço para qualquer tráfego na direção sul, considerando que sua comitiva tinha pedido para parar mais cedo naquela noite alegando exaustão. Keris pensou que os ithicanianos só haviam concordado para silenciar os resmungos.

Olhando na outra direção, Keris perscrutou o vulto imóvel de um ithicaniano que dormia encostado na parede e concluiu rapidamente que não era Raina. Então ela estava de vigia mais adiante no túnel.

Keris se levantou, seguindo naquela direção.

— Fique no acampamento, alteza — o ithicaniano mais próximo ordenou.

Virando para ele e seguindo o caminho de costas, Keris ergueu os braços.

— Para onde, exatamente, você pensa que estou indo?

Como o homem não respondeu, Keris dobrou a curva escura, sentindo um leve sobressalto quando a mão de Raina envolveu seu braço.

— Aonde está indo?

— Encontrar você.

Ela bufou.

— Por quê?

— Porque você é a única pessoa nesta maldita ponte cuja presença acho tolerável.

— Tolerável, é, alteza? Que elogio! Minhas bochechas estão coradas.

— Impossível notar, pela máscara que você usa. Se um rubor é a recompensa por minhas palavras gentis, estou me sentindo roubado por ela.

— Talvez valha prestar queixa. Levamos roubo *muito* a sério em Ithicana.

Se apoiando na parede ao lado dela, Keris inspirou o leve cheiro de sabonete que ainda emanava de sua pele, apesar de banho não ser uma possibilidade na ponte. A água que se transportava era apenas para beber. Tão estranho estar cercado por oceanos e um reino de chuvas quase constantes e, mesmo assim, dentro da ponte, a água ser artigo precioso.

— Por que vocês usam isso?

Ele tinha seus palpites, mas estava curioso para ouvir o que ela diria.

— Porque estou sujeita às leis como qualquer outro, só isso.

Keris continuou em silêncio, esperando. Esperando. E, quando ela limpou a garganta, ele sorriu na escuridão.

— Imagino que seja porque nos torna mais intimidantes em batalha. Contribui para a reputação de que não somos exatamente humanos.

Os dedos dela roçaram nos dele, pouco mais do que um esbarrão que poderia ter sido acidental, mas não foi.

— Você me parece muito humana.

Raina soltou um muxoxo. Então, de um fôlego só, disse:

— Acho que é só mais uma maneira de nos manter separados... mais uma barreira entre Ithicana e o *exterior*.

Keris tendia a concordar.

— Você a tiraria, se pudesse?

— É proibido. Assim como sair. Assim como ser qualquer outra coisa além de uma arma para defender a ponte. Assim como esta conversa.

A voz dela estava cortante de amargura, mas Keris não era muito de deixar as coisas por isso mesmo.

— Não foi isso que perguntei.

Silêncio.

— Sim — sussurrou ela, finalmente. — Se a escolha fosse minha, eu faria todas essas coisas.

Desencostando da parede, Keris a encarou, erguendo a mão e segurando a bochecha dela. E, quando ela não recuou, colocou o polegar sob o couro da máscara, erguendo-a.

Ela prendeu a respiração.

— Não posso.

— Não pode? — ele perguntou. — Ou não quer?

Raina não respondeu, mas segurou a outra mão dele, entrelaçando os dedos, e o puxou até os seios tocarem o peitoral dele; fixaram os olhares um no outro sob a luz fraca.

— Um navio vai me encontrar em Guarda Norte. — Keris levou a boca à orelha dela, e um fio do cabelo rebelde roçou sua bochecha: — Você poderia vir comigo.

Era loucura fazer uma oferta dessas, arriscando a ira tanto de seu pai como a do rei ithicaniano. Mas Keris sabia como era ser prisioneiro das circunstâncias. Como era a sensação de querer escapar.

— Eles me perseguiriam e me executariam como traidora.

Tudo pela liberdade.

— Ithicana é um reino ou uma prisão?

— Ambos.

Um dos homens de sua comitiva soltou um ronco alto que ecoou pela ponte, mas Keris o ignorou, concentrando toda a atenção nas sombras do rosto dela. Na mão de Raina apertando a sua. No ardor do desejo que crescia dentro de si.

Raina, então, ergueu a mão, e, juntos, eles tiraram a máscara, revelando o rosto dela. Era difícil ver com clareza na penumbra, mas ele traçou as maçãs do rosto arredondadas, o arco da sobrancelha, depois se abaixou para beijar os lábios arqueados dela.

Com uma respiração ofegante, Raina o agarrou pelo pescoço e o puxou. Os quadris se tocaram, enquanto as línguas se exploravam. Ele teve que se equilibrar na parede, a rocha úmida sob sua mão, mas logo pegou Raina no colo. Gemendo, ela envolveu as pernas compridas na cintura dele.

Keris passou dos lábios para o pescoço, a respiração dela era quente na testa dele.

— Me leve com você — sussurrou ela. — Quero ir com você.

— Vou levar. — Fazer isso enfureceria dois reis, mas nenhum dos dois faria nada por medo de provocar o outro, então que mal ia fazer?

Raina enroscou os dedos em seu cabelo. Com as pernas, apertou o corpo dele, que puxava os laços que amarravam a gola da túnica dela e descia o tecido para expor os seios empinados. Ele os beijou com reverência, depois colocou um mamilo intumescido na boca, se enchendo de satisfação ao fazê-la gemer. Raina desceu as mãos pelo corpo dele para puxar seu cinto.

Então o som de cascos os alcançou, e Raina se afastou dele e pisou no chão com um baque enquanto levava a mão à arma na cintura. Ao longe, surgiu um círculo de luz, revelando um asno puxando uma carroça sob a escolta de quatro ithicanianos mascarados.

Levando os dedos à boca, Raina deu uma série de assobios antes de alisar as próprias roupas.

— Sua máscara — ele murmurou, e ela deu um pulo, pegando rapidamente o couro que havia caído.

Mas era tarde demais.

Eles tinham visto.

A ithicaniana que conduzia o asno falou quando eles se aproximaram:

— Aster vai dar uma surra em você se descobrir que estava brincando em serviço com um maridriniano, Raina. Ainda mais quando deveria estar de guarda. Volte para a curva e talvez eu considere manter a boca fechada sobre o que acabei de ver.

Sem esperar resposta, a mulher puxou a guia do asno, fazendo a curva lentamente, nenhum dos outros ithicanianos deu um pio.

— Quem é Aster? — Keris perguntou.

— Meu pai.

— Mais um motivo para você entrar naquele navio.

Raina não respondeu, apenas puxou o braço dele, guiando-o até atrás da carroça. À frente, toda a comitiva dele tinha se sentado em seus sacos de dormir. Diante dos olhos de Keris, vários se levantaram, calçando as botas, parecendo muito mais sóbrios do que o esperado, considerando as garrafas de vinho espalhadas ao redor. E todos estavam desviando o olhar da carroça que se aproximava.

A pele de Keris formigou.

— O que tem naquela carroça?

— Mercadorias de Harendell. Aço, provavelmente.

Armas.

Keris sentiu como se levasse um tapa na cara ao entender e empurrou Raina para trás, na direção de onde tinham vindo.

— Corra!

Quando ele disse isso, seus compatriotas partiram para cima da carroça, puxando o tecido e revelando aço cintilante. Em um piscar de olhos, pegaram as armas e se voltaram contra os guardas ithicanianos, que estavam sacando as próprias lâminas.

E, em vez de fugir, Raina apenas sacou a própria espada e correu para a batalha. A maioria dos ithicanianos já estava no chão, e os compatriotas dele se voltaram contra ela, erguendo as armas.

— Raina! — Keris começou a correr atrás dela.

Ela cruzou espadas com um homem, chutando o joelho dele e o estripando na sequência, mas, quando se virou para atacar outro, uma sombra se ergueu atrás dela. Quando o indivíduo saiu de detrás da carroça, Keris o reconheceu como o homem que a tinha desrespeitado em Guarda Sul, o rosto dele radiante de satisfação.

— Cuidado! — Keris gritou, pegando uma arma caída.

Mas era tarde demais.

Sorrindo, o homem a atacou, cravando a espada nas costas dela, até a ponta sair pelo meio do peito. Raina soltou um gemido quando ele puxou de volta a lâmina. Keris se lançou à frente, pegando-a no ar.

— O que vocês estão fazendo? São nossos aliados!

Mas não eram; Keris sabia disso. Ou, melhor, sabia que seu pai não era aliado de Ithicana.

Colocou Raina no chão e apertou as duas mãos na ferida aberta. Sangue subiu, borbulhante, por entre seus dedos. Raina abriu e fechou a boca em silêncio enquanto lutava para respirar. Enquanto lutava para viver.

Mais à frente, vários dos soldados de seu pai tateavam o chão da ponte; então um alçapão de pedra se abriu em dobradiças silenciosas, o cheiro fresco do mar enchendo o ar.

— Exatamente onde ela disse que estaria — um deles murmurou. — Desçam e saiam, e se estivermos certos, daremos bem na frente de Guarda Média.

Ela.

Lara.

Então o homem que havia apunhalado Raina entrou na linha de visão de Keris.

— Sinto muito, mas sua viagem a Harendell precisará ser interrompida, alteza. Vai ser um príncipe bonzinho e ficar aí sentadinho enquanto tomamos Ithicana ou teremos que recorrer a cordas?

Keris partiu para cima dele, mas o soldado estava pronto e, num piscar de olhos, três deles o imobilizaram. Enrolaram cordas em seus tornozelos, depois nos punhos. Então se armaram ainda mais com o arsenal da carroça antes de descer pela escotilha.

Por fim, Keris não escutava nada além do estrondo de seu coração e da respiração úmida e ofegante de Raina.

— Eu não sabia.

Uma lágrima escorreu pela bochecha dela.

— Isso é a última coisa que eu queria. — Os olhos dele ardiam. — Estou farto da guerra. Farto do combate sem fim. É o que me fez ir para Harendell... não pelos livros, mas porque não consigo suportar mais mortes. Queria uma vida diferente.

Palavras em vão.

Sentimento em vão.

Porque os olhos que o encaravam de volta estavam imóveis como vidro.

4
ZARRAH

Zarrah passou a lâmina na garganta do maridriniano e depois deixou que ele caísse, os últimos gorgolejos ofegantes que produziu enchendo o ar enquanto ela ia até onde seus soldados estavam dispondo os corpos.

— Quantos?

Yrina, sua amiga mais próxima e vice-comandante, levantou de onde estava ajoelhada ao lado do corpo de um camponês.

— Achamos que dez. Vamos precisar esperar as chamas se apagarem antes de olharmos as cinzas.

Tantos. O peito de Zarrah se apertou quando seus olhos passavam pelos mortos, todos camponeses. Todos valcottanos. Todos pessoas que ela havia jurado proteger.

— Crianças? — Era difícil perguntar, mas ela se obrigou, engolindo a ânsia enquanto esperava uma resposta.

— Não. Aqueles que podiam lutar conseguiram deter os invasores enquanto as crianças e os enfermos se escondiam na mata. Uma pequena bênção.

Pequena mesmo. Muitas daquelas crianças eram agora órfãs da violência, assim como a própria Zarrah. E assim como ela, eles tinham visto os maridrinianos massacrarem seus pais e destruírem suas casas. Um momento que mudaria para sempre o rumo de seus futuros. Quantas pegariam em armas para que nunca mais fossem machucadas dessa forma? Quantas lutariam contra o arqui-inimigo da nação? Quantas, assim como ela, dedicariam a vida a obter a vitória na Guerra Sem Fim?

— Poderia ter sido pior — Yrina disse. — Todos os membros de todas as famílias poderiam ter sido perdidos, mas não foram. Chegamos aqui a tempo de ajudar, e eles têm você a agradecer.

Não a tempo de ajudar a todos, Zarrah pensou, encarando o camponês morto com a barriga aberta por uma espada maridriniana.

Ela tinha assumido o comando da guarnição de Nerastis assim que velejaram de volta ao porto, pouco se importando quando o primo, Bermin, gritou e esperneou sobre perder o cargo de general. A primeira coisa que ela fez foi triplicar o número de batedores que vigiavam a fronteira em busca de invasores e duplicar o número de acampamentos de patrulha estacionados de um lado a outro do campo. Isso já havia rendido frutos, pois seus soldados conseguiram interceptar vários grupos invasores antes que estes pudessem atacar. Mas os ratos maridrinianos tinham gerações de prática nessa forma de guerrear e estavam se adaptando às táticas dela, como o dia de hoje havia provado.

— As trombetas foram um erro! — uma voz grave soou detrás dela. — Teríamos matado duas vezes mais se tivéssemos usado de furtividade.

Zarrah deu as costas para os corpos e encarou Bermin, que vinha cavalgando, tanto ele como o cavalo imenso salpicados de sangue seco.

— Não me parece terem sido poucos os ratos em fuga que você apanhou.

— Não. — Ele cuspiu no chão e desmontou. — Os cavalos deles são rápidos, então muitos outros vão escapar pela fronteira. Uma oportunidade que não teriam sem o seu alerta.

Essa era uma das muitas estratégias em que eles discordavam. Bermin preferia invadir se utilizando de furtividade para matar o maior número possível de maridrinianos, enquanto ela preferia botá-los para correr com trombetas, salvando, assim, o maior número possível de vidas valcottanas. Mas a maior diferença entre os dois era que Zarrah nunca limitava suas estratégias a um único elemento.

Tão logo esse pensamento passou pela cabeça dela, Yrina disse:

— Fumaça.

E o grupo todo se virou para olhar as nuvens carmesim ao longe. Zarrah sorriu com satisfação antes de se voltar para Bermin.

— Só porque *você* não os matou não quer dizer que eles tenham fugido. Mandei arqueiros esperarem para os eliminar.

O primo dela bufou, cruzando os braços grossos.

— Você dedica forças demais à defesa, Zarrah. Já faz semanas que cruzamos a fronteira. Isso nos faz parecer fracos. Faz Valcotta parecer fraca.

Os maridrinianos tinham perdido mais soldados nas últimas semanas para as estratégias de Zarrah do que no último ano para as de Bermin, portanto Zarrah duvidava que *fraqueza* fosse a palavra que os ratos estavam cuspindo enquanto lambiam suas feridas.

— Juntem as cabeças dos desgraçados — ordenou ela, pegando as rédeas do cavalo de um de seus soldados. — Queimem os corpos. — Virou para Yrina, prestes a ordenar que os soldados continuassem a cavar covas para os camponeses mortos, mas um movimento chamou sua atenção. Protegendo os olhos do brilho do sol, Zarrah encarou atentamente o arbusto. Alguém estava escondido ali. — Pensei que vocês tivessem encontrado todas as crianças?

— Encontramos, sim — Yrina respondeu, mas Zarrah já estava indo na direção do arbusto, as mãos erguidas para indicar que não queria fazer mal.

A criança estaria aterrorizada, e embora fosse sua conterrânea, Zarrah era um soldado.

— Está tudo bem — ela disse, baixinho. — Pode sair agora. Está seguro.

— Zarrah! — Yrina chamou. — Volte.

Zarrah ignorou a amiga porque conhecia o medo que aquela criança estava sentindo. Conhecia o pavor. E lembrava de como tinha rezado para ser libertada daquele sentimento.

— Me deixe ajudar você.

Um vulto saiu do arbusto. Não era uma criança, mas um homem.

Um soldado maridriniano.

— Morra, vadia valcottana! — ele gritou, girando a espada na direção dela.

O instinto a dominou.

Zarrah desviou por baixo da lâmina, rolando pelo chão e voltando a se levantar num piscar de olhos. Sacando a arma, ergueu a mão para deter Yrina e os outros.

— Você deveria ter fugido quando teve oportunidade.

— Melhor morrer com seu sangue em minhas mãos — retrucou ele, furioso, os olhos brilhando de ódio.

Mas o ódio dele não era nada comparado ao dela.

Ela derrubou a espada da mão dele, depois atacou de novo, atingindo as pernas.

O maridriniano caiu esparramado no chão, e Zarrah chutou as costelas dele, virando-o.

— Pegue sua arma.

Ele apanhou a espada, levantando meio sem equilíbrio. E atacou de novo.

Mal dava para ver o cajado de Zarrah, de tão rápido que ela se movia, bloqueando o ataque dele e atacando por baixo, quebrando ossos. O maridriniano gritou e deixou a arma cair de novo.

— Quer tentar mais uma vez ou prefere fugir?

— Para que seus arqueiros atirem em mim pelas costas? Ouvi o que disse, valcottana. Não há por onde fugir.

— Talvez você tenha sorte. — Ela o empurrou, e o maridriniano cambaleou para longe. — Ratos são bons em fugir pelos cantos apertados e escuros.

— Vocês tinham que nos deixar bater em retirada — ele rosnou. — As regras são essas. Sempre foram!

A raiva dela se transformou em uma fúria alucinante, cegante, porque aquele assassino não merecia escapar. Não merecia nem um pingo a mais da piedade que havia demonstrado ao povo dela, ou seja, *nenhuma*.

— As regras mudaram. — Então atacou com toda a força.

O cajado acertou o crânio dele com um estalo ressonante. O maridriniano caiu duro, mas ela o atingiu de novo porque não tinha terminado ainda. Sua sede de vingança nunca teria fim contra aquele povo que havia deixado suas crianças órfãs.

Até que conseguisse se vingar do rei maridriniano que a havia tornado órfã.

Horas depois, Zarrah guiava seu cavalo em direção ao pátio do estábulo de sua guarnição, e o som alto dos estandartes roxos flamulando nos minaretes ressoava em seus ouvidos. Muito antes, quando Nerastis ainda era uma cidade próspera sob controle valcottano, o palácio fora a residência de inverno de imperadores e imperatrizes. Agora, no entanto, só tinha soldados.

Pedras rachadas e janelas fechadas com tapumes que ficaram sem reparo depois de antigos ataques maridrinianos, as paredes claras exibiam marcas de queimadura e manchas de fuligem, e uma das torres estava em ruínas. O interior era um pouco melhor, as paredes vazias exceto por móveis baratos ou envelhecidos e pelos vestígios esbranquiçados onde obras de arte inestimáveis já estiveram penduradas. Salões que cem anos antes foram palcos de festas e espetáculos cheios da mais alta elite da sociedade valcottana agora acomodavam fileiras de beliches e pertences de soldados, o candelabro imenso que outrora deixava a sala de jantar sob um arco-íris de cores ao que tudo indica jazia no fundo do rio Anriot, graças a um principezinho maridriniano morto havia muito tempo.

O único consolo era que o palácio maridriniano no lado norte do rio estava em condições igualmente precárias, e como nenhum dos lados controlava a cidade, nenhum dos lados via muito sentido em bancar reparos.

— Levem as cabeças ao rio e atirem-nas do outro lado — ela ordenou. — Mirem no palácio.

— Ignorem essa ordem — uma voz familiar disse, e Zarrah avistou Petra Anaphora, imperatriz de Valcotta, na estrada do palácio.

Soltando as rédeas do cavalo, Zarrah colocou a mão no peito e baixou a cabeça em sinal de respeito.

— Vossa majestade imperial. Perdão, não tinha sido avisada de vossa chegada.

— Porque eu queria que fosse uma surpresa, general. — A imperatriz desceu os degraus, sandálias cravejadas de joias estalando suavemente contra a pedra, as vestes de seda flutuando com a brisa. Petra Anaphora mantinha a beleza pela qual tinha sido famosa no passado, embora agora houvesse rugas em volta dos olhos e o cabelo estivesse mais grisalho do que preto. Graças a uma dedicação militar ao treinamento, o corpo dela era enxuto, músculos firmes, a barriga, revelada pela blusa curta, tão dura quanto a de Zarrah.

Ela se aproximou, as mãos se curvando ao redor da cabeça de Zarrah enquanto beijava as faces dela.

— Sobrinha querida, ficamos separadas por tempo demais.

Uma onda de ternura encheu as veias de Zarrah; a presença de sua tia era sempre um consolo.

— A que devemos a honra?

— Necessidade, creio eu. — A tia entrelaçou o braço no de Zarrah, guiando-a na direção da entrada. — Uma mudança de estratégia. — Os olhos dela então se voltaram aos soldados, que seguravam o saco de cabeças, Bermin ao lado deles, com a mão na altura do peito e a expressão imperscrutável. — Queimem-nas.

Zarrah estreitou os olhos por um segundo.

— Mas não é isso...

— Que costumamos fazer? — A tia retrucou com um aceno firme. — Confie em mim. Não existe ninguém que queira atirar aqueles ratos assassinos de volta para o outro lado do Anriot mais do que eu, para que os companheiros deles sejam avisados do destino que aguarda aqueles que atacarem Valcotta, mas as circunstâncias exigem.

— O que mudou?

— A oportunidade que previ finalmente nos foi apresentada. Mas vamos até aposentos mais confortáveis para discutirmos a melhor forma de tirar proveito disso.

Elas se dirigiram aos apartamentos reais, se acomodando em almofadas macias enquanto os servos com quem sua tia viajava as presenteavam com vinho e iguarias de um calibre muito mais alto do que se costumava encontrar dentro daquelas paredes.

Como nunca era de perder tempo com conversa fiada, a tia foi logo dizendo:

— Silas deu um passo maior que a perna com a ponte. Como eu previa, os ithicanianos ainda estão lutando a todo momento e vão continuar. A guerra está no sangue deles, ainda mais do que no nosso. Não vão se render.

Os acontecimentos em Guarda Sul ainda causavam uma onda de enjoo em Zarrah, pois ela sabia melhor do que ninguém as atrocidades de que os maridrinianos eram capazes. Relatos de cadáveres ithicanianos pendurados da ponte já estavam chegando, e ela sempre se forçava a ler os detalhes. Porque embora não tivesse causado nada daquilo, também não havia feito nada para impedir. Mas se obrigou a manter o silêncio e ouvir a explicação das motivações da tia, afinal, se obstruir a ponte fizesse de Maridrina vulnerável às lâminas valcottanas, valeria a pena.

Tinha que valer.

— Silas está perdendo soldados às dezenas — a tia continuou. — Em breve, vai precisar de mais homens em Ithicana ou vai correr o risco de perder seu prêmio conquistado a duras penas, e existe apenas um lugar de onde ele pode tirá-los.

— Da guarnição que ele tem em Nerastis.

A tia sorriu para ela.

— Correto. E vamos encorajar essa decisão dele, não vamos dar nenhum motivo para os manter aqui.

A compreensão perpassou a mente de Zarrah.

— Esperamos até que ele tenha esgotado as fileiras aqui e avançamos contra os que tiverem sobrado, retomando o controle de Nerastis.

— Mesmo assim. — A tia tomou um gole demorado de vinho, os olhos brilhando. — Não é possível que ele tenha esperanças de manter os dois prêmios, o que significa que vai ter que escolher. E a ponte é a obsessão dele desde sempre.

— A derrota de Ithicana é ganho nosso.

Esse era o preço da guerra; Zarrah sabia disso melhor do que ninguém. Sabia que sacrifícios eram necessários para alcançar a vitória e que ela deveria estar com o olhar voltado para o futuro, com expectativa sobre como Valcotta poderia usar a oportunidade para dar o bote. Entretanto, toda vez que piscava, Zarrah encontrava a própria mente cheia de imagens de cadáveres de crianças pendurados da ponte.

Silêncio se estendeu entre elas, até que sua tia disse:

— Você não concorda com a passividade que assumimos no conflito ithicaniano.

Uma afirmação, não uma pergunta, então Zarrah não se deu ao trabalho de negar.

— Pode até ser que não sejamos aliados, mas Ithicana tampouco é nossa inimiga. Enquanto Maridrina é. Deixar que os ratos triunfem sobre aqueles que já foram nossos amigos não me cai bem, por mais que possa ser vantajoso para nós.

— Tampouco me cai bem, mas Aren Kertell não nos deixou muita alternativa. — Acenando para que um criado enchesse as taças, a tia comeu um chocolate, os olhos distantes enquanto media com cuidado as próximas palavras que pronunciaria. — Sei que deseja salvar a todos, minha querida, mas nem sempre isso é possível. Às vezes é preciso fazer escolhas, e, quando se está no poder, sacrifícios são cem vezes mais difíceis. Se tivéssemos intervindo para alertar Guarda Sul, Maridrina teria nos culpado pela invasão fracassada e voltado o poder que detém no sul contra nós. E, em vez de cadáveres ithicanianos enchendo a terra de sangue, teriam sido valcottanos.

As palavras da tia faziam todo o sentido, mas não aliviavam a acidez no estômago de Zarrah.

— Não quer dizer que devamos facilitar as coisas para eles. Se atacarmos, podemos dar a Ithicana a chance de se reagrupar.

— E o ganho deles seria nossa derrota. — A voz da tia era firme. — Essa é a primeira oportunidade em décadas que temos de reconquistar o que é nosso por direito sem perdas catastróficas e está me dizendo que arriscaria jogá-la fora?

— Eu... — Zarrah engoliu em seco, as emoções alternando entre a lealdade que tinha pela tia e a sensação do que era certo. — Silas não dá sinais de estar reduzindo seus números em Nerastis. O mais novo principezinho chegou com trezentos homens novos, e eles têm sido agressivos em suas invasões. Não corremos o risco de encararem nossa passividade como uma fraqueza a ser explorada?

Mais um aceno.

— Silas precisa exibir bem seu herdeiro. Depois que esse aí morrer, o que, se os rumores forem verdade, é inevitável, Silas vai levar aqueles homens de volta. E é aí que vamos atacar.

— Mas quantos civis corremos o risco de perder nesse meio-tempo? — Zarrah acabou deixando a frustração evidente na voz, apesar de seus esforços contrários. — Quantos valcottanos vão morrer porque os maridrinianos acham que não vamos retaliar em resposta a suas mortes?

— Graças a suas excelentes estratégias de defesa, com sorte não muitos. Mas, dito isso, não gosto do tom que está usando comigo, general. Lembre-se de com quem está falando.

Zarrah baixou os olhos, fitando a almofada grande de seda em que a tia estava sentada.

— Perdão, imperatriz. Sinto as emoções à flor da pele com a presença de um Veliant em Nerastis.

E não apenas qualquer Veliant, mas o príncipe herdeiro Keris. O mais recente dos filhos de Silas a comandar em Nerastis, a progênie sanguinária do rei tão violenta em suas invasões quanto o monstro do pai. Yrina relatara, no dia anterior, que espiões tinham finalmente avistado o herdeiro do rei Rato. Tão bonito que poderia ser confundido com uma menina e, claro, com os olhos azuis de Veliant.

— Você não é a única que deseja ver todos os Veliant mortos — a imperatriz disse. — A presença dele ferve o sangue de todos os valcottanos em Nerastis. Mas devemos cultivar nossa raiva. Devemos temperá-la em uma arma que poderemos usar contra os maridrinianos quando for o momento certo. E a sua raiva, minha querida — ela estendeu a mão até a bochecha de Zarrah —, será a lâmina mais afiada de todas. Não tenho dúvidas em meu coração de que será *você* quem cortará a cabeça do principezinho.

— Seria uma honra.

— Já está se revelando uma excelente general. E, no futuro, será uma imperatriz ainda melhor.

Imperatriz. Embora corressem boatos havia anos de que a imperatriz Petra preferisse a sobrinha ao próprio filho parar herdar o trono, essa era a primeira vez que ela expressava essa intenção em voz alta diante de Zarrah.

— Seria uma honra, tia. De verdade.

— Você é como uma filha para mim, minha querida. — A imperatriz se inclinou para dar um beijo na testa de Zarrah. — Tão semelhante a mim em mente e espírito como se tivesse saído de meu próprio ventre, e é você quem há de levar adiante minha visão para Valcotta quando eu me for. — Um brilho irônico iluminou os olhos castanho-escuros da tia. — Mas que Deus permita que eu ainda tenha muitos mais anos para treiná-la até seu potencial máximo.

Zarrah se forçou a sorrir, embora a ideia de perder a mulher que a havia criado desde seus catorze anos desse um nó em seu estômago, um pânico antigo voltando a subir em seu peito.

— Também rezo por isso, tia. Desejaria sua imortalidade, se possível fosse.

A imperatriz riu e abraçou Zarrah, apertando-a com força. Fechando bem os olhos, Zarrah ouviu o coração da tia como quando era criança, e seu nervosismo se apaziguou.

— Conheço sua dor melhor do que ninguém, meu amor — a tia murmurou. — O seu sofrimento também é meu. E, juntas, juro que vamos nos vingar de Silas Veliant.

Uma promessa que havia feito Zarrah seguir em frente nos dias tenebrosos após o assassinato da mãe. Tinha catorze anos na época e estava, com a mãe, irmã caçula da imperatriz, visitando a mansão de uma amiga, menos de uma hora ao sul de Nerastis. Pouco antes do amanhecer, invasores maridrinianos atacaram, matando os guardas e funcionários do terreno. Então se voltaram para a casa de campo.

Zarrah ainda conseguia se lembrar, como se tivesse acontecido na véspera, da mãe implorando que a filha fosse poupada. Dizendo que faria qualquer coisa para deixarem a filha dela *viver*. E os sonhos de Zarrah eram assombrados pela risada do próprio rei Silas Veliant ao concordar. Ao cortar a linda cabeça da mãe, os homens dele pendurando o corpo dela numa cruz no meio dos jardins sob os gritos de Zarrah.

Mas ele cumpriu com sua palavra.

Amarraram Zarrah à base da cruz com a cabeça da mãe em seu colo. Por *dois dias*, ela chorou, gritou e se debateu contra as amarras enquanto sangue e coisa pior pingava em seu corpo, enquanto o sol quente apodrecia sua mãe.

Até que a imperatriz chegou.

Galopando para a mansão com seu destacamento de guerra, foi ela quem soltou as amarras de Zarrah. Quem lavou a sujeira de seu corpo e a abraçou noite após noite enquanto os terrores a assombravam. Quem, depois de presenciar semanas de choro, colocou um cajado na mão de Zarrah e disse: "Lágrimas não vão trazer sua mãe de volta. Dedique toda a sua tristeza, toda a raiva e todo o seu ardor a se tornar uma arma e lutar para impedir que esse destino recaia sobre outra criança valcottana. Prometo a você, vamos fazer Silas Veliant *sangrar* pelo que fez".

Zarrah nunca mais largou o cajado, impulsionada dia após dia pelo desejo de proteger aqueles que não tinham como se proteger sozinhos. Treinou pesado sob o comando dos melhores soldados do império e virou uma guerreira que poucos poderiam enfrentar. Entretanto, apesar de tudo, ainda acordava com a sensação ecoante de sangue pingando em seu rosto e de Silas Veliant, olhos azul-celeste frios como os de um réptil, rindo enquanto ela gritava.

Uma batida soou à porta, e, um momento depois, Welran, o guarda-costas de sua tia, entrou.

— Imperatriz. — Ele fez uma grande reverência. — Seu séquito está pronto para partir.

— Nosso tempo juntas é sempre curto demais, minha querida. — A imperatriz levantou, os braceletes de ouro tilintando em seus braços e sua calça de lamê se avolumando. — Mas, se eu abandonar Pyrinat por tempo demais, os nobres vão deixar de lado as desavenças que mantêm uns com os outros e passarão a conspirar contra mim até serem lembrados de quem governa. E este é o exato motivo para eu ter várias mansões para visitar em minha jornada de volta, para que se lembrem de que sei onde as famílias deles moram.

— A senhora é amada pelo povo, tia. — Zarrah se levantou também. — Eles não se atreveriam a se voltar contra a imperatriz.

— A nobreza *não* é o povo — a tia apontou. — E amor vale pouco na política.

Juntas, atravessaram os corredores do palácio, uma grande guarda de honra esperando no pátio, inclusive Bermin.

— Mãe. — Ele apertou a mão no peito. — Vim para me despedir e desejar boa viagem.

— Nossa separação será breve se eu souber que você não anda obedecendo às ordens de sua prima, Bermin — a imperatriz retrucou. — Ela é minha escolhida e, quando a desonrar, sou eu que estará desonrando. Fui clara?

Zarrah se encolheu por dentro, mas Bermin apenas inclinou a cabeça.

— Se assim deseja, mãe, assim será.

— Ótimo. — A imperatriz parou ao lado do cavalo a sua espera. — Muitas coisas contribuem para a vitória, minha cara, mas o senso de oportunidade talvez seja a peça mais fundamental de todas. Terá que manter nossas forças deste lado do Anriot, por maior que seja a provocação deles. — Então se aproximou, a respiração quente no ouvido de Zarrah. — E, quando o principezinho acabar morto e os homens dele voltarem ao norte para combater Ithicana, nós atacamos.

Zarrah apertou a mão no peito.

— Sim, imperatriz. Boa viagem.

A tia montou num único movimento ágil e, sem dizer mais uma palavra sequer, guiou a escolta para a cidade.

Cruzando, no caminho, com um cavaleiro que entrava a galope.

Um batedor.

— Invasores — o homem disse sem ar, descendo da montaria exausta. — Atacaram uma vila.

Os maridrinianos *nunca* atacavam duas vezes em um só dia. O estômago de Zarrah se revirou.

— Como conseguiram passar por nossos batedores?

— Achamos que viajaram pelo sul contornando o deserto e cortaram caminho pelo interior, voltando pelo mesmo caminho. Tinham partido quando nossas patrulhas chegaram. Quarenta e três mortes, todas de camponeses e de suas famílias.

Quarenta e três.

— Crianças?

O batedor respondeu com um aceno funesto, e Zarrah precisou cerrar os dentes para não vomitar.

— Vermes covardes — Bermin rosnou. — Precisamos retaliar imediatamente. Atacar a guarnição deles e fazer com que paguem com o próprio sangue.

— Não. — Zarrah engoliu a bile em seco. — A imperatriz foi clara em suas ordens. Não devemos cruzar o Anriot por nenhum motivo. — Olhou, então, para Yrina. — Aumente as patrulhas.

— Sim, gen...

— Não fazer nada nos faz parecer fracos — Bermin interrompeu. — Desonra nossos mortos.

Frustração e culpa corroeram as entranhas de Zarrah, que se limitou a apertar as próprias pernas, erguendo os olhos para Bermin com uma expressão comedida.

— Mas é o que a imperatriz me mandou fazer.

— Quarenta e três mortos, Zarrah! Crianças! Os maridrinianos são ratos que não merecem nada além de extermínio!

A ferocidade e a paixão na voz dele eram o que faziam os soldados adorarem segui-lo em batalha, mas Bermin não via muito além da extensão da própria espada.

— Vingaremos cada um deles quando chegar a hora, mas ela ainda não chegou, primo.

Então ele a encarou com frieza, assomando o corpo contra o dela em toda a sua altura imponente, a voz condescendente ao dizer:

— Como a Zarrah é comportadinha. Como a Zarrah é perfeitinha. Sempre obedecendo às ordens da titia mesmo se for preciso sacrificar a própria honra.

Zarrah soltou um suspiro lento. Desde que Bernin havia sido deposto do comando, os esforços para provocá-la a cometer erros vinham aumentando. Mas, ao contrário dele, ela tinha um mínimo de autocontrole.

— Aumentem as patrulhas ao leste. Não vamos vingar os mortos, mas ao menos podemos proteger os vivos. Se os pegarem, não tenham piedade. — Depois acrescentou: — Agora, se me derem licença, está tarde, e tenho trabalho a fazer.

Ela ouviu Yrina dar as ordens e, então, o som de passos enquanto sua amiga corria para alcançá-la. Atravessaram os corredores juntas e só quando estavam na suíte de Zarrah, as portas fechadas, Yrina disse:

— Prefiro crer que você é parente de um bloco de rocha àquele idiota. Sua majestade imperial o derrubou de cabeça quando ele era bebê? Talvez mais de uma vez?

Massageando as têmporas, Zarrah disse:

— A bravura dele é inigualável, e os soldados de seu séquito pulariam de uma ponte, se ele assim ordenasse. Isso não é pouca coisa.

Yrina levantou a mão.

— Bravura. — Em seguida, ergueu a outra. — Estupidez. Podem até segui-lo para onde quiserem; mas eu não o seguiria nem até o outro lado da sala.

Sem responder, Zarrah se dirigiu às janelas amplas que davam para o anoitecer. O palácio valcottano ficava em cima de uma colina no extremo sul de Nerastis, proporcionando a ela uma visão livre da cidade imensa. À noite, era linda: um mar de luzes coloridas e chamas bruxuleantes, o rio Anriot serpenteando pelo centro. Ainda assim, as sombras escondiam que a maioria dos prédios eram escombros, que as ruas fediam a dejetos, e que as margens pantanosas do Anriot eram lar de inúmeros cadáveres putrefatos que ainda não haviam sido consumidos pelos habitantes do rio.

— Que motivo a imperatriz deu para suas ordens? — Yrina perguntou. — Não é do feitio dela não desejar retaliação.

Zarrah explicou a intenção da imperatriz, mas a testa de Yrina só se franziu mais e mais.

— A estratégia é até boa, mas vai ser custosa para todos nós. Se os maridrinianos não temerem retaliações, o apetite deles por invasões só vai aumentar, e não teremos como impedir todas elas. Podemos perder centenas de civis enquanto esperamos Silas recuar para reforçar seus exércitos em Ithicana.

— A imperatriz é sábia. — Zarrah não tinha certeza se suas palavras eram dirigidas a Yrina ou a si própria. — E sabe como combater Maridrina; vem fazendo isso a vida toda.

— Mas você está de acordo com esse plano?

— É claro que sim. — As palavras deslizaram por sua língua sem hesitação porque a tia *nunca* a havia conduzido por um caminho errado. No entanto... Zarrah não conseguia ignorar o amargor que vinha em saber que toda uma nação havia sido sacrificada como parte das ambições de dar um duro golpe em Maridrina. Por mais brilhante que fosse, do ponto de vista estratégico, a jogada parecia... *desprovida* de honra. — Temos apenas que aumentar nossos esforços na proteção de nossas fronteiras enquanto o plano se concretiza.

Yrina abriu a boca como se fosse dizer algo, hesitou, então disse:

— Esse é um problema para amanhã. Quer fazer uma visita à cidade hoje à noite? Conheço alguns estabelecimentos em que a bebida é tolerável e eles empregam homens tão bonitos que fazem qualquer pessoa esquecer de suas preocupações diárias. Posso pedir uma escolta?

O último lugar em que Zarrah queria estar era num bar barulhento cercada de pessoas. Mesmo agora, sentia como se mal conseguisse respirar, o estômago se embrulhando de náusea. O que ela precisava era de ar.

— Talvez outra noite. Estou cansada.

— Você sempre adia essas coisas, Zar. Convivemos juntas por metade de nossas vidas, mas posso contar nos dedos de uma das mãos o número de vezes em que você deixou o dever de lado por uma noite de entretenimento. Valcotta não vai perder a Guerra Sem Fim porque você tirou algumas horas para relaxar.

Por um segundo, chegou a reconsiderar. Mas lembrou que, nas poucas vezes em que tinha se desviado do caminho que jurou seguir, sentiu como se estivesse traindo o próprio propósito.

— Tome uma por mim. Preciso bolar estratégias para reforçar nossas fronteiras.

Yrina deu de ombros e apertou a mão no coração.

— Vou deixá-la sozinha, então. Talvez o amanhã traga ordens para lutar. Até lá, eu bebo. Boa noite, general.

— Boa noite — Zarrah murmurou, esperando até a porta se fechar para se dirigir à sacada.

Uma brisa salgada soprou do mar e, apoiando os cotovelos na balaustrada, ela concentrou o olhar do outro lado da cidade, nos domos iluminados do palácio maridriniano que decerto estavam cheios de nobres. E do príncipe herdeiro que tinha recebido a ordem da invasão hoje, um verme como o resto de sua linhagem.

Pingo.

Uma gotícula morna caiu em sua testa. Zarrah perdeu o fôlego, cambaleando para trás e passando a mão na pele, certa de que veria sangue.

Era apenas água.

Engolindo em seco, se obrigou a erguer os olhos, irracionalmente certa de que veria o cadáver pútrido da mãe pendurado sobre si. Mas eram apenas gotículas de água que haviam se acumulado no beiral por causa de chuvas passadas. O pânico, no entanto, ainda arranhava sua barriga, arrastando seu pensamento de volta ao momento em que estava amarrada e indefesa. E, por Deus, ela odiava isso. Odiava o rei Rato.

Odiava toda aquela família maldita.

Quando o principezinho acabar morto... nós atacamos. A voz de sua tia ecoou por sua cabeça e um pensamento lhe ocorreu.

Zarrah poderia matá-lo.

Se conseguisse fazer parecer um acidente ou que tivesse sido assassinado por um dos próprios irmãos ambiciosos, ninguém teria como saber. Com o príncipe Keris morto, os homens que tinham sido mandados com ele provavelmente seriam reconvocados imediatamente para o norte, o que significaria que as invasões diminuiriam. Isso abreviaria, em muito, o tempo que sua tia levaria para estar pronta para atacar.

A vida de um único cretino Veliant assassino pouparia a de talvez centenas de inocentes valcottanos.

Voltando para dentro de seus aposentos, Zarrah revirou as pilhas de papéis sobre a escrivaninha até encontrar uma descrição. *Detentor de pouca visão militar. Infame mulherengo com uma inclinação por vinho e vestimentas exuberantes. Cabelo loiro na altura dos ombros. Altura mediana e corpo magro. Olhos azul Veliant.*

Memórias de olhos dessa cor encheram sua cabeça, junto com a risada de Silas Veliant. Zarrah sentiu um calafrio e se repreendeu pela reação.

Ela não era mais uma criança para ser intimidada, muito menos por um principezinho.

Tirando o casaco roxo-escuro do uniforme, marcado pelo brasão de Valcotta e insígnias de sua patente, ela o jogou de lado, o vento arrepiando seus braços nus. Afivelando o cajado em suas costas, Zarrah passou a pernas sobre a balaustrada e se sentou na beirada.

A imperatriz tinha dado ordens expressas de que as forças valcottanas se restringissem ao lado do Anriot que lhe pertencia. Mas não tinha dito nada sobre a própria Zarrah permanecer confinada.

Respirando fundo, ela pulou.

5
KERIS

KERIS SE VIROU E DESABOU NA CAMA, o coração batendo forte e gotas de suor na testa, a respiração tão ofegante quanto a da mulher a seu lado sobre os lençóis de seda.

— Fique à vontade para ir embora. Há moedas no bolso de minha calça, onde quer que ela esteja.

A cortesã se apoiou no cotovelo, jogando o cabelo castanho-dourado para trás.

— A maioria dos homens gosta de conversar depois, alteza.

— A maioria dos homens é idiota. — Ele se virou de bruços. — Mas tenho certeza que você já sabe disso.

Ela fez um muxoxo que não era nem de concordância, nem de discordância.

— Mas vossa alteza não é. Dizem que vossa alteza é muito inteligente.

Keris bufou, o som abafado pelo travesseiro.

— *Dizem* muitas coisas sobre mim, mas nada tão lisonjeiro quanto isso.

Ela se sentou em cima dele, as pernas apertadas contra suas costelas, os dedos massageando habilidosamente os nós de suas costas. Mas, já tendo levado facadas naquele mesmo ponto, Keris ficou tenso e na defensiva.

— É melhor você ir embora. Não estou interessado em conversar.

A cortesã parou de beijar o pescoço dele, levantando e estreitando os olhos.

— Por quê? Acha que só porque sou uma companhia paga, não sou inteligente o bastante para fazer mais do que ficar deitadinha?

— Muito pelo contrário. Pelo que consegui captar em nossas poucas horas juntos, você é bastante inteligente, a ponto de saber que dizer qualquer coisa interessante perto de mim seria perigoso. Sua cafetina atende clientes de ambos os lados de Nerastis, e mulheres que são pegas falando demais tendem a se encontrar flutuando de barriga para baixo no Anriot.

— Como se eu aceitasse dinheiro da escória valcottana.

Ele abriu um sorrisinho, achando graça no patriotismo muito provavelmente falso.

— Só aceita o dinheiro da escória maridriniana.

Ela, então, ficou em silêncio, parecendo contemplar as palavras dele, os olhos verdes observando-o com atenção.

— Por que vossa alteza contrata garotas de programa? Poderia ter todo um harém de belas esposas cuja lealdade seria garantida. Vai ser o rei de Maridrina um dia, afinal.

Keris enrolou uma mecha de cabelo dela no dedo.

— Linda, você sabia que tive oito irmãos mais velhos? E que, por um momento, cada um deles *seria o rei de Maridrina um dia*. Diga-me, sabe o que aconteceu com meus irmãos?

A mandíbula dela ficou tensa.

— Eles morreram, alteza.

— Exato. Então, quais você acha que são as chances de que, de todos os filhos de Silas Veliant, seja eu quem vá sobreviver por tempo suficiente para assumir a Coroa? O que *andam dizendo* sobre isso?

Silêncio.

— Dizem que vossa alteza vai estar a sete palmos antes do fim do ano.

— E provavelmente estão corretos.

A cortesã sorriu, revelando dentes brancos retinhos e uma centelha de bravura que ele achou muito atraente.

— Vossa alteza não respondeu minha pergunta.

Erguendo a moça pela cintura, Keris virou, colocando-a com delicadeza em pé ao lado da cama. Depois de lhe entregar o vestido largado no chão, ele achou a própria calça, o tecido brilhando. Tirou algumas moedas do bolso e deu para a garota.

— Considerando que as chances de eu sobreviver são pequenas, parece injusto arranjar uma esposa, que dirá um harém inteiro. Garotas de programa não choram quando seus fregueses encontram um fim prematuro.

Ela inclinou a cabeça.

— Que interessante achar que suas esposas chorariam.

Mesmo sem querer, Keris riu.

— Cuidado, menina. Posso decidir manter você por mais algumas horas se não for mais econômica com esse seu humor.

Ela foi até a porta, pegando as sandálias de seda. Com os dedos sobre a maçaneta, virou para ele, abrindo um sorriso lento cheio de promessas.

— Meu nome é Aileena, caso tenha gostado de mim e queira me ver de novo, alteza.

Ele tinha, sim, gostado dela. Mas, assim que o pensamento passou por sua cabeça, o quarto pareceu escurecer, e os olhos mortos de Raina encheram sua visão, lembrando-o de que as coisas de que ele gostava eram quebradas. As pessoas de que ele gostava eram mortas.

Nunca mais.

— Se eu quisesse saber seu nome — ele disse —, teria perguntado.

Aileena o encarou por um segundo, os olhos cheios de mágoa; então saiu, batendo a porta.

Keris se jogou na cama e apertou o antebraço sobre os olhos, inspirando de forma profunda e controlada, tentando controlar a culpa triste que se retorcia no peito. Culpa essa que o atormentava desde aquela maldita noite na ponte de Ithicana.

Por que não tinha previsto que aquilo aconteceria?

A porta abriu e fechou, e uma voz familiar disse:

— Ora, Keris, bem quando penso que você não tem como se rebaixar mais, você prova que estou enganado. O que exatamente disse para aquela prostituta que a fez chorar?

Sem tirar o braço de cima do rosto, Keris disse:

— Falei que não tinha interesse em saber o nome dela.

— Você é um escroto, sabia? Por que fazer uma coisa dessas?

— Porque gostei dela.

Keris conseguia praticamente sentir o irmão mais novo, Otis, revirar os olhos antes de dizer:

— É por isso que ninguém gosta de você, Keris. Você é uma pessoa horrível.

— *Você* gosta de mim.

— Não, não gosto. Estou apenas habituado à sua língua ácida. Agora, pelo amor de Deus, vista uma roupa. Não preciso ver seu corpo tanto assim logo depois do jantar.

Resmungando, Keris vestiu a calça e atravessou o quarto descalço até onde Otis estava observando o pardieiro que era Nerastis, a cidade inteira à vista pelo rombo do andar superior abobadado da torre. Mais jovem do que Keris por uma questão de meses, Otis era alto e largo, o cabelo castanho penteado para trás seguindo a moda, a barba aparada e bem-feita. Esfregando o próprio queixo barbeado, Keris perguntou:

— Meu pai mandou você?

— Sim. Ele soube que você está se recusando a participar de reuniões do conselho de guerra para discutir estratégia. Que quando não está com a cara enfiada nos livros está com a cara nos seios de mulheres de Nerastis.

Keris pegou uma taça de vinho que tinha largado ali em algum momento e deu um longo gole.

— Correto. — Ou ao menos parcialmente.

Desde o ataque contra a ponte, ele não conseguia se concentrar nos estudos, pois sempre lembrava de que foi isso que causou a morte de Raina. E o domínio de um reino.

Por que não suspeitei do plano dele?

Otis partiu para cima dele, os olhos azuis cheios de frustração.

— Por que está se comportando desta forma? Essa é sua chance, Keris! Meu pai está lhe dando a oportunidade de provar que você é digno da Coroa, e você está colocando tudo a perder!

— Não tenho interesse em provar meu valor a ele. — Muito menos considerando que provar seu valor ao pai significava se tornar um assassino como todos os outros malditos membros de sua família, incluindo as mulheres.

Era uma surpresa que as crianças Veliant não nascessem com as mãos manchadas de vermelho.

— Vai acabar com a garganta cortada. — O rosto de Otis se avermelhou como sempre acontecia quando ele ficava nervoso, a mão tocando por reflexo o bolso onde Keris sabia que ele guardava as cartas de amor da falecida esposa. O navio dela tinha sido afundado pelos valcottanos meses antes, e as cartas eram profundamente valiosas para ele. — Você é filho dele. Ele não quer você morto, mas Maridrina pode vir primeiro...

Keris deu de ombros, virando a taça e a deixando de lado.

— Isso não tem a ver ainda com você ser pego de surpresa com a invasão a Ithicana, tem? Credo, Keris, supera. É passado.

Keris olhou fundo para a escuridão da noite, vendo a luz se apagar dos olhos de Raina. Vendo o sangue ithicaniano formar uma poça na pedra cinza da ponte.

— Passado, é? Parece que foi ontem mesmo que meu pai me usou para começar uma guerra.

Otis bufou.

— Menos. Você era apenas uma peça pequena num plano muito maior.

— Num plano de *Lara*. — E se ao menos ele tivesse deixado que Raina enviasse suas escoltas de volta a Vencia, esse plano poderia ter fracassado.

A covardia e o egoísmo dele tinham causado a desgraça de Ithicana tanto quanto a irmã conspiradora.

— Ao que parece. — Otis franziu os ombros com um desconforto óbvio, não sendo o único em seu mal-estar pelo pai ter mantido a irmã deles num complexo no deserto Vermelho e deixado que Serin a transformasse numa guerreira fundamentalista determinada a causar a destruição de Ithicana.

A revelação de que ela fora responsável pelo plano veio dos próprios ithicanianos capturados, que cuspiram seu nome e se referiram a ela como a *rainha traidora*.

— Será que Serin já a encontrou?

— Não — Otis respondeu. — Ou ela morreu, ou desapareceu ao vento.

Considerando o que ela havia feito, Keris torcia para que fosse a primeira opção. E que não tivesse sido rápido.

— E o rei ithicaniano?

— O cabeça-dura ainda está lutando. Receberam ordens de levá-lo vivo, se possível.

— Com que propósito?

Se recostando na beirada crua da parede quebrada, Otis lançou um olhar demorado a ele.

— Esqueça Ithicana, Keris. Esqueça a ponte. Esqueça Lara. O *seu* trabalho é concentrar essa sua mente nos valcottanos e trazer Nerastis de volta ao controle maridriniano. Os oficiais superiores vão se encontrar lá embaixo daqui a uma hora para discutir a estratégia. Apareça.

Tomar o resto de Nerastis significaria centenas, senão milhares, de vidas perdidas. E a troco de quê? De possuir um pedaço maior do escombro que era aquela cidade? Keris se recusava a fazer parte de uma empreitada como aquela.

— Eu não faria a menor ideia de por onde começar. Apareça você... todos ficarão mais felizes com isso.

— Provavelmente. Mas não sou eu quem está no comando. Não sou o herdeiro.

Keris deu um tapinha no ombro do irmão mais novo.

— Em breve vai ser, Otis. Em breve vai ser.

Otis fechou a cara e, num movimento rápido, jogou Keris contra a parede com tanta força que os dentes bateram.

— Nunca mais repita isso. Por mais irritante que seja, você ainda é meu irmão, e não quero que morra.

Os dois se encararam por um longo tempo, Otis cravando os dedos no ombro de Keris com força suficiente para deixar marcas, mas enfim deu as costas.

— Parece que uma *mulher* está no comando dos valcottanos agora. Zarrah Anaphora. Quer dizer, na verdade ainda é praticamente uma menina.

Lara também ainda é praticamente uma menina, mas derrubou o impenetrável Reino da Ponte, foi o que Keris considerou dizer, mas murmurou, em vez disso:

— Fiquei sabendo.

— Você poderia derrotá-la e tomar a metade sul de Nerastis. Sei que seria capaz, caso se dedicasse. Faça isso e sua vida estará segura.

Só que Keris não tinha medo de perder; o que lhe dava medo mesmo era *saber* que conseguiria vencer. Participara de reuniões de conselho de guerra e sentira a cabeça se encher de estratégias para a vitória. Quando ele se permitia, a mente era totalmente capaz de se distanciar da realidade cruel da guerra. E, se pegasse confiança depois da primeira vitória, sabia que talvez fosse perseguir outras, incessantemente, até ter as mãos tão cheias de sangue quanto as do pai.

— Não. Apareça você. Diga que estou com uma mulher. Ou bêbado demais. Escolha a desculpa que quiser.

— Mas você *está* bêbado? — Otis questionou.

— Não. Mas isso é fácil resolver.

O irmão cerrou os dentes e logo em seguida relaxou, mas com um suspiro.

— Certo. Mas, em troca, precisa concordar em voltar a treinar comigo. Quero que você, no mínimo, evite virar alvo fácil de um assassino.

— A percepção de que sou um alvo fácil foi o que me manteve vivo pela maior parte da vida, Otis. Não tenho interesse em colocar isso em risco. Mas vou aceitar sua proposta. — Estendendo a mão, Keris soltou a adaga embainhada no cinto do irmão, examinando-a. A ponta estava escura pelo veneno de que o irmão gostava, que agia lentamente, mas era fatal. — Você sabe que adoro facas.

Otis ergueu os olhos para o teto pintado.

— Você faz ideia de como fica pavoroso quando diz essas coisas?

— Isso vindo do homem que envenena as próprias facas.

— Só quando luto contra valcottanos. Os desgraçados não merecem menos.

Keris sabia que era melhor não retrucar, pois, quando o assunto era Valcotta, o ódio de Otis era quase religioso. Como acontecia com muitos maridrinianos, e os valcottanos não eram diferentes.

Otis se dirigiu à porta.

— Boa noite, irmão. Aproveite seu vinho e o sono que vem com ele.

Keris esperou até o som das botas do irmão ecoarem pela escada para sair correndo em direção à porta. Depois de pegar uma camisa preta e um casaco de couro com capuz, encontrou as botas largadas e as calçou, mas antes enfiou uma variedade de facas em vários esconderijos.

Subindo pela beira do piso quebrado, com andaimes se projetando da torre embaixo dele, Keris inspirou o aroma do ar, um misto de sal do mar e da sujeira da cidade, os olhos absorvendo o brilho de mil luzes. Nerastis ganhava vida à noite.

E ele também.

Pisando no andaime, Keris pulou.

6
ZARRAH

DE CABEÇA BAIXA, Zarrah atravessou as ruas cobertas de escombros de Nerastis. Quase um terço dos prédios estava desabado, e o resto tão perto disso que se aventurar em qualquer um deles era risco de ser enterrado vivo.

Não que isso impedisse as pessoas.

Grupos de soldados aliados cambaleavam bêbados ao redor dos escombros, rindo pelas tabernas, bordéis e antros de ópio; os que trabalhavam nesses estabelecimentos observando com astúcia e desespero em igual medida. Ratos saíam de becos escuros, perturbados pelos gemidos de prazer daqueles que eram sovinas demais para pagar por um quarto ou pelos choros desalentados daqueles que haviam sucumbido a vícios ou circunstâncias. Os dois tipos poderiam virar comida de jacaré quando a patrulha dela passasse na manhã seguinte.

Órfãos corriam à solta, batendo carteiras e mendigando nas esquinas antes de voltarem aos barracos que chamavam de lar, as camas pouco mais do que trapos infestados de pulgas. Um menino correu na direção de Zarrah, não mais do que oito anos, mas o foco em seu olhar deixava clara a intenção. Sem interesse em prender crianças hoje, Zarrah atirou um cobre antes que ele tivesse a chance de tentar roubá-la, mas o menino apenas encarou o metal antes de cuspir aos pés dela.

Rangendo os dentes, ela seguiu em frente. Porque esta era Nerastis: sem lei, perigosa e miserável. E, embora tanto Valcotta como Maridrina lutassem indefinidamente para possuí-la, nenhum dos dois países fazia nada para melhorar aquela cidade. Talvez isso mudasse depois que Valcotta tivesse controle total, mas o instinto dizia a Zarrah que os olhos da tia só se voltariam mais para o norte de Maridrina, e que Nerastis continuaria a definhar.

Quanto mais perto ela chegava do Anriot, mais sortida se tornava a companhia, maridrinianos se arriscando por esse lado do rio, assim como seu povo fazia ao lado norte. Soldados que lutavam uns contra os outros durante o dia se sentavam ao redor de mesas rústicas, cartas na mão, com prostitutas das duas nações no colo. Os jogos acabavam se transformando em brigas com uma frequência bem alta, que resultavam em mais cadáveres para dar de comer aos jacarés do Anriot, e Zarrah se manteve longe dos agrupamentos, descendo para onde a rua se desfazia em escombros, o terreno pantanoso consumindo os paralelepípedos.

Das inúmeras pontes sobre o rio largo, restavam apenas ruínas. O leito ficava entulhado de pedaços podres de madeira, pedras viscosas e aço contorcido, proporcionando uma travessia irregular aos audazes que estivessem dispostos a encarar os dentes vorazes que espreitavam sob as profundezas.

Zarrah se ateve ao caminho estreito, flanqueado por árvores de ambos os lados, as botas se afundando no chão esponjoso, o cheiro de putrefação agredindo seu nariz em resposta. À frente, uma tocha hesitante estava cravada no fundo da terra para marcar o local designado para travessia, com um par idêntico bruxuleando do lado maridriniano.

Agachando, ela observou a margem oposta em busca de sinais de patrulhas maridrinianas, depois o rio à procura de sinais de movimento, mas havia apenas o reverberar da água sobre a ponte caída, o ar zumbindo de insetos que picavam sua pele.

Isto é loucura.

Zarrah afugentou o pensamento. Loucura era permitir que o principezinho vivesse enquanto, a cada dia que de sua vida, mais pessoas do povo dela morreriam.

Apertando o cajado, Zarrah procurou devagar um caminho pelo rio, sua bravura e seu equilíbrio precários sobre as pedras escorregadias. A água fria parecia saber sempre que a bota dela deslizava no escuro ou o pé topava em um pedaço de madeira, tentando engolir suas pernas e fazer com que ela tropeçasse, a fim de alimentar suas entranhas. Mas Zarrah conseguiu se manter firme, passando pelo ponto mais fundo no meio. Estava quase lá.

Splash.

O coração de Zarrah saltou com o som baixo, seguido por outros três em rápida sucessão.

Ela tinha sido avistada.

Com o pulso acelerado, apertou o passo, mas as botas ficavam escorregando entre as pedras. Pelo canto do olho, viu ondulações na água causadas pelos répteis que se aproximavam, os olhos brilhando sob a luz de tochas.

Idiota, Zarrah se xingou. *É isso que dá pular de cabeça sem traçar um plano de verdade.*

Então prendeu o pé em alguma coisa.

O pânico foi crescendo enquanto ela tentava se soltar, mas a bota estava bem presa nos destroços. Usou o cajado para fazer força e acabou caindo na água, torcendo o tornozelo dolorosamente e afundando até as axilas.

Sentiu respingos das criaturas se movimentando ao redor.

A respiração acelerou até ficar ofegante enquanto ela virava o pé de um lado para o outro. Tinha visto o que os jacarés faziam, como despedaçavam as presas em grupo, dilacerando animais maiores em pedaços que engoliam inteiros. Ela não teria a mínima chance.

Puxou os cadarços da bota que subia até os joelhos, as mãos tremendo.

— Vamos lá — disse, entre dentes. — Vamos lá!

Então conseguiu se soltar. Rangendo os dentes com a dor, tirou o pé da bota. Cambaleou para a frente enquanto um dos répteis avançava.

Deixou escapar um grunhido de horror e caiu para o lado, afundando de vez na água.

Nade!

Zarrah bateu as pernas, na direção da margem, o cajado ainda na mão. Algo bateu em sua perna e ela conteve um soluço, engasgando com a água suja. Então seus joelhos tocaram o fundo, e ela rastejou pela margem.

Mas um sexto sentido a alertou.

Virando de costas, Zarrah ergueu o cajado bem quando uma boca cheia de dentes pulou. A arma entrou na garganta do jacaré, que fechou a boca e balançou a cabeça, arrancando-a da mão dela.

Firmando os calcanhares na lama, ela cambaleou para trás e se levantou com uma cambalhota. Correu pela margem, parando apenas quando chegou às árvores e aos paralelepípedos estilhaçados da rua que se afloravam na terra. Ali decidiu respirar, apoiada nos joelhos para recuperar o fôlego.

A noite dela *não* estava saindo como o planejado.

Porque Zarrah não havia planejado nada, só tinha um objetivo. A impetuosidade era um convite ao desastre, e ela acabara de confirmar isso. Agora, estava sozinha em território inimigo, ensopada, sem sua melhor arma e vestindo só um pé da maldita bota.

Mas voltar por onde tinha vindo não era uma opção. O caminho estava cheio de jacarés, atraídos pela comoção, o que significava que ela deveria tentar uma das outras pontes desmoronadas rio acima ou esperar que um maridriniano bêbado passasse por ali, servindo de distração para todas aquelas bocarras.

Enquanto considerava suas opções, seu olhar foi atraído ao palácio maridriniano ao longe, os domos iluminados pelas tochas, o mais alto deles ainda se recuperando do ataque de uma catapulta valcottana.

Como a Zarrah é comportadinha, a voz de seu primo reverberou nos pensamentos que lhe atingiam. *Como a Zarrah é perfeitinha*. Então a zombaria dele se transformou na risada de Silas Veliant, aqueles olhos azul-celeste enchendo sua visão.

Zarrah então seguiu para a casa de seu inimigo. Ia buscar sua honra.

E sua vingança.

7
KERIS

Keris ficou olhando para a taça que a criança entregou a ele, que não parecia ter sido lavada em muito tempo, depois encolheu os ombros e deu um longo gole da cerveja.

E quase cuspiu a bebida na mesa.

Com os olhos lacrimejando, perguntou para a criança:

— O que é isso? Mijo?

— Sim, senhor. — A menina inclinou a cabeça, um sorriso se abrindo em seu rosto, que parecia o fruto da união de uma maridriniana e um valcottano. — Mas juro que é nosso melhor mijo. Minha mãe me manda toda alvorada para os esgotos do palácio para coletar as oferendas reais, que servimos apenas a nossos melhores fregueses. É praticamente ouro líquido, senhor.

Keris riu, achando graça não apenas da ideia de ter sua própria urina servida a ele, mas de que teria acordado na alvorada para urinar. Aquelas primeiras horas do dia eram as únicas em que ele dormia. Depois de tirar uma moeda de prata do bolso, ele a ergueu.

— Se me arranjar algo que dê para beber, isto aqui é seu.

Os olhos da menina brilharam.

— Vou encontrar algo digno do próprio príncipe herdeiro Keris.

Keris quase se engasgou, disfarçando a reação com mais um gole da cerveja horrível.

— Um copo limpo, também, se tiver.

Mas a menina já tinha saído correndo.

— Vai jogar ou continuar choramingando sobre sua bebida? — Um dos homens do outro lado da mesa apontou o queixo para a pilha de moedas: a maioria cobres com um pouco de prata misturada.

Pegando as cartas que lhe haviam sido dispostas, Keris passou os olhos por elas, considerou as probabilidades a partir do que já tinha sido jogado e desistiu da mão.

O estabelecimento ficava a apenas um quarteirão do rio Anriot, o fedor das águas pantanosas quase o suficiente para se sobrepor ao de bebida derramada, vômito e coisa pior que permeava o ar. O prédio tinha apenas três paredes, a fachada tendo desmoronado durante o último bombardeio das catapultas valcottanas, e as mesas eram todas portas quebradas sobre barris, as cadeiras, um sortimento desencontrado recuperado pela cidade. Um lugar como muitos outros próximos do rio, que atendiam soldados comuns, enquanto os oficiais e nobres preferiam os locais mais caros próximos ao palácio.

Keris gostava dali porque não havia quase nenhuma chance de ser reconhecido.

A menina voltou, equilibrando com cuidado uma taça de vinho.

— Experimenta!

Ele obedeceu. O vinho estava longe de ser tão ruim quanto parecia, e ele atirou a moeda para a menina, desejando que a gastasse em algo que valesse a pena, como sapatos, mas sabendo que era mais provável que fosse parar no bolso da mãe dela.

As lanternas penduradas no teto balançavam sob a brisa, projetando sombras dançantes enquanto ele jogava, perdido no ritmo de contar cartas e acumular moedas de que não precisava. Gostava de apostar, mas o que mais o atraía até lá era a oportunidade de ouvir o que as pessoas tinham a dizer. Quando viam Keris Veliant, as pessoas filtravam as próprias palavras por medo de ofendê-lo, mas, quando viam um maridriniano anônimo, homens e mulheres diziam o que pensavam. A curiosidade sempre tinha sido o maior vício dele, que coletou pequenas informações dos homens ao redor da mesa, guardando-as para refletir depois.

Mas, por mais absorto que estivesse, por hábito, ergueu os olhos quando uma figura passou diante do prédio. Uma mulher, a julgar pelo formato do corpo, o cabelo na altura do queixo escondendo o rosto. Uma mulher *valcottana*, considerando a calça volumosa. E, para completar, provavelmente uma soldado, considerando a bota militar de cano alto.

Bota. Singular. Pois seu outro pé estava descalço como o de um bebê, o que, combinado à roupa encharcada, sugeria que a travessia do Anriot havia sido... *a nado.*

Ao longe, Keris ouviu cascos de cavalo, sem dúvida uma patrulha maridriniana. E, sem hesitar, a valcottana entrou num dos edifícios abandonados do outro lado da rua.

Curioso, ele entregou as cartas e juntou seus ganhos de cobre e prata numa bolsa, que amarrou com firmeza para abafar o tilintar do metal.

— Boa noite — desejou aos jogadores que ficavam. — E boa sorte.

Se algum deles respondeu, Keris não ouviu, toda a atenção voltada para o prédio em que a mulher havia entrado. A passos silenciosos, seguiu discretamente, pisando com cuidado nos destroços, franzindo o nariz pelo fedor de fezes de rato e mofo. O luar entrava pelos buracos no piso do segundo andar, e ele notou que o teto tinha desabado durante um dos bombardeios. Uma das paredes estava tombada para dentro num ângulo preocupante, e, à direita dele, o chão tinha cedido para dentro do porão. A estrutura toda devia estar a um vendaval de desabar por inteira, mas, ouvindo os passos de uma bota molhada, Keris seguiu em frente.

O couro macio das botas dele, por sua vez, não fazia barulho ao subir a escada, pulando o corpo de uma ave morta e sacando uma faca caso encontrasse problemas. Seu coração batia num ritmo estável, e ele parou no alto da escada, vasculhando as sombras, mas o que restava do cômodo estava vazio.

Para onde a mulher tinha ido?

O chão rangeu quando ele foi até o outro lado do prédio. Curvando os joelhos, Keris deu um pulo e se segurou no muro, rezando para que este aguentasse, enquanto erguia o corpo. As sombras do prédio vizinho encobriram seus movimentos. Ficou encolhido, observando os terraços de Nerastis até encontrar um sinal de movimento.

Você deveria denunciá-la para uma patrulha, uma voz sussurrou em sua cabeça. *Uma soldado valcottana sóbria deste lado da margem só pode ser mau sinal.*

Mas, se ele a denunciasse, a soldado seria capturada, e o melhor que ela poderia desejar era uma morte rápida. Não importaria se ela tivesse feito algo de errado ou não: era inimiga.

Você poderia só deixar pra lá.

No entanto, se ela tivesse sangue maridriniano nas mãos, também seria responsabilidade dele.

O que só lhe dava uma única opção. Resolver por conta própria.

Keris correu e saltou para o prédio ao lado, seguindo o rastro dela pela cidade na direção do palácio.

8
ZARRAH

Suor se misturou à água do Anriot que já secava enquanto Zarrah serpenteava sobre os telhados de Nerastis, música, risos e as vozes de soldados bêbados cobrindo quaisquer barulhos que ela fazia enquanto saltava de prédio em prédio em direção ao palácio.

Os principezinhos sempre tinham os próprios aposentos no alto da torre principal. Como os espiões haviam relatado que, ao contrário de seus predecessores, Keris Veliant quase nunca deixava seus aposentos, ela supôs que o encontraria lá. Subir a escada daquela torre seria impossível, mas o andaime de reparos que se erguia pela lateral era outra história. Assim como o palácio dela, a maioria das janelas estava quebrada, então entrar seria fácil. Encontraria o quarto dele, o sufocaria enquanto ele dormia e fugiria sem que ninguém desconfiasse.

O pé descalço estava ralado e machucado, mas Zarrah ignorou a dor, parando em cima do telhado de um quartel de guarnição e observando o muro que cercava o palácio. Os maridrinianos amavam muros. Mas o povo *dela* amava derrubá-los, e ela conseguia ver os reparos malfeitos que tinham sido realizados sobre o estrago da última grande batalha, blocos quebrados e irregulares de pedra amalgamados com argamassa, plataformas de madeira posicionadas sobre eles para as patrulhas. E, embaixo de uma dessas plataformas, havia uma abertura. Uma abertura pela qual uma mulher esguia se esgueiraria *perfeitamente*.

Um som raspado chamou sua atenção.

Agachando nas sombras, Zarrah observou os terraços ao redor, mas não havia sinal de movimento. *Deve ser só um gato*, pensou ela, entrando. *Ou um pássaro.*

Depois de descer pela lateral do prédio, se escondeu à sombra dele, observando os dez metros de espaço aberto entre sua posição e a base do muro do palácio. Não era bem iluminado, e ainda havia escombros da última batalha grandes o bastante para servir de cobertura.

Observando o avanço dos soldados que patrulhavam o muro, Zarrah esperou até uma dupla passar e engatinhou até a primeira pilha de escombros, deitando no esconderijo. Outra patrulha passou e ela repetiu o movimento até conseguir rolar para a base do muro.

Os batimentos de Zarrah eram um rugido surdo, mas o medo havia se desfeito, substituído pelo foco intenso que tinha ao entrar em batalha. Erguendo os olhos, tentou ouvir o barulho de botas passando e escalou o muro irregular, o mais rápido que se atrevia, até chegar à abertura abaixo da plataforma. Se contorcendo para passar por baixo dela, parou para tomar fôlego, aproveitando o momento para espiar o pátio que cercava o edifício.

Havia pelo menos uma dezena de carroças, soldados trabalhando para descarregar facas, espadas e outras armas, o metal cintilando sob o luar. Era todo o aço harendelliano que o rei Rato tinha passado um ano transportando pela ponte e que, segundo boatos, fora parte integral da invasão a Ithicana. E agora ele pretendia reaproveitá-lo contra Valcotta.

Depois de esperar que mais um par de soldados passasse acima dela, Zarrah saltou, caindo em uma pilha de feno. Rolando de lado, deu vários passos rápidos para se esconder atrás de dois barris. Havia inúmeras sombras a essa hora da noite, e ela avançava por elas até chegar à base do palácio, onde os blocos de pedra decorados criavam dois muros paralelos de pouco mais de meio metro de profundidade. Apoiando os ombros em um e os pés no outro, subiu lentamente, confiando que os soldados em cima dos muros estavam mais focados no exterior do que no interior.

Ao chegar ao topo da estrutura principal, rastejou até a torre onde estava o andaime, e o escalou rapidamente, com os olhos numa janela aberta, pela qual voava uma cortina. Com cautela, espiou a escuridão lá dentro.

Uma lamparina brilhava na mesa ao lado da cama, mas as cobertas estavam intocadas, o quarto sem vivalma. Entrando, ela se agachou atrás da coberta pesada de veludo, inspirando profundamente algumas vezes para acalmar o coração acelerado antes de seguir pelo quarto.

Ao longo dos anos em que vinha servindo em Nerastis, eles haviam saqueado esse palácio um total de três vezes, mas em nenhuma dessas batalhas Zarrah havia chegado a entrar naquela estrutura infame.

Não foi como esperava.

Embora o palácio em si fosse grandioso e imponente, aquele quarto era pouco mobiliado, os móveis desgastados ou vagabundos, os pisos de pedra e as paredes sem qualquer decoração. Apenas a roupa de cama deixava clara a importância do habitante do quarto, e Zarrah passou o dedo sobre a seda elegante antes de pegar a lamparina, os olhos pousando num uniforme maridriniano largado sobre o dorso de uma cadeira.

Pegando-o, notou o bordado prateado e os broches turquesa e prateados indicando que pertencia a um oficial de alta patente, mas foi o peso de algo no bolso que chamou a atenção dela. Tirando um maço de cartas, sorriu ao ver o selo real na primeira. Correspondência oficial, poderia ter alguma utilidade. Enfiou no bolso para ler depois e agitou a lâmpada para medir o nível de óleo, considerando as opções a partir daquele momento. Precisava de uma distração depois que matasse o príncipe, para garantir que sairia dali viva.

Então uma voz baixa disse:

— Acho que você não planejou isso direito.

Zarrah se sobressaltou, quase derrubando a lamparina ao virar para a janela aberta.

No parapeito estava um vulto, o capuz cobrindo o rosto, mas a faca claramente visível na mão. Zarrah ficou olhando o vulto entrar no quarto, tão silencioso que poderia ter cortado seu pescoço antes mesmo que ela sentisse o toque da lâmina.

Ela sacou a própria faca, as mãos geladas, e recuou conforme ele avançava.

— Seu plano é começar um incêndio, correto? — O sotaque dele era maridriniano, o tom suave, com um pouco de ironia. — Embora chamar *isso* de plano seja um insulto à palavra.

Zarrah se irritou, mas não era de se deixar dominar pela raiva.

— E mesmo assim você se deu ao trabalho de escalar até aqui para me impedir.

— Assim você me *magoa*, Valcotta. Não estou aqui para impedi-la, mas para oferecer um conselho de como transformar essa missão suicida num sucesso *estrondoso*. — Ele riu baixinho. — Um: vai precisar de um pouco mais do que meia lamparina cheia de óleo. Dois: vai precisar de pouco mais do que uma cama como combustível. Três: se seu objetivo for uma grande contagem de corpos, deve começar da *base* da torre, não do topo. E, quatro: se deseja sair desta aventura ilesa, vai ter que entregar essas cartas que pegou.

O objetivo dela era sair dali deixando apenas *um* corpo, mas não se oporia a conseguir mais. Um sorriso lento se abriu no rosto de Zarrah, que deu um tapinha no bolso antes de pular na cama, sentindo a seda fria sob seu pé descalço.

— Por quê? São suas?

— *Suas* é que não são. Entregue-as e deixarei que fuja. Você provou ser uma ameaça apenas marginal, então me sinto capaz de fazer isso com a consciência tranquila.

Seja lá qual fosse o conteúdo das cartas, eram importantes. E, se ele não gritou pedindo reforço, é porque não queria que outras pessoas lessem. Só podiam ser para oficiais.

Zarrah poderia matá-lo e correr atrás do príncipe, mas causaria confusão, alguém escutaria e soaria um alarme, tornando a fuga quase impossível. Ou poderia se contentar com as cartas e fugir agora, deixando o príncipe para outro dia.

— Jogue a faca debaixo da cama e vou considerar.

— Acho que não, hein?

Com o indicador, Zarrah aumentou a chama da lamparina, que cresceu até lamber as pontas do vidro. Tirando o maço de cartas, ela as passou pela chama, rindo quando ele ficou tenso. Não eram apenas importantes como eram algo que ele não queria que fosse destruído. Ordens, era seu melhor palpite.

— Faca.

Um barulho angustiado escapou dos lábios dele, que, com uma virada de punho, atirou a faca para baixo da cama.

— Cartas.

Saindo de cima da cama, Zarrah o contornou, fazendo questão de manter os papéis perto o bastante da chama para não correr o risco de ele tomá-las à força.

— Você não confia fácil nas pessoas, hein, Valcotta? — O tom dele era leve, mas carregava uma tensão inegável.

Era mais alto do que ela, embora não fosse corpulento. E os maridrinianos tinham fama de lutarem bem.

— Nem você, Maridrina. — Ela recuou até a janela.

Só tinha uma chance e precisava de uma vantagem.

— Cartas. — A suavidade aveludada da voz dele tinha sido substituída por um tom cortante. — Você está testando minha paciência.

O coração de Zarrah latejou, suas mãos úmidas e sua barriga tensa.

— Promete que vai me deixar ir?

— Você tem minha palavra.

Com o braço trêmulo, Zarrah estendeu o maço de cartas. Seus músculos ficaram tensos quando ele se aproximou, estendendo a mão enluvada, os olhos sombreados tão concentrados no prêmio que não viu o outro braço dela se erguer, lançando a lamparina atrás dele.

— A palavra de um maridriniano não me vale de porra nenhuma — Zarrah disse, furiosa, depois se lançou à janela, o andaime já em chamas.

Ela pisou no parapeito e, com os olhos fixos no alvo lá embaixo, saltou.

9
KERIS

Keris ficou olhando, boquiaberto, enquanto a mulher saltava da janela da torre e por sobre as chamas com as cartas de Otis ainda na mão.

— Merda! — Correndo até a janela, perscrutou a fumaça até encontrá-la caindo, desajeitada, na abóbada da torre mais próxima, onde escorregou, as mãos e os pés procurando por apoio.

Ela vai cair lá embaixo.

Keris apertou o parapeito, ignorando as chamas e incapaz de fazer qualquer coisa enquanto a valcottana escorregava cada vez mais rápido, as cartas agora entre os dentes, as mãos tentando soltar o arnês ao redor do peito. Bem quando chegou à beirada, as alças se soltaram e ela atirou um laço, o couro se prendendo numa cornija.

Keris arquejou, o coração batendo forte enquanto ela ficava pendurada por um triz. Então balançou as pernas até pegar impulso para pular na sacada. Desapareceu dentro do quarto, saindo pouco depois com lençóis enrolados e amarrados uns aos outros.

Soe o alarme, gritava a lógica. *Você precisa recuperar aquelas cartas!*

Mas, se seus soldados a pegassem dentro do palácio, fariam picadinho dela e espetariam sua cabeça em cima do portão. Não haveria nada que ele pudesse fazer a respeito. E não tinha passado a vida inteira se recusando a sacrificar pessoas em nome de seus objetivos só para ceder desse jeito, na primeira adversidade.

Você deixou que ela chegasse tão longe, pensou. *Agora precisa recuperar aquelas cartas.* E precisava fazer isso sozinho.

Murmurando um palavrão, Keris tomou distância e saltou pela janela.

10

ZARRAH

Zarrah estava a meio caminho da corda improvisada quando ouviu um *tum* alto e o som de algo deslizando pelo domo de metal. Ergueu os olhos e avistou o maridriniano deslizar até a beirada, apanhando habilidosamente o arnês dela e balançando em direção à sacada.

Que merda havia naquelas cartas?

Ignorando o ardor na palma das mãos, Zarrah escorregou pela corda de lençóis. O pé descalço gritou de dor quando ela pousou no telhado do palácio, e quando correu até o topo, pedaços de rocha cortaram sua pele. Soldados lá embaixo gritaram, avistando o incêndio. Uma olhada rápida para cima revelou que o andaime havia sido praticamente engolido pelas chamas, o que serviria como uma ótima distração.

Mas não distrairia a todos.

Agachando, Zarrah se enfiou entre as duas paredes decorativas. Mas, antes de descer do telhado, olhou para trás. O maridriniano já havia descido a corda de lençóis e vinha correndo. Merda. Ela precisava escapar para a cidade, para aquela confusão de prédios destroçados e seus milhões de esconderijos.

Quando chegou ao chão, Zarrah parou para observar os soldados tirando baldes de água do poço, um cenário de caos e confusão.

Cavalos e carroças saíam às pressas pelos portões para fugir dos pedaços de madeira em chamas que caíam. Ela rolou, então, para debaixo de uma carroça que passou, se segurando ao estrado e se encolhendo quando pedaços de esterco caíram pelas ripas.

A carroça entrou no labirinto de ruas, mas Zarrah continuou nela, querendo chegar o mais longe possível antes de se expor. Então, as rodas passaram por um buraco grande nos paralelepípedos, dando um solavanco, e ela caiu de costas, ralando os cotovelos. Ignorou a dor e rolou para as sombras de um antro de ópio; gargalhadas, tanto masculinas como femininas, ecoando nos quartos acima, apesar dos gritos de "Fogo! Fogo!" espalhados pela cidade.

Não pare. Ele não vai desistir tão facilmente. Você precisa atravessar o rio.

Zarrah mancou por um beco até encontrar um lugar em que conseguisse subir. No telhado, tinha uma visão desobstruída do palácio, o andaime em chamas. Uma imagem impressionante, porém não mais do que um contratempo para as tentativas de consertar o palácio. Só restava torcer que as cartas valessem a oportunidade perdida de derramar sangue Veliant.

Ela saltou para um telhado vizinho, refazendo a rota de chegada, torcendo que os jacarés tivessem se dispersado ou encontrado uma presa mais fácil. Porque não haveria outro caminho. Assim que a alvorada iluminasse o céu a leste, a trégua tácita entre Maridrina e Valcotta cessaria, e ser flagrada no lado norte do rio não seria nem um pouco bom para ela.

Soldados e civis tinham largado suas farras para assistir ao fogo, seguindo aos montes na direção do palácio. Enquanto saltava do telhado de uma taverna para mais um bordel, um estrondo alto encheu seus ouvidos, e Zarrah olhou para trás a tempo de ver o andaime desmoronar, formando uma nuvem de centelhas e fumaça.

Nesse momento, sentiu um arrepio na nuca e deu meia-volta, se encontrando cara a cara com o maridriniano.

II
KERIS

A LUZ DO FOGO ILUMINOU O ROSTO DA VALCOTTANA, que, para ser sincero, era muito mais belo do que ele tinha estimado a princípio. A pele negra brilhava de calor e exaustão, e fios do cabelo escuro e curto estavam grudados às maçãs do rosto arredondadas. Se não fosse pela faca que havia surgido na mão dela, ele poderia ter imaginado os lábios em forma de arco daquele rosto envolvidos em várias outras atividades intrigantes.

— Aquilo — ele apontou para o brilho das chamas — vai me causar um inconveniente e tanto.

Com a voz pingando sarcasmo quando ela disse:

— Mil perdões.

E deu um passo para o lado, procurando uma maneira de contorná-lo. Mas Keris imitou o movimento, grunhindo:

— Me dá essas malditas cartas, Valcotta. Não são para você.

Ela abriu a boca como se fosse responder, mas, em vez disso, deu um passo para trás e pulou pela lateral do prédio. Ele soltou um palavrão enquanto a ouvia aterrissar e desatando a correr antes mesmo que ele chegasse à beirada.

Mas ele sabia qual caminho ela pegaria.

Virando, correu e pulou para o próximo prédio, caindo com um rolamento e levantando no mesmo instante. E seguiu assim pelos telhados da cidade, saltando e subindo, sem hesitar, porque se perdesse o impulso, despencaria e morreria lá embaixo.

Com cãibras nas mãos de tanto escalar e dor nos joelhos, chegou à taberna onde estava sentado mais cedo e pulou na viela. As mesas estavam quase vazias de fregueses agora, os valcottanos tinham sido sensatos de partir quando viram as chamas.

Todos, menos uma.

Os olhos dele identificaram movimento nas sombras de um prédio, os contornos esguios dela quase invisíveis enquanto seu corpo descia lentamente pela rua, o olhar focado no caminho que levava ao Anriot. Mas, antes que qualquer um deles pudesse agir, o barulho de cascos nos paralelepípedos encheu o ar e uma patrulha entrou a galope em seu campo de visão.

— Bloqueiem as travessias do rio — um dos homens gritou. — Depois vamos começar uma busca pela cidade para encontrar o culpado. Sua alteza quer o meliante executado antes do amanhecer!

Malditos sejam Otis e sua eficiência.

Keris observou a mulher encarar a patrulha e considerar as chances que tinha de dar a volta por eles e atravessar o rio sem levar uma flechada nas costas.

Boas não eram.

Ela acabaria morta, e tudo por culpa das cartas idiotas de Otis. *Não faça isso*, ele desejou. *Pense em outra coisa.*

Ela ignorou a súplica silenciosa dele, o corpo tenso pela imobilidade de alguém prestes a partir para a ação, o que não deixava muita escolha para ele.

Baixando o capuz, ele gritou:

— Maldição, mulher. — Ele foi para o meio da rua a passos bêbados. — Onde você se escondeu? Ainda não acabei com você!

Conseguia sentir os olhos do soldado sobre si, notando sua nacionalidade, mas não sua identidade, antes de seguirem o que estavam fazendo, e Keris começou a correr cambaleante na direção da mulher, pegando-a pelo braço.

— Pegou meu dinheiro sem terminar o serviço — gritou, e a puxou para um dos bordéis, mantendo-se entre ela e os soldados para escondê-la.

Abrindo a porta com um chute, quase nem olhou para o salão cheio de soldados seminus antes de jogá-la contra a parede, imobilizando os punhos dela no alto e virando seu quadril para não levar uma joelhada nas bolas.

— Cartas. Agora.

Ela se contorceu, tentando sem sucesso escapar das mãos dele, mas o irmão o havia treinado bem. A valcottana, então, ficou imóvel, os olhos escuros fixos nos dele por um segundo antes de gritar:

— Ladrão!

O pânico agudo na voz dela chamou a atenção de todos no bordel, e a cafetina robusta foi até os dois. Embora devesse saber que Zarrah não era uma de suas meninas, parecia haver algum código tácito que exigia solidariedade entre prostitutas, pois ela berrou:

— Na minha casa não! — Pegou um porrete debaixo da mesa.

Keris deu um grito, desviando o rosto por um triz da madeira pesada.

A valcottana saiu correndo pelo salão, choramingando:

— Ele acha que não precisa pagar!

— Ladrão! — a cafetina gritou para ele, erguendo o porrete e forçando Keris a recuar para não perder os dentes. — Saia!

Do outro lado do salão, a valcottana sorriu e correu para a escada. Praguejando, Keris desviou da cafetina, saltando as prostitutas e clientes enquanto corria atrás de sua presa. No segundo andar, ouviu uma porta bater e, um segundo depois, gritos de espanto e raiva. Chutar a porta revelou a valcottana no batente prestes a pular, e ele pulou a cama com um trio de corpos nus, tentando pegá-la.

Tarde demais.

Pulou sem olhar, se segurando ao telhado e levantando com um impulso violento, voltando a correr logo em seguida. Perseguindo-a por telhados, prédios e becos em um caminho serpenteante rio acima, contornando todas as pontes desmoronadas, agora bloqueadas por soldados com tochas se refletindo nas armaduras.

Se a mulher tinha um plano ou um destino em mente, ele não conseguiu desvendar, tentando se concentrar ao máximo para não perdê-la de vista enquanto se equilibrava sobre pedras que ruíam e telhados que ameaçavam desabar, a escuridão escondendo inúmeros perigos que poderiam fazer com que qualquer um deles acabasse morto.

E enfim saíram da cidade, a mulher correndo ao longo da beira do pântano na direção da falésia ao longe. No alto, havia um lago formado por uma barragem. Ela teria que dar a volta, e, em campo aberto, ele poderia arriscar atingir a velocidade de que precisava para alcançá-la.

O bramido do vertedouro da barragem ia crescendo em intensidade, o ar com sabor de água enquanto eles subiam a falésia. Mas, quando ela chegou ao topo, em vez de dar a volta pelo lago, virou para o outro lado. Keris sentiu um frio na barriga quando ela percorreu a barragem até onde a pedra ruída cedia, e o que se apresentava à frente não era nada além de negrume e água.

— Valcotta — ele gritou —, não faça isso!

12
ZARRAH

Cãibras esmagavam suas costelas, a garganta ardia a cada respiração curta, mas não havia tempo para parar. Não havia tempo para descansar enquanto ouvisse o maridriniano correndo, sem deixar abrir nenhuma brecha para que ela se escondesse.

Fora da cidade, estava escuro, e Zarrah tropeçou e cambaleou sobre os escombros e armadilhas mortais, confiando no bramido da cachoeira para guiá-la na direção certa enquanto o terreno subia.

Ao sair por entre as árvores, viu a lua refletida no pequeno lago formado pela barragem antiga. Saiu mancando por cima da própria barragem, as rochas ruindo de tão antigas, e escorregadias pelos respingos úmidos da cacheira. No centro da barragem ficava o buraco que formava o vertedouro. Ela sabia que tinha dois metros e meio de extensão, mas agora, parada na beira e observando as águas escuras que corriam por ele e despencavam por quase dez metros sobre rochas quebradas lá embaixo, parecia infinitamente mais largo.

E a segurança do outro lado, infinitamente mais distante.

— Valcotta, não faça isso!

Zarrah olhou para trás. O maridriniano tinha chegado ao topo da barragem, mas parado alguns metros antes, as mãos erguidas, nenhuma arma visível.

— Por mais divertida que tenha sido essa perseguição, ter que descer para buscar seu corpo mutilado não é o fim que eu esperava para isso. Me entrega as cartas e nós dois podemos sair dessa com vida.

O terror corria denso nas veias dela, e era tentador, tentador até demais, entregar as cartas. Mas Zarrah sabia que se fizesse isso, morreria. A palavra de um maridriniano não significava nada, muito menos a um valcottano. O fato de ela estar com as preciosas cartas dele era o *único* motivo para ainda estar viva.

Respirando fundo, Zarrah criou forças apesar do medo e da dor, correu alguns passos e pulou.

O vento passou uivando por seus ouvidos, a água correndo embaixo de si. Ela chegou ao outro lado da barragem, o impacto tirando o ar de seus pulmões. Arranhou a pedra escorregadia, as pernas penduradas, os pés sem conseguir encontrar apoio porque a água havia erodido as laterais do vertedouro.

— Merda!

O pânico cresceu enquanto ela tentava escalar, mas seus braços tremiam pelo esforço de sustentar o próprio peso, esgotados e exaustos demais para que conseguissem içar o corpo.

Ela ia cair.

Os dedos escorregavam, as unhas riscando a pedra, e um grito escapou de seus lábios quando a rocha se esmigalhou.

Então uma mão enluvada envolveu seu punho.

Tomando fôlego, Zarrah viu o maridriniano em cima dela, equilibrado e estável como se estivesse ajoelhado no corredor de um palácio, e não em uma barragem em ruínas rodeado pela morte. Ele devia ter pulado por cima dela, mas Zarrah não viu. Não ouviu nada.

— As cartas, Valcotta. — A voz dele era tensa. — Me dá as cartas.

— Para você me largar? — Ela colocou o máximo possível de fervor na voz, o que era difícil com as águas geladas do rio beijando os dedos de seu pé descalço, puxando-a para a correnteza. — Me puxa para cima primeiro.

— Para você fugir de novo? Acho que não, hein.

Eles se encararam. Embora Zarrah não conseguisse ver a cor dos olhos dele nas sombras, o olhar ardia. Nenhum dos dois ali estava disposto a ceder, mas, o braço dele começava a tremer, e a decisão logo seria tomada por eles.

Não ceda, Zarrah gritou consigo mesma. *Ele é maridriniano, e, mesmo que isso signifique morrer, você não deve ceder! Sua honra exige!*

— Me dá a sua palavra — ele disse, entre dentes. — Sua palavra de que, se eu a puxar para cima, você vai me devolver as cartas.

O terror a estrangulava, mas Zarrah conseguiu dizer:

— Você tem minha palavra. Vou devolver as cartas se me puxar para cima.

— Todas elas.

— Puta que pariu, sim! — ela disse, sem fôlego. — Todas! Pela minha honra!

O maridriniano a içou, até Zarrah se deitar esparramada de barriga para baixo, ambos rastejando para longe da beirada. Tremendo, Zarrah se levantou, mas, antes que ela pudesse se localizar, o maridriniano estava atrás dela, com a faca em sua garganta e o braço ao redor das costelas, para imobilizá-la.

— Comece a andar.

Mancando, ela deu a volta pela barragem curva, parando apenas quando chegou à margem. Tinha voltado a solo valcottano, pelo visto. Lá eles pararam, as costas dela contra o peito dele, ambos sem ar. E, embora a ponta afiada da faca dele apertasse a pele sob sua jugular, foi o calor da respiração em sua bochecha que ela sentiu ao virar. Longe do fedor da cidade, conseguia sentir o cheiro dele: o aroma limpo de sabonete com o almíscar de uma colônia sutil, sob um leve odor de fumaça e suor.

— As cartas, querida. — Ele sussurrou em seu ouvido e relaxou a mão para que ela conseguisse mexer o braço.

A última coisa que queria era abrir mão de seu prêmio depois de tudo aquilo, mas, com uma faca no pescoço, não tinha muita escolha. Sem falar que tinha dado a palavra.

Levando a mão ao bolso, Zarrah pegou o maço e o estendeu para ele.

— Coloque em um dos meus bolsos, por favor. Minhas mãos estão ocupadas, no momento.

Fechando a cara, ela estendeu mais a mão, tateando os músculos firmes da barriga dele enquanto enfiava as cartas na frente de sua calça. Mas, ao fazer isso, os dedos roçaram no pau dele, que levou um susto. Ela aproveitou a distração para dar um giro e escapar dos braços dele.

Ele apenas riu, ajeitando uma mecha de cabelo úmido atrás da orelha antes de guardar a faca em uma bainha escondida.

— Boa noite, Valcotta — murmurou, antes de assentir. — Pode deixar que conheço a saída.

E, sem dizer mais nada, virou e correu pela extensão da barragem, saltando pelo buraco e chegando facilmente ao outro lado. Sem nem diminuir o passo, desapareceu na escuridão.

13
KERIS

Com a noite chegando ao fim, Nerastis finalmente se aquietaria por algumas horas, pelo que Keris ficava profundamente grato enquanto se arrastava pelas ruas.

Tudo doía.

Inúmeros arranhões e hematomas, mas era seu ombro que o fazia ranger os dentes. Por pouco, havia conseguido chegar ao outro lado do vertedouro a tempo de interceptar a valcottana, mas o ângulo tinha sido ruim e os músculos tinham se distendido. Escalar qualquer coisa mais alta do que sua própria cama seria quase impossível, e ele já conseguia sentir o cerco das circunstâncias se fechando à sua volta. Sem a capacidade de entrar e sair em segredo do palácio, teria que andar com uma escolta se quisesse colocar a cabeça para fora dos muros.

Agora, porém, a valcottana tinha dizimado os andaimes que ele costumava usar, reduzindo a cinzas sua rota de fuga favorita. Só restava torcer que nenhuma das brasas acesas tivesse conseguido encontrar nada de importante em seus aposentos. Muitos dos livros dele eram insubstituíveis, mas até aí as cartas no bolso interno de seu casaco também.

Atravessando os portões com tanta autoridade que ninguém contestou sua presença, Keris soltou o elástico do cabelo e entrou no palácio, madeixas suadas emoldurando o rosto. Criados e soldados corriam de um lado para o outro, e, por sobre o barulho, ele ouviu seu irmão gritar:

— Não quero pedra sobre pedra nesta cidade até encontrarmos meu irmão. Não existe nenhuma chance de que o tenham levado até o outro lado do Anriot, o que significa que devem tê-lo escondido em algum lugar em Nerastis.

Merda.

— Precisamos considerar a possibilidade de o príncipe Keris estar morto, alteza — respondeu outra voz, que Keris reconheceu como a de um capitão chamado Philo.

— Se quisessem matá-lo, teriam cortado a maldita garganta dele — Otis gritou. — Ele está vivo, mas precisamos encontrá-lo antes que decidam reduzir suas perdas.

— Bom dia, cavalheiros. — Keris entrou na conversa.

Os olhos de seu irmão se arregalaram antes de se estreitarem com uma raiva crescente.

— Por onde você esteve?

— Com um belo par de damas na Rosa Rosada — ele respondeu, citando a casa de meretrício mais cara de Nerastis, infame por sua discrição. — O que aconteceu com meu palácio?

— Sem escolta? — As orelhas de Otis ficaram vermelhas. — Você ficou maluco, Keris? Não estamos em Vencia. Você não pode simplesmente sair por aí vagabundeando sozinho.

— Eu disse que não estava sozinho.

— Keris...

A exaustão tinha consumido qualquer paciência para ser tratado feito criança rebelde, então ele interrompeu Otis.

— Pegou fogo?

— Sim, os valcottanos conseguiram incendiar o andaime de reparo. Nenhum dano significativo mas...

Já estava farto dessa conversa. Injetando pânico na voz, gritou:

— Meus livros! — Keris desatou a correr, subindo dois degraus de cada vez enquanto rodeava até o andar de cima, encontrando a porta de seus aposentos arrombada, provavelmente por Otis, e o espaço cheio de criadas varrendo cinzas do chão. O olhar dele se dirigiu imediatamente ao baú onde guardava suas posses mais preciosas, mas parecia incólume. — Obrigado, Deus, pelas pequenas bênçãos.

Otis apareceu atrás dele, respirando com dificuldade. Então o pegou pelo braço, o puxou para a sala de banho e fechou a porta.

— Pensei que tinham raptado você — disse com a voz baixa. — Que tinham escalado o andaime e sequestrado você daqui deste quarto horroroso bem debaixo de nosso nariz. Mas os valcottanos não tiveram nada a ver com isso, não é? Você desceu por livre e espontânea vontade para confraternizar com as massas como se não fosse o príncipe. O fogo foi apenas uma distração para você sair pelos portões, então?

— Eu...

— Você poderia ter matado alguém, sabia? Vários dos nossos homens sofreram queimaduras dos escombros que caíram, sem falar que vai levar pelo menos uma semana para reconstruir o andaime.

Culpa corroeu as entranhas de Keris, pois, embora não tivesse sido quem ateara o fogo, ele permitira que a valcottana chegasse perto o bastante para fazer isso.

— Estou cansado disso, Keris. Voltei a Nerastis há apenas um dia e já me cansei de seus métodos infantis de demonstrar descontentamento com as circunstâncias. — Otis passou a mão pelo cabelo. — Sei que você odeia lutar. Que abomina matar. Que é contra nossa invasão a Ithicana e nossa guerra com Valcotta, mas o que não entendo é por que não consegue aceitar que essa é a nossa vida. A guerra está no sangue de nosso povo, e você é o herdeiro do trono. Deve se tornar o homem de que este reino precisa ou aceitar que sua vida será curta.

Keris cruzou os braços.

— Eu já aceitei meu destino, Otis. É você quem continua a resistir.

Silêncio se estendeu entre eles, tão tenso que Keris chegou a se perguntar se chegariam às vias de fato, como acontecia muito entre os irmãos Veliant.

Mas Otis decidiu recuar.

— Tem dias que odeio você, Keris. E hoje é um deles. Mas, como sei que vai voltar a ser o imbecil imprestável de sempre, inevitavelmente, vou desfazer essa confusão. Depois organizar uma invasão ao outro lado do Anriot, porque é muito melhor que nossos homens pensem que um valcottano penetrou nossas defesas do que saberem que o príncipe herdeiro deles foi tão palerma que ateou fogo no próprio palácio.

E, sem dar a Keris tempo para responder, Otis abriu a porta e saiu.

Recostando na parede, Keris cerrou os punhos, se forçando a controlar a respiração. Não seria melhor simplesmente ceder? Descer até a sala de guerra e planejar invasões ao outro lado da fronteira? Cavalgar com os homens e cobrir sua espada de sangue inimigo pela glória de Maridrina? Ser o herdeiro que o pai queria?

Fazer o que fosse preciso para garantir a própria sobrevivência?

Vá atrás dele, uma voz dentro da própria cabeça sussurrou. *Peça desculpas. Prometa que vai mudar.* Mas o corpo não se moveu, e, depois que os segundos deram lugar a minutos, o coração acalmou e o suor furioso que tinha brotado foi secando devagar.

Ao sair, cumprimentou os criados e desceu até o quarto de Otis. O corredor estava vazio, então não havia ninguém para vê-lo arrombar a fechadura e entrar rápido. O irmão claramente não tivera a oportunidade de ir ao quarto ainda, o casaco do uniforme continuava pendurado na cadeira como na noite anterior.

Keris alisou os lençóis e tirou o maço de cartas do bolso, examinando-as sob a luz do sol, confirmando que não havia nenhum estrago. Ele as tinha visto nas mãos de Otis tantas vezes que as conhecia bem. Em sua mente, conseguia ver o polegar do irmão deslizando pelas beiradas dos doze preciosos envelopes, tudo que lhe restava da esposa. Os olhos dele perpassaram uma missiva oficial do pai, o que devia ter inspirado a Valcotta a roubar o maço. Mas Keris sentiu um aperto no peito quando passou o polegar pelas margens das cartas de amor e havia apenas onze. Refez a contagem rapidamente, mas o resultado foi o mesmo.

— Merda! — ele rosnou. — Ela ficou com uma!

Então a lembrança da voz da valcottana encheu seus ouvidos. *Todas! Pela minha honra!*

E não havia nada mais importante para um valcottano do que a própria palavra. O que significava uma coisa: essa não tinha sido a última vez que Keris veria a bela ladra.

14
ZARRAH

Pouco depois do amanhecer, Zarrah entrou mancando pelos portões do palácio valcottano, vários de seus soldados correndo até ela.

— Não é nada. Acabei entrando numa briga de bar.

Então ela subiu para seus aposentos e desabou de exaustão na cama. Um segundo depois, a porta se abriu.

— Assim você me magoa, Zar — Yrina disse. — Parece que saiu para se divertir sem mim.

— Não teve diversão alguma. — Zarrah manteve os olhos fechados, sentindo a pressão do peito do maridriniano em suas costas. O calor da respiração dele em sua bochecha. — Um bom lembrete de por que não saio para beber com soldados.

A amiga bufou, ao mesmo tempo compadecida e irônica, então Zarrah sentiu a cama se afundar e ouviu a inspiração suave de Yrina.

— Meu Deus, mulher. Você correu por um campo de cacos de vidro?

— Está tão ruim assim?

— Bom é que não está. Cadê sua outra bota?

Provavelmente na barriga de um jacaré.

— Perdi na briga.

Yrina assobiou.

— E ainda diz que não teve diversão...

A cama se mexeu. Água espirrou. Zarrah cerrou os dentes enquanto Yrina mergulhava seu pé em carne viva numa bacia, lavando tudo antes de começar a arrancar detritos da pele com uma pinça. O cheiro de álcool encheu o ar, e Zarrah teve apenas um segundo para afundar o rosto no travesseiro e abafar o grito quando Yrina começou a limpar o resto da sujeira de Nerastis das feridas.

— Vai me contar o que estava fazendo do outro lado do Anriot se a imperatriz deu ordens explícitas para não fazermos isso?

— Eu não estava lá.

— Não minta. Está fedendo a água do rio. — Ela hesitou antes de perguntar: — Você teve algo a ver com o incêndio no palácio maridriniano?

Yrina era jurada a ela e sempre havia guardado seus segredos. Mas, acima de tudo, Zarrah odiava mentir para a amiga.

— Tá. Tive. — Zarrah manteve o rosto afundado no travesseiro para esconder o ardor das bochechas.

Não tinha apenas violado deliberadamente as ordens da imperatriz: tinha feito a maior lambança. Foi insensata e com isso não ganhou nada além de um pé dilacerado e as entranhas cheias de culpa.

Yrina ficou num silêncio profundo enquanto enfaixava o pé de Zarrah. Em seguida, murmurou:

— Não deixe Bermin te influenciar, Zar. Lembre-se: cada erro que você comete é uma vantagem para ele. A imperatriz é volúvel, e pode tirar com a mesma facilidade com que dá. Para você se manter como general desta guarnição, deve ser a perfeição aos olhos dela.

E, para a tia, perfeição significava obediência.

— Vou deixar você descansar um pouco — Yrina disse. — E espalhar um boato de que perdeu a bota chutando a mulher que olhou com cobiça para seu amante.

Zarrah resmungou no travesseiro:

— Não se atreva.

— Verdade — Yrina disse, pensativa. — Não é do seu feitio. Você chutaria seu *amante* por ter cedido à tentação, certo?

— Não tenho amante.

— Pois aí está o problema. Você aproveitaria muito mais a vida com um homem dedicado a seu prazer. — Yrina deu um tapa na bunda de Zarrah, finalmente fazendo-a levantar do travesseiro, mesmo que só para dar uma encarada feia nas costas da amiga já de saída.

A *última* coisa de que precisava era a distração de um amante. Ao longo dos anos, tinha recebido alguns homens em sua cama para uma noite ou duas, mas sempre tomara cuidado para que não passasse disso, sabendo que seu casamento seria uma escolha política criteriosa, não uma união por amor. O consorte viria de uma família valcottana poderosa, e a união traria força à Coroa. Mas, nos últimos meses — anos, para ser sincera —, nem sequer havia levado algum homem para sua cama, pois se distrair não era um luxo que ela se permitia.

Por mais exausta que estivesse, o sol já brilhava pelas janelas de vitral de seu quarto, lançando espirais coloridas sobre a seda branca de seus lençóis. Já havia passado da hora de estar de pé e completar seus exercícios, o que significava que dormir não era uma opção.

A opção era um banho gelado para tentar ficar um pouco mais alerta.

Mancando até o cômodo ao lado, Zarrah desatou as fivelas do corselete de couro e o largou no chão, seguido pelo corpete de seda que ainda estava grudado à pele pelo suor.

Os dedos dela doeram quando desafivelou o cinto, mas, quando baixou a calça, ouviu o barulho distinto de papel se amassando.

Franzindo a testa, Zarrah enfiou a mão no fundo do bolso e tirou um envelope, o coração acelerando enquanto ela o abria. Talvez os esforços tivessem lhe rendido algo de valor, afinal de contas.

Desdobrando a carta, começou a ler. *Queridíssimo O, cada minuto em que estamos longe é como uma eternidade...*

O que, em nome de Deus, havia roubado?

Recomeçando, Zarrah leu a carta uma vez, depois releu, procurando algum indício de código entre os arroubos excessivamente poéticos escritos por uma mulher chamada Tasha, mas não havia nada. Nada que fosse minimamente útil.

Tinha arriscado a vida para roubar *cartas de amor* daquele cretino.

Mas não foi isso que fez o coração dela acelerar, o estômago ameaçando botar tudo para fora no piso de pastilhas de vidro. Não, o pior era que ela havia prometido devolver as cartas. Todas.

E um valcottano sempre cumpria sua palavra.

O dia dela não melhorou.

Os maridrinianos decidiram invadir menos de uma hora depois de Zarrah ter voltado; provavelmente em retaliação ao que tinham enxergado como uma clara ofensiva ao palácio deles. Atacaram uma das patrulhas dela, e a batalha curta, mas febril, resultou em muitas baixas de ambos os lados. Toda vez que ela abria a boca para falar por um dos mortos, a culpa se acumulava mais e mais em suas entranhas até quase afogá-la.

Mortos por causa das ações dela. Ações que não lhe haviam rendido *nada* além de remorso por ter sido tão descuidada.

E agora, com a escuridão completa sobre Nerastis, Zarrah precisava voltar a atravessar o Anriot para devolver uma carta de amor idiota.

O estrondo da queda d'água foi se intensificando conforme ela se aproximava da barragem, a lua sendo a única fonte de luz. Na beira do buraco do meio, ela parou.

Água corria pelo vertedouro, o fluxo preto e nefasto. Sentiu um arrepio de medo na espinha. Sem a adrenalina da perseguição, parecia loucura tentar saltar pelo buraco, mas ela não tinha muita escolha. A honra exigia que devolvesse a carta, mesmo que não passasse de uma bobagem floreada, e não havia outra forma de atravessar que não a colocasse em risco de ser pega, uma vez que as pontes estavam sendo vigiadas.

— Você consegue — ela murmurou, arrumando o cajado novo amarrado às costas. — É só pular. Devolver a carta. Depois pular de volta. — E então todo esse constrangimento ficaria enterrado no passado e ela nunca mais voltaria a pensar nele.

Pelo menos era o que esperava.

Inspirando profundamente, Zarrah recuou pelo alto da barragem a passos cuidadosos para dar impulso. Virando para olhar para o buraco, fez uma oração silenciosa e começou a correr.

O vento soprou seu cabelo para trás, o pulso tão intenso quanto a queda d'água.

Você consegue.

As botas marretavam a pedra, levando-a a seu destino. Ela se concentrou, se preparando para pular.

Na beira, parou, cambaleando, vencida pelo nervosismo.

— Você é uma vadia covarde! — Deu meia-volta, pretendendo tentar de novo, quando uma risada chamou sua atenção.

Os olhos dela dardejaram até o outro lado do vertedouro, avistando um vulto escuro, de cabelo prateado ao luar.

— Não seja tão má consigo mesma, Valcotta. Nem todo mundo tem coragem de dar um pulo desses.

Ela o fulminou com o olhar, mas não havia muito o que dizer.

Batucando o pé, ele gritou:

— Acho que está com uma coisa que me pertence. O roubo valeu a pena?

As bochechas dela arderam.

— Não foi minha intenção roubar. — Embora ela não conseguisse ver o rosto dele com clareza na escuridão, soube que o maridriniano tinha erguido a sobrancelha, então acrescentou rapidamente: — Eu pretendia devolver todas. Mas uma ficou presa em meu bolso. Está aqui.

Ela pegou e ergueu o papel sob o luar.

— Eu acredito. — Ele inclinou a cabeça. — Mas você não respondeu a minha pergunta.

Nossa, mas que filho da puta.

Enquanto ainda procurava por uma resposta, entretanto, ele fez sinal para que ela recuasse. Antes que Zarrah pudesse gritar que era perfeitamente capaz de pular, ele o fez.

O coração dela quase saiu pela boca, uma sombra escura voando sobre a água mortal até pousar silenciosamente deste lado. Um silêncio quebrado por uma inspiração súbita, e ele apertou o ombro antes de estender a mão para ela.

— Carta.

Zarrah a entregou em silêncio, os dedos enluvados dele quentes ao roçar nos dela.

— Obrigado. — Recuou alguns passos, obviamente pretendendo fazer o pulo de volta, e a interação dos dois se encerraria ali.

Sem pensar — o que ela estava começando a considerar um problema grave —, Zarrah disse:

— Arrisquei muita coisa sob a falsa impressão de que encontraria um prêmio digno de minha vida aí, mas você arriscou a sua sabendo que essa folha de papel não contém nada além de uma poesia ruim, O.

Ele deu uma gargalhada.

— Eu *com certeza* não sou O.

— Então por que...

— O é um... *amigo*, por assim dizer. Aquelas cartas são da esposa que ele perdeu num naufrágio, e são extremamente preciosas para ele.

— Eu... — O estômago dela embrulhou com um misto de vergonha e admiração. Vergonha de si mesma por ter furtado bens tão preciosos e admiração pelo homem ter arriscado a vida para recuperá-los por outra pessoa. — Perdão. Eu nunca as teria roubado se soubesse que causaria tanta mágoa.

— Isso me surpreende bastante, considerando que você pegou isso com a esperança de que lhe fornecessem informações que resultariam na morte dele e dos compatriotas dele.

— Tenho princípios. Pouco importa se você os entende ou não. — Ela precisava encerrar a conversa antes que o próprio orgulho sofresse mais um golpe, mas a curiosidade a manteve ali, dando voz a uma pergunta que a vinha atormentando. — Por que não soou o alarme? Por que me perseguir por conta própria?

Ele ficou em silêncio e a lua escolheu esse momento para sair de detrás de uma nuvem, iluminando seu rosto, que era tão deslumbrante quanto ela lembrava. Mandíbula marcada e linhas retas, embora o sorriso irônico que ela havia começado a associar a ele não estivesse em seus lábios. O vento soprava suavemente por eles, e o nariz dela identificou o aroma sutil de almíscar, cujo cheiro a preencheu com o desejo absurdo de chegar mais perto. Inspirar mais fundo.

— Se eu tivesse soado o alarme, eles a teriam capturado, e uma execução rápida teria sido a maior piedade que você poderia esperar.

Zarrah sabia disso quando cruzara o Anriot. Sabia que, se fosse pega, teria sido brutalizada antes de ter a cabeça arrancada e catapultada para seu lado do Anriot.

— Por que você se importaria com a vida de uma inimiga?

— Porque já vi morte demais nessa vida e, se depender de mim, nunca vou ser a causa de mais uma. — Os olhos dele, incolores naquela escuridão, a encararam. — E não é porque Valcotta é inimiga de Maridrina que isso te faz minha inimiga.

Era *exatamente* isso que fazia deles inimigos, mas, em vez de discutir, ela disse:

— Você não parece a favor da Guerra Sem Fim.

Ele virou para contemplar a cidade reluzente, mas Zarrah continuou o observando, enquanto o vento soltava um fio de seu cabelo do rabo de cavalo na nuca. Devia ter cerca de vinte e cinco, era o palpite dela, e, embora as roupas fossem simples, a limpeza sugeria que ele desfrutava de certo grau de privilégio. Provavelmente um dos nobres infindáveis que enchiam o exército maridriniano, sem qualquer propósito real.

Ele apontou para a cidade.

— Explique para mim por que vale a pena lutar por este lugar?

Motivos havia. A terra ao redor de Nerastis era extremamente fértil, o porto tão grande que poderia suportar um tráfego mercante significativo, e o clima era mais ameno do que em qualquer outro lugar do continente.

Como se lesse os pensamentos dela, ele disse:

— Quantos homens e mulheres você acha que morreram na guerra por esta cidade?

— Quem pode dizer? — Na verdade ela podia: dezenas de milhares.

Era surpreendente que a própria terra não estivesse manchada de vermelho, de tantos que haviam sido abatidos ali.

— Mesmo que fosse apenas um, já seria demais — ele disse. — Porque essa é uma guerra alimentada não pelo desejo de melhorar a vida das pessoas, mas pela ganância e pelo orgulho de reis e imperatrizes, e ninguém deveria ter que dar a vida por isso.

Ela bufou com repugnância.

— Talvez pela ganância da parte de Silas Veliant, mas a imperatriz luta por honra e vingança.

— Tenho certeza de que é isso que ela quer que seus soldados acreditem que a impulsiona. Talvez seja, também, o que eles dizem a si mesmos, afinal é muito mais palatável enfrentar a morte em nome da honra do que para cumprir sua obrigação. É assim que os soldados maridrinianos se convencem a lutar, ao menos; isso posso dizer com certeza.

Zarrah ia apontar que isso era irônico, considerando que o povo dele era composto de cães sem honra, mas tratou de fechar o bico, pois não havia como refutar o argumento dele.

— Sabe quem começou a Guerra Sem Fim, Valcotta? Quem deu o primeiro golpe? — Ele não deu chance para ela responder. — *Ninguém sabe*, mas certamente um joga a culpa pro outro. Só se sabe que um imperador e um rei mortos há muito tempo queriam essa mesma terra e tinham orgulho demais no coração para dividi-la ao meio. E, enquanto milhares morreram para conquistá-la, Nerastis está em ruína e grande parte da terra ao redor segue sem cultivo. Quem quer que pense que existe honra em continuar um conflito como este é um maldito tolo.

Zarrah se empertigou, levando a mão à arma enquanto a fúria crescia em seu coração.

— Se você fizesse a mínima ideia do que seu povo fez com o meu, o número de órfãos que deixaram, você...

— Eu faço sim, porque o *seu* povo fez o mesmo com o meu. E sugiro que repense suas convicções se acredita que uma criança de Maridrina vale menos só porque não se ajoelha à mesma Coroa que a sua. — Ele abanou a cabeça com força. — O conflito vai e volta, vai e volta, e tudo que produz são cadáveres cujos filhos crescem com ódio no coração a ponto de pegar em armas e recomeçar o ciclo.

Ele falava com proximidade demais, pessoalidade demais, embora não tivesse como saber a verdade.

— O que você prefere que façamos? Que outra solução há senão lutar?

Silêncio.

— Não sei — disse por fim. — É fácil querer mudar, mas muito mais difícil encontrar os meios para isso. Muito menos quando aqueles no poder querem o status quo, e é por isso que meu sonho atual é apenas dar um jeito de me retirar dessas circunstâncias.

Ela tirou a mão da arma, estranhamente desapontada pela resposta dele, embora não soubesse ao certo por quê.

— De que adiantam palavras idealistas se você não age segundo elas? Você critica as ações dos outros, mas ergue as mãos em derrota quando lhe propõem soluções para o problema. Posso ser tola, mas pelo menos sou uma tola que tenta fazer a diferença. Enquanto você é um... *inútil*.

O maridriniano se crispou visivelmente, mas logo se recuperou.

— Antes inútil do que morto.

— Discordo. Quem acredita de verdade em algo deve estar disposto a sofrer por isso. Morrer por isso, se for preciso. O que me dá a impressão de que ou você não tem tanta convicção assim em suas próprias palavras, ou é um covarde.

Ele olhou para ela em silêncio e disse:

— Valcotta, acho que você é muito mais inteligente do que supus a princípio. — A lua projetava sombras sobre o rosto bonito até demais dele. — E talvez mais idealista do que imagina.

Idealista? Ela piscou, depois deu um passo à frente para pegar o braço dele.

— Quem é você?

O sorriso irônico voltou, e, baixando o braço, ele pegou a mão dela e a levou até seus lábios, mal tocando-a, e a sensação já causou nela um frio na barriga.

— O anonimato tem suas vantagens, Valcotta. Ainda mais quando sua visão não está alinhada ao desejo de seu país. E mais ainda quando se está considerando tomar uma atitude. — Ele soltou a mão dela, e a pele de Zarrah imediatamente protestou. — Boa noite.

Sem dizer mais uma palavra, saltou sobre o vertedouro e desapareceu na escuridão.

15
KERIS

— Estava no chão do meu quarto. — Keris entregou a carta para Otis. — Já pode parar de ameaçar as servas.

— Não ameacei ninguém. — Otis murmurou, mas o estado atual das criadas, que, só poderia ser descrito como frenesi, dizia o contrário. — Mas como foi parar no seu quarto?

— A resposta vai ter que permanecer como um dos grandes mistérios da vida. — Se acomodando numa cadeira, Keris vasculhou uma pilha de livros na mesa ao lado, tomado pelo desejo de ler como não acontecia havia muito tempo. Mas, em vez disso, perguntou: — Notícias de Ithicana?

Ele conseguia sentir o escrutínio do irmão, mas Otis disse, por fim:

— Ainda resistindo, apesar das tempestades e de nossas forças terem voltado as defesas do reino contra eles mesmos. Reabrimos o comércio ao longo da ponte.

— Com os mesmos termos de comércio que os ithicanianos usavam?

— Não. Como compensação pelo uso contínuo da marinha dela, estamos permitindo que a rainha amaridiana a use sem cobranças nem taxas.

— Isso vai deixar os harendellianos em frenesi. Meu pai está abusando da sorte.

— Não vão agir antes da próxima estação de calmaria. Não vale a pena perder a frota deles.

Keris franziu a testa enquanto olhava para o livro que escolhera, embora sua consternação nada tivesse a ver com o título. O pai deles estava apostando que os ithicanianos seriam derrotados até a próxima estação de calmaria, eliminando assim a necessidade da marinha amaridiana e o custo associado a ela. Se Ithicana continuasse lutando, Maridrina não apenas teria guerra em todos os lados, como estaria falida, o que levaria ao aumento dos impostos para a população já sob pressão.

— Tomar a ponte foi loucura.

Otis bufou.

— Esqueça Ithicana. Você prometeu treinar comigo, e não pense que não estou convencido de que não tenha roubado minha carta para causar uma confusão que o fizesse escapar dessa.

O rosto da valcottana surgiu na mente dele, o queixo tenso ao descobrir que havia levado algo de valor sentimental para alguém.

— Pense o que quiser.

Otis deu um empurrão nele.

— Pegue uma espada e me encontre nos estábulos. Preciso de uma galopada, e você, de luz do sol; está parecendo um cadáver.

— Então estou perdoado?

— Nem de longe. Mas você é minha responsabilidade quer eu queira, quer não, portanto não tenho escolha além de suportar sua companhia. Agora pare de procrastinar e encontre uma espada logo.

Esperaram até estarem fora da cidade para saírem em um galope veloz pela estrada, lama das chuvas recentes respingando em suas botas. O céu estava do tom mais puro de azul, sem sequer uma nuvem à vista, o sol aquecendo as costas de Keris debruçado no pescoço da montaria. Longe do Anriot pantanoso e da sujeira de Nerastis e dos campos alqueirados, o ar cheirava ao sal do oceano e a campos verdejantes, e os olhos dele perpassavam os homens e mulheres que trabalhavam lá.

Havia muita riqueza a ser produzida ali, mas isso vinha com um custo impossível de ignorar: os restos queimados de casas e celeiros pontilhavam a paisagem, estruturas enegrecidas se erguendo como dedos ao céu. Em alguns pontos a terra tinha sido arrasada, e, quando o vento mudou, o fedor de carne podre encheu seu nariz. Gado massacrado talvez, mas igualmente provável que fossem as vítimas de uma invasão valcottana. Ao longe, Keris avistou uma patrulha maridriniana, o sol se refletindo no aço de suas armas. Dezenas desses grupos patrulhavam a fronteira, mas havia terreno demais para que conseguissem proteger cada centímetro dele, e os valcottanos eram oportunistas em seus ataques.

Otis pegou uma trilha estreita para cortar pelo interior, e Keris foi atrás, incitando o cavalo a pegar mais velocidade. Ele gostava de cavalgar.

Gostava de cavalgadas velozes, o que quase nunca tinha a chance de fazer fora da cidade sem uma escolta. Mas Otis não sofria das mesmas limitações. Não com a reputação de guerreiro que carregava e o respeito que vinha junto com isso.

Chegando a um trecho mais largo da trilha, Keris afundou os calcanhares na montaria, ultrapassando Otis e rindo quando o irmão ergueu a mão num gesto vulgar. Emparelhados, eles disputaram corrida até alcançar um bosque.

— Pode ser aqui — declarou Otis, desmontando, e Keris fez o mesmo, relutante.

Com os animais amarrados a árvores, seu irmão sacou a espada.

Keris encarou a arma.

— Precisamos mesmo?

— Sim. Existe uma diferença entre as pessoas acreditarem que você não tem qualquer habilidade e isso ser verdade, e essa diferença é a sua sobrevivência.

— Prefiro facas.

— Finja que a espada é uma faca bem grande.

Suspirando, Keris sacou a espada, odiando o peso dela nas mãos. Facas tinham propósito para além da violência, mas a lâmina que cintilava sob o sol não era boa para nada além de matar. Segurar a espada era como abusar da sorte.

Quem acredita de verdade em algo deve estar disposto a sofrer por isso. Morrer por isso, se for preciso. O que me dá a impressão de que ou você não tem tanta convicção assim em suas próprias palavras, ou é um covarde. As palavras dela o enfureciam e o inspiravam em igual medida. Durante toda a vida adulta ele tinha adotado as virtudes da paz, e sido chamado de covarde por acreditar nesses ideais.

Mas nunca tinha sido chamado de covarde por não agir de acordo com eles.

Otis atacou, e Keris aparou o golpe sem entusiasmo, realizando os movimentos que tinha sido forçado a aprender quando criança. O clangor de aço contra aço deixava seus nervos à flor da pele, trazendo fragmentos de memórias à toa. Memórias de seu pai gritando para ele que homens Veliant eram guerreiros, ou daria no mesmo ser um afeminado molenga. Do pai o chamando de fracote por se recusar a aprender, sem parecer entender que aprender teria sido o caminho mais fácil.

Quantas surras isso não o teria poupado? Quanta zombaria e grosseria teriam sido evitadas se ele tivesse se tornado tão talentoso com a arma quanto Otis e seus outros irmãos?

Entretanto, justaposta a essas memórias, havia o pai estrangulando sua mãe até a morte e o juramento que Keris tinha feito ao corpo sem vida dela de que preferia morrer a se tornar sequer parecido com seu genitor.

Otis vociferou:

— Pare de se defender e ataque!

Rangendo os dentes, Keris partiu para uma ofensiva débil e acabou facilmente desarmado pelo irmão.

— Recupere a espada!

As palavras de Otis encheram os ouvidos de Keris, mas foi a voz do pai que ele ouviu, e sua visão ficou turva de raiva. Com um rosnado, passou por baixo da lâmina erguida do irmão, derrubando-o com uma força violenta. Eles se debateram, rolando no chão aos murros, mas Keris conseguiu dar uma chave de pescoço em Otis e apertou até que ele batesse freneticamente em seu braço, depois segurou um momento mais por via das dúvidas antes de empurrá-lo.

— Não gosto de espadas.

— Entendi. — Com o rosto vermelho, Otis inspirou algumas vezes antes de abanar a cabeça. — Como alguém tão magro como você consegue ser tão forte é um mistério para mim.

— Livros são pesados.

Otis soltou uma risada, depois estreitou os olhos.

— Você se machucou?

Keris estava massageando o ombro que tinha machucado perseguindo Valcotta na noite do incêndio. Sair no braço não tinha ajudado.

— Não é nada. — E, sabendo que, se tivesse a chance, Otis se preocuparia com ele ainda mais do que suas titias, ele soltou o cesto preso ao cavalo do irmão e olhou dentro. — Você trouxe comida para fazermos um piquenique? Que graça. Se não fôssemos sangue do mesmo sangue, eu estaria começando a questionar suas intenções em relação a mim.

Olhando para cima, Otis murmurou o que parecia uma oração pedindo paciência, mas, antes que pudesse responder qualquer coisa, ouviram gritos ao longe. E, junto com o vento que lambeu seus rostos, veio o cheiro de fumaça.

16
ZARRAH

Apesar da exaustão que a flagelava, Zarrah tinha dormido mal, a mente relutando a se esquecer da conversa com o maridriniano. Não apenas as palavras, mas o simples fato de ter acontecido uma conversa entre eles.

Embora muitos valcottanos tolerassem maridrinianos em contextos comerciais e, uma vez ou outra, sociais, Zarrah só interagia com os rivais no campo de batalha. Tinha, por muito tempo, se considerado honrosa por recusar qualquer coisa com maridrinianos que não envolvesse aço, cajado e sangue *deles*. No entanto, ontem à noite, havia conversado com um deles sobre *paz* entre suas nações. E chamado o homem de covarde por não correr atrás disso.

Em contrapartida, ouviu que era *idealista* por acreditar nisso.

Não conhecia palavra que descrevesse mais sua natureza. Dedicara a vida à Guerra Sem Fim e a se vingar da família Veliant, e já perdera a conta de quantas vezes havia cruzado a fronteira, deixando justiça valcottana por onde passava.

Mas e se aquilo não fosse justiça?

A ideia a enfurecia, e relutava em ser ignorada: insistia em arranhar sua consciência insinuando que, ao tentar se vingar do que havia sofrido quando criança, Zarrah se tornou a vilã da história de inúmeras crianças maridrinianas. Ao tentar derrotar Silas Veliant, Zarrah acabou se tornando igual a ele.

Ela obrigou a própria mente a se concentrar no relatório que segurava, de um espião em Harendell que havia descoberto o paradeiro da rainha ithicaniana. Embora as informações fossem inesperadas e estranhas, ela teve que reler três vezes para reter alguma coisa.

— Por que você luta? — A pergunta escapou de seus lábios, e Yrina ergueu os olhos dos relatórios que também analisava.

— Por vários motivos, como você bem sabe. Ontem à noite entrei numa briga porque um dos idiotas de Bermin derramou minha bebida.

Zarrah tinha notado os leves ferimentos da melhor amiga ao entrar mais cedo e acertado ao imaginar uma briga de taberna.

— Alguém com um nariz tão grande quanto o seu não deveria puxar brigas. Está quebrado?

Yrina o massageou.

— Não. É feito de aço. E você devia ter visto o outro cara.

— Ah, não tenho dúvida. — Enquanto Zarrah tinha sido criada no privilégio e no conforto da capital de Valcotta, Yrina era do nordeste da nação, parte de uma das tribos nômades altamente militarizadas do deserto. Cresceu dando socos, aprendeu a empunhar uma espada antes de aprender a andar e nem tinha chegado à idade adulta ainda quando matou sua primeira dezena de homens. Yrina foi escolhida pessoalmente pela imperatriz para ser guarda-costas da sobrinha depois da morte da irmã, e acabou caindo nas graças de Zarrah. — Mas não foi isso que eu quis dizer. Por que lutamos contra os maridrinianos?

— Pela honra e pela glória de Valcotta.

Yrina disse as palavras sem hesitar, e a rapidez fez Zarrah franzir a testa.

— Claro. Mas... há outros motivos?

Yrina abaixou o relatório que estava segurando.

— Por você, irmã. Aonde quer que você vá, vou atrás, e seu caminho conduz a sangue maridriniano e vingança.

Um mal-estar embrulhou o estômago de Zarrah.

— E se eu não existisse em sua vida? Você lutaria?

Yrina fez uma careta, a pele negra enrugando ao redor dos olhos anogueirados.

— Que conversa é essa, Zar?

— Não estou falando de minha morte. Quero dizer, se nunca tivéssemos nos conhecido.

A amiga se recostou na cadeira.

— Que questionamentos mais estranhos. Isso é algum tipo de teste?

Era, mas não para Yrina.

— Responde.

Yrina deu de ombros.

— Pode ser que sim. O salário é bom, e a acomodação, bacana em comparação com outros postos. — Então acrescentou rapidamente: — E, claro, há honra em derramar sangue maridriniano.

— E você acredita que a maioria da guarnição compartilha desses sentimentos?

— Por quê? — Yrina fechou a cara. — Não vai haver um corte de salário, vai? Porque só honra não enche a barriga nem paga um homem atraente para me dizer que sou bonita. Acho que a imperatriz se esquece disso, se é que se importa.

Por Deus, será que o maridriniano estava certo?

— Não. Não vai haver corte de salário. Só fiquei curiosa.

Mas Yrina estava ao lado dela fazia uma década e não se enganava facilmente. Se debruçando na escrivaninha, pegou as mãos de Zarrah.

— Nem todos foram magoados pelos maridrinianos, Zar. Mas isso não quer dizer que não sejamos leais a você. Sua dor é nossa dor, e vamos morrer para proporcionar a vingança que você merece. Pode confiar.

Aquelas palavras tinham a intenção de dar consolo, mas fizeram o exato oposto. Foi fácil de conviver com toda a violência que ela havia perpetrado na vida, toda a morte que havia causado, sabendo que eram honráveis e justas. Mas e se não fossem? E se tudo que Zarrah tinha feito — ou, no caso de Ithicana, deixado de fazer — foi, como o maridriniano sugerira, em nome da ambição?

Não! Vingança não era ambição. O maridriniano não entendia como a imperatriz havia sofrido nas mãos de Silas Veliant, que assassinou e deixou sua amada irmã caçula para apodrecer.

Exceto que não foi o povo maridriniano que fez isso.

Zarrah roeu a unha, lembrando como tinha implorado a Bermin que alertasse Ithicana porque os inocentes da nação não mereciam pagar pelas escolhas do rei. Mas não era exatamente isso que ela vinha fazendo durante toda a última década? Punindo inocentes maridrinianos pelos crimes de Silas Veliant? Um combate limpo e justo entre exércitos era uma coisa, mas a Guerra Sem Fim estava longe disso. Eram invasões terríveis, mirando naqueles que menos podiam se defender, e desse crime ela era tão culpada quanto qualquer principezinho maridriniano.

Uma batida na porta a tirou de seus pensamentos.

— Entre.

Uma batedora de rosto suado entrou, apertando a mão no peito, e Zarrah a reconheceu como uma das de Yrina.

— O que aconteceu? Uma invasão?

A batedora fez que não.

— É sua alteza.

O coração de Zarrah vacilou porque Bermin tinha saído em patrulha mais cedo.

— Ele se feriu?

— Não, general — a mulher respondeu. — Ele cruzou o Anriot.

— Ai, merda — Yrina murmurou. — Ele estava falando ontem à noite na taberna que não retaliar contra os maridrinianos era desonroso. Mas pensei que só estivesse bêbado.

Ele foi invadir.

Ficando em pé num salto, Zarrah desatou a correr para os estábulos.

17
KERIS

— INVASORES. — OTIS JÁ ESTAVA ENFIANDO A ESPADA de volta à bainha e se dirigindo aos cavalos. — Precisamos ir. Precisamos levar você de volta à segurança de Nerastis.

Keris deveria estar em segurança enquanto seu povo era massacrado por invasores. Os gritos ficaram mais altos, agudos de pavor e desespero.

— Não.

Pegando a espada do chão, pulou na sela e apertou os calcanhares, galopando na direção do ataque. Galhos de árvores arranharam e se prenderam em suas roupas, mas ele ignorou a dor ardente assim como fez com os protestos de Otis.

Saiu do bosque freando o cavalo e contemplou a cena que se desenrolava.

Era uma fazenda com celeiro, este já envolto em chamas. Animais corriam a torto e a direito, assim como os trabalhadores do campo, e os valcottanos atiravam em suas costas. Os poucos que tentavam lutar eram abatidos, sangue espirrando e corpos caindo, o ar subitamente ausente de gritos.

— Keris, não há nada que possamos fazer — sussurrou Otis. — Chegamos tarde demais! Vamos avisar uma patrulha no caminho de volta para a cidade, mas precisamos partir antes que nos vejam.

Havia sangue por toda parte, os valcottanos rindo enquanto chutavam os corpos. Então um homem enorme vestindo uma armadura de couro que marcava seu peitoral pegou um pedaço de madeira em chamas e se dirigiu à casa. Ateou fogo à porta da frente, deu a volta para incinerar a dos fundos e recuou para admirar sua obra.

Foi então que Keris viu os rostos na janela. Uma mulher e duas crianças, olhos arregalados de pavor. Sem pensar, galopou até lá.

Em meio à fumaça, os valcottanos o avistaram e soaram o próprio alarme. Keris ouviu vagamente Otis tocar uma trombeta para alertar as patrulhas da área. Mas não havia tempo para esperar. A casa era toda de madeira e arderia em chamas muito antes de as patrulhas conseguirem chegar.

Uma flecha passou por seu rosto, passando de raspão por seu cabelo, mas Keris apenas se abaixou sobre o dorso do cavalo. Os valcottanos estavam avançando para interceptá-lo, mas seu animal tinha sido criado para ser veloz e apenas o homem maior conseguiu entrar em seu caminho.

Com os olhos ardendo pela fumaça, Keris viu o valcottano erguer um cajado mais comprido do que ele próprio e dobrar os joelhos, se preparando para atacar as pernas do cavalo.

O animal ficou tenso embaixo dele, mas não vacilou, galopando para cima do soldado.

Calma, desejou Keris. *Calma*.

O valcottano atacou, o cajado veloz.

Mas quando o cavalo se esquivou da arma, Keris se jogou para o lado e acertou o ombro logo abaixo do queixo do homem. Ambos caíram no chão, o valcottano engasgando e apertando a garganta. Keris o ignorou, correndo até a porta, mas teve que recuar, cambaleando, pelo calor.

Não havia como entrar. Sobre o crepitar das chamas, ele ouviu os gritos da família presa lá dentro.

Pense.

Os outros soldados cercaram Otis, o som de lâmina contra lâmina alto enquanto ele os rechaçava. Mas era apenas um homem contra uma dezena de soldados e, se fosse morto... Keris se virou, a mão na direção da espada embainhada na cintura, mas Otis gritou para ele:

— Salve a família!

Os instintos de Keris tomaram conta, guiando-o pela extensão da casa. Não havia nenhuma janela no térreo, mas um barril de água de chuva contra a parede. Keris subiu nele e saltou o mais alto que conseguiu, segurando a beira da esquadria da janela no segundo andar, o ombro machucado reclamou. Raspando as botas na parede, ele se içou para cima, depois chutou o vidro. Cacos rasgaram suas roupas quando ele entrou na casa cheia de fumaça.

Foi tomado por um acesso de tosse no mesmo instante. Rasgou o casaco, cobrindo a boca e o nariz enquanto tateava a escuridão ao redor em busca de uma porta. Encontrou-a aberta para o corredor.

Lágrimas encheram seu rosto, e a visão ficou inteiramente obscurecida, mas ele seguiu os gritos de socorro e achou a escada. Depressa, subiu, entrou no sótão e fechou a porta. Ao virar, deparou com a família apavorada.

— A ajuda está a caminho — disse ele, ofegante, rezando que fosse verdade, porque não fazia ideia de como os tiraria desse caos.

Atos heroicos não eram seu forte.

O menino, que parecia não ter mais de seis ou sete anos, disse:

— Um deles entrou atrás de você!

Mal teve tempo de registrar aquelas palavras quando a porta abriu e um valcottano tossindo entrou com violência, a arma erguida.

Keris desembainhou a espada, e as lâminas se encontraram com um estrondo. Toda a apatia que ele havia demonstrado com Otis tinha sido engolida pela adrenalina que corria em suas veias.

O outro homem era maior, mas Keris sempre tinha sido mais rápido, a velocidade a que chegava compensando a falta de habilidade que demonstrava enquanto lutavam no espaço pequeno, a família gritando e saindo da frente enquanto fumaça entrava, ondulante, pela janela.

Keris tossia a cada respiração, com os olhos lacrimejando, mas se manteve entre o valcottano e a família sabendo que o homem os mataria se tivesse chance. Bloqueando um golpe que fez seu ombro fisgar, ele fechou a porta com um chute e gritou para a mulher:

— Abra a janela!

— Está emperrada! — ela disse entre soluços. — Não abre!

— Quebre!

A mulher não saiu do lugar, mas o menino pegou uma caixa de madeira e jogou no vidro, que se estilhaçou, deixando entrar uma torrente de ar fresco.

Mas isso só lhes garantiria mais alguns minutos.

O valcottano coçou o olho enquanto lutava, o rosto molhado de lágrimas, e Keris viu aí uma brecha.

Ataque! Podia jurar que ouvia a voz de Otis em sua cabeça. *Mate o homem!*

— Não! — rosnou em resposta, se recusando a considerar isso.

As patrulhas chegariam em breve. Os valcottanos recuariam. Tudo que ele precisava fazer era resistir até lá.

Mas fumaça subia por entre as tábuas do assoalho, e o calor crescente não tinha nada a ver com o esforço da atividade.

O tempo deles estava acabando.

O valcottano voltou a atacar com fervor, e o braço machucado de Keris começou a ceder, mas ele conseguiu aparar cada golpe, sem sair da defensiva. O valcottano cambaleou por um segundo, e Keris aproveitou a deixa para dar um soco.

O punho dele ardeu ao acertar a têmpora do homem, que caiu para trás, mas não derrubou a arma.

— Estão batendo em retirada! — o menino gritou perto da janela. — Estão fugindo.

E trombetas maridrinianas estavam tocando.

— Se você fugir, pode conseguir escapar — ele disse ao homem entre uma tosse e outra. — Vá.

O homem cuspiu, a saliva fumegando ao acertar o chão superaquecido.

— O que eu quero é vingança, seu rato maridriniano. Cada vida inocente que vocês tiraram, olho por olho.

A invasão de Otis. Aquela que Keris e Valcotta haviam instigado.

Então o valcottano partiu para cima, a lâmina apontada para o menino. Sem perceber, Keris se jogou entre os dois. Tudo pareceu acontecer ao mesmo tempo muito devagar e muito rápido: a ponta da sua lâmina atravessou a armadura de couro do homem e deslizou por entre as costelas dele.

O valcottano encarou Keris, os olhos arregalados; depois, devagar, foi caindo.

Morto. Ele está morto.

Eu o matei.

Era como se estivesse vendo a cena de longe. Como se estivesse apenas observando uma pessoa completamente diferente, ouvindo outra pessoa tossir, sentindo a dor de outra pessoa. Então o som de alguém gritando seu nome o trouxe de volta ao momento.

— Keris!

A voz de Otis ecoou mais alto que o estrondo das chamas e da madeira crepitante.

— Keris, você precisa sair daqui! Vai desabar!

— Merda! — Keris pegou o casaco do chão e com ele golpeou os pedaços de vidro da esquadria, o calor que se infiltrava pelas botas já machucava seus pés.

Ao se debruçar para fora, viu Otis lá embaixo, o rosto manchado de sangue, mas vivo.

Erguendo o menino, Keris disse a ele:

— Seja corajoso.

E o jogou para longe das chamas que lambiam as paredes da casa. Otis o pegou com facilidade. Mais à frente, os patrulheiros surgiram em cavalos galopantes, mas Keris mal olhou para eles, atento à menina.

— Estou com muito medo — ela resmungou enquanto ele a equilibrava no parapeito. — É alto demais.

— Não é tão alto assim. E, se pular, você vai poder dizer para seus amigos que foi resgatada pelo príncipe Otis Veliant.

A menina virou para ele embasbacada, e seu rosto assumiu um ar determinado antes de pular.

— Vá — ele disse à mãe, quase gritando de frustração quando ela hesitou na janela.

— Quem é você?

— Ninguém importante. Agora pule.

A mulher o fez. Otis estava ocupado demais com a filha dela para apanhá-la, mas a mulher caiu até que bem, rolando pela terra.

Subindo no parapeito, Keris se crispou enquanto o calor atingia seu rosto, as chamas já chamuscando suas botas. Era um pulo fácil para ele, ou melhor, seria, se os outros tivessem saído da frente.

— Saiam! — Tossindo, ele dobrou os joelhos.

A madeira, então, crepitou, e a casa cedeu.

18
ZARRAH

O CAVALO ARFAVA ENQUANTO ZARRAH GALOPAVA pelo campo maridriniano, Yrina e seu grupo de soldados em seu encalço. Estavam em território inimigo, então ataques poderiam vir de qualquer lado, mas Zarrah não estava ligando muito para isso. Tudo que importava era deter a invasão. Tinha se convencido de que a motivação maior para o que estava fazendo era proteger o primo da fúria da imperatriz, mas, em seu coração, sabia que o buraco era bem mais embaixo.

Ela não queria ser vilã.

O destacamento de Bermin tinha deixado rastros claros na terra úmida, mas estavam com uma vantagem de mais de uma hora. Mais do que o suficiente para causar um massacre em qualquer que fosse a fazenda que ele escolhesse — embora fosse inteligente o bastante para evitar patrulhas maridrinianas. Por mais que enchesse a boca para falar de honra, não perderia a vida para vingar a morte de um camponês.

Sentindo o cheiro tênue de fumaça, Zarrah puxou as rédeas para desacelerar o galope, examinando o horizonte.

Lá.

Uma coluna preta subia ao céu, mais alta a cada segundo. Pela altura, não podia ser uma queimada acidental, e com aquela cor, tampouco um incêndio florestal. Só podia ser obra de seu primo.

Virando na sela, ela disse:

— Vamos forçar Bermin a recuar, por ordens da imperatriz. Não devem atacar nem ferir os maridrinianos a menos que a vida de vocês dependa disso, entendido? Quero batedores no terreno ao redor; patrulhas maridrinianas devem estar vindo para investigar a fumaça e quero estar longe quando chegarem. Agora vamos!

Estalando as rédeas contra as ancas do cavalo, desembalou na direção da fumaça, com Yrina e o resto logo atrás.

Saiu de um arvoredo, o cavalo galopando pelo trigo que batia nos joelhos dela. Chegou a um celeiro incendiado, as chamas subindo pela lateral da casa ao lado. Ela avistou rostos familiares dos soldados de seu primo, mas não ele. Então uma trombeta maridriniana soou.

— Merda! — Yrina gritou lá de trás. — É uma das patrulhas deles! Só pode ser!

O que significava que talvez a questão ali não fosse forçar o primo a bater em retirada, mas salvar a pele dele daquele plano mal concebido.

Os soldados de Bermin correram abruptamente para o lado oposto da casa, com gritos de alerta.

Zarrah fez seu cavalo dar a volta pela casa em chamas, o olhar se crispando com a dezena de cadáveres de homens e mulheres que cobriam o terreno, camponeses que Bermin e seus soldados tinham massacrado, os olhos sem vida fitando o céu. Quantos deles tinham filhos escondidos na floresta ou em porões, contendo os soluços enquanto assistiam à cena?

Quantas crianças estavam entre os mortos?

Isso não era guerra; era assassinato a sangue-frio. Tomada pela fúria, Zarrah em parte queria dar meia-volta e deixar que Bermin e os homens dele fossem massacrados pela patrulha a caminho.

Mas o pensamento se desfez quando ela encontrou valcottanos lutando não contra uma patrulha maridriniana, mas contra um único homem, a lâmina da espada dele brilhando sob a luz do sol. Ele derrubou um dos soldados de Bermin, depois outro, mas era só um. Seria abatido uma hora ou outra.

— Zar! — Yrina gritou, apontando, e ela seguiu o dedo de sua tenente até onde Bermin se contorcia no chão, apertando a garganta.

— Tirem-no daqui — ordenou Zarrah, depois pulou do cavalo e se jogou no combate. — Recuem — gritou para os soldados, cujos olhos se arregalaram ao reconhecerem-na. — É uma ordem, seus bostas! Recuem!

Quatro deles ouviram. Três não.

Praguejando, ela fez um deles tropeçar com seu cajado, tombando-o para fora do caminho, depois acertou outro na costela mas teve que bloquear um golpe do maridriniano. Depois outro. O homem era grande para os padrões do seu povo, alto e de ombros largos, o cabelo e os olhos escuros, a pele bronzeada.

— Acabamos por aqui — sibilou Zarrah. — Recue e deixaremos que saia vivo dessa.

Ele secou o sangue que ameaçava cair no olho, que brilhava.

— Você ainda está viva — ele rosnou. — O que significa que *eu* não acabei.

Ele foi atacar, mas hesitou, se voltando para a casa em chamas.

Zarrah se aproveitou da distração para bater nas costelas dele e fazê-lo cambalear.

— Fique no chão! — Então se virou para os soldados do primo, grunhindo: — Vocês se esquecem de quem está no comando. Recuem ou eu mesma mato vocês pela insubordinação.

Mas eles não responderam, concentrados no que se passava atrás dela.

Zarrah se esquivou, pressentindo o ataque. A lâmina do maridriniano cortou o ar logo acima da sua cabeça. Dando meia-volta, se endireitou e deu um soco, acertando o homem na cara com tanta força que ele caiu de bunda.

Então Yrina apareceu cercada por quatro de seus soldados, os olhos brilhando com uma fúria que deixava evidente para Zarrah que tinha visto o que os soldados de Bermin haviam feito. Ou *deixado* de fazer. Yrina ergueu a lâmina.

— Vou cortar...

— Depois — Zarrah vociferou. — Ouça!

Mais trombetas ao longe, uma patrulha a minutos de distância.

— Nosso camarada está lá dentro — um dos homens de Bermin disse. — Entrou na casa atrás do outro maridriniano.

A casa ardia em chamas.

— Então ele está morto. Seja como for, não podemos ficar. — Porque, pelos sons das trombetas, não era apenas uma patrulha chegando.

Os soldados dela puxaram os homens de Bermin até seus cavalos, e Zarrah alcançou a própria montaria para segui-los. Começaram a galopar pelos campos, mas ela arriscou um olhar para trás, notando movimento na janela do andar de cima. Crianças foram jogadas lá de cima, e depois uma mulher. Em seguida um homem se equilibrou na esquadria, quase invisível através da fumaça, onde hesitou.

O que foi um erro.

A casa desmoronou num estrondo de chamas, e ele desapareceu na fumaça.

Um lampejo inesperado de tristeza tomou Zarrah, que apertou a mão no peito em um gesto de respeito pelo sacrifício do homem antes de voltar a atenção para a estrada à frente.

E às mudanças que pretendia promover quando chegasse ao outro lado.

19
KERIS

Keris saltou, o calor que o envolvia tão intenso que chegava a doer, os pulmões ardendo pela fumaça e pelas brasas quando chegou ao chão e rolou. E continuou rolando até ar fresco encher seus pulmões, o ombro gritando de dor.

— Keris! — Mãos apertaram seus braços, chacoalhando-o, e ele viu o rosto do irmão. — Keris, você está bem?

— Estou ótimo — respondeu com a voz rouca. — Nunca estive melhor.

Ficando de quatro apoios, viu a mãe abraçando os filhos, os rostos sujos de fuligem. Ao redor, estavam os corpos dos familiares e companheiros de trabalho, o pátio e o campo salpicados de sangue e membros decepados. Então ele avistou a pilha de madeira, tudo que restava da fazenda, e um corpo caído perto do topo. Um corpo que ainda tinha a espada dele cravada no peito.

Você o matou.

Virando para o outro lado, Keris vomitou na terra.

— Precisamos de retaliação imediata! — Otis bateu o punho na mesa, fazendo as taças pularem. — Não foi apenas uma agressão contra camponeses; eles atacaram o príncipe herdeiro de Maridrina. Não responder à altura vai nos fazer parecer fracos.

Keris mordeu a língua para não comentar que na verdade tinha sido *ele* que atacou os valcottanos, sabendo que estaria gastando saliva. Otis e o restante dos militares na sala acabariam encontrando alguma outra desculpa para enviar uma ofensiva até o outro lado da fronteira.

— Eles vão estar esperando por isso — o capitão Philo respondeu. —

É melhor deixar alguns dias passarem para coordenar o ataque. Talvez por mar desta vez? Há algumas vilas perto da costa que dariam excelentes alvos.

Civis. O maxilar de Keris ficou tenso, sabendo que a invasão se igualaria à cena que ele tinha deixado para trás na fazenda. Corpos de pessoas que nunca haviam empunhado uma arma na vida. Corpos de pessoas que só queriam lavrar a terra e cuidar de suas famílias. Corpos para empilhar sobre os milhares que já haviam morrido nesse vaivém doentio entre nações que não dava em nada.

O que seria preciso para colocar um fim nisso?

— Como provavelmente estavam retaliando nossas invasões recentes, talvez seja melhor fortalecer nossas patrulhas fronteiriças do que incitá-los mais.

Todos os homens na sala ficaram em silêncio, os olhos fixos em Keris. Sua primeira inclinação foi descartar as próprias palavras, se retirar da situação, como sempre tinha feito. Mas a crítica da valcottana ainda estava fresca em sua cabeça, portanto pegou-se dizendo:

— Nossa capital passa fome por falta de colheitas enquanto dedicamos todo nosso esforço a matar camponeses valcottanos em vez de proteger os nossos e permitir que cultivem a terra mais produtiva de Maridrina.

— Estaremos protegendo todos eles se demonstrarmos a Valcotta que os ataques deles têm consequências — Otis respondeu. — É assim que fazemos as coisas por aqui.

— É assim que fazemos as coisas por aqui — repetiu Keris. — Mas, ano após ano, centenas de camponeses e suas famílias morrem sob lâminas valcottanas, o que sugere que essa estratégia não vem sendo lá muito eficaz. Talvez seja hora de tentar algo diferente.

— Com todo o respeito, alteza — um dos homens retrucou —, talvez seja melhor que deixe a estratégia militar para aqueles com treinamento e experiência, ainda mais considerando que vossa alteza nos deixou claro que não tem interesse em se envolver nesses assuntos.

Um milhão de respostas passaram por sua cabeça, mas nenhuma delas chegou à língua de Keris porque ele não sabia ao certo o que almejava alcançar com essa discussão para além de pôr um fim às invasões, coisa que não estava dentro de seu poder. Os homens tomaram seu silêncio como concordância e voltaram a debater quando e como invadiriam, abrindo mapas à frente deles.

Não ouviriam nada que ele dissesse porque *queriam* invadir. Desejavam aquele rastro de morte e destruição. Porque por mais que alegassem estar agindo a favor dos interesses daqueles que deveriam proteger, isso não era verdade. Não eram nada além de assassinos.

Keris olhou para o fundo da taça, uma ilusão de ótica fazendo o vinho parecer sangue. Sentiu o estômago revirar, bile queimando sua garganta.

Você também é um assassino.

No caminho de volta a Nerastis, Otis tinha enchido seus ouvidos de chavões. Que Keris não tivera escolha senão matar o homem. Que, se não o tivesse matado, ele quem acabaria morto. E, quando nada disso funcionou, que o valcottano teria massacrado a mulher e as crianças. "Você salvou a vida deles", Otis tinha repetido vezes e mais vezes. "Você é um herói."

Ele não era herói coisa nenhuma.

— Só podia ser Zarrah Anaphora — disse Otis, atraindo a atenção de Keris de volta à conversa. — Não há mais ninguém em Nerastis com autoridade para passar por cima dos comandos do príncipe Bermin.

Keris olhou de esguelha para o irmão.

— Tinha uma mulher lá?

— Ela chegou no comando de outra força enquanto você estava na casa de fazenda. Provavelmente como reforço, mas a mocinha se acovardou ao som das trombetas de patrulha e partiu em retirada. Fugiu com o rabinho entre as pernas.

— Era a única mulher? — Um mal-estar cresceu em seu peito. — Ou havia outras?

— Havia várias mulheres na companhia dela. — O rosto dele se encheu de repulsa. — Todas vestidas igual a homens.

— Uma prática repugnante — um dos generais murmurou.

Outro bateu o punho na mesa, declarando:

— Onde já se viu!

Keris ficou tentado a apontar que a vitória mais recente de Maridrina contra Ithicana tinha sido resultado da estratégia de uma mulher, mas apenas levantou.

— Se me derem licença, essa conversa está me dando tédio.

Enquanto saía da sala, Otis dava instruções para a invasão, mas em seguida ouviu som de botas o seguindo e, um momento depois, o irmão passou o braço ao redor de seus ombros.

— Sei que você não concorda comigo, Keris, mas o que aconteceu hoje foi bom. Você entrou em combate e derrotou ninguém menos do que Bermin Anaphora, porra. O filho da imperatriz e um dos combatentes mais formidáveis de Nerastis... você! Se mudasse de ideia e me deixasse divulgar essa informação, os homens naquela sala repensariam a opinião que têm do herdeiro do trono.

Keris se esforçou para não revirar os olhos, sem interesse em cair nas graças daqueles idiotas.

— Não.

— Pelo menos no relatório que enviamos para meu pai...

— Prefiro que não mencione meu envolvimento. — O pai dele ficaria contente, sim, mas não por orgulho. Seria porque veria isso como uma vitória contra Keris na guerra ideológica interminável que travavam.

Otis ficou em silêncio, depois murmurou:

— Ele vai descobrir de um jeito ou de outro. Nerastis está cheia de espiões de Corvus e, se eu omitir que você estava comigo, ele vai saber que é porque me pediu para fazer isso, e vai ser pior.

Keris cerrou o maxilar, sabendo que o irmão estava certo e o odiando por isso.

— Certo. Diga que eu estava lá, mas nada mais.

— Pare de remoer o que não pode ser mudado. — Otis o puxou e depois deu um empurrãozinho, fazendo Keris cambalear. — Vamos procurar alguma diversão na cidade. Uma garota bonita para apaziguar sua moral ferida. Vou organizar uma escolta.

Keris ia protestar que não estava a fim de se divertir, mas desistiu. Escapar do palácio agora seria impossível, mas escapar de um bordel... forçou um sorriso no rosto.

— Vai na frente.

Os dois estavam de capuz, embora a dezena de guardas que Otis havia escolhido a dedo para sua escolta provavelmente denunciasse a identidade deles. Mesmo assim, Keris ficava feliz em manter o rosto relativamente incógnito para o povo de Nerastis; o anonimato era fundamental para sua capacidade de se camuflar entre eles.

O andar principal do bordel tinha sido esvaziado dos outros fregueses para que os príncipes pudessem escolher as garotas que quisessem. Keris apontou para Aileena assim que a viu, e a única surpresa que a moça demonstrou foi uma leve erguida de sobrancelhas antes de fazer uma grande mesura e levá-lo para o andar de cima.

O ar estava denso de óleo aromatizado e perfume, tudo para esconder o cheiro de suor e sexo que permeava o estabelecimento. A luz fraca provida pelas lamparinas nas paredes a cada três ou quatro metros brilhava através do vidro de produção valcottana.

— Devo dizer que este é um privilégio inesperado — Aileena murmurou. — Pensei tê-lo desagradado em nosso último encontro.

— O único que fez algo desagradável fui eu. — Keris balançou a cabeça quando ela abriu a porta de um quarto com vista para a rua. — Um quarto mais silencioso, se possível.

Encolhendo os ombros graciosos, Aileena abriu a porta do lado oposto, revelando um quarto com uma cama grande, enxoval de seda lilás, cortinas roxas com fios prateados. Ele sorriu com sarcasmo.

— Pensei que você não atendesse valcottanos.

Ela deu de ombros.

— Trabalho é trabalho.

— E pau é pau. — Ele foi até a janela e abriu as cortinas para espiar o beco.

Ela soltou um riso baixo.

— Eu não diria isso, alteza.

Quando ele se virou de volta, ela já estava sem vestido e apenas de roupas de baixo, feitas de correntes prateadas e joias cintilantes. Tudo dourado e em vidro, mas decoroso mesmo assim. No entanto, mesmo tendo experimentado os prazeres que Aileena oferecia, o pau *dele* mal despertou com a visão, a mente se enchendo com a memória de olhos escuros, pele negra sedosa e o físico esmerado por uma vida de outro tipo de trabalho corporal. Mais do que isso, porém, foram as palavras de Valcotta que encheram sua cabeça, a vocalização destemida de coisas que a maioria tinha pavor demais de sequer pensar.

— Por falar em trabalho, querida, tenho uma proposta para você...

20

ZARRAH

— Você PERDEU O JUÍZO? A imperatriz deu ordens explícitas para *não* invadir.

Bermin cruzou os braços e fechou a cara, o pescoço dele inchado e ferido pela batalha.

— Ordens com as quais não concordo. Pelo visto, ela não liga de Valcotta parecer fraca enquanto a força de Maridrina só cresce.

Zarrah rangeu os dentes.

— Isso é traição, primo. A única coisa que o salva de ser executado é seu título.

— Prefiro morrer mil vezes a sacrificar minha honra.

— Honra, é? — Ela cuspiu as palavras na cara dele, a fúria crescendo no peito. — O que exatamente você provou hoje além de que somos tão sanguinários quanto eles?

O primo a encarou confuso, o que só alimentou a raiva que Zarrah já sentia dele.

— Não foram soldados que você atacou hoje; foram camponeses desarmados e as famílias deles. Talvez consiga me explicar por que trucidar crianças provaria sua destreza como guerreiro, pois para mim só prova o contrário.

Bermin limpou a saliva dela do próprio rosto.

— O que deu em você? Encontramos honra na vingança. Como sempre.

E, por muito tempo, ela havia ajudado a alimentar esse ciclo. Tinha acreditado que suas ações eram justas mesmo quando significavam a condenação de maridrinianos. Só que hoje, ao contemplar o rastro de corpos que Bermin e os soldados dele haviam deixado, ela não tinha visto vingança, apenas crueldade.

— Você vai obedecer, alteza. Senão vou mandá-lo de volta para Pyrina. A escolha é sua. Agora saia.

E deu as costas sem esperar que o primo saísse, preferindo contemplar a cidade pela janela, as sombras se projetando, compridas, sob o pôr do sol. O olhar dela se voltou a leste para as falésias, a barragem quase só uma sombra ao longe. O lugar a atraiu como uma compulsão, chamando-a, porque não havia ninguém mais que entenderia. Não havia ninguém para quem pudesse contar que um maridriniano tinha colocado a faísca de uma ideia em sua cabeça e que, contra a vontade dela, essa faísca flamejava como um fogaréu.

Ninguém a quem ela pudesse dizer isso, tirando, talvez, o próprio maridriniano.

21
KERIS

Depois de alguns minutos pechinchando, Keris deu um beijo na bochecha da cortesã e entregou a ela o triplo do que haviam combinado. Então saiu pela janela para a noite de Nerastis.

Não tinha motivos para crer que Valcotta estaria lá. Mas seu coração batia rapidamente enquanto cruzava os limites da cidade rumo à barragem antiga, o bramido da queda d'água crescendo a cada passo.

Por que veio até aqui?, uma voz sussurrou dos recessos de sua cabeça. *O que essa mulher tem a ponto de te fazer arriscar a vida para falar com ela?*

— Ela ouve — ele respondeu à voz.

Embora fosse mais do que isso. Valcotta não apenas ouvia: ela *escutava*.

Subindo até o topo da barragem, ele deu a volta pela pedra curvada, parando na beira do vertedouro, absorvendo a visão do outro lado.

O luar se refletiu no cabelo escuro dela, as madeixas curtas roçando as bochechas lapidadas enquanto a brisa as soprava para longe do rosto. Como sempre, estava vestindo um corpete de couro grosso que se moldava ao corpo esguio, a mesma brisa que mexia seu cabelo jogando o tecido largo da calça contra as coxas grossas. Apenas os braços dela estavam nus, mas a visão deles fez mais com ele do que a cortesã nua que deixara comendo doces na cama do bordel.

— Como sabia que eu estaria aqui? — perguntou ela do outro lado da correnteza.

A memória que ele tinha da voz dela não era nada em comparação com a realidade. Era uma voz que ele poderia escutar pelo resto da noite. E em muitas mais noites por vir.

— Eu não sabia. Só torci para que a sorte me presenteasse com a sua presença.

Ela inclinou a cabeça.

— Você é o primeiro maridriniano a considerar minha presença um presente da sorte.

Ele sorriu.

— Com um rosto igual ao seu, ouso discordar. Tenho certeza que você deixa cadáveres maridrinianos meia-bomba por onde quer que passe, Valcotta.

Ela soltou uma gargalhada, aliviando a tensão que vinha fervendo dentro dele desde a invasão. Acalmando o coração dele ao mesmo tempo que acelerava seu pulso.

— Esse é o pior elogio que já recebi na vida.

Keris fez uma reverência exagerada, depois fez sinal para ela dar um passo para trás. Cerrando os dentes porque sabia que ia doer, ele correu e pulou. As botas não fizeram barulho, mas o impacto fez uma dor lancinante atravessar seu ombro. Ele chegou a cambalear e teve que se apoiar nos ombros dela para recuperar o equilíbrio.

A pele dela estava febril de tão quente, mesmo através das luvas dele, e, quando Keris inspirou, o cheiro de lavanda, couro e aço encheu seu nariz. Uma guerreira, sim, mas também uma mulher, e eles estavam a meros centímetros um do outro, ele apertando os ombros dela, e ela apertando seu peito, mantendo-o estável.

— Você está ferido. — Ela tirou a mão do peito dele. — Não deveria ter pulado.

Provavelmente não mesmo, mas a recompensa de estar perto dela valia muito o risco.

— Não é nada. Uma ferida antiga que veio me visitar.

— Existe pouca coisa pior no mundo do que convidados indesejados.

Que Deus o ajudasse, porque tudo o que ele mais queria era se afogar naquela voz.

— Espero que esteja falando metaforicamente sobre meu ombro e não literalmente sobre minha presença em solo valcottano, pois, se for a segunda opção, meus sentimentos vão ficar muitíssimo feridos. Talvez eu até chore.

Ela sorriu.

— Por que veio até aqui?

— Por que *você* veio até aqui? — Quando ela abanou a cabeça, ele suspirou. — Fui lembrado hoje do exato motivo de não querer vir a Nerastis. De não querer estar nem em Maridrina, aliás.

— Então que sorte a sua, está em solo valcottano agora.

Era *sim* uma sorte, embora isso nada tivesse a ver com o solo em que estava pisando.

— Sei que muitos discordariam, mas vou dar o braço a torcer.

— Que benevolente. — Ela inclinou a cabeça, esperando em silêncio que ele dissesse mais alguma coisa, mas a verdade ficara entalada na garganta.

Keris não admitiria nem a Otis por que estava ali. Quer dizer, ainda menos a Otis, que odiava os valcottanos tão profundamente pelo que lhe tinham tirado que veria as ideias do irmão como traição.

Ela é diferente. O pensamento repercutiu, embora ele não tivesse motivo para acreditar nisso. Mal conhecia essa mulher, essa *soldado*. Mas se pegou dizendo:

— Você já testemunhou as consequências das invasões contra seu povo?

— Sim. Muitas vezes.

— Eu não. Ou melhor, não *tinha* testemunhado.

— Até a invasão de Bermin hoje. — Ela soltou um longo suspiro. — Foi diferente do que você imaginou?

— Não. E sim. — Keris se virou para a cidade cintilante, a névoa subindo e umedecendo seu cabelo e suas roupas. — O silêncio é diferente dos outros. Não é que faltem palavras, mas falta movimento. Corações inertes. Olhares vazios. — Imagens dos camponeses trabalhando se justapuseram a seus corpos caídos por todo o campo e pelo pátio da fazenda. Ele fechou os olhos, tentando esquecer o que tinha visto. — Em um momento, cuidando de suas vidas e, no outro, as vidas interrompidas. E a troco de quê?

— Vingança. — A palavra saiu rapidamente dos lábios dela, que então hesitou e acrescentou: — O motivo que Bermin deu foi retaliação pelas perdas do nosso povo na invasão mais recente.

Uma invasão que eles dois haviam causado inadvertidamente.

— Pois é, olho por olho. Mas nosso povo busca se vingar daqueles que mal se importam com as vidas perdidas.

Ele lembrou como Otis mal tinha parecido notar a carnificina ao redor. Como as patrulhas estavam ensandecidas de raiva mas desprovidas de luto.

Ele pegou uma pedra e a atirou com força, soltando um palavrão com a fisgada no maldito ombro.

— Os que estão no poder deveriam se importar mais, mas o fazem.

— Eu me importo. — A voz dela embargou. — Fico de coração partido toda vez que vejo uma cena daquelas. Sinto ânsia de vômito pela culpa e por não ter conseguido evitar. E... — Valcotta hesitou antes de soltar: — Você já teve uma ideia que se alojou em seus pensamentos feito uma faísca e, em vez de apagá-la, seus esforços apenas fizeram com que ela explodisse em chamas? E essas chamas iluminaram o mundo de uma forma que quase fez você se perguntar se não estava cego antes?

— Sim. — Porque as palavras dela haviam feito exatamente isso na mente dele, embora ele não tivesse decidido que atitude tomaria, se é que tomaria.

Dando as costas para ele, ela sentou, as pernas penduradas pela beira da barragem. Keris abaixou na pedra úmida ao lado dela, sentindo de imediato a névoa da cascata umedecer sua calça.

— Minha mãe foi assassinada na minha frente por invasores maridrinianos quando eu tinha catorze anos. Ela nem sequer sabia empunhar uma arma, mas lutou para salvar minha vida. Eles me amarraram à cruz em que prenderam o corpo dela e me largaram ali para morrer.

O estômago de Keris se revirou. Era uma crueldade que o pai dele havia popularizado na juventude antes de herdar o trono, e muitos dos soldados em Nerastis continuaram usando esse método de execução em honra a ele.

— Sinto muito.

Ela não respondeu, ficando apenas sentada em silêncio por um longo tempo antes de finalmente dizer:

— Dediquei minha vida a me tornar forte o suficiente para lutar contra homens como o que a matou. A proteger aqueles que não tinham como se proteger. A defender Valcotta daqueles que a machucaram. E a buscar vingança. Mas, ao longo do caminho, acabei me perdendo. Me esquecendo de quem eu sou. E tudo que restou foi a necessidade de vingança. — Ela ergueu os olhos. — Essa foi a verdade que a faísca me revelou.

— E agora você está tentando se reencontrar?

— Sim. Mas tenho medo de que, quando isso acontecer, não haja espaço para mim em Nerastis. Nem em nenhum lugar de Valcotta.

Era assim que ele sempre havia se sentido. Como se quem ele fosse de verdade estivesse em desacordo com o homem que seu pai, assim como toda Maridrina, queria que ele se tornasse, e como se sobreviver a isso fosse impossível, a menos que escapasse. Por isso tinha ficado tão desesperado para fugir para Harendell. Contudo, a covardia cobrou seu preço, e o egoísmo dele foi usado como peça central nos planos de Lara e do pai para invadir Ithicana. E, embora ele não tivesse causado a Guerra Sem Fim entre Maridrina e Valcotta, se recusar a usar seu poder para tentar mitigar o mal que ela causava ao povo dele não o tornava cúmplice?

Quem acredita de verdade em algo deve estar disposto a sofrer por isso. Morrer por isso...

— Haverá uma retaliação pelo ataque de hoje — disse Keris, baixinho. — Bem significativa.

Ela ficou tensa e chegou mais perto como se eles fossem coconspiradores em risco de serem escutados.

— Quando? Onde?

— Contar a você faria de mim um traidor da minha nação.

Valcotta ficou em silêncio, depois disse:

— Um traidor do seu rei. E dos principezinhos e dos bajuladores deles naquele palácio cheio de história. Mas não um traidor do seu povo, não um traidor dos inocentes que mesmo sem voz nessa guerra pagam com a vida pelos atos dos que têm.

Keris sentiu no peito o que ela estava dizendo, mas, se fizesse isso, os soldados dele morreriam.

Como se estivesse ouvindo os pensamentos dele, ela disse:

— Os soldados que estão nos quartéis escolheram essa vida. São muito bem pagos para isso. Além disso, Silas Veliant e seus filhos ingratos se importam muito mais com a vida de um soldado do que com a de um fazendeiro. Se perderem uma boa quantidade, talvez suspendam as invasões para manter o controle sobre Ithicana. E... — ela hesitou. — Creio que, da parte da minha imperatriz, se ela não precisasse retaliar, faria o mesmo.

Keris se perguntou o que Valcotta pensaria se soubesse que ele era um desses filhos ingratos. Não apenas um principezinho vivendo no palácio cheio de história, mas *o* principezinho.

— Não temos como acabar com essa guerra — disse ela. — Mas talvez possamos mudar a natureza dela.

O que ela havia acendido na mente dele não era mais uma faísca, mas uma chama que iluminava um futuro que ele jamais imaginara.

— Posso confiar em você, Valcotta?

Ela se inclinou, a bochecha roçando no queixo de Keris, e a sensação lançou nele uma onda de desejo por seu corpo. Sentiu a respiração quente em sua orelha quando ela sussurrou:

— Acho que nós dois sabemos que a questão aqui é se eu devo confiar em você.

Ele soltou um suspiro, sem saber ao certo se quem estava tomando essa decisão era sua cabeça, seu coração ou seu pau. Só sabia que uma decisão estava sendo tomada.

— Você tem autoridade suficiente para influenciar estratégias?

Ela ergueu a sobrancelha.

— Você tem autoridade suficiente para saber de algo pelo qual valha a pena influenciar estratégias?

Ele riu baixo.

— Tenho.

Mas parou aí. Ela era uma oficial do exército valcottano. Uma inimiga mortal de seu povo. E isso era traição da mais alta ordem. Só que se ele não fizesse nada...

— Daqui a quatro dias, quando a lua tiver minguado e a escuridão no mar oferecer cobertura, eles vão vir. E temos espiões em sua guarnição, então tome cuidado e esconda essa informação até a última hora.

Silêncio se estendeu entre eles, tanta tensão que ele mal conseguia respirar, então ela sussurrou:

— Quem é você?

Havia uma parte dele que queria responder. Uma parte que acreditava que o caminho que estavam pegando exigia que não houvesse mentira alguma entre eles. Só que a identidade dele, o *nome* dele, era uma maldição, pois o vinculava a seu pai. E essa revelação poderia reduzir esse momento a cinzas.

— Uma coisa de cada vez, Valcotta. Já falei mais do que deveria por hoje.

Em vez de responder, ela ergueu o braço, e fechou a mão no pescoço dele.

— Se estiver mentindo para mim, vou cortar sua jugular. Sabe disso, né?

O coração de Keris bateu forte, movido por medo, desejo e expectativa, mas sobretudo pela sensação de estar mais *vivo* do que nunca. Ele conseguia ouvir a rapidez da respiração dela, sentia o rosto dela corando e, Deus o perdoasse, mas a desejava. Ele sabia, porém, que isso teria que acontecer nos termos dela ou não aconteceria nunca, e não estava disposto a arriscar essa frágil confiança entre eles, da qual tanta coisa dependia, permitindo que seu pau tomasse decisões idiotas.

— Pela minha honra, esses são os planos até o momento. Ouvi com meus próprios ouvidos.

A mão dela não saiu do pescoço dele, apenas apertou mais, as unhas cravando em sua pele. Ele a encarou, observando os lábios dela se entreabrirem, percebendo o conflito que se desenrolava internamente. E, embora devesse ter ficado contente quando ela baixou a mão, foi obrigado a resistir ao impulso de puxá-la de volta.

Se afastando antes que o próprio corpo o traísse, Keris levantou. Mas, antes de pular sobre o vertedouro, virou para ela.

— Quando vou ver você de novo, Valcotta?

Ela sorriu, os dentes brilhantes sob o luar.

— Quando eu descobrir se sua palavra é confiável, Maridrina.

E desapareceu noite adentro.

22
ZARRAH

Quatro dias depois de encontrar o maridriniano, Zarrah agachou atrás de algumas rochas e vegetações de frente para uma das meia dúzia de enseadas ao sul do porto de Nerastis. De um lado, Yrina observava os mares escuros atentamente em busca de algum sinal de movimento e, do outro, Bermin olhava de cara fechada.

— Um erro retirar nossas patrulhas do leste. — A voz dele não era mais do que um sussurro rouco e assim permaneceria por um tempo, graças ao golpe que havia levado durante a invasão. Sua garganta só não havia sido fatalmente esmagada provavelmente porque ele tinha um tronco de árvore como pescoço. — Se atacarem uma das vilas, talvez tenhamos dezenas de vítimas numa única noite sem nem saber. Isso é loucura.

Era um risco enorme, Zarrah sabia. Mas alguns riscos valiam a pena, e, embora contrariasse qualquer lógica, ela confiava na intenção do maridriniano. Era impossível não confiar depois de ver o luto manifesto no rosto dele por aqueles que Bermin e seus soldados haviam massacrado. Luto que ela sabia, em seu coração, que não era fingido. Ele queria pôr um fim às invasões e estava disposto a arriscar a própria vida cometendo traição para isso.

Para funcionar, porém, ela precisava estar disposta a fazer o mesmo, afinal. Disposta a colocar seus soldados, muitos dos quais seus amigos pessoais, em risco revelando os planos do inimigo. Entretanto, se as invasões fossem frustradas, quantas vidas inocentes seriam salvas?

— O tempo vai dizer — respondeu ela a Bermin por fim, sem querer entrar nessa discussão.

O que quer que acontecesse hoje provaria se a palavra do maridriniano era confiável ou se ela havia sido uma tola ingênua.

A lua lá em cima não passava de uma nesga de luz, mas as estrelas enchiam o céu claro da noite com incontáveis faíscas prateadas brilhantes.

O único som além da respiração de seus camaradas era o bramido das ondas quebrando na costa, e, presa no ritmo embalante, sua mente divagou, a cabeça se enchendo com visões do rosto do maridriniano.

Nossa, e que visões mais admiráveis. Ele tinha aquele tipo de beleza angelical digna de uma mulher, embora não houvesse nada de feminino nele. Não no modo como tinha apertado firmemente os ombros dela para se equilibrar. Nem nos músculos duros feito rocha do peitoral sob o toque dela. E muito menos no cheiro másculo de almíscar e exaustão ou na aspereza da barba rala que havia roçado na mão dela ao apertar seu pescoço.

Perto demais. Tinham chegado perto demais um do outro. Mas o corpo dela — aparentemente tão traiçoeiro quanto a mente — tinha ansiado por ainda mais proximidade.

O som de um remo batendo na madeira a trouxe de volta ao momento, e Zarrah esquadrinhou as ondas distantes.

Yrina apontou.

— Lá.

Que o ataque ocorresse a essa enseada, e não a qualquer outra das seis que estavam sendo vigiadas agora a mando dela, era quase um golpe de sorte. Mas não havia como negar os barulhos distantes de pelo menos dois escaleres entrando na costa e, um segundo depois, o de madeira riscando a areia.

Não dois escaleres, mas três, todos cheios de soldados maridrinianos. Números iguais aos dela, mas a força de Zarrah tinha a vantagem da surpresa. Erguendo o arco, ela encaixou uma flecha, vendo todos os seus arqueiros fazerem o mesmo.

— Esperem. — Ela aguardou o limite entre a força inimiga ter subido o bastante pela areia para ser atingida, mas não a ponto de deixá-la totalmente sem chance de fuga. Devia isso ao maridriniano. — Esperem.

Eles chegaram ao ponto médio da praia.

— Atirem! — Ela soltou uma flecha.

Um segundo depois, o ar se encheu do silvo. E ela não foi a única que escutou.

— Emboscada! — gritou uma voz vagamente familiar, e Zarrah mirou contra o vulto.

A flecha dela voou, passando de raspão no braço do homem. Ele se sobressaltou, mas, em vez de ordenar uma retirada, gritou:

— Atacar!

Tolo! Zarrah baixou o arco e ergueu o cajado, gritando:

— Por Valcotta!

As duas forças colidiram, estrépitos de aço e gritos de dor abafando a rebentação; era difícil discernir amigo de inimigo na escuridão. Zarrah combateu com as costas coladas às de Yrina, seu cajado silvando, quebrando ossos enquanto bloqueava golpes de espadas maridrinianas, e os braços estremecendo a cada impacto.

Não lutava para matar, apenas deixava os homens agonizando, e em silêncio implorava: *Recuem. Batam em retirada.*

Mas Maridrina era um reino construído com muita bravura e orgulho, então eles não recuaram. Continuaram lutando mesmo quando os reforços dela chegaram.

Sentindo a pele formigar, Zarrah deu meia-volta, e uma lâmina encharcada de sangue por pouco não arrancou sua cabeça.

— Nos encontramos de novo, *Zarrah.*

Ela reconheceu no mesmo instante o homem contra quem havia lutado durante a invasão de Bermin. Aquele que tinha feito de tudo para degolá-la, mesmo sabendo que ela estava tentando bater em retirada.

— É general Anaphora para você, rato maridriniano.

— Eu não reconheço o título de gente da sua laia.

Embora mal conseguisse vê-lo na escuridão, sentia o desdém dele. O ódio dele. Sentia o seu crescer também, ciente de que não era muito melhor do que ele. Os dois eram matadores. Os dois eram assassinos.

— Recue enquanto há chance!

— Não enquanto você ainda estiver em pé.

Ela mirou na cabeça dele sem intenção de acertá-lo, mas ele rolou, levantando com a agilidade de um gato, brandindo a espada contra as panturrilhas dela. Zarrah saltou, e a lâmina passou por baixo de suas botas. Mas, em vez de pousar em terra firme, tropeçou numa raiz de árvore úmida e cambaleou.

Dor atravessou seu braço e ela perdeu o ar, se jogando de lado para longe do alcance da espada dele. Tentou recuperar o equilíbrio, assumindo a defensiva enquanto ele a empurrava para trás colina abaixo.

Pela visão periférica, viu os maridrinianos recuando para os barcos, reconhecendo que essa era uma luta que não tinham como vencer, mas o desgraçado insistente se recusava a fugir.

Até que um deles gritou:

— Alteza, precisamos recuar!

Alteza. Aquele homem não era um soldado comum, não era só mais um ali porque tinha recebido ordens para lutar. Era um dos filhos do rei Rato. Um príncipe Veliant.

Ódio, escaldante e implacável, subiu fervente por seu coração, deixando a lógica e a razão de lado, pouco se importando com as possíveis consequências de matá-lo. Com um grito selvagem, Zarrah voou na direção dele, abandonando a postura contida e atacando com fervor.

Acertou o cajado no braço dele, cuja espada saiu voando. O homem recuou pela praia, tateando em busca de uma faca.

— Eu mato você, Veliant — disse ela, furiosa. — Vou arrancar esse seu coração cruel e dar para os cachorros comerem!

— Zarrah! Cuidado!

Ao ouvir o alerta de Yrina, percebeu os maridrinianos voltando para a praia às pressas numa tentativa de resgatar seu príncipe. Sabia que ficaria em menor número, mas pouco se importava.

Com outro golpe do cajado, o Veliant caiu de bunda e se arrastou para trás, mas então conseguiu sacar a faca. Arreganhando os dentes, começou a avançar.

Nesse momento, mãos fortes a seguraram pela barriga e a puxara para trás.

— Nós já ganhamos, pequena Zarrah — a voz de Bermin disse rouca em seu ouvido. — Deixe que os ratos fujam para o lado deles do Anriot, onde vão poder lamber as próprias feridas com vergonha.

— Me solta — ela gritou, mas a força de seu primo eram implacável. — Ele é um Veliant!

Os soldados dela murmuraram, furiosos, pedindo para persegui-lo, mas Bermin disse apenas:

— Não deixe que suas emoções dominem seu bom senso, pequena Zarrah. O principezinho é tão orgulhoso que você vai ter outras chances; é só questão de tempo. E, se não for esse, vai ser outro que você vai abater.

Ela não pararia no primeiro. Pois, quando se tratava da família Veliant, a sede de vingança não era uma faísca.

Era o próprio inferno.

23
KERIS

Keris andou de um lado para o outro pelos cômodos, suado e com o estômago embrulhado.

É claro que Otis tinha insistido em ir. É claro que queria executar a vingança maridriniana com as próprias mãos.

Não poderia ser de outra forma.

Nada que Keris dissera numa tentativa de dissuadi-lo de se juntar ao destacamento de invasão tinha feito diferença e, para além de ordenar que o irmão ficasse, o que teria levantado questões que ele não teria como responder, não restou nada que ele pudesse fazer para impedir que Otis velejasse rumo a uma emboscada.

— Merda. — Visões do cadáver de seu irmão sendo deixado a seus pés encheram sua mente. — Merda! Merda! Merda!

Otis era mais do que um meio-irmão — era o melhor amigo de Keris. O único amigo, para ser mais preciso. Durante toda a vida deles, Otis o tinha protegido. Dos outros irmãos, do pai, do mundo. O fato de não terem nenhum interesse em comum sequer e brigarem quase todo dia não importava. Eram sangue do mesmo sangue e, se Otis se ferisse…

Uma batida à porta. Sem se dar ao trabalho de responder, Keris a abriu, dando um susto no criado do outro lado.

— O que foi?

— Vossa alteza queria ser informada quando o destacamento de invasão retornasse, milorde. — Ele piscou para Keris. — Eles voltaram.

— Meu irmão está com eles?

— Não sei, milorde. Só sei que há muitos feridos.

Não.

Passando pelo homem, Keris desceu correndo a escada circular, diminuindo o passo apenas lá embaixo. O andar principal do palácio estava muito agitado, criados levando bacias d'água e curativos para os cômodos que serviam de enfermaria.

Um grito de dor ecoou pelo corredor, gemidos e soluços ficando mais altos enquanto ele se aproximava. Com o coração palpitando e a respiração mais ofegante do que uma corridinha na escada seria capaz de causar, ele entrou na sala deparando com a visão de soldados esparramados em catres, médicos e seus assistentes estancando feridas e o chão que parecia ter sido lavado com sangue.

Os olhos de Keris pularam de rosto em rosto, mas nenhum deles era o do irmão.

Nenhum deles era Otis.

Uma onda de vertigem o cobriu até ouvir uma voz alta ao longe:

— Eu vou matar aquela Anaphora, escutem o que estou dizendo! Na próxima vez, ela não vai se safar!

Uma onda de alívio forçou Keris a recuperar o equilíbrio na parede enquanto o mundo girava. Abanando a cabeça, ele virou o corredor, encontrando o irmão num cômodo adjacente com vários outros soldados, um médico concentrado em dar pontos em um corte feio no bíceps esquerdo de Otis.

Cruzando os braços, Keris se apoiou no batente.

— As coisas não correram bem?

Otis olhou para ele, soltou um palavrão e voltou a cara fechada para o médico.

— Conheci alfaiates que demonstravam mais cuidado com o tecido em que estavam trabalhando.

— Talvez se você sossegasse...? — Keris abriu um sorriso irônico para o irmão, depois riu quando Otis mostrou o dedo do meio para ele.

Aceitaria de bom grado o mau humor do irmão *vivo*.

— Estavam esperando por nós, Keris. Descobrimos que tinham armado uma emboscada assim que desembarcamos.

— Como foi que ficaram sabendo onde vocês iriam desembarcar? — perguntou Keris, porque não perguntar seria estranho.

— Não sei se sabiam. — Otis cerrou os dentes quando o médico passou a agulha de novo. — Parece que previram uma invasão por mar e movimentaram a maioria das forças para defender a costa. Mas tiveram que deixar o leste exposto para isso. — Ele abanou a cabeça, a testa franzida. — Uma jogada arriscada. Se tivéssemos ido por terra em vez de mar, poderíamos ter desferido um golpe significativo contra eles.

Ela havia confiado nele. Ao constatar isso, Keris transbordou com uma emoção que não entendia direito. Foi um ato tão simples, mas que salvara quantas vidas inocentes?

— Qual vai ser nosso próximo passo?

— Atacar de novo. — O irmão puxou a camisa ensanguentada sobre o braço agora enfaixado. — E logo.

Ele sabia que não bastaria uma invasão frustrada para interromper o ciclo, mas precisou se esforçar para não ranger os dentes com a resposta do irmão, pela recusa teimosa em enxergar qualquer outra solução além da guerra.

— Quando?

Otis massageou as têmporas, depois franziu a testa, se concentrando nele.

— E desde quando você se importa?

Merda.

— Considerando que você quase morreu nessa, chega a ser um interesse pessoal meu. Você é a única pessoa em Nerastis que não tenho que pagar para tolerar minha presença, eu sentiria saudades.

A ruga não saiu da testa do irmão.

— Você deveria participar da próxima invasão. Não precisa estar no meio da ação, mas seria bom para a moral ter você lá depois desse desastre.

Keris riu.

— Isso sim é uma piada.

O irmão suspirou.

— Nossos homens acham que você os despreza, Keris. Que os vê como inferiores por uma miríade de motivos. E entendo que se sintam assim porque é como eu também me sinto.

As mãos de Keris gelaram só de ouvir a mágoa na voz do irmão. Isso o deixou mal: havia pouquíssimos indivíduos com quem Keris realmente se importava, e Otis era um deles.

— Eu o tenho em alta estima, e você sabe muito bem disso.

— Não, não tem.

Perplexidade o encheu porque, por mais que batessem de frente por um milhão de assuntos, Keris nunca dera ao irmão motivo para crer que não tinha a mais alta consideração por ele.

Antes que Keris pudesse responder, Otis disse:

— Você se coloca contra nosso pai a qualquer custo e só valoriza as pessoas que fazem o mesmo, o que significa que ninguém tem valor para você, pois o resto de nós não está tão disposto a arriscar a própria cabeça por ideologias que só funcionam no papel.

Que ridículo. Ele admirava o irmão, respeitava os talentos dele, mesmo que não fosse algo a que aspirasse para si mesmo.

— Isso é...

— A verdade, Keris. E na maioria dos dias admiro sua convicção, mas hoje... — Otis abanou a cabeça com força. — Não importa. Vá ler seus livros, irmão. Esqueça que pedi algo a você.

Mas ele *tinha* pedido.

Otis sempre foi o único dos irmãos a aceitar as preferências de Keris. A aceitar sua aversão à violência e à guerra, mesmo não concordando com isso. Ele o tinha defendido contra todos que haviam tentado forçá-lo a mudar e se recusava a se juntar aos irmãos que queriam sua cabeça.

O que havia mudado?

Keris sabia a resposta sem precisar perguntar. Otis o aceitava como irmão, mas não como herdeiro. Não como rei. E, agora que Keris era o próximo na linha de sucessão, Otis, como todos os outros, tentaria forçá-lo a ser exatamente igual ao pai.

Keris engoliu em seco a dor crescente de pesar que ameaçava estrangulá-lo. Não conseguia suportar a ideia de perder o irmão, mas também não queria abrir mão de tudo que defendia. E, com o ódio de Otis a Valcotta, não havia chance de ser convencido a buscar paz.

Mas talvez... talvez pudesse ser convencido dos méritos de evitar a guerra. Pois Otis não era tolo. Se o preço das invasões fosse alto demais, com a perda de muitos soldados, ele desistiria. E, embora um impasse não significasse paz propriamente dita, os resultados seriam quase os mesmos.

— Vou pensar. Sobre a invasão.

Os olhos de Otis se arregalaram de incredulidade.

— *Você* vai lutar?

Vou, respondeu Keris internamente. *Só não a batalha que você pensa.*

— Estava pensando mais em assumir um papel de observação, se for preciso. — Ele cruzou os braços. — Só... só me mantenha informado dos planos. Você sabe que odeio ser pego de surpresa.

— Vou envolver você em todas as decisões. — Prazer sincero encheu os olhos escuros de Otis, provando ainda mais que ele queria que Keris fosse diferente.

Keris engoliu a dor.

— Você vai ter que me dar licença agora, pois consigo sentir a aurora começando a aquecer o céu, hora de ir para a cama.

— Obrigado por essa concessão, Keris. Você não vai se arrepender disso... não depois que conquistar a lealdade de seus homens.

Keris saiu sem responder. Quando a questão era desafiar o próprio pai, ele nunca havia feito concessões.

E nunca faria.

24
ZARRAH

ZARRAH E SEUS SOLDADOS FORAM RECEBIDOS com palmas ao entrar de volta em Nerastis; a notícia de que haviam rechaçado a invasão maridriniana tendo chegado antes deles. Civis e soldados cercavam as ruas, mãos no peito em sinal de respeito aos que haviam lutado, aos que haviam morrido e aos que haviam voltado para casa vitoriosos.

Ela conseguiu sentir a mudança de moral dos soldados. Com frequência, eles chegavam pouco depois das invasões, mas tarde demais para fazer qualquer coisa além de pular os corpos dos civis a caminho do outro lado da fronteira, atrás dos maridrinianos. Mas essa tinha sido uma luta boa e justa, e, em vez de seguir direto para a sala de guerra para planejar uma retaliação, quase todos saíram em busca de lazer ou descanso. Bermin foi o único que seguiu Zarrah ao escritório, onde uma curandeira esperava para dar pontos no corte fundo no braço dela.

— Estão cantando louvores em sua honra. — Ele fechou a porta. — A vitória é doce, mas eu e você sabemos que foi sorte. Se os maridrinianos tivessem vindo por terra, teria sido muito diferente.

— O que você quer, primo? — Ela *precisava* dormir, mas o que *queria* era que o sol estivesse se pondo, não nascendo, para que pudesse encontrar o maridriniano na barragem.

Seu pulso já palpitava, ansiedade distraindo-a enquanto a curandeira desenrolava os curativos pegajosos e começava a limpar a ferida, que ardia, mas não era funda o bastante para ser particularmente preocupante.

A cadeira à frente de Zarrah rangeu quando Bermin largou todo o seu peso nela, os hematomas escuros no pescoço vívidos sob a luz do sol que entrava pela janela às suas costas. Com as roupas dele sujas de sangue e a ferida dela, a sala começava a feder.

— Como você sabia? — perguntou ele por fim, recostando, os braços cruzados atrás da cabeça. — Não nos teria deixado tão expostos se não tivesse certeza.

Zarrah deu de ombros, e a curandeira murmurou com irritação quando se atrapalhou com um dos pontos.

— Depois das suas ações, uma retaliação significativa era inevitável. Com pouca lua, é mais rápido transportar uma força maior pelo mar. Mandei nossos espiões no palácio maridriniano vigiarem os estábulos e me informarem se saíssem a cavalo.

— Vivem levando cavalos em patrulha.

— Oficiais maridrinianos superiores não se rebaixam a fazer patrulha, primo. Mas adoram a glória de uma invasão, e foram justamente os cavalos dos superiores que mandei vigiar.

Pensativo, Bermin franziu a sobrancelha e coçou a barba de alguns dias que escurecia seu queixo.

— Como você sabia que seria ontem à noite?

— Eu não sabia. — Ela ergueu a mão. — Minha intenção era vigiar as costas enquanto a lua iluminasse o céu, depois voltar a dividir nossas patrulhas entre leste e oeste. Foi sorte que tenham vindo na primeira noite em que estávamos de guarda.

— Sorte. — Ele tirou a mão do queixo. — Não me pareceu sorte, pequena Zarrah.

Nossa, mas ela *odiava* quando ele a chamava assim.

— Se estiver querendo me dizer alguma coisa, diga logo. Senão, me dê licença, tenho relatórios a preparar.

— Tão diligente. — Ele sorriu. — Quando vamos atacar de novo? Porque essa não tinha sido uma vitória *dele*, e sim *dela*.

— Não vamos. — Zarrah acenou para a curandeira, que havia terminado e estava saindo da sala. — Como você mesmo disse, o orgulho vai trazê-los de volta a este lado do Anriot, e pretendo enfrentá-los cara a cara. Basta de chegarmos atrasados por minutos para salvar a vida daqueles que deveríamos proteger, Bermin. Até as ordens da imperatriz indicarem o contrário, vamos defender nossas fronteiras. Nada além disso.

As narinas dele se alargaram, as engrenagens girando nos olhos escuros. Então ele deu de ombros.

— Vivo segundo sua vontade, general.

Mentiroso, pensou ela, mas se limitou a sorrir enquanto o observava sair.

* * *

O maridriniano estava esperando quando ela chegou à barragem, ambos carregando lanternas abafadas em respeito à escuridão absoluta da noite sem lua.

— Você foi fiel a sua palavra, Maridrina — gritou ela do outro lado do buraco, o pulso mais acelerado do que a subida poderia justificar.

— Que falta de confiança em mim. — Ele colocou a lanterna na beira do vertedouro. — Marque onde fica a beirada aí do outro lado, por favor? Não tenho interesse em ficar conversando com uma queda d'água no meio.

Ela colocou a lanterna na beirada, recuando para dar espaço para ele, mas se mantendo perto o bastante para segurar seu braço caso ele escorregasse. Medo corroeu seu peito enquanto ele se afastava da luz fraca da lanterna, corria e saltava, pouco mais do que uma sombra até pousar como um gato perto da lanterna dela. E, embora ele estivesse estável, Zarrah o segurou pelo braço, puxando-o para longe da beirada.

— Você não tem medo de cair?

Ele olhou para o vertedouro atrás de si, depois deu de ombros.

— Não seria muito produtivo. Além disso, não vou ter a sorte de morrer por uma queda... não é meu destino.

Ela ia perguntar do *que* ele tinha medo, mas percebeu que não queria falar sobre coisas tão desagradáveis.

— Vieram exatamente como você disse. Foi uma boa informação. Obrigada.

— Devemos esperar retaliação?

— Não — respondeu ela, balançando a cabeça antes de se sentar na beira da barragem, as pernas balançando. — Foi uma luta justa e vencemos. Isso aplacou os espíritos no quartel, ao menos por um tempo. — Inspirando, ela franziu o nariz. — Por que você está com cheiro de quem acabou de sair de um bordel?

Ele sorriu com malícia.

— Porque acabei de sair de um bordel.

Uma faísca de ciúme se acendeu em seu peito, mas, antes que ela pudesse se convencer de que não tinha direito a isso, ele acrescentou:

— Tenho um acordo com uma das meninas para me dar cobertura

para minhas perambulações noturnas, pois não tenho interesse em ser seguido. Especialmente nos últimos tempos.

— E acha que pode confiar nela?

— Eu não confio em ninguém. Mas ela é uma menina inteligente, sabe que é vantajoso não me trair, sem falar que pago mais por seu silêncio do que pagaria por seus serviços. — Ao virar para olhá-la, esbarrou o cotovelo em seu braço, e um calafrio subiu pela espinha dela. — Ninguém nota sua ausência?

— Espalharam um boato de que tenho um amante na cidade. — Ela encolheu um ombro. — Não desmenti.

— Mas você tem?

A pergunta veio rápida, e Zarrah sorriu na escuridão.

— Com ciúme, Maridrina?

Ele bufou.

— Estou só preocupado com a longevidade de seu relacionamento com o pobre coitado, considerando que você passa a maioria das noites aqui comigo. Perto disso, ele deve ser um tédio.

— Você se tem em alta conta.

— Não tenho paciência para falsa modéstia.

Ela deixou escapar uma risada e percebeu que ele a observava, sério.

— Algo errado?

— Não. — A voz dele era suave. — Longe disso. — Então tossiu e desviou o olhar. — Errado está seu suposto amante. Quanto tempo vai ficar esperando na porta, aguardando por sua atenção, antes de se resignar ao consolo da mão direita? Estou começando a me sentir culpado, o que normalmente é uma sensação que só me pesa quando recebo algo em troca.

Levando a mão à boca, Zarrah tentou inutilmente conter outra risada.

— O que exatamente está me pedindo, Maridrina?

— Que eu goze.

Quando os olhos dela se arregalaram, ele riu, os dentes brancos na escuridão.

— De uma vida sem culpa, Valcotta. Controle essa sua mente pervertida e me diga que não estou afastando você de ninguém para que eu possa dormir em paz.

Esse era um terreno perigoso, e, se ela tivesse juízo, encerraria as coisas nesse momento, antes que avançassem mais. Porque ela já sentia que estava à beira do precipício, os joelhos curvados e prontos para saltar. Mas mesmo assim, quando viu, já estava dizendo:

— Pode dormir em paz, então. Minhas noites são suas e apenas suas.

Ele chegou mais perto, e o coração dela saltou com expectativa, seu rosto corou. Mas ele se limitou a murmurar em seu ouvido:

— E dizem que os valcottanos são impiedosos.

Um leve calafrio a percorreu, um desejo crescente em seu peito.

— Não vá se acostumar.

Ele riu baixinho, depois se levantou num movimento fluido e estendeu a mão enluvada, forte e quente para ela.

— Meus companheiros estão agora lambendo tanto as próprias feridas como o próprio orgulho, orgulho este que ainda os levará a contra-atacar Valcotta. Os planos ainda não foram decididos, mas, quando forem, preciso ter como avisar você.

— Consegue me encontrar de novo amanhã à noite? À meia-noite?

— Meia-noite. — Erguendo a mão dela, ele roçou os lábios sobre os nós de seus dedos e se virou.

Ela não queria que ele fosse embora.

Não queria que essa conversa terminasse.

— Maridrina?

Ele olhou para trás.

— Pois não?

Que insanidade, a lógica gritou para ela. *Um completo e absoluto absurdo.*

Mas o coração dela disse o contrário.

— Por acaso você gostaria de comer alguma coisa?

25
KERIS

Você perdeu a cabeça, Keris pensou enquanto seguia Valcotta para longe da barragem e para dentro do lado inimigo de Nerastis. *Se for pego, uma morte rápida é o melhor que pode almejar.*

E isso ainda era uma esperança vã, por sinal.

— Melhor ficar de capuz — murmurou ela. — Não faltarão maridrinianos do nosso lado a esta hora da noite, mas é provável que você chame certa atenção.

Ele abriu um sorrisinho.

— Uma desvantagem em ser tão atraente, creio eu.

Valcotta bufou com divertimento antes de vestir o próprio capuz.

— Estava pensando mais nesse seu cabelo loiro, mas você está certo: seu ego brilha mais que o sol.

Keris apertou o peito e cambaleou para o lado, mas obedeceu e baixou o próprio capuz para esconder o cabelo e sombrear o rosto, guardando as luvas no bolso porque os valcottanos não usavam. E, assim, os dois puderam se camuflar enquanto atravessavam as ruas destruídas cercadas por tabernas, antros de ópio e bordéis. A maioria das pessoas também se mantinha sob a sombra de capuzes e lenços enquanto buscavam vício e pecado. Talvez ele se encaixasse perfeitamente, afinal o que era confraternizar com o inimigo senão um pecado? O que era o vício que tinha em conversar com ela se não uma dependência que podia levá-lo à morte tanto quanto qualquer droga que as pessoas dessas bandas consumiam? E ainda assim, enquanto subiam por um monte de escombros, viu-se incapaz de evitar chegar mais perto dela, inspirando o aroma de limpeza que ela exalava e permitindo que seus olhos perpassassem a curva da bunda dela.

Ela se virou e lhe ofereceu a mão, e o pulso dele bradou com a sensação da pele dela na sua, a palma calejada pelo combate, embora a parte de cima fosse lisa como seda. A última coisa que ele queria era soltar, mas nem mesmo ele era audacioso a ponto de andar de mãos dadas com uma soldado valcottana deste lado do Anriot.

— Aonde estamos indo?
— Pra um lugar que eu conheço.

Ela se virou em um beco escuro, cheio de lixos e de ratos correndo. Estava escuro e o cheiro era terrível, as paredes tortas, quase desabando.

— Você não me trouxe aqui para me executar, trouxe, Valcotta?
— Vamos ver como a noite corre. — E virou para ele, a luz da tocha da rua iluminando o rosto dela, tão terrivelmente lindo que o ar entalou na garganta dele.

Imagine o que ela diria se soubesse quem você é? O pensamento embrulhou seu estômago e ele desviou o olhar.

Valcotta inclinou a cabeça.
— O que foi?

Nada. E tudo.

— Não gosto de ratos.
— Então deve odiar seu rei.

Mais do que você imagina, pensou ele, deixando que ela pegasse sua mão e o puxasse para a frente.

— Estamos quase lá.

Lá era um salãozinho que cheirava a comida, tabaco e cerveja escura, a preferida dos valcottanos. O telhado tinha desabado em algum momento do passado, e no lugar tinham pregado tábuas, nas quais estavam pendurados fios de lanternas coloridas. Como no lado maridriniano, ali os móveis eram resgatados dos escombros, todos descombinados. Havia seis grupos de fregueses, mas, ao contrário da maioria dos estabelecimentos, estavam comendo e não apostando.

Valcotta o puxou para uma das mesas vazias, e uma velha robusta apareceu num instante para colocar um toco de vela no lugar.

— Estão querendo comer, então? Primeiro paguem.

Valcotta sorriu, e Keris sentiu o mundo perder o foco enquanto examinava o rosto dela sob a luz da vela, o brilho suave iluminando a pele sedosa e as bochechas arredondadas, o lábio inferior dela sedutoramente farto. E aqueles olhos. Arregalados, escuros e emoldurados por cílios grossos. Ele os observou enquanto ela fazia o pedido e pagava a mulher generosamente.

Então concentrou o olhar nele com expectativa, e Keris tentou pensar em algo para dizer. As conversas que costumavam ter eram sempre de natureza proibida, nada que pudesse ser dito cercados por pessoas. Mas conversa fiada não parecia apropriado para o momento também, como se a única conversa que pudesse haver entre eles fossem assuntos de grande importância.

— Você é linda.

Assim que as palavras saíram de sua boca, Keris praguejou a si mesmo pois nunca foi assim tão óbvio. Sempre soube exatamente o que dizer para fazer as mulheres abrirem um sorriso, darem uma risada e, depois de um tempo, irem para sua cama. Mas, com ela, ele se pegava querendo mais.

Ela nem sabe seu nome.

— Nem bebemos ainda — ela disse com uma risada. — O que será que você vai dizer depois que a cerveja começar a entrar?

As bochechas dele coraram.

— Poemas ruins, acredito. Mais tarde posso até cantar, e a vergonha que vou sentir ao amanhecer pode significar que nunca mais a reveja, então talvez eu deva me contentar com água.

— Se beber a água daqui, vai sofrer mais do que só de vergonha; isso eu garanto.

A proprietária retornou com cerveja, servindo o líquido escuro. Keris deu um gole grande, a bebida fresca e amarga bem-vinda em sua língua. Ele esperou a mulher sair para perguntar:

— Você gosta? De trabalhar como soldado?

Ela virou metade do copo de uma vez.

— Sim. Gosto da ordem e da rotina, e gosto de defender meu país.

— Ela inclinou a cabeça para o lado. — Qual exatamente é seu papel? E não me diga que é soldado, porque vou saber que é mentira.

Estavam entrando em território perigoso. Porque embora ele estivesse longe de ser o único nobre que vadiava pelo palácio, se falasse demais, ela poderia suspeitar de algo.

— Sou espião.

Ela arregalou os olhos, e ele riu.

— Estou brincando. Os melhores espiões são aqueles de rostos não memoráveis, o que já estabelecemos que não é o meu caso. A verdade é que sou administrador; mantenho os livros do palácio em ordem. Fui selecionado porque tenho ortografia, gramática e caligrafia perfeitas.

Os olhos dela se estreitaram.

— Mentira.

— Apenas em parte. Minha caligrafia é tão impecável quanto meu rosto.

— Entendi. — Ela apoiou o queixo na mão, os olhos ainda semicerrados. — O que você gosta de fazer quando *não* está fazendo aquilo que não vai confessar que faz?

Trair, pensou Keris, enquanto dizia:

— Gosto de uma boa cavalgada.

Ela ergueu a sobrancelha.

— Cavalgada...?

— Com cavalos, Valcotta. Você e sua mente pervertida. Cavalos rápidos. — Ele parou de falar quando a proprietária apareceu para deixar uma travessa de comidas desconhecidas. — Gosto de escalar, apostar e ler.

— Ler? — Ela se inclinou para a frente. — Isso... eu não esperava. — Então franziu a testa. — Ou talvez esperasse sim. Sobre o que gosta de ler?

A reação dela relaxou a tensão que tinha se formado nos ombros dele, porque estava habituado a provocar risos e desprezo quando dizia isso. E já nem o incomodava mais, mas talvez vindo dela...

— Gosto de ler sobre o que as outras pessoas pensam.

— Pensam sobre o quê? — Ela pegou um pedaço do que parecia uma espécie de pão frito e deu uma mordida delicada.

— Sobre qualquer coisa. Sobre tudo. — Ele examinou a comida, se sentindo desarmado pela pergunta dela, embora não soubesse por quê. — Se uma pessoa conhece apenas a própria visão sobre as coisas, será que conhece algo de verdade?

— Eu nunca tinha parado para pensar nisso. — Ela franziu as sobrancelhas. — Quando era menina, eu lia muito. Mas faz uma eternidade que não pego um livro.

— Por que parou?

— Minha mãe morreu. — Ela abanou a cabeça com força. — Eu... Quando ela morreu, eu me dediquei a me tornar alguém que não seria machucada como ela tinha sido. E creio que isso envolvia deixar de lado tudo que não me ajudasse a atingir esse objetivo. — Ela hesitou. — Minha tia encorajou e facilitou minha dedicação, então passei todo meu tempo aprendendo a lutar. E talvez isso tenha me prejudicado.

Keris não comentou, sentindo que ela estava perdida em pensamentos. Experimentou um pouco da comida. Eles comeram em silêncio por um longo tempo e, só depois que a velha tinha retirado as bandejas e voltado a encher as canecas, ele disse:

— Os livros não desapareceram do mundo só porque você decidiu abandoná-los quando criança. Eles ainda estão te esperando.

— Eu não saberia nem por onde começar. — Ela deu um gole na cerveja. — Ou onde encontrar tempo para isso.

— Que tal agora? — Abrindo o casaco, ele tirou do bolso interno um pequeno exemplar.

— Você *anda* com um livro?

— Sempre. — Ele puxou a cadeira para o lado dela, tendo total consciência da perna dela encostando na sua, sentindo o calor através da calça. — Este aqui é sobre estrelas.

Ela franziu a testa.

— Mas sobre o que é, exatamente?

— Sobre o que elas significam. Ou melhor, sobre o que o agrupamento delas significa. É uma obra traduzida de uma das nações ao norte de Harendell, onde acreditam que as estrelas contam as histórias de seus ancestrais. — Keris puxou a vela para mais perto e ergueu o livro atrás dela para que a letra pequena e os diagramas traçados fossem iluminados.

Passou as páginas e parou ao ver que a constelação na forma de uma baleia a fez se inclinar para a frente com interesse. Sorrindo, ele leu a história para ela.

Valcotta foi se aproximando, o joelho roçando no dele e o ombro apoiado no peito, mas o perfume do cabelo dela o impedia de registrar qualquer palavra.

Nada disso estaria acontecendo se ela soubesse quem você é.

O pensamento o fez gaguejar, e ele fechou o livro.

— Se eu ler mais sob essa luz fraca, vou acabar ficando cego.

Ela o encarou, e ele agradeceu profundamente que a escuridão deixasse tudo em tons de cinza.

— Você lê bem.

— É prática. Tenho muitas parentes mulheres que gostam de histórias.

Assim que as palavras escaparam de seus lábios, Keris praguejou pelo descuido que tinha quando bebia, mas ela apenas perguntou:

— Você tem muitas?

Tantas que nem sei o nome de todas...

— Tantas que fazem Nerastis parecer até pacífica.

Valcotta riu, os olhos brilhando, e então ficou estática, o olhar se voltando para a entrada.

E foi então que ele ouviu.

Os passos sólidos de um grupo grande andando com propósito e, então, uma voz feminina gritando.

— Batida, pombinhos! Mostrem seus rostos e se seus rostos forem maridrinianos, é melhor começarem a correr!

Merda.

— Inferno! — Valcotta deixou um punhado de moedas na mesa e puxou Keris. — Tem alguma outra saída? — perguntou à proprietária.

— Pela cozinha. — A mulher sorriu com escárnio. — Melhor correrem bastante.

Eles atravessaram a pequena cozinha aos tropeços, Keris quase derrubando um barril. Saíram em um beco estreito e correram, pisoteando lixo. Mas perto da rua Valcotta parou de repente, e Keris quase trombou com ela. Que Deus o ajudasse, ele estava bêbado demais para isso.

— Merda — sussurrou ela. — Tem uma patrulha ali fora.

E ficar onde estavam não era uma opção porque, atrás, ele ouviu a velha anunciar:

— Um rato fugiu naquela direção.

— Suba! — Ele pegou Valcotta pela cintura, erguendo-a para uma janela estreita.

Ela entrou e se abaixou.

— Lá está ele!

Keris enfiou dentro do casaco o livro que ainda estava segurando e pulou, pegando a mão de Valcotta e torcendo que ela fosse forte o bastante para aguentar.

Ele era um tolo, porque Valcotta o ergueu, puxando-o alto o bastante para que ele conseguisse alcançar o parapeito. Keris entrou pela janela enquanto a patrulha corria pelo beco.

— Ele entrou no prédio! Vamos! Vamos!

Keris caiu em cima de Valcotta, mas ela o rolou para o lado, sussurrando:

— Precisamos chegar até o telhado. Vão cercar o prédio e entrar.

Com o coração acelerado, ele levantou e pegou a mão dela, guiando-a com cuidado pela escuridão até encontrar um lance de escada parcialmente desmoronado. Se equilibrando no corrimão, ele pulou e se segurou no andar de cima, cerrando os dentes quando o piso protestou. Valcotta foi logo atrás, e os sons da patrulha ecoaram lá embaixo.

A estrutura toda parecia mexer e balançar enquanto Keris subia para o que restava do telhado, se mantendo nas sombras.

— Por onde? — ele perguntou baixinho quando Valcotta o alcançou, os olhos dela perpassando os terraços.

— Vamos ter que ser rápidos — ela murmurou. — Vem atrás de mim e não caia.

Então ela pulou.

— Eles estão no telhado!

Keris ouviu o grito enquanto pulava atrás de Valcotta. Rolou pelo telhado vizinho, ficando em pé em um piscar de olhos. Correu, a adrenalina expulsando os efeitos da cerveja, mas ele ainda tinha dificuldade para acompanhar. Valcotta corria pelos terraços, parando só de vez em quando para escutar a perseguição antes de voltar a correr.

Quando ela o puxou para baixo nas sombras ao lado de uma chaminé quebrada, Keris estava ofegante.

— Vamos esperar aqui — ela disse, baixo. — Devem ter desistido, a essa altura, para procurar presas mais fáceis, então precisamos só esperar até terem apanhado a cota e você pode sair da cidade.

Devia estar perto da terceira hora da madrugada, o que significava que restavam poucas horas para o amanhecer. Se não voltasse para o outro lado do Anriot até lá, ficaria preso. E, quando sua escolta batesse à porta de Aileena e constatasse que Keris não estava com a cortesã, haveria pânico.

Mas, quando Valcotta se recostou nos destroços, e seu quadril encostou no dele, Keris não conseguiu se arrepender por ter vindo.

— Imagino que essa batida não tenha sido planejada? — ele perguntou.

— Não. — O tom dela era ácido. — Está me cheirando a coisa de Bermin.

A maneira familiar como ela falava do príncipe valcottano atraiu o interesse dele.

— Você não gosta de sua alteza real?
— Ele é um idiota cheio de orgulho no lugar da inteligência — ela zombou.
— A maioria dos príncipes é assim.
Um vento frio soprou sobre eles e a fez estremecer. Ele tirou o casaco e estendeu para ela.
— Pegue.
— Não é justo.
— Não tem problema. O frio não me incomoda. — Nem um pouco verdade.
Ele era maridriniano e odiava sentir frio. Mas ela não precisava saber disso.
Valcotta aceitou, brincando com a manga por um momento antes de vesti-lo.
Então virou, se apoiando nele. Keris hesitou, com o coração acelerado, mas então passou braço ao redor dos ombros dela e a puxou. As faíscas de desejo que tinham sido apaziguadas pela perseguição voltaram à vida, mas ele manteve as mãos em lugares que não causariam ofensa.
A noite estava clara, as estrelas, um oceano de brilhos, e, pegando o dedo dela, ele traçou uma constelação.
— Consegue ver?
— A baleia. — Havia fascínio na voz dela. — Que estranho pensar que podemos ver as mesmas formas no céu que aqueles que vivem a meio mundo de distância e aprender sobre a história de pessoas que nem conhecemos.
— Só algumas. — Ele traçou o contorno de uma ursa. — Outras só podem ser vistas em determinadas partes do mundo. Ou determinadas épocas do ano.
— Por quê?
— Não sei. — Entrelaçando os dedos nos dela, Keris passou os olhos das estrelas para as mãos unidas, absorvendo a imagem. Guardando-a na memória caso nunca mais acontecesse. — Talvez haja algum poder superior que saiba quais estrelas precisamos ver ao erguer os olhos, quais histórias precisamos ouvir. Que saiba quais constelações vão nos convencer a viajar o mundo para que possamos vê-las com nossos próprios olhos, acrescentando-as ao mapa de fagulhas em nossa mente.

— Um mapa de onde estivemos — ela murmurou.

— E um mapa de onde podemos ir. — Ele baixou o braço, ainda segurando a mão dela, e a encarou.

Beije-a.

Deus o perdoasse, mas ele queria. No entanto, não faria isso a menos que ela pedisse, e ela não tinha pedido. E muito provavelmente não pediria.

— Aonde você iria? — ela perguntou. — Se pudesse?

A resposta sempre tinha sido algum lugar, qualquer lugar, fora dali. Escapar.

Mas isso tinha mudado.

— Se eu tivesse a escolha de estar em qualquer lugar do mundo, escolheria estar bem aqui.

Ela soltou uma respiração baixa, algo entre um riso e uma surpresa, depois se afundou ainda mais ao seu lado quando o vento soprava sobre eles.

— Mostra pra mim outra forma no céu.

Keris escavou a memória em busca de todas as constelações que conhecia, que eram muitas, pois sempre tinha sido o tipo que olhava para o céu e via coisas que os outros não viam. Falou até a voz ficar rouca e a respiração dela ficar pesada, o braço e a cabeça baixarem no peito dele, tomada pelo sono.

Por muito tempo, ele ficou imóvel, segurando-a junto a si e ouvindo a cidade ir se acalmando enquanto os soldados se retiravam para a guarnição. Não demorou para o único som ser o do vento e o da respiração dela em seu pescoço.

Você precisa ir, disse a si mesmo. *Precisa voltar antes que sintam sua falta.*

Mas não queria deixá-la. Não queria largar essa mulher que deveria ser sua inimiga e que, porém, havia se tornado a única pessoa a quem ele confiava tudo.

Menos seu nome.

Com dor no peito, Keris puxou o braço e deitou a cabeça de Valcotta suavemente sobre o capuz do casaco dele. Então, com a luz fraca do leste começando a iluminar o céu, ele traçou uma palavra na fuligem da chaminé quebrada antes de abandonar o prédio e correr contra a alvorada de volta para o seu lado do Anriot.

26
ZARRAH

Ela acordou com a luz do amanhecer brilhando em seus olhos, um sorriso lento subindo aos lábios enquanto virava a cabeça.

Mas se viu sozinha no terraço.

Zarrah sentiu um frio na barriga, mas então seus olhos encontraram uma palavra escrita em letras grandes nas manchas de fuligem na chaminé.

Meia-noite.

Com o calor preenchendo seu corpo, ela ergueu a gola do casaco do maridriniano, inspirando o perfume almiscarado da colônia dele. Um calor correu por suas veias, expulsando a dor de cabeça causada pelo excesso de cerveja e substituindo-a por um desejo ardente que só poderia ser saciado de uma forma.

Por uma pessoa.

— Você perdeu a cabeça — ela murmurou. — E claramente se esqueceu do propósito disso tudo.

Tinha se esquecido do porquê estava encontrando aquele homem: viabilizar um fim às invasões pela fronteira, interromper o massacre irracional de civis.

Não se deitar na cama com um maridriniano que era muito mais bonito do que qualquer homem tinha o direito de ser.

Nem todas as represensões internas mitigaram o desejo dela, porém; a memória da voz aveludada dele reverberando por seus pensamentos e a sensação do corpo dele encostado ao seu fazendo-a queimar apesar do ar fresco da manhã. Desejo em sua forma mais pura, mas o que ela sentia não se limitava a isso. E eram esses outros sentimentos que a deixavam, ao mesmo tempo, excitada e apavorada.

Ao levantar, Zarrah espiou lá embaixo. Vendo que o beco estava sem movimento, ela desceu e retornou ao palácio. Embora não quisesse abrir mão do calor do casaco dele, usá-lo levantaria perguntas, então ela enfiou o couro caro embaixo do braço.

Mas antes tirou o livro do bolso.

Enquanto atravessava as ruas, Zarrah folheou as páginas, os olhos dela vagando pela escrita, as histórias a fazendo sorrir.

Era uma alegria esquecida, a de ler por prazer.

Uma das muitas coisas das quais havia desistido em seu desejo de ser forte, em seu desejo de vingança, em seu desejo de agradar a tia.

Quando foi a última vez que ela tinha feito algo apenas para ficar feliz?

Ao ver uma patrulha se aproximar, Zarrah voltou a guardar o livro no bolso, cumprimentando os soldados, que pararam para prestar continência. Mais continências foram prestadas enquanto ela cruzava os portões vazios. Se concentrou no que precisava fazer: relatórios sem fim para ler e treinos para supervisionar.

— Por Deus, onde foi que você se enfiou? — Mãos apertaram seus punhos e a puxaram para um corredor.

Yrina.

A amiga enfiou o dedo na cara dela.

— Te procurei a noite toda, Zar. A. Noite. Toda. Precisei inventar uma maldita batida para disfarçar minha busca, e nem assim te achei.

Zarrah ia mentir sobre onde estivera, mas Yrina avistou o casaco do maridriniano.

— O que é isso? — Ela o arrancou de Zarrah e ergueu a peça. — Isto aqui é um casaco *masculino*. — Tateou o couro. — Um casaco masculino *caro*. É do seu amante?

— Devolve, Yrina. — Ela ergueu a mão para pegar, mas a amiga pulou para trás. — Um amigo civil me emprestou e ainda não tive a oportunidade de devolver.

Yrina levou o couro ao nariz e inspirou.

— Bergamota. Gengibre. E cedro-vermelho, se meu nariz não estiver enganado. — Inspirou de novo, depois revirou os olhos, gemendo. — Meu Deus, Zar. Se não estiver dormindo com o dono deste casaco, tem algo profundamente errado com você. — Então franziu a testa. — Mas isso não é... esse corte não é valcottano. É...

— Harendelliano — Zarrah interrompeu, tentando conter o pânico crescente em suas entranhas. — E é preciso mais do que uma colônia cara para eu baixar as calças, Yrina. Agora talvez você possa explicar *por que* inventou de fazer uma batida de maridrinianos para me rastrear?

Todo o humor desapareceu do rosto da amiga.

— Porque *ela* está aqui.

Ela. A imperatriz.

— Quando? E por quê? Era para ela ter voltado a Pyrinat.

Yrina soltou um longo suspiro.

— Eu não faço parte do conselho, Zar. Só sei que ela não ficou contente ao descobrir sua ausência, muito menos que ninguém sabia *onde* você estava. E não sei se alguma mentira vai safar você dessa.

Merda. Zarrah fechou os olhos, sabendo que ela mesma havia se metido nessa enrascada e que não havia mais ninguém que pudesse culpar.

— Leve essas coisas para o meu quarto por mim, por favor. Coloque em algum lugar em que os criados não encontrem.

— Essas coisas? — Yrina ergueu a sobrancelha, depois tirou o livro do bolso do casaco, lendo a capa. A outra sobrancelha dela se ergueu para fazer companhia à primeira. — Estrelas — ela murmurou. — Agora estou intrigada.

Então saiu pelo corredor, folheando as páginas do livro do maridriniano.

Endireitando as roupas e rezando para que os aromas de suas atividades noturnas não estivessem muito fortes, Zarrah se dirigiu ao pátio de treinamento para encarar a tia.

A imperatriz Petra de Valcotta estava no centro do pátio quase vazio, apenas com seu guarda-costas, Welran, e um criado segurando um jarro de água à espera. Usava uniformes de treinamento, os olhos fechados enquanto praticava seus exercícios, algo que fazia toda manhã desde que Zarrah se entendia por gente.

Zarrah parou à beira da areia, esperando em posição de sentido a tia finalizar a série, tentando controlar o nervosismo. Nunca havia desapontado a tia, não dessa forma. E, embora ela não soubesse metade do que Zarrah tinha feito, o pouco que sabia já cheirava a rebeldia.

Algo que a imperatriz não tolerava.

Sem dizer uma palavra, Petra foi até um suporte de armas e selecionou dois cajados, um dos quais jogou aos pés de Zarrah antes de aceitar um copo d'água do criado. Com os olhos na sobrinha, bebeu, sedenta, e colocou o copo de volta na bandeja.

Com a boca seca como a areia sobre a qual elas estavam pisando, Zarrah pegou o cajado e se dirigiu ao centro do pátio, assumindo sua posição.

A imperatriz atacou.

Golpeou com um giro ofuscante de madeira que Zarrah mal conseguiu bloquear, os braços tremendo pelo impacto. Depois outro e mais outro, sem trégua.

Em momento algum.

Mesmo em seus melhores dias, Zarrah não era páreo para a mulher, que compensava a força que a idade havia desbastado com uma vida de experiência. Para piorar, estava longe de ser um dos melhores dias de Zarrah. Ela estava exausta das noites de pouco sono, o corpo duro de dormir num terraço e a mente lenta pela cerveja.

Crec.

O golpe acertou as costelas dela, tirando seu fôlego e a fazendo cambalear. Zarrah rolou, tentando recuperar terreno, mas a tia a perseguiu sem descanso.

Crec.

Dor irradiou de seu quadril, e ela cambaleou, tentando se equilibrar, mas a cabeça rodava, a boca ardia de sede. Com uma rasteira, a imperatriz a derrubou de costas.

Antes que Zarrah conseguisse respirar, o cajado girou na direção do rosto de Zarrah. Para bloquear o golpe, ela ergueu sua arma, que, no entanto, se enroscou no tornozelo. Ela então se preparou para a dor.

O cajado parou a uma fração de centímetro de seu rosto.

— Vergonha! — A tia jogou o cajado na areia, depois cuspiu nele para enfatizar. — Você não luta tão mal assim desde que pegou uma arma pela primeira vez.

— Perdão, majestade imperial. — Zarrah levantou, a cabeça baixa, as entranhas cheias de aversão a si mesma por ter passado uma vergonha tão terrível. — Eu...

— Ah, eu sei exatamente o que você anda aprontando, menina. —

A tia inspirou antes de franzir o nariz. — Amarrotada, fedendo a bebida, suor e *macho*, os olhos caídos por falta de sono. — Ela se voltou para Welran e o criado. — Dispensados.

Eles saíram sem questionar, deixando Zarrah e a tia a sós no pátio silencioso. Por um longo momento, a imperatriz não disse nada, e a vergonha de Zarrah cresceu a cada segundo. Depois de ter criado Zarrah, lhe dado de tudo e a guiado no caminho escolhido, esse comportamento devia ser como uma cuspida na cara.

— Cheguei com a notícia de uma grande vitória contra os maridrinianos que se atreveram a entrar em nosso território, vitória conquistada por minha herdeira escolhida — a imperatriz disse devagar. — Uma herdeira que pensei que me receberia com planos sobre como poderíamos tirar proveito dessa vitória. Mas, em vez disso, você estava bebendo e farreando nos buracos da cidade feito uma soldado comum. Se eu quisesse um herdeiro assim — a voz da tia se ergueu —, teria escolhido meu próprio maldito filho!

Zarrah se encolheu, desviando o olhar.

— Foi um deslize de uma noite só. E não vai se repetir.

— Não minta para mim! — A palma da tia acertou sua bochecha, a dor fazendo os olhos de Zarrah lacrimejarem. — Não minta para mim, garota. Essa não foi a primeira noite, nem mesmo a segunda. Acha que não está sendo vigiada?

O sangue de Zarrah gelou, mas por instinto ela sabia que já estaria a caminho de ser executada por traição se a imperatriz soubesse de tudo.

A tia apertou as têmporas, inspirando profundamente. Depois fixou em Zarrah um olhar tão firme que parecia analisar sua alma.

— Sei que é difícil, minha querida. Sempre ter que estar acima dos outros, sem nunca um momento de paz. Sei como é se perder no toque de um amante ou beber e rir até o amanhecer com os camaradas. Mas essas são atividades proibidas para mulheres como eu e você. Mulheres que governam ou que estão destinadas a governar não devem nunca baixar a guarda. Nunca perder o foco.

Zarrah respondeu com um aceno tenso, sabendo que aquele não era um discurso vazio. A tia se cobrava o mesmo padrão de conduta.

— Não quero perder você, meu bem. — Petra deu um passo mais perto, segurando o rosto de Zarrah. — Se estou sendo rígida, saiba que é por isso. Mas se meu caminho não for mais aquele que você deseja seguir...

— É, sim! — Pavor encheu o peito de Zarrah; medo de que, por causa de um erro, a tia a mandasse embora. — É tudo que eu quero.

Mentira, uma voz sussurrou em sua cabeça, mas ela a ignorou.

Os olhos da tia brilharam, líquidos, e ela os secou.

— É raro você me lembrar de sua mãe, pois ela sempre foi impetuosa. Sempre buscando os prazeres da vida, quaisquer que fossem os riscos que os acompanhassem. Mas você me lembrou dela hoje, e isso me aterroriza.

Uma lágrima escorreu, e Zarrah a encarou, horrorizada, pois nunca tinha visto a imperatriz chorar. Ser a causa de um dissabor como esse a deixou enjoada.

— Foi a imprudência de sua mãe que provocou a morte dela. Eu disse para ela não viajar para tão perto da fronteira. Avisei que não era seguro, mas ela estava desesperada para visitar o amante, que lá se encontraria com ela.

O queixo de Zarrah caiu, pois ela nunca tinha ouvido essa história.

— Não me lembro de existir um amante...

— Ela escondia os amantes dela de você por respeito a seu pai, que a alma dele descanse em paz eterna. — A tia alisou o tecido da calça. — Eu me lembro como se fosse ontem de quando a notícia de que a vila tinha sido invadida pelos maridrinianos chegou a nós em Nerastis. De como meu coração se apertou e o medo me dominou enquanto cavalgávamos a toda. — A voz da tia ficou embargada. — E, quando o vento soprou, trazendo aquele cheiro, eu soube que tínhamos chegado tarde demais.

Os olhos de Zarrah também arderam de lágrimas, as palavras desenterrando emoções que ela havia se esforçado tanto para enterrar.

— Tinham cercado a estrada com os corpos de todas as almas que viviam na vila. — Os olhos de Petra estavam distantes. — Lembro de ficar procurando por seu rosto no meio deles, torcendo para que você tivesse escapado, que estivesse segura. E, quando a encontrei amarrada sob o corpo da sua mãe coberta de sangue e moscas, pensei que a tivesse perdido. — Ela inspirou com dificuldade. — Mas aí você ergueu os olhos para mim.

Lágrimas escorreram pelas bochechas de Zarrah, porque aquele momento estava gravado em sua alma. Sua tia, sua imperatriz, sua salvadora.

— Silas Veliant tirou minha irmã de mim. Mas sem saber me deu a herdeira que levará adiante meu legado. Que vai garantir que ele e toda a linhagem dele pague pelos crimes que cometeu. Que nunca vai baixar a arma em nossa Guerra Sem Fim. — Os olhos dela se cravaram nos de Zarrah. — Você *vai* me dar minha vingança, não vai, Zarrah? *Vai* ser minha arma contra ele e todos que vierem depois dele.

Zarrah engoliu em seco, mas assentiu.

— Sim, majestade imperial. Pela minha honra, a senhora terá sua vingança.

27
KERIS

Três noites seguidas, a meia-noite veio e se foi sem que Valcotta aparecesse.

Na primeira noite em que ela não apareceu, ele ficou com pavor de que tivesse acontecido alguma coisa com ela. Que, ao deixá-la sozinha no terraço, ele a tivesse condenado sem querer a um destino sinistro. Ou que ela tivesse sido identificada como sua companheira durante a batida e estivesse sendo castigada. Tinha até considerado ir ao lado valcottano de Nerastis para procurar por ela, mas abandonou a ideia. Na cidade em si, ela seria uma agulha no palheiro, e ele não seria idiota de espreitar pela guarnição na esperança de encontrá-la.

Aqueles medos iniciais haviam diminuído quando ele vasculhou os relatórios de seus espiões no dia seguinte, e nenhum mencionava morte ou punição de oficial valcottana de alta patente. Por outro lado, mencionavam que a imperatriz Petra em pessoa estava de volta a Nerastis. A presença da imperatriz talvez explicasse a ausência de Valcotta na segunda noite, pois algumas tarefas não poderiam ser deixadas de lado. Mas na terceira, quando a imperatriz voltou para o sul, Keris começou a se questionar se não era escolha da própria Valcotta não ir.

Se, por algum motivo, ela não queria mais vê-lo.

Consequentemente, sua cabeça foi consumida por teorias infinitas sobre qual poderia ser o motivo. Ela havia descoberto sua identidade? Tinha ficado ofendida por alguma coisa? Ou já havia conseguido o que queria dele?

Ou, talvez, o que ele revelara sobre si não tinha sido do agrado dela.

— Você achou o quê? — murmurou para si mesmo, enquanto atravessava Nerastis, tendo deixado Aileena comendo doces e contando moedas no quarto dela. — Ela é um soldado e, agora, sabe que você não passa de um intelectual que carrega livros no bolso.

Quem sabe se o livro fosse sobre qualquer tema mais sério... Mas tinha que ser logo sobre estrelas e lendas bestas... Algo que se lê para crianças. Ele chutou uma pedrinha solta, observando-a rolar para as sombras, praguejando por ter permitido que ela visse uma parte dele que costumava ficar escondida. Por baixar a muralha de sarcasmo e indiferença que anos de zombaria e desprezo o haviam obrigado a erguer tão lá no alto.

— Esta é a última noite. Se ela não estiver lá, vou entender que não quer mais me ver.

Na verdade, era a última noite que ele poderia correr esse risco. Aileena tinha avisado que as horas que ele supostamente passava com ela estavam levantando suspeitas; a cafetina começava a sugerir que ele a queria como uma amante formal. E ser vista como tamanha predileção dele colocaria a cortesã em risco.

Então os olhos sem vida de Raina perpassaram a visão de Keris, que fechou bem os seus por um segundo, inspirando algumas vezes profundamente para controlar o aperto de culpa no peito. Era melhor se Valcotta não viesse. Melhor que ficasse longe dele.

Mesmo assim, quando ele finalmente chegou à represa, não conseguia conter a onda de expectativa. A esperança de que a encontraria do outro lado do vertedouro.

Esperança vã porque, assim que ele fez a curva da represa, descobriu que as margens do vertedouro tinham desmoronado do lado valcottano, alargando o buraco a ponto de tornar o pulo impossível. Do outro lado, não havia nada além de sombras.

28
ZARRAH

Você sempre deve buscar a perfeição. As palavras de despedida da tia ecoaram em seus ouvidos. *Ser irrepreensível para que ninguém questione sua aptidão para governar.*

Por quase quatro dias, Zarrah tinha feito exatamente isso. Acordava ao amanhecer para completar seus exercícios, depois praticava com Yrina, se redimindo ao menos no campo de treinamento até a tia ir embora da cidade. Comandou a guarnição por treinos infinitos, sem dó nem piedade dos soldados, assim como não tinha dó nem piedade de si mesma enquanto ficava sentada à mesa por horas, analisando relatórios, fazendo as refeições enquanto trabalhava, parando apenas quando os relógios do palácio batiam a meia-noite.

Pois, a essa altura, seria tarde demais.

Tarde demais para se aventurar até a barragem para ver se ele estava esperando do outro lado do vertedouro. Tarde demais para arriscar a tentação da presença dele. Tarde demais para se questionar se o caminho que estava trilhando era mesmo o que desejava.

Era melhor que fosse assim porque, nas horas mais escuras, ela sentia sua força de vontade ruir. Sentia como se todas as fantasias que a luz do dia e o dever tinham mantido sob controle se reunissem para dominá-la no instante em que ela ficava sozinha em seus aposentos. Elas a faziam tirar o casaco que estava escondido no fundo do guarda-roupa, o perfume dele ainda impregnado no couro macio como manteiga. Compeliam-na a queimar a lamparina por muito tempo depois da hora em que deveria estar dormindo, lendo e relendo o livro de estrelas e histórias, a memória da voz dele ecoando em sua cabeça.

E agora já era a quarta noite desde que tinha dormido nos braços dele num terraço de Nerastis, o relógio marcando quase meia-noite, e ela sabia que, se voltasse a seus aposentos, aconteceria tudo de novo.

— Chega, Zar — murmurou ela, furiosa. — Você está agindo feito uma menininha apaixonada, não uma soldado. Muito menos feito uma general ou herdeira do trono.

Precisava pôr um fim nisso, de uma vez por todas.

Levantou, voou pelos corredores até seus aposentos. Depois de três passadas largas, estava do outro lado do quarto com a porta do guarda-roupa aberta, o casaco e o livro na mão.

— Queime essas coisas. Acabe logo com isso. Siga em frente.

Mas o pensamento gelou suas mãos e esvaziou seu peito.

— Por quê? — questionou, baixinho. — São apenas *objetos*. E nem são particularmente valiosos.

Era verdade, mas os pensamentos e as emoções que inspiravam nela eram *sim* valiosos. *Valiosos demais* para que ela os deixasse de lado ou destruísse.

Devolva, então.

Zarrah mordeu a parte interna da bochecha. As chances de que ele estivesse na barragem eram pequenas, pois não apenas haviam se passado noites desde que tinham combinado de se encontrar, mas também já seria mais de meia-noite quando ela chegasse. Poderia deixar o casaco e o livro presos em alguma pedra e em algum momento ele iria buscar ou... não. Fosse como fosse, abandonar aqueles objetos seria um ponto-final.

Com a decisão tomada, Zarrah se pôs a pensar em como poderia colocá-la em prática. Era impossível que a imperatriz não tivesse deixado ordens expressas para que ela — assim como suas janelas e portas — fosse vigiada, o que significava que precisaria de ajuda para sair dali.

Colocando o livro e o casaco debaixo do braço, Zarrah saiu rumo aos aposentos muito mais modestos de Yrina. Palavrões e xingamentos atravessaram a madeira quando ela bateu à porta, mas logo a amiga foi atender, com a cara amassada de sono. Ao vê-la, Yrina se endireitou e aguçou o olhar.

— Qual é o problema? O que aconteceu?

— Não, nada. — Entrando no quarto, Zarrah foi até a janela e olhou para fora. — Preciso de um favor seu.

— Posso fazer o que quer que seja de manhã? — Os olhos de Yrina se voltaram para o casaco de couro enrolado embaixo do braço de Zarrah.

— Ah.

— Preciso devolver essas coisas. E terminar... *isso*.

— Isso? — Yrina ergueu as sobrancelhas. — Está se referindo a sua *amizade* com o homem que cheira a couro e especiaria e lê livros sobre estrelas?

As bochechas de Zarrah arderam.

— Sim.

Silêncio se estendeu entre elas, então Yrina disse:

— Tem certeza?

— Sim. Sei que é arriscado, com os espiões da minha tia vigiando todos os meus movimentos, mas preciso fazer isso. Então preciso que você me dê cobertura.

— O que eu quis perguntar, na verdade — Yrina respondeu devagar —, foi se você tem certeza de que quer terminar isso?

— Claro que tenho. — As palavras escaparam antes que Zarrah tivesse a chance de refletir se eram verdadeiras. — Por que não teria?

Ela não sabia se a pergunta era para Yrina ou para si mesma.

Havia dedicado a própria vida a sair vitoriosa na Guerra Sem Fim. A vingar o assassinato da mãe a todo custo. A dar continuidade ao legado da tia fortalecendo Valcotta. A ver os maridrinianos serem contrários a isso tudo.

Não era isso?

— Sei lá... — Yrina disse. — Talvez porque essas últimas semanas tenham sido a primeira vez que vi você feliz.

Feliz. Foi como se uma peça se encaixasse, finalmente revelando aquilo de que ela estava abrindo mão. Não um casaco ou um livro, mas uma sensação que sempre esteve ausente na vida dela. Zarrah queria gritar de frustração, porque não era para ser isso o que a fazia feliz. Deveria ser feliz atingindo objetivos e conquistando vitórias, não admirando um céu estrelado e sonhando com um mundo sem guerras, sem derramamento de sangue.

— Você está vendo coisa onde não tem.

— Não acho, não. — Olhos castanho-escuros se fixaram em Zarrah com firmeza. — Acho que você está terminando isso porque a imperatriz mandou, não porque você quer.

— Ela não me mandou terminar nada.

Só tinha aconselhado que Zarrah não perdesse de vista a coisa mais importante para si: vingar a morte da mãe. Porque sabia que, se ela não alcançasse esse objetivo, carregaria um peso na alma.

Yrina revirou os olhos.

— Talvez não com essas palavras, mas não há uma pessoa neste palácio que não tenha ficado sabendo do acesso de fúria dela porque você se dignou a ter *uma noite* de liberdade depois da nossa vitória. Ela controla todos os aspectos de quem você é, Zar, e faz isso desde que sua mãe morreu.

Frustração fervilhou em seu peito pelo tamanho equívoco da amiga. Como Yrina podia achar que ensinar Zarrah a se controlar era o mesmo que controlá-la?

— Ela só está garantindo que eu tenha as habilidades necessárias para governar Valcotta!

— Não, ela está garantindo que, mesmo depois que estiver a sete palmos embaixo da terra, ainda seja a governante, porque vai ter criado uma herdeira exatamente igual a ela!

Zarrah perdeu a paciência, porque Yrina, mais do que ninguém, sabia que ela não tolerava palavras maldosas sobre a imperatriz. A tia era sua salvadora, a pessoa que tinha lhe dado vida e propósito depois que tudo lhe foi tirado. Que havia indicado Zarrah como herdeira em vez do próprio filho. Visões da tia chorando ao pensar que Zarrah estava perdendo o rumo encheram sua mente, trazendo culpa e sofrimento por saber que não tinha desapontado apenas a imperatriz de Valcotta, mas a si mesma.

— Você está passando dos limites.

— Estou? — Yrina começou a andar de um lado para o outro do quarto. — Eu venho observando como ela vem preparando você, Zar. Como vem fazendo de tudo para que você não tenha nada além dos objetivos e das prioridades que ela definiu para sua vida, assim ela pode ameaçar tirar tudo isso e te deixar sem *nada*. Ela faz você sentir como se não tivesse *ninguém* além dela, como se ninguém se importasse com você como ela se importa. E detesto aquela cara ridícula de adoração que você faz toda vez que ela chega, porque fica claro para mim e para todo mundo que ela está te manipulando!

— Minha tia me ama! — rosnou Zarrah.

Yrina bufou.

— Ama, é? Ela tem um jeito interessante de demonstrar esse amor, considerando que, assim que ficou sabendo que você poderia ter outra pessoa na vida, chegou para colocar um fim nisso.

— Para me lembrar do meu foco!

— Para controlar você! Aquela vagabunda é incapaz de amar.

Fúria correu pelas veias de Zarrah.

— Cuidado com essa sua língua, Yrina, ou vai acabar sem ela.

Yrina nem pestanejou.

— Essas palavras são dela. Ameaças dela. Sempre ditas quando alguém se atreve a contrariar uma opinião dela.

Isso não era verdade. A imperatriz tinha seus conselheiros cuja opinião ouvia e sempre permitiu que Zarrah falasse o que quisesse.

Mas será que tinha chegado a escutá-la?

— Não sei quem é esse homem, Zarrah — Yrina disse, com a voz suave. — E não sei se é algo que ele fez ou disse, ou se ele é só bom de cama mesmo, mas mudou você. — Ela hesitou. — Não, *mudou* não. Só fez você lembrar quem você é de verdade. Então não fica achando que foi coincidência a imperatriz ter aparecido logo agora.

Será que isso é verdade? Zarrah rejeitou imediatamente o pensamento, *isso é loucura*. A imperatriz não era controladora a ponto de abandonar planos de viagem unicamente para policiar as horas livres da sobrinha; tinha vindo para cuidar de outros assuntos e só aproveitou a oportunidade para orientá-la.

Mas... que outros assuntos eram esses?

Qual tinha sido o motivo para a tia retornar a Nerastis?

Pela primeira vez lhe ocorria que nenhuma justificativa havia sido dada para a visita da imperatriz. E estivera tão concentrada em se redimir com a tia que nem sequer notou que a visita tinha sido bastante despropositada.

— Obrigada por suas observações. — A voz de Zarrah saiu mais fria do que o pretendido, mas era melhor do que revelar o desconforto que estava sentindo. — Agora, você vai me dar cobertura ou vou ter que me arriscar sozinha?

— É claro que vou te dar cobertura. — Yrina suspirou e passou a mão no cabelo cacheado. — Vai logo. Termina, se é isso o que *você* quer.

Mas não era tão simples assim, e Yrina teria entendido se soubesse quem o dono do casaco era de verdade.

Você também não sabe quem ele é, a voz em sua cabeça sussurrou. *Nem o nome dele você sabe.*

— Não vou demorar.

Yrina segurou o punho de Zarrah.

— Eu te amo, Zar. Só quero que seja feliz; por favor, não esquece disso.

— Eu também te amo.

E, embora devesse ter dito mais, admitido de alguma forma que talvez houvesse um fundo de verdade nas palavras da amiga, Zarrah não disse nada; apenas saiu em silêncio pela janela noite afora.

29
KERIS

Você deveria ir embora.
    Um refrão que se repetia em sua cabeça pelo que já devia ser mais de uma hora, mas Keris permaneceu sentado sobre a pedra úmida da represa, os olhos fixos nas sombras do lado oposto, agora fora do alcance. E não era só Valcotta que agora estava fora de alcance, mas o sonho que ela havia despertado de que ele poderia ser algo mais. Uma pessoa melhor. Ir embora seria como desistir não apenas dela, mas de si mesmo.
    Ela não vem. E você é o que você é.
    Keris levantou e deu as costas para o vertedouro. Mas, enquanto fazia isso, as sombras se moveram. Congelando, ele segurou o fôlego, à espera. E ela apareceu.
    — Trouxe suas coisas — gritou, mais alto que o estrondo da água. — Deveria ter trazido antes. Desculpa.
    Ele a observou por um momento, depois gritou em resposta:
    — Você não está aqui por causa de um casaco e de um livro, Valcotta.
    Olhando para qualquer lugar menos para ele, ela ficou em silêncio. Então ergueu o lindo rosto, os olhos sombreados se fixando nos dele.
    — Ver você, falar com você... é proibido. Você é maridriniano, o que significa que, em tese, é meu inimigo.
    Alguma coisa havia acontecido. Algo tinha mudado.
    — *Em tese.* — Ele inclinou a cabeça. — Mas não sou.
    — É, sim! — Nem mesmo a queda d'água era alta o bastante para abafar a frustração na voz dela. — Se nos encontrássemos no campo de batalha, eu mataria você sem pensar duas vezes.
    — Com facilidade, sem dúvida. Não sou um combatente lá muito talentoso. — Sarcasmo se infiltrou na voz dele contra sua vontade porque as palavras dela o haviam machucado. — Se não queria ter vindo até aqui, então por que veio?

— Para dizer que acabou. Para me despedir. Para devolver essas suas malditas coisas, para não ter mais que olhar para elas!

— Bom, então está feito. E o abismo entre nós se tornou grande demais para cruzar, fique à vontade para jogar as tais coisas no precipício se lhe causam tanta consternação. Pouco me importa.

— Certo. — Ela jogou o casaco dele na cachoeira, e Keris murmurou um palavrão porque gostava *mesmo* daquele casaco.

Mas, quando ergueu o livro, claramente pretendendo jogá-lo logo em seguida, ele deu um passo para a frente involuntariamente. Não por causa do livro em si, pois não era raro nem valioso, mas por causa do que representava. Um momento que ele não queria ficar assistindo ser lançado num vertedouro para ser perdido e esquecido.

Valcotta hesitou, recuando, e apertou o livro junto ao peito, o simples ato o amolecendo também.

— O que precisa terminar, Valcotta? — ele gritou. — Que parte disso a aterroriza tanto assim? Porque não creio que seja eu.

O vulto escuro dela tremeu.

— Você não entende. Preciso *ser* de determinada forma. Preciso *pensar* de determinada forma. Porque, senão, não apenas corro o risco de perder tudo pelo que batalhei, mas corro o risco de me perder.

— Ou talvez você se encontre. — Keris cerrou os punhos, sem saber ao certo se estava falando com Valcotta ou consigo mesmo. — Você me disse certa vez que, se alguém acredita de verdade em algo, deve estar disposto a sofrer por isso. Morrer por isso. Bom, já eu acho que, se você acredita de verdade em algo, deve *viver* por isso.

Valcotta enrijeceu, olhando para ele, depois deu meia-volta e saiu andando pela barragem.

Ele tinha ido longe demais, tinha afastado Valcotta. Levou as mãos à cabeça, buscando desesperadamente pela coisa certa a dizer para fazer com que ela voltasse.

— Valcotta, espera!

Ela parou de repente, virando para ele, e o coração dele saltou. Em seguida, ela gritou:

— Para trás.

Para trás? E aquilo o atingiu como um tapa no rosto.

— Valcotta, não! Valcotta, é longe demais! — Mas ela já estava

correndo na direção do buraco. Um buraco quase meio metro mais largo do que da última vez que ela tentou saltar e não conseguiu. — Pare!
    Ela pulou.

30
ZARRAH

Com o livro ainda na mão, Zarrah correu. Quanto mais perto chegava, mais a escuridão parecia uma distância impossível para pular, a água mortal que corria lá embaixo disputando com o volume do seu coração trovejante.

— Pare!

Tomando impulso, Zarrah deu um último passo e, sem hesitar, pulou. Voou por sobre o buraco, cambaleando um pouco ao chegar do outro lado. Então os braços dele a envolveram, puxando-a para longe da beirada.

— Você ficou maluca?

A respiração dele era quente em seu rosto, e ela inclinou a cabeça para encará-lo enquanto sentia o aroma de especiaria.

— Uma acusação descabida, considerando a frequência com que você pulou para lá, Maridrina.

— É diferente. — Ele ainda não a tinha soltado, as mãos firmes nos braços dela, os corpos dos dois a poucos centímetros um do outro.

Mas esses centímetros pareciam quilômetros quando o que ela queria era sentir o corpo dele sobre o seu. Sentir na pele o que só havia experimentado nos confins de seus sonhos até então.

— Por que é diferente?

Ele soltou o ar devagar.

— Porque ver você pular foi o momento mais apavorante da minha vida.

E, antes que ela pudesse responder, ele a beijou.

O que a imaginação dela havia evocado era uma sombra pálida comparado com a sensação da boca dele, o beijo ardente de pavor e desejo, a intensidade fazendo os joelhos dela tremerem. Ainda segurando o livro, ela o agarrou pelo pescoço, eliminando aqueles centímetros malditos entre o corpo dos dois, então soltou o elástico do cabelo dele, e as mechas caíram como seda em sua pele.

Ele desceu as mãos dos ombros para a lombar dela, enquanto os lábios dos dois se entreabriam. A língua dele explorava e traçava a dela com movimentos suaves que Zarrah jurava ser capaz de sentir no ventre. Calafrios percorreram sua pele e uma tensão encheu sua barriga, pulsando ardente, crescendo em intensidade entre as virilhas. Então ele se afastou e pousou a testa na dela.

— Aqui não, Valcotta — murmurou. — Se for para ter você, vai ser em algum lugar onde eu possa fazer isso direito e sem interrupção.

Era loucura considerar entrar na cidade com ele. Ela era uma general e a futura imperatriz de Valcotta, e ele era um maridriniano cujo nome ela nem sabia. Mas nada disso parecia tão importante quanto a necessidade de ter os lábios dele nos dela e o corpo dele entre as pernas dela.

— Para onde vamos?

Pela mão, o maridriniano guiou Zarrah por Nerastis, as pessoas que enchiam as ruas completamente alheias a eles, as mentes concentradas nos próprios prazeres. Parando na frente de um prédio menos degradado do que a maioria, ele a levou para dentro, o andar principal mal iluminado por meia dúzia de lamparinas.

— Quarto — ele disse ao homem gorduroso atrás do balcão comendo doces igualmente gordurosos.

— Uma hora?

O maridriniano bufou antes de dizer:

— Pelo resto da noite. — E as entranhas de Zarrah se reviraram, uma onda nova de desejo fazendo a pele dela arder.

O homem gorduroso revirou os olhos.

— Com uma mocinha dessa, você vai descer em meia hora, mas a prata é sua.

O maridriniano não respondeu, apenas jogou uma moeda de prata no balcão e pegou a chave que o homem arremessou para ele em resposta.

O coração de Zarrah bateu forte com expectativa enquanto ele a guiava pela escada e pelo corredor, se atrapalhando com a fechadura e quase derrubando a chave antes de conseguir abrir a porta. Ela sorriu com o nervosismo.

O quarto era grande, as paredes e os pisos, sem revestimento, mas a cama embaixo da janela parecia limpa o suficiente para justificar o preço absurdo, e a brisa soprava as cortinas finas. Uma única mesa apoiava uma lamparina e, enquanto ela observava, o maridriniano aumentou a chama, permitindo que ela o visse com clareza como nunca.

Ele era mais pálido do que a maioria dos compatriotas dela, cujas peles tendiam a escurecer sob o sol, o cabelo dele era na altura do ombro e de um loiro-escuro que a lembrava de campos de trigo. Os olhos eram claros, embora o tom exato se perdesse sob as sombras que dançavam por seu rosto. E aquele rosto... era lindo de uma forma que desafiava a razão, que a fazia querer parar tudo o que estivesse fazendo e apreciar. Que a fazia querer tocar nele de novo, ao menos para provar que ele era real.

— Você devia mesmo passar mais tempo no sol.

Um sorriso lento se abriu no rosto dele.

— Mas as melhores coisas acontecem à noite.

O tom aveludado da voz dele tensionou algo no fundo do ventre dela, sugerindo que por essa noite, ao menos, ele estava certo.

Eles se rondaram, Zarrah deixando o livro na mesa antes de desatar o arnês que prendia seu cajado às costas e o deixando no chão, as facas vindo logo depois.

Com os antigos parceiros, tudo tinha sido conduzido no escuro, pois ela nunca se sentia à vontade exposta. Mas com ele, era diferente. Já tinha exposto a alma para ele e *queria* que ele visse o resto.

Portanto, abriu as fivelas do corselete de couro, descendo devagar pelo peito até jogar a peça para o lado. Por baixo, usava um corpete fino de seda roxa e, com um movimento rápido, ela o tirou, deixando-o flutuar até o chão. Os mamilos dela se empertigaram de imediato, e as coxas derreteram quando ele a admirou com o olhar faminto.

Mas, quando deu um passo na direção dela, ela estalou a língua e abanou a cabeça, sem querer apressar o momento.

— Ainda não.

— Você é muito dominadora, Valcotta. — Ele levou as mãos aos botões do casaco. — E acho que está bem acostumada a dar comandos.

— E a ser obedecida.

Ele soltou um grunhido baixo de frustração, mas parou de desabotoar o casaco sem nunca tirar os olhos dela, que desamarrava uma bota e então a outra antes de desafivelar o cinto, a calça descendo para revelar que não havia nada por baixo.

Ele ofegou, e ela sentiu a tensão crescer como se ele mal conseguisse se conter. Como se pudesse piscar e descobrir que ele tinha atravessado o quarto para colocar as mãos em seu corpo nu e a língua em sua boca. O pensamento a fez descer a mão até entre as coxas, os dedos encontrando o próprio corpo úmido e cheio de desejo. Com a ponta do dedo circulou o órgão sensível que era o centro de seu prazer, apoiando os ombros na parede sem nunca tirar os olhos dele.

— Valcotta — ele murmurou —, se esse for o tormento que você planejou, poderia ter feito isso do outro lado da barragem.

Ela abriu um sorrisinho irônico.

— Mas aí eu não saberia se era medo ou autocontrole o que o impedia, e, para ser satisfeita, faço questão do autocontrole.

A risada que ele deu acabou saindo sombria e cheia de promessas.

— Comigo entre suas pernas, Valcotta, sua satisfação será garantida.

Esse lado fogoso e selvagem dela era desconhecido, mas ao mesmo tempo... *não*. Como se sempre tivesse existido, mas nunca tivesse encontrado razão para se libertar. Agora estava livre, e parecia que era essa quem ela sempre havia sido.

— Prove.

Os olhos dela se fecharam pelo que pareceu apenas um segundo, mas, quando ela os abriu, ele estava à sua frente. Os lábios roçaram a orelha dela, provocando um arrepio, enquanto ele dizia:

— Com todo o prazer.

Quem é você?, a pergunta sempre presente perpassou a mente de Zarrah, mas foi expulsa quando ele a levantou, contra a parede, até ela conseguir sentir o calor da respiração dele entre suas coxas, a sensação tirando um suspiro de seus lábios.

Ela estava inteiramente exposta, apoiada apenas pela força dos braços dele, o sexo a centímetros do rosto dele. Ele tinha assumido o controle, e ela deveria odiar, mas na verdade isso só a deixou ainda mais ardente. Fez as pernas dela se abrirem ainda mais para que os lábios de seu sexo, ampliados, a expusessem por inteiro, o centro dela pulsando de necessidade.

— De certas coisas não vou ser privado. — Ele beijou a parte interna de um dos joelhos dela, depois do outro, provocando arrepios. — E ser quem faz você gozar está em primeiro na lista.

Ele baixou o rosto, e um gemido escapou dos lábios de Zarrah quando a boca dele tomou o lugar dos dedos dela, chupando e provocando o ponto sensível. As coxas dela ficaram tensas, mas ele apenas as arreganhou ainda mais, segurando o corpo dela como se não pesasse nada. Ela perdeu o fôlego, um tesão ardente fazendo seu corpo vibrar sem controle e sua pele queimar como fogo-vivo.

Então ele recuou e a encarou.

— Tem certeza de que quer fazer isso, Valcotta?

— Sim — ela murmurou, pois não havia nada que quisesse mais. Ninguém que ela quisesse mais. — Preciso de... — *você* era a palavra que ela queria dizer, mas não podia se entregar tanto assim para ele. — Preciso disso.

Ele riu baixinho, depois baixou a boca e deslizou a língua para dentro dela. Chupou sem pressa antes de subir a língua por seu sexo até a protuberância de nervos que pulsava de desejo, envolvendo o órgão com a boca. Zarrah soluçou enquanto ele chupava e traçava a parte dela que parecia conter todas as sensações de seu corpo, as costas se arqueando contra a parede enquanto os dedos dele apertavam suas coxas.

A tensão foi crescendo e crescendo até o prazer a inundar como se uma barragem tivesse se rompido. Zarrah gritou enquanto seu corpo tremia, enquanto ele chupava a pele firme, arrancando ondas de prazer. Ela o agarrou pelo cabelo para o manter ali, o corpo se empinando nas mãos dele.

Só quando os calafrios dela cessaram foi que ele a baixou, beijando seus lábios, seu queixo, o pescoço. Um gemido baixinho saiu dos lábios dele quando ela envolveu a cintura dele com as pernas.

— Eu quero mais — ela murmurou no ouvido dele, rebolando o quadril em seu colo, inspirando o aroma dele. — Quero tudo.

Tudo a que ela tinha se negado por tanto tempo. Tudo que não tinha sido possível até ela o conhecer.

— Então você terá tudo. — Ele a carregou até a cama e a deitou de costas, os lençóis ásperos contra a pele dela.

O coração de Zarrah palpitou enquanto ele se posicionava, os olhos fixos nos dela ao tirar primeiro o casaco e depois a camisa de linho caro, revelando um tronco que poderia ter sido esculpido em alabastro, todos os músculos firmes e definidos. As botas dele fizeram barulhos suaves quando ele as descalçou, o cinto tilintando quando o soltou e a ansiedade pelo que viria acelerou a respiração dela.

Ele hesitou, mesmo visivelmente transbordando de prazer, e perpassou a nudez dela.

— Um corpo que combina com a voz.

Aquilo era para ser uma coisa boa? Ela não sabia ao certo.

— Em que sentido?

— Lindo. — Ela ofegou quando ele se abaixou e lhe beijou o umbigo, depois ergueu os olhos para ela. — Algo em que eu me perderia com prazer todas as noites da minha vida, se pudesse.

Uma emoção inundou o peito de Zarrah, tornando impossível respirar porque, embora ela tivesse sido muitas coisas para muitas pessoas, ninguém nunca lhe tinha dito algo assim. Ninguém nunca tinha expressado sentimentos como esse para ela. E, até esse momento, ela tampouco tinha sentido falta desse sentimento, mas agora quase se perguntou como viveria sem. Como viveria sem *ele*.

Mesmo sabendo que teria que viver.

O que estava acontecendo entre eles era proibido. Não tinha futuro possível para os dois. No entanto, em vez de mitigar o calor que queimava seu corpo, só a fez querê-lo ainda mais.

Os lábios dele traçaram linhas ardentes pelo tronco dela, a boca dele se envolvendo no bico do seio, fazendo as costas dela arquearem. Zarrah passou os dedos pelo cabelo dele, a outra mão traçando os músculos firmes de seu ombro, que se flexionaram quando ele passou para o outro seio. Ela gemeu, a sensação da língua dele em seu mamilo descendo até as virilhas, a necessidade de ser preenchida por ele tão intensa que quase chegava a doer.

Apoiando os cotovelos, ela o puxou, rosnando de frustração ao sentir o tecido da calça dele em vez da pele nua, mas ele a silenciou com um beijo, baixando o quadril e roçando a ereção nela, provocando-a com o que estava por vir. Com o que ela *precisava* para gozar.

Girando o corpo dos dois, ela o deitou de costas, abandonando os lábios dele para sentir o gosto de sua orelha, o coração acelerando quando os dedos dele se entrelaçaram aos dela, cravando-se no colchão e deixando que ela o prendesse.

Zarrah ouviu a rapidez da respiração dele, sentiu o estrondo do coração dele contra os próprios seios enquanto se movia, a língua dela traçando a pulsação no pescoço dele antes de descer, explorando seu peitoral duro e os músculos tensos de seu abdome.

As mãos dela desceram até o cós da calça. Ele ergueu o quadril, permitindo que ela puxasse a peça para baixo, revelando cada centímetro daquele pau duro. Enquanto ele terminava de tirar a calça com o pé, foi a vez dela de olhar para cima, sabendo que o próprio sorriso devia estar diabólico ao encontrar o olhar dele. Então Zarrah baixou a cabeça, engolindo o máximo possível dele.

Ele gemeu enquanto ela se movia, a língua o cercando até ele dizer, ofegante:

— Você vai acabar comigo, Valcotta, e meu orgulho não suportaria voltar naquela recepção depois de menos de uma hora.

Zarrah não parou.

Em vez disso, se deixou ser levada pelo ritmo, pelo prazer de sentir o corpo dele estremecer sob seu toque, a respiração dele saindo em gemidos roucos. E quando sentiu que ele estava a sua mercê, colocou os joelhos na cama e sentou no pau dele.

Se foi ele ou ela quem gemeu alto, Zarrah não saberia dizer; só sabia que o mundo tinha ficado de cabeça para baixo enquanto ela rebolava com ele puxando sua bunda com mais força a cada estocada.

Ele a soltou para se apoiar, se erguendo para capturar sua boca, os seios dela esmagados contra o peito dele, a ferocidade, a paixão, diferente de tudo que ela já havia sentido.

Tensão cresceu em seu ventre, subindo sem parar, até que ele enfiou a mão entre os dois, o polegar encontrando aquele ponto de prazer entre as pernas dela, masturbando-a no mesmo ritmo.

Zarrah gritou, jogando a cabeça para trás enquanto ele levava a necessidade dela de gozar ao ponto da agonia.

Então o corpo dela se estilhaçou, prazer a atravessando e manchas brilhantes de luz enchendo seus olhos. Vezes e mais vezes, o ventre dela se convulsionou tanto que ela mal conseguia respirar. Sentiu o corpo dele chegando ao clímax também, e a pulsação dele a preencheu. O momento pareceu durar uma eternidade e, ao mesmo tempo, acabar num piscar de olhos, o maridriniano se afundando de volta na cama e puxando-a junto.

O corpo amolecido dela se moldou ao dele, a bochecha encostada no peitoral imenso sob a lamparina bruxuleante, exauridos demais para fazer qualquer coisa além de respirar.

Só quando o coração dela finalmente ficou mais devagar foi que Zarrah ergueu o rosto para observá-lo.

— Talvez você ainda consiga metade do dinheiro de volta, se quiser.

Ele ergueu a mão para acariciar a bochecha dela, depois enrolou uma mecha de seu cabelo no dedo.

— O que eu quero — ele disse — não tem nada a ver com prata.

E a deitou de costas.

Sorrindo, Zarrah fechou os olhos, permitindo que ele a mergulhasse de volta nas profundezas do prazer.

Como se os dois estivessem reconhecendo que aquela seria a única noite juntos, dormiram pouco. Enrolada nos braços dele, Zarrah pegou no sono apenas algumas vezes, mas sempre a necessidade de *mais* despertava um deles, e recomeçavam.

Embora não tivessem faltado parceiros para ela, nunca tinha sido daquela forma. Como se ela tivesse sido feita para o homem cujos lábios a consumiam, e vice-versa. Ela nunca havia sentido um desejo tão insaciável a ponto de esquecer de sono ou obrigação ou da ameaça crescente do amanhecer e só se importar em ter o corpo dele no dela, dentro dela, a língua, os dedos, o pau levando-a ao clímax até perder a conta.

Pouco importava que essa pudesse ser a ruína dela.

Uma réstia de luz do sol entrou pelo tecido fino das cortinas, projetando uma linha dourada sobre as costas do maridriniano. Apoiando-se no cotovelo, ela traçou o dedo sobre uma cicatriz. Uma facada, era seu palpite. Parecia que a lâmina tinha errado o espaço entre as costelas dele, cortando o músculo em vez de entrar nos pulmões.

— Quem esfaqueou você pelas costas?

Ele soltou um suspiro lento, os olhos ainda fechados, a bochecha ainda na cama.

— Um de meus irmãos.

Não havia emoção na voz dele. Nem indignação, nem revolta, nem mágoa por um membro da família ter tentado matá-lo, e ela não se surpreendeu. Ele claramente vinha de origem nobre, o que significava que o pai, quem quer que fosse, provavelmente tinha um harém cheio de esposas e com tantos filhos que perdia a conta. Tantos filhos que não teria como repartir a herança entre todos, o que levava os irmãos a matarem uns aos outros na esperança de conseguirem algum bocado da fortuna e do título após a morte do pai.

— Seu povo não entende o significado de família.

— Os homens do meu povo não — ele murmurou. — Mas as mulheres entendem tanto que chegam a compensar nossa idiotice.

Ela bufou, porque as mulheres do país dele eram proibidas de lutar.

— As maridrinianas são fracas.

Ele respondeu com um leve chacoalhar de cabeça.

— São mais fortes do que você imagina. — Naquele momento, um olho se abriu, observando-a das sombras. — Você tem irmãos?

Uma pergunta perigosa, considerando que detalhes demais facilitariam a identificação dela, pois eram poucas as oficiais de alta patente na guarnição valcottana e nenhuma de patente mais alta que a dela.

— Nossa relação não se baseia no anonimato, Maridrina?

Ele ergueu um ombro antes de fechar os olhos, suspirando enquanto a sentia continuar traçando os dedos sobre os músculos de suas costas.

Ela se deu conta de que queria contar para ele. Queria revelar toda a verdade sobre quem era, apesar do risco, porque parecia estranho que sentisse tanta coisa por um homem que sabia tão pouco sobre ela. E sabendo tão pouco sobre ele.

— Irmãos não, mas muitos primos. — Apoiou, então, o corpo no braço direito, se crispando quando uma pontada de dor disparou da ferida que ela havia sofrido na batalha. — Meu pai morreu quando eu era bebê, e com minha mãe você sabe o que aconteceu. Fui criada por uma de minhas tias.

— Sinto muito — Ele ergueu a mão e pegou a dela, levando os dedos aos lábios. — Também perdi minha mãe jovem. Se não fosse por meu pai, minha vida poderia ter sido muito diferente.

— Você não se dá bem com ele?

O corpo dele tremeu com uma gargalhada silenciosa.

— Dizer isso seria eufemismo. Meu pai é um cretino impenitente sem o qual o mundo seria um lugar melhor. Por outro lado, se você perguntasse, ele sem dúvida diria o mesmo de mim.

A curiosidade a inundou com a necessidade de continuar fazendo perguntas, mas o sol estava ficando mais forte. E se ela não voltasse a Anriot antes de a madrugada dar lugar ao dia, ficaria presa no lado maridriniano até o cair da noite. Yrina não teria como esconder sua ausência por tanto tempo.

— Preciso ir.

Ele franziu a testa e deitou de costas, puxando-a para cima de si. Desejo percorreu a pele dela enquanto o sentia endurecer.

— Só mais uma — ele murmurou. — Rapidinha.

— Nenhuma foi rapidinha até agora — ela o lembrou, mas ele apenas puxou o quadril dela sobre seu pau.

O corpo excitado dela estremeceu quando ele a preencheu. Um raio de aurora atravessou as cortinas, e ela ergueu a mão para as abrir, querendo vê-lo ao menos uma vez sem o manto das sombras.

Ele desviou o rosto da luz, fechando os olhos para se proteger do brilho.

— Fique o dia todo. — O quadril dele se moveu junto com o dela. — E a noite toda.

— Vão notar minha ausência. — Angústia encheu o peito dela porque tudo que queria era dizer sim. Ficar com ele e fazer todas as perguntas que ardiam em seu coração.

Ele suspirou, virando o rosto belo demais na direção da luz do sol.

— Assim como a minha.

E então abriu os olhos.

A luz da aurora revelou o que nem a luz do luar, nem a das lamparinas havia revelado: íris de um azul-celeste escuro que pareciam mais uma visão das profundezas de um mar ondeante. Uma cor tão intensa e vibrante que quase chegava a ser inumana. A imagem fez um choque percorrer o corpo de Zarrah, como se ela tivesse sido mergulhada em água gelada. Pois os olhos do maridriniano eram idênticos, em cor, aos do homem que havia olhado para ela e assassinado sua mãe rindo.

Palavras de um relatório havia muito esquecido encheram a mente dela: *Cabelo loiro na altura dos ombros. Altura mediana e corpo magro. Olhos azul Veliant.*

A garganta de Zarrah se fechou, mas ela conseguiu dizer mesmo assim:

— Você é Keris Veliant.

O maxilar dele ficou tenso. Erguendo a mão, ele fechou a cortina para que mais uma vez os dois ficassem escondidos pela sombra.

— Eu tinha a impressão de que não estávamos usando nomes, Valcotta.

Ai, Deus, o que ela havia feito?

— Apenas me diga a verdade.

— Que diferença faz?

Toda a diferença. Toda a diferença no mundo.

— Me fale!

Ele ficou em silêncio, e o coração de Zarrah palpitou no peito, em parte se apegando a uma última esperança de que ela estivesse enganada. Que ele fosse uma pessoa completamente diferente. Mas então ele a encarou.

— Sim. Eu sou Keris Veliant.

Zarrah se encolheu, quase caindo da cama enquanto recuava para longe dele, a pele gelada e a visão entrando e saindo de foco. O que ela havia feito? O que ela havia feito?

Ele saiu da cama atrás dela.

— Importa qual é meu nome?

— Importa. — Zarrah mal conseguia dizer as palavras, o mundo balançando como se ela estivesse em um navio, nenhuma das roupas parecendo estar onde ela as havia deixado.

— Por quê? Sou o mesmo homem de antes. O mesmo homem para quem você passou a maior parte da noite *dando*, por sinal.

Ela se retraiu, disfarçando ao vestir a calça, tentando não pensar no suor que sentia na pele. Tentando não pensar que tinha passado a noite não nos braços de um maridriniano qualquer, mas nos braços do futuro rei de Maridrina. Que o filho de seu maior inimigo tinha sentido o sabor de cada centímetro dela. Tinha jorrado dentro dela. Ai, Deus, e se ela engravidasse?

Bile subiu por sua garganta, e Zarrah mal conseguiu chegar à bacia numa mesa de canto antes de vomitar as tripas lá dentro. Com os olhos ardendo, virou o rosto para encará-lo.

— Eu jamais teria feito isso se soubesse quem você é. Você é meu maior inimigo em Nerastis.

Não um nobre coitado forçado a servir, mas o príncipe herdeiro no comando das forças de Maridrina. O oponente principal dela em todos os sentidos possíveis. Não apenas uma decisão idiota, mas traiçoeira. A tia ordenaria a execução dela se um dia isso viesse à tona e, mesmo se isso não acontecesse, a própria honra de Zarrah jamais a perdoaria.

— Eu não sou o meu pai. — Os punhos dele se cerraram. — Você sabe disso mais do que ninguém.

— Não vim até aqui botar fogo no seu palácio naquele dia, Veliant — ela sussurrou. — Vim para cravar uma faca em seu coração. E, se eu tivesse conseguido, meu feito me encheria de distinções da própria imperatriz por ter desferido um golpe contra o rei Rato, enquanto agora devo cravar minha espada em mim mesma pela vergonha do que fiz.

— Então me mata agora. — Ele atravessou o quarto num piscar de olhos, pegando uma adaga caída no caminho e forçando a arma contra a mão dela. Fechando os dedos dela sobre o cabo e a levando à garganta dele. — Me mata — ele repetiu, os olhos azul-celeste brilhando, úmidos. — Mas saiba que meu pai vai erguer um copo de vinho em sua homenagem por livrá-lo de mim.

Mate ele, sussurrou uma voz dentro de Zarrah. *Redima a pouca honra que ainda lhe resta.*

Ela sentia o hálito dele quente na pele de seu rosto, os lábios que haviam beijado os dela com tanta reverência a noite inteira, afinados pela tensão enquanto olhava no fundo dos dela, desafiando-a a matá-lo.

A mão de Zarrah estremeceu. Não era apenas a noite que havia passado nos braços do príncipe herdeiro de Maridrina que a abalava até a alma; eram todas as noites antes dessa. Todas as coisas que ele havia dito. Que ela havia dito.

Zarrah tinha se entregado a ele como nunca havia feito antes. E não só fisicamente.

Ela abriu os dedos, e a adaga escorregou por eles.

— Vou embora. E vamos fingir que isso nunca aconteceu.

Como se fosse possível.

Dando a volta por ele, ela catou o resto de suas coisas e se dirigiu à porta. Mas o encontrou parado lá, a calça vestida e a mão mantendo as tábuas da madeira fechadas.

— Você não pode sair no corredor agora, Valcotta. O sol nasceu e a trégua da meia-noite acabou. Se for pega, não vai acabar bem.

— Não vou ser pega. — Mesmo em plena luz do dia, os terraços seriam seguros. Ninguém nunca olhava para cima.

— Valcotta...

— Não me impeça, Veliant — ela sussurrou. — Você não tem esse direito.

Ele flexionou os dedos sobre a porta como se estivesse considerando contra-argumentar, mas desviou os olhos primeiro.

— Tenha cuidado.

— Isso não é problema seu.

Sem lhe dar a oportunidade de dizer mais nada, Zarrah saiu e fechou a porta, a passos rápidos na direção da escada. O homem ensebado continuava na recepção, e abriu um sorriso lascivo para ela, murmurando:

— Sempre preferi as valcottanas.

Ele merecia um nariz quebrado, mas ela não podia correr o risco. Não estando em pleno território inimigo com o sol já alto no céu.

Ao sair, piscou sob a luz forte do sol, náusea embrulhando o estômago e a cabeça começando a latejar. As ruas de Nerastis estavam calmas, mas, ao longe, ela conseguia ouvir os sons de cascos: soldados maridrinianos já em patrulha.

Numa corrida rápida que a levou até o fim do prédio, Zarrah entrou num beco e subiu numa pilha de caixas para ganhar acesso aos terraços; então os atravessou com agilidade na direção do Anriot.

Os aromas de cozinha se misturavam aos cheiros de penicos sendo esvaziados nas ruas, mas ela mal prestou atenção, preferindo usar toda a concentração para fugir das ameaçadas, distinguindo as vozes de soldados e os cascos de cavalos dos gritos de bebês. De mulheres gritando para homens acordarem. De homens voltando de suas próprias formas de abuso de mulheres. Ela se sentia zonza e indisposta, sem equilíbrio e com o corpo fraco.

Você se entregou ao filho de Silas Veliant.

O pensamento a distraiu enquanto ela saltava pelos terraços, e seu pé escorregou. Contendo um grito, Zarrah debateu os braços ao cair, dura, numa pilha de caixas. A madeira se estilhaçou, e ela sentiu uma dor lancinante, mas levantou, sabendo que precisava correr.

Enquanto subia, uma voz na entrada do beco chamou sua atenção: cercado por soldados havia um homem de rosto familiar.

— Ora, ora — disse ele, os olhos surpresos. — Olha só quem temos aqui.

31
KERIS

Os ouvidos dele se encheram de um som estrondoso quando ela saiu do quarto, deixando-o sozinho apenas com aquela reação reverberando na mente. O horror nos olhos dela ao descobrir a identidade dele, a repulsa que a fez vomitar... O simples nome dele havia apagado tudo que se passou entre eles. Os malditos olhos azuis que herdou do pai, e o legado que vinha de brinde.

— Eu te odeio! — Ele socou a parede, os nós dos dedos se rachando, e agonia subindo por seu punho.

Mas a dor na mão não era nada comparada ao ódio pelo pai. Mais de cem quilômetros de distância, e aquele homem continuava tirando *tudo* que Keris já havia desejado.

Tudo que já havia amado.

Curvando-se, inspirou uma vez e depois de novo, a barriga se contorcendo de dor por ela ter partido e de medo por ela estar lá fora, naquela metade da cidade, sozinha, com um alvo nas costas. Mas não havia o que pudesse ter feito para detê-la.

Valcotta não era uma mulher a ser contida, mas mesmo assim ele precisou resistir ao impulso de ir atrás dela. Precisou resistir ao impulso de segui-la pela cidade para garantir que ela atravessasse o Anriot em segurança.

E se ela não conseguir pular?

Bile subiu por seu estômago, e Keris cerrou os dentes, a respiração saindo com dificuldade. *Ela consegue*, disse a si mesmo. *Ela é capaz; provou isso ontem à noite.*

Para piorar, era inevitável que dessem falta dele. Tinha orientado Aileena que, se descobrissem que ele não estava no quarto, ela deveria dizer que ele tinha voltado ao palácio. Consequentemente, se ele não chegasse lá em breve, Otis começaria uma busca, o que só complicaria a situação de Valcotta.

Vestindo as roupas rapidamente, Keris desceu.

— Você está atrasado — o porco à recepção disse. — Vai custar mais um cobre.

Era tentador mandar o desgraçado à merda, mas, em vez disso, Keris atirou um punhado de moedas na cara dele, limitando-se à satisfação de ver uma moeda de prata atingir com força a testa ensebada do homem.

O sol já estava quente, sem nenhuma nuvem no céu para abrandar seus raios ofuscantes, e Keris vestiu o capuz para proteger tanto os olhos como a identidade a caminho de seu palácio em ruínas.

Eu jamais teria feito isso se soubesse quem você é. Você é meu maior inimigo em Nerastis.

Ele estava enjoado, com a garganta seca como poeira e os olhos ardendo. Precisava dormir e beber um jarro inteiro de água. Mas era a tristeza que o sufocava, abafando a raiva e o deixando vazio.

Não haveria mais encontros com ela na barragem. Não haveria mais conversas com a única pessoa nessa maldita cidade com quem ele parecia poder ser sincero. E nunca mais teria a chance de tocar aquela pele perfeita, beijar aqueles lábios, afundar-se entre as coxas dela. O prazer ardente da noite anterior foi diferente de tudo que ele já havia sentido.

O que você esperava?, ele perguntou a si mesmo. *Seu nome é venenoso, e tudo que você toca apodrece.*

À frente dele, os portões do palácio se assomaram e, embora estivesse tudo silencioso, havia uma tensão no ar diferente da trégua da meia-noite. As pessoas que já estavam na rua cuidando de seus afazeres tinham certa cautela, sabendo muito bem que, com o sol alto, ambos os lados poderiam estar se preparando para um ataque.

Parando na frente do portão, Keris tirou o capuz, os olhos dos guardas de plantão se arregalando de reconhecimento e choque.

— Alteza — um deles disse enquanto abria o portão. — Passamos a manhã toda a sua procura. Príncipe Otis está vasculhando a margem do rio.

Merda.

— Vinho demais — ele respondeu. — Peguei no sono no caminho de volta.

Um dos generais de seu pai se aproximou, os braços grossos cruzados diante do peito monstruoso. O homem imenso limpou a garganta, e Keris se preparou para qualquer que fosse a repreensão por perambular pela cidade sem uma escolta, mas o homem disse:

— Recebemos a notícia de que o rei ithicaniano foi capturado e está sendo levado para Vencia.

Capturado. Keris não tinha nenhum apreço especial por Kertell, afinal o que havia descoberto por Raina sobre o homem não lhe inspirou nenhuma simpatia, mas seu peito se apertou pelo que isso representava para Ithicana. Fosse ou não o rei digno, o povo o seguia e, sem sua liderança, a resistência aos invasores maridrinianos poderia ruir. Pela lógica, era o que Keris deveria querer, mas só de pensar no pai triunfando e se tornando o Senhor da Ponte tinha ânsia de vômito.

— Entendi.

— Com a captura, seu pai prevê um fim ao conflito em Ithicana e teremos recursos para intensificar nossa situação. Para reconquistar a metade sul de Nerastis dos valcottanos. É da vontade de seu pai que você se dedique a atingir esse objetivo em particular.

Que se dedique à guerra.

A cabeça de Keris começou a latejar e ele massageou a têmpora.

— Vamos esperar até nosso poder sobre Ithicana estar seguro antes de dar um passo maior do que a perna com os valcottanos. Agora, se me der licença...

Uma comoção alta do lado de fora chamou sua atenção; gritos e clamores de triunfo. Keris avistou Otis vindo em sua direção, um sorriso largo no rosto. A cena bastante inesperada, considerando que Otis tinha saído à caça dele.

— De todos os dias para você estar acordado a essa hora, Keris, hoje foi a melhor escolha. Capturamos um prêmio e *tanto*.

O olhar dele deslizou para trás do irmão, para o par de soldados que arrastava uma silhueta de roupas valcottanas com um saco na cabeça, que, no entanto, não o impediu de reconhecer os braços marrons e finos amarrados. Braços que estavam em volta dele menos de uma hora antes.

O peito de Keris se apertou, a pele gelando enquanto ela era forçada a se ajoelhar na frente dele, os punhos sangrando das cordas apertadas e os braços marcados por manchas vermelho-claras que logo se transformariam em hematomas, a ferida no braço não mais enfaixada, mas aberta e sangrando.

— Capturei essa daí num beco a caminho do Anriot — Otis disse. — Ela resistiu bastante, mas conseguimos dominá-la.

— Quem é ela? — As palavras escaparam, uma pergunta que Keris havia feito a si mesmo mil vezes mas para a qual ele agora desejava nunca ouvir a resposta.

— A mulher mais poderosa de Nerastis. — Otis arrancou o saco, revelando o rosto que Keris tinha visto em seus sonhos.

O rosto da mulher a quem ele havia se entregado de uma forma que nem sequer achava possível.

Otis pegou Valcotta pelo cabelo, puxando a cabeça dela para trás.

— Permita-me apresentar a general Zarrah Anaphora.

32
ZARRAH

Ela ergueu os olhos para ele firmemente, embora fosse difícil ver com um deles inchado e o cérebro zonzo pelos golpes que havia levado. Mas ouviu com clareza quando o maridriniano disse:

— Quem a machucou?

O principezinho que a havia capturado franziu a testa.

— Que diferença faz? Ela resistiu. Esta aqui é Zarrah Anaphora, Keris. É a sobrinha da imperatriz de Valcotta. A herdeira. Sabe o golpe que a captura dela vai significar aos valcottanos?

— Não tão grande quanto seria se catapultássemos ela de volta pelo Anriot — um dos soldados disse, e o restante riu, os olhos tomados de crueldade.

Zarrah tentou não se encolher, porque sabia que eles eram capazes de coisa muito pior. Tinha *visto* coisa muito pior.

— Não — disse Maridrina, depois de uma longa pausa e um franzir de sobrancelhas; ou melhor, aquele era o príncipe herdeiro Keris, Zarrah lembrou a si mesma. — Não faremos isso.

— Agora não é a hora de ter escrúpulos, Keris — Otis sussurrou. — Essa vagabunda matou Rask.

Keris soltou um suspiro exausto.

— Não é como você deseja executá-la que me preocupa, Otis, mas o simples fato de querer executá-la.

Otis. O. Tinham sido as cartas dele que ela havia roubado, e pelas quais Keris a havia perseguido cidade afora. Aquele era o príncipe Otis, um dos assassinos mais brutais de seu povo desde que o próprio Silas tinha comandado a guarnição, o irmão que Maridrina tinha em alta conta.

— Como você mesmo disse — continuou Keris —, essa mulher é um prêmio que fica atrás apenas da própria imperatriz. Vai mesmo desperdiçar todo o valor dela por alguns minutos de satisfação? — Ele estalou a língua. — Uma decisão que demonstra uma visão muito imediatista, e acredito que meu pai me agradeceria por não permitir que vocês façam isso.

Quais eram as intenções dele? O que planejava fazer com ela?

Os homens que os cercavam estavam claramente se perguntando o mesmo, encarando o príncipe.

— O que quer que façamos com ela, então? — Otis questionou.

Keris deu de ombros.

— Ela é a moeda de troca que podemos usar em negociações com os valcottanos. Com ela, podemos conseguir um fim aos bloqueios na Guarda Sul, mas a imperatriz nunca negociaria a devolução de um cadáver.

Pelos deuses, não. Zarrah empalideceu com a ideia de ser usada dessa forma, e o outro principezinho pareceu igualmente horrorizado ao questionar:

— Mas...

Keris mostrou um dedo em riste para o irmão.

— Sou eu que estou no comando aqui, Otis, o que significa que ela é *meu* prêmio. Se eu a entregar pessoalmente para meu pai em Vencia e ela se provar tão valiosa quanto imagino, é a mim que ele vai agradecer.

O maxilar do principezinho ficou tenso.

— Ele só vai matá-la. Isso é perda de tempo.

— Talvez, mas essa decisão cabe a ele, e não a você. E, portanto, deste momento em diante, quero que ela seja tratada com o *máximo* de cuidado e consideração. A última coisa de que preciso é que um babaca de mão pesada como vocês a mate e estrague minha chance de agradar meu pai.

Tudo mentira. Se fazia mesmo tanta questão de agradar Silas Veliant, todas as coisas que havia dito a ela eram mentira. Com o sangue fervendo, ela avançou para cima dele.

— Seu maridriniano de merda!

Os homens a seguraram pelos ombros, jogando-a no chão com tanta força que os olhos dela se turvaram.

— Basta! — Keris ordenou. — Para trás!

Mas, em vez de dar ouvidos, um dos homens a chutou várias vezes nas costelas, cada golpe tirando um gemido de dor dos lábios dela. Parou apenas quando Keris rosnou:

— Você não ouviu quando ordenei agora mesmo que ela não fosse ferida?

— Mas alteza...

— Ouviu a minha ordem ou não?

O homem engoliu em seco.

— Ouvi, milorde.

— Não costumo dar muitas ordens a vocês. — O tom que ele assumiu era frio. — Mas, quando dou, espero ser obedecido. Do contrário, haverá consequências. Otis, mande chicoteá-lo.

O queixo do principezinho se cerrou, mas ele fez que sim.

— Quantas chibatadas?

— E eu lá vou saber? — Keris ajeitou o casaco. — Vá contando e, quando ele parar de respirar, me diga você quantas foram.

Zarrah o encarou horrorizada, sem conseguir associar o homem a quem ela havia se entregado a essa criatura. A esse *monstro*.

— Keris...

— A ordem foi dada — ele interrompeu. — Tratem de obedecer. E coloquem a mulher em algum lugar seguro e sob vigilância constante. Se acontecer algo com ela, o responsável vai considerar o destino desse aí — ele apontou o queixo para o soldado pálido — piedoso. Agora, se me derem licença, preciso de um banho e de um bom café da manhã.

E então Keris deu meia-volta e saiu andando.

Tudo ficou turvo e distante enquanto Zarrah observava o maridriniano desaparecer pelo corredor, embora não soubesse dizer se era uma concussão ou o choque.

— Vocês ouviram o príncipe — Otis rosnou. — Coloquem-na numa das celas e, pelo amor de Deus, não deixem que nada aconteça a ela. Sangue Veliant corre nas veias de Keris, e nenhum de vocês deve esquecer o que isso significa.

O sangue do assassino de sua mãe corria nas veias dele, e ela havia acabado de ser prova disso. Tinha dormido com um monstro. Tinha se entregado a um monstro.

Otis se voltou para o soldado sentenciado à morte.

— Vai se entregar a seu destino por livre e espontânea vontade?

O soldado estava pálido, claramente apavorado, mas fez que sim antes de voltar o olhar para ela.

— Meu único arrependimento é não ter mirado na cara dessa vagabunda.

— Eu diria para tentar na próxima — ela forçou um sorriso sarcástico —, mas pelo visto o destino não te dará esse prazer.

Fúria queimou o olhar do homem, mas Otis o puxou para trás, a voz fria ao dizer:

— Eu conteria esse seu otimismo, general. Só porque sua alteza acredita que sua vida tem algum valor não significa que sua majestade vá concordar. E, quando nosso pai te entregar a Serin para ver quais segredos essa sua cabecinha linda guarda, você vai maldizer o nome de Keris por não tê-la entregado a mim.

Serin. Corvus. O sangue de Zarrah gelou. O mestre de espionagem maridriniano era infame pelas habilidades de tortura, e *muitos* dos compatriotas dela tinham morrido por suas ministrações depois de contarem tudo que ele desejava saber. Por mais treinada que fosse, Zarrah duvidava que conseguisse se sair melhor.

— Já maldigo o nome do seu irmão.

A expressão de Otis ao levar o condenado para longe sugeria que ela não era a única.

Dois soldados a pegaram por baixo dos braços e a colocaram de pé, mas o movimento foi mais do que seu cérebro atordoado conseguia suportar, e ela vomitou no chão sem nem escutar os xingamentos de nojo que murmuraram. O corredor girou, uma confusão de cores, e Zarrah lutou para se manter consciente enquanto a arrastavam.

Maldito seja. Ela dirigiu as palavras em silêncio para onde imaginava que Keris se banhava e comia com todo o luxo digno da realeza. Mas as palavras que queria dizer de verdade, aquelas em seu coração, eram: *como você pôde?*

Sendo um maridriniano monstruoso e sem honra, assim como o pai, uma voz cruel respondeu. *E você foi tola por ter confiado nele.*

Esse foi o último pensamento que Zarrah teve antes de perder a consciência.

33
KERIS

SE AFASTAR DELA TINHA SIDO A COISA mais difícil que já fizera na vida.

Mas ele não teve escolha.

Para tirá-la dessa com vida, precisava entrar no personagem que tinha criado com perfeição, se comportando exatamente como todos esperavam.

O tanto quanto conseguisse.

Nunca na vida tinha mandado chicotear alguém, muito menos ordenado uma execução. Mas tinha visto o desejo de vingança nos olhos dos soldados maridrinianos e entendido que, se não deixasse claras as consequências de ferir Zarrah, um deles acabaria matando ela e alegando ter sido acidente.

Isso, no entanto, não aliviou o embrulho em seu estômago, que, mesmo vazio, ameaçava colocar tudo para fora enquanto ele subia dois degraus por vezes, assobiando alegremente.

— Prepare um banho para mim — disse a uma das criadas. — E me traga um café da manhã. Com água, não vinho. Preciso manter a cabeça no lugar.

— Agora mesmo, milorde. — A mulher fez uma mesura, mas Keris já tinha voltado a subir o último lance da escada em espiral, três degraus por vez agora, sentindo um gosto azedo na boca.

Ao escancarar a porta do quarto, ele o atravessou correndo, mal conseguindo chegar à água mais próxima antes de botar as tripas para fora. Vomitou vezes e mais vezes, imaginando o som de um chicote estalando contra pele e vendo o sangue que viria depois. Otis cuidaria para que fosse rápido, disso ele tinha certeza, mas a morte do soldado estaria em suas mãos.

Em mais sentidos do que todos imaginavam.

Com as costelas doloridas, Keris se levantou e voltou ao quarto, virando um copo de água e tentando não pensar em Valcotta — em Zarrah

— fraturada e sangrando nas celas da prisão embaixo dele. Mas, por mais que ele se esforçasse, imagens dela em circunstâncias cada vez piores passavam por seus pensamentos, e um suor frio escorreu por sua pele.

Não havia nada que pudesse ter feito, nenhuma outra escolha possível. Qualquer passo diferente teria causado a morte dos dois.

Nem mesmo ele tinha o poder de mandar libertar uma valcottana — ainda mais considerando quem ela era. Mesmo antes de sua ascensão ao comando, Zarrah era uma guerreira infame no campo de batalha, responsável pela morte de inúmeros maridrinianos, incluindo, se os boatos fossem verdadeiros, de seu irmão mais velho, Rask. E, embora Keris devesse brindar a ela por essa morte em particular, Rask era reverenciado pelos soldados de Nerastis.

Ele poderia gritar ordens até ficar azul. Mandar dezenas de homens serem chicoteados por desacato — eles ainda assim se recusariam, pois a lealdade que dedicavam a Keris era frágil comparada ao desejo que tinham de vingança.

Havia apenas uma pessoa com o poder de poupar a vida dela. Apenas uma pessoa que os soldados respeitavam e temiam o bastante para ignorarem a própria necessidade de executar Valcotta.

O rei de Maridrina.

A ideia de depender do pai era o mesmo que um soco na cara, mas, nos segundos que tivera para pensar num plano, não conseguiu chegar a nenhuma outra solução. Os soldados deixariam que ela vivesse porque temiam o pai dele. E porque acreditavam que o castigo do rei seria muito pior do que qualquer coisa que eles pudessem imaginar.

E provavelmente estavam certos.

Criadas entraram no quarto fazendo mesuras e carregando baldes de água fervente para aquecer a banheira, o ar se enchendo de óleos perfumados enquanto arandelas eram acesas.

Preciso ir atrás dela, a consciência dele gritou. *Preciso ter certeza de que ela está a salvo.*

Em vez disso, Keris tirou a roupa e entrou na câmara de banho, mal vendo a grande bacia cercada por velas ou as pétalas de rosa espalhadas pela superfície da água. Se demonstrasse *qualquer* sinal de empatia por Valcotta, correria o risco de perder a pouca autoridade que tinha.

Escorregando para as profundezas mornas, recostou na bacia de pedra curvada, fechando os olhos e pegando, sem olhar, o copo de água, que tomou de um gole só.

Esse plano só o tinha feito ganhar tempo; a ideia de que seu pai a usaria como moeda de troca em negociações com a imperatriz era uma falsa ilusão, sendo muito mais provável que ele a executasse como entretenimento para as massas. Keris precisava libertá-la *antes* que eles chegassem a Vencia.

Pense, ele ordenou a si mesmo. *Encontre uma solução!*

Mas, toda vez que piscava, Keris ouvia o barulho da cabeça dela batendo no azulejo. Via os olhos dela ficando vidrados. Ela poderia estar morrendo numa cela agora mesmo. Poderia já estar morta enquanto ele estava no alto da torre mergulhado na banheira.

Se estiver, não há nada que você possa fazer para ajudá-la, ele disse a si mesmo embora um tremor o percorresse. *Tenha fé de que ela está viva e concentre-se em manter a vida dela.*

O primeiro passo era tirá-la de Nerastis. Otis insistiria que ela fosse transportada a Vencia por navio, o que não apenas dificultaria a fuga, mas também reduziria pela metade o tempo que ele teria para orquestrá-la. Tinha que ser por terra, mais aí contaria com uma forte escolta.

Pense.

Mesmo por terra, encontrar uma oportunidade para fugir seria quase impossível. Ele precisaria de ajuda, fosse alguém invadindo o acampamento para libertá-la ou criando uma distração para que ele próprio fizesse isso. O problema era que não tinha nenhum aliado. Valcotta era não só uma soldado inimiga como também a futura imperatriz. Era a mulher que havia lutado contra aqueles homens vezes e mais vezes, matando amigos deles, entes queridos, seus comandantes. Dos maridrinianos essa ajuda seria impossível.

Então quem?

Mercenários? Fariam o que ele precisasse se fossem bem pagos, sem dúvida, mas provavelmente não em tão pouco tempo. Ele precisava de uma ajuda que já estivesse ali, disponível.

Os valcottanos?

Ele se empertigou na banheira, jogando água para toda parte. Os valcottanos ficariam desesperados por reaverem sua líder. Se soubessem que ela estava viva e viajando por terra, seria inevitável que tentassem resgatá-la.

Um plano se formou na mente dele, que pegou um sabonete e começou a esfregar o suor do corpo, recusando-se a refletir sobre como aquele suor tinha ido parar ali. Mas memórias vieram à tona mesmo assim. O sorriso diabólico nos lábios dela enquanto o atormentava. O sabor dela em sua língua enquanto ele explorava cada curva dela. A visão que tinha dela em cima dele, arqueando as costas e jogando a cabeça para trás chegando ao clímax.

Ele tinha dormido com Zarrah Anaphora. Herdeira do império contra o qual seu reino guerreava havia gerações.

Será que ele teria feito isso se soubesse quem ela era de verdade?

Será que ela teria feito se soubesse quem ele era?

Assim que a pergunta surgiu em seus pensamentos, ele a afastou, lembrando do horror nos olhos dela ao descobrir.

Zarrah Anaphora o *odiava*, e nada que ele fizesse mudaria isso.

A verdade fez com que uma dor quente o atravessasse, os punhos se cerrassem e um grito de raiva, frustração e tristeza subisse por sua garganta. Mas Keris cerrou os dentes para silenciá-lo. Independentemente de ela retribuir ou não o sentimento, ele gostava dela. *Muito*. E seria capaz de cortar a própria garganta para impedir que qualquer outro mal se abatesse sobre ela. Faria qualquer coisa para protegê-la, custasse o que custasse.

Mas, para haver alguma chance de seu plano dar certo, precisava que a general Zarrah Anaphora confiasse nele.

E essa poderia ser a missão mais impossível de todas.

34
ZARRAH

Zarrah acordou com um sobressalto, o cheiro de sais de banho forte em seu nariz e um estranho debruçado sobre si.

Ela recuou para longe da mão estendida dele.

— Não toque em mim!

— Sou o médico da família real. — O tom dele era frio. — Fique parada enquanto a examino ou vou pedir que esses homens a imobilizem. Sua alteza deixou bem claro que deseja que você sobreviva por tempo suficiente para ser julgada pelo rei, e não tenho nenhum desejo de correr o risco da fúria dele.

Sua alteza. Keris. A névoa no cérebro de Zarrah se dissipou, e memórias vieram à tona, ecos do maridriniano defendendo as virtudes da paz justapostos aos do príncipe ordenando que um homem fosse chicoteado até a morte por desobediência, a mente dela se recusando a ver os dois como a mesma pessoa.

Mas eram.

Será que tudo não havia passado de uma artimanha para capturá-la? Será que ele sabia quem ela era desde o começo? Tudo que tinha dito era mentira?

A última havia sido a pior de todas. Que Deus a perdoasse, mas ela se sentira viva naqueles momentos em que acreditou que poderia fazer a diferença. Naqueles momentos em que acreditou que, juntos, eles poderiam mudar a natureza dessa guerra. Quando o ódio que sentia pelos inimigos tinha empalidecido sob o brilho da paixão que sentiu pelas palavras do maridriniano. Pelo toque dele. Pelo que ele havia inspirado nela.

O maridriniano não, uma voz cheia de ódio sussurrou para ela. *O príncipe Keris Veliant, filho do assassino de sua mãe!*

Dor e náusea dominaram os sentidos de Zarrah, que se submeteu ao exame do médico enquanto afastava as emoções em favor de planejar o caminho futuro. A fuga. Seria melhor morrer tentando escapar do que permitir que a executassem. Melhor morrer com honra do que deixar que a usassem contra seu próprio povo.

— Como está se sentindo? — o homem perguntou, franzindo a testa para o ferimento no braço dela onde os pontos tinham aberto.

Doía quase tanto quanto a cabeça, a pele ao redor esbranquiçada por baixo das manchas de sangue.

— Atordoada — ela murmurou. — Minha cabeça está latejando.

Ele hesitou antes de dizer:

— Uma concussão feia. — Pegou então uma agulha e voltou a dar pontos no braço dela antes de cobrir com um emplastro pungente e um curativo grosso. Ao acabar, disse para os guardas: — Ela precisa ser mantida acordada e, se isso não for possível, que pelo menos seja despertada de hora em hora. Eu diria para me buscarem caso ela não desperte, mas nesse caso minha ajuda seria em vão. Água fresca apenas, nada de vinho. E deem um banho nela. Está fedendo a suor e soldado.

Ele saiu e, momentos depois, uma criada, praticamente uma criança, apareceu com uma bacia de água e o que parecia ser um vestido, os olhos arregalados de trepidação.

— Vim para ajudar a senhorita a se banhar.

— Não preciso de ajuda — retrucou Zarrah, relutante a admitir fraqueza.

Mas os soldados ignoraram as palavras dela e empurraram a menina para dentro, trancando a porta. De braços cruzados, eles ficaram observando com sorrisos maliciosos até a menina dizer:

— Por favor, virem de costas. Sua alteza deu ordens de que ela fosse tratada com cortesia.

— Ela é perigosa, garota. Não vamos tirar os olhos dela.

O rosto da menina ficou tenso, e, pegando o lençol ao pé da cama, ela o ergueu para formar um biombo.

Um pequeno ato de bondade, embora sem dúvida motivado pelo medo. De um modo ou de outro, era o máximo de privacidade que Zarrah poderia querer. Tirou as roupas com relutância e com elas limpou o corpo, todo dolorido e cheio de hematomas.

Depois de tirar o excesso da sujeira, o máximo que conseguiria sem um banho, olhou para as roupas manchadas de sangue e vômito e colocou o vestido maridriniano, sentindo a lã fina e áspera na pele acostumada com seda e couro. O corte deixava de fora os braços e grande parte das pernas, e ela sentiu um calafrio quando uma corrente de ar a atingiu. O ato de se banhar foi exaustivo, e ela se afundou no catre, o coração acelerado, o mundo entrando e saindo de foco.

Onde será que ele está?, pegou-se pensando. *Sentado em sua torre, comemorando a minha captura? Ou realmente se importa tão pouco que está, como sugeriu, dormindo na cama, sem nem pensar em mim?*

A menina saiu levando as roupas sujas de Zarrah e voltou com um copo de estanho e algumas cascas de pão. Zarrah engoliu a água com gratidão, mas largou o pão sobre o catre, pois seu estômago se revoltou só de pensar em comer.

Yrina devia estar procurando por ela a essa altura. Teria soado o alarme, e Zarrah se perguntou o que a amiga teria dito à guarnição. Se havia revelado toda a verdade, na esperança de ajudar na busca, ou se protegera o segredo de Zarrah acima de tudo. Assim que a notícia de sua captura deste lado do Anriot chegasse aos ouvidos de Yrina, a amiga desconfiaria da verdade: que Zarrah estava com um maridriniano. Que tinha mentido para ela.

Sentiu a vergonha queimando sua pele, expulsando o frio brevemente, e logo depois ouviu passos ecoarem pelo corredor, a corrente de ar trazendo um perfume familiar de especiarias e a voz que antes inspirava seus sonhos.

— Por favor, diga que ela ainda está viva, além de inteira, de preferência.

— Sim, alteza — um dos guardas respondeu.

Um segundo depois, Keris surgiu nas grades da cela, recém-banhado e de aparência imaculada com um casaco azul-escuro que combinava com seus olhos, calça passada e botas tão lustrosas que refletiam a luz das lamparinas.

Levantando com os joelhos bambos, Zarrah apertou as grades e o encarou. A vontade era de gritar: *como você pôde?* Queria socar as barras com toda a raiva contida no peito, toda a mágoa do coração, por nenhum outro motivo além de exigir que ele reagisse. Mas manteve a compostura.

— Veio se gabar?

Keris deu de ombros, espanando uma bolinha de tecido do ombro.

— Tentador, mas é melhor esperar até você ser entregue com segurança a Vencia. Acidentes acontecem, afinal, e eu não gostaria de passar vergonha celebrando cedo demais. — Ele lhe lançou um olhar carregado que o cérebro maltratado dela não conseguiu processar, depois fez sinal para dispensar os guardas. — Saiam. Quero conversar com a general Anaphora, e é mais provável que ela fale livremente sem o olhar fulminante de vocês.

— Devo alertá-lo de que é altamente desaconselhado que fique a sós com ela, alteza. Ela é mais perigosa do que parece.

— Que sorte a minha, então, que ela esteja presa numa jaula. — Keris voltou o olhar fulminante para o homem ali parado. — Saiam.

Considerando que mal conseguia ficar em pé, Zarrah não se sentia lá muito perigosa. Mesmo assim, ela se preparou para tentar alcançar qualquer coisa que desse através das barras. Se conseguisse fazê-lo de refém, escapar poderia ser possível. Ou ao menos se contentaria em tirar a vida dele antes que os compatriotas dele tirassem a dela.

Com o coração na garganta, ela observou o soldado trincando os dentes e depois relaxando, uma onda de adrenalina a dominando quando ele prestou continência e saiu a passos largos pelo corredor. Só quando o som dos passos se distanciou, Keris se voltou para ela, a indiferença displicente e dando lugar à preocupação.

— Você está muito machucada?

— E você se importa? — Foi preciso um grande esforço para não cuspir as palavras na cara dele, mas precisava fazer com que ele chegasse mais perto, não mais longe.

— Considerando que acabei de mandar um homem ser chicoteado até a morte para proteger sua vida, eu diria que muito.

Ele segurou o metal logo acima das mãos dela. Bem dentro do alcance de Zarrah, se ela fosse rápida. Mas Zarrah ficou paralisada quando ele acrescentou:

— Vou tentar tirar você daqui, mas preciso da sua ajuda.

Toda a petulância tinha desaparecido, lançando a ela um olhar intenso. O príncipe tinha desaparecido, e o maridriniano estava de volta. A lógica, no entanto, gritou que ela não confiasse nele. Que isso não passava de uma farsa. Que deveria atacar. Mas Zarrah apenas o encarou, sentindo o gosto do sangue que escorria de seu nariz, o rosto dele entrando e saindo de foco.

— Maldição. — Tecido branco surgiu na mão dele para apertar o nariz dela. Os dedos dele estavam quentes na pele dela. — Sei que sua cabeça está atordoada, Valcotta, mas preciso que tenha foco. Eu só tenho um minuto até Otis descer aqui em minha defesa.

Valcotta. As pernas de Zarrah tremeram, apenas as mãos nas grades a mantendo em pé. E, atrás do maridriniano, a luz piscou.

— Não posso manter você aqui — ele disse. — Nerastis é desgovernada demais, violenta demais. É apenas questão de tempo até alguém assassinar você dentro dessa cela.

— Então me solte. — Sentia a língua grossa na boca e precisou de toda a concentração para formar as palavras.

— Se eu achasse que fossem dar ouvidos, já teria dado esta ordem. Mas não existe a menor chance de deixarem que eu a liberte, e Otis destacou metade da guarnição para vigiar você por medo de uma fuga ou tentativa de resgate. Precisamos sair de Nerastis.

A voz dele soava distante, como se estivessem no alto da barragem com o vertedouro no meio mais uma vez.

— Vou tentar argumentar que seu valor como prisioneira política exige que a Coroa decida seu destino, o que significa levá-la até Vencia. Ao longo do caminho, preciso que seu povo ataque nosso destacamento para libertar você.

A mente dela se aguçou por um segundo, enxergando o truque. Enxergando o objetivo final dele.

— Vá à merda. — O coração dela estava batendo tão rápido que poderia sair pela boca. — Você acha que sou idiota a ponto de guiar meu povo para uma emboscada?

O maxilar dele ficou tenso, provavelmente de raiva pelo cérebro abatido dela ter enxergado seu plano.

— Não pretendo fazer nada nem perto disso. E sei que preciso que você confie em mim, mas...

Raiva disparou pelo peito de Zarrah, embora não fosse contra ele. Fosse contra si mesma.

— Eu confiei em você. Então não me surpreende que você me ache ingênua.

Silêncio.

Ela o observou engolir em seco, os olhos se estreitando de frustração ou raiva, ela não sabia ao certo. Então os fechou.

Agarre ele, uma voz gritou dentro de sua cabeça. *Capture esse homem! Mate ele! Faça alguma coisa!*

— Você não tem motivo para acreditar em mim, Valcotta, mas não tive nada a ver com sua captura, a não ser ter trazido você para este lado.

— Mentiroso! — Ela abanou a cabeça com força, mas isso só fez com que uma dor lancinante atravessasse seu crânio e uma náusea embrulhasse seu estômago.

— Eu falei para você não sair do quarto. Falei para esperar o anoitecer. Mas você estava ocupada demais ficando horrorizada com meu sobrenome para ouvir a voz da razão.

— O seu pai assassinou a minha mãe — ela rosnou. — Riu enquanto cortava a cabeça dela e mandava os homens empalarem o cadáver. Riu enquanto colocava a cabeça dela em meu colo e me largou lá para morrer!

E, em vez de atacar o filho do homem, Zarrah tinha ido para a cama com ele.

O maridriniano se encolheu.

— O *meu* pai matou sua mãe? Eu...

— Você é igualzinho a ele. Todos os Veliant são. — Ela se engasgou com o sangue que escorria para o fundo da garganta. — Vocês são todos monstros iguais a ele.

Ele se retraiu e balançou a cabeça.

— Não sou nada parecido com ele.

— Diz o homem que acabou de ordenar que alguém fosse chicoteado até a morte.

— Para proteger você!

— Acha mesmo que vou cair nessa? — Ela cuspiu sangue no chão na frente dele. — Os espiões diziam que você era um mulherengo e um bêbado, mas também muito inteligente. Não pense, nem por um segundo, que vou cair em mais um de seus truques. Agora consigo ver quem você é.

Ele apertou ainda mais as grandes, a junta dos dedos ficando brancas, e ela olhou aquelas mãos, lembrando-se da sensação de ser tocada por elas. Tinha parecido tão real. Parecido tão certo. Como ela poderia ter sentido aquelas coisas por alguém tão sem coração? Tão cruel?

— Vai ter que se contentar com a minha morte — ela sussurrou, os olhos ardendo. — Pois não vou permitir que me use contra meu povo.

Então os joelhos de Zarrah cederam e ela caiu, sentindo as mãos dele a segurarem pela cintura enquanto dizia:

— Foda-se a sua honra!

Honra era tudo que restava a ela, por mais manchada que estivesse.

Ele a baixou até o chão e Zarrah sentiu a mão dele se curvar ao redor de sua bochecha, erguendo seu rosto para que olhasse para ele.

— Não vou permitir que você morra só porque teve o infortúnio de cruzar meu caminho, Valcotta. — Ele engoliu em seco. — Zarrah.

Ela sentiu o coração se apertar no peito e recuou para longe dele, deixando-se cair no chão de pedra, o corpo frio.

— Então me mate. Ou vá embora. Ou, se precisa ficar, saiba que suas palavras agora chegam a ouvidos que já reconhecem suas mentiras.

Silêncio se estendeu entre eles, interrompido por um estrondo alto e um grito:

— Keris.

Ele olhou para o corredor antes de cochichar:

— Se desistir agora, nunca vai ter sua vingança. Meu pai vai vencer.

Zarrah fechou bem os olhos e os apertou, vendo o rosto de Silas Veliant. Ouvindo-o rir sem parar enquanto o sangue da mãe dela caía sobre ela.

— Lute para viver — Keris disse — e vai *viver para lutar.*

Viver para lutar.

Otis apareceu, o rosto sujo de sangue provavelmente do homem que ele havia chicoteado até a morte.

— Perdeu a cabeça, Keris? Faz alguma ideia do quanto ela é perigosa?

A voz de Keris soou suave quando disse:

— É o que todos não param de me dizer. — Ele se empertigou. — Mas até agora estou bem desapontado. Tudo que ela faz é desmaiar. O que o médico disse?

— Que sofreu uma concussão e ou vai morrer ainda hoje, ou vai viver para encontrar seu fim em Vencia.

— Vamos rezar para que seja a segunda opção. Agora, se me der licença, dormi pouco e preciso de um cochilo. Arranje tudo para que a transportemos para o norte por terra; os valcottanos são abundantes nos mares e virão atrás de nós assim que descobrirem que capturamos a general deles.

— Pode deixar — o irmão respondeu, mas não saiu do lugar enquanto Keris ia embora pelo corredor cantarolando uma melodia.

O principezinho observou o irmão ir embora e se voltou para ela, o sangue espirrado no rosto em desacordo com as palavras escritas para ele naquelas cartas de amor. Em desacordo também com o ódio em seus olhos.

— Você e os seus são uma praga sobre a terra — ele disse com fúria. — Pegaram aqueles que eu mais amava e os massacraram. Não pense que não haverá um acerto de contas.

Empertigando-se, Zarrah o encarou com todo o desprezo que sentia enquanto o mundo voltava a escurecer.

— Pode até ser. Mas pelo visto, não vai vir de você.

— Não tenha tanta certeza — ele disse, antes de ela voltar a mergulhar na escuridão.

35
KERIS

A CARRUAGEM BALANÇOU PELA ESTRADA, os dentes de Keris tiritando a cada sulco e pedra que as rodas acertavam, sua bunda já dolorida, apesar da almofada grossa no banco.

Mas ele não notava nada disso.

Não com Valcotta deitada no banco a sua frente, os punhos e tornozelos amarrados e os olhos vidrados pelo ferimento que havia sofrido na cabeça. Ela perdia e recuperava a consciência, e a *perda* era uma bênção porque, quando estava acordada, ele conseguia ver a dor nos olhos dela, trincando os dentes de tempos em tempos.

E não havia nada que ele pudesse fazer para aliviar essa dor, até mesmo as palavras de consolo que queria dirigir a ela eram impossibilitadas pelo soldado sentado a seu lado.

Otis havia insistido.

"Não vou permitir que você viaje sozinho com ela. Ela é perigosa, Keris. Tudo isso pode ser fingimento para nos fazer baixar a guarda e ela poder atacar."

"Não sou indefeso, sabe?"

"Não foi isso que eu quis dizer! Mas ela é uma soldada treinada e vi com meus próprios olhos como luta bem. E você é... bom, você é *você*."

"Quanta gentileza."

Mas Keris não se esforçou em discutir mais. Depois que estivesse na estrada e longe das tendências superprotetoras do irmão, resolveria o problema.

Era o que ele pensava.

Mas a cada dia Zarrah ficava pior, incapaz de se manter em pé, a pele ardendo de febre. Ela se revirava e gritava. Embora boa parte do que gritasse fosse indecifrável, não havia dúvida de que estava implorando pela tia, que viesse atrás dela, que não a abandonasse. Com o passar dos dias, entretanto, os delírios dela passaram a envolver alguém chamada Yrina, a quem implorava por perdão vezes e mais vezes. A criada que ele havia trazido fazia o possível para obrigá-la a tomar água, mas ele não precisava ser médico para saber que ela estava morrendo.

E morrendo cercada de inimigos, porque os valcottanos não haviam movido uma palha para a resgatarem. Quanto mais ao norte chegavam, menos provável era que tentassem.

— Acho que está chegando a hora, alteza — disse o guarda. — A vagabunda valcottana já está com o pé na cova. Deveríamos voltar logo a Nerastis para que o cadáver dela não esteja podre demais quando o jogarmos para o outro lado do Anriot.

Uma fúria incandescente atravessou as veias de Keris, o desejo de esmurrar o homem fazendo seus punhos se cerrarem e sua visão ficar turva. Mas isso não mudaria *nada*, muito menos pouparia o destino de Zarrah.

Abrindo a janela do coche, ele bateu com força do lado de fora.

— Pare. Pare agora.

— Algum problema, alteza? — perguntou um dos soldados cavalgando próximo da carga preciosa. — A prisioneira...

— A prisioneira está na mesma. Mas estou cansado e preciso de um cochilo. — Lançou um olhar incisivo para o homem sentado a seu lado. — Arranje um cavalo ou fique lá com o cocheiro. Pouco me importa.

— Mas...

Keris estreitou os olhos e o homem empalideceu, obedecendo a seu pedido rapidamente e sem discussão.

O poder do medo. Do tipo que seu pai dominava tão bem que *nunca* sequer o contestavam, com pavor do que ele poderia fazer. Um poder que Keris nunca havia almejado, mas que, com um único ato, havia obtido. O estômago dele se revirou, mas em vez de se entregar à sensação, fechou as cortinas e se ajoelhou ao lado dela.

— Valcotta? — Ele tirou o cabelo encharcado de suor do rosto dela. — Consegue me ouvir?

Ela se mexeu e os olhos se entreabriram, revelando pupilas dilatadas que o encararam sem foco.

— Onde...

— Alguns dias a sul de Vencia. E não há nem sinal de seu povo.

O lábio dela tremeu.

— Ótimo.

— Não sou muito fã de fatalismo, Valcotta — ele disse, porque, se não falasse isso, cederia ao que estava sentindo.

Desabaria e gritaria, porque tinha feito tudo certo. Tinha se certificado de que dezenas a vissem viva. De que não houvesse sigilo em relação a sua intenção de levá-la a Vencia. Os valcottanos sabiam o que havia acontecido e onde ela estava, mas não tinham feito *nada* para recuperá-la.

Abandonaram Valcotta à própria sorte.

— Seus camaradas são uns covardes. Todos eles.

Ela abriu um sorriso que não alterou sua expressão.

— Está bravo porque seu planozinho não funcionou, principezinho?

Embora o sentimento não fosse inesperado, as palavras dela doeram, com a certeza de que nada do que ele pudesse dizer, nada do que pudesse fazer, seria páreo à desconfiança que seu nome provocava nela. Não apenas desconfiança... *ódio*. Ódio instilado nela pelo pai dele e intensificado pelos irmãos, bem como pela irmã maldita, garantindo que o mundo acreditasse que todos de sobrenome Veliant fossem monstros.

Ele queria sair gritando. Queria socar os punhos no chão da carruagem, queria cravar uma faca no próprio peito, porque todos que amava acabavam por encontrar esse fim. O afeto que ele dirigia aos outros era assassino, o nome que carregava era venenoso e ele não tinha como escapar disso.

— Tem alguma coisa que eu possa fazer para provar a você que a quero viva e bem? Qualquer coisa que te fizesse acreditar que não conspiro contra você ou seu povo?

Valcotta abriu a boca, depois fechou, olhando fundo para ele no silêncio por tanto tempo que ele pensou que ela se recusaria até a dar uma resposta. Então ela sussurrou:

— Me dê a sua faca.

O coração dele palpitou, esperança crescendo no peito para então ser destruída quando ela disse:

— Deixe que eu saia dessa carruagem e morra lutando. Morra em pé. E aí certifique-se de que meu povo saiba, para que não sofram por minha vergonha. Se fizer isso, vou morrer sabendo que é um homem diferente de seu pai.

— Não. — A palavra saiu por reflexo de seus lábios, porque conquistar a confiança dela para que ela perdesse a vida logo em seguida era algo com que ele nunca concordaria.

Recusava-se sequer a considerar a ideia. Recusava-se a ficar parado assistindo aos próprios soldados a assassinarem. — Se você melhorar, eu te dou uma faca para escapar.

— Eu não vou melhorar. — Uma lágrima escorreu pela bochecha dela. — E, se deseja me provar que tudo que aconteceu entre nós foi *real*, permita que eu lute com honra, e não definhe desta forma.

Todas as partes dele queriam discutir. Queriam dizer a ela que aquilo era um erro, que ela se recuperaria, que ele a libertaria.

Mas seria mentira.

Ela estava morrendo, e negar a ela a chance de morrer lutando seria uma misericórdia a ela? Ou a ele?

Keris tirou a faca da bota devagar e a colocou na palma da mão dela, apesar da indecisão que guerreava em seu peito.

Valcotta encarou a faca por um longo momento, depois ergueu o rosto para ele, as pupilas tão dilatadas que não restava cor alguma.

— Obrigada.

— Foi real. — O peito dele se apertou dolorosamente, ficando difícil até de respirar. — Juro, Valcotta. Tudo o que eu disse. Tudo o que fiz. Tudo o que senti.

— Acredito em você. Mas isso não muda quem você é.

Nada mudaria.

Com o braço embaixo dela, ele colocou Valcotta sentada, depois desatou os nós que prendiam os punhos dela, largando as cordas no chão.

— Diga a eles que me desamarrei enquanto você dormia — ela disse. — E ataquei você.

— Você vai estar morta, então de que importa o que vou dizer? — Ele não conseguiu conter a amargura na voz, as trevas que subiam em seu peito sussurrando que o mundo talvez fosse um lugar melhor se ele se juntasse a ela na cova.

— Importa para mim.

Cerrando os dentes, ela levantou com dificuldade, se movendo para trás dele, mas ele tinha total noção de que, se ela não estivesse se segurando nos ombros dele, já teria caído.

— Soe o alarme. Mande que parem a carruagem.

Eles a matariam. Tudo acabaria em questão de segundos.

E ele não conseguiria fazer isso. Não conseguiria ficar parado e deixar que a matassem. Não conseguiria perdê-la assim.

— Faça isso!

Ele mandaria que parassem a carruagem. E então *ele* lutaria para que ela escapasse. Morreria tentando dar uma chance a ela, ainda que fosse a chance de morrer livre.

— Guardas! — ele gritou. — Parem a carruagem!

A carruagem deu um solavanco, quase fazendo os dois caírem estatelados. Ele a segurou, acabando por puxar o curativo do braço dela sem querer, revelando o ferimento por baixo. Em vez de ter se cicatrizado numa linha rosa, a pele ao redor da lesão estava cinza como um cadáver morto havia muito, e ele se encheu de horror ao compreender tudo.

A carruagem parou de repente, e ele tirou a faca da mão dela, embainhando-a no cinto logo antes de os guardas abrirem a porta e encontrarem Valcotta em seus braços.

— Levem-me para algum curandeiro — ele rosnou. — Ela foi envenenada.

E ele sabia exatamente por quem.

36
ZARRAH

O MUNDO ERA UMA NÉVOA enquanto ela recuperava e perdia a consciência, primeiro quente demais e depois frio demais. A escuridão se abateu sobre Zarrah, que sentiu vagamente Keris a levantando. Carregando-a para fora da carruagem até um prédio, a voz dele alta enquanto repreendia os soldados. Dizia que não os queria nem perto dela porque já haviam estragado demais sua prisioneira.

Depois, ainda mais alto, ouviu-o gritar:

— Você vai tratá-la ou, juro por Deus, vai ser enforcado em praça pública por assassinato!

— Mas ela é valcottana!

— E eu sou o príncipe herdeiro de Maridrina. — Através das ondas de dor, ela ouviu o tom distante de pânico na voz dele e sentiu um aperto no peito. — Você vai me obedecer!

E depois mais nada.

Zarrah acordou com o canto de um galo, a brisa que soprava sobre ela cheirando a estrume de cavalo e feno. Piscando, tentou se sentar. Mas descobriu que estava amarrada à cama.

— Desculpa. — A voz dele era fraca. — Foi a única forma de me deixarem ficar a sós com você.

Ele buscou um copo de água e a ajudou a levantar para beber.

— Está se sentindo melhor?

A cabeça ainda doía, mas a náusea, a tontura e a névoa haviam se dissipado.

— Sim.

— Não era o golpe na cabeça que estava fazendo aquilo. — Ele colocou o copo na mesa, depois puxou o curativo, revelando o corte. Parecia que tinham reaberto, removido toda a carne morta e dado novos pontos. A cicatriz ali seria grande. — Havia veneno na lâmina da arma que fez isso em você. Flor-da-noite.

Venenos não eram o forte dela, mas tinha ouvido falar de flor-da-noite. Vinha de Amarid e era caríssima. Demorava para agir mas era sempre fatal, a menos que tratada corretamente.

— Quem te deu este golpe? — ele perguntou. — De quem foi a arma que fez esse ferimento?

— Acho que você sabe.

— Otis. — O maxilar dele ficou tenso. — Ele sabia que você estava morrendo e não disse nada.

Talvez o outro príncipe nem soubesse que a tinha ferido naquela noite, na batalha na praia. Estava escuro, e tudo tinha acontecido muito rápido. Mas o instinto dela dizia o contrário.

Keris soltou uma expiração lenta, depois se recostou na poltrona, os cotovelos apoiados nos joelhos. As mangas de sua camisa estavam arregaçadas, revelando os músculos dos antebraços flexionados. Sob a luz tênue, ela não conseguia distinguir a cor dos olhos dele, que, com o cabelo preso, parecia novamente o maridriniano anônimo com quem ela tinha feito amor. Mas ela avistou o casaco dele dobrado sobre outra poltrona, o tecido azul vivo visível sob todo o bordado dourado, e ele voltou a ser o príncipe Veliant.

— Qual é sua intenção?

— A mesma de sempre — ele respondeu. — Ajudar você a escapar. E, enquanto você estava se recuperando, acho que descobri uma forma de tirá-la desta confusão.

O estômago de Zarrah se revirou, mas ela manteve a expressão neutra.

— Por que correria esse risco?

— Eu… — Ele perdeu a voz, abanando a cabeça com força. — Gosto de você, Valcotta. Mais do que você parece perceber. — O rosto dele se contorceu de angústia. — Por causa do meu nome, por causa de quem meu pai é, todos de quem gosto acabam mortos. Eu me recuso a permitir que seu rosto se junte ao dos outros. Meus sonhos já são assombrados demais.

Ele tinha dito que foi real. Os momentos na carruagem antes de ela desmaiar haviam sido um turbilhão de febre e dor, mas disso ela lembrava. E, com essa lembrança, vieram outras. Dele lhe dando a faca e deixando que ela a levasse à garganta dele. A lógica dizia que era loucura acreditar que um príncipe Veliant agiria contra o pai, traria a própria nação, mas o instinto dizia que era exatamente isso que Keris estava fazendo.

— Quem ele matou? — ela se ouviu perguntando, sabendo que era seu coração, e não sua cabeça, que queria a resposta.

O maxilar dele ficou tenso, e ele suspirou.

— O Tratado de Quinze Anos entre Maridrina, Harendell e Ithicana foi assinado quando eu era apenas um menino. Não muito depois disso, os soldados de meu pai levaram todas as filhas dele de determinada idade do harém, sem dizer para onde. Ou com que propósito. Todas as mulheres aceitaram bem isso, tirando minha mãe. Ela tentou ir atrás da minha irmã, mas foi capturada. Meu pai a estrangulou até a morte na minha frente e na do resto do harém para que servisse de exemplo do que aconteceria com quem mais o contrariasse. Mandou os homens dele me imobilizarem quando tentei ajudá-la. E deixou o corpo dela no meio do jardim do harém por semanas para que todos a víssemos apodrecer. — A voz dele ficou embargada. — Ainda acordo aterrorizado com aquele cheiro.

Zarrah perdeu o ar, seu peito se enchendo de horror porque ela conhecia aquele cheiro. Sabia o que era ver a carne da própria mãe se escurecer e apodrecer. Ficar vendo as moscas enxamearem e os abutres rodearem o céu.

— Quinze anos depois, minha irmã Lara foi enviada do deserto Vermelho para Ithicana. E, considerando o que ela fez com aquele reino, acho justo dizer que meu pai matou a garotinha doce que eu conhecia e trouxe à vida uma criatura feita a sua imagem. Um monstro. Uma rainha que deixa um rastro de cadáveres de seus inimigos por onde passa.

Zarrah sentiu um calafrio, algo sobre a história causando um mal-estar em seu peito.

— Sei que você não tem motivo para confiar em mim, Valcotta. Mas pelo menos fique em paz em saber que odeio meu pai tanto quanto você.

Ela não deveria acreditar nele. Não deveria confiar nele. Mesmo assim, nessa história, todos os instintos lhe diziam que ele estava contando a verdade.

Keris levantou, surpreendendo-a ao desatar as amarras. Quando ela sentou, ele lhe entregou uma faca.

— Atrás da janela, há um celeiro — ele disse. — Se passar por ele, deve conseguir pular para o chiqueiro do prédio vizinho, depois para dentro do beco. De lá, vai conseguir fugir para onde quiser.

Ele a estava libertando. E não apenas isso, estava também dando a ela uma rota de fuga.

— Dê um golpe atrás da minha cabeça com força suficiente para me apagar — ele disse. — Assim, se acontecer o pior e você for recapturada, ainda vou estar vivo para tentar te ajudar de novo.

Era uma oportunidade de ouro. A chance que tinha de fugir e retornar a seu povo em Nerastis. Mas Zarrah se pegou hesitando, se perguntando se a fuga era mesmo o caminho para recuperar a honra que ela havia perdido.

Silas Veliant era seu inimigo. O homem que matou sua mãe. Aquele contra quem ela desejava vingança.

— Falta pouco para a alvorada, Valcotta — ele disse baixinho. — Precisa ser agora, senão a oportunidade será perdida. Assim que o sol nascer, viajamos para o palácio do meu pai em Vencia e, quando você estiver lá dentro, não haverá escapatória.

Não estaria apenas dentro da cidade, mas dentro do palácio impenetrável do rei Rato, um objetivo impossível para seu povo. Como prisioneira de Keris, ela teria a chance de chegar mais perto de Silas do que nunca havia sonhado ser possível.

Talvez perto o suficiente para matar.

Zarrah se levantou e ajeitou a faca na mão para que o pomo ficasse para baixo, vendo Keris se tensionar enquanto se preparava para o golpe.

O inimigo de meu inimigo é meu amigo.

Será que poderia confiar seu plano a Keris? Será que ele odiava o pai o bastante para ir até o fim? Ela hesitou, a incerteza se revirando nos pensamentos, mas ele ergueu os olhos para ela.

E aquele azul *maldito* firmou sua decisão.

Zarrah cambaleou, deixando que a arma escorregasse da mão e caísse com estrépito.

— Eu... — Os joelhos dela cederem e revirou os olhos para trás enquanto caía.

Praguejando, Keris a segurou, e Zarrah manteve os olhos fechados e o corpo mole enquanto ele a colocava de volta na cama.

— Alteza? — uma voz preocupada chamou através da porta. — Está tudo bem?

— Sim — ele vociferou, e ela conseguiu sentir a frustração. O pânico. — Derrubei uma coisa.

A maçaneta chacoalhou, e Zarrah se obrigou a respirar fundo enquanto Keris murmurava palavrões, se atrapalhando para reamarrar as cordas que a prendiam à cama.

— Alteza? — a voz chamou, depois mais uma vez, com uma inquietação crescente — Alteza, por favor, abra a porta.

— Tenham calma!

Os ouvidos dela se encheram do som do trinco sendo solto, a porta se abrindo, depois botas riscando o assoalho de madeira.

— Perdão, milorde — o homem disse. — Mas a notícia de que vossa alteza está viajando para a cidade com uma prisioneira chegou a Vencia antes de nós, e uma guarda de honra foi enviada para garantir sua segurança. Chegaram à noite e estão esperando para escoltar vossa alteza pelo resto da viagem.

— Nem amanheceu ainda, e a prisioneira está inconsciente. Diga que esperem.

O guarda limpou a garganta.

— Há receios de que os valcottanos ainda possam tentar o resgate, milorde. Melhor não nos demorarmos. Vou providenciar uma maca para carregar a prisioneira até a carruagem.

Silêncio.

Zarrah prendeu a respiração, esperando para ver se Keris protestaria. Se encontraria um motivo para atrasar a partida para dar a ela mais uma chance de fuga. E se, ao fazer isso, frustraria os planos incipientes dela.

— Sua majestade mandou um recado por eles de que vossa alteza deveria se apressar — o homem acrescentou, por fim.

Zarrah se esforçou para não sorrir quando Keris respondeu:

— Então creio que seja o que devemos fazer. Providencie a maca.

Ela manteve os olhos fechados enquanto a carregavam para a carruagem e a deixavam no banco, o nariz se enchendo do perfume de especiarias de Keris quando ele entrou em seguida. Então um chicote estalou e a carruagem voltou a avançar, os cavalos logo exortados a um meio--galope rumo ao norte.

Rumo a Vencia.

Rumo ao palácio de seu inimigo.

E, quando estivesse lá dentro, Zarrah pretendia arrancar o coração de Silas Veliant.

37
KERIS

Como as coisas tinham saído tão terrivelmente de seu controle?

Keris roeu a unha do polegar enquanto olhava pela janela, mas sem prestar atenção nas casas e lojas que cercavam as ruas de Vencia enquanto sacolejavam sobre os paralelepípedos, cada vez mais perto do palácio de seu pai.

Valcotta se afundou na parede da carruagem, os olhos fechados, as bochechas ainda encovadas pelo efeito do veneno.

Havia sido insensato supor que ela estaria fisicamente capaz de fugir naquele estado; mesmo assim, foi um choque quando ela desmaiou em seus braços. Havia algo nela que sempre parecia indomável; até no leito de morte a mulher estivera disposta a pegar em armas. E, se ela não tivesse passado quase a viagem toda dormindo, ele teria questionado se o desmaio não havia sido encenado.

Suor escorreu em filetes pela espinha dele, a pulsação acelerada e constante enquanto atravessavam os portões do palácio, a carruagem chacoalhando ao parar, fazendo Zarrah se empertigar.

— Chegamos. — Ele vasculhou o rosto dela em busca do que se passava naquela mente, mas ela apenas respondeu com um aceno sério, depois endireitou os ombros.

Ele precisou resistir ao desejo de pegar uma arma e tentar ajudá-la a escapar. Mas o momento das armas havia passado, e agora precisava contar com a própria sagacidade para mantê-la viva por tempo suficiente para encontrar outro plano.

Alguém abriu a porta e Keris saiu da carruagem com o coração trovejando. Um dos soldados estendeu a mão para pegar um dos punhos amarrados dela, que se soltou e saiu da carruagem de cabeça erguida. Mesmo em seu vestido de lã áspero, com o cabelo sujo e emaranhado, parecia uma imperatriz, e não uma prisioneira.

Vou tirar você dessa, prometeu ele em silêncio. *Custe o que custar.*

Voltando-se para uma das criadas que estava oferecendo toalhas para ele limpar a sujeira da viagem das mãos, Keris perguntou:

— Ele está aqui?

Não havia necessidade de especificar. Naquele palácio, apenas um homem importava.

— Sim, alteza. — Ela pegou a toalha suja de volta. — No escritório. Vou mandar avisar que vossa alteza chegou com a... — o olhar dela se voltou para Valcotta, a expressão ficando mais severa.

— Prisioneira? — ele completou, antes que a criada pudesse pensar em algo pejorativo. — Não precisa. Vou falar com ele pessoalmente.

Mas antes que Keris pudesse se mover, um grito cortou o ar, alto, penetrante e cheio de medo.

Um grito que vinha do santuário interno do palácio. Onde residiam todas as suas tias e todos os seus irmãos mais novos.

Tenso, Keris fez sinal para os soldados levarem Valcotta e atravessou o pátio do estábulo na direção dos portões internos. Quando chegou mais perto, seus olhos pousaram em duas silhuetas de joelhos, os punhos amarrados.

— Quem são?

Os soldados que os guardavam trocaram olhares até um deles responder, com relutância:

— Prisioneiros ithicanianos, alteza. Serin está... — o homem perdeu a voz, e Keris sentiu um gosto azedo.

Deus, como ele desprezava aquela criatura.

— Meu pai sabe que Corvus está se divertindo com seus brinquedos no jardim? — Ele dispensou o homem com a mão imediatamente, silenciando qualquer necessidade de resposta. — Nem precisa responder. É claro que sabe.

Os soldados o revistaram rapidamente para ver se tinha armas, depois abriram o portão. Keris entrou no santuário, os aromas de flores e fontes enevoadas enchendo seu nariz enquanto ele via Serin arrancando as unhas das mãos de uma mulher encapuzada e um homem acorrentado a um banco diante deles.

Que maluquice era essa?

— Como entramos em Eranahl? — As palavras de Serin chegaram aos ouvidos de Keris. — Nada? Vejamos se ela aguenta perder os dedos.

— Derrubem o maldito portão! — o homem acorrentado gritou, e Keris resistiu ao impulso de intervir.

Aquilo estava acontecendo a mando de seu pai, e ele era incapaz de impedir. Tentar alguma coisa só traria consequências com as quais ele não poderia arcar, tendo a vida de Valcotta em jogo.

— Como conseguimos isso? — Serin pegou outra ferramenta, e o homem acorrentado caiu de joelhos.

— *Por favor.* — O desespero na voz dele fez o estômago de Keris se embrulhar.

Ainda mais porque esse era o menor dos horrores que Serin era capaz de fazer. Ele era um sádico de primeira ordem.

— Uma estratégia, Aren — Corvus entoou. — Diga uma estratégia, e tudo isso vai acabar.

Aren. O rei ithicaniano.

Keris se deu conta, mas, antes que pudesse reagir, a mulher sendo torturada se soltou dos guardas e se jogou no rei ithicaniano, depois ergueu as mãos amarradas e tirou o saco da cabeça.

Ao ver o rosto dela, os olhos do rei ithicaniano se arregalaram de surpresa e logo de horror. Não era quem ele esperava, pelo visto, mas certamente alguém que ele conhecia.

— Idiotas — Serin xingou os guardas. — Peguem-na!

Os homens se aproximaram, os olhos desconfiados, embora o rei estivesse acorrentado e em menor número. E Keris soube que a hesitação deles teria um preço quando uma resolução se formou no rosto do ithicaniano — uma relutância a permitir que a jovem sofresse ainda mais. Serin também viu e gritou:

— Detenham-no!

Mas era tarde demais.

Com um giro rápido dos braços musculosos, o rei ithicaniano quebrou o pescoço da mulher, o estalo audível. Assim como a inspiração baixa de Zarrah, que observava toda a cena atrás dele.

Um ato de piedade. Era isso que tinha sido. Mas, pelo olhar do rei, ainda pesaria em sua alma.

— Pendurem-na — Serin ordenou, e Keris apertou as calças para não cerrar os punhos, se forçando a observar enquanto os homens arrastavam a menina morta até o muro, deixando riscos de carmim atrás de si.

Um dos soldados no alto jogou uma corda, que eles amarraram no pescoço dela, e o trio a ergueu até ela estar pendurada, fora do alcance, em uma das cornijas, o sangue pingando de seu pé no gramado verde. Uma onda de tontura perpassou Keris, memórias antigas e dolorosas subindo ao primeiro plano de seus pensamentos com a visão.

Então Serin disse:

— Tragam as outras duas prisioneiras.

Chega. Ele não assistiria a nem mais um segundo daquilo.

Cruzando os braços, Kernis gritou:

— Pelo amor de Deus, Serin! Você não tem algum buraco ou caverna onde possa conduzir esse tipo de atividade? O que vem a seguir? Decapitações à mesa do jantar?

Desprazer subiu ao rosto do mestre de espionagem ao vê-lo, mas isso não impediu Keris de chegar mais perto, desviando das manchas de sangue no caminho.

— Alteza. — Serin fez uma leve reverência. — Pensei que estaria em Nerastis.

Como se o cretino não soubesse que Keris estava vindo. E quem trazia consigo.

— Sim, bem, capturamos uma refém e tanto. Pareceu prudente me certificar de que ela chegasse inteira. Coisas quebradas valem menos.

O olhar de Serin se dirigiu até atrás de Keris, as sobrancelhas grisalhas desgrenhadas se erguendo ao reconhecer a prisioneira, o choque fingido com maestria.

— General Zarrah Anaphora, sobrinha da imperatriz. Vossa alteza se superou. Seu pai ficará contente.

— Duvido.

Os olhos de Serin brilharam com uma concordância silenciosa.

— Agora que a entregou, imagino que vossa alteza voltará a Nerastis imediatamente.

Ignorando a afirmação, Keris ajeitou o cabelo atrás da orelha, fixando os olhos no rei, que continuava ajoelhado no chão. Ele era alto e largo, os músculos fortes dos braços visíveis através das roupas. Tão formidável quando diziam e tão bonito que chegava a ser ofensivo.

— Esse que é o rei ithicaniano, então? É menos aterrorizante do que eu imaginava. Estou bem decepcionado em ver que ele nem tem chifres.

— O *ex*-rei. Ithicana não existe mais.

Keris olhou de relance para o cadáver pendurado no muro, esse espetáculo sugerindo uma verdade bem diferente. Sugerindo que tanto Ithicana como seu rei continuavam sendo um grande problema. Mas envolver-se neste assunto não era algo que Keris poderia se dar ao luxo de fazer.

— Engano meu. Continuem.

Passando pelo ithicaniano, Keris se dirigiu à torre, mas a voz de Valcotta o deteve. Virando, ele a encontrou de joelhos diante do rei.

— Lamento, majestade. — Os olhos dela cintilavam de lágrimas. — Por tudo que vossa majestade perdeu. E pelo papel que representei nesse acontecimento. Rezo para um dia ter a oportunidade de me redimir.

Sobre o que ela estava falando?

Antes que Valcotta pudesse dizer qualquer coisa a mais, um dos soldados a colocou de pé, rosnando:

— Você deveria estar rezando era para sua majestade não colocar sua cabeça em uma estaca no portão de Vencia, sua valcottana desgraçada!

Valcotta cuspiu na cara do homem, mas, enquanto ele erguia a mão para bater nela, Keris vociferou:

— Por acaso se esqueceu do destino do último homem que bateu em minha refém?

Referir-se a Zarrah dessa forma o fazia ter nojo de si mesmo, mas causar medo era a única forma que ele tinha de protegê-la agora.

Empalidecendo, o soldado murmurou para a prisioneira:

— Ande logo.

Mas, à frente deles, Keris não deixou de notar Serin franzindo a testa com interesse pela reação de Keris. E atrair o interesse de Serin era a última coisa de que ele precisava.

Não saia do personagem. Seja quem ele espera. Com aquele pensamento em mente, Keris seguiu a caminho da torre, mas gritou:

— Lembre-se de arrumar essa bagunça, Corvus! — E entrou, se preparando para enfrentar seu verdadeiro oponente.

38
ZARRAH

O CORAÇÃO DE ZARRAH ACELERAVA conforme ela era puxada para longe do rei ithicaniano, um turbilhão de emoções em suas entranhas, sobretudo culpa.

Ela sabia o que havia acontecido em Ithicana depois da invasão. Tinha ouvido histórias do massacre realizado por mãos maridrinianas. Mas havia uma diferença entre ouvir histórias de sofrimento e vê-la com seus próprios olhos.

Você é cúmplice, a culpa sussurrou enquanto ela seguia Keris pelas escadas aparentemente infinitas até o alto da torre. *A tortura daquela menina pelas mãos de Corvus? A morte dela? A expressão no rosto do rei? Todos fardos que você vai precisar carregar também.*

A mente dela divagou, lembrando do momento em que assistira à marinha maridriniana passando por sua frota para atacar Ithicana, tentando entender a escolha que ela havia feito. Teve certeza, então, de que, se apresentada a uma circunstância semelhante, seguiria um caminho muito diferente. Então os olhos de Zarrah se voltaram para Keris, convencida de que, por bem ou por mal, conhecê-lo havia mudado sua vida.

Ela pagaria sozinha pelos erros de seu passado. Não apenas por sua honra, mas por si própria. E faria isso matando Silas Veliant.

Ao chegar no topo da escada, Keris parou, esperando um dos guardas entrar na sala, o outro a encarando com um ódio indisfarçado. Como tinham feito todos os maridrinianos que haviam pousado os olhos nela desde sua chegada.

O guarda voltou a sair.

— Ele vai vê-lo agora, alteza.

— Perfeito. Seria uma pena ter subido todos esses degraus à toa.

Os guardas os revistaram para ver se estavam armados, depois Keris passou por eles e entrou no escritório, o homem empurrando Zarrah atrás dele.

O alto da torre era cercado sobretudo por vidro. Embora ela tivesse certeza de que a vista fosse impressionante, seus olhos se voltaram de imediato para o homem sentado atrás da escrivaninha pesada, os cotovelos pousados sobre os braços da cadeira, os olhos azul-celeste iguais aos de Keris. Olhos que lhe traziam pesadelos havia mais de uma década.

O rei Silas Veliant de Maridrina.

Raiva, abrasadora e feroz, a atravessou, e embora os punhos dela estivessem amarrados, Zarrah precisou de todo o autocontrole para não partir para cima dele. Não arrancar os olhos daquele rosto e o coração daquele peito. Mas ela só teria uma chance, e precisava fazer valer.

— Keris. — A voz de Silas era grave e transbordava autoridade. — Não dei permissão para você sair de Nerastis. — O olhar dele, então, se voltou para Zarrah. — Nem para trazer uma *valcottana* para dentro de minha casa. Explique-se.

Keris se ajeitou, estufando o peito, e Zarrah sentiu o medo dele.

— Perdão pela ofensa, mas mantê-la em Nerastis enquanto eu esperava que uma mensagem fosse trazida à vossa majestade e que sua resposta fosse levada de volta me faria correr o risco de sofrer uma retaliação dos valcottanos numa tentativa de recuperá-la.

— Um dos muitos motivos para não perdermos tempo com prisioneiros. — O rei juntou os dedos. — Creio que a prática atual seja desmembrá-los e catapultar os pedaços de volta por sobre o Anriot, embora precise confessar que faz um certo tempo que não visito a cidade.

— Sim, bom, considerei isso pouco produtivo.

— Pouco produtivo? — Os olhos do rei se estreitaram.

— Como acredito que o senhor tenha sido avisado, esta é a general Zarrah Anaphora. A sobrinha da imperatriz, capturada em nosso lado do Anriot.

— *General* Zarrah Anaphora. — O rei gargalhou como se atribuir a ela um título militar fosse o ápice do ridículo.

Zarrah cerrou os dentes porque a alternativa era rosnar, e era melhor que ele acreditasse que a intimidava. Melhor que acreditasse que ela era uma mulher indefesa até o momento em que ela cortasse a garganta dele.

Silas levantou, rondando a escrivaninha. Então acenou para os guardas atrás deles dois, dispensando-os. Só quando a porta se fechou, ele acrescentou:

— Foi você quem a capturou, Keris?

— De modo algum. Isso exigiria que eu me rebaixasse à patrulha, algo que vossa majestade sabe que não tolero. Otis a capturou tentando atravessar o Anriot de volta para o outro lado.

— É caso para se questionar o que ela estaria fazendo do nosso lado. Você sabe?

Keris sacudiu a cabeça, e Zarrah não pôde deixar de imaginar como o pai agiria se soubesse a verdade.

— Ela se recusa a dizer.

— Talvez devamos deixar que Serin tenha uma conversinha com ela.

Era impossível esconder o instante de medo que a atravessou, e Silas sorriu. Estendendo a mão, ele a pegou pelo queixo, erguendo o rosto dela para observá-la com atenção. Zarrah se encolheu pelo mau hálito dele, o contato deixando-a nauseada. Mas valeu a pena, porque agora ele estava dentro de seu alcance. E, se ele ficasse de costas para ela, Zarrah poderia ter a chance de quebrar o pescoço dele.

— Eu preferiria evitar o envolvimento de Serin — Keris disse. — Se como o que está acontecendo no jardim, tudo que teremos quando ele acabar serão informações de valor dúbio e só mais um cadáver para servir de decoração.

— Os muros, creio eu, são reservados para ithicanianos e para o deleite visual de Aren. Não gostaria que ele pensasse que penduro qualquer pessoa para apodrecer em meu jardim.

Keris se retraiu, acrescentando rapidamente para disfarçar a reação:

— Por que não o matar de uma vez?

O rei tirou os dedos do queixo de Zarrah e abanou a cabeça.

— Não é da sua conta. É óbvio que você teve um motivo para trazer essa menina até aqui. Diga o que pensou.

Zarrah se forçou a respirar para não revelar o próprio receio em relação ao que Keris pretendia dizer.

— Os valcottanos estão com vários prisioneiros nossos em Pyrinat. Nós *poderíamos* oferecê-la em troca da soltura deles, mas proponho algo mais... *ambicioso*.

Zarrah ficou tensa e sentiu as entranhas se revirarem.

— Ah, é? — A testa do rei se franziu com interesse enquanto o peito dela se apertava com a perspectiva de ser resgatada.

Com a ideia de ser usada para extorquir concessões da tia.

A confiança que Keris tinha começado a conquistar oferecendo a ela a oportunidade de escapar vacilou, substituída mais uma vez pelo medo de que ele estivesse brincando com ela esse tempo todo. Que o plano dele sempre tivesse sido se autopromover, e que ela tenha sido uma tola por pensar o contrário.

Os planos de Keris não importam, ela lembrou a si mesma em silêncio. Tudo que importava era encontrar uma forma de matar o monstro à sua frente.

Keris limpou a garganta.

— Mesmo com Ithicana prestes a desabar...

— Já desabou — Silas interrompeu bruscamente. — Só falta limpar os escombros.

— Permita-me reformular. Mesmo com o poder garantido que temos sobre a ponte agora, ela de pouco nos serve com Valcotta impedindo o comércio. Seria possível dizer até que, por ora, só está nos trazendo *prejuízo*.

Estava trazendo prejuízo para Valcotta também. Dezenas de navios mercantes tinham sido perdidos para o clima violento e imprevisível dos mares Tempestuosos, mas a tia havia declarado que preferiria interromper todo e qualquer comércio a pagar um cobre que fosse a Silas Veliant para usar a ponte.

— O que proponho — Keris continuou — é oferecer a general Anaphora em troca de um acordo comercial entre Maridrina e Valcotta que trouxesse ouro para nossos bolsos e a herdeira deles de volta — ele olhou de canto de olho para ela —, viva e inteira.

Zarrah mal ouviu as palavras dele, o pulso rugindo nos ouvidos quando Silas começou a dar as costas para ela. Essa era sua chance. Ela colocaria os punhos amarrados ao redor do pescoço dele, e tudo chegaria ao fim.

Você consegue. Você consegue fazer isso.

Silas parou neste momento e fixou os olhos nos dela, um sorriso se abrindo em seus lábios. Ele *sabia*. Sabia que ela não se sentia intimidada pela presença dele, sabia o que ela planejava, e os olhos dele cintilavam enquanto recuava de frente para ela, sentando à mesa.

— Viva e inteira para que possa voltar a nos causar problemas.

Ela não o pegaria de surpresa. Não agora, não como estivera planejando. Precisava encontrar uma oportunidade melhor e, portanto, precisava se manter viva por tempo o suficiente para isso.

O que exigia seguir o plano de Keris.

Keris sentou na cadeira à frente do pai.

— Não disse que era uma solução perfeita. Mas matá-la enfureceria os valcottanos a ponto de nos atacarem, o que não seria ideal, considerando que nossas forças continuam focadas em reprimir os ithicanianos.

— Por que não me surpreende você oferecer uma estratégia que evita a guerra?

— Não evita a guerra, pai. Apenas evita uma derrota.

Silas ficou em silêncio por um longo tempo, as engrenagens do cérebro girando, então ergueu um ombro.

— Pode haver certo mérito nesse seu plano, Keris. Vou manter a menina aqui enquanto considero se o que podemos ganhar nessa troca valeria mais do que a boa vontade do nosso povo, que eu ganharia se a executasse. Mas nem pense em desfazer as malas; vou perdoar sua decisão de entregá-la a Vencia, mas você vai *sim* voltar a Nerastis o quanto antes.

Se a ordem o surpreendeu, Keris não demonstrou.

— Pensei que vossa majestade fosse me dar a oportunidade de negociar este acordo. — Ele hesitou. — Nós dois sabemos que não levo jeito para assuntos militares, mas isto aqui se trata de economia. Me permita a oportunidade de provar meu valor. — E apertou o maxilar. — Por favor.

As duas últimas palavras tinham custado muito a ele. Zarrah conseguia ver e, a julgar pela expressão atenta no rosto do pai, ele também tinha visto.

— Isso não combina com você, Keris — o rei disse, depois de um longo momento. — O que me faz desconfiar de suas intenções, que são quase sempre contrárias às minhas.

Keris soltou uma expiração suave, depois acenou.

— Nisto, não é diferente. Quero viver e, para atingir esse objetivo, preciso conquistar sua confiança a todo custo.

O silêncio se estendeu, o coração de Zarrah acelerando enquanto observava o rei ponderar o pedido de Keris. Se ele mandasse o filho embora, Zarrah sabia que era uma mulher morta. Sem Keris para contra-argumentar, Sila escolheria o caminho que protegesse o próprio orgulho, e ela nunca teria a oportunidade de tentar matá-lo. Mas, se Keris ganhasse tempo para ela...

— Então autorizo que fique pelo tempo que eu considerar que seus esforços vão me valer de alguma coisa — Silas respondeu, por fim. — Mas, se fracassar nisso...

— Não vou fracassar com você, pai.

Em vez de responder, o rei se voltou para Zarrah, passando a língua no lábio inferior.

— E quanto a você, *general*. Vou lhe conceder minha hospitalidade por ora, mas, se fizer qualquer tentativa de fuga, tenha certeza de que não vou hesitar em cortar sua cabeça. — Ele sorriu. — Exatamente como fiz com a de sua mãe.

Chamas queimaram a lógica de Zarrah, a razão se transformando em cinzas. O mundo ao redor entrou em combustão, sangue ribombando em seus ouvidos conforme um grito subia pelo peito, enquanto seus punhos se cerravam, todo o seu ser querendo atacar, querendo arrancar os olhos e a língua dele e o despedaçar parte por parte.

Você só vai ter uma chance.

Então ela respirou fundo, procurando no fundo de seu ser por calma enquanto Silas ria da cara dela. A risada de seus pesadelos.

A risada que a trouxera até aqui.

Ele levantou.

— Guardo um carinho especial por aquela morte. Agora, se me derem licença, tenho outro prisioneiro que demanda minha atenção.

39
KERIS

Guardo um carinho especial por aquela morte.
 Raiva ferveu nas entranhas de Keris ao puxar Valcotta para fora da sala, sabendo que, se fosse submetida a outras farpas do pai dele, ela pouco se importaria com as consequências e tentaria matá-lo.
 Ou isso, ou ele mesmo tentaria matar o sádico desgraçado com as próprias mãos.
 Evitando o olhar dela, ele rosnou para os guardas que esperavam do lado de fora da porta:
 — Tragam-na. — Em seguida, começou a descer, saindo no segundo andar para pegar uma das passarelas fechadas que ligavam a torre aos outros prédios do santuário interno.
 Enquanto o atravessava, viu os três cadáveres agora pendurados no muro, os corvos já voando em círculos lá em cima.
 Aren Kertell continuava acorrentado a um banco, inexpressivo e impossível de interpretar enquanto fitava os cadáveres, sem nem sinal de Serin. Corvus devia estar indo se encontrar com o rei para discutir o que quer que houvesse descoberto do prisioneiro. Não demoraria muito para os corpos começarem a feder, para as moscas começarem a enxamear e os pássaros bicarem a carne deles, e Keris foi dominado pela tontura quando a memória se justapôs à realidade.
 Abanando a cabeça para se acalmar, entrou no harém, que, mesmo com o corredor vazio, era bastante barulhento, com conversas de mulheres, gritos de crianças e choros de alguns bebês.
 — Voltem para o palácio principal — ordenou aos soldados, pegando o braço de Valcotta. — Este lugar não é para seus olhos.
 E, sem esperar para ver se obedeceriam, puxou Valcotta e deixou que a porta se fechasse.

Ela olhou com curiosidade para as portas fechadas que cercavam o corredor curvado, o tom frio ao perguntar:

— Que lugar é este?

— O harém. — A voz saiu mais cortante do que ele pretendia, quase tão apreensivo de conversar com a tia quanto ficou com o pai. — Homens não são permitidos aqui.

Ela arqueou a sobrancelha para ele, que suspirou.

— É óbvio que eu não entro na conta. Quis dizer nenhum homem que não seja da família.

Os olhos dela se iluminaram.

— Então não tem guardas aqui?

Lançando a ela um longo olhar de alerta, ele disse:

— Tem. — Como se confirmando, eles chegaram ao ápice do corredor curvado, onde havia dois deles postados ao lado de uma porta fechada. — Mas tiveram certas partes removidas, se é que me entende.

Zarrah soltou um murmúrio chocado, mas não disse nada enquanto ele dava uma batida firme na madeira pesada. Depois de um momento, a porta abriu, revelando uma mulher de beleza excepcional com a pele cor de marfim e o cabelo quase branco de tão loiro.

Lestara era a filha de um rei de uma das nações menores ao norte de Harendell, tendo sido oferecida como noiva em troca de uma das meias-irmãs de Keris. Ela era vários anos mais jovem do que o próprio Keris, mas, como tinha o hábito de olhar como se ele fosse algo que ela poderia consumir um dia, ele disse:

— Bom dia, *titia*.

Os olhos de Lestara se arregalaram ao vê-lo, e ela fez uma grande mesura.

— Alteza! Não sabíamos que estava em Vencia. — Então olhou para Zarrah e o prazer em seu rosto foi consumido por raiva. Apesar de viver em Maridrina havia menos de um ano, os preconceitos do harém já a haviam contaminado. — Por que há uma *valcottana* em nossa casa?

Ela disse *valcottana* como Keris diria *verme*, e, sem nenhum outro motivo além de provocá-la, ele disse:

— Decidi me casar finalmente.

Lestara engasgou, mas a piada foi estragada quando uma mulher mais velha disse:

— Ele está tirando uma com a sua cara, garota. Nem mesmo Keris teria colhões de se casar com uma valcottana. Sobretudo porque sabe que eu os cortaria com minhas próprias mãos se ele fizesse isso.

— Que coisa mais horrível de dizer, titia Coralyn. — Ele puxou Valcotta para dentro do salão. — A senhora sabe que sou muito apegado a eles.

A matriarca do harém real bufou e deu um longo gole de chá fumegante, olhando para ele de cima a baixo. Depois da morte da mãe de Keris, Coralyn tinha cuidado pessoalmente da criação dele e, mesmo quando ele passou da idade de viver dentro daquelas paredes — o pai não admitia ter concorrência ali, muito menos dos próprios filhos —, Keris manteve contato com ela, por cartas e visitas frequentes. A mulher sempre intermediava a relação conflituosa dele com o pai na juventude e, embora não tivesse chegado às vias de fato, havia lutado incansavelmente para que o enteado frequentasse a universidade de Harendell. Não porque se importasse com filosofia, mas porque reconhecera que permanecer em Maridrina significaria a morte dele.

— É melhor ter uma boa explicação para isso, rapaz. E é melhor que *não* tenha nada a ver com o rostinho bonito dela.

— Otis a capturou, não fui eu, então, se for para atirar pedras, que seja nele. Eu apenas reconheci o valor dela e decidi tirar proveito.

— Ah, é? — Coralyn cruzou os braços. — Vai elaborar ou está mais interessado em ficar aí parado com essa cara presunçosa?

— Esta aqui é Zarrah Anaphora. Ela é... — Keris parou de falar quando todas as mulheres no salão levantaram, fechando a cara. Na superfície, o harém parecia frágil e civilizado, mas ele sabia que não era bem assim. Sabia do que elas eram capazes, caso pressionadas. — Vocês não podem matá-la. — Ele se colocou entre Zarrah e as mulheres. — Vou devolvê-la à imperatriz em troca de um acordo comercial com Valcotta. Infelizmente, isso exige que ela esteja viva, então se controlem.

Uma das sobrancelhas de Coralyn se ergueu.

— Às vezes você fica ocupado demais sendo esperto e esquece de ser inteligente, rapaz. Você tem alguma noção de quantos filhos o harém perdeu pelas mãos de valcottanos? Essa mulher assassinou seu irmão com as próprias mãos.

Keris fez uma careta.

— A senhora mesmo dizia que Rask era um idiota e um sádico, titia. Não finja que sente tanto assim a perda dele.

Coralyn abriu a boca, mas a resposta em seus olhos não chegou a seus lábios, pois Zarrah falou antes:

— Eu não o assassinei. Tivemos uma luta justa de espadas no campo de batalha e, embora o destino tenha preferido minha vida à dele, ele morreu com a arma na mão e praguejando meu nome.

Silêncio se abateu sobre o salão, e Keris cerrou os dentes enquanto esperava que o mundo caísse sobre ela. E sobre si.

Mas Coralyn apenas deu de ombros.

— Melhor morrer com a arma do que o membro na mão, creio eu. Perdemos alguns dos nossos dessa forma nos bordéis ao longo dos anos, e é muito constrangedor para todos os envolvidos.

Zarrah riu baixinho, e o som fez a pele de Keris formigar. Na última vez que tinha escutado essa risada, ela estava nua em seus braços. Antes de saber seu nome. Ele afastou aquela sensação.

— Tirando isso que aconteceu com Rask, tenho plena consciência da inimizade entre a família dela e a nossa. Mas nossos cofres estão escassos e, se desejam continuar vivendo no estilo a que estão acostumadas, precisamos da renda valcottana da ponte.

— Não gosto disso, Keris. Você trouxe uma raposa para dentro do galinheiro.

— Não precisa gostar. Precisa apenas arranjar um quarto para ela e garantir que seja mantida em conforto digno de seu título. E, ela pode até ser uma raposa, mas não finja que a senhora e suas mulheres são galinhas indefesas, porque sei que não são.

A tia resmungou e deu um gole de chá.

— Certo. Mas farei isso em meus termos, Keris. Minhas regras. Estamos entendidos?

— Eu não me atreveria a supor o contrário.

O olhar que ela lançou a ele dizia que não acreditava nisso nem por um segundo. Pegando o braço de Zarrah, ele inclinou a cabeça para as mulheres e se dirigiu à porta.

— Em qual quarto a senhora quer que eu a coloque?

— O do fim do corredor tem grades na janela. E uma porta segura.

Vai servir. — Então Coralyn observou Zarrah. — Vou providenciar vestimentas mais adequadas.

— Excelente. — Ele se dirigiu à porta, mas Coralyn apertou seu braço com uma força surpreendente.

— Você não vai a lugar algum até discutirmos como vai me compensar por isso, Keris. — Fazendo sinal para uma criada, ela listou instruções relativas às vestes de Zarrah, depois abriu a porta e gritou para os dois guardas do lado de fora: — Levem a prisioneira para o último quarto e fiquem com ela até eu chegar para avaliar a segurança.

Nenhum dos guardas discutiu: eles sabiam que era melhor não irritar Coralyn; um deles pegou o braço de Zarrah e a guiou para fora, com a criada logo atrás.

— Sente aqui — Coralyn disse. — Tome chá conosco.

Em igual medida irritado e curioso sobre o que o harém queria dele, Keris obedeceu, tomando um gole da xícara fumegante que Lestara lhe entregou e esperando as mulheres se acomodarem. O pai tinha por volta de cinquenta esposas, mas apenas doze estavam presentes, fazendo corte para a rainha extraoficial. Não importava que, de todas as esposas, Coralyn fosse a que o rei mais odiava. *Bruxa velha enxerida de língua ácida*, ele sempre a chamava, mas nem mesmo Silas Veliant era idiota de atentar contra a ordem do harém.

— Talvez tenha ficado sabendo que estamos hospedando outro prisioneiro — a tia dele disse, por fim. — O rei Aren Kertell de Ithicana.

— Que não é mais rei, pelo que soube.

Ela ergueu a sobrancelha, e ele acrescentou:

— Presenciei uma parte do espetáculo de Serin com ele nos jardins. Não há nada que eu possa fazer a respeito, se é o que a senhora está sugerindo. É mais provável que meu pai dê ouvidos às queixas do harém do que às minhas.

— Tenho consciência disso. — Ela deu um gole do chá. — Silas proibiu que qualquer uma de nós falasse com Aren, mas você não tem essas restrições. Temos esperança de que ele possa nos dar certas informações.

Ele a observou por um longo momento.

— Sobre Lara, a senhora quer dizer?

— Sim. E sobre o resto das irmãs de vocês.

Keris tinha nove anos quando o pai levara Lara e as meias-irmãs dele embora sem nenhuma explicação. Todas elas eram crianças de cinco e seis anos e foram tiradas do harém, os destinos mantidos em sigilo até o ano passado, quando o pai voltara do deserto com uma das meninas raptadas.

Lara.

Ela havia embarcado num navio imediatamente e velejado de Vencia a Ithicana, a noiva destinada a cumprir a parte de Maridrina no Tratado de Quinze Anos entre o Reino da Ponte, Maridrina e Harendell. Depois de retornar das núpcias na ilha de Guarda Sul, o pai explicou que ela e as outras irmãs tinham sido mantidas num complexo secreto no deserto Vermelho para serem protegidas de assassinos valcottanos. As outras, ele disse, continuariam a residir lá até que ele encontrasse casamentos adequados para cada uma.

Mentira, em todos os níveis, embora a verdade só tivesse sido revelada quando ele invadiu Ithicana usando um plano traçado por Lara, que aparentemente tinha sido treinada pelo próprio Serin como espiã. Uma espiã mortal, aliás.

— Lara ou está morta, ou é um fantasma ao vento. E minhas outras irmãs ainda estão no complexo secreto no...

— Se é lá que estão, por que Serin as está caçando? — Coralyn interrompeu. — E por que está caçando Lara?

O maxilar de Keris se tensionou. *Pontas soltas*. O pai dele odiava deixar vivo alguém que pudesse vir a lhe causar problemas. Mas por que ele teria razão para duvidar de filhas doutrinadas para seguir suas ordens cegamente, custasse o que custasse?

— A senhora não acha que se Aren soubesse onde Lara está ele já a teria entregado por vontade própria?

— É provável que sim, se não estivesse apaixonado por ela.

Keris soltou uma gargalhada.

— Pode ter se apaixonado em algum momento, mas Lara o apunhalou pelas costas. Traiu tanto Aren como Ithicana, tirando o trono e a liberdade dele, além de inúmeras vidas de seu povo. — Ao piscar, Keris viu a luz se apagando dos olhos de Raina. Para ele, era como se a irmã tivesse ela mesma empunhado aquela lâmina. — Ele teria que ser um grande idiota para ainda se importar com ela.

— Tenho consciência disso, Keris. Mas, durante aquela cena odiosa em meus jardins, Serin levou Aren a crer que a menina sendo torturada era Lara. E Aren implorou que ela fosse poupada.

Mais do que implorou.

A visão de Aren de joelhos, gritando *Derrubem o maldito portão* encheu a cabeça de Keris, que franziu a testa.

— Se for o caso, ele não vai revelar o paradeiro de Lara para a senhora, nem para mim, nem para mais ninguém. Ele não tem motivo para confiar em nós.

— Então arranje um motivo. Precisamos descobrir o que ele sabe sobre as filhas perdidas do harém — Coralyn disse. — Esse é o preço da nossa hospitalidade com sua valcottana.

Se o rei ou Serin o pegassem se metendo com o rei ithicaniano, isso não correria nada bem, além do mais Keris precisava se concentrar em negociar com a imperatriz. Precisava se concentrar em libertar Valcotta. Mas sabia que era perigoso contrariar o harém, e, se não pagasse o preço delas, não demoraria para um acidente *estranho* tirar a vida de Valcotta.

— Tudo bem. Mas conseguir isso vai ser difícil. Talvez até impossível.

Coralyn estendeu a mão sobre a mesa e deu um tapinha na bochecha dele.

— Você sempre foi mais inteligente do que Corvus, Keris. Tenho total confiança de que vai conseguir.

— Que bom. — Ele levantou. — Cuidem de minha valcottana.

E, sem esperar resposta, saiu do salão.

Tinha uma negociação para começar.

40
ZARRAH

Não havia luxo no mundo que compensasse as grades na janela e o ferrolho na porta.

Era uma prisão.

E Zarrah não conseguiu deixar de notar que não era uma prisão destinada a indivíduos do tipo dela, mas às esposas do rei de Maridrina. Provavelmente meninas, numa realidade não tão diferente, relutando a se casar com um monstro velho que as trataria como éguas reprodutoras. Só de pensar nisso, sentia vontade de vomitar, e as acrescentou à lista de pessoas que seriam vingadas quando Silas fosse morto pela lâmina dela.

Uma voz fria atrás de Zarrah interrompeu seus pensamentos.

— Permita-me deixar isso muito claro, *Zarrah*: esta é a minha casa. Você vai se vestir com as roupas que eu oferecer. Comportar-se como eu achar conveniente. Falar apenas com quem lhe dirigir a palavra primeiro. E nunca vai encostar um dedo em nenhum membro desta casa.

Ao virar, Zarrah encontrou a esposa chamada Coralyn cercada por dois guardas. Talvez na casa dos sessenta, a mulher era imponente e vestia uma túnica brocada âmbar, o cabelo perfeitamente penteado e as joias nos dedos, punhos, orelhas e pescoço valiosas o suficiente para comprar uma das casas mais caras de Vencia.

— Se me contrariar de qualquer forma, será morta, e pouco me importa o que Silas ou Keris tenham a dizer a respeito. Fui clara?

Umas cem respostas vieram à mente de Zarrah, e a principal era *Eu poderia matar você antes que esses dois idiotas movessem um dedo, sua bruxa velha maridriniana*, mas, em vez disso, ela respondeu com um discreto assentir de cabeça. Se agradar uma esposa de harém era o preço a pagar, ela agradaria.

— Você não apenas é valcottana e membro da família real valcottana, mas é uma soldado diretamente responsável pela morte de pelo menos um de nossos filhos. E, indiretamente, por muitas outras. Espere cortesia das mulheres de minha casa, mas não gentileza. Fui clara?

— Foi, e vou respeitar. — Só até conseguir colocar uma faca no coração de Silas Veliant.

— Ótimo. — Coralyn estalou os dedos, e criadas entraram no quarto carregando uma banheira, seguidas por várias outras. — Tirem as medidas dela para fazerem vestidos. Ela não deixa de ser uma princesa, portanto vai se vestir à altura. Tenho uma reputação a zelar e não vou permitir que essa garota volte a Valcotta espalhando boatos de que a casa Veliant é sovina.

Então se aproximou, pegou os punhos de Zarrah e desamarrou as cordas.

— Lady Coralyn — um dos guardas disse, os olhos ficando arregalados de agonia. — Tem certeza de que isso é aconselhável? Ela é uma assassina.

— Eu também sou. — Coralyn encarou Zarrah. — E consigo ver em seus olhos que você tem um cérebro dentro dessa sua cabeça. Não vai me contrariar, vai, querida?

— Nem sonharia com isso, Lady Coralyn.

A velha deu um tapinha na bochecha de Zarrah.

— Menina esperta. Pode jantar aqui sozinha depois que estiver banhada. Tenho certeza de que, depois da viagem a Nerastis, você está desesperada por privacidade e silêncio. Só Deus sabe como Keris gosta do som da própria voz. — Ainda assim, quando virou, disse ao guarda: — Mantenha a porta trancada e vigiada o tempo todo.

Zarrah deixou que as costureiras a medissem sem nenhum comentário, tentando não lançar olhares ansiosos para a banheira enquanto as criadas a enchiam com água fervente e colocavam uma bandeja de sais, sabonetes e escovas ao lado. Assim que as costureiras saíram com suas anotações, Zarrah tirou as roupas imundas e entrou na água fumegante, se crispando ao olhar para baixo. O veneno havia esvaído sua força, consumindo músculos e curvas, e ela parecia e se sentia fraca. Isso a repugnava, então mergulhou na água, abafando todos os sons.

Por Deus, fazia quanto tempo que não tomava um banho de verdade? Desde antes de encontrar Keris na barragem naquela noite fatídica.

Desde antes de ele a possuir em todos os sentidos imagináveis, e ela, a ele. Sob a água e com os olhos fechados, lembranças daquela noite vieram à tona. De como ele a havia devorado com o olhar. Como a havia feito se sentir mais poderosa e viva do que jamais se sentira em anos, ou talvez na vida. Como havia sido a sensação de se unir a ele não apenas em carne, mas em pensamento.

Aquele era o maridriniano. Não Keris Veliant.

Ela não conseguia mais associar os dois, sem saber se era por causa do papel que ele vinha desempenhando ou se porque subconscientemente se recusava. Se recusava a aceitar que o homem a quem havia se entregado fosse o mesmo que ela aviltava em todos os sentidos possíveis. E era enlouquecedor que, num momento, o instinto lhe dissesse que ele estava a seu lado e, no outro, que todas as palavras dele eram uma manipulação forjada para atingir seus próprios objetivos.

Não importa, ela disse a si mesma. *Se ele souber da sua intenção, vai tentar deter você.* Porque, por mais que Keris parecesse odiar Silas, ainda era filho dele.

No entanto... o cabelo de Zarrah flutuava na água, roçando em suas bochechas, os olhos ainda fechados enquanto ela lembrava de como ele havia falado de Silas. *Meu pai é um cretino impenitente sem o qual o mundo seria um lugar melhor.* As palavras que ele havia pronunciado soavam num sussurro pelos pensamentos dela, como uma tentação. Fazendo-a *querer* confiar nele.

A necessidade de respirar ficou intensa demais para ser ignorada, e Zarrah se empertigou na banheira, tomando uma golfada de ar e ignorando os olhares assustados das criadas. Pousando o queixo nos joelhos, ela fechou os olhos. *Aquelas palavras eram só conversa de um homem fingindo ser algo que não é*, pensou. *Se fossem sinceras, ele teria agido muito antes.*

— Algo para beber, milady? — uma das criadas perguntou, estendendo uma taça de vinho.

Zarrah a aceitou, subitamente mais exausta do que se sentira no próprio leito de morte.

O homem por quem você se apaixonou não é real, mas Keris Veliant é, ela disse a si mesma. *Maridrina era uma invenção. Um personagem. Um fingimento. Você nem se apaixonou por ele, no fim das contas.*

Ao menos, era o que continuaria dizendo para tentar se convencer.

41
KERIS

Valcotta estava excepcionalmente bem-disposta.

E isso deixava Keris excepcionalmente nervoso.

Afinal, por mais que ela não tivesse voado no pescoço do pai dele, não havia dúvidas sobre a letalidade que vira nos olhos dela ao ficar cara a cara com o assassino de sua mãe. Ela o queria morto; era um fato. E, nisso, os pensamentos dos dois estavam alinhados.

Era o método o que o preocupava. Keris tinha conseguido ganhar tempo para ela hoje, mas isso pouco importaria se ela mesmo se condenasse na sua busca por honra e vingança.

Se empertigando, Keris se crispou quando a coluna estalou pelas horas que ficara debruçado sobre pena e papel. Estava nos aposentos do herdeiro na torre, embora essa fosse a primeira vez que entrava ali desde a morte de Rask. Suas coisas tinham sido trazidas de sua residência na cidade, mas ainda havia vestígios do irmão mais velho, sobretudo nos móveis. Era tudo gigante, a cama cabia dez pessoas, a madeira pesada coberta de folha de ouro e as roupas de cama de um índigo vivo e listras douradas.

Ele odiava cada centímetro daquele quarto.

Mais do que tudo, porém, odiava estar separado de Valcotta. Por dias e dias, tinha ficado ao lado dela, e ficar afastado, ainda mais neste lugar, deixava seus nervos à flor da pele. Não apenas porque ela estava cercada por inimigos, mas porque ele sabia que a mente dela, ao menos, não ficaria parada. Era apenas uma questão de tempo até ela agir.

Keris fechou os olhos e deixou que seus pensamentos divagassem, tomados por imagens de Valcotta. Tinha visto guerreiros mais durões do que ela reduzidos às lágrimas na presença do pai. Contudo, por mais que o desgraçado ameaçasse a vida dela e botasse o dedo na ferida que era a morte de sua mãe, Valcotta tinha se mantido firme, sem jamais perder o controle. Demonstrando todos os aspectos da imperatriz que estava destinada a se tornar; e essa imagem dela atiçou nele um calor que, por longos dias, tinha sido mitigado pela circunstância.

— Idiota — ele murmurou. — Você é o último homem que ela quer por perto.

E, mesmo se não fosse assim, ele não buscaria fins prazerosos. Não porque o risco de ser pego fosse alto, pois isso nunca o havia impedido de nada, mas porque ele se recusava a tirar algo dela enquanto fosse mantida prisioneira.

Por outro lado, isso não foi suficiente para impedir que lembranças da noite que tiveram juntos preenchessem sua mente. Lembranças dela se despindo devagar, de como havia olhado para ele enquanto se masturbava, de como as respirações ofegantes dela haviam deixado o pau dele duro. Para o azar de Keris, nenhuma mulher o havia deixado tão doido quanto ela, todos os pensamentos esvaziados de sua mente e substituídos pela necessidade de tocá-la, de sentir seu sabor, de fazê-la gritar seu nome.

Mas ela não sabia o seu nome, idiota. E, se soubesse, nunca teria chegado nem perto de você.

O pensamento foi como um balde de água fria em sua virilha, e Keris abriu os olhos, encarando o teto e sentindo um vazio crescente no peito. Não era a ausência do corpo dela que estava revirando suas vísceras; era a ausência da voz dela em seus ouvidos. Era isso que ele desejava, que *precisava*, mais do que gostaria de admitir.

Uma batida à porta, e, depois de levantar para abrir o ferrolho, Keris conteve um suspiro irritado ao ver Corvus na escada.

— Do que precisa, Serin? Voltei de viagem e estou exausto.

— Apenas um momento de seu tempo, alteza.

Era tentador bater a porta na cara do mestre de espionagem, mas Keris estava curioso para saber o que o homem poderia querer. Dando um passo para trás, fez sinal para ele entrar no quarto.

— Vinho?

— Água, se tiver. Tenho trabalho a fazer hoje para o qual preciso da cabeça no lugar.

Trabalho que provavelmente envolvia torturar o rei de Ithicana, mas Aren Kertell não era a principal preocupação de Keris.

— Como preferir. — Ele serviu água para o mestre de espionagem e vinho para si, depois voltou a se recostar à escrivaninha.

Serin sentou na beira da cadeira à frente dele.

— Soube, por seu pai, que você pensa em usar a menina valcottana para negociar com a imperatriz. Devo dizer que você demonstra mais discernimento do que seus predecessores.

— Sou *mesmo* mais inteligente do que todos eles juntos. Obrigado por notar.

Serin fez uma careta.

— Com certeza, embora uma propensão ao engrandecimento próprio seja um atributo que todos vocês têm em comum.

Keris deu de ombros.

— Ninguém é perfeito, Serin. Agora, o que você quer?

— Creio que valeria a pena deslocar suas negociações ao sul para Nerastis. — Corvus tomou um gole de água. — A proximidade vai acelerar a negociação e, enquanto estiver lá, você pode voltar a seus estudos da guerra.

— Que dicotomia interessante: negociar e batalhar com o mesmo povo ao mesmo tempo.

— Política é assim. — Serin abriu um sorriso tenso. — E isso muito agradaria seu pai.

— Meu pai? Ou você? — Keris apoiou as botas em cima da mesa, observando o velho. Havia manchas de sangue em seus mantos. — Porque acho que ele está contente em me manter aqui desde que o sirva bem.

— Com todo o respeito, quando foi que vossa alteza começou a se importar em agradar seu pai? Passou a vida toda fazendo o exato oposto por pura diversão.

— Desde que isto se tornou uma questão de vida ou morte. — Dando um gole de vinho, que era muito bom depois da lavagem servida em Nerastis, Keris acrescentou: — Nunca vou impressioná-lo com minhas habilidades marciais, então devo impressioná-lo com minha inteligência.

— Os reis maridrinianos são famosos pela proeza que demonstram no campo de batalha, não pela inteligência.

Rindo, Keris ergueu a taça em um brinde.

— Acredito que tenha acabado de chamar meu pai de burro. Bravo! Você é mais corajoso do que eu imaginava.

— Vossa alteza distorce minhas palavras.

— Não, Serin, eu entendi *exatamente* o que você quis dizer. — Colocando a taça na mesa, Keris levantou. — Não tenho a menor intenção de voltar a Nerastis antes de conseguir o que vim fazer aqui, que é impressionar meu pai o bastante para que ele não mande você despachar alguém para cravar um punhal em minhas costas.

— Ele não daria uma ordem dessas. Sinceramente, alteza, sua imaginação não tem freios.

— Não? — Keris se debruçou na mesa, perto o bastante para ver os pedaços de pele seca grudados na barba rala do homem. — Então por que está caçando minha irmã?

— Porque Lara é uma traidora.

Keris soltou um riso surpreso.

— Não use os jogos destinados a Aren Kertell em mim, velhote. Sei que você a criou para trair os ithicanianos e que a está caçando apenas porque não gosta de pontas soltas.

— Não uma traidora a Ithicana, alteza. Uma traidora a Maridrina.

— Como assim? Ela entregou a ponte para meu pai, pelo amor de Deus. Fez o impossível.

— Há uma certa aura de mistério e confusão nas ações de sua irmã, Keris, mas de uma coisa temos certeza: o coração e a lealdade dela pertencem a Aren Kertell.

Keris lembrou imediatamente do que Coralyn havia dito. Que o rei de Ithicana ainda estava apaixonado pela esposa.

— Apunhalar um homem pelas costas é um método peculiar de demonstrar afeto, mas creio que não seja surpresa. Ela foi criada por *você* afinal.

Serin abriu um sorriso ácido.

— Sim. E por isso eu sei que ela vai até os confins da terra para proteger aqueles que ama, mesmo que isso signifique trair seu reino e sua Coroa. Ela é forte, corajosa e extremamente perigosa quando provocada, o que a torna um problema que não podemos mais nos dar ao luxo de ter. Ao passo que vossa alteza é um merdinha fraco e covarde que não representa ameaça a ninguém além de si mesmo. Seu pai não vai mandar assassinar você porque não vale o tempo dele. E porque é provável que alguma puta que você enfureceu faça o trabalho por nós mais cedo ou mais tarde.

Corvus levantou e se dirigiu à porta.

— Volte a Nerastis, Keris. Volte para o seu vinho e para suas mulheres e deixe o ato de governar àqueles que sabem exercer o poder.

Vá se foder, foi o primeiro pensamento que veio à mente dele, mas Keris apenas soltou o ar e encarou as costas do homem que saía. Forçou os olhos a voltarem à carta e releu a proposta que fazia à imperatriz, as palavras entrando e saindo de foco. Um equilíbrio delicado entre pedir o bastante para que o pai não desconfiasse, mas não demais a ponto de desincentivar a imperatriz. Se tinha conseguido, só o tempo diria.

Praguejando baixinho, Keris assinou e selou a carta, colocando-a dentro de um dos tubos esmaltados que o pai usava para correspondências oficiais.

Enquanto descia a escada, rezou em silêncio: *Que isso dê certo. Que a imperatriz compre a liberdade dela.* Contudo, assim que esse pensamento passou por sua cabeça, veio outro. Um que sussurrou que, qualquer que fosse o resultado dessa negociação, era o pai dele que sairia vitorioso.

42
ZARRAH

Pingo. Pingo. Pingo.

Zarrah acordou assustada, a pele encharcada e o coração batendo de forma caótica no peito. Perscrutou a escuridão, certa de que veria o cadáver da mãe pendurado acima dela. Certa de que a umidade em sua pele era sangue e que, quando voltasse a baixar os olhos, a cabeça da mãe estaria em seu colo.

Mas as mãos dela estavam vazias.

Ao redor estava escuro, os cheiros estranhos, a roupa de cama sob seus dedos de algodão, em vez de seda. Risos femininos atravessaram as paredes, e ela *lembrou*.

Estava em Vencia. No palácio de Silas Veliant. Nos aposentos do harém.

Tec.

Ela se sobressaltou com o barulho, vasculhando a escuridão, então ouviu de novo.

Tec.

Vinha da janela, o som que devia ter provocado seu sonho. Levantando, colocou um xale de seda sobre a camisola, indo com cautela até a janela. Era pequena, com talvez menos de um metro de largura e pouco mais de altura, e, do outro lado do vidro fosco, havia grades de aço parafusadas à pedra da moldura da janela.

Tec.

Ajoelhando no assento acolchoado à janela, ela abriu o trinco do vidro e a abriu para dentro.

Então foi atingida por um pedrisco na testa. Murmurando um palavrão, Zarrah encostou a cabeça nas grades e olhou as sombras lá embaixo.

— Valcotta?

A voz sussurrada de Keris veio dos arbustos ao pé do prédio de três andares. Pegando o pedrisco que a havia atingido, Zarrah enfiou o braço por entre as grades e mirou no leve movimento que viu.

E foi recompensada por um palavrão murmurado quando sua mira se provou certeira.

— Preciso conversar com você.

Os jardins, com suas trilhas e topiarias e fontes iluminadas, estavam vazios, mas haveria guardas em patrulha e criados circulando, de modo que uma conversa gritada a três andares parecia imprudente.

— Vá embora.

As sombras se moveram, mas, em vez de sair pelos jardins, Keris começou a escalar a parede, tendo como único apoio para as mãos o rejunte erodido entre os blocos de pedra. Mas parecia bastar, pois ele subiu rapidamente pela lateral do prédio, encoberto pelas sombras.

Ao chegar ao peitoril, segurou as grades e se empoleirou no parapeito estreito, o cheiro de especiarias enchendo as narinas dela e acelerando seu coração. Irritada consigo mesma por isso, Zarrah disse, cortante:

— O que você quer?

— Ver se você está bem.

Ela não conseguia enxergar o rosto dele na escuridão, apenas os contornos da silhueta contra a luz ambiente do jardim. Ombros largos e cintura esguia, o casaco marcando os músculos dos braços.

— Defina *bem*.

Ele esperou em silêncio, e ela fechou os olhos, escutando a respiração dele, rápida pela escalada.

— O harém tem sido cortês e me deu tudo que preciso. Mas a comida de vocês é horrorosa. Alguém precisa avisar ao cozinheiro que, quando se trata de sal, menos é mais.

Keris riu baixinho.

— Ele cozinha para o paladar do meu pai, ou seja, as preferências de todos os outros são irrelevantes.

— Seu pai não tem nenhuma característica redimível? — Não que houvesse algo que pudesse redimi-lo aos olhos dela.

— Nenhuma. Mas acho melhor assim, considerando que você está planejando matá-lo. — E, antes que ela pudesse confirmar ou negar, ele acrescentou: — Não adianta nem tentar negar, Valcotta. Mesmo se não estivesse emanando letalidade quando o viu, você tem uma reputação.

— Ele merece morrer.

— Quanto a isso, eu não discuto, mas não é uma tarefa fácil. Ele nunca vai a lugar nenhum sem os guarda-costas, que são *leais*, e mesmo se você conseguisse ficar a sós com ele, ele é um exímio combatente. E estaria armado, enquanto você vai ter sorte se conseguir colocar as mãos em algo mais perigoso do que uma faca de manteiga.

— Então me dê uma arma.

— Não tenho; mesmo sendo o príncipe herdeiro, nem eu tenho permissão para andar com armas dentro do santuário interno. Acredite em mim, Valcotta, quando se é desprezado por todos como meu pai, ou você se torna paranoico, ou acaba morto.

— E veneno? — Ela tinha aversão a recorrer a tal método, mas se fosse a única opção...

— Tudo e todos que chegam por aqueles portões são revistados. Ele tem os melhores provadores do reino, cães treinados para farejar venenos, além do hábito de mudar os planos de refeições de última hora. Recentemente criou também uma obsessão de não permitir que seus talheres sejam manipulados, e por isso leva os próprios para cada refeição.

Ela lançou um olhar fulminante para ele, por mais que fosse impossível ver no escuro.

— Para alguém que diz que quer ver seu pai morto, você não está ajudando muito. — E, apesar do que ele havia sofrido nas mãos do pai, ela não confiava que Keris não o estivesse protegendo.

— Se matá-lo fosse fácil, ele *já* estaria morto. — Keris se ajeitou para sentar no parapeito, o braço encaixado entre as grades, a manga arregaçada. E ela sentiu os próprios olhos sendo atraídos por aquele pedaço de pele pálida. — Embora eu não tenha dúvida de que você seja capaz de encontrar um jeito, Valcotta, não confio que sobreviveria por muito tempo depois de desfrutar de sua vingança. E a *sua* vida importa infinitamente mais para mim do que a morte *dele*.

O coração dela deu uma cambalhota, e Zarrah silenciosamente se xingou de tola por se comover pelas belas palavras dele, ainda mais porque tinha visto como era fácil para ele mentir. Zarrah mordeu a parte interna das bochechas, considerando por um bom tempo a resposta que daria antes de se decidir pelo silêncio.

Keris soltou um suspiro frustrado.

— Mandei uma carta para a imperatriz com os termos propostos para sua soltura.

Zarrah ouviu a proposta dele, sabendo que era pequena a chance de sua tia concordar com exigências tão exorbitantes. Mas admitir isso seria loucura. A longevidade dela dependia de seu valor, e, como matar Silas não seria uma tarefa fácil, Zarrah precisava manter os maridrinianos convencidos de que valia mais viva do que morta. Em especial Keris.

— O embaixador harendelliano está intermediando as negociações, considerando que seu povo tem o hábito de enviar nossos mensageiros de volta sem as entranhas, mas vai demorar semanas para recebermos uma resposta.

Semanas.

Esse era o tempo até a tia inevitavelmente demonstrar resistência, o que ela desconfiava que estouraria o limite da paciência de Silas e causaria a execução dela. Tinha só algumas semanas para matar um homem que já esperava a morte vir de todos os ângulos, mais especialmente dela.

Keris a estava observando com uma expressão preocupada, provavelmente pelo silêncio dela, então Zarrah resolveu dizer:

— Você cresceu neste lugar. Deve ter um jeito de fugir.

— Se tem, nunca encontrei. — Ele ficou em silêncio por um momento. — Isso aqui foi projetado para ser uma prisão. Há quase duzentos anos, serve como a residência do harém do rei, e nem todas as mulheres trazidas aqui vêm por livre e espontânea vontade. Os pais, irmãos e tios as forçam a se casar para celebrar alianças com a Coroa, por ganho financeiro ou favores políticos. Ou porque o rei olhou para a cara delas — a voz dele ficou ácida — e decidiu que precisava possuí-las. O que significa que, há duzentos anos, mulheres tentam escapar deste lugar. Todas as vias possíveis foram descobertas e removidas. Agora com o ithicaniano presente está ainda pior. Porque eles não estão contendo apenas nobres descontentes; estão contendo um guerreiro renomado que deve conhecer uma dezena de formas de matar um homem sem usar arma.

Ela conhecia uma dezena de formas de matar um homem sem usar arma, mas não disse nada.

— Apesar disso, eu convidaria você a tentar. Mas meu pai deixou claro que, se você for pega passando dos limites, ele *vai* te matar.

O medo da morte quase nunca a dissuadia.

— Sei que é contra sua natureza ficar de braços cruzados, Valcotta. Mas, *por favor*, só me dá uma chance de tentar te libertar por negociação *antes* de se entregar à morte.

Ela precisava de tempo para recuperar as forças, então até que foi fácil dar de ombros.

— Quem não gostaria de ser mimada como uma esposa de harém por algumas semanas?

— Você. — Ele se apoiou nas grades. — E tenha cuidado com as esposas. Coloquei você neste prédio, e não em qualquer outro lugar do palácio, porque não acontece nada aqui sem o consentimento de Coralyn e porque ela se recusa a permitir que Serin entre em sua casa. Mas o harém é tão perigoso quanto você, ainda que de uma forma diferente. As vidas delas são *difíceis*, mas elas as protegem bravamente enquanto buscam formas de aumentar o próprio poder. Se as contrariar, vão matar você tão rápido quanto meu pai ou Serin a matariam.

Ela havia sido criada para desprezar as mulheres maridrinianas, mas pelo visto a imagem que tinha estava longe da realidade.

— Entendi.

Keris ficou em silêncio por um longo momento antes de dizer:

— Sinto muito por isso, Valcotta. Eu nunca deveria ter deixado que o que tínhamos fosse tão longe, deveria ter te dado as costas naquela noite na represa sem nunca olhar para trás, porque todos que se aproximam demais de mim acabam se machucando. Foi um erro.

Ele se arrepende de você. Uma dor intensa cortou o peito de Zarrah, e, embora ela se repreendesse em silêncio por ser uma idiota, a sensação se recusou a passar.

— Fui eu que tomei essas decisões, e não você. Não vou deixar que assuma a responsabilidade pelo que escolhi livremente.

— Uma escolha que você não teria feito se eu não tivesse te enganado a respeito de minha identidade.

— Enganado? — A raiva dela se intensificou, embora não soubesse ao certo se era raiva dele ou de si mesma. — Nenhum de nós confessou quem era, Keris. Concordamos sobre isso.

Ele hesitou antes de dizer:

— É, talvez. Mas já pensei umas cem vezes no que teria significado contar a verdade a você. E, toda vez, chego à conclusão de que, se tivesse dito meu nome, o melhor que poderia desejar era uma facada no coração. Portanto, feito um covarde, eu escondi quem era. E, ao fazer isso, causei um mal muito pior do que todos os golpes que meus soldados deram em você. — Ele moveu o braço na direção dela antes de hesitar e retraí-lo para o lado oposto das grades. — Odeio ter lhe causado tanto sofrimento.

O peito dela se inundou de emoção, dificultando o simples ato de respirar, ainda mais falar.

— Isso poderia ter acontecido a você também quando se aventurou no meu lado do Anriot. Nós dois corremos riscos. Nós dois nos envolvemos no mesmo engano. E, se é para culparmos alguém pela atual circunstância, que seja a mim por perder a cabeça diante da verdade e acabar sendo pega.

— Qualquer pessoa na sua posição teria reagido da mesma forma.

— Você não teria. — Pelo contrário, quando a identidade dela foi revelada, ele traçou um plano de imediato para salvar a vida dela.

Keris inclinou a cabeça, parecendo considerar as palavras dela.

— Não sei se é a mesma coisa. Fui criado para acreditar que Valcotta era inimiga e a detestar o povo que vinha de lá, mas essa animosidade política é fruto da cabeça, não do coração. Ao passo que seu ódio vem de uma perda pessoal e, portanto, tem origem no coração. Assuntos do coração não obedecem à lógica, nem à razão. Qualquer pessoa que não entenda isso nunca viveu ou é desprovida de emoção. — Então ficou em silêncio e depois acrescentou: — Dito isso, preciso ir.

Sem esperar resposta, ele começou a descer.

Zarrah estendeu as mãos pelas grades, querendo puxá-lo de volta, a palavra *espere* chegando a seus lábios.

Mas ele já tinha desaparecido na escuridão.

Zarrah acordou ao amanhecer pouco mais descansada do que na noite anterior. Os sonhos tinham sido atormentados e ela perdeu a conta de quantas vezes havia acordado assustada, encharcada de suor e com a risada de Silas ecoando em seus ouvidos.

Entretanto, exausta ou não, os dias que tinha para atingir seus objetivos estavam contados, então relaxar na cama não era uma opção.

Você precisa ficar forte de novo, disse a si mesma. *Forte o bastante para lutar. Forte o bastante para matar.*

Forte o bastante para vencer.

Portanto, recorreu aos exercícios que Yrina havia ensinado a ela quando se tornou sua guarda pessoal. A amiga era a pessoa mais atlética possível enquanto, aos catorze anos, Zarrah era tão delicada quanto uma esposa de harém. Exercícios para tornar seu coração e seus pulmões capazes de suportar longas batalhas, músculos fortes o bastante para perfurar carne e osso e reflexos afiados para compensar seu tamanho diminuto. *Você nunca vai ser a mais forte*, a voz da amiga ecoou por seus pensamentos. *Então seja a mais rápida. A mais sagaz. A mais feroz!*

Por Deus, como sentia falta de Yrina. Sentia falta de ter alguém em quem pudesse confiar, não apenas para protegê-la, mas para confessar suas preocupações sem medo de julgamento ou traição.

As últimas palavras que você trocou com ela foram de raiva, uma voz sussurrou. *Você ameaçou cortar a língua dela fora quando ela confessou as próprias preocupações.*

A pele dela gelou, o peito se apertando de vergonha por ter se comportado daquela forma.

Você causou seu próprio destino, a consciência de Zarrah a acusava com violência quando a porta abriu e Coralyn entrou. A mulher a olhou de cima a baixo, avaliando o rosto vermelho de Zarrah e o suor que a empapava, e abanou a cabeça.

— Vai dar um cadáver bastante em forma.

Estalou os dedos e duas criadas entraram com uma travessa de comida. Frutas, queijos e carnes curadas, além de potinhos pequenos contendo coisas que Zarrah não conseguia identificar nem pelo cheiro.

— Suas roupas novas chegarão logo mais. Mas vai precisar de um banho antes de prová-las. Depois vai ser escoltada para uma caminhada ao jardim.

— Posso correr no jardim? — Considerando que provavelmente ninguém correria junto com ela, isso talvez lhe desse mais oportunidades de ver coisas escondidas. Como uma maneira de chegar perto de Silas Veliant.

— Ora, de jeito nenhum. O que faz aqui sozinha é da sua conta, mas vai ser uma dama enquanto eu tiver olhos em você.

Receber ordens de uma matriarca maridriniana num vestido de brocado fúcsia e sandálias cravejadas de joias dava em seus nervos, mas Zarrah lembrou do alerta de Keris. Essas mulheres eram perigosas, e aquela ali talvez a mais perigosa de todas.

Zarrah se forçou a sorrir.

— Como desejar, Lady Coralyn.

Depois que a mulher saiu, ela sentou à mesa e forçou o máximo de comida que aguentou para dentro do estômago. *Você precisa ficar saudável*, ela entoou. *Precisa ficar forte.*

Depois, as criadas voltaram a trazer a banheira grande, enchendo-a com água morna e esfregando o suor do corpo dela. Outras criadas chegaram com os braços cheios de vestidos maridrinianos, todos feitos de sedas finas e cortes provocantes. Embora ela normalmente não se importasse com esse tipo de coisa, ao se olhar no espelho, o resultado não a desagradou.

Seda bronze pendia por alças estreitas, o tecido marcando o corpo dela sob medida. O decote ia até abaixo do umbigo, revelando as curvas internas de seus seios e as linhas duras da barriga, as costas tão baixas que usar quaisquer roupas de baixo era impossível. Em seus pés foram colocadas sandálias de couro bronze decoradas com pedaços de ouro. Os punhos haviam sido envolvidos em braceletes cintilantes, e as orelhas, carregadas de diamantes pretos que roçavam seus ombros.

O cabelo dela foi preso para trás com presilhas douradas, e uma das criadas aplicou cosméticos, delineando seus olhos com kohl, iluminando suas bochechas com pó dourado e pintando seus lábios com um rosa-escuro. Se o objetivo fosse ficar sedutora, ela teria se sentido bem-vestida, mas, se para correr ou lutar, teria sido melhor estar nua.

Velhaca esperta, Zarrah resmungou em silêncio, deixando que os guardas a escoltassem ao longo do corredor e escada abaixo, as portas se abrindo e revelando o jardim.

Todo o harém parecia ter saído, as mulheres chutando bolas pelo gramado ou jogando jogos às mesas. Mas as risadas e conversas e a comoção se reduziram a um burburinho quando Zarrah foi estapeada na cara pelo fedor de cadáver.

Corpos ainda estavam pendurados nos muros internos, moscas zumbindo ao redor deles e corvos bicando seus rostos. Embora Zarrah tivesse visto inúmeros cadáveres, as semelhanças com o que havia acontecido a sua mãe fizeram seu café da manhã imenso ameaçar subir pela garganta.

Até que uma risada masculina chamou sua atenção, e Zarrah viu Keris contornando topiarias e fontes. Estava apenas com uma camisa fina com mangas, carregava uma menininha na corcunda e tinha uma multidão de crianças correndo atrás deles, gritando:

— Pega eles!

Ele pulou na beira da fonte, correndo ao redor dela para então saltar até o outro lado, a menina em seus ombros gritando de alegria e Coralyn, brava:

— Cuidado com sua irmã, Keris!

Ignorando-a, ele contornou o jardim, se mantendo bem longe dos cadáveres, enquanto guiava as crianças numa perseguição alegre, demonstrando agilidade e força, que, embora racionalmente Zarrah soubesse que ele tinha, a surpreendiam mesmo assim. Por um momento, foi como se o príncipe tivesse saído de cena e o maridriniano tivesse assumido o lugar dele, fazendo o peito dela se apertar e uma saudade indesejada encher seu coração. *Você não pode querer um e odiar o outro*, rosnou para si mesma. *Isso é loucura.*

Mas a advertência não fez nada para impedir a chama de expectativa que a preencheu quando ele veio em sua direção, distraído pela brincadeira e alheio a sua presença. Ele já estava quase perto dela, olhando por sobre o ombro e gritando que os irmãos mais novos nunca conseguiriam pegá-lo, quando as crianças a viram parada ali.

— Valcottana! — algumas das mais velhas gritaram, e Keris parou de repente, quase colidindo com ela. Recuperou o equilíbrio, os olhos arregalados ao reparar o visual dela.

— Valc... Lady Zarrah. Eu... — ele perdeu a voz, sem palavras.

Tinha sido uma reação perigosa, mas fez o coração dela bater com algo além de medo. Ainda mais quando o olhar passou pelo corpo dela: os mamilos ficaram duros quando ele focou em seus seios. Se qualquer outro homem tivesse olhado para ela daquela forma, ela o teria deixado com dois olhos roxos, mas violência era a última coisa em sua mente naquele momento. Forçando o próprio tom a assumir uma frieza que contradizia o dilúvio de calor que emanava de suas virilhas, ela disse:

— Alteza.

O canto da boca dele se ergueu.

— Vejo que o harém está brincando de boneca com você.

Zarrah deveria ter se ofendido. Deveria ter retrucado que não era um brinquedinho de ninguém. Em vez disso, respondeu:

— Parecem achar que sua preferência é que eu me vista em estilos maridrinianos.

— Não imaginei que minha opinião sobre suas vestimentas importasse.

Não importava. Não deveria importar. Ela traçou a língua pelos lábios, os olhos dele descendo até sua boca.

— Está sugerindo que me preferiria vestida em algo diferente?

Por que ela havia perguntado isso? O que ele pensava de sua roupa não importava, e ela definitivamente não tinha a intenção de sair correndo para se trocar. Ainda assim, percebeu que estava prendendo a respiração quando Keris a olhou de cima a baixo mais uma vez.

— *Vestida* quase nunca é minha preferência, milady, mas — ele inclinou a cabeça — agradeço que leve meus desejos em consideração.

A pele de Zarrah formigou de calafrios enquanto a tensão crescia entre eles, totalmente inapropriada, considerando que não estavam sozinhos, as crianças, incluindo a menina nos ombros de Keris, observavam com interesse.

— Ah, que bom — Coralyn disse. — Vocês dois se encontraram.

Zarrah se sobressaltou com a voz de Coralyn e, quando virou, viu a velha se aproximando pela trilha.

— Keris, em vez de correr como um palerma com seus irmãos, talvez deva dirigir seu excesso de energia a exercitar sua prisioneira.

Keris ergueu a sobrancelha, sem nenhum sinal de desconforto no rosto, embora a tia muito provavelmente o tivesse visto flertar com a tal prisioneira.

— Ela não é um cavalo. Consegue se exercitar sozinha.

— Pra arranjar encrenca enquanto faz isso? *Você* vai andar com ela e cuidar para que ela caminhe só por onde for permitido. Leve sua irmã junto; ela chora quando você a coloca no chão. — Coralyn estalou os dedos para os guardas de Zarrah, que se mantinham a uma distância respeitosa. — Mantenham-se a um braço de distância.

Com um suspiro indignado, Keris entrou na trilha, ajeitando a irmã mais nova para que se aprumasse melhor em seus ombros. As pernas dela, Zarrah notou, eram tão subdesenvolvidas que ela duvidava que a menina fosse capaz de andar muito sem assistência, que dirá correr pelos jardins com as outras crianças.

— Como você se chama? — perguntou à menina, que era uma coisinha linda, o cabelo quase branco, os olhos de um castanho suave.

— Sara. — A princesinha a observou com interesse. — É verdade que você é uma guerreira?

— É, sim.

— Não me deixam aprender a lutar. Só os meninos podem. Não é justo.

Não era justa a limitação a que submetiam as maridrinianas, mas Zarrah disse:

— Nem todas as batalhas são vencidas com punhos e espadas. Algumas são vencidas com palavras e uma cabeça inteligente.

Um leve sorriso surgiu nos lábios de Keris, mas ele não disse nada.

— Mas assim é chato. — A menina bateu os calcanhares no peito do irmão como se ele fosse um cavalo. — Mais rápido, Keris.

— Desse jeito vou ficar sem fôlego para mostrar nossa casa para nossa hóspede. O que titia Coralyn vai dizer?

— Cavalos não falam — a menina declarou. — Eu mostro a casa.

Com os guardas no encalço, eles passaram pelos jardins e prédios, Sara mantendo um fluxo constante de explicações sobre a finalidade de cada edifício e cada cômodo, apontando para os guardas nos muros e chegando até a contar a Zarrah que os aposentos de Silas ficavam perto do alto da torre. Era uma riqueza de detalhes tão precisos que Keris nunca teria podido oferecer sem levantar suspeitas, mas os guardas pareceram ignorar como se fosse apenas tagarelice de uma criança.

E tudo isso serviu para confirmar o que Keris já havia dito a ela: encontrar um caminho até o rei era difícil.

Talvez impossível.

Só quando Sara finalmente ficou sem coisas para dizer, Keris perguntou:

— Já se exercitou bastante, Lady Zarrah? O sol do meio-dia não combina muito comigo.

Ela arriscou um olhar de esguelha, vendo que a pele dele, que estava muito mais acostumada com a lua do que com o sol, começava a rosar. Um comentário irônico chegou a seus lábios, mas Zarrah se conteve. Não se faz *piada* com seu captor.

— Sim.

— Ótimo. — Eles deram a volta até onde as esposas estavam reunidas. Keris tirou a irmã dos ombros e a colocou ao lado de uma esposa, a mulher poucos anos mais velha do que Zarrah e extremamente bela. — Vamos cavalgar de novo em breve, Sara — ele disse. — Prometo.

— Tomara que seu cavalo seja mais rápido do que você. — A menina se esticou para beijar a bochecha dele. — Tenha um bom dia, irmão. Pode ir agora.

Todas as mulheres riram com a dispensa, a que devia ser a mãe dizendo:

— Você é muito gentil com ela, Keris.

Ele fez uma careta.

— Isso não é gentileza. Ela está sendo criada pelo harém, o que significa que se der uma ordem, não tenho escolha senão obedecer. Dito isso, vou fugir antes que sejam feitas mais demandas por meu tempo.

Então deu meia-volta e saiu andando.

Zarrah o observou ir, sempre curiosa sobre o que era real e o que era fingimento quando se tratava dele. Se ele próprio sabia.

Ao sentir olhos sobre ela, virou e deu de cara com a mãe de Sara a observando, o olhar curioso, o que era uma variação agradável em relação ao ódio que a maioria das mulheres dirigia a ela.

— Sua filha é muito inteligente. Você deve ter muito orgulho dela.

— Tenho, sim. Infelizmente, o pai vê apenas os defeitos dela. — A mulher baixou os olhos para a menina, que estava compenetrada em um quebra-cabeça de madeira. — Ela vai ser enviada para a igreja.

Não teria uma vida horrível, mas seria difícil. E a garota certamente sofreria, sobretudo porque era uma vida que não combinava com o temperamento dela. A julgar pela maneira como o queixo da mãe tremeu, ela concordava. Parte de Zarrah se recusava a confessar qualquer coisa a essa gente, mas ela se pegou dizendo:

— Minha mãe foi tirada de mim, então eu entendo Sara. É difícil para uma menina crescer sem a mãe.

— Não há nada que eu possa fazer.

O que provavelmente era verdade, mas Zarrah desprezava a passividade da declaração. A resignação e a aceitação da derrota antes de a batalha ter sido sequer combatida.

— Minha mãe implorou que eu fosse poupada até o momento em que o seu marido cortou a cabeça dela fora.

A mulher se retraiu e desviou os olhos.

— Tenho certeza de que ela era uma excelente guerreira, preparada para tal sacrifício.

Ao encarar os corpos pendurados no muro, Zarrah fechou os olhos, tentando lembrar do rosto da mãe viva, mas conseguindo lembrar apenas dela morta.

— Ela nunca pegou numa arma na vida. Mas todas as boas mães morreriam por seus filhos. — Inclinou a cabeça. — Se me der licença, milady. Passei muitos dias confinada e gostaria de andar um pouco mais.

Quando começou a se afastar, a mãe da menina a pegou pelo punho.

— Zarrah. — Os olhos das duas se encontraram, e a mãe engoliu em seco. — Passei um ano no quarto onde você reside agora. Durante aquele tempo, aprendi a apreciar a tapeçaria pendurada atrás da cama. Ela tem a mais requintada... *profundidade*.

Zarrah sentiu a curiosidade ganhar vida porque se essa esposa já havia se considerado uma prisioneira...

— Vou dedicar mais atenção a ela. Tenha uma boa tarde.

43
KERIS

O QUE EM NOME DE DEUS havia possuído Coralyn para vestir Valcotta daquele jeito?

Enquanto esperava os guardas abrirem os portões para liberar sua saída, Keris passou as mãos no cabelo, tentando sem sucesso afastar a imagem de Valcotta naquele pedaço de seda bronze por baixo do qual claramente não estava usando nada. Ele tinha ficado duro no mesmo instante e, se não fosse pela insistência de Coralyn para que Sara os acompanhasse, teria passado a caminhada toda procurando uma forma de ficar a sós com ela.

Ao atravessar os portões, pegou as próprias facas com os guardas, colocando-as em vários esconderijos de suas roupas. Precisava sair daqueles muros, mas, com Vencia em polvorosa por um aumento nos impostos, ele não tinha a menor intenção de andar pelas ruas desarmado.

— Sua valcottana se parece com a mãe.

Keris se empertigou com um sobressalto, os olhos se voltando para onde o pai estava entregando as rédeas de um cavalo a um dos cavalariços.

— Vossa majestade deve saber. Soube que cortou a cabeça dela pessoalmente.

O pai riu baixinho.

— Uma morte que me foi entregue de bandeja. Ao contrário de Petra, Aryana não era uma guerreira, embora tenha lutado. Quando isso não deu certo, ela implorou.

Pela vida da filha, Keris pensou, mas não disse nada.

— Tenho certeza de que Aryana ficaria horrorizada se soubesse a mulher violenta e assassina que a filha se tornou — o pai continuou. — Ela e Petra passaram a vida em conflito, e só me resta crer que Petra criou Zarrah para irritar a irmã. Afinal, que forma melhor de fazer isso senão transformando numa líder da Guerra Sem Fim a filha da mulher que lutou tão incansavelmente pela paz?

Valcotta nunca tinha mencionado que a mãe fora uma defensora da paz. Isso o fez se perguntar se ela sequer sabia disso.

— Está tentando trazer uma lição com essa história ou só está me dando o prazer de ouvir suas memórias preferidas de guerra?

— Queria apenas compartilhar informações sobre sua adversária. — O pai colocou o braço ao redor do ombro de Keris, e foi preciso esforço para não recuar.

Era assim que ele se comportava perto de Otis e de seus irmãos mais velhos, mas nunca de Keris. Nenhum dos dois tinha desejado uma maior proximidade familiar.

O que você está tramando?, perguntou-se Keris enquanto o pai o puxava com uma força inflexível para o pátio de treinamento.

— Petra é uma mulher severa. Se acredita que vai balançá-la com sentimentos, está redondamente enganado.

— O senhor fala como se a conhecesse.

O pai sorriu.

— De certo modo, conheço. Mas, neste caso, minhas palavras vêm dos lábios de mais de uma fonte concreta.

O sangue de Keris gelou, todos os músculos em seu corpo ficando tensos quando o pai abriu uma porta e desceu um lance de escadas até os andares inferiores do palácio externo. Era escuro e úmido, e cheirava a mofo.

E sangue.

Keris sabia, por alto, que havia celas lá embaixo, além da oficina de Serin. Mas nunca havia tido motivo nem vontade para explorar o domínio do mestre de espionagem. Por que o pai estava fazendo isso?

— Temos uma prisioneira nova — seu pai murmurou, como se pressentisse os pensamentos dele. — E acredito que você vai ficar particularmente interessado.

O pulso de Keris bradou, as paredes se fechando e o pai acenando para um guarda à frente de uma cela.

— Abra.

As dobradiças rangeram, e a cela se abriu para a mais pura escuridão. Pegando uma lamparina, o pai entrou, sem deixar escolha a Keris além de segui-lo. E, quando o círculo de luz adentrou o espaço, ele precisou conter uma inspiração súbita quando uma valcottana foi iluminada.

Estava desmaiada, as correntes ao redor dos punhos e tornozelos parafusadas ao chão, as roupas sujas e rasgadas. E a tortura que tinha sido infligida ao corpo dela... Keris se virou para o lado e vomitou na parede, dominado por uma onda de tontura.

— Estômago fraco — o pai disse, com aversão, e Keris se forçou a se endireitar. Forçou-se a secar a boca com a manga.

— Quem é ela?

— Yrina Kitain, capitã da guarnição de Nerastis. E, se o que Serin me diz é verdade, amiga de Zarrah Anaphora.

Yrina. Foi, então, inundado por memórias de Zarrah sussurrando aquele nome vezes e mais vezes quando estava envenenada, implorando pelo perdão da desconhecida. A pele de Keris gelou, os olhos perpassando a mulher destroçada. Os ferimentos dela não eram algo a que fosse sobreviver. Mas ele tinha que tentar.

— O que vossa majestade pretende ganhar com isso? Estamos no meio da negociação com a imperatriz, e o senhor permite que Serin exerça seu ofício com uma soldado valcottana? Não é apenas crueldade; é *irresponsabilidade.*

O pai bufou.

— A imperatriz não está muito em posição para argumentar, considerando que uma das soldados dela invadiu meu palácio e matou quatro de meus homens.

A mulher despertou, o olho restante se abrindo para se fixar em Keris e no pai.

— Vejo que trouxe um de seus principezinhos, majestade — ela disse com a boca cheia de dentes quebrados. — Está ensinando seus métodos para ele?

— Achava que este aqui era uma causa perdida — o rei respondeu. — Mas o fato de ele ter capturado sua princesa me deu um novo alento.

Keris se enrijeceu, uma nova onda de náusea subindo por seu estômago, porque essa era a primeira vez que ele ouvia uma palavra elogiosa vinda do pai. E o mal-estar veio justamente *daí.*

— No entanto, Yrina — ele continuou —, acredito que não haja mais nada de útil que você possa nos revelar.

Os olhos dele se voltaram para Keris.

— A imperatriz, ao que parece, estava a apenas um dia de viagem de Nerastis quando você capturou a sobrinha dela. E as ordens de Petra foram que não houvesse perseguição. Que não houvesse resgate. O que sugere que ela ou teme as repercussões de invadir Maridrina para recuperar a sobrinha, ou que não se importa tanto assim com a garota. E a Petra que *eu* conheço não teme *nada*.

Yrina se tensionou, mostrando a Keris que concordava com o raciocínio do rei em relação à imperatriz.

— Ou talvez ela tenha previsto que estaríamos dispostos a negociar. O que você fez com essa mulher não nos ajuda em nada.

— Talvez — o pai respondeu. — Seja como for, você tem razão, Keris. Seria melhor que o que aconteceu aqui não fosse descoberto, portanto acho que devemos... *enterrar* o problema.

Keris se retraiu quando o pai estendeu a mão e tirou a faca embainhada no cinto.

— Essa empreitada é sua. Sua manobra para provar que é digno de ser meu herdeiro. Que é digno da Coroa maridriniana. E ser rei, em parte, é estar disposto a fazer o trabalho sujo.

Ele colocou a faca na mão de Keris, fechando seus dedos ao redor do cabo.

— Acabe com isso.

Não havia chance de essa mulher sobreviver. Mesmo se Keris se recusasse a matá-la, o pai dele faria isso. Ou um dos guardas. Ou Serin. Ou deixariam que ela sucumbisse às próprias feridas. Se Keris se encarregasse disso, ao menos seria um ato de misericórdia, porque ele agiria rápido. Então, deu um passo na direção dela.

Manteve os olhos em Yrina, que, apesar do rosto quebrado, o encarou com resistência.

— Eu quero ver o seu pior, principezinho. — A voz dela estava enrolada. — Se tiver coragem.

Ele não tinha coragem. A prova disso estava no vômito espalhado na parede. No suor que escorria em gotas grandes por suas costas. Na batida forte de seu coração.

— Mate ela. — O pai se apoiou na parede. — Prove seu valor.

As palavras ecoaram em sua cabeça: *prove seu valor, prove seu valor, prove seu valor.*

— Certo. Mas não quero nem preciso de plateia.

Com a sobrancelha erguida, o pai disse:

— Se estiver tentando escapar, abandone essas suas esperanças vãs. Eu mesmo vou verificar se ela está morta. E, para que não me pregue as mesmas peças de sua irmã, vou garantir que *permaneça* morta.

Keris não fazia ideia do que o pai estava falando, mas não se importava.

— Saia.

— Não me desaponte.

A porta fechou com um baque ressoante, e Keris engoliu em seco o azedume da própria boca. Com as palmas suando, ele flexionou os dedos ao redor do pomo da faca e se ajoelhou na frente da mulher acorrentada, baixando a chama na lamparina porque sabia que haveria olhos observando através de buracos minúsculos nas paredes.

E ouvidos.

Yrina o observou com desconfiança e, quando ele deu um passo à frente, ela avançou. Mas foi puxada ao chão pelas correntes, gemendo de dor.

Apesar de tudo, ainda era perigosa.

Se movendo rapidamente, ele se ajoelhou, pegando-a por trás e puxando-a contra si. Ela se debateu, xingando e praguejando, mas ficou em silêncio quando ele disse baixo em seu ouvido:

— Eu e você queremos a mesma coisa, Yrina.

— E o que seria isso? — Ela se debateu contra ele, procurando por uma fraqueza.

— A liberdade de Zarrah.

— Está tentando me enganar.

— Não. — Ele segurou a valcottana com mais firmeza, sabendo que ela tentaria matá-lo se tivesse chance. — Sei o seu nome porque estava nos lábios dela no auge de alucinações induzidas por veneno. Ela se importa com você. E você, com ela, senão não teria vindo até aqui contra as ordens da imperatriz.

Silêncio. O que por si só não era nem confirmação, nem negação, mas ela parou de se debater. Estava ouvindo. Portanto, ele continuou:

— Nos dias antes da captura em Nerastis, Zarrah sempre sumia à noite. Ela ia me ver.

— Mentira. — Assim que a palavra saiu dos lábios de Yrina, ela se contorceu para se soltar e arrancou a faca de sua mão.

Num instante, estava atrás dele, a lâmina em sua garganta.

Merda.

Ele não se moveu, se perguntando se seria melhor deixar que ela o matasse ou gritar por ajuda. Até ela ficou tensa e sussurrou:

— Bergamota. Gengibre. Cedro-vermelho. Ai, meu *Deus*.

Ele não fazia ideia do que ela estava falando, mas teve medo de acabar com a garganta cortada caso se movesse.

— Ela ganhou um livro do homem com quem estava se encontrando — ela disse. — Qual era o teor desse livro?

Keris fechou bem os olhos, dor enchendo seu peito, pois, se Valcotta havia compartilhado isso com essa mulher, ela era mais do que uma colega. Era uma amiga.

— Histórias sobre estrelas.

— É você. — Ela o soltou, se afundando no chão. — Ai, Deus, Zarrah. Em que confusão você foi se meter. — Então ergueu o rosto. — Você gosta dela?

— Sim. — Ele hesitou. — Muito.

Ela assentiu lentamente e palavras se derramaram de seus lábios.

— Não é Zarrah quem deveria estar pedindo perdão, mas sim eu. A imperatriz ordenou que ela não te visse mais, mas eu a estimulei. E, quando Zarrah não voltou, falei à imperatriz que achava que ela havia cruzado o Anriot para ver seu amante. Tive esperanças de que ela nos permitisse fazer a travessia em peso para procurar por Zarrah, mas me enganei. Ela nos mandou recuar e, quando chegou a informação de que você a estava trazendo a Vencia, disse que Zarrah havia merecido seu destino.

Keris cerrou os dentes, pânico crescendo em seu peito.

— Se ela se recusar a negociar, meu pai vai matar Zarrah.

— Então você vai precisar encontrar outra forma de tirá-la daqui. — Yrina colocou a faca na mão de Keris. — E deve silenciar as verdades que nós dois revelamos.

A morte de Yrina acabaria com Valcotta. Saber que sua amiga tinha morrido tentando salvá-la seria um peso em sua alma, um fardo para ela carregar. E tudo por causa dele.

Porque ele havia voltado naquela noite à barragem.

Porque a havia procurado.

Seduzido.

Mentido para ela.

Falhado com ela.

— Não consigo — ele sussurrou. — Não consigo fazer isso com ela.

— Se me deixar viva, vai prejudicá-la muito mais — Yrina respondeu, erguendo a mão dele para que a faca encostasse na própria jugular. — Não posso mais aguentar a tortura de Serin. Vou acabar cedendo e levando vocês dois junto.

Pense em uma forma de tirá-la daqui, a consciência dele sussurrou. *Salve essa mulher!*

— Eu...

Yrina fez um movimento súbito para o lado, a ponta da faca entrando em sua pele como lâmina quente em manteiga. Sangue espirrou pelas mãos de Keris, respingou em seu rosto, e Yrina desabou em seus braços.

— Diga a Zarrah que eu a amo — ela sussurrou, e ficou inerte.

Um tremor o percorreu, e Keris fez uma inspiração atrás da outra, mas sentia como se o ar não chegasse a seus pulmões. Colocou Yrina no chão da cela e se levantou com dificuldade, apoiando na porta.

— Abram!

Esperou pelo som do ferrolho se abrindo, por vozes, mas não houve nada. O pai o largaria ali. Para contemplar o cadáver de mais uma mulher que ele havia condenado à morte. Pânico percorreu as veias de Keris, que bateu os punhos na madeira, gritando:

— Abram a porta, porra!

Abriram.

O pai estava no umbral, bloqueando a rota de fuga de Keris. Se esforçando para respirar, ele tentou passar, mas o pai não se moveu.

— Ela está morta. Me deixa sair.

— Bem morta, pelo visto. — Os ombros do pai começaram a tremer e ele riu. Não uma risadinha baixa, mas uma gargalhada alta de deleite, lágrimas escorrendo pelo rosto. — Raios me partam, não pensei que você fosse capaz disso, Keris. Mas parece que subestimei seu desejo de sobrevivência.

A mão de Keris apertou a adaga que ainda segurava, os dedos pegajosos de sangue, e tudo em que ele conseguia pensar era como seria bom cravá-la no peito do pai. Não uma vez, mas várias, até aquela *risada* parar. Até aqueles olhos horríveis se apagarem, sem vida.

Um calafrio o percorreu porque, por mais que ele negasse que a violência estivesse em seu sangue, ainda estava lá. Ainda era parte dele. E, se libertasse toda a raiva que sentia, seria mais do que capaz de matar o pai naquele instante.

Mas depois, o que faria?

Seria executado por parricídio, e Otis se tornaria rei. Por mais que amasse o irmão, Keris sabia que Otis não hesitaria em executar Valcotta, e as coisas continuariam como sempre haviam sido, sem nunca mudarem.

Encontre outra forma.

Keris forçou os dedos a abrirem, a faca caindo na pedra a seus pés com estrépito.

— Havia algo mais que precisava de mim, majestade?

Ele jurou ver um lampejo de decepção nos olhos do pai.

— Não, Keris. Pode voltar à *negociação* com a imperatriz.

44
ZARRAH

O SALDO DAQUELE DIA PARA ELA tinha sido uma combinação ensandecedora de conversas tensas ou de ser completamente ignorada pelo harém, e Zarrah usou o tempo para observar e ouvir. Quando o dia foi dando lugar ao entardecer, ela se pegou pensando mais sobre o que a mãe de Sara havia dito, curiosa sobre os segredos escondidos na tapeçaria do quarto, a mente conjurando armas costuradas nos fios ou instruções para alguma rota de fuga secreta.

Depois de forçar mais um jantar salgado demais goela abaixo, Zarrah estava vibrando de ansiedade, alegando exaustão até Coralyn deixar que os guardas a escoltassem de volta ao quarto.

No segundo em que Zarrah descalçou os malditos saltos que estavam matando seus pés, correu em silêncio até a tapeçaria pendurada do teto ao chão atrás da cabeceira. Velha e desbotada, representava duas mulheres tecendo, o trabalho medíocre e o tema maçante. Com a testa franzida, Zarrah lançou um olhar para a porta antes de ajoelhar ao lado da cama. A área onde o tecido estava pregado à parede parecia desgastada, como se tivesse sido reamarrada muitas vezes. Mas estava tão empoeirada que ela duvidava que tivesse sido removida para limpeza nos últimos anos.

Ao desamarrar o canto, Zarrah o soltou da parede até onde a cama permitia, espiando o espaço escuro. Mas não conseguia ver nada sob a luz fraca, então passou a mão atrás da tapeçaria, a parede de pedra fria em sua pele quente. Estava quase no limite que seu braço conseguia alcançar quando os dedos roçaram em uma ranhura funda. Com o coração acelerado, passou os dedos pela ranhura, percebendo que alguém havia desbastado a argamassa ao redor de um dos blocos de pedra grande da parede.

E deixado a ferramenta para trás.

Zarrah puxou a mão e encarou o prego pequeno, a ponta cega pelo cinzelamento sem fim. Puxou a cama para longe da parede e se agachou atrás dela, afastando a tapeçaria para encarar o bloco, vendo uma dezena de nomes esculpidos na superfície. Uma dezena de mulheres que, ao longo dos anos, tinha trabalhado para criar uma escapatória daquele lugar.

E quase havia conseguido. Embaixo e ao redor das laterais do bloco, faltava rejunte, e a luz do sol entrava. Restava apenas a argamassa na parte de cima mantendo o bloco no lugar.

Zarrah escreveu o próprio nome no bloco. Colocou o prego de volta na ranhura e fixou a tapeçaria no lugar. Hoje, retomaria o trabalho de onde as outras mulheres haviam parado e, quando tivesse êxito naquilo que outras haviam fracassado, concluiria o primeiro passo de seu plano.

Foi, então, até a janela e ergueu os olhos para a torre onde Silas dormia.

E sorriu.

45
KERIS

Ele estava bêbado.
   O que, ao contrário dos boatos, era algo que Keris nunca se permitia fazer. A bebida baixava sua guarda, soltava sua língua e arriscava um sono tão profundo que ele nunca ouviria a chegada de um assassino. Mas, hoje, era esse esquecimento que ele buscava. Para fugir da sensação que se repetia incessantemente de sua faca entrando na garganta de Yrina, sangue quente espirrando no rosto dele, as palavras dela em seus ouvidos.
   Encontre outra forma.
   Só que não *havia* outra forma. O santuário era trancado, até os criados de confiança eram proibidos de sair dos portões internos e a parte de dentro dos muros era cheia de guardas cuja atenção nunca vacilava. Não com os ithicanianos incansáveis nas tentativas que vinham fazendo de resgatar seu rei. E não com Yrina tendo matado quatro deles tentando resgatar sua amiga.
   Coralyn tinha vindo vê-lo em algum momento durante a tarde. Tinha olhado as garrafas de vinho vazias com reprovação antes de mover os livros dele para o lado para sentar numa poltrona.
   — Vi o sangue. Quem seu pai matou?
   — Ele não matou ninguém. — Keris virou a taça e logo em seguida tirou a rolha de outra garrafa. — Eu matei.
   O silêncio que se estendeu o deixou nauseado, a expectativa querendo gritar para que a tia falasse logo o que queria dizer. Desembuchasse.
   — O que estava pensando, Keris? Assim que chegou a Vencia com Zarrah Anaphora a tiracolo, você entrou na arena. Agora a escolha é sua: pode lutar pela Coroa ou deitar e morrer.
   — Nunca quis ser rei — ele respondeu, com o olhar perdido. — Fugi disso minha vida toda porque sabia que era desqualificado para o papel.

— Sei bem. — Coralyn sentou ao lado dele no sofá. — E há muito tempo faço o possível para apoiar você em sua fuga do dever, mesmo sem concordar com isso. Se tivesse mantido a discrição, poderia ter sobrevivido a seu pai e herdado o trono, depois abdicado em favor de um de seus irmãos. Mas, ao entrar no jogo, você descartou essa opção. Os olhos de seu pai estão em você, mas, o que é pior, os olhos de *Corvus* estão em você. Agora, ou você cede ao poder deles, ou tira o poder deles.

— Eu teria o maior prazer em arrancar o coração dos dois, se pudesse. Coralyn bufou.

— Não criei você para ser um bêbado idiota, rapaz. Você não pode matar seu pai, tampouco pode ser visto como cúmplice na morte dele. Matá-lo faria você ser executado, e ser cúmplice faria as pessoas o rotularem como covarde. Precisa encontrar outra forma.

— Que outra forma? — ele gritou, essas palavras malditas o fazendo estourar. — Não existe outra forma!

Ela levantou.

— Estou vendo que se afundou nessas taças e está afogado demais na autocomiseração para ouvir a voz da razão, então vou embora. Quando você tiver saído dessa fossa inútil de morosidade, nos falamos de novo. Boa noite, Keris.

Horas depois, o toque de recolher já havia passado, todas as janelas do harém estavam apagadas. Atraído para fora de seus aposentos pelo silêncio e pela necessidade de se distanciar da garrafa, Keris sentou no banco onde o rei ithicaniano havia, tantas vezes, sido acorrentado. Chovia. Ao contrário de Aren, ele ignorou os cadáveres, encarando apenas a janela de Valcotta.

Precisava confessar a ela.

Mas ela o odiaria por isso. O pai dele havia matado a mãe dela, e agora ele, o filho, havia matado a amiga mais próxima. E, se ele não encontrasse uma forma de escapar dessa confusão, Valcotta também perderia a vida.

Encontre outra forma.

Mas tudo em que ele conseguia pensar era se desculpar com ela. Explicar que não tivera escolha ou, pelo menos, não tivera escolha melhor. Implorar pelo perdão dela.

Keris levantou e caminhou na direção do prédio do harém, ignorando a chuva torrencial que acertava seu rosto enquanto se abaixava para pegar um punhado de pedriscos.

Mas sua coragem vacilou.

Soltou um palavrão baixo e sentou recostado à parede do prédio, erguendo os olhos.

— Ela merece a verdade — murmurou, ao som de um trovão, a chuva como pelotas gélidas em sua pele. — Não seja covarde.

Encontre outra forma.

Os olhos dele então se voltaram para os cadáveres dos ithicanianos que balançavam ao vento, o que havia dentro de seu estômago subindo quando considerou o que poderia ter sido feito com o corpo de Yrina. Era mais do mesmo: pessoas dispostas a morrer para resgatar seus entes amados. Mas, ao contrário de Valcotta, Ithicana não demonstrava nem sinal de perder a esperança. Continuavam vindo, mesmo sabendo que era muito provável que morressem.

O que aconteceria se tivessem ajuda de dentro?

O pensamento o atingiu como um soco no estômago, e Keris se endireitou.

Os ithicanianos estavam agindo às cegas, nenhum deles familiarizado com o interior do palácio ou com o lugar em que Aren estava sendo mantido, e assim estavam destinados ao fracasso. Mas e se recebessem as informações de que precisavam? E se *ele* os ajudasse a orquestrar uma fuga para Aren?

E se Aren levasse Valcotta junto?

Um arrepio de adrenalina percorreu as veias de Keris, ao mesmo tempo que os inúmeros obstáculos a esse plano gritavam que era impossível.

Ele não tinha como entrar em contato com os ithicanianos, ainda mais considerando que Serin ordenaria que ele fosse seguido toda vez que saísse do palácio. E, mesmo se conseguisse arrumar uma forma, os ithicanianos não tinham razão para dar ouvidos a ele. Cortariam sua garganta e o jogariam ao mar em retribuição.

A menos que o rei deles em pessoa ordenasse o contrário.

As engrenagens giraram em sua cabeça, dissipando a névoa do vinho enquanto ele considerava como fazer algo assim acontecer. E então se deu conta.

O inimigo de meu inimigo é meu amigo.

Levantando com dificuldade, Keris saiu da folhagem e passou por uma trilha, novamente a passos firmes. Ignorando os protestos dos guardas nos aposentos do harém, entrou, subindo dois degraus por vez. O guarda no alto disse:

— Alteza, com todo o respeito, já passa do toque de recolher...

— Como as horas voam. — A passos úmidos, Keris seguiu pelo corredor, sem se abalar, abrindo a porta dos aposentos de Coralyn e se orientando pela sala escura para chegar ao quarto dela.

Uma lamparina queimava baixo em uma mesa, revelando que a tia estava dormindo profundamente entre pilhas de almofadas de seda.

— Titia?

Ela se empertigou, assustada, piscando para ele.

— Keris? — O rosto dela se endureceu. — Perdeu a cabeça, rapaz? Não pode entrar no harém depois do toque de recolher; seu pai vai pensar que você está mantendo relações com alguma das mulheres e mandar cortar sua cabeça.

— Estou bêbado demais para foder, mas felizmente não bêbado demais para pensar. Tive uma ideia.

— Garoto boca-suja! — Ela saiu da cama, pegando um robe. — O que você quer?

— A questão não é o que eu quero. — Ele se afundou numa espreguiçadeira. — É o que a senhora quer.

Os olhos dela se estreitaram.

— O quê?

— A senhora quer saber o que Aren sabe sobre minha irmã e o paradeiro dela.

— Irmã*s*.

— Sim, sim. — Ele acenou para que ela sentasse. — Mas ele não tem motivo para nos revelar nada, muito menos informações sobre a esposa que ele é imbecil a ponto de ainda amar.

— Keris...

Ele ignorou o alerta no tom dela.

— Então a senhora vai ter que oferecer algo em troca.

— E o que você sugere?

— Um fim à morte das pessoas que tentam resgatá-lo. — A boca de

Coralyn se abriu para responder, mas Keris continuou: — Se a senhora se oferecer para facilitar a comunicação com os ithicanianos e ordenar que recuem, acho que ele vai dar as informações que o harém quer.

Esse era apenas o primeiro passo. Ele precisaria ganhar a confiança de Aren para que o homem concordasse com uma tentativa de resgate organizada. E Keris precisava de tempo para convencer Coralyn de que as mulheres do harém deveriam arriscar a vida para ajudar um rei estrangeiro.

A tia franziu a testa e abanou a cabeça.

— Se eu sugerir isso, ele vai pensar que sou um peão nos estratagemas de Serin para tentar capturar os ithicanianos que certamente estão em Vencia. Ele não é imbecil.

— Tenho minhas dúvidas. Em todo caso, é por isso que a senhora não vai oferecer nada a ele; vai esperar que ele te peça, o que vai acabar acontecendo.

— Por quê? Ele não tem motivo para confiar em nós, na verdade, não faltam motivos para não confiar.

— Porque a senhora vai conquistar a confiança dele mostrando que vocês dois têm um inimigo em comum.

Ela o encarou por um longo momento.

— Corvus. — Em resposta ao aceno afirmativo dele, ela inclinou a cabeça. — E o que, exatamente, você sai ganhando com isso?

Talvez nada. Talvez uma aliança que libertaria Valcotta daquele lugar.

— Estou meramente cumprindo minha metade do nosso acordo. Era isso que a senhora queria em troca de manter Zarrah Anaphora sob sua asa enquanto eu negociava com a imperatriz.

— Até parece, rapaz. Você não estava sentado na chuva sofrendo por seu acordo *comigo*. O que está aprontando?

Keris levantou e abriu bem os braços.

— Estou jogando o jogo, titia.

E, sem dizer mais nenhuma palavra, saiu do quarto.

46
ZARRAH

Zarrah tentou não fechar a cara enquanto as criadas reuniam os talheres usados no almoço do jardim, um dos guardas contando cuidadosamente cada peça antes de seguir a criada até a cozinha, onde tudo era lavado e trancafiado para a próxima refeição. O mesmo acontecia com todos os cristais e todos os objetos mundanos passíveis de serem usados como arma: trancados a sete chaves e rigorosamente controlados. E embora já estivesse lá havia dias, ela não teria conseguido roubar nem uma colher sem que eles notassem.

Não importa, lembrou a si mesma. *Um pedaço de tecido rasgado de um lençol é uma arma. O fecho de um broche é uma arma. Um travesseiro é uma arma.*

Eu sou uma arma.

Sentada a seu lado, Sara se remexia, inquieta, de olho em um prato de sobremesas no centro da mesa, das quais ela já havia comido três. Zarrah perguntou:

— Gostaria de dar uma volta comigo?

A princesinha olhou para Coralyn, que respondeu com um aceno discreto, e disse:

— Com todo o prazer, Zarrah. Mas só se me contar mais histórias de batalhas.

Sorrindo, Zarrah levantou e ajudou a criança a ficar em pé. O que a menina precisava era de uma bengala, mas pelo visto era outra coisa que Silas considerava uma arma. Zarrah sentia repulsa pela pouca consideração que ele tinha com os próprios filhos, mas Sara parecia despreocupada, segurando o braço de Zarrah para se equilibrar conforme seguiam a trilha devagar.

— Vamos dar uma volta pela torre e depois voltar.

Zarrah já conhecia as limitações de Sara, pois a menina vinha sendo sua companheira constante, para não dizer única. O harém ainda mantinha distância, e Keris... Keris ela não via desde a caminhada que tinham feito pelo jardim na primeira manhã dela em Vencia.

Ela não era a única a ter notado a ausência dele. "O garoto está com os horários trocados feito uma cortesã de dois cobres", ela tinha ouvido Coralyn resmungar mais cedo para Lestara, uma beleza rara que, embora não fosse maridriniana de nascença, parecia nutrir o maior dos rancores contra Zarrah. "Fica fora a noite toda, depois dorme o dia inteiro. Um absurdo."

Lestara tinha apenas dado de ombros. "E dá para julgar? Não tem muita coisa que o entretenha dentro desses muros. Depois que ele herdar este lugar, você vai ver que não vamos mais nos livrar dele. Não que eu *queira* me livrar dele."

"Cuidado com essa boca, garota", Coralyn retrucara. "Se Silas ouvir esse tipo de comentário, você vai ser punida. Assim como Keris, embora ele não demonstre mais interesse por você do que por Elouise."

A esposa Elouise era a mais velha do harém, enrugada, surda e fedendo a suco de ameixa. Zarrah tinha se segurado para não rir do semblante que a comparação trouxera ao rosto de Lestara, embora não culpasse a mulher. Silas era velho, fétido e sádico, enquanto Keris era jovem, bonito e charmoso. A mulher provavelmente rezava toda noite para que o marido morresse dormindo e chorava toda manhã ao descobrir que estava vivo.

Mas, independentemente das aspirações de Lestara para o próprio futuro, ela estava certa sobre uma coisa: a ausência de Keris era notável. E não saber o motivo levava Zarrah à loucura.

— Conte uma história de suas batalhas, Zarrah — Sara disse, interrompendo os pensamentos dela. — Uma que tenha acontecido bastante tempo atrás, quando você ainda era jovem.

— Por acaso nas batalhas recentes sou velha e frágil? — Sorrindo, Zarrah revirou as próprias memórias, trazendo à tona um relato que a princesa acharia digno.

As palavras continuaram se derramando de seus lábios mesmo quando a atenção dela se voltava para a torre e para os guardas na entrada, ambos armados e letais. Mais guardas patrulhavam as pontes que ligavam a torre aos prédios, deixando todas as entradas vigiadas. E os homens nunca abandonavam seus postos.

Elas deram a volta completa no pátio da torre, e Zarrah parou ao ouvir a menina começar a ofegar.

— Descanse aqui.

Elas sentaram juntas num banco, a torre as bloqueando do campo de visão do harém, embora a dupla de guardas de Zarrah se mantivesse próximo, as expressões entediadas.

— Vou embora do palácio em breve — Sara disse, brincando com o tecido do vestido. — Meu pai vai me mandar embora. — Lágrimas escorreram ao mesmo tempo pelos dois olhos. — Não quero ir.

Sua vida vai ser melhor longe deste lugar, longe de seu pai, Zarrah quis dizer, mas, em vez disso, perguntou:

— Você já saiu de Vencia? O país é muito bonito lá fora.

Sara ergueu os olhos vermelhos para ela.

— Nunca nem saí deste palácio.

Zarrah ficou cheia de repulsa, pois Silas não tratava apenas as esposas como prisioneiras, mas os filhos também. Nascida e criada em cativeiro, e agora a liberdade, que estava ao alcance de Sara, mais parecia um castigo.

— Para ser um guerreiro, é preciso estar disposto a se aventurar para além dos muros e enfrentar seus próprios medos. E embora ninguém tenha lhe dado uma arma, você é uma guerreira, Sara.

Sara franziu a testa, mas concordou, secando as lágrimas.

— Vamos continuar a andar? — perguntou Zarrah. — Sua mãe vai ficar preocupada.

— Sara!

Zarrah se endireitou com o chamado distante, não uma voz feminina, mas masculina.

— É o meu irmão! — A princesinha puxou o braço de Zarrah para que ela andasse mais rápido. — Precisamos encontrá-lo!

O coração de Zarrah palpitou no peito com o som de botas na trilha, sua pele formigando de ansiedade. Ela o viu antes que ele a visse e, não pela primeira vez, sentiu o peito se comprimir até perder o ar ao olhar para ele. O sol se refletia nas madeixas cor de mel, presas na nuca como ele sempre prendia durante as noites em Nerastis. O penteado revelava as linhas quadradas de seu queixo, completamente belo e, ao mesmo tempo, tão profundamente masculino que os dedos dos pés dela se curvaram. O corpo de Zarrah não respeitava o fato de ele ser inimigo ou filho do homem que matara a mãe dela. Não parecia sequer se importar com o fato de ela não confiar plenamente nele — se importava apenas com o desejo desenfreado que percorria suas veias. Ela não tinha certeza se era melhor ou pior saber *exatamente* como era a sensação da língua dele em sua boca, as mãos dele tocando seus seios e o pau dele enterrado fundo nela.

Mas tinha certeza de que o corpo dela queria todas essas coisas de novo.

Keris ergueu o rosto e os olhos dos dois se encontraram, e o que parecia pânico preencheu sua expressão.

— Lady Zarrah. — Baixou novamente a cabeça, os olhos se fixando no chão.

— Alteza.

Ele engoliu em seco, olhando para qualquer lugar menos para ela.

— Quer cavalgar, Sara?

A menina paralisou.

— De verdade? Titia Coralyn vai deixar?

— Não pretendo pedir. Tome, trouxe todas as coisas de que você vai precisar.

Ele parou ao lado da irmã, prendendo um manto preto sobre o vestido dela, e, quando fez isso, o aroma de especiarias de sua colônia encheu o ar. A manga roçou no braço nu de Zarrah quando ele se endireitou, fazendo um calafrio percorrer a pele dela. Ela sabia que precisava se afastar, mas a chance de que aquele contato pudesse voltar a acontecer a manteve imóvel.

— Recebeu alguma notícia da imperatriz?

Keris se enrijeceu, e um calafrio de mal-estar encheu o peito de Zarrah. Será que havia acontecido alguma coisa? A tia teria dado aos maridrinianos motivo para crer que não estaria aberta a negociações? Mas ele disse apenas:

— Os harendellianos nem devem ter chegado a Nerastis ainda, que dirá...

— O que andou fazendo nos últimos dias? — Sara interrompeu. — Titia Coralyn diz que você está parecendo uma cortesã de dois cobres porque dorme o dia todo.

Em vez de rir, Keris franziu a testa, ainda evitando o olhar de Zarrah.

— Eu não estive dormindo. Estive ocupado. — Ele se ajoelhou e tirou as sandálias delicadas dela.

— Com o quê?

Zarrah poderia ter beijado a menina, pois era precisamente isso o que desejava perguntar mas não podia. Não com os guardas por perto.

— Tirando os livros das malas. — Ele calçou botinhas nos pés dela, o maxilar tenso enquanto amarrava os cadarços.

— Mas faz dias que não vejo você. — A princesa cruzou os braços. — E temos criados para fazer essas coisas enquanto você passa seu tempo comigo.

— Tenho mais o que fazer do que ficar acompanhando você! — ele retrucou.

Zarrah se sobressaltou, surpresa, a resposta ríspida inesperada.

A criança o encarou com os olhos arregalados cheios de mágoa, e culpa encheu imediatamente o olhar azul de Keris.

— Essa foi uma coisa horrível de se dizer, me desculpe. — Levantando, ele a pegou no colo e beijou seu rosto. — Se a escolha fosse minha, eu desceria da torre e passaria todas as minhas horas com você. Mas haveria consequências se fizesse isso, portanto a prudência exige que eu passe meu tempo em outro lugar.

Com um esforço visível, ele ergueu a cabeça para encontrar o olhar de Zarrah.

— Quando recebermos a resposta de sua tia, a senhorita vai ser a primeira a saber. Tenha um bom dia, milady. — Com Sara nos braços, ele deu meia-volta e saiu andando.

Algo havia mudado. A tensão. O temperamento dele. A incapacidade de olhar nos olhos dela...

Havia algo que ele não queria contar a ela, e era *este* o motivo para a estar evitando.

Zarrah foi atrás deles, sem saber ao certo o que pretendia fazer, com a certeza apenas de que não podia ser complacente, mas tropeçou nas sandálias de Sara e se apoiou na torre para recuperar o equilíbrio, se segurando num espaço entre as pedras para ajeitar a sandália no pé.

Então congelou, as palavras de Keris se repetindo em seus ouvidos. *Eu desceria da torre...*

Ela ergueu os olhos, distinguindo os inúmeros apoios para mãos e pés onde o tempo e o clima haviam erodido a alvenaria. Uma ideia se formou em sua cabeça, tão difícil que beirava o impossível, o que significava que era algo que nenhum deles esperaria.

Keris poderia não estar disposto a descer.

Mas isso não significava que Zarrah não pudesse subir.

47
KERIS

— Ainda não recebeu resposta de Petra, imagino?

A pergunta era inevitável. Fazia semanas que Keris tinha enviado sua carta para Valcotta ao sul, mas, até agora, a única resposta havia sido o silêncio. E, considerando o que Yrina tinha dito para ele, silêncio era o melhor que ele poderia desejar.

Keris se ajeitou na cadeira, sempre nervoso sob o olhar fixo do pai.

— Não. Mas os ventos andam soprando para o sul, então os harendellianos devem estar atrasados em seu retorno com a resposta da imperatriz.

Uma desculpa que funcionaria apenas por mais alguns dias, mas Keris usou mesmo assim.

— Você apostou todas as suas fichas em um único número — respondeu o pai. — E receio que esteja destinado a perder todas.

Ele tinha apostado mesmo. Mas não na imperatriz de Valcotta, e sim no rei de Ithicana. Tudo o que respondeu foi:

— Dizem que os valcottanos perderam mais três navios mercantis para os mares Tempestuosos, então a imperatriz pode estar se sentindo pressionada a aliviar as restrições contra o uso da ponte. Não foram só mercadorias perdidas, mas vidas. O povo dela vai insistir que suspenda o embargo. Talvez Serin já tenha ouvido rumores sobre isso.

Corvus fez uma careta.

— Claro, mas ela também está fazendo um trabalho admirável em atiçar as chamas de ódio contra Maridrina usando a prisão da sobrinha. Estão dispostos a sofrer para prejudicar nossos faturamentos com a continuação do embargo.

O pai respondeu com um bufo.

— Eles devem é saber muito bem como a imperatriz lida com dissidência, ainda mais dissidência contra a Guerra Sem fim. Aqueles que se dizem contrários a ela logo perdem a língua.

Mais uma vez, Keris ficou impressionado com a incongruência entre a reputação da imperatriz e como o pai falava dela. Levantando, foi até a janela e contemplou a cidade.

— Há mais um incêndio. Parece ser no Mercado Colina.

Soltando um palavrão, o pai levantou e foi até a janela com ele, o rosto mais sombrio.

— Descontentes. Nada os agrada. Exigiram comida e consegui para eles. Em troca, incendeiam minha cidade. Eu deveria deixar que morressem de fome por esse comportamento.

Serin tossiu, e Keris precisou conter um sorriso quando o mestre de espionagem disse:

— Essa não é a razão do descontentamento deles. Acreditam que vossa majestade executou Aren Kertell e estão exigindo prova de que ele ainda está vivo.

Eles acreditavam *nisso* porque Keris saía para jogar e beber toda noite e aproveitava para alimentar sutilmente rumores de que Aren estava sendo torturado em troca de informações. O objetivo dele era incitar os ithicanianos a ponto de que continuassem com as tentativas de resgate. O efeito colateral involuntário foi que ele também havia incitado o próprio povo. Maridrina inteira estava em frenesi pelo suposto comportamento do rei contra o homem que os havia salvado da fome e, graças a uma garrafa de vinho cara, uma cortesã bonita e uma noite memorável para o criado do embaixador harendelliano, agora o próprio embaixador exigia provas de que o coração do rei ainda batia.

— Diga que está mais do que vivo.

No reflexo do vidro, Keris viu o maxilar de Serin ficar tenso. Provavelmente porque ele adoraria ver Aren Kertell morto das maneiras mais hediondas. A sede de sangue do mestre de espionagem era parte do que mantinha Keris acordado a noite toda. Se Serin matasse Aren por acidente, o plano de Keris para libertar Valcotta estaria arruinado, e não passou despercebido o fato de que o homem só continuava vivo por insistência do rei.

— Mandei meu pessoal dar garantias de que Aren está vivo e bem, majestade — Serin respondeu. — Infelizmente, as pessoas parecem... relutantes a acreditar em nossas garantias.

Não acreditavam porque Keris *também* tinha espalhado o boato de que a morte de Aren tinha sido um acidente que o rei de Maridrina estava desesperado para silenciar.

— Existe sempre a possibilidade de o senhor desfilar Aren por Vencia e dar a prova para elas.

— Não seja idiota — o pai retrucou. — Não vou ceder àqueles que se atrevem a me chamar de mentiroso, ainda mais porque isso é obra de Ithicana. Estão espalhando boatos para incitar as massas. Botem os descontentes na prisão e vamos dar um fim a isso.

Keris deu de ombros.

— Foi só uma sugestão.

— Com todo o respeito, majestade — Serin disse. — Talvez devamos seguir uma estratégia diferente. Uma que silencie os descontentes sem dar a eles a sensação de que têm algum poder. Se convidássemos o embaixador harendelliano, que é uma parte neutra, para ver que Aren Kertell está bem, ele poderia tranquilizar o restante do povo.

— Aquele desgraçado está exigindo uma reunião há semanas — o pai rosnou. — Não vou ceder nem a Harendell, nem ao povo. Já não basta chiarem pelos termos sobre a ponte. Não podemos demonstrar nenhum sinal de fraqueza.

— Então organize para que ele venha até aqui sob outro pretexto — Keris sugeriu, guiando os pensamentos do pai gentilmente. — E não inclua apenas o harendelliano; inclua todo os outros na cidade dignos de nota, mais especialmente o embaixador de Amarid, porque isso sim vai dar nos nervos do harendelliano.

— Está propondo um evento social?

— O senhor sabe que os harendellianos adoram pompa. E entretenimento.

O pai coçou o queixo.

— Verdade. Não é má ideia.

— Discordo, majestade — Serin disse, a voz irritando Keris. — Dentro do santuário, temos controle total. Assim que tirarmos Aren de lá, corremos o risco de…

— Então o evento pode ocorrer dentro do santuário. Hoje à noite, para que ninguém tenha tempo de conspirar. — O pai sorriu. — Mande Coralyn organizar. Ao menos de pompa a bruxa velha entende. E isso vai dar ao harém algo a fazer além de reclamar. Cuide disso, Serin.

— Como quiser, majestade. — Serin fez uma reverência, a irritação do mestre de espionagem visível ao sair da sala, embora Keris não soubesse ao certo se era porque o rei estava ignorando seu conselho ou porque pressentia que uma conspiração que não era sua estava em marcha.

Paciência.

Keris tinha feito a parte que lhe cabia para garantir que todos os principais personagens estivessem à mesa, agora cabia a Coralyn tirar proveito disso.

— Tenho certeza de que o que quer que ela organize vai ser um sucesso estrondoso. Agora, se me der licença, eu...

— Você também deve comparecer, Keris. Estou farto das reclamações de suas tias sobre sua libertinagem pela cidade. E traga a valcottana; é melhor matarmos dois coelhos numa cajadada só e garantirmos que Petra fique sabendo que não estamos negociando com um cadáver.

Keris não conseguiu transparecer tranquilidade. Desde a morte de Yrina, tinha feito o possível para evitar Valcotta, e seu último encontro tinha sido a prova de que não conseguia se controlar perto dela. Contar a verdade para ela seria um desastre, mas não conseguia nem olhar em seus olhos com falsidade no coração. Em vez de cada dia ficar mais fácil, parecia que, a cada hora, ele engolia mais um bocado de veneno. O fato de a dissimulação ter acontecido pelo bem da liberdade dela, pelo bem da *vida* dela, não era alívio, pois ele sabia que ela não veria dessa forma. Ela veria apenas um assassino.

Engolindo em seco o azedume em sua boca, Keris disse:

— Prefiro não ir. Tenho alguns livros novos que precisam ser organizados na estante.

— Não foi um pedido. Esteja lá, ou vou queimar até o último volume.

Um sacrifício que Keris faria de bom grado, mas, considerando que essa ameaça tinha funcionado contra ele dezenas de vezes antes, ele precisaria ceder dessa vez também para não levantar suspeitas. Rangendo os dentes, saiu da sala, ignorando os guardas enquanto descia lance após lance de escada até a porta dos próprios aposentos. Ele entrou e fechou o ferrolho.

Tudo dependia de Aren Kertell; sem aliança com os ithicanianos, não haveria resgate. Keris tinha que fazer o que fosse preciso para tornar esse encontro entre Coralyn e Aren realidade. Mesmo que significasse sentar ao lado de Valcotta durante o jantar e mentir entre dentes que não tinha nada de errado acontecendo.

Indo até a janela, ele puxou as cortinas e abriu a vidraça, mas se arrependeu de imediato quando uma onda de fedor atingiu seu rosto. Keris rangeu os dentes e passou os olhos pelas trilhas em busca do motivo, mas o harém estava anormalmente vazio.

O motivo para isso se tornou aparente quando pousou os olhos em Aren.

O rei de Ithicana estava acorrentado ao banco, olhando fixamente para seus compatriotas que apodreciam pendurados no muro. Keris não sabia ao certo o que achava pessoalmente do homem. Antes de tê-lo conhecido, indignava-se pela forma como Aren governava seu reino, mantendo o povo confinado feito prisioneiro. Depois, tinha se indignado pela estupidez dele em confiar em Lara, por amar a mulher que era mais cria de Silas Veliant do que qualquer outra. Mas agora...

Agora, sentia igualmente pena e admiração pelo rei. Pois Keris conhecia esse tipo de tortura em particular, que tinha recaído sobre Aren dezoito vezes mais. No entanto, apesar da óbvia dor, o ithicaniano continuava resistindo. Vezes e mais vezes, tinha tentado escapar usando astúcia, força e habilidade. Mas, embora tivesse conseguido matar dois guardas e ferir muitos outros, continuava prisioneiro.

— Vou tirar você daqui — Keris murmurou. — Só não morra antes de eu conseguir.

Havia muitos riscos à vida do homem.

Serin podia ir longe demais.

Um guarda podia exagerar no castigo.

No entanto, enquanto observava Aren se empertigar, o semblante carregado, Keris se deu conta de que havia uma terceira ameaça à vida do rei de Ithicana que ainda não havia sido considerada: ele próprio.

Um olhar de determinação encheu o rosto de Aren, todos os músculos do corpo dele se preparando para a ação.

— Não se atreva, seu filho da puta. — Pânico cresceu no peito de Keris porque ele precisava do rei *vivo*. — Não se atreva a tirar sua peça do meu tabuleiro!

Ele precisava fazer alguma coisa. Precisava encontrar uma forma de dar a Aren um motivo para manter seu coração batendo até Coralyn conseguir falar com ele no jantar.

O plano inteiro dependia disso.

Contudo, Serin ou seus lacaios estariam vigiando, o que significava que Keris precisava executar o plano sem botar tudo a perder e revelar suas alianças.

Pense!, ele gritou consigo mesmo. *Uma pista! Alguma coisa, qualquer coisa, que dê a ele motivo para aguentar por mais algumas horas.*

Mas não havia *nada*.

Até que uma rajada de vento soprou. Os cadáveres balançaram e dançaram, dispersando as aves carniceiras que as estavam bicando.

Aves.

Ele correu até as estantes e se debruçou sobre elas, procurando um volume em particular.

Pronto.

Ele o abriu, folheando as páginas até encontrar a ilustração familiar de um corvídeo. Seus olhos dançaram pela página, lendo o seguinte trecho: *Oportunistas, os pássaros do gênero Corvus matam e comem os filhotes de aves canoras.*

Fechando-o, Keris colocou o volume debaixo do braço e saiu do quarto, se esforçando para não descer a escada correndo. Um par de guardas abriu as portas, e ele saiu para os jardins, mantendo o rosto inexpressivo.

Por favor, que eu não tenha chegado tarde demais.

O coração dele bateu mais forte enquanto atravessava as trilhas, até palpitar quando seus olhos pousaram no rei ithicaniano ainda vivo.

O corpo todo de Aren estava tenso, os olhos cheios da determinação resignada de um homem pronto para tirar a própria vida porque não via outro caminho. Ele se inclinou, se preparando para bater o próprio crânio contra a pedra dura da mesa, e Keris precisou de todas as forças que conseguiu reunir para não se jogar em cima dele para impedir.

Mas Serin estava sempre observando, e ele não se atrevia a se entregar.

Aren fechou os olhos e respirou fundo, e Keris cerrou os dentes para não gritar "Não faça isso!".

Passo. Passo. Passo. Pesou os passos, torcendo para que o barulho fizesse o homem erguer os olhos, mas Aren apenas segurava a mesa com as mãos algemadas, os dedos ficando brancos, a determinação em sua expressão tão grande que Keris chegou a duvidar se detê-lo seria sequer possível.

Mas precisava tentar, então disse alto:

— As esposas estão começando a reclamar do cheiro. Não é de se admirar.

O rei de Ithicana teve tamanho susto que as correntes chacoalharam contra a mesa, os olhos vermelhos se fixando em Keris ao reconhecê-lo.

— É uma prática terrível. — Keris ergueu os olhos estreitos para os corpos que cercavam as muralhas, a carne putrefata coberta de insetos, trazendo lembranças antigas e dolorosas à mente. — Além do cheiro, atrai moscas e outras pragas. Espalha doenças. — Sentindo o estômago revirar, ele voltou a atenção para Aren. — Mas imagino que seja ainda mais sofrível para vossa majestade, considerando que os conhecia e, pior, que vieram para tentar libertá-lo.

Os olhos anogueirados de Aren escureceram e ele pareceu não notar que Kerin havia usado seu título, embora fosse proibido.

— Você é...?

— Keris.

— Ah. — O tom de Aren era inexpressivo. — O herdeiro *inadequado*.

Considerando que você se provou um rei particularmente inadequado, isso me parece um tanto hipócrita, Keris quis dizer, mas não tinha ido ali para alfinetar o homem. Tinha ido intermediar uma aliança e atingir um objetivo, o que significava que todas as palavras precisavam ser escolhidas com cuidado. Colocou o livro na mesa e disse:

— Oito irmãos mais velhos que se encaixavam no perfil, todos mortos, e agora meu pai está tentando achar um jeito de não me declarar herdeiro sem quebrar as próprias leis. Eu desejaria sorte nessa empreitada se as tramoias dele e de Serin não fossem, muito provavelmente, me jogar na cova com meus irmãos.

O rei se recostou na cadeira, as algemas tilintantes relembrando a Keris que o homem era perigoso, mesmo preso.

— Você não deseja governar?

— É um fardo ingrato — Keris respondeu, sabendo que isso não satisfazia a pergunta.

— De fato. Mas, quando tiver a coroa, você pode mudar a decoração. — Aren apontou para os cadáveres que cercavam as muralhas do jardim.

Keris riu involuntariamente, se perguntando se, em outras circunstâncias, teria gostado desse homem. *Provavelmente não.*

— Governar é um fardo, mas talvez seja mais ainda para um rei que entra em seu reinado com desejo de mudança, já que vai passar a vida nadando contra a maré. Mas isso vossa majestade entende, certo?

Os guardas que estavam ouvindo a conversa acreditariam que ele estava falando unicamente sobre o reinado de Aren, mas ele torcia para que o ithicaniano fosse mais inteligente.

— O filósofo é você. Ou isso também era parte da farsa?

Um momento de confusão até Keris entender. Aren estava se referindo ao papel que Keris havia representado na invasão de Ithicana.

Tinha sido Aren quem dera a Keris e sua comitiva permissão para viajar pela ponte, e era improvável que o rei ithicaniano soubesse que a participação de Keris na invasão havia sido involuntária. Aren achava que ele era cúmplice, e portanto não veria Keris como um potencial aliado. Mas talvez a verdade o convencesse.

— Acho que Serin sentia certo prazer em usar meus sonhos de uma forma perversa. É um dos únicos casos em que conseguiu me enganar, e não vou esquecer tão cedo do choque de ser amarrado e jogado em um canto enquanto minha *escolta* invadia Ithicana. Mesmo assim, eu poderia ter deixado isso para lá se meu pai tivesse me permitido seguir para Harendell para continuar meus estudos, mas, como pode ver — ele abriu bem os braços —, aqui estou.

— Meus pêsames.

Não foi suficiente. Ele precisava de mais para mudar a opinião do homem.

— Imagine um mundo em que as pessoas passassem tanto tempo filosofando como passam aprendendo a usar armas.

— Não consigo. — A resposta de Aren foi amarga. — A única coisa que conheço bem é a guerra, o que não significa muito se considerarmos que estou perdendo esta.

— Perdendo, talvez... — Keris sabia que estava trilhando um caminho perigoso, ciente de que esta conversa seria relatada a Serin. E ao próprio pai. — Mas ainda não perdeu de fato. Não enquanto Eranahl resistir, e não enquanto você ainda estiver vivo. Por que outro motivo meu pai insistiria nesse teatro?

— Isca para a filha errante, pelo que me disseram.

— Sua esposa.

A única resposta que ele deu foi um olhar fulminante, e Keris questionou a convicção da tia de que Aren ainda gostava de Lara. Mas Coralyn era perita em ler — e manipular — as pessoas, e ele nunca a tinha visto se enganar. O que significava que precisava insistir mais.

— Lara. — Keris coçou o queixo, forçando o rosto em uma expressão de pura curiosidade. — Ela é minha irmã, sabia?

— Se pretendia me surpreender com essa grande revelação, sinto ter que desapontá-lo.

Keris riu baixinho, ao mesmo tempo que seus olhos vasculharam o jardim em busca de espiões.

— Ela não é minha meia-irmã. Temos a mesma mãe também.

Aren se endireitou, interesse crescendo em seu olhar. E algo mais também.

— E daí?

Keris umedeceu os lábios, relutante a entrar neste assunto, embora soubesse que era necessário para deixar claro que tinham um inimigo em comum. Mantendo a voz baixa o bastante para que os guardas entendessem apenas fragmentos, respondeu:

— Eu tinha nove anos quando os soldados do meu pai levaram minha irmã... jovem o bastante para ainda estar morando no harém, mas com idade suficiente para guardar aquele momento na memória. Lembro bem de como minha mãe resistiu a eles. Lembro que ela tentou sair às escondidas do palácio para ir atrás da minha irmã, sabendo muito bem que meu pai tinha algum propósito cruel para Lara. Lembro que, quando pegaram e arrastaram minha mãe de volta, meu pai a estrangulou com as próprias mãos na frente de todos nós. Como punição. E alerta.

A única outra pessoa para quem ele havia contado essa história era Valcotta, mas agora que a tinha desenterrado, parecia desejar ser compartilhada.

— Qual é o seu jogo, Keris?

É bom ver que você é inteligente o bastante para perceber que estou tentando *jogar um jogo aqui,* Keris pensou antes de colocar a mão sobre o queixo de modo que seus dedos escondessem parcialmente a boca antes de dizer:

— Um jogo longo, e você é apenas uma peça no tabuleiro, embora tenha certa relevância. — Ficou olhando para o rei ithicaniano sem piscar. — Tenho a impressão de que está considerando se remover da jogada. Peço que reconsidere.

Desgosto brilhou nos olhos de Aren, que virou a cara.

— Enquanto eu estiver vivo, meu povo vai continuar tentando me salvar. E vai continuar morrendo. Não posso permitir isso.

E o tempo que tinham para essa conversa acabou. Aparecendo detrás de uma topiaria como algum tipo de fofoqueiro de aldeia, Serin se aproximou. Enquanto ele ainda estava fora do alcance de sua voz, Keris disse:

— Continue no seu jogo, Aren. Sua vida não vale tão pouco quanto você imagina.

Bem naquele momento, Serin chegou até eles, a voz irritante enchendo o ar:

— Uma escolha questionável de companhia, alteza.

Keris deu de ombros, sabendo que a atitude blasé dava nos nervos do mestre de espionagem.

— Sempre fui vítima de minha própria curiosidade, Serin. Você sabe disso.

— *Curiosidade.*

— Sim. Aren é um homem mítico. Ex-rei das ilhas enevoadas de Ithicana, um combatente lendário e marido de uma das minhas misteriosas irmãs guerreiras. Como eu poderia resistir a tirar dele detalhes de suas aventuras? Infelizmente, o homem não está muito comunicativo.

Havia um tom de frustração na voz de Serin ao responder:

— Era para você ter voltado a Nerastis. Você precisa estudar com os generais de seu pai.

As palavras dele expressavam um desejo ardente. Era atípico para o mestre de espionagem cometer tal deslize, o que deixou Keris desconfiado, mas decidiu continuar naquele papo.

— Os generais de meu pai são um porre.

— Porre ou não, é parte necessária de seu treinamento.

— *Cuá, cuá, cuá!* — Keris reproduziu o canto de um corvo de forma surpreendentemente realista, rindo internamente ao ver os olhos do homem acesos de fúria. Ele odiava aquele apelido, e odiava ainda mais a mulher que lhe dera. — Não é de admirar que as esposas do harém tenham batizado você assim, Serin. Sua voz realmente dá nos nervos. — Ele levantou. — Foi um prazer conhecê-lo, Aren. Mas preciso me retirar, o cheiro está me deixando bastante nauseado.

Deu as contas e saiu andando do pátio como se não tivesse qualquer outra preocupação no mundo, embora seu coração estivesse na garganta. Embora os nervos estivessem tão à flor da pele que ele pensou que vomitaria. Dentro dos confins da torre, perdeu o controle do ritmo de seus passos, a necessidade de confirmar se Aren tinha mordido a isca o fazendo subir a espiral numa velocidade vertiginosa.

Destrancou a porta de seus aposentos e voou até a janela, olhando para baixo. E chiou entre dentes quando mais um cadáver foi arrastado pelo jardim, Aren observando em silêncio enquanto os guardas o penduravam no muro.

Por favor, ele rezou. *Só mais algumas horas. Mais algumas horas e vamos conseguir impedir que isso continue acontecendo.*

Então Aren endireitou os ombros, e Keris soube que seus esforços tinham sido em vão. Que ele estava prestes a ver um homem morrer, levando consigo todos os seus planos. Frustração o inundou, mas também culpa por não ter feito mais. E tristeza por mais uma vida se perder sob a bota do pai.

No entanto, em vez de bater a cabeça na pedra da mesa, Aren estendeu a mão e abriu o livro, folheando as páginas até parar numa e ler.

Keris não teve a chance de ver como o rei de Ithicana reagiu, pois uma voz conhecida disse:

— Me dê um motivo para não matar você neste instante.

48
ZARRAH

— É MUITA GENTILEZA — ela disse a Coralyn, aceitando as roupas dobradas. — Obrigada.

— Você estragou três vestidos em três dias com esses seus *exercícios* — a mulher do harém fungou. — Quem sabe essas roupas durem mais. Mas só para esclarecer: não deve usar essas peças escandalosas em nenhum lugar fora de seu quarto ou vou botar fogo nelas. Entendido?

— Sim, Lady Coralyn. — Zarrah esperou a mulher sair, depois desdobrou as roupas.

Calça volumosa e um corpete feito de seda preta, cortado no estilo valcottano. Ela suspirou quando vestiu as peças. Não apenas pela familiaridade depois de semanas usando roupas maridrinianas, mas porque estava começando a ficar com receio de ter que assassinar Silas Veliant usando apenas roupas íntimas, pois não havia espaço em seu plano para saias esvoaçantes.

Foi até a janela e ergueu os olhos para a torre onde seu inimigo se escondia sem saber que hoje era o último dia em que respirava. Pois hoje seria uma noite sem luar e, sob a proteção das trevas, ela atacaria.

As horas de trabalho que levara para remover a argamassa que protegia o bloco de pedra tinham finalmente dado resultado, e bastaria empurrar o bloco para fora para ter sua rota de fuga, seu próprio corpo servindo como a arma que tiraria a vida de Silas, pois não havia conseguido outra.

Mas seria o suficiente. *Tinha* que ser.

Inconscientemente, os olhos dela derivaram da sala cercada de vidro no alto da torre para uma janela no meio.

O quarto de Keris.

Ela só o tinha visto poucas vezes desde o dia em que conhecera a irmãzinha dele, e sempre a certa distância. Embora houvesse tido semanas para se acostumar com a escolha dele de evitá-la, a dor não tinha se aliviado. Pelo contrário, só piorara.

Porque ela não sabia o motivo para aquilo.

Será que ele estaria perdendo a negociação com a imperatriz? Tinha concluído que fugir era impossível? Ou será que tinha só se cansado dela, o que certamente combinava com a reputação do príncipe?

E por que ela se importava tanto com isso?

Tinha ido até lá para matar o pai dele, e consequentemente todos os esforços de Keris eram contrários ao dela, assim como qualquer forma de relação entre eles. Era *melhor* que ele a continuasse evitando. Era bom que eles não tivessem nada a ver um com o outro. Porque isso facilitaria ainda mais o que ela estava prestes a fazer.

Nesse momento, as cortinas se abriram e a lógica desapareceu quando Keris chegou à janela, olhando para fora.

Que Deus a perdoasse, mas ele era facilmente o homem mais lindo que ela já tinha visto, e ainda por cima ter uma mente que a desafiava parecia injusto. Sabendo que o reflexo no vidro da janela dela a esconderia, Zarrah o contemplou de uma forma que não podia quando estava submetida a olhares bisbilhoteiros. O cabelo cor de mel dele estava solto, soprado no rosto pela brisa, e um desejo de afastar aquelas madeixas sedosas a atingiu como um aríete.

Fechando bem os olhos, Zarrah respirou de forma controlada algumas vezes. *Você precisa se concentrar*, lembrou a si mesma. *Hoje vai conseguir a tão aguardada vingança, pela qual dedicou toda a vida.*

Não com guerra. Não com invasões. Mas matando o homem que havia assassinado sua mãe com as próprias mãos.

Assim que abriu os olhos, o olhar de Zarrah se voltou para a janela. Mas Keris não estava mais lá. Mordendo o lábio, ela apoiou a mão no peitoril até que um reflexo de cabelo loiro chamou sua atenção. Ele tinha descido para o jardim.

— Fique onde está, Zarrah — ela disse a si mesma. — Esqueça esse assunto.

No entanto, chegou à conclusão de que, embora soubesse que o abismo entre eles talvez fosse a melhor opção, a razão não bastaria naquele momento. Ela precisava de um motivo para entender a escolha de

Keris. Precisava da verdade, mesmo que machucasse. E hoje seria sua última oportunidade de ouvir dos lábios dele.

Depois de tirar as roupas novas, Zarrah colocou um vestido e esmurrou a porta até um dos guardas abrir.

— Quero ir aos jardins — ela disse. — Agora, por favor.

Sem esperar por uma resposta, passou por eles, os pés descalços silenciosos no carpete enquanto andava o mais rápido que conseguia, pois desatar a correr levantaria suspeitas. E não podia correr o risco de ser detida, pois essa poderia ser a última chance que tinha de falar com Keris.

Para saber a verdade. Para se despedir, embora ela não pudesse usar essa palavra.

Abrindo as portas ao pé da escada, Zarrah atravessou as trilhas do jardim e parou.

Keris estava sentado à frente de Aren, que o encarava como se não quisesse nada mais do que torcer seu pescoço. Eles estavam conversando, mas ela estava longe demais para ouvir. Se mantendo atrás de uma sebe, ela os observou detrás das folhas, ignorando os resmungos dos guardas.

Sobre o que estariam falando?

Um cheiro encheu seu nariz, azedo e rançoso, e a pele de Zarrah se arrepiou. Devagar, ela olhou para trás, as palmas das mãos gelando quando encontrou Corvus atrás dela.

— Corajoso da parte de Keris chegar tão perto de Aren, considerando que o homem sabe do envolvimento dele na invasão — ele disse. — O idiota vai acabar morto.

Envolvimento? Zarrah se controlou, se recusando a demonstrar qualquer reação. Essa não era uma conversa qualquer. Serin tinha um objetivo. Mas ela não conseguiu evitar dizer:

— Não sabia que a invasão de Ithicana tinha sido um assunto familiar.

— Ah, foi sim. — Serin sorriu para os cadáveres. — Os ithicanianos nunca desconfiaram do estratagema porque o desejo de sua alteza de estudar em Harendell era conhecido havia muito tempo pelos espiões dele.

Ela ficou em silêncio enquanto o mestre de espionagem detalhava o que tinha acontecido dentro da ponte. Que Keris havia guiado um grupo de guerreiros de elite e, usando de dissimulação e sincronismo inteligente, massacrado os guardas ithicanianos.

— A força de Keris invadiu a ilha de Guarda Média — Serin continuou. — Foi uma ação digna de louvor, não fosse pelo fato de que ele não passou de uma parte pequena no grande plano de Lara, de modo que quase ninguém sequer sabe que Keris estava envolvido.

Zarrah certamente não sabia. Todas as informações que os espiões valcottanos lhe haviam dado falavam apenas de *Lara*.

— Creio que ele achou que, com isso, ganharia a aprovação do pai, mas sua majestade não se impressionou. Assim como não se impressionou com as tentativas de Keris de usar você para negociar. O rei prefere filhos com coragem, combatentes que não hesitam em matar.

Isso era mentira. Zarrah não acreditou nem por um segundo que Keris tivesse liderado uma parte importante da invasão. Primeiro porque ele não quereria ter nada a ver com isso, e segundo porque Silas nunca confiaria algo dessa magnitude a ele.

— Essa tagarelice vai chegar a algum lugar? Pouco me importam as ambições do principezinho maridriniano.

— Mil perdões, claro. Estava apenas tentando esclarecer as motivações de sua alteza por matar Yrina Kitan.

Yrina? Zarrah titubeou, perdendo o fôlego. Yrina não estava ali; estava em Nerastis. Não poderia estar morta.

— Como é?

Serin apertou os lábios.

— Vejo que Keris não a informou sobre essa baixa. O covarde deve ter medo de sua reação.

O mundo ao redor dela pareceu pulsar, um gosto azedo enchendo sua boca.

— Eu... Como?

— A capitã foi capturada tentando se infiltrar no santuário interno, provavelmente para resgatar você. Matou quatro soldados de confiança, tornando inevitável sua execução, que Keris se voluntariou para conduzir. Silas ficou muito impressionado com a conduta dele; não se cansa de falar sobre isso.

Não podia ser verdade.

Yrina não podia estar morta.

Keris não podia ter sido o responsável pela morte dela.

Zarrah respirou uma vez, depois outra, mas parecia que ar nenhum chegava a seus pulmões.

— Quando?

— No dia seguinte ao que você chegou, creio eu.

No dia em que ele havia começado a evitá-la a todo custo. E ela, como uma tola, havia pensado que era porque ele tinha se cansado.

A menos que Serin estivesse mentindo.

A menos que isso fosse uma tramoia.

— Parece duvidar de minhas palavras — o homem disse. — Fique à vontade para perguntar a verdade ao príncipe. Você colocou sua vida nas mãos dele, então a palavra dele, ao menos, deve ser algo em que pode confiar. Agora, se me der licença, tenho um presente para dar a Aren. — Ele fez sinal para os guardas dela. — Pode ser que vocês dois sejam necessários por um momento. Venham comigo.

Serin saiu de detrás da topiaria na direção de Aren e Keris, mas Zarrah mal notou a interação entre os homens, sem conseguir enxergar nada além da própria fúria. Sem conseguir ouvir nada além do grito silencioso de angústia que repercutia em sua cabeça, porque Yrina estava morta.

A parceira dela, sua confidente, sua *amiga* estava morta.

Morta porque Zarrah havia escolhido deixar que Keris a trouxesse para dentro desse palácio. Morta, porque tinha ambicionado uma chance de vingança em vez de escapar. Morta porque Zarrah tinha ficado tão cega na busca pela morte de Silas Veliant que não havia imaginado que sua guarda-costas leal e melhor amiga desafiaria todas as ordens e viria atrás dela.

A dor dessa verdade subiu como uma maré crescente por dentro de Zarrah, ameaçando dominá-la, sufocá-la, e então seus olhos se fixaram em Keris, que estava em pé. Que ia para a torre.

Ele a havia matado. Havia assassinado Yrina para impressionar o pai e evitado Zarrah como um covarde em vez de assumir a responsabilidade por suas ações.

Zarrah estreitou os olhos, movendo-os na direção dos guardas, que haviam seguido Serin, requisitados ali quando homens trouxeram outro cadáver ithicaniano para os jardins; Aren já havia se rebelado muitas vezes. Mas Serin ergueu a mão e sinalizou para dois homens que protegiam as portas da torre. Eles abandonaram seus postos, assumindo a posição com cautela, o foco inteiramente no rei ithicaniano.

Zarrah não hesitou.

Entrou no prédio e subiu correndo, contando os andares até chegar ao que abrigava o quarto de Keris. Abriu a porta e a fechou em silêncio atrás de si, os olhos fixos nas costas de Keris, que olhava pela janela.

— Me dê um motivo para não matar você neste instante.

Keris deu meia-volta, boquiaberto de espanto.

— Valcotta? O que está fazendo aqui? Por quê...

— Você a matou? — ela questionou, observando a cor se esvair do rosto dele. — Você matou Yrina?

O silêncio que se seguiu a fez querer vomitar, porque parte dela havia torcido... havia *rezado* para que Serin estivesse mentindo.

— Eu sinto muito. Posso explicar o que...

Ela não estava interessada em explicações.

Num piscar de olhos, Zarrah atravessou o quarto, a seda da saia se rasgando quando ergueu a perna e girou, os protestos dele apenas um zumbido em seus ouvidos. O pé dela o acertou na cabeça e ele caiu de lado, atônito.

— Valcotta, escuta o que eu tenho pra dizer!

— Eu vou matar você, seu Veliant canalha e mentiroso! — Ela partiu para cima dele, os punhos se movendo com força e rapidez, ouvindo o grunhido de dor quando o acertou. — Como você pôde?

— Sinto muito! — Ele bloqueou o golpe seguinte. — Não tive escolha!

— Sempre há escolha — ela rosnou, acertando-o embaixo das costelas, tirando mais um gemido dele. — Você escolheu invadir Ithicana. Escolheu matar Yrina. Você é igualzinho a toda a sua família sanguinária, mas o resto ao menos não finge ser algo diferente!

— Ithicana não foi uma escolha! — Ele girou, fazendo os dois rolarem em cima de uma pilha de livros. — Tampouco Yrina!

— Você é um mentiroso! Fez aquilo para impressionar seu pai! Fez aquilo porque quer ser rei! — Ela se postou atrás dele, com o braço ao redor de sua garganta. — E vou matar você por isso. Depois vou matar seu pai. Depois o resto da sua família perversa.

Então apertou.

Keris arranhou seus braços, tentando se soltar, mas Zarrah rangeu os dentes e segurou firme, a destreza de seu corpo lutando com a força dele.

Lágrimas escorreram pela bochecha dela porque tivera certeza absoluta de que ele era diferente. De que ele realmente queria paz.

Tinha tanta certeza de que podia confiar nele.

Mas era tudo mentira.

Fúria deu força a ela, e Zarrah apertou com mais força enquanto os dedos dele se cravavam na pele dela. Não havia explicação. Não havia nada que ele pudesse dizer para corrigir isso.

Então ele ficou inerte. Não tinha morrido ainda, mas, se ela apertasse por mais alguns instantes...

Se o matar, você nunca vai saber a verdade sobre o que aconteceu com Yrina. O pensamento fez uma onda de pânico atravessá-la, e Zarrah soltou a garganta de Keris, jogando-o para o lado. Por um segundo, encarou aquele rosto, certa de que tinha ido longe demais, mas ele inspirou com dificuldade, os olhos se abrindo, desfocados. Ele começou a sentar, mas ela colocou as pernas ao redor dele, imobilizando seus punhos contra o carpete grosso.

— Me conte o que aconteceu. Tudo — ela disse. — Em detalhes.

Keris inspirou vezes e mais vezes, mas encarou o olhar dela.

— Eu só fiquei sabendo que tinham capturado Yrina quando meu pai me levou à cela dela. Não havia como tirá-la de lá; havia guardas demais. E, mesmo se tivesse sido possível, ela estava mortalmente ferida. Serin a havia... *machucado*.

Torturado. O peito de Zarrah se apertou, a mente sugerindo imagens infinitas do que Yrina devia ter sofrido.

— Meu pai me deu uma escolha: matá-la ou permitir que ela sofresse uma morte lenta e dolorosa. Eu... Misericórdia era a única coisa que eu podia dar.

Misericórdia. A língua dela ficou grossa, um nó em sua garganta.

— Serin disse que você fez isso para agradar seu pai.

Keris olhou de esguelha para ela.

— E você acreditou nele? — Ele sacudiu a cabeça com força. — Serin usou a morte de Yrina para manipular suas emoções. Para guiar você a um objetivo. Para...

— Matar você. — Zarrah mordeu a parte interna das bochechas, entendendo agora que os guardas não haviam abandonado o posto ao lado dela por deslize. Corvus sabia *exatamente* aonde ela iria. E, portanto, sabia que ela estava no quarto de Keris. Agora Zarrah teria que enfrentar as consequências por tê-lo atacado ou teria que explicar por que não matara Keris quando teve oportunidade. — Deixei que a dor me cegasse e acreditei no pior.

— Às vezes, o pior é verdade. — O silêncio se abateu sobre eles até Keris dizer: — Eu deveria ter contado a você sobre Yrina, mas não quis magoá-la. Não quis que você me odiasse. — Ele inspirou com dificuldade. — Foi a atitude de um covarde.

Como ela teria reagido se ele tivesse contado? Teria sido racional? Teria ouvido a explicação dele? Ou teria se deixado levar pela dor? Zarrah não sabia ao certo, mas sabia que preferiria ter ouvido sobre a morte de Yrina da boca de Keris à de Serin.

— Você deveria mesmo ter me contado. — Ela engoliu em seco. — Por favor, não esconda coisas de mim. Mesmo se forem me machucar, preciso saber. — Ela baixou os olhos para ele, encarando seu rosto. — Não posso confiar numa pessoa que não seja honesta comigo, quaisquer que sejam as motivações. A morte de Yrina não foi decisão sua, mas você escolheu escondê-la de mim. Escolheu me evitar a enfrentar as consequências da verdade.

Keris soltou uma longa expiração.

— Desculpa. Por não ter sido honesto com você, mas também por meu papel na morte dela.

— Você teve misericórdia com ela. — E ela sabia que ser misericordioso exigia bravura, mas, por Deus, como doía. Tinham sido as decisões dela que haviam trazido Yrina até ali, o que significava que era ela, mais do que ninguém, a culpada pela morta da amiga.

— Contei a ela a verdade. Sobre nós.

Um momento de pânico corroeu as entranhas dela, medo de que, ao descobrir a verdade, Yrina tivesse passado os últimos momentos se sentindo traída. Que tivesse morrido acreditando que Zarrah era uma traidora.

— Por quê?

— Para ela saber que você não estava sozinha. Para que partisse com a paz de saber que alguém estava tentando libertar você.

— Então devia ter contado para ela que estava negociando com a imperatriz. Ela sabe que minha tia nunca me abandonaria para morrer.

O maxilar dele ficou tenso.

— A imperatriz deu pessoalmente a ordem de que ninguém viesse atrás de você. Yrina desafiou essa ordem.

Um choque percorreu Zarrah, a respiração dela acelerando e mesmo assim parecendo não trazer ar suficiente.

— Então ela morreu uma traidora à Coroa e sabendo que menti para ela.

Silêncio.

— Ela não se importava com nada disso, Valcotta. Escolheu a morte por livre e espontânea vontade para proteger você, e as últimas palavras dela foram para você. Ela disse que te ama.

Uma faca em seu coração teria machucado menos, e Zarrah se curvou, a testa encostada ao peito dele, enquanto lutava para respirar.

— Foi rápido? Por favor, diga que foi rápido.

— Foi rápido.

Algo no tom dele disse o que suas palavras não conseguiam.

— Ela mesma se matou, não foi? Não foi você.

Ele não respondeu, e ela ergueu o rosto, vendo que os olhos dele estavam fechados, os dedos apertando as têmporas e o rosto pálido.

— Keris?

— Eu hesitei. — As palavras embargaram quando ele acrescentou: — Estava tentando encontrar uma chance, pensar numa solução, uma saída, mas...

É claro que ele tinha hesitado. É claro que tinha se recusado a admitir que a morte era a solução.

— Às vezes, não existe saída.

Os olhos dele se abriram de repente.

— *Você* eu vou libertar, Valcotta. De um jeito ou de outro.

Só que ela não tinha vindo até aquele lugar para fugir. Tinha vindo atrás de sangue e vingança. Mas, apesar das repreensões dela sobre honestidade e confiança, não podia contar o próprio plano a ele. Portanto, respondeu apenas com um aceno tenso, relaxando as mãos nos punhos dele.

Mas não saiu de cima dele, continuando onde estava, sentada no colo dele. Levantar-se significava ir embora, e ela não queria ficar sozinha com a dor que sentia. Com a culpa.

Keris se ajeitou embaixo dela, entrelaçando os dedos nos dela, e o controle tênue que ela tinha sobre as próprias emoções vacilou. O peito dela estava muito tenso, e ela começou a temer que, se abrisse o maxilar cerrado, um soluço escaparia. Mas conseguiu dizer:

— Eu deveria ir embora. Preciso ir embora. Serin sabe que estou aqui.

Em vez de responder, Keris se empertigou, e Zarrah ajeitou o peso por instinto de modo que suas pernas envolvessem as dele, pousando a testa no ombro dele. Ela exalou, tremendo, e lágrimas saíram à força. *Não chore*, disse a si mesma. *Você é forte.*

Não forte o bastante.

Um soluço escapou com tanta ferocidade que ela achou que a dilaceraria. Poderia tê-la dilacerado se Keris não tivesse colocado os braços ao redor dela, abraçando-a com força. Abraçando-a com firmeza enquanto um soluço doloroso após o outro escapavam de seu corpo. Só quando diminuíram, ele relaxou os braços, a mão subindo e descendo pelas costas nuas dela.

A sensação fez uma pontada de calor atravessar o ventre dela, despertando um latejar entre suas pernas, e ela se agarrou à sensação em vez de tentar sufocá-la. De repente ficou muito consciente de que a saia de seda de seu vestido estava erguida até a cintura e ela não usava nada por baixo, seu sexo nu praticamente encostado ao dele. De como o decote baixo havia sido puxado para o lado, expondo um dos seios. De como a ereção crescente sob ela revelava que ele também havia notado essas coisas.

Ela roçou o quadril no dele, o desejo disparando quando ele gemeu baixinho e traçou as coxas nuas dela com o dedo. Então Keris disse:

— Você precisa sair da torre antes que Serin venha te procurar. Ele não pode nos pegar assim.

Porque seria a morte para os dois. Mas essa lógica tinha pouco significado quando ela queria afogar o luto no toque dele. Queria aplacar a dor que sentia com desejo. Queria adormecer nos braços dele para que ele pudesse afugentar os pesadelos que certamente viriam.

Contudo, ela não era egoísta a ponto de desrespeitar o sacrifício de Yrina morrendo antes de concluir o que tinha vindo fazer em Vencia, então levantou e ajeitou o vestido.

— Serin acredita que vim até aqui para matar você. Precisamos de um motivo para não ter te matado. Uma desculpa para eu estar aqui.

— Pense em algo enquanto desce. — Keris pegou a mão dela, guiando-a para a porta e a abrindo. — Não podemos nos demorar.

O som de passos ecoou na escada.

— Merda! — Pânico encheu o olhar de Keris.

Uma ideia ocorreu à Zarrah.

Ela puxou Keris escada acima, sussurrando enquanto subiam.

— Diga aos guardas lá no andar de cima que tenho informações para o rei e desejo negociar. Depois siga minha deixa.

— Que informações?

— Confie em mim.

Keris assentiu, tenso, depois apertou o cotovelo dela, guiando-a para cima. Chegaram ao primeiro par de guarda-costas, um dos quais disse:

— Vossa alteza não deveria estar sozinho com ela.

— Não estou. — Keris olhou por sobre o ombro e franziu a testa como se estivesse surpreso ao ver que a escolta de Zarrah não estava lá. Deu de ombros. — Tenho certeza de que já vão chegar. Mas isso não pode esperar.

— Alteza...

Keris ignorou o homem, puxando Zarrah escada acima até o último andar, onde outro par de guardas esperava.

— Ela deseja negociar com sua majestade. Diz que tem informações que ele vai considerar valiosas.

O guarda bateu na porta e entrou, ressurgindo um momento depois com um aceno a Keris.

— Podem entrar.

Os guardas a algemaram, e, respirando fundo para criar forças, Zarrah entrou, as correntes chacoalhando a cada passo.

Silas estava sentado com as botas em cima da mesa, os braços cruzados às costas e um copo de líquido âmbar à frente.

— Andou ocupado, Keris. Não faz nem uma hora que saiu de minha presença e já conseguiu ter uma conversa não autorizada com Aren Kertell, além de encontrar tempo para extrair algum tipo de confissão de Lady Zarrah aqui.

— As táticas de Serin destruíram a vontade de viver do homem, e ele está à beira de tirar a própria vida, o que vai nos causar muita consternação — Keris respondeu. — Corvus coloca a paixão pela tortura acima dos objetivos de vossa majestade. O senhor deveria lembrar a ele quem é que governa, porque talvez ele tenha esquecido.

Algo cintilou nos olhos de Silas... irritação? Ou algo mais?

— Talvez tenha razão. Agora, o que é que Lady Zarrah deseja discutir?

Zarrah ergueu o queixo, deixando que a própria dor transbordasse, o ardor de lágrimas em seus olhos sinceros quando disse:

— Seu mestre de espionagem me informou que uma pessoa de certa importância para mim foi apreendida e morta. — Ela lançou um olhar de rancor contra Keris, que se ajeitou, apreensivo. — Morta pela lâmina *dele*.

O maxilar de Silas ficou tenso.

— E daí? A mulher matou quatro de meus soldados. Se está buscando um pedido de desculpas, está gastando saliva.

— Não é isso que quero. — Uma lágrima escorreu pela bochecha dela. — Yrina era minha guarda-costas. E amiga. Gostaria que os restos dela fossem tratados com respeito e devolvidos ao deserto Vermelho. Em troca, vou oferecer informações sobre sua filha.

— Qual?

— Lara. — Era uma informação velha. Provavelmente inútil para localizar a rainha traidora. Mas, pela maneira como Silas tirou as botas da mesa e se endireitou na cadeira, Zarrah soube que tinha acertado.

— Não tenho nem noção do que Serin fez com os restos da soldado, mas, se isso for possível, vou ordenar que seja feito — ele disse. — Isto é, se sua informação for boa.

— Nossos espiões nos informaram de que ela foi vista em várias vilas costeiras em Harendell. Em tavernas toda noite.

Silas fechou a cara.

— Sim, sim. Recebemos a mesma informação. Não vale de nada, pois ela desapareceu antes que os assassinos conseguissem localizá-la.

— Os espiões de vocês também informaram que ela vinha bebendo em excesso toda noite?

— Não entendo como histórias sobre as *celebrações* dela teriam algum valor.

Provavelmente porque ele era homem. E os espiões dele eram homens. Enquanto a informação tinha chegado para Zarrah por uma mulher.

— Não eram celebrações, majestade. Ela bebia sozinha, se recusando a interagir com qualquer outro cliente, bebendo tanto que vivia vomitando na sarjeta, quando então se arrastava de volta a uma pensão, sempre sozinha. — Um alvo fácil, o que a rainha traidora de Ithicana devia saber. — Ela preferia frequentar tabernas que ficavam em portos, especialmente aqueles com comércio ativo entre Harendell e o mercado de Guarda Sul.

Silas a encarou, ainda sem compreender.

— Ela se comportava como uma mulher profundamente arrependida. Uma mulher sem nada a perder. Uma mulher desesperada por informações sobre aqueles que ficaram para trás. E se, como vossa majestade diz, ela sumiu daquelas tabernas, é porque ficou sabendo da notícia da captura do marido.

— Ela está vindo atrás dele — Keris disse baixinho, um tom de incredulidade na voz, e Zarrah fez que sim. — O valor de um espião nem sempre está no que ele vê e ouve, mas no que consegue interpretar.

Um sorriso de satisfação se abriu no rosto de Silas.

— Sem dúvida. E essa é uma notícia bem recebida. Vou tentar descobrir o destino dos restos de sua compatriota.

— Obrigada. — A palavra entalou na garganta, mas Zarrah a forçou a sair.

Ela retiraria o agradecimento quando tirasse a vida dele.

Uma batida soou à porta e o guarda entrou.

— Serin está aqui, majestade.

O mestre de espionagem entrou. Embora devesse ter ficado surpreso ao ver que ela estava ali com Keris, ainda vivo, nada disso transpareceu em seu rosto.

— Aren concordou em comparecer a um jantar com os embaixadores hoje.

— Excelente. — Silas deu um gole de sua bebida. — Vou precisar que exume o cadáver da valcottana. Pague um mercador para largar o corpo no deserto Vermelho.

— Por que faríamos isso?

— Como pagamento pela informação que os valcottanos tinham sobre Lara e que *você* não tinha.

Havia uma ameaça no tom de Silas, mas, em vez de empalidecer, o olhar de Serin se escureceu de fúria.

— E que informação seria essa?

— Informação sobre o comportamento e o estado de espírito de Lara — Silas respondeu, repetindo o que Zarrah tinha contado a ele.

— Seria uma informação boa, não fosse pelo fato de que deve ser anterior à captura de Lady Zarrah em Nerastis, o que sugere que é *antiga* e provavelmente de pouca serventia.

Ela não conseguiu evitar a apreensão porque, se Silas concordasse, negaria a dignidade na morte de Yrina.

— Você é um idiota se é isso que pensa — Keris disse. — E, mesmo que a informação se revele inútil, o fato é que seus espiões não a relataram com rigor, Serin. Talvez esteja perdendo o jeito.

— Meu filho tem certa razão no que diz.

Zarrah quase nem piscou, mas ver o mestre de espionagem se contorcer, sabendo muito bem que a intriga que tinha criado havia se voltado contra ele próprio, fez uma onda de prazer perversa a atravessar.

— Vou me empenhar para melhorar meus contatos — Serin disse, por fim. — Mas, quanto à questão do corpo, receio que não seja possível.

Zarrah sentiu o peito apertar e as mãos gelarem quando Silas questionou:

— E por que não?

— Porque foi cremado — Serin respondeu. — E as cinzas foram jogadas nos esgotos com o resto da merda.

O mundo entrou e saiu de foco. *Nos esgotos...*

— Meus sentimentos, Lady Zarrah — Silas disse. — Vou garantir que as providências necessárias sejam tomadas se mais pessoas de seu povo tentarem o resgate, mas eu não alimentaria muitas esperanças, se fosse você.

Ela não conseguia inspirar ar para dentro dos pulmões.

— Seu monstro! — Se atirou contra Serin. — Vou arrancar seu coração maldito.

Foi então puxada para trás, os ombros doendo pela força com que o guarda puxou suas correntes. Ignorou a dor e avançou de novo, mas o guarda era forte. Chutou a panturrilha dela, derrubando-a no chão e pisando entre suas escápulas.

Zarrah sentiu um hálito quente em sua bochecha e viu que Silas estava inclinado em cima dela.

— Você está convocada para o jantar com os embaixadores hoje. Comporte-se. — Ele levantou. — Tranquem-na no quarto.

Os guardas a puxaram para trás, espernando e gritando, mas, enquanto a porta se fechava entre eles, ela encontrou o olhar do rei de Maridrina e fez uma promessa silenciosa.

Hoje, Silas Veliant daria seu último suspiro.

49
KERIS

Serin estava tentando matá-lo.

O que significava que o pai estava perdendo a paciência com os planos de Keris, e isso significava que o tempo estava se esgotando. Embora não soubesse ao certo se isso levaria à morte de seu pai ou de Valcotta.

Não pôde deixar de notar a promessa homicida nos olhos dela, um destino que o pai merecia, mas, se ela conseguisse executá-lo, as consequências seriam catastróficas. Se os guardas de seu pai não a matassem, o que era improvável, a vida dela ainda assim estaria perdida. O povo exigiria a morte dela e, mesmo com uma coroa na cabeça, ele não estaria em posição de negar isso à população. Seria necessário que ele tentasse escapar *com* ela, o que seria uma missão quase impossível.

Não que ele não fosse tentar.

E a Guerra Sem Fim seria catapultada a um ápice febril, o pai virando mártir e alimentando a ira de Maridrina, e a imperatriz, pelo que ele estava aprendendo, mais do que feliz em retribuir na mesma moeda. Ainda mais se Valcotta acabasse sendo executada.

A mente dele foi surtando mais e mais, imaginando cenários cada vez piores, até ele se sentir nauseado de ansiedade. Precisava conversar com Valcotta, precisava explicar que Aren talvez fosse a chave para a fuga dela, mas ficar a sós com Zarrah seria quase impossível. Mais algumas horas era tudo de que precisava, pois o harém tinha um plano para dar a Coralyn um momento para conversar com Aren durante o jantar e conquistar o apoio dele.

Tinha que funcionar.

Keris apertou as têmporas, a cabeça doendo e todos os músculos de seu corpo tensos, odiando depender do rei ithicaniano. Daquele homem que havia causado *tudo* isso ao cair na falsidade de Lara.

— Ele está desesperado — disse a si mesmo, abafando com violência a culpa que crescia em seu peito. — Você viu a prova disso.

Desesperado a ponto de tirar a própria vida para impedir que qualquer outra pessoa de seu povo morresse tentando resgatá-lo, mas ainda tinha desejo de viver, senão não teria mordido a isca que Keris havia deixado para ele com aquele livro. Aren estava procurando opções e, se o harém conseguisse conectá-lo a seu povo, era o que teria.

A menos que Zarrah tentasse apunhalar o pai dele com um garfo durante o jantar.

— Puta que pariu — ele murmurou, voltando a andar de um lado para o outro, imagens dela gritando de raiva enquanto era arrastada do escritório de seu pai atravessando sua mente.

Quais eram as chances de que ela tivesse conseguido controlar a própria dor nesse meio-tempo? Quais eram as chances de que estivesse enxergando tudo com mais clareza? Quais eram as chances de a necessidade ardente de vingança que ela sentia não tê-la dominado?

Nenhuma.

O relógio ao pé da torre bateu a sétima hora, o *blom* alto assustando Keris. Uma mensagem. Ele precisava passar uma mensagem que ela visse antes do jantar. Chegou a pegar um pedaço de papel, mas jogou pro lado por ser arriscado demais. Soltando um palavrão, pegou um livro sobre economia e folheou as páginas até encontrar uma seção sobre a ponte. A lápis, escreveu: *Não aja até depois do encontro.* Depois colocou o volume embaixo do braço e saiu do quarto.

O céu ainda estava claro, mas, ao longe, as nuvens crescentes sugeriam uma tempestade iminente, a brisa trazendo o cheiro tênue de chuva. Criados passavam pelos jardins, acendendo as lamparinas ao longo da trilha, lanternas brilhantes já flutuando em círculos nas fontes. E, ao longo da base do muro, tochas queimavam de tantos em tantos metros, sem deixar sombras para *ninguém* se esconder, os guardas em posição no alto, sempre vigilantes.

Por favor, que isso funcione, ele rezou em silêncio enquanto um guarda abria a porta do prédio do harém e subia para o segundo andar, onde ficava a sala de jantar. Mas parou.

Valcotta desceu do último andar, uma mão segurando as saias de seu vestido de seda azul, a outra no corrimão. Todos os sinais da raiva que ela havia exibido antes tinham desaparecido, o rosto dela sereno enquanto passava por ele. A seda era tão fina que ele conseguia ver os contornos das pernas dela, o decote das costas pouco acima da curva da bunda. Ele se esforçou para tirar os olhos daquela parte, mas acabou atraído para o pescoço longo, presilhas douradas prendendo as mechas pretas na nuca. Involuntariamente, a mente dele trouxe à tona o gosto dos lábios dela, a sensação da pele, o som da risada. O que ele não daria para voltar àquele momento perfeito em Nerastis, antes de tudo ter ido para a merda.

Antes de ela saber o nome dele.

Com o sangue quente, ele entrou na sala e sentou na cadeira ao lado daquela que um criado estava puxando para Valcotta, então abriu prontamente na página em que havia escrito, fingindo ler, embora não estivesse registrando nada. Não havia a menor chance de ela não notar a mensagem; era observadora demais para isso. Valcotta não disse nada, mas o cheiro dela enchia seu nariz a cada inspiração, fazendo seu pau endurecer.

Ele queria conversar com ela. Queria tocar nela. Mas era impossível que não estivessem sendo vigiados, então continuou a olhar de cara fechada para o livro.

Três nobres que eram grandes apoiadores do reinado de seu pai entraram na sala, mas Keris mal notou, todos os músculos do corpo dele tensos enquanto aguardava se ela diria alguma coisa. Se faria alguma coisa.

Mas Valcotta continuou em silêncio, mal se movendo até os guardas marcharem para dentro da sala, puxando Aren Kertell. Os guardas acorrentaram as algemas dele aos pés da mesa, depois tiraram os objetos de cristal do alcance dele, uma criada voltando com uma canequinha de metal cheia de vinho.

Quando os guardas se afastaram, Valcotta levantou e, pelo canto do olho, Keris a viu pôr a mão no peito em sinal de respeito, sentando apenas quando Aren acenou de leve com a cabeça. O que significava que todos os olhares estavam voltados para ela quando a verdadeira peça do jogo entrou na sala.

Coralyn sentou à direita de Aren e travou conversa com ele imediatamente, as vozes tão baixas que Keris não conseguia ouvir de seu canto da mesa.

Outros homens foram entrando, assumindo os lugares reservados a eles. Ao lado de Valcotta sentou o embaixador de Harendell, que era loiro e tinha um nariz enorme. À frente dela sentou um ruivo com sardas que parecia amaridiano. Uma suposição que foi confirmada pelos olhares fulminantes que os dois trocaram. A relação entre Amarid e Harendell *não* era boa, embora tendessem mais a embargos e assassinatos do que a uma guerra declarada.

— General Anaphora — o harendelliano disse. — Foi com grande pesar que soubemos de sua captura em Nerastis, mas fico contente em ver que Silas a está mantendo de maneira condizente com seu nome e sua posição. Nunca dá para saber com os maridrinianos. Desgraçados violentos, sem exceção, embora imagino que saiba bem disso.

Keris soltou um leve bufo de irritação.

— Estou sentado *bem aqui*, sabe?

O homem estreitou os olhos para Keris, claramente com a visão fraca.

— Desculpe, quem é você mesmo? Silas tem tantos filhos que tenho dificuldade em acompanhar.

— Ele é o príncipe herdeiro Keris, seu idiota — o amaridiano disse do outro lado da mesa. — Herdeiro do trono e responsável pela negociação com os valcottanos.

— Ah, claro. Perdoe-me, alteza. Não quis ofender. Até onde acompanhei, o príncipe Rask era o herdeiro.

— Ele morreu. — Keris voltou a atenção bruscamente para o livro, encarando as páginas sem ler.

— Talvez possa encher meus ouvidos com notícias de minha pátria — Valcotta disse ao harendelliano. — Como vai minha tia, a imperatriz?

— Meus compatriotas ainda não retornaram com notícias da resposta dela aos maridrinianos, se essa é sua dúvida. Mas dizem que ela se fechou no quarto e chorou por um dia e uma noite quando soube que você havia sido capturada.

Um boato que contradizia o que Yrina tinha contado a ele. Será que o harendelliano estava mentindo para agradar Valcotta ou a própria imperatriz criou os boatos para manter a reputação que tinha intacta? Antes, Keris teria acreditado na primeira opção, mas agora desconfiava que fosse a segunda.

Um repique suave soou, e Keris fechou o livro e levantou, observando seu pai entrar na sala. Como sempre, estava cercado por guarda-costas e suas atuais esposas favoritas, o que incluía Lestara. Ela sentou na ponta da mesa, os olhos encontrando os de Keris por um breve momento.

O harém estava pronto.

— Precisamos encontrar correntes mais leves, Aren? — o rei perguntou, e Keris percebeu que o rei ithicaniano continuava sentado. — Talvez possamos pedir para um dos joalheiros fazer algo menos incômodo.

Os elos pesados das correntes se chocaram e sacudiram com um barulho sinistro contra a madeira da mesa quando Aren pegou o copinho metálico a sua frente e bebeu o vinho. Depois deu de ombros.

— Uma corrente mais leve daria um ótimo garrote, mas há algo de... *satisfatório* em enforcar um homem até a morte. Eu perguntaria se você concorda, Silas, mas todos aqui sabem que você prefere apunhalar pelas costas.

Keris praguejou em silêncio. Se Aren provocasse a própria morte depois de todo o trabalho que ele havia feito para trazê-lo até aqui, mijaria na cova do idiota.

Silas franziu a testa.

— Viram, meus senhores? Os ithicanianos só conhecem insultos e violência. Será muito melhor agora que não temos mais que lidar com sua laia conduzindo o comércio pela ponte.

O embaixador amaridiano bateu na mesa em sinal de concordância, mas o embaixador de Harendell apenas franziu a testa e coçou a barba grisalha no queixo. Ao lado dele, Valcotta endireitou os ombros, a seda de seu vestido farfalhando.

— Tenho certeza de que Valcotta não está de acordo com isso, majestade. E até Maridrina se retirar de Ithicana e você libertar seu rei, os mercadores valcottanos vão continuar a contornar a ponte em favor de rotas marítimas.

Era disso que ele tinha medo. Valcotta não sabia nada sobre os planos de Keris para hoje. Não fazia ideia de que ganhar uma aliança com o rei ithicaniano poderia levar à liberdade dela. E ela estava *furiosa*. Ele conseguia sentir o ódio emanando, apesar da expressão neutra. A dor recente pela morte de Yrina significava que era o coração, e não a cabeça, que estava no controle das decisões dela.

Silas disparou um olhar fulminante.

— Então é melhor que sua tia se acostume a perder navios para os mares Tempestuosos. E é melhor você se colocar no seu lugar e ficar quietinha, menina. Sua presença é apenas uma cortesia. Você deveria estar me agradecendo por poupar sua vida, e não testando minha paciência com sua tagarelice. Sua cabeça ficaria muito bem estacada nos portões de Vencia.

A mão de Keris apertou a haste da taça de vinho. Ela estava tentando comprar briga com o pai dele? Estava tentando ganhar uma chance de chegar perto dele? Para uma guerreira como Valcotta, tudo podia ser uma arma. Um garfo. Um caco de prato quebrado. A haste partida de uma taça de vinho. E essa era a primeira vez que ela ficava na presença do rei sem correntes prendendo seus punhos. Keris ficou tenso, se preparando para intervir caso Valcotta atacasse, porque não poderia ser *ela* quem mataria seu pai.

De sua ponta da mesa, Aren disse:

— Como alguém muito familiarizado com essa questão, Silas, permita-me lhe contar um segredinho: ponte vazia não dá dinheiro.

O embaixador de Amarid lançou um olhar enviesado para Silas. A julgar pela maneira como o maxilar de seu pai se cerrou, ele não havia deixado de notar a encarada. A pele de Keris se arrepiou quando sentiu o pai se enfurecer. Silas odiava não estar no controle de uma situação, mas o que odiava mais do que tudo era zombaria. Seria bem de seu feitio reagir com violência sem nenhum motivo além de lembrar a todos quem eles precisavam temer. E Valcotta era o alvo mais fácil ali.

A menos que Keris desviasse a atenção do pai.

Então abriu a boca, preparando um gracejo que voltasse a ira de seu pai contra si em vez disso, mas, antes que pudesse dizer qualquer coisa, uma melodia começou a tocar, emanando suavemente da instrumentista, sentada por trás das cortinas. Keris nem tinha notado que ela estava lá.

Lestara levantou e começou a dançar, uma série de passos lentos e sedutores. Todos os olhares masculinos da sala se voltaram para ela *exceto* os de seu pai, que insistia que o amaridiano bastante distraído não acreditasse nos rumores, pois a ponte estava, sim, dando dinheiro. O volume da música cresceu, e ele fechou a cara, obrigado a repetir as palavras enquanto o amaridiano o encarava, confuso, a conversa abafada.

Exatamente como o harém havia planejado. Pelo canto do olho, Keris observou Coralyn conversar com Aren, fingindo muito bem que estava apenas tendo uma conversa banal durante um jantar.

— A parceria de Amarid com Maridrina tem sido lucrativa? — Valcotta perguntou ao embaixador. — Não posso deixar de imaginar que as perdas de navios e tripulações sejam muito superiores ao lucro obtido com o tratamento preferencial na ponte.

O amaridiano abriu a boca, mas o rei rosnou:

— Feche essa boca, mulher. Você não foi convidada a esse jantar para discutir política.

Valcotta apoiou o queixo na mão e abriu um sorriso condescendente para o harendelliano.

— Creio que ele quisesse provar a você que ainda estou viva.

— O que disse, querida? — O homem franziu a testa para ela. — Tenho uma certa dificuldade de audição.

— Ainda estou viva! — Zarrah gritou, atraindo um olhar fulminante de Silas.

— Ah, sim. — O harendelliano concordou com vigor. — Havia muita preocupação sobre o bem-estar do rei Aren.

O rosto do rei ficou roxo com o uso do título de Aren, os olhos alternando entre a conversa de seu prisioneiro com Coralyn e a conversa que se desenrolava à sua frente, depois se voltava para o amaridiano, que fitava com um desejo descarado os seios de Lestara dançando ao redor da mesa; os outros nobres, por sua vez, também não estavam muito melhores.

— Mais baixo! — o rei gritou para os músicos. — Não estou conseguindo ouvir nem meus próprios pensamentos!

O que ele queria era que Coralyn interrompesse a conversa que estava tendo com Aren, mas isso daria poder a Aren aos olhos de todos naquela sala, o que o orgulho do rei não suportaria. Keris abriu o livro, se esforçando para não sorrir enquanto suor se acumulava na testa do pai.

— Sua esposa é incrivelmente talentosa, majestade — o amaridiano disse. — Devo dizer que as mulheres maridrinianas são famosas no mundo todo pela beleza e graça. Especialmente na cama.

O pai claramente não escutou as palavras do homem, pois não esboçou qualquer reação. E Keris já o tinha visto matar homens por insultos menores.

— A mulher claramente veio de Cardiff, seu idiota — o harendelliano declarou. — Dá para ver pela palidez. E pelos olhos. Temos um ditado em Harendell: cuidado com os olhos âmbar de Cardiff, pois, se olhar demais, eles roubam sua alma.

— Superstições — o amaridiano disparou. — Mas eu não esperaria nada menos de você.

Os homens entraram numa discussão, como Keris havia previsto, o volume ficando mais alto e a música também para compensar. E, do outro lado da mesa, Coralyn sorria e ria, mas a seriedade de Aren entregava a farsa.

Morda a isca, Keris implorou em silêncio enquanto encarava as páginas do livro, folheando-as de tempos em tempos. *Dê o que precisamos.*

— Basta! — o pai gritou para Lestara. — Sente-se!

Lestara voltou a seu lugar, a mesa toda em silêncio enquanto Silas levantava, olhando com fúria para os embaixadores, embora Keris soubesse que a ira dele era específica contra Coralyn.

— Convidei vocês aqui como demonstração de respeito pelos reis e suas nações, e vocês traem minha hospitalidade com picuinhas e desrespeitando minha esposa. — Ele apoiou as mãos na mesa. — Saiam da minha casa, caralho!

O harendelliano levantou devagar.

— Com todo o respeito, majestade, eu...

— Fora!

Os nobres e embaixadores levantaram em silêncio e se curvaram antes de saírem sob a escolta de guardas. Quando todos já tinham saído, Aren disse:

— Se eu soubesse que seus jantares eram tão animados, teria aceitado o convite antes. — Ele levantou, as correntes chacoalhando. — Vou me retirar por hoje.

Silas acenou, tenso, para os guardas, que soltaram o rei ithicaniano e o levaram para fora da sala.

— Essa daí também. — Ele apontou o queixo para Valcotta, que deu de ombros e levantou, saindo atrás de Aren, seguida pela instrumentista.

— Vamos comer em paz — o pai declarou; depois recostou, os criados logo aparecendo com o prato principal.

Paz *não* era a palavra que Keris teria usado para o resto do jantar, mas houve silêncio até o último dos pratos ter sido recolhido e o pai recostar na cadeira, uma taça de conhaque equilibrada no joelho enquanto observava todos os presentes.

— Parabéns — ele disse por fim, os olhos em Coralyn. — O que conseguiu extrair dele?

Choque perpassou Keris enquanto Coralyn tomava o chá que uma das criadas tinha trazido.

— Parabéns a você também, vossa majestade. Desempenhou seu papel com perfeição. Aren ficou totalmente convencido de que eu estava falando com ele contra a sua vontade.

Keris abriu a boca para comentar, mas a fechou de novo, entendendo que não era o mestre da cena que pensava ter orquestrado.

— Ele não sabe onde Lara está nem aonde pode ter ido — Coralyn disse. — Tampouco as irmãs, embora tenha me dito que uma delas está morta. — Colocou a xícara na mesa e lançou uma longa encarada contra o pai dele.

— Marylyn conseguiu acesso à Guarda Média antes do ataque principal, tendo como objetivo prender Lara, matar, se necessário — ele respondeu, antes de virar a taça. — Aren, ela tinha que matar.

Marylyn. O nome era familiar, mas, na verdade, Keris tinha apenas uma memória vaga de muitas das meias-irmãs que haviam sido levadas para o deserto Vermelho na mesma época que Lara. A mãe dele sempre havia mantido Keris e Lara próximos, relutante em dividir a responsabilidade da maternidade, como fazia o resto do harém, então os dois eram quase inseparáveis. Será que ela sequer lembrava dele? Ou o tempo e a distância o haviam apagado da memória de Lara como Marylyn tinha sido apagada da sua?

— São suas *filhas*, Silas. — A voz de Coralyn era fria. — Você não deveria colocá-las umas contra as outras. São família.

Todos os meios-irmãos de Keris eram família, mas eram incentivados a matar uns aos outros para garantir que o mais forte herdasse o trono.

— Bote a culpa em Lara — o pai retrucou. — A lealdade dela era para ser a esta família. A Maridrina. Mas foi só dar de cara com um marido jovem e bonito para esquecer quem era. De onde veio. Família é tudo, e ela nos traiu.

— Mas as outras não e, mesmo assim, você permite que Corvus as persiga. Não para trazê-las de volta para casa, mas para mandá-las para debaixo da terra.

Uma expressão de repulsa perpassou o rosto do pai, que respondeu com um gesto de desprezo.

— Você acha que quer elas aqui, mas não quer, Coralyn. São criaturas violentas e assassinas.

— Porque você permitiu que Serin as criasse dessa forma!

Coralyn *nunca* gritava. Keris se remexeu, tenso, na cadeira, percebendo que havia subestimado o desejo dela de descobrir o destino das irmãs dele. E de trazê-las de volta.

— Para atingir um objetivo! — O pai levantou num rompante, andando de um lado para o outro. — E deu certo! Quando Ithicana tiver se entregado por completo, Maridrina vai estar pronta para se tornar a nação mais poderosa dos dois continentes. Pronta para criar alianças que vão nos permitir rechaçar Valcotta para podermos reconquistar a terra de que precisamos para sustentar nosso povo. — Ele parou de repente, apontando o dedo para ela. — Você sabe melhor do que ninguém que meu pai deixou um legado fraco. Uma nação dependente de outras para sobreviver, e sofremos por isso. Mas consegui o impossível, e um filho meu vai herdar uma nação imponente. Você também queria isso, Coralyn, então não se atreva a perder a coragem porque não gosta de como eu alcancei nosso objetivo.

Um filho dele. Não Keris, mas qualquer que fosse o meio-irmão que acabasse por herdar aquela terra. Nada de novo, nada de inesperado, mas, por motivos que Keris não conseguia articular, isso machucava mais do que Serin e seu pai conspirando para matá-lo.

— Não há nada mais importante do que a família, Silas.

O pai dele observou Coralyn em silêncio por um longo momento antes de perguntar:

— Então por que você se importa tanto com o destino da filha que nos traiu? Lara é a *chave*, Cora. Com ela, podemos subjugar Aren e conseguir as informações de que precisamos para vencer isso tudo.

Cora? Keris piscou, nunca tendo ouvido o pai falar com tanta familiaridade com sua tia. Ele sempre falava dela com desdém. Ressentimento. Frustração. Mas havia um ritmo e uma tranquilidade naquela discussão que sugeria que o pai levava a opinião dela muito mais a sério do que Keris imaginava.

Silêncio.

— Ele disse que não acredita que Lara vá morder a isca. — As palavras saíram num ímpeto de irritação. — Mas para mim ficou claro que estava mentindo. Vi o medo que a ideia inspirou nos olhos dele, e se tem medo de que ela tente resgatá-lo é porque acredita que isso seja possível.

— Você acredita?

Keris prendeu a respiração, esperando pela resposta da tia, pois validaria a informação que Valcotta tinha dado a seu pai sobre Lara.

— Sim. Acho que ela vai vir atrás dele e que você vai ser forçado a enfrentar o monstro que criou, Silas.

O pai sorriu.

— Você quase nunca erra sobre essas coisas. Descobriu mais alguma coisa de útil?

— Sim. Seu pai se casou com uma mulher chamada Amelie Yamure. Você não deve se lembrar dela, pois ficou no harém por pouco tempo antes de desaparecer, dada como morta. Descobri hoje que era uma espiã ithicaniana enviada para se infiltrar no santuário interno. Descobri também que é avó de Aren.

Keris não se deu ao trabalho de esconder a surpresa por *essa* revelação. O avô dele tinha se casado com uma espiã ithicaniana?

— Por que Aren contaria isso a você? — o pai perguntou, expressando a mesma dúvida de Keris.

— Ele tem fortes opiniões sobre nossos costumes e, quando sugeri que as visões dele não têm fundamento, deu as experiências dela como exemplo. Faz uma eternidade que ela esteve aqui, mas só nos resta supor que é a fonte das informações de Ithicana sobre as defesas do santuário interno. Se considerar a perspectiva dela, pode ser que consiga se defender melhor das intrusões contínuas deles.

Frustração ferveu nas veias de Keris, porque a tia estava agindo no caminho oposto dos objetivos dele. E não havia nada que pudesse fazer a respeito.

O pai dele coçou o queixo.

— Você tirou mais dele com alguns minutos de conversa-fiada do que Serin com semanas de tortura.

Coralyn bufou baixo.

— O homem é treinado para resistir às técnicas de Serin, mas acho que uma vida isolado em Ithicana não o preparou para maquinações políticas. — Ela levantou. — Fiz o que você pediu. Agora cumpra a sua parte do acordo. Prometa que vai permitir que as outras meninas vivam a vida delas em paz. Que vai chamar a atenção de Serin e ameaçá-lo com consequências graves se alguma delas for ferida.

— Prometo. — O pai levantou e saiu da sala, deixando Keris a sós com as tias.

Lestara levantou e pegou um dos tambores que os músicos haviam deixado para trás, tocando um ritmo e cantando na língua de sua terra natal alto o bastante para ninguém conseguir ouvir a conversa dentro da sala.

Keris recostou na cadeira.

— Muito bem, titia. O que Aren acha que vai ganhar em troca dessa informação?

— Pouco importa, visto que consegui o que queria.

— Então... a senhora mentiu para ele? — Keris não conseguia entender por que aquilo o surpreendeu tanto, mas surpreendeu.

Coralyn podia muito bem ser uma dissimulada, mas a situação toda parecia... *estranha*.

Ela ergueu um ombro de brocado.

— Para o governante de uma nação que depende do comércio, ele é um péssimo negociador. É preciso sempre esperar as mercadorias serem entregues para finalizar o pagamento.

Náusea encheu o estômago de Keris junto com uma frustração consigo mesmo por não ter previsto que a mulher tinha seus próprios objetivos nessa empreitada.

— Ele deu um método para você entrar em contato com as pessoas do povo dele?

— Sim.

— Como?

Ela inclinou a cabeça.

— Por que quer tanto saber, Keris? Fiquei com a impressão de que você era indiferente ao destino de Aren.

— E sou. Mas estou cansado de ter a família cercada por cadáveres. Me entregue o contato e vou colocar um fim nisso. — Era arriscado, porque os homens de Serin *sempre* o seguiam para fora do palácio, mas que escolha ele tinha? Precisava que os ithicanianos o ajudassem a libertar Valcotta.

— Não vale o risco de seu pai pegar você se intrometendo, Keris. Serin está vigiando você de perto, procurando qualquer deslize. E, se acredita que vou arriscar você para tornar o cheiro dos meus jardins mais agradável, não me conhece nem um pouco.

O pânico crescia dentro de Keris porque ele estava perdendo o controle da situação. Totalmente.

— Preciso fazer alguma coisa.

— Por quê? Por que é tão importante que você coloque *tudo* a perder? Não apenas você, mas suas irmãs, pois, se seu pai souber que fui eu quem contei a você essas informações, e ele vai saber, vai desistir da promessa que fez de parar de caçá-las. Os cadáveres podemos até suportar, mas perder mais filhos não.

Porque não consigo suportar que ela *morra!* era o pensamento que gritava para ser expresso, mas ele não podia. O harém odiava os valcottanos. Odiava Zarrah.

— Porque é parecido demais com o que aconteceu com a minha mãe.

A expressão de Coralyn se suavizou.

— Sei que é, meu querido. Mas não vai durar muito. Depois que Aren perceber que não o ajudei, ele vai dar um fim a si mesmo.

— A senhora é mais cruel do que eu imaginava, titia. — E ele odiava isso. Odiava que aquela que ele amava como uma mãe fosse capaz disso.

— Família é tudo. — Coralyn fez sinal para as outras mulheres a seguirem na direção da porta, mas parou para dar um tapinha na bochecha dele. — E tem pouca coisa que eu não faria para proteger os filhos do harém. Boa noite, Keris. Talvez o dia de amanhã traga um fim a todos os nossos sofrimentos.

50

ZARRAH

O HARÉM HAVIA TRAMADO ALGUMA COISA no jantar daquela noite — mesmo sem a anotação que Keris havia escrito em seu livro, teria ficado óbvio. Mas Zarrah não pensou demais nos frutos que a conversa entre Coralyn e Aren poderia ter dado enquanto deixava as criadas prepararem sua cama, pois, depois de hoje, nada disso importaria.

O relógio na torre bateu a primeira badalada da nona hora, anunciando o começo do toque de recolher do harém. Tinha chegado a hora. Zarrah engoliu em seco o nó de emoção em sua garganta, mas a angústia se recusava a se deixar vencer. Assim como o remorso.

O que ela não teria dado pela chance de se despedir dele. De pedir desculpa pela dor que suas ações causariam. De dizer para ele...

Tec.

Zarrah se sobressaltou, dando meia-volta para olhar pela janela.

Tec.

O pulso dela acelerou com apreensão e expectativa, e ela apagou a lamparina e foi abrir a janela. Uma névoa leve a atingiu e, ao longe, um raio cortou o céu.

Zarrah encostou a testa nas grades e olhou fundo para a escuridão, seu coração competindo com o trovão que caiu sobre a cidade.

E então ali estava ele.

Keris subiu até sentar no peitoril, um braço entre as grades para se segurar no espaço estreito. Disse, baixinho:

— Tenho notícias.

O coração de Zarrah palpitou com a certeza súbita de que a tia havia concordado com os termos de Keris. Que ela seria libertada e que a oportunidade de vingança estava perdida. Mas então Keris continuou:

— Aren Kertell decidiu entregar a Coralyn uma maneira de entrar em contato com o povo dele se ela transmitir para eles ordens para que parem de tentar resgatá-lo.

Não era nem um pouco o que ela esperava e, por um momento, ficou sem palavras.

— Ela não vai cumprir a promessa. Fez um acordo à parte com meu pai e revelou grande parte do que Aren disse em troca de meu pai concordar em fazer Serin cessar sua busca por minhas meias-irmãs.

— Que velha safada.

Keris deu de ombros.

— Ela escondeu de meu pai detalhes cruciais, sobretudo como entrar em contato com o povo dele em Vencia. Também se recusou a revelar essa informação para mim, mas não importa. Vou tirá-la de Aren por conta própria, para me encontrar com o pessoal dele e fornecer as informações de que precisam para realizar uma tentativa de resgate bem--sucedida.

Zarrah piscou antes de entender a intenção dele.

— Seu plano é que me levem junto.

— Sim.

— Keris... — ela expirou. — O seu plano é maluco. É mais provável que os ithicanianos *matem* ou sequestrem você numa tentativa de te trocar por Aren.

Ele riu.

— Eles teriam mais sorte se sequestrassem e cobrassem resgate por qualquer cavalo do meu pai.

— É por isso que você não deveria correr esse risco. Não vai funcionar!

— Talvez funcione. Os ithicanianos estão desesperados. Vão acabar concordando.

— Não vai funcionar. — O coração dela estava trovejante no peito.

— Não insista.

Keris ficou em silêncio por um longo momento antes de dizer:

— Se eu não a conhecesse, Valcotta, talvez pensasse que você *não quer* escapar.

As mãos de Zarrah gelaram porque, se Keris desconfiasse das intenções dela, tentaria detê-la. Insistiria nesse plano lunático para salvá-la, a qualquer custo. Até mesmo um custo que não precisava ser pago.

Mas ela não queria mentir para ele.

— Minha liberdade não vale a sua vida, que muito provavelmente vai ser o preço de tudo isso.

— É neste ponto que discordamos, Valcotta. Se me matar libertasse você dessa confusão por algum milagre, eu me mataria. Mas, como isso se provaria ineficaz, vou correr os riscos necessários para conseguir a ajuda daqueles que *têm condições* de cumprir essa missão.

A voz dele era raivosa, amargurada, mas, como esse poderia ser o último momento que os dois tinham juntos, ela se recusava a enganá-lo com falsas esperanças. Um trovão soou ao longe, a tempestade se aproximando, e ela soube que, se não começasse a agir logo, a chuva e o vento tornariam a escalada impossível. Mas, em vez de mandá-lo embora, sussurrou:

— Por que você ainda me chama assim?

Silêncio.

— Porque saber seu nome não mudou quem você é para mim. Não mudou o que sinto por você. E... — Zarrah o ouviu engolir em seco. — E talvez porque eu me recuse a esquecer o momento em que todas as coisas pareciam possíveis, incluindo estar com você. — Ele hesitou. — Posso parar de chamar você assim, se quiser.

Essa era a última coisa que ela queria.

A mão dele entrou por entre as grades para tocar o rosto dela.

— Eu já tinha me apaixonado por você antes de sequer saber seu nome. Você é tudo que eu nunca serei. É vigorosa, forte e valente. Me faz acreditar que posso ser melhor. Me dá esperança. Você é minha esperança.

— Keris...

Ele deslizou o polegar, apertando os lábios dela.

— O que quer que o futuro reserve para nós, saiba que meu coração é seu.

O coração de Zarrah, em resposta, bateu desenfreado porque, por Deus, parecia fazer uma eternidade que ele não a tocava daquele jeito.

Ela tinha chegado a acreditar que não havia mais como voltar a sentir o que sentia por ele quando era apenas o maridriniano anônimo que lia histórias sobre estrelas para ela. Tinha chegado a acreditar que seria impossível recuperar aquele momento. E, nisso, estava correta. Saber a verdade sobre ele, ver o *verdadeiro* ele, tinha criado uma tempestade de emoções no peito dela que era cem vezes mais intensa. De todas as estrelas que ela havia mapeado na própria mente, a dele era a que mais brilhava.

— Preciso ir — ele disse. — Você corre risco demais comigo aqui.

Zarrah estendeu a mão por entre as grades, pegando-o pela camisa, os punhos se fechando porque ela não queria deixar ele ir embora. Não queria perdê-lo, fosse pelas ações dela ou pelas dele. Porque, embora estivesse aterrorizada demais para dar nome à emoção que incendiava seu coração, ela a sentia mesmo assim.

— Não vá.

Cada inspiração dela trazia para seu olfato o aroma de especiarias, e isso provocou uma inundação de desejo, flashes de lembranças. Lembrança dos lábios dele traçando seu corpo, dos dedos dele traçando linhas de fogo em seu corpo, da língua dele lambendo o sexo ardente dela. Do pau dele metendo nela até ela gritar, ecos desse prazer lançando calafrios por sua espinha.

Ela nunca teria outra chance de ser tocada por ele porque, conseguindo ou não matar Silas hoje, era improvável que sobrevivesse por muito tempo para celebrar a vitória.

A hora tinha chegado.

O fim estava próximo.

— Quero você. — Ela pegou a mão dele, entrelaçando os dedos, deslizando a palma por seu seio e ouvindo-o inspirar fundo. — *Preciso* de você.

— Valcotta... — A voz dele estava rouca, e, como sentiu o protesto, ela estendeu o braço por entre as grades. Deslizou a mão à frente da calça dele, pegando no pau que já se enrijecia, a pele quente na mão dela.

— Eu quero isto aqui.

Ela deslizou a mão para cima e para baixo, lembrando de como ele gostava desse movimento, que *não* era suave. Ela fechou os olhos e ouviu a respiração dele acelerar enquanto ficava cada vez mais duro sob seu toque.

Ele gemeu, soltando a mão das grades para pegar o punho dela, a ponta dos dedos traçando as veias e fazendo o corpo dela arder de necessidade. Mas então ele apertou o punho e tirou a mão dela de sua calça, empurrando-a para dentro das grades.

— Não vou me aproveitar de você enquanto ainda for uma prisioneira. Você pode até ter uma moral intacta, Valcotta, mas a minha é tão escassa que temo sacrificar o pouco que me resta e acabar sem moral alguma.

— Que mentira. — Ela latejou, a virilha molhada de desejo. — E você parece esquecer que, ao se privar, também me priva.

Ele não respondeu. Frustração preencheu Zarrah, pois ele privaria os dois desse momento, sem perceber que essa era a última chance que teriam.

— Você tem razão. — Ele estendeu o braço por entre as grades para agarrar a cintura dela, a mão quente através da seda fina. — Você é uma negociadora excelente.

— É fácil quando se sabe o que o outro quer. — Ela encostou o rosto nas grades, suspirando quando a mão dele passou pela curva da bunda dela, os olhos dela se fechando. — Me beije.

Ela sentiu a respiração dele, ouviu como estava ofegante; então ele a beijou, a língua explorando sua boca com o desespero de alguém privado havia muito tempo. Ela passou os braços por entre as grades, arranhando os ombros dele e cravando as unhas nos músculos duros, saboreando o gemido que ele soltou.

— Cacete, Valcotta, você acaba comigo como nenhuma outra.

— Porque você é meu. — Ela não se importava que o sonho deles juntos desafiasse a lógica. — E de ninguém mais.

Ele puxou as alças da camisola dela, a seda caindo pelo corpo até a curva do quadril. Ela gemeu quando ele roçou o polegar em seu mamilo e a puxou contra as grades finas para chupar seus seios, raspando os dentes no pedaço de pele sensível, deixando-a maluca.

Um raio cortou o céu e o vento soprou contra a pele nua de Zarrah, deixando-a fria exceto onde a boca dele incendiava. Ele apertou as grades com uma das mãos e enfiou a outra na saia da camisola dela, os dedos subindo por sua coxa até roçar em sua calcinha de seda. Pelo gemido que ele deixou escapar, ela soube que o tecido estava molhado de tesão.

— Quero ver você.

Ela abriu as pernas, apoiando um joelho de cada lado da moldura da janela, segurando nas grades enquanto chegava as costas para trás, sentindo os olhos dele consumirem seu corpo a cada clarão de raio.

Ele deslizou o dedo pela seda encharcada, o tecido roçando contra o ápice da fenda dela e fazendo calafrios percorrerem seu corpo e a tensão crescer.

— Por favor. — Ela precisava de mais. Precisava dele inteiro. — Você está me torturando.

— É isso que você merece. — O dedo dele traçou devagar o centro do prazer dela. — Já me deixou louco também.

— Não é de propósito. — Ela estava tremendo, ardendo de necessidade. — Mas você parece estar se divertindo com isso.

Ele riu baixinho e deslizou o dedo por dentro do tecido. Sentir o toque dele quase a estilhaçou. Ela gemeu seu nome enquanto ele a acariciava, o dedo descendo para provocar a entrada antes de deslizar para dentro.

Ela se abriu mais para ele e apertou as grades, rebolando em seu dedo e quase soluçando quando Keris deslizou um segundo dedo para dentro dela.

— É mais ou menos isso que você tinha em mente?

— Sim. Nossa, sim. — Ela cavalgou nos dedos dele feito um animal selvagem, gemidos escapando de sua garganta quando o polegar dele roçou em seu ponto sensível, a tensão crescendo à medida que a tempestade se aproximava.

Zarrah sentiu os dedos dele se curvarem dentro dela, estocando enquanto ela rebolava, até seu corpo desmoronar. Onda após onda de prazer a banharam, forçando-a a cobrir a boca com a mão para abafar os gritos do nome dele, o clímax deixando-a esgotada.

Mas não saciada.

Ela estava chegando à conclusão de que nunca ficaria saciada. De que nunca se cansaria dele. De que uma vida não bastaria e que, mesmo no Grande Além, precisaria do toque de Keris.

Os braços dele a envolveram, puxando-a contra o aço frio das grades. Abraçando-a até que a respiração dela se estabilizasse, e acariciando com carinho suas costas.

— Vamos vencer isso, Valcotta — ele disse por fim. — Eu e você vamos derrotá-los. Não pode ser de outra forma.

Eu vou vencer, ela pensou, os olhos ardendo. *Mas eu e você vamos perder.*

Então Zarrah sussurrou:

— Você precisa ir. Vai chover.

Ele a beijou mais uma vez, longa, vagarosamente e tão cheio de paixão que ela sentiu a própria determinação vacilar. Mas, antes que ela cedesse por inteiro, ele a soltou e saiu noite afora.

Tristeza ameaçou dominá-la, alimentada pela culpa por estar enganando-o. Por ele ter que lidar com as consequências das ações dela. Mas tinha que ser assim, então Zarrah construiu muros ao redor de todas as emoções que sentia e permitiu que apenas a raiva se libertasse.

Quando ergueu os olhos para a torre, pontualmente, uma luz se acendeu nos aposentos de Silas Veliant.

A hora tinha chegado.

51
KERIS

Você não deveria ter feito aquilo, ele se repreendeu enquanto atravessava os jardins em silêncio. *Mesmo que não fosse pego... é imoral tocar nela enquanto ela é prisioneira.*

Mas negar a ela qualquer coisa, ainda mais prazer, beirava o impossível para ele. Era capaz de fazer tudo para vê-la sorrir. Para fazê-la rir. Para tirá-la da circunstância horrível que estava vivendo, nem que fosse por um momento.

Mãos se fecharam nos ombros de Keris, e uma voz sussurrou:

— Perdeu *a porra do juízo*?

Ele virou, quase socando a cara de quem quer que fosse, antes de reconhecer o irmão.

— Otis? O que está fazendo aqui?

— Essa está longe de ser a questão mais urgente. — Otis passou os olhos pelos jardins escuros, o rosto quase invisível nas sombras. — O que você tinha na cabeça? Se fosse pego, meu pai te estriparia feito um peixe.

Keris sentiu o sangue se esvair do rosto.

— Pego fazendo o quê, exatamente?

— Não se faça de desentendido. Comigo não. — O irmão chegou mais perto. — Te segui até os jardins porque queria conversar com você, mas você sumiu. Só que te *conheço*, então pensei em olhar para cima. Ou *ouvir* o que acontecia lá em cima, para ser mais exato.

Horror encheu as entranhas de Keris, as mãos gelando porque se o irmão tinha ouvido o que ele e Valcotta tinham feito...

— Só você mesmo pra ter a audácia de chifrar o próprio pai na casa dele. Quem era?

Chifrar... a palavra fez uma onda de alívio percorrer Keris, porque o irmão estava achando que ele tinha feito aquilo com uma das esposas do harém. Então cruzou os braços.

— Não é da sua conta.

— Me conta ou vou perguntar para a Coralyn de quem é aquela janela.

Merda.

— Tudo bem. Era Lestara. — A mais convincente de qualquer das mulheres, além de ser a mais palatável, considerando que não tinha dado à luz nenhum de seus meios-irmãos. — Espero que faça o favor de manter essa boca fechada.

Otis bufou.

— Pelo bem dela, vou me manter em silêncio. Mas, se tiver alguma noção, vai botar um fim nisso. Há inúmeras mulheres em Vencia que teriam o maior prazer em aquecer sua cama sem o risco de meu pai cortar fora seu membro mais perigoso.

Obrigado, Deus, por essa pequena graça alcançada, Keris pensou, o alívio quase o fazendo desmaiar. *E pelas grandes também.*

— Pela primeira vez na vida, você fala com sabedoria. — Ele colocou o braço ao redor dos ombros do irmão. — Quer se aventurar hoje? Arranjar mulheres, vinho e um jogo de cartas?

— Eu até iria se pudesse, mas meu pai quer um relatório do estado de Nerastis.

— E qual é o estado daquele buraco de merda?

Otis expirou longamente, se permitindo ser guiado na direção da torre.

— Calmo como um túmulo. Os valcottanos estão se mantendo do lado deles do Anriot e se defendem quando atacamos, mas não vêm atrás. Estão tramando alguma, escute o que estou falando.

— Ou perceberam que provocar aqueles que capturaram a princesa deles é uma excelente forma de fazer com que ela seja morta.

A voz de Otis ficou tensa ao dizer:

— Soube de seus planos de negociação para cair nas graças do rei.

A raiva de Otis não era inesperada. Ele não tinha interesse em negociar com os valcottanos, apenas dizimá-los.

— A situação com Ithicana é grave, Otis. Nosso pai faliu e inclusive criou uma dívida enorme com Amarid para conseguir uma ponte que quase não dá dinheiro. Precisamos que Valcotta retome o comércio em Guarda Sul, e essa negociação pode conseguir isso.

Otis bufou.

— Você sabe que não vai dar certo, não é? Valcotta é *rica*... por pura birra, a imperatriz prefere sacrificar centenas de navios aos mares Tempestuosos a nos pagar um centavo.

Keris *sabia*, mas admitir isso era contraproducente.

— A imperatriz está sendo pressionada pelo povo. Não acho que estarão dispostos a sacrificar tanta coisa por orgulho.

Silêncio.

— O caminho nunca é simples para você, não é? — Otis disse com amargura. — Sugiro cortar a cabeça da vadia valcottana e botá-la numa estaca nos portões.

A ameaça fez a raiva se contorcer dentro de Keris, mas ele se forçou a rir enquanto os guardas abriam as portas.

— A imperatriz retaliaria e, como o objetivo do meu pai é manter Ithicana, ele não conseguiria enviar reforços. Eu perderia Nerastis, e tenho quase certeza de que aí seria a *minha* cabeça que ia parar numa estaca no portão. — Lançando um olhar de esguelha para o irmão, acrescentou: — Está deixando que o ódio pelos valcottanos afete seu discernimento, Otis.

Mas se arrependeu imediatamente do comentário quando Otis fechou a cara.

— Para você, é fácil dizer, parece que nem os odeia.

Estavam entrando em um terreno perigoso. Os valcottanos haviam matado a esposa de Otis quando afundaram o navio em que ela velejava, portanto, para o irmão, a questão não se resumia meramente a um rancor político. Era tão pessoal quanto o ódio de Valcotta, e Otis não tinha metade da empatia dela por aqueles que se ferissem em busca de vingança.

— Sei que essa ideia lhe é amarga, irmão, mas não posso me dar ao luxo de deixar que a emoção domine meu bom senso neste momento.

Começaram a subir a escada, Otis em silêncio e Keris pensando em como podia ter se arriscado tanto. O irmão seguraria a língua: as consequências eram altas demais, tanto para Keris como para Lestara. Mas isso significava que Keris precisava manter distância de Valcotta pelo menos até que o irmão fosse embora, o que ele esperava que acontecesse em breve. Otis conhecia os hábitos de Keris muito bem, conhecia *Keris* muito bem, não se deixaria enganar por muito tempo.

Ao chegar à porta do quarto, Keris hesitou.

— Quer que eu vá com você?

Otis se apoiou na pedra da escadaria.

— Não, é melhor não. Não tenho o seu autocontrole e odeio quando ele começa a zombar de você, o que sei que é inevitável.

Culpa azedou as entranhas de Keris, porque o irmão era terrivelmente leal a ele. Mesmo quando Keris não merecia.

— Quando terminar, me procure. Vamos atrás de entretenimento na cidade.

— Eu me contentaria com vinho e um sofá bem estofado. Minha bunda ficou na sela por muito tempo.

Keris riu.

— Vou mandar alguém saquear a adega e vou deixar minha porta destrancada. Boa sorte.

Ficou olhando enquanto o irmão subia, dois degraus por vez, sabendo que não era com a sorte de Otis que precisava se preocupar.

52
ZARRAH

ZARRAH ESPEROU ATÉ PERTO DA DÉCIMA HORA para sair da cama e afastá-la para o lado, revelando o bloco que estava parcialmente para fora. Faria barulho quando caísse, então ela precisava fazer na hora certa.

Guardou o prego dentro do corpete, apoiou os calcanhares no bloco de pedra e esperou.

O coração batia feito tambor em seu peito, as mãos úmidas, suor se acumulando na testa. De medo, sim, mas também de expectativa. Hoje, ela recuperaria a honra que tinha perdido na captura. Hoje, ela se vingaria. Por sua mãe. Por Yrina. Por si mesma.

Blom.

A primeira das dez badaladas do relógio soou, e ela empurrou os calcanhares contra a pedra, as mãos apoiadas no piso. Fez um barulho rangente enquanto se movia, até emperrar.

— Vai! — Ela empurrou com mais força enquanto o relógio batia uma segunda, uma terceira e uma quarta vez.

Mas o bloco maldito não saiu do lugar. Estava muito preso.

Blom!

— Porcaria! — Ela tentou com as mãos, empurrando o bloco, mas nada.

Blom!

Começou então a chutar, o suor enxarcando sua pele, a sétima, a oitava e a nona badaladas ecoando pelo santuário interno.

— Você consegue! — Ela chutou uma última vez.

O bloco se mexeu, deslizando para a frente e caindo, e o pé dela passou pela abertura na parede. Com o coração na garganta, Zarrah cerrou os dentes, esperando o barulho do bloco caindo na vegetação lá embaixo.

Blom!

Por destino, sorte ou intervenção de algum poder superior, o bloco caiu bem quando a décima badalada soou, o eco reverberante abafando a maior parte do barulho. Mesmo assim, ela prendeu a respiração, esperando para ver se alguém viria averiguar.

Mas ninguém veio.

Agora não tem mais volta.

Depois de confirmar que tinha tudo de que precisava, Zarrah jogou o manto de veludo lá para baixo. Deitou de barriga para baixo e passou as pernas pela abertura, se arrastando para trás e soltando um palavrão quando sua bunda entalou. Empurrando com as mãos, rangeu os dentes e forçou o corpo a passar, encolhendo os ombros e deixando que seu peso a puxasse para baixo até estar pendurada pelas mãos.

Foi descendo, as mãos e os pés encontrando todas as pequenas ranhuras e rachaduras que Keris usava, até se deixar cair nos arbustos. Pegou o manto e lembrou de vestir o capuz. Então entrou na trilha, se movendo com total confiança na direção da torre.

Quem quer que a visse pensaria que era uma esposa convocada para atender o rei, mas o coração dela foi parar na garganta mesmo assim ao passar por um guarda, depois por outro, ambos acenando para ela com respeito. Em vez de se dirigir à entrada, quando fez a curva entre as topiarias, Zarrah virou à esquerda, se mantendo nas sombras e rumando para a base da torre.

Tirando o manto, ela o enrolou num fardo que amarrou na cintura. Respirou fundo e começou a escalar.

O tempo e as intempéries haviam erodido a argamassa entre os blocos de pedra e, em certas partes, pedaços tinham rachado, proporcionando a ela escolhas infinitas de apoio para as mãos, mas, depois de escalar dez metros, os braços já estavam tremendo de exaustão.

E ela não estava nem no meio do caminho até a janela de Silas.

Não pare, gritou internamente, pois, além do risco de cair, a maior preocupação dela era que os guardas que tripulavam as paredes internas vissem a sombra dela na torre. Se isso acontecesse, não apenas a chance dela de matar Silas estaria perdida como ela levaria uma flechada nas costas por ter tentado.

Quando chegou a certa altura, o fedor dos cadáveres nas muralhas internas ficou mais fraco, o cheiro da chuva iminente enchendo seu nariz. Mas isso não foi tão bom, pois o perfume veio acompanhado por uma brisa forte que açoitou seu corpo, ameaçando derrubá-la lá do alto.

Não para de escalar.

Ao olhar para cima, julgou que já tinha passado da metade e, por isso, arriscou uma olhada para baixo. Soldados se moviam por todo o topo da muralha interna, os olhos fixos na base bem iluminada. Outros estavam nas torretas nos cantos, os olhos igualmente vigilantes. Mas estavam todos olhando para baixo, mais preocupados com alguém tentando escapar do que alguém tentando escalar para dentro do covil do monstro.

A pedra que ela segurava com a mão direita cedeu abruptamente.

Deixou escapar um "ah" de pavor enquanto perdia o apoio dos pés e caía, se segurando apenas pelos dedos da outra mão, que arderam ao suportar todo o peso do corpo.

Buscou outro apoio para a mão, a respiração ofegante de desespero até conseguir encaixar os dedos em um buraco e apoiar os pés.

Mas, lá embaixo, ouviu vozes. Sentiu movimentação. Homens se aproximaram da torre, obviamente atraídos pelo barulho do pedaço de pedra caindo nos arbustos.

Escala. Mais rápido!

Zarrah ignorou a dor nas mãos trêmulas e continuou subindo, chegando a uma janela, no alto da qual se empoleirou para descansar por um momento.

A janela de Keris.

Culpa encheu suas entranhas, porque era ele quem pagaria pelas ações dela hoje. Seria ele quem teria que ordenar a execução dela por assassinar o pai e quem teria que lidar com a retaliação subsequente da imperatriz. Mas não havia outro jeito: Silas Veliant precisava morrer.

Não para de subir.

Zarrah se esticou e encontrou outro apoio para os dedos, subindo mais e mais até estar bem embaixo da janela aberta do rei. Segurando a beirada, ela se alçou para cima, escutando atentamente.

Mas tudo o que ouviu foi o silêncio.

Entrou discretamente e, com cuidado, se escondeu atrás da cortina ondulante, encostada à parede. Depois, foi chegando para o lado e espiou atrás do tecido pesado.

O quarto estava na penumbra, as lamparinas baixas, mas dava para ver que era cheio de móveis pesados e tecido escuro, as obras de arte que enfeitavam as paredes representando cenas de batalha, muitas delas sangrentas.

Os ouvidos de Zarrah detectaram uma batida rítmica atrás da porta fechada do quarto adjacente, bem como grunhidos masculinos, que foram ficando mais altos a cada segundo. Então começaram os gemidos de uma mulher, provavelmente fingidos, e Zarrah se crispou ao entender exatamente o que estava acontecendo no quarto ao lado.

Não importa, disse a si mesma. *A esposa não deve ficar por muito mais tempo.*

A porta da escadaria abriu, e Corvus entrou. Hesitou ao ouvir as atividades no quarto ao lado, depois suspirou e sentou num dos sofás, se servindo de uma taça de vinho.

Zarrah não sabia ao certo se queria gritar de frustração ou comemorar com alegria. Porque, embora a presença de Serin dificultasse ainda mais o desafio, também significava que ela poderia matar dois coelhos com uma cajadada só.

Respirando fundo, flexionou as mãos e os pés antes de tirar o prego e colocá-lo entre os dedos.

A porta do quarto ao lado bateu contra a parede, escancarada, e Silas gritou por sobre o ombro:

— Fique deitada, mulher. Se dessa vez não vingar, vou devolver você para a sua terra natal e revogar nosso acordo de comércio. Não neguei uma mulher estéril. — Os olhos dele se fixaram em Serin. — E aí? Deu certo?

O mestre de espionagem suspirou.

— Acho que é cedo demais para dizer, majestade. Precisamos dar tempo para que os embaixadores espalhem a informação de que Aren está não apenas vivo, mas bem. Amanhã vou ter mais certeza.

— Sei que não gostou desse plano. Mas não consigo deixar de pensar que isso tem mais a ver com quem o propôs do que com o plano em si.

Corvus inclinou a cabeça.

— Meu objetivo é apenas o sucesso de suas empreitadas, majestade. Mas... eu desconfiaria de qualquer *ideia* que venha dos lábios do príncipe. Keris é intrometido e está de olho na Coroa.

— E já não era sem tempo.

Zarrah piscou, surpresa, observando Silas atravessar a sala e desabar no sofá à frente do mestre de espionagem antes de apontar o dedo para ele.

— Eu disse para você, Serin. Sempre disse, meu filho não vai ser pressionado nem guiado. Por maior que seja a força. Ele precisa decidir sozinho, precisa ter a ideia por conta própria e, quando isso acontece, fica obstinado. Agora que decidiu que quer viver, quer ser herdeiro, vai se tornar tudo que eu sempre sonhei num herdeiro e mais.

— Com todo o respeito, majestade, não concordo. Reis maridrinianos são guerreiros e generais, o que Keris está longe de ser. Ele é intelectual. Mal sabe usar uma espada.

Silas riu.

— Você se engana em pensar que só porque ele não *sabe*, não *vai*, Serin. Keris passou a me afrontar por conta da morte da mãe, mas é racional demais para contrariar um cadáver. Depois que eu estiver a sete palmos, vai aceitar a própria linhagem e se tornar o homem que precisa ser.

— Até lá, talvez seja tarde demais. — Serin encheu um cálice de vinho e o entregou para o amo. — As pessoas fazem troça dele, mas, pior ainda, os soldados não têm nenhum respeito por ele, e você sabe que ele vai precisar do exército para governar este reino. Vossa majestade ainda está na flor da idade: pense em como ele vai perder ainda mais a confiança dos soldados em mais cinco anos? Dez? Enquanto o príncipe Otis *já* cativou o respeito deles. É um homem que seguiriam de bom grado.

Silas fez um gesto de desprezo.

— Otis é um bom rapaz, mas não tem visão a longo prazo. Não tem inteligência para elevar Maridrina.

— Keris vai reduzir seu legado a cinzas. — Raiva flamejou nos olhos de Corvus, e ele bateu a taça na mesa. — Vai pegar tudo que vossa majestade lutou para conquistar e deixar de lado por *princípios*. Vossa majestade deve estar enxergando isso em como ele tenta negociar com Valcotta em vez de guerrear com eles.

Silêncio pairou na sala, e Zarrah prendeu a respiração. Cada minuto que se demorava ali aumentava o risco da ausência dela no quarto ser notada. Aumentava o risco de soarem os alarmes. Mas se sentia compelida a escutar o fim dessa discordância antes de tirar a escolha das mãos dos dois.

— E é justamente por isso que preciso dar a ele a oportunidade de perceber que os próprios princípios só funcionam na teoria — Silas respondeu. — Petra vai recusar as tentativas dele de negociar. Sabemos disso. Keris vai ser forçado a reconhecer a realidade, e a necessidade vai levá-lo a seguir o jeito Veliant de governar. Mas ele precisa chegar a essa conclusão sozinho.

As entranhas de Zarrah gelaram. Como Silas tinha tanta certeza de que a tia dela se recusaria a negociar? A proximidade das duas era bem conhecida, ele devia saber o que ela significava para a imperatriz.

— Não gosto disso — Serin respondeu. — Não consigo me esquecer que ele tem o sangue idêntico ao de Lara, que nos traiu em favor do marido. Os dois vêm do ventre *daquela mulher* que envergonhou vossa majestade.

O rosto de Silas se enfureceu e ele se debruçou na mesa.

— Lara é um erro *seu*, Serin. Pode até ter feito dela uma arma, mas não conseguiu incutir um bom senso de lealdade nela, o que possibilitou que fosse influenciada como Keris nunca vai ser. Apesar de todos os defeitos, ele é leal à família e a Maridrina. E se você chegar a...

Uma batida abrupta na porta o interrompeu, e o coração de Zarrah acelerou com a certeza de que sua fuga havia sido descoberta. Que ela havia perdido a chance.

— Entre.

A porta se abriu, mas, em vez de um guarda entrando para dar o alerta, entrou um rapaz.

Otis, o irmão de Keris.

Ele fez uma grande reverência.

— Vossa majestade me convocou aqui?

O rei lançou um olhar fulminante para Serin, quem de fato devia ter chamado o príncipe, mas levantou e abraçou o filho.

— Meu coração está em festa por ver você, meu filho. Como vai Nerastis?

— Tranquila, majestade, mas...

A porta do quarto abriu e de lá saiu Lestara.

— Vou me retirar, majestade — ela disse, fazendo uma mesura.

— Mandei ficar onde estava, mulher — Silas disparou, levantando. — Volte para o quarto!

Entretanto, não foi a reação de Silas a Lestara que chamou a atenção de Zarrah, mas a de Otis.

A cor se esvaiu do rosto dele, que encarou Lestara como se ela fosse um fantasma. Serin também notou a reação do rapaz, franzindo a testa enquanto seus olhos alternavam entre a esposa e o filho.

Silas empurrou Lestara de volta para o quarto, entrando atrás dela enquanto a repreendia pelo descuido. Mas, em vez de ouvir o discurso inflamado do pai, Otis foi até a janela.

Com a adrenalina correndo nas veias, Zarrah se encostou na parede, segurando o canto da cortina para evitar que o vento a revelasse enquanto Otis olhava para fora.

— Serin — ele perguntou —, quem dorme naquele quarto ali? Aquele nas sombras.

Zarrah prendeu a respiração quando Serin se juntou ao príncipe à janela.

— Qual, alteza?

— Ali. Não dá para ver no escuro, mas tem uma janela.

Corvus ficou em silêncio e a mente de Zarrah de repente acelerou, se perguntando a qual janela o príncipe estava apontando. Se perguntando por que ver Lestara havia provocado nele essa linha de raciocínio.

— Aquele quarto é onde Zarrah Anaphora está sendo mantida, alteza, pois é o único com grades. É bastante seguro, se esta é a preocupação que lhe aflige. Apesar de seus defeitos, Coralyn é cautelosa quando o assunto é a segurança do harém.

— Então não é o quarto de Lestara? — A voz de Otis estava tensa, esbaforida, e a mente de Zarrah acelerou enquanto tentava descobrir no que ele estava pensando.

Serin bufou, achando graça.

— Não mesmo, alteza. Lestara é favorita e tem quartos perto dos de Coralyn. Lá. — Então hesitou antes de continuar. — Por que quer saber disso?

Silêncio.

— Os valcottanos mataram minha Tasha. — A voz de Otis era

quase inaudível. — Afundaram o navio em que ela estava. Não houve sobreviventes.

O peito de Zarrah se apertou, porque devia ser verdade. A frota de sua tia vivia afundando navios maridrinianos. Zarrah tinha ordenado pessoalmente o naufrágio de vários, embora fossem todos navios de guerra.

— Uma tragédia que nunca deveria ter acontecido, alteza. Ela estava grávida, não estava? Viajando num navio de guerra para visitá-lo em Nerastis?

A voz de Serin transbordava de solidariedade, mas os instintos de Zarrah chiavam com a certeza de que, se pudesse ver o rosto de Corvus, ele estaria sorrindo.

— Sim. — A voz de Otis saiu estrangulada. — A ideia dela era me surpreender. Se eu soubesse, nunca teria permitido que corresse esse risco.

Serin fez um barulho tranquilizador que fez a pele de Zarrah se arrepiar, pois ninguém poderia ser consolado por um monstro como aquele.

— E mesmo assim, em vez de estrangular Zarrah Anaphora como ela merece, meu pai ordena que ela seja tratada como uma princesa. Oferece devolvê-la, sem nenhum arranhão em troca de *acordos de comércio* que nunca vão vingar.

— O plano é de Keris, mas seu pai parece inclinado a permitir. — Serin suspirou. — Mal posso imaginar como deve ser terrível a sensação, alteza. A tal de Anaphora merecia ter a cabeça colocada numa estaca, mas, por negociações comerciais, está dormindo tranquilamente na casa de sua família.

A respiração de Otis ficou ofegante, o cheiro forte de suor exalando dele. O coração de Zarrah bateu em um ritmo frenético. Porque, embora não soubesse ao certo por que ver Lestara o havia provocado, ela *conseguia* ver a direção em que Serin estava guiando Otis. Para matá-la com as próprias mãos.

Serin pigarreou.

— Eu... não sei bem se deveria trazer essa informação nefasta à tona, mas acredito que exista uma coisa que vossa alteza deve saber.

— Que coisa?

Gotas de suor escorreram pelas costas de Zarrah enquanto Serin revelava a informação que selaria o destino dela, se ela já não tivesse a intenção de morrer hoje. Porque *sabia* o que o mestre de espionagem estava prestes a dizer.

— Não temos como confirmar a veracidade, mas o rumor é que Zarrah teria ordenado o naufrágio do navio de Tasha. Pela lógica, só poderia ter sido ela ou Bermin, o que significa que foi um Anaphora que causou o assassinato da sua esposa.

Um soluço escabroso escapou dos lábios de Otis, e os olhos de Zarrah arderam de culpa. Serin não estava mentindo. Era muito provável que tivesse sido ela quem dera a ordem. Ela era responsável pela morte de uma mulher inocente. Pela morte de um bebê na barriga da mãe. Ecos da carta de amor que havia roubado reverberaram por sua mente, as declarações ardorosas de amor de uma mulher que merecia um destino melhor.

— Ela merece a morte.

As palavras rosnadas trouxeram Zarrah de volta ao presente, porque não havia a menor chance de Otis não sair daquela torre com desejos assassinos no coração. E o mais provável é que eles se realizassem, embora não como ele esperava.

— Zarrah merece sim a morte, alteza. Mas seu pai deu ordens específicas para que ela não seja ferida até Keris ter a oportunidade de levar seus planos adiante.

— Desta vez, não. Ele não vai conseguir o que quer assim. — Otis deu meia-volta e saiu da janela, atravessando a sala a passos rápidos.

Serin riu baixinho antes de fechar as cortinas.

Zarrah se obrigou a respirar, espiando pela beira e vendo que Serin havia retomado sua posição no sofá. Ela não tinha a menor chance de chegar ao quarto de Silas sem que seu espião gritasse e, se não pegasse o rei desprevenido, era improvável que o dominasse antes de os guardas chegarem.

Merda.

Com os gritos de Silas com Lestara enchendo seus ouvidos, Zarrah se inclinou e olhou pela janela. Os olhos passaram da torre à passarela coberta que a ligava ao prédio do harém.

Será que Otis já ia até lá?

Será que invadiria os alojamentos do harém e entraria no quarto dela sem se importar com as consequências?

Ela sabia que sim. Tinha ouvido na voz de Otis que ele havia abandonado a lógica. Perdido a razão. Tinha se entregado à raiva e ao desejo de vingança.

Assim que descobrisse que ela havia desaparecido do quarto, os sinos de alarme soariam, e os guardas chegariam ali.

Pare de gritar com Lestara e volte para esta sala, ordenou ela a Silas enquanto mantinha os olhos nas trilhas que levavam aos alojamentos do harém. Ficaria ali até ver Otis passando por elas, depois não teria escolha além de agir.

Mas Otis não apareceu nas trilhas em momento algum.

Será que tinha pegado uma rota diferente, secreta? Será que tinha ido arranjar alguma arma, talvez subornando um guarda que pensasse como ele?

Ou será que ela havia se enganado sobre a intenção do homem?

— Não saia daí! — A voz de Silas a trouxe de volta à sala. — Cadê Otis?

É agora ou nunca. Zarrah endireitou os ombros.

— Sua alteza pediu licença — Serin respondeu. — Estava aborrecido com as ações de Keris em relação a tal de Anaphora. O que é compreensível, considerando as perdas que teve nas mãos dos valcottanos.

Silas bufou.

— Ele ainda está lamentando por aquela esposa dele? Já faz um ano, porra.

Zarrah mal ouviu as palavras de Silas, tendo um estalo enquanto sua mente saltava do momento em que Otis tinha empalidecido ao ver a cara de Lestara a quando havia rosnado: *Ele não vai conseguir o que quer assim.*

Otis não iria matá-la. Iria confrontar o irmão. E Deus sabia que príncipes maridrinianos viviam matando uns aos outros por motivos muito menores do que este.

— Estou faminto — Silas disse. — E você me prometeu uma atualização sobre os rebeldes que contestam o domínio de Petra.

— Avançaram para o norte, saindo de seus redutos no extremo sul, embora a principal arma deles seja uma em que a própria Petra é muito hábil.

— Propaganda. Ou assassinato?

— A primeira. Segundo o que contam meus espiões, Petra está tendo dificuldade para silenciar o pai da mulher tão bem quanto fez com a mãe. Se eles a atacarem, seria uma boa oportunidade para reconquistar Nerastis.

As palavras mal passavam de ruído nos ouvidos de Zarrah, pânico percorrendo suas veias porque, se Otis arranjasse uma briga com Keris, ela *sabia* quem perderia o confronto.

Os homens passaram para a sala ao lado, onde havia uma mesa com bandejas de comida, Silas sentando numa das cadeiras e Corvus ficando em pé ao lado dele, ambos de costas para ela.

Ela havia sentido o cheiro do suor que exalava de Otis. Tinha ouvido a raiva e a traição em sua voz. Sabia que, se não alertasse Keris, não o ajudasse, acabaria se arrependendo.

Mas, se saísse agora, perderia a chance que tinha de matar Silas. Uma chance que poderia nunca voltar a ter.

Escolha.

Indecisão guerreou dentro dela. Antes, teria escolhido vingança sem hesitar, mas... ela não podia perder Keris como havia perdido Yrina.

Vingança não valia mais do que a vida dele.

Zarrah subiu no peitoril, descendo para a beirada. Então hesitou, porque nunca conseguiria descer daquele jeito a tempo.

Até que teve uma ideia.

Voltou a entrar e vestiu o manto de veludo amarrado à cintura, puxando o grande capuz para a frente para obscurecer o rosto. Andou a passos silenciosos na direção da porta, torcendo para que Silas e Serin pensassem que era apenas uma criada caso notassem algum barulho.

Os guardas do lado de fora olharam para ela, um deles franzindo a testa, mas nenhum falou com ela nem impediu seu progresso, pensando que fosse Lestara descendo a escada. Ela prendeu a respiração, esperando que um deles notasse que os pés descalços dela eram marrons, e não marfim, mas os guardas não se mexeram.

Assim que fez a curva, apertou o passo, os pés fazendo barulho suave enquanto descia, parando à porta de Keris. Ela encostou o ouvido na madeira grossa.

A tempo de ouvir um estrondo alto e um grito de dor.

53
KERIS

Keris estava colocando um livro cuidadosamente de volta na estante quando ouviu um estalo baixo.

— Que rápido — ele disse, virando. — O que ele...

Teve um segundo para notar a fúria no rosto de Otis antes de um soco atingir seu estômago e tirar seu fôlego.

Ofegante, Keris cambaleou para trás e caiu, o irmão partindo para cima dele num instante.

— Como você pôde? — Otis o pegou pelos ombros, batendo-os contra o piso.

— Eu não...

— Não negue! — o irmão rosnou. — Sei que não era Lestara porque Lestara estava lá em cima servindo meu pai. Aquele era o quarto de Zarrah Anaphora. Era Zarrah Anaphora que você estava comendo.

Pânico encheu suas veias.

— Eu não estava...

— Não mente pra mim, Keris! — Otis o bateu de novo contra o chão com tanta força que os dentes de Keris chacoalharam. — Agora eu entendi. Por que você vivia desaparecendo em Nerastis, tentando disfarçar subornando aquela cortesã. Fiz vista grossa porque pensei que tivesse uma garota na cidade, mas era ela, né?

— Você perdeu o juízo!

— Perdi? — Otis gritou aquela palavra, cuspe acertando a cara de Keris. — Que outro motivo explicaria como você se comportou quando ela foi capturada? Mandou um homem bom ser chicoteado por cumprir com o próprio dever. Chicoteado até a morte, embora nunca tenha ordenado a punição de *ninguém* a vida toda. Foi porque ele machucou sua *amante!* Porque você queria proteger a sua *vagabunda valcottana!* Admita!

A mente de Keris foi a mil, buscando uma forma de negar, uma forma de escapar dessa situação. Mas não havia *nenhuma*. Bastava Otis contar para o pai o que tinha visto, o que tinha ouvido, de quem era o quarto. O harém não mentiria para protegê-lo, não depois que soubesse a verdade. Maquinações não o livrariam dessa, o que deixava a ele um único caminho possível.

— É verdade. Era Zarrah.

Otis ficou imóvel, olhando para ele como se o choque da verdade bastasse para mitigar sua raiva.

— Como isso começou? Como isso foi possível?

Keris engoliu em seco, a mente buscando uma saída dessa confusão enquanto a verdade era expelida por seus lábios.

— Eu a flagrei no palácio de Nerastis. Tentou roubar suas cartas de Tasha pensando que fossem correspondências militares. Eu a persegui para pegar as cartas de volta e nós... conversamos. Nenhum de nós sabia a identidade do outro.

— Mas você sabia que ela era valcottana.

— Não me importei. Ainda não me importo. — Ele soltou um longo suspiro. — Me recuso a odiar uma nação por causa das escolhas de seus governantes e generais.

— Mas ela é uma desses generais! — Otis gritou, a raiva que sentia crescendo com o passar do choque. — Foi por ordens dela que o navio de Tasha foi afundado! Ela matou minha esposa! Matou meu filho na barriga da mãe!

Era um navio militar, Keris quis argumentar. *Ela não tinha motivos para crer que havia civis a bordo.* Mas sabia que eram palavras vazias, pois Tasha *estava* a bordo. Palavras e intenções não trariam os mortos de volta à vida.

— Qual é o objetivo de tudo isso, então? — Otis questionou. — Essa farsa de negociação? Libertar sua amante?

Era mais complicado do que isso. O objetivo crescia em abrangência cada dia que passava, mas Valcotta estava, e sempre estaria, no centro dele. Salvá-la importava mais do que qualquer coisa.

— Zarrah não é igual à imperatriz. Não quer guerra por orgulho e vingança; quer colocar um ponto-final no massacre desnecessário de pessoas inocentes. Se herdar a coroa, talvez possamos colocar um fim nesta guerra.

Otis ficou olhando para Keris, lágrimas escorrendo e pingando no rosto do irmão.

— Não quero que a guerra acabe. Não até termos matado cada um deles e os pendurado em estacas até apodrecerem. Não até termos feito todos pagarem por cada coisa que tiraram de nós. Não até aquela vagabunda pagar pelo que tirou de *mim*.

O peito de Keris se apertou, pois ele conseguia ver nos olhos do irmão que a perda dele havia sido dolorosa demais, que a raiva estava intensa demais, para conseguir enxergar qualquer coisa além da emoção. Querer qualquer coisa além de vingança.

— Vou deixar que a escolha seja sua, Keris. Ou você desce essa escada e mata aquela mulher com as próprias mãos ou eu vou executar você como o traidor que é antes de matá-la eu mesmo.

Ele poderia concordar com esses termos. Dizer ao irmão que a mataria na esperança de encontrar uma saída para esse problema no caminho até os aposentos de Valcotta.

Mas sabia que não havia saída.

Tudo que conseguiria ganhando tempo era que um matasse o outro na frente das tias e dos irmãos mais novos no harém. E todos lá já haviam presenciado horrores demais.

— Então é melhor que me mate.

O rosto de Otis se contorceu de angústia.

— Assim vai ser.

Levou, então, as mãos à garganta do irmão, mas Keris já estava se movendo. Escapou de Otis e rolou para ficar em pé, mal conseguindo erguer o braço para bloquear o primeiro soco que veio na direção dele.

Otis atacou de novo, enchendo-o de socos até os braços de Keris arderem de dor.

Mas Keris continuou se defendendo. Continuou ganhando tempo para pensar numa solução que não levasse à morte de Otis ou de Valcotta, porque não conseguiria viver com a perda de nenhum deles.

Até que um dos punhos do irmão passou por sua guarda e tirou a escolha dele.

Atordoado, Keris caiu, estrelas girando em seus olhos, a visão ficando menos turva enquanto Otis colocava as mãos ao redor de seu pescoço.

Pânico cresceu. Ele arranhou as mãos de Otis, o desespero fazendo com que acertasse a cara do irmão, mas Otis pareceu não sentir dor.

Sentiu um espasmo no peito pela necessidade de ar, a necessidade de uma simples respiração, a necessidade de viver...

Até que as mãos de Otis foram arrancadas de sua garganta, e o corpo dele desapareceu num borrão.

Keris tomou fôlego, depois mais uma vez, e outra, e sua visão foi ficando cada vez menos turva, até ele conseguir ver que o irmão estava lutando com alguém. Parecia uma esposa do harém, usando um dos mantos pretos delas. Mas então o capuz caiu para trás, revelando o rosto dela.

Era *Valcotta* lutando com seu irmão, enfrentando Otis golpe a golpe com uma determinação intensa, acuando-o com técnica e velocidade.

— Serin estava manipulando você, Otis. Eu ouvi tudo o que ele disse. Quer Keris morto, mas seu pai não concorda, então está tentando armar para você fazer o trabalho sujo.

Como ela poderia ter escutado? O que ela estava fazendo na torre? Keris levantou com dificuldade, uma onda de tontura atingindo-o enquanto Otis partia para cima de Valcotta, os punhos velozes.

— Não foi Serin que mandou você afundar o navio da minha esposa! — ele gritou, pegando um banquinho e quebrando a perna dele. — Não foi Serin que levou meu irmão até a sua cama! Você tirou tudo de mim, sua vagabunda, e meu maior arrependimento é não ter enfiado minha espada nesse seu coração quando tive oportunidade!

Ele a atacou com uma força violenta, e os olhos de Valcotta se arregalaram. Ela deu um passo para trás e tropeçou numa pilha de livros. Cambaleou quando Otis atacou de novo, mirando na cabeça.

— Não! — Keris partiu para a briga, batendo no irmão com mais força do que pretendia e fazendo Otis cambalear.

Vidro estilhaçou.

Keris levantou o rosto a tempo de ver o irmão cair para trás, os braços girando enquanto tentava se segurar à moldura da janela.

— Otis! — Ele ergueu a mão, os dedos roçando no couro das botas de Otis no momento em que o irmão despencou.

Tum.

Um choque frio reverberou por Keris.

Não. Não era possível. Otis tinha caído.

Deu um passo. Depois outro. Segurou-se à moldura da janela e olhou para baixo. O estômago se revirou, e a náusea o fez vomitar.

Sim, Otis *tinha* caído.

Nas pedras pálidas de pavimentação lá embaixo, o corpo do irmão estava estatelado, sangue se acumulando ao redor dele em uma grande poça escura.

Não.

— Keris.

Não era para isso ter acontecido.

— Keris?

Ele virou devagar e encontrou Valcotta de olhos arregalados.

— Não foi culpa sua — ela disse. — Foi um acidente. Foi Serin quem o fez vir até aqui. Corvus quer você morto, e manipulou Otis a fazer isso. É obra dele.

Se ao menos fosse verdade.

A névoa do choque se dissipou, a realidade o atingindo. Guardas teriam visto Otis cair. Era apenas uma questão de tempo até subirem ao quarto de Keris para ver o que havia se passado.

Pegando Valcotta pelo braço, ele ergueu o capuz dela sobre o rosto e a arrastou até a porta.

— Rápido. — Eles desceram correndo. — Reaja como uma das esposas do harém reagiria e volte para seus aposentos. Se for pega aqui, nós dois vamos ser mortos, e tudo isso vai ter sido em vão.

Ele atravessou a porta e viu os quatro guardas debruçados sobre o corpo inerte de Otis, bolhas de sangue saindo de sua boca. *Deus, ele ainda estava vivo.*

Atrás dele, Zarrah soltou um grito arrepiante que ecoou pelos jardins, depois apertou o braço de Keris, chorando.

— Vá! — Ele deu um empurrão nela. — Vá buscar Coralyn. Peça que chame o médico.

Ela respondeu com um aceno abrupto, depois seguiu a trilha o mais rápido que conseguia sem chegar a correr, nenhum dos guardas prestando atenção nela.

— Ele caiu de sua janela, alteza — um disse. — O que houve?

— Um acidente. — Havia um nó em sua garganta que estrangulava cada palavra. — Ele...

Otis se mexeu, virando a cabeça, a boca formando o nome de Keris, embora apenas um gorgolejo saísse.

Com os pés pesados, Keris se aproximou, ajoelhando para pegar a mão do irmão, vendo que não importaria se o médico chegasse rápido, pois não daria para sobreviver a ferimentos como aqueles. Baixou a cabeça, mantendo a voz suave o bastante para apenas Otis ouvir, seu coração apertado.

— Desculpa. Essa era a última coisa que eu queria. Você é meu irmão e eu te amo.

Otis aplicou ainda mais força naquele apertão, esmagando a mão de Keris, o olhar do irmão algo que o assombraria para sempre. Não de dor. Não de medo.

Mas de traição.

— Desculpa — ele repetiu, porque nenhuma outra palavra vinha. — Desculpa.

Mas o peito de Otis ficou inerte, o brilho se apagando de seus olhos sem deixar nada para trás além de um cadáver.

Um grito feminino cortou o ar da noite, e Keris viu Lestara com a mão sobre a boca, o pai ao lado dela, a expressão impossível de interpretar. Atrás deles, Serin espreitava nas sombras.

O corpo de Keris tremia, cada parte dele exigindo que fosse atrás do mestre de espionagem. Que tirasse a vida daquele monstro pelo que havia feito.

Mas ele não podia culpar Serin. Apenas a si próprio.

— Deus do céu, o que foi que aconteceu? — Coralyn se ajoelhou ao lado dele, o médico de seu pai chegando um segundo depois, mas recuou quase que imediatamente, dando lugar às mulheres, que empurraram Keris para trás, lágrimas escorrendo do rosto delas.

Os jardins se encheram de um coro de seus prantos, criadas olhando, horrorizadas.

Keris deu um passo para trás. Depois outro, antes de colidir com algo sólido. Encontrou o pai às suas costas.

O pai cruzou os braços, olhando Keris de cima a baixo antes de dizer:

— Você fez o que foi preciso.

— Foi um acidente. — A língua dele estava grossa na boca. — Não foi a minha intenção que ele caísse.

O canto da boca do pai se ergueu.

— Vi o estado de seu quarto quando desci. Tenho certeza de que era você ou ele, embora eu ache que seja um choque para todos que tenha sido ele. Estou impressionado.

O estômago de Keris subiu pela garganta, forçando-o a cerrar os dentes e engolir a náusea para não vomitar nas botas do pai.

— Acostume-se, Keris. Quando você é o herdeiro, passa a ser alvo de todos. Não é possível contar com a lealdade de seus irmãos, e todos, menos os covardes, vão vir atrás de você uma hora ou outra. Se ficar vivo para herdar a coroa, vão vir atrás de seus filhos. — O pai arreganhou ainda mais o sorriso. — É assim que funciona, e por isso, também, que nenhum dos seus tios está aqui hoje. Entendeu?

Quantos o pai dele havia matado, primeiro para conseguir a coroa, depois para mantê-la? Quanto sangue ele tinha nas mãos? As perguntas rodearam a cabeça de Keris, mas ele respondeu apenas com um aceno tenso.

— Entendi.

— Muito bem. — O pai passou por ele, gritando: — Parem com o chororô, mulheres! O idiota comprou briga e perdeu, mereceu o destino que teve. — Depois, para os criados, ordenou: — Limpem essa sujeira e arrumem o funeral.

Keris ficou em silêncio, observando as mulheres em prantos se dispersarem. Os guardas levantarem o corpo do príncipe e o levarem embora. Os criados limparem o sangue.

Então sentiu um arrepio, uma sensação de que estava sendo observado, e encontrou Serin às suas costas.

— Meus pêsames — o mestre de espionagem disse. — Sei que você e seu irmão já foram próximos.

Keris cerrou os punhos, a necessidade de encher o homem de violência incendiando seus sentidos. Todavia, embora o pai pudesse perdoar a morte de Otis como parte da vida de um herdeiro, o assassinato de seu conselheiro de maior confiança seria uma questão bem diferente.

— Não queria que Otis tivesse perdido a vida. Mas creio que você esperava outro desfecho para o confronto, Corvus.

— A sua morte teria me agradado, é verdade. — Serin coçou o queixo. — Mas seria tolice da minha parte atentar contra a sua vida agora que caiu nas graças de seu pai, e não sou *tolo*, alteza. Vai ser muito melhor esperar para apreciar a sua queda inevitável em desgraça quando essas negociações não derem em nada. E elas teriam fracassado muito antes se Zarrah Anaphora tivesse encontrado o fim trágico a que está destinada. Quando Otis perguntou qual quarto era o dela no harém e depois saiu com tamanha fúria, pensei que cumpriria minhas expectativas de matar aquela mulher. — O coração de Keris palpitou, pavor enchendo suas entranhas. — Mas não foi aos aposentos dela que ele foi, e sim aos seus. Não foi contra a vida dela que ele atentou, mas contra a sua. — Serin sorriu, revelando os dentes amarelos. — É impossível não ficar se questionando o motivo para isso.

— Ele queria que *eu* a matasse. — Keris encarou o olhar do homem, deixando que ele visse a verdade estampada ali. — Disse que era uma questão de lealdade.

— E por que você se recusou? Imagino que seu irmão valha mais para você do que uma valcottana.

Keris precisava ficara longe dessa conversa, dessa linha de raciocínio, porque seus nervos estavam agitados demais para brigar com aquele homem. Mas fugir daquele confronto seria tão prejudicial quanto escolher as palavras erradas.

— Como você mesmo disse, Corvus, minha longevidade depende de continuar nas graças de meu pai, e ceder às exigências de Otis reduziria essas boas graças a cinzas. Fiz o que precisava ser feito.

— Escolheu os seus planos e a própria vida em vez da lealdade que tinha ao seu irmão mais querido? Em vez da *vida* dele? Parece um desvio de caráter, alteza. Um lado sombrio que acho bastante chocante vindo de você.

— Que irônico você julgar os princípios de alguém, Corvus, considerando que não tem nenhum.

— Não estou julgando, alteza. Meu choque vem de saber que você é mais parecido com sua irmã do que eu imaginava.

Parecido com Lara, que havia destruído uma nação e o homem que ela supostamente amava para atingir os próprios objetivos.

— Eu não sou nada parecido com Lara. Se eu quiser apunhalar um homem, vai ser pelo peito, e não pelas costas.

Serin sorriu de novo, alisando seus mantos.

— É por esse exato motivo que mantenho minha opinião. Boa noite, alteza. Espero que encontre atividades que lhe tragam paz.

Sem dizer mais nenhuma palavra, o mestre de espionagem saiu andando.

54
ZARRAH

Com o coração na garganta, Zarrah se apressou pelas trilhas do jardim, depois entrou nas sombras sob a janela, agachando na vegetação. Prendeu a respiração, esperando algum indício de que os guardas tivessem percebido que ela não era Lestara.

Você o largou lá.

Uma culpa nauseante encheu seu peito, fazendo-a querer se curvar quando a cara de Keris lhe veio à mente. Choque. Horror. Tristeza. Ele *amava* o irmão e agora Otis estava morto. Não porque merecesse o destino, mas porque o luto que guardava pela esposa havia sido manipulado por aquele monstro que era o mestre de espionagem.

Embora Serin não fosse o único culpado. A esposa de Otis havia sido mais uma das vítimas da Guerra Sem Fim. Mas, em vez de consolá-lo, as pessoas ao redor tinham usado a dor dele para alimentar o ódio que ele já sentia, ódio que era uma arma tão afiada quanto qualquer espada. Não queriam que ele se recuperasse, não queriam que superasse a dor e a raiva, porque nesse caso não seria mais um peão nesse jogo. Ele se achava íntegro, senhor do próprio destino, mas sem nunca enxergar que na verdade era um peão que servia à vontade dos governantes.

Tinham sido manipulados da mesma forma, ela e Otis, a dor que sentiam transformada em arma para lutar numa guerra em que só sobreviviam os que não mereciam.

Ao contemplar o corpo dele quebrado e ensanguentado no chão, o grito que saíra de seus lábios não tinha sido fingido, o horror que rasgou sua alma foi visceral, pungente e cruel, pois carregava a verdade.

Um grito feminino cortou a noite, vindo da torre, e fez Zarrah entrar em ação.

Ela empurrou o bloco de pedra para a parte mais funda do arbusto, pois não havia como substituí-lo, e escalou a parede rapidamente. Mais uma vez, seu quadril entalou ao entrar pela abertura, mas, com um jorro de palavrões silenciosos, ela caiu para dentro do quarto.

Que estava exatamente como ela o havia deixado, sem nem sinal de que sua ausência tivesse sido notada.

Embora o corpo dela estivesse exausto e dolorido pelos golpes que Otis havia acertado, Zarrah reorganizou o quarto rapidamente.

Só então foi até a janela.

Topiarias bloqueavam a visão que tinha da entrada da torre, mas luz emanava da cena. Ela não precisava ver para imaginar o que acontecia, só rezava para que, pelo bem de Otis, a morte tivesse sido rápida. Rezava para que Keris não estivesse se culpando.

A primeira oração era muito mais provável de se concretizar que a segunda.

A adrenalina que sentia passou, deixando-a exausta e vazia, mas Zarrah não saiu da frente da janela. Através das paredes, ouviu o choro das mulheres, sentiu a dor e o luto de um filho perdido caindo do palácio feito uma mortalha. Mas, depois de um tempo, a luz ao redor da torre se apagou, criados e guardas se retirando até tudo ficar quieto. Silencioso.

Uma batida soou.

Zarrah se sobressaltou, virando quando os ferrolhos da porta se abriram. Coralyn entrou com uma lamparina na mão e fechou a porta. Os olhos dela estavam vermelhos e inchados, mas a voz era firme ao dizer:

— Pensei que você fosse o trunfo em minha manga, Zarrah, e quase nunca me engano sobre essas coisas.

Um calafrio se espalhou pela pele de Zarrah. Pois não eram apenas imperadores e reis que usavam raiva e dor como armas.

Esposas de harém também.

— Por que não o matou? — Coralyn colocou a lamparina em uma mesa e cruzou os braços. — Conseguiu chegar ao quarto dele. *Vi* quando você entrou pela janela. Dei a oportunidade para você tirar a vida dele, mas Silas ainda está vivo enquanto mais um de nossos filhos morreu.

Se Coralyn achasse que ela havia matado Otis, Zarrah desconfiava de que já estaria morta.

— Não tive nada a ver com a queda dele.

— Não disse em momento algum que teve.

Com a mente acelerada, Zarrah encarou o olhar frio da mulher. Coralyn descobrir que ela estivera com Keris seria quase tão catastrófico quanto *Silas* descobrir; ela precisava ter cuidado. Ainda mais considerando que a história dela precisava estar alinhada com o que Lestara devia ter revelado.

— Cheguei ao quarto quando ele ainda estava com Lestara e errei em hesitar a matá-lo enquanto estava na cama com ela. Serin chegou, e Otis logo na sequência, e aí não tive mais nenhuma oportunidade boa.

— Lestara estava tentando oferecer uma distração a você, sua tola.

Zarrah forçou o rosto a ficar sério com uma raiva fingida.

— Poderíamos ter chegado mais longe se a senhora tivesse sido direta sobre suas intenções.

— Eu precisava de prova dessas intenções primeiro. Agora tenho, e aqui estamos nós. O que aconteceu depois?

Zarrah ficou em dúvida sobre qual direção seguir e se limitou a responder:

— Que diferença faz?

— Considerando que Otis está morto pelas mãos de Keris, o que aconteceu na torre hoje faz toda a diferença.

O que Keris havia contado para Coralyn? Que razão dera para o acidente? Zarrah estava às cegas e, se pisasse em falso, poderia acabar por cair de um precipício.

— Otis falou com Serin e saiu. Depois disso, cheguei perto de ter a oportunidade de matar Silas quando ele sentou para comer, mas aí... — um gesto na direção da janela finalizou a explicação com a vagueza necessária. — A senhora é esperta, Coralyn. Não pensei que recorreria a uma valcottana para matar o próprio marido.

A velha nem piscou.

— O que você ouviu? Mais especificamente, o que disseram a Otis?

Zarrah levantou e deu um gole do copo de água ao lado da cama.

— Por que eu contaria qualquer coisa para a senhora? O que eu ganharia com isso?

— Você precisa de mim para esconder a evidência de sua fuga. — Coralyn inclinou a cabeça, lançando um olhar contemplativo a Zarrah. — E precisa de mim para facilitar outra oportunidade para sua vingança.

Não havia como negar esse fato. Primeiro porque, se a velha decidisse que Zarrah não era uma ferramenta útil, provavelmente encontraria uma forma de matá-la ela mesma. E segundo, porque cooperar com Coralyn seria a única forma de conseguir outra chance de matar Silas.

— Silas foi repreender Lestara, deixando Otis a sós com Serin. — Ela repetiu a conversa palavra por palavra, terminando com: — Pensei que ele tivesse saído para vir aqui me matar.

— Mas, em vez disso, foi ao quarto de Keris?

Zarrah deu de ombros.

— Sobre isso, a senhora sabe mais do que eu. Aproveitei a comoção causada pela morte dele para voltar até aqui despercebida.

Havia buracos na história dela. Inconsistências que Coralyn sem dúvida notara, mas tudo que importava era que não concluísse a verdade.

Silêncio.

Coralyn disse, por fim:

— Se eu lhe der outra oportunidade, vai aproveitá-la?

Ela não confiava nem um pouco em Coralyn, mas tinham o mesmo objetivo: a morte de Silas. Com a ajuda da idosa, era possível que conseguisse atingir o próprio objetivo *e* sair dessa viva, mas para isso precisaria mostrar a Coralyn que não aceitaria ser usada. Lançando um olhar contemplativo à esposa, Zarrah terminou de beber a água.

— Talvez eu prefira negociar minha liberdade oferecendo a Silas informações sobre qual de suas esposas está tentando matá-lo.

Coralyn bufou.

— Se minha morte vale tanto assim para você, fique à vontade. Mas não vai garantir sua liberdade.

Um fato que Zarrah sabia bem, mas, se Coralyn achava que Zarrah faria o trabalho sujo sem algo em troca, estava enganada.

— Eu vou matar Silas, Coralyn. Mas só se a senhora encontrar uma forma de me ajudar a escapar depois.

— Não é possível.

Talvez não fosse. Keris não havia encontrado nenhuma rota de fuga. Tampouco Aren. Mas os instintos de Zarrah lhe diziam que Coralyn tinha a astúcia para conseguir o que os homens não haviam conseguido.

— Talvez consiga pensar num jeito, milady. Até lá, vou continuar a desfrutar de sua hospitalidade.

Os olhos da velha ficaram mais severos de fúria, os punhos se fechando.

Era a primeira vez que Zarrah tinha visto o autocontrole de Coralyn rachar, e não sabia ao certo se deveria se sentir triunfante ou preocupada. Provavelmente a segunda opção.

— Vou *pensar* no assunto, Zarrah. Mas, até lá, vai ficar confinada a este quarto o tempo todo.

Não era o ideal, mas era melhor do que estar morta — o que poderia muito bem ser a alternativa.

Coralyn pegou a lamparina e estendeu a mão.

— Me entregue o prego.

Zarrah não queria entregá-lo. Por menor que fosse, era a única arma que tinha. Mas, se quisesse que Coralyn acreditasse que ela era uma aliada disposta, precisava dar alguma prova. Então Zarrah o entregou.

Coralyn abriu um sorriso frio.

— Vamos torcer para eu encontrar motivo para devolvê-lo a você no futuro. Mas, até lá, espero que continue a desfrutar de minha *hospitalidade*.

55
KERIS

ELE PRECISAVA SAIR DO PALÁCIO. Para longe do fedor incessante do cadáver, dos olhos julgadores das esposas e dos criados, longe do maldito *silêncio*. Porque, no silêncio, ele não conseguia parar de escutar aquele barulho.

Tum.

O barulho nauseante do irmão caindo no chão se repetia em sua cabeça, os olhos se enchendo com a visão da poça carmesim ao redor do corpo. Do olhar traído em seus olhos.

Tum.

Keris se encolheu, olhando para o lado, onde os homens jogavam sacos pesados em um carrinho, água de chuva espirrando a cada impacto. O estômago revirou, e Keris voltou o olhar para os paralelepípedos molhados bem à sua frente, engolindo em seco a acidez. O que precisava era de um lugar barulhento. Um lugar movimentado. Um lugar em que o rosto dele não fosse conhecido. Um lugar em que pudesse *ser* alguém diferente.

Você é um covarde de merda.

Ele deveria ter ficado no palácio. Valcotta estava numa posição perigosa, pois, se fosse descoberto que ela havia saído do quarto, o pai dele poderia matá-la por essa violação. Mas ele simplesmente não conseguia ficar naquele lugar. Não conseguia existir lá. Não conseguia passar a noite arrumando a bagunça deixada pela briga, repetindo incessantemente as últimas palavras que dissera ao irmão.

Tum.

Keris apertou as mãos nos ouvidos, tentando abafar o som. Chuva encharcava seu manto, mas ele olhou para o céu mesmo assim, deixando que caísse sobre seu rosto. Desejando que ela tivesse o poder de apagar os erros cometidos.

O raspar de uma bota na pedra chamou sua atenção, mas Keris não virou. Era um dos lacaios de Serin, encarregado, como sempre, de segui-lo pela cidade. Conhecia o rosto de todos eles, sabia como despistá-los, mas, quando olhou de canto de olho para um beco escuro que lhe daria acesso aos terraços de Vencia, uma onda de vertigem quase o fez tropeçar.

Tum.

Ele não queria subir. Subir significaria estar num lugar alto. Estar no alto significava correr o risco de cair e, considerando como ele estava se sentindo, seria quase inevitável.

Talvez fosse o que ele merecesse.

Em vez disso, Keris abriu a porta de uma cervejaria barulhenta com uma placa que dizia *O Papagaio Caolho*. Uma onda de calor soprou sobre ele, trazendo o cheiro de bebida derramada, suor e comida no fogão, seus ouvidos se enchendo de gritos estridentes de bêbados e música de um percussionista medíocre.

Espiando uma mesa com um grupo de homens jogando cartas, ele se aproximou.

— Tem espaço para mais um?

Olhos se ergueram e Keris esperou ser reconhecido. Mas Vencia conhecia o príncipe Keris como alguém que só se vestia em trajes extravagantes, tinha o cabelo perfeitamente penteado e só andava com escolta. Não um homem ensopado em camisa de manga comprida, um manto simples e um coque frouxo.

— Tem prata? — um deles, um homem forte com entradas que compensavam a barba cheia, perguntou. — Não jogamos por cobre.

Keris considerou observar o fato de que o pote no centro tinha mais cobre do que qualquer outra coisa, mas respondeu:

— Sim.

— Então pode sentar aí. Vamos colocar você na próxima rodada.

Keris se acomodou na cadeira, acenando para que a garçonete lhe trouxesse uma taça de vinho. Pelo canto do olho, viu o lacaio de Serin sentar ao balcão, observando-o pelo espelho manchado que ficava atrás da fileira de garrafas. Quando a menina trouxe o vinho, Keris o ergueu e sorriu para o homem, que apenas ergueu os olhos e deu um gole da própria taça.

O barbudo ganhou a mão, puxando a pilha na sua direção. O magricelo sentado à frente dele bufou e deu as cartas rapidamente. Keris olhou para a própria mão, depois equiparou a aposta que o barbudo fez, que era um único cobre.

— Está achando que sua sorte não vai durar mais uma rodada?

O barbudo cuspiu no chão.

— Não tem nada a ver com sorte. A culpa é do rei e dos impostos que anda cobrando. Se eu não voltar para casa com as moedas com que saí, minha esposa vai cortar meus bagos e vendê-los para alimentar nossos filhos.

Uma queixa sobre seu pai que Keris já tinha ouvido muitas vezes e que respondeu com um aceno solitário enquanto observava os outros jogadores em busca de sinais que revelassem as cartas que tinham nas mãos. Não porque se importava em vencer, mas porque precisava ocupar a mente.

Tum.

Ele disfarçou o calafrio tomando um longo gole da taça, se obrigando a se concentrar no jogo e não na bota do irmão escapando de suas mãos.

— O desgraçado prefere que morramos de fome nas ruas a admitir que deu um passo maior que a perna com aquela maldita ponte que roubou de Ithicana.

Os outros concordaram, o magricelo acrescentando a própria escarrada no chão enquanto murmurava:

— Ladrão Veliant traiçoeiro.

Keris havia alimentado a raiva do povo com os rumores que espalhara sobre Aren, e era difícil se livrar de velhos hábitos.

— Ao vencedor, os espólios, nas cartas e na guerra.

Abrandou a voz, mas isso não pareceu importar, pois o rosto de todos os três ficou mais sombrio, o barbudo dizendo:

— Aquilo não foi guerra. Guerra é combatida cara a cara com armas na mão, não enviando uma princesa de rostinho bonito e um belo par de peitos para apunhalar um homem pelas costas. Não só não houve honra nenhuma nisso como nosso *querido* rei não ganhou nada além de ilhas infestadas de cobras e bolsos vazios.

— E um prisioneiro real — Keris acrescentou. — Não se esqueçam disso.

— Ele é uma vergonha para Maridrina — o magricelo disse. — O rei ithicaniano nos tratou como verdadeiros aliados e foi assim que retribuímos.

Keris suspirou, trocou uma carta e ergueu a mão para a garçonete.

— Uma rodada por minha conta, meu bem.

Ela trouxe uma taça de vinho para ele e mais cerveja para os outros, que logo foram viradas, e as queixas contra a Coroa e contra o pai dele ganharam mais volume e intensidade. E não apenas em sua mesa, mas em todas, homens e mulheres reclamando de impostos, da Guerra Sem Fim, da fome, da invasão em Ithicana e da prisão de Aren Kertell, todos culpando uma única pessoa.

O pai dele.

Desde que Keris se entendia por gente, a relação entre o pai e o povo nunca havia sido amorosa. Mas o rei era temido, o que lhe permitia manter controle total. Nos últimos anos, entretanto, a ambivalência das pessoas tinha se transformado em antipatia, e depois da invasão a Ithicana, em ódio puro. Mesmo assim... o medo os mantinha sob controle. Contudo, enquanto ouvia os fregueses e sentia a onda crescente de fúria no salão, Keris percebeu que a balança tinha pendido de tal modo que o medo não tinha mais poder para silenciá-los.

Um homem não tinha como se opor a um rei e ter esperança de vencer. Mas uma nação...

Keris ouviu, jogou e pagou rodada após rodada até o barulho no salão ser quase ensurdecedor com gritos pela libertação de Ithicana e de seu rei. Perguntou aos companheiros de jogo, já bem bêbados:

— Qual vocês acham que é a solução para os problemas de Maridrina?

— Eu diria... — o barbudo virou mais um copo — que Silas Veliant não é apto para reinar. Diria — ele gritou mais alto que o barulho que os rodeava — que Maridrina deveria tirá-lo do trono! Eu diria: morte ao rei!

— Apoiado, apoiado! — Keris disse antes de levantar e ir até o balcão. Sentando ao lado do espião de Serin, disse: — Espero que esteja anotando isso tudo para repetir direitinho a seu amo.

O homem se contraiu.

— Vossa alteza os incentiva à traição.

— Estou apenas ouvindo o clamor do povo. — Recostando no balcão, ele se apoiou na superfície úmida, observando as palavras de ordem

de seus companheiros de jogo pela morte do pai se espalharem pelo salão.
— Os pensamentos e as ações são apenas deles.
— E vão ser punidos como devem — ele retrucou. — Todos merecem ser presos. Terem as cabeças cortadas e exibidas no portão em estacas como traidores da Coroa.
— Ah, sim. Porque isso sem dúvida vai recuperar a boa vontade do povo.

O espião fez uma careta.
— Volte a seus livros de idealismo, alteza. O povo não precisa amar o rei; precisa apenas temer as consequências de contrariá-lo. Consequências, aliás, de que vossa alteza não é isenta.

Keris deu um gole de sua caneca de vinho sabendo que tinha bebido demais, mas pouco se importando, porque o povo tinha mais poder do que ele. O poder de realizar a mudança.

Eles só precisavam de alguém que os guiasse na direção certa.

Durante toda a vida, Keris tinha fugido da coroa, sem querer ter nada a ver com ela. Mas agora entendia que o desejo de tirar a coroa do pai ardia como fogo vivo em suas veias. Não apenas para libertar Valcotta. Não apenas para libertar Aren Kertell e sair de Ithicana.

Mas porque Keris tinha sede de *governar*.

Por isso, ergueu a taça e se juntou às vozes de seu povo que gritavam pela liberdade de Ithicana. Pela liberdade de Maridrina.
— Morte ao rei!

A cor do rosto do espião se esvaiu.
— Seu pai vai ficar sabendo disso.
— Espero mesmo que fique. — Keris chegou mais perto do homem. — Ele precisa responder por ter ido contra a vontade do povo. E por ido contra a *minha* vontade.

Vagamente, percebeu que sua voz lembrava a do pai. Fria, ameaçadora e cruel. Mas, com o calor do vinho somado à raiva e à tristeza que corriam em suas veias, Keris pouco se importou. O espião empalideceu, parecendo entender por fim que quem estava sentado ao lado dele não era uma ovelha, mas um lobo.

Tentou levantar.
— Alteza...

Keris o empurrou de volta à banqueta antes de erguer a voz, alta o suficiente para ser ouvida sobre a algazarra.

— Temos aqui um espião de Corvus!

Os homens e mulheres ficam em silêncio, os olhos se fixando no espião, cujo rosto empalideceu.

Quem acredita de verdade em algo deve estar disposto a sofrer por isso. Morrer por isso.

Matar por isso.

— Aposto que está aqui nos espionando e pretende voltar correndo para o amo — Keris gritou. — E *todos* vocês sabem como Silas Veliant castiga dissidentes.

A tensão cresceu, o salão ficando silencioso enquanto a notícia se espalhava.

— Isso é verdade? Você é uma das criaturas de Corvus? — o companheiro de jogo barbudo questionou finalmente.

Se o espião tivesse se defendido e negado, poderia ter sobrevivido. Mas a coragem do homem vacilou e ele correu para a saída.

Todos no bar levantaram, vários se movendo para bloquear a porta.

— Espionando a gente, é? — o barbudo perguntou, empurrando o espião, cujas costas acertaram o balcão. — E o que, exatamente, pretendia contar para seu amo?

— Nada — ele choramingou. — Não vou contar nada. Vocês têm a minha palavra.

Keris sorriu, pois essa era a pior coisa que o espião poderia ter dito para aquelas pessoas.

— Sua palavra? — o barbudo questionou. — Sua palavra vale menos do que o trapo que uso para limpar a bunda. — A multidão riu, os olhos de todos ali vorazes e sem piedade. Pois a reputação de Corvus não era segredo para ninguém. — Você trabalha para um sádico. Acha pessoas para ele esquartejar por puro entretenimento. Talvez seja a hora de ter um gostinho de como é a sensação.

— Vocês não podem me machucar! Haverá consequências! — Ele se virou, e seus olhos encontraram os de Keris. — Alteza, por favor! Keris!

Keris ficou tenso com o uso de seu nome, achando que a multidão voltaria a ira contra ele, mas o barbudo apenas riu.

— Bem que achei esse seu rostinho bonito familiar. Deveria ter imaginado que era vossa alteza, considerando que é o único homem nesta cidade maldita com colhões para desafiar o rei.

Ele ficou chocado. Não... não era isso que as pessoas pensavam dele. Pensavam que ele era um fracote covarde. O príncipe mais fracassado a já ter carregado o sobrenome Veliant. Era o que havia sido dito a ele vezes e mais vezes. No entanto, havia outros no bando assentindo com veemência, observando-o não com aversão, mas com... com respeito.

E ele se recusava a desapontá-los.

— Governar com rebeldia já não faz mais sentido. — Keris encarou os olhares de todos os presentes. — Maridrina precisa ser guiada por alguém que pense como seu povo. Por alguém que respeite o povo, não que mande Serin atacar quem expressa os próprios pensamentos.

A multidão gritou em concordância, voltando a clamar pela morte de seu pai. Pela morte de Serin. Pela morte do espião diante deles.

A virilha do homem ficou encharcada, uma poça de medo se acumulando ao redor de suas botas.

— Não sirvo a Serin! Sirvo a quem quer que use a coroa! Posso servir à vossa alteza!

— Você nunca vai me servir — respondeu Keris, antes de assentir.

Como cães soltos, a multidão partiu para cima com socos e pontapés. Tantos que Keris logo perdeu o espião de vista, embora ouvisse seus gritos. Ouvisse seus apelos.

Ouvisse seu silêncio.

Keris esperou até ter certeza de que o espião estava realmente morto; depois, com os gritos das pessoas ecoando nos ouvidos, saiu noite afora.

56
KERIS

— Keris, acorde!

Ele levantou com um sobressalto, quase caindo da cama.

— Keris!

Era Coralyn. Mesmo abafado por pedra e madeira pesada, ele reconhecia o tom imperioso da tia. Esfregando os olhos, vestiu a calça que havia largado no chão e atravessou o quarto descalço, afivelando o cinto no caminho. Destrancou e abriu a porta.

— Bom dia...

— Boa tarde, sua criatura preguiçosa. Está seguindo o horário das prostitutas.

Desde a morte de Otis, as noites de Keris tinham sido passadas na cidade, incitando dissidência contra o pai, e os dias tentando encontrar uma maneira de ficar sozinho com Aren, embora não tivesse obtido muita sorte nessa questão. E, quando finalmente conseguia pegar no sono, era apenas para ser acordado com o baque nauseante do corpo do irmão caindo no chão. Estava mais do que exausto, mas Keris não queria que ela soubesse por quê.

— É claro, fica mais fácil para...

Ela apontou o dedo para ele, silenciando o resto do gracejo.

— Nem pense em me falar sobre isso, rapazinho. Já basta saber seus hábitos. Não preciso dos detalhes sórdidos.

Considerando que a única mulher que agraciava seus pensamentos era Valcotta, era melhor mesmo evitar que Coralyn soubesse dos detalhes.

— Com o que posso ajudar?

— Preciso de uma escolta.

Ele olhou para a janela, chuva caindo sobre o vidro e o vento uivante.

— Por quê? A senhora pode ir aonde quiser. E sabe que não gosto de me molhar.

O que era mentira; a verdade era que ele não queria ser submetido ao interrogatório dela sobre o que havia acontecido com Otis. Embora pudesse ter convencido Serin de sua falta de piedade, Coralyn não se enganaria tão facilmente.

Ela bufou.

— Como se eu me importasse com o que você gosta ou deixa de gostar. Vista-se. Está claro que precisa de tempo longe desse quarto para os criados terem chance de fazer uma faxina. — Ela franziu o nariz. — Seja rápido.

Sabendo que a tia odiava esperar por quem quer que fosse, Keris não se barbeou e se bastou com um banho rápido, percebendo que ela poderia ter razão sobre os criados quando examinou o pouco que havia dentro de seu guarda-roupa. Depois de vestir algo mais discreto do que suas roupas habituais, saiu de seus aposentos e desceu a escada, encontrando a tia à espera no segundo andar.

— Sara vai embora hoje — ela disse. — Seu pai não quer se dar ao trabalho de acompanhá-la, e a mãe não tem coragem, então sobrou para nós.

Com um suspiro, ele acenou e ofereceu o braço a ela, um par de criados segurando guarda-chuvas para eles enquanto saíam da torre. Os olhos dele se voltaram imediatamente ao lugar em que Otis havia caído, uma onda de náusea o atingindo ao passar por ali.

Tum.

Respirou fundo para se equilibrar, mas cada piscar de olhos revelava o corpo do irmão e a poça de sangue se formando, os olhos de Otis cheios de traição.

Não pense sobre isso, ele disse a si mesmo. *Acabou. Você não pode mudar o que já aconteceu. Concentre-se no que dá para mudar.*

Esse pensamento fez seu olhar se voltar para o prédio do harém, para as janelas de Valcotta. Coralyn a estava mantendo confinada sob o pretexto de achar que corria perigo por Serin. Ele se sentia mal por ela estar, na prática, sendo mantida numa cela, mas não havia nada que pudesse fazer além de seguir em frente com seus planos. Como não tinha conseguido encontrar uma forma de entrar em contato com os ithicanianos para conquistar o apoio deles, optou por traçar planos para derrubar o pai pela força. Os tenentes que conseguira reunir, liderados pelo companheiro de jogo barbudo cujo nome era Dax, estavam recrutando homens e mulheres leais. Assim que houvesse o suficiente para superar a guarda do palácio, Keris os mandaria avançar contra o pai.

E colocar a coroa na cabeça *dele*.

O estômago de Keris revirou com um misto estranho de expectativa e terror diante da liberdade que teria com todo aquele poder. Poder não apenas de libertar Valcotta, mas de mudar Maridrina para melhor. Fazer as pazes com inimigos e formar alianças que tornariam seu país mais forte.

Mas esses pensamentos teriam de ficar para outro momento. Agora, precisava pensar primeiro na própria família, sobretudo na irmã mais nova.

Sara estava na frente dos portões, a mãe de joelhos diante dela, chorando de soluçar e apertando as mãos da menina. As lágrimas dela se intensificaram quando Keris e Coralyn se aproximaram.

— Por favor. Por favor, não a levem!

— Você está dificultando as coisas — Coralyn disse. — Vai ser uma oportunidade maravilhosa para Sara, mas você está se comportando como se fosse um castigo.

A mãe de Sara só chorou mais, abraçando a filha, que também parecia à beira das lágrimas.

— Não posso perdê-la. Por favor, Keris, fale com o rei. Convença-o de que isso é um erro!

— Dissuadi-lo dessa ideia vai ser impossível — respondeu Keris e, na verdade, a situação parecia um ato de misericórdia.

A irmã dele ia embora daquele lugar de sofrimento e morte, e, mesmo se não fosse a vida com a qual sonhou, melhor do que esta seria.

— Sinto muito.

Os olhos dela se amarguraram.

— Sente muito, Keris? Você lá se importa de estar tirando de nós mais uma das crianças do harém?

Ele se encolheu, dor atravessando seu peito, porque não tinha resposta para isso.

— Sara, está na hora — Coralyn anunciou, e outras das esposas avançaram para segurar os braços da mãe, puxando-a para trás. — Chegou a hora de se despedir.

O queixo de Sara tremeu, mas ela endireitou os ombros.

— Adeus, mãe. Adeus, titias.

Keris ofereceu o braço para ela, que o apertou com mais força do que o normal enquanto atravessam o portão devagar na direção da carruagem à espera. Ele a ajudou a entrar e os criados guardaram os poucos pertences que ela teve permissão de levar. Coralyn entrou atrás deles, entregando a Sara um embrulho comprido.

— Para você, minha querida. Faz um tempo que quero lhe dar isso.

Sara secou os olhos e desembrulhou o pacote, tirando uma bengala polida feita sob medida para uma criança.

— Isto é...

— Para ajudar você a andar, meu amor, porque você vai precisar depender de sua própria força daqui para a frente.

Com os olhos ardendo, Keris virou o rosto para a janela conforme a carruagem saía do palácio.

Era sempre assim com Coralyn, ela sabia exatamente o que as pessoas de sua família desejavam. Do que precisavam. Quando ele era pequeno, era ela quem adquiria os livros que ele tanto desejava, comprando do próprio bolso porque o pai achava que eram um desperdício de dinheiro. Mesmo depois de ele ter ido embora para receber educação até atingir a maioridade, os livros que cobiçava chegavam a ele em pacotes sem identificação, a capacidade dela incrível de saber do que ele precisava. E de repente se pegou pensando se já tinha retribuído a ela alguma vez.

Viajaram em silêncio, a carruagem saindo da cidade pelo portão sul, obrigada a seguir devagar pelas estradas lamacentas até chegarem à grande propriedade onde as jovens acólitas da igreja eram treinadas. A família Veliant era notória havia muito por não se importar com questões de fé, mas o pai dele não era idiota a ponto de cortar os fundos usados para sustentá-la, ainda mais porque fornecia a ele uma forma de se livrar das filhas inadequadas sem questionamentos.

Um par de mulheres mais velhas vestidas de hábitos esperava por eles na entrada, ambas fazendo grandes mesuras a Keris com murmúrios de "alteza" saindo dos lábios.

— Sua majestade está deixando a filha, a princesa Sara Veliant, sob seus cuidados com a expectativa de que ela vá ser tratada de acordo com a posição social que ocupa — ele disse, sentindo Sara se encolher a seu lado. Sentindo o medo e a apreensão dela, porque eram os mesmos dele.

— Com todo o respeito, milorde — uma das mulheres respondeu —, mas, aqui, não existe nenhuma posição além daquela que se ganha pelo serviço.

O que significava que a irmã seria vestida em roupas ásperas e obrigada a dormir num catre estreito em um quarto frio sem ninguém para consolá-la, depois obrigada a trabalhar para ganhar as refeições que comeria. Difícil para qualquer criança, mas, para Sara, ainda mais.

— Pode até ser, mas, fora destas paredes, a posição social *importa*. E chegará o dia em que vai ser a mim, e não ao meu pai, a quem vocês vão recorrer quando este lugar tiver necessidades que a fé sozinha não pode prover. Será mais agradável para mim oferecer recursos a quem tiver tratado minha irmã favorita com benevolência.

Atrás dele, Coralyn bufou, mas a mulher apenas inclinou a cabeça.

— A princesa vai ser tratada com todo o amor e a benevolência, milorde. Vossa alteza tem minha palavra.

— Maravilha. Espero receber atualizações suas sobre o progresso dela, e podem esperar visitas minhas de tempos em tempos.

— Preferimos que... — a mulher perdeu a voz quando Keris lançou um olhar frio para ela. — Seria uma honra, claro.

Ele puxou Sara para um banco encostado na parede e sentou ao lado dela.

— Se tiver problemas, mande cartas para mim ou Coralyn. Suborne as criadas para levar suas mensagens se for preciso. Mas não tenha medo; vão tratar você de maneira justa.

Prometer qualquer coisa a mais parecia uma mentira.

A irmãzinha dele o encarou, os olhos grandes se enchendo de lágrimas.

— Não quero ficar aqui. Quero ficar com você. Por que não pode se mudar de volta para a cidade? Assim posso ir morar com você.

O coração de Keris se partiu em cem pedaços porque, em circunstâncias diferentes, ele teria feito exatamente isso. Mas não era longe apenas do palácio que ela ficaria mais segura. Era dele também.

— Não é assim que funciona, Sara. Você sabe disso.

Ela baixou a cabeça e começou a chorar, e ele a puxou contra si, alisando o cabelo dela.

— Não é para sempre, irmã. Eu volto para te buscar.

Ela ergueu a cabeça para olhar para ele, surpresa afugentando sua dor.

— Vou precisar de um tempo para fazer isso — ele disse. — Mas, assim que conseguir, venho tirar você deste lugar.

— Você jura?

— Juro. — Ele tirou um lenço do bolso e secou o rosto dela. — Mas, quando eu vier, vou precisar de sua assistência com muitas coisas, então precisa se manter forte até lá, entendido?

Ela endireitou os ombros e assentiu, então seus olhos se voltaram para trás de Keris.

— É melhor você ir. Titia Coralyn está olhando *daquele* jeito para você.

— Obrigado pelo aviso. — Ele beijou a testa dela. — Não conte sobre o que conversamos para ninguém.

Ele levantou, fixando um olhar demorado para as mulheres, reforçando que haveria consequências se ele fosse contrariado. Então deu o braço à tia.

— Vejo que chegou ao ponto de ameaçar freiras — ela disse quando saíram. — Fico me perguntando aonde vai parar desse jeito, rapaz.

— Às vezes você descobre que o fundo do poço é mais embaixo do que se esperava.

Ela fungou.

— Nessa tentativa desenfreada de se salvar, por favor, não vá se perder.

— Ela parou de repente e disse: — Preciso tomar um ar.

— Está chovendo pra caralho.

Ela lançou um olhar funesto para ele pelo linguajar.

— Então arranje um guarda-chuva para me cobrir.

Murmurando um palavrão, Keris pegou um dentro da carruagem, sua consternação não pela chuva, mas pela conversa que estava por vir, pois tinha certeza de que seria sobre Otis. Já conseguia até sentir o peito apertado, a boca seca pela ideia de não apenas ter que reviver o momento, mas ter que inventar mentiras para esconder a verdade.

Juntos, deram a volta até os fundos do prédio, Keris angulando a sombrinha para evitar que a chuva a molhasse, embora isso significasse que ele ficaria encharcado quando chegassem a um gazebo. Subindo os degraus, ele deixou a sombrinha de lado e sentou num dos bancos.

— Por mais que eu agradeça pela oportunidade de me despedir da minha irmã, titia, talvez a senhora possa me explicar a verdadeira motivação para ter me tirado de Vencia.

— Tem sempre alguém escutando em Vencia. — Ela sentou ao lado dele, franzindo a testa quando o vento soprou uma mecha de cabelo para fora do penteado. — E nós dois sabemos que Serin tem um interesse em particular por você, Keris. Você não é o tipo de homem que ele deseja servir, e o objetivo dele é que você fique fora da sucessão. Já vimos a prova disso.

Ele se enrijeceu, e ela lhe lançou um olhar de esguelha.

— Nós dois sabemos que foi Serin quem levou Otis a atacar você. O plano dele falhou, mas isso só quer dizer que vai tentar de novo até conseguir. Precisamos dele morto, mas seu pai confia demais em Serin para abrir mão dele. O que significa que, para você sobreviver, precisamos de seu pai morto ou destituído de poder. Imagino que tenha chegado à mesma conclusão, e que estejam sendo seus esforços para alcançar a destituição dele que tenham ocupado suas madrugadas, e não a esbórnia.

Keris cruzou os braços, relutante a revelar qualquer coisa, considerando que sua última aliança com a tia não havia lhe rendido nada.

— Sei que tem incitado as massas contra seu pai, rapaz. Você os está instigando a derrubá-lo, talvez até matá-lo, mas o que ainda não entendi é por que acha que vão escolher você, em vez de outro Veliant, para colocar no trono no lugar dele. O mais provável que aconteça é que trucidem a família inteira e Maridrina mergulhe em anarquia. Está manejando um cutelo quando precisa de uma faca.

Havia muito mais sutileza em seus planos do que *isso*, mas Keris disse apenas:

— O que a senhora propõe?

— Que use sua irmã como faca. Uma opção muito mais factível, considerando que Lara está em Vencia. E não está sozinha.

Choque o atravessou com tanta força que seu queixo caiu.

— Lara? Como...

— Aren me passou um contato na cidade na expectativa de que eu enviasse à pessoa a mensagem de que cessassem as tentativas de resgate. Fui encontrar esse contato, mas o que vi foram mais do que apenas ithicanianos. Lara está com eles, assim como suas meias-irmãs desaparecidas, guerreiras, todas elas.

Keris se pegou andando de um lado para o outro abruptamente, embora não lembrasse de ter levantado, um misto de emoções agitando suas entranhas, sobretudo raiva. Lara era uma mentirosa, uma traidora e uma assassina. Tinha começado uma maldita guerra. Era responsável pela morte de milhares de pessoas. Se não fosse por ela...

— Por que ela está aqui?

— Por causa de Aren. Ela e o povo dele estão unidos no desejo de libertar o rei de Ithicana.

Como Lara tinha conseguido fazer os ithicanianos aguentarem a presença dela, Keris não conseguia nem imaginar.

— Ela é cria de Serin e uma pessoa em quem não podemos confiar.

— Ele deixou uma marca nela, com certeza, mas ela não é cria dele. Muito menos de seu pai.

— Não quero ter nada a ver com ela — Keris rosnou. — O que ela merece é uma faca no coração e, embora os ithicanianos possam não ter a coragem para fazer isso, não pense que eu hesitaria se ela cruzasse meu caminho.

Embora se recusasse a olhar para ela, Keris conseguia sentir o escrutínio da tia ao perguntar:

— O que aconteceu com você naquela noite na ponte?

Dando as costas, Keris fechou os olhos, a imagem de Raina sem ar e do sangue borbulhando do peito dela enchendo sua mente.

— Já contei para a senhora. Resolveram me amarrar feito um porco quando contestei as ações deles e fui deixado numa carroça até o fim da batalha.

— Sim, lembro de suas queixas ressentidas. — Ela hesitou. — Mas, conhecendo você como conheço, não foi pelo que aconteceu a *você* que culpa sua irmã, mas pelo que fizeram com outras pessoas.

— Eles assassinaram minha escolta. Eram boas pessoas.

— Isso foi obra de seu pai, não de Lara.

— Até parece! — Ele virou para a tia. — Ela possibilitou isso agindo como ferramenta dele.

— Acha que ela teve escolha?

Ele encarou a tia.

— Sim. A mesma que eu tive. A mesma que ainda tenho.

Nenhum deles falou nada, o único som sendo o da chuva caindo sobre o teto do gazebo e o vento soprando pelo terreno, os ecos do tufão sobre Ithicana.

— Vocês dois poderiam ser gêmeos, de tão parecidos que são — Coralyn disse finalmente. — Igualmente incapazes de perdoar, embora sua irmã seja muito menos moralista em relação a isso. Ela errou, Keris. Sabe disso e está tentando corrigir os erros que cometeu. Nisso, eu diria que ela é melhor do que você, pois, embora não tenha errado, você não faz nada além de apontar dedos para os erros daqueles ao seu redor.

— Eu me recuso a ficar aqui ouvindo isso. — Dando meia-volta, Keris rumou para a entrada do gazebo, mas a voz de sua tia o fez parar.

— Pelo amor que tem por sua mãe, você vai sentar. E escutar.

Rangendo os dentes, ele virou.

— Lara quer libertar o marido, e o harém decidiu se aliar a ela e aos ithicanianos nessa empreitada.

Tirando o envolvimento de Lara, essa era *exatamente* a aliança que ele havia desejado, mas de repente não queria mais.

— Por quê? E por que, diga-se de passagem, a senhora resolveu ir se encontrar com o contato de Aren? Da última vez que conversamos, falou que se contentava com a promessa do meu pai de deixar minhas irmãs em paz. O que mudou desde lá?

Ela ficou em silêncio, os olhos estudando os dele por um longo momento antes de dizer:

— As circunstâncias da morte de Otis me fizeram reconsiderar. Quando soube que Lara estava com eles, percebi que poderia ser útil para nós. Se lhe dermos a oportunidade, ela é mais do que capaz de matar seu pai. E está mais do que disposta.

— Está sugerindo que usemos Lara para assassinar meu pai? — Ele franziu a testa, deixando a raiva de lado na tentativa de pensar com clareza. — É por isso que aceitou trabalhar com eles? Não para resgatar Aren Kertell, mas porque acha que ela vai usar a oportunidade para se vingar? E aí... esperam que eu use minha coroa recém-conquistada para libertá--lo caso ainda não tenha escapado?

— É exatamente isso. — Coralyn parou na frente dele, o perfume dela forte em suas narinas. — Aren é um homem bom, e creio que todos se beneficiariam com a liberdade dele. Mas sacrifico a vida dele num piscar de olhos se isso significar que Silas vá morrer, levando Serin junto, e que você ocupará o trono.

Ignorando a última parte da frase, ele disse:

— Deve haver uma maneira mais fácil de matá-lo. Que implique menos riscos ao harém.

E que não envolvesse a irmã dele.

— Acha que não tentei? Há anos venho tentando levar venenos às escondidas para dentro do santuário interno. Consegui apenas duas vezes e, em ambas, os provadores de veneno de seu pai morreram, deixando-o vivo. Não consigo sequer fazer uma arma maior do que uma faca de manteiga passar por aqueles portões.

— E acha que vai conseguir fazer Lara e seus companheiros passarem?

Coralyn fez que sim.

— Vou levar um grupo seleto de esposas para fazer compras. Mas vão ser Lara e suas irmãs quem vão voltar comigo. Vou escolher mulheres parecidas, e as mais jovens sempre mantêm os rostos escondidos fora do palácio. Depois, vou escondê-las no harém até chegar a hora.

— Que plano de merda, Coralyn. E se os guardas que as revistam em busca de armas para entrar no palácio notarem que não são as mesmas mulheres?

Ela o encarou.

— Para alguém com um vocabulário enorme, você tende a usar a escória dele. Mas, quanto a sua pergunta, vai ter que confiar que sei o que estou fazendo.

Passou pela cabeça dele que, se Coralyn tivesse desejado libertar Valcotta, provavelmente teria conseguido. Mas o ódio do harém pela nação inimiga era profundo demais para essa chegar a ser uma possibilidade. Keris roeu o polegar, aceitando devagar o plano, que de fato envolvia muito mais maestria do que seu golpe pretendido.

— Tem certeza de que Lara vai matá-lo? Porque, se ela decidir só pegar Aren e fugir, vai ser a senhora e o resto do harém quem vão pagar o preço. Meu pai pode até ser um idiota, mas Serin não. Vai saber quem organizou isso.

— Lara prometeu que vai. Ela odeia seu pai tanto quanto você; creio que prefere morrer a deixar seu pai ainda vivo.

E Lara era uma assassina treinada.

— A senhora tem um plano para ela entrar. Mas e quanto a sair? Não vou assumir o controle imediatamente, o que significa que os soldados de meu pai vão matar Lara, Aren e quem quer que esteja com eles. Senão, vou acabar parecendo culpado se só permitir que Lara saia andando. E ela não vai concordar com isso sem uma rota de fuga.

— Lara acredita que Aren vai ter ideias quando presenteado com mais recursos.

Keris abanou a cabeça, vendo a falha no plano.

— Aren nunca vai concordar com isso. Primeiro, Lara está envolvida. Segundo, coloca o povo dele em risco, o que é algo que ele está desesperado para evitar.

— Pense em uma forma de convencê-lo.

A única forma de convencer Aren seria fazer a recompensa valer o risco, o que significava que a recompensa tinha que ser maior do que a própria liberdade dele.

— E se eu prometer retirar nosso exército de Ithicana caso ele e seu pessoal conseguirem o assassinato durante a fuga?

— Acha que ele confiaria em você? — Coralyn perguntou. — Seria fácil para você negar ter feito essa promessa quando fosse coroado, deixando-o apenas com a liberdade em troca de seus esforços, o que você sugeriu que não é incentivo suficiente.

— Tem razão. — Keris roeu o polegar de novo, mal sentindo a dor ou o gosto de sangue enquanto considerava o problema.

Ele não apenas precisava de um incentivo válido, mas também dar a Aren um motivo para confiar que a promessa seria cumprida.

O incentivo precisava vir de alguém cuja palavra valesse ouro.

E Keris conhecia a mulher certa.

Pegando a tia pelo cotovelo, levou a sombrinha sobre a cabeça dela para bloquear a chuva e a puxou para fora do coreto.

— Acho que está na hora de mais uma conversa com Aren Kertell.

57
ZARRAH

CORALYN NÃO ERA UMA PESSOA DE AMEAÇAS VAZIAS.

Fiel à própria palavra, a mulher tinha mantido Zarrah trancada em seu quarto desde a noite de sua tentativa fracassada de assassinato; as únicas pessoas que ela via eram as criadas que lhe traziam comida e água para o banho. O bloco de pedra tinha sido recolocado com argamassa no lugar, embora Zarrah não fizesse a menor ideia de como o harém tinha conseguido fazer isso sem ser visto.

Era enlouquecedor ficar aprisionada daquela forma.

Sem nada para ler nem nada para fazer, Zarrah passava horas se exercitando, levando seu corpo ao limite, com a voz imaginada de Yrina a incentivando até ela cair na cama, exausta. Mas era melhor do que esperar.

Esperar que Keris chegasse a um acordo com a tia.

Esperar que Serin tentasse matá-la de novo.

Esperar que Coralyn apresentasse outra oportunidade para livrar o harém de Silas.

Ela queria gritar. Queria lutar para escapar. Queria ser capaz de recorrer às próprias forças em vez de ser obrigada a encarar as fraquezas, das quais paciência era a pior. Ela era boa dominando o campo de batalha, com soldados, armas e estratégias, não em maquinações políticas.

Você fez sua jogada, a voz de Yrina sussurrou em seu ouvido. *Agora deve esperar pela vez dos outros jogadores.*

— Não aguento mais esperar — ela respondeu, sabendo que falava com um fantasma. Que falava sozinha. — Preciso sair deste quarto. Preciso lutar.

Então vai perder.

Uma batida à porta.

Zarrah se contraiu, levantando trêmula quando um dos guardas entrou. Ele olhou para ela, a boca se curvando de repulsa.

— Fique apresentável. O rei ordena sua visita.

— Sou prisioneira, não uma das esposas dele — ela respondeu, ignorando o nervosismo comprimido no peito. — Minha aparência pouco importa. Pode me levar até ele agora.

O homem abriu a boca para argumentar, mas bufou e fez sinal para ela sair do quarto.

Ignorando como sua calça e blusa estavam grudadas ao corpo suado, Zarrah saiu para o corredor, os pés descalços sem fazer barulho ao ser levada na direção das portas da passarela coberta, onde dois dos guarda-costas do rei esperavam.

Assim como um barulho inesperado.

Olhando para os muros, Zarrah franziu a testa e ouviu o clamor que emanava de detrás deles. Parecia o som de uma multidão enfurecida. E não de dezenas, mas de centenas. Senão milhares.

— O que está acontecendo?

— Não é da sua conta — o guarda retrucou. — Mãos para trás.

Zarrah deixou que ele prendesse algemas em seus punhos, depois um par em seus tornozelos. Normalmente eles só se davam ao trabalho de algemá-la quando estava prestes a entrar nos aposentos de Silas, e ela ficou se perguntando se a multidão não seria o que havia provocado o cuidado extra. Pelo quê o povo estava tão furioso?

Com as correntes tilintando, Zarrah seguiu pela passarela até a torre, os olhos se voltando para os jardins lá embaixo, fixando-se imediatamente em Keris.

O coração dela palpitou, pois fazia dias que não via o rosto dele. Dias que não ouvia sua voz, e desejou que ele erguesse os olhos, precisando dessa conexão, mas ele estava concentrado em uma conversa que travava com Lestara, várias de suas irmãs mais novas saltitando ao redor dele.

— Passa tanto tempo com mulheres que é quase uma — o guarda-costas que segurava os punhos dela disse para o colega. — Fracote imprestável. Não consigo acreditar que está durando tanto tempo.

Zarrah ficava surpresa que esses homens, soldados treinados, não enxergassem a verdade. Quando observou Keris se mexer, viu de imediato a força bruta nos músculos marcados em seu casaco bordado. O equilíbrio e a graça em cada passo que vinham de uma vida em terraços. Os instintos rápidos de alguém que podia escolher não lutar, mas era mais do que capaz de fazer isso. Era a inteligência dele, porém, que o tornava uma força a ser respeitada.

E ela almejava pelo dia em que esses homens perceberiam o perigo que andava entre eles, quando já fosse tarde demais.

O guarda abriu a porta da torre, ar frio banhando Zarrah enquanto ela começava a subir a escada infinita. Chegaram ao topo e os guardas à frente das portas do escritório de Silas a revistaram em busca de armas antes de permitirem sua entrada.

— Bom dia, Zarrah. — Silas estava sentado com a bota em cima da mesa, um copo cheio de líquido âmbar equilibrado sobre um joelho. Serin estava em pé perto da janela atrás dele, o rosto impossível de interpretar. — Trago notícias.

O coração dela vacilou antes de acelerar.

— Os harendellianos aportaram hoje de manhã — ele disse. — Com a resposta de sua tia à proposta de meu filho.

Suor escorreu pelas palmas já úmidas das mãos dela. A tia não a havia abandonado.

— Ah, é?

— Vou deixar que você mesma leia. — Ele jogou um pedaço dobrado de papel timbrado para o lado dela da mesa, a cera roxa do selo real da imperatriz rompida ao meio.

Com as correntes chacoalhando nos punhos, ela o pegou e o desdobrou, os olhos passando pelas duas frases de texto. A assinatura familiar.

Prefiro que minha sobrinha morra mil vezes a negociar com um Veliant. Faça o que quiser com ela, mas esteja preparado para as consequências.
Petra

O peito de Zarrah se apertou enquanto uma respiração trêmula saía de seus lábios. Ela sabia que a tia não aceitaria os termos de Keris, mas pensava que a imperatriz prolongaria a negociação. Buscaria outra forma de garantir a liberdade de Zarrah. Tentaria ganhar tempo para que Zarrah conseguisse se libertar. Não... não isso.

Leu as linhas uma segunda vez. E uma terceira. Procurando alguma coisa, qualquer coisa, que indicasse que a imperatriz não a havia abandonado. Que lutaria por ela. Que ainda a amava.

Mas não havia nada.

A tia preferia que Silas a matasse a ceder um centímetro sequer. Preferia que ele a assassinasse porque a morte dela alimentaria a chama da Guerra Sem Fim. Havia sido usada como ferramenta durante a vida, e seria usada como ferramenta agora na morte.

Zarrah não conseguia deixar de se perguntar se isso significava que a tia nunca havia se importado nem um pouco com ela.

58
KERIS

Como não havia como organizar uma conversa particular com Aren, as circunstâncias exigiam fazer isso em plena vista de Serin, seu pai e todos os muitos olhos vigilantes no santuário interno.

Felizmente, Keris não estava mais agindo sozinho.

— Alto o bastante para ninguém conseguir escutar — ele murmurou para Lestara. — E mande que as meninas bloqueiem a visão que as pessoas possam ter de nós para dificultar que leiam nossos lábios.

— Como sabe que ele vai vir? — ela perguntou.

— Porque, primeiro, está esperando notícias de que Coralyn se encontrou com o povo dele. Segundo, está olhando para nós da janela. — Depois de deixar que ela arrumasse as irmãzinhas, que estavam todas vestidas num arco-íris de sedas deslumbrantes, Keris encarou o livro na frente dele, sem absorver nenhuma das palavras.

Seja paciente, ele disse a si mesmo. *Aren acredita que precisa mais de você do que você dele.*

Se ao menos fosse verdade.

Longos minutos se passaram até o som de passos encher seus ouvidos, as correntes tilintando enquanto Aren se acomodava no banco à frente dele. Sem querer parecer ansioso, Keris esperou os guardas de Aren recuarem antes de tirar os olhos do livro.

— Bom dia, majestade. Veio aproveitar a breve pausa da tempestade?

— A chuva não me incomoda.

— Não, creio que não. — Keris colocou o livro em um canto da mesa que havia secado ao sol e voltou a atenção para os guardas que esperavam ali perto. — Precisam de alguma coisa?

Os dois homens se remexeram, constrangidos, provavelmente se perguntando se seriam recompensados caso deixassem Keris sair morto daquela reunião.

— Ele é perigoso, alteza — um deles respondeu. — É melhor ficarmos perto caso ele precise ser contido. O homem é rápido.

Keris se curvou para olhar para as pernas de Aren embaixo da mesa.

— Ele está acorrentado a um banco de pedra. Vocês acham que sou tão frágil a ponto de não conseguir correr mais rápido do que um homem acorrentado a um banco?

— Sua majestade...

— Não está aqui. Vocês estão tão perto que poderiam participar da conversa, mas, por essa breve interação, já posso dizer que não tenho interesse em falar mais nada com nenhum de vocês. Além disso, estão atrapalhando a prática das minhas irmãs mais novas. Saiam.

Os guardas assumiram uma expressão soturna, mas obedeceram, embora um deles tenha dito:

— Grite se ele causar problemas, alteza. É o que as esposas foram instruídas a fazer.

Keris se obrigou a manter uma cara de tédio, apesar da irritação crescente em seu peito. *Não se preocupe com o que eles pensam*, disse a si mesmo. *Você pode substituir todos quando for rei.*

— Pode deixar.

Voltou a atenção para Aren, que observava seus antebraços com a testa franzida. Keris puxou as mangas para baixo e perguntou com o tom agradável.

— Agora, como posso ajudar, majestade? Mais material de leitura, talvez?

— Por mais esclarecedor que seu livro sobre pássaros tenha sido, eu passo.

— Como preferir. — Keris ajeitou o cabelo atrás da orelha, seu sinal para Lestara começar. Um momento depois, as irmãs começaram a rodopiar ao redor dele e de Aren, batendo palmas no ritmo da música, os lenços que carregavam escondendo a conversa.

— Você corre o risco de receber uma punhalada nas costas pelo tratamento que dá aos homens de seu pai — Aren disse, o olhar se movendo das meninas para Keris.

— Esse risco existe independentemente do que eu diga ou faça. — Keris apoiou os cotovelos na mesa. — Assim como meu pai, eles consideram minha falta de interesse pelo exército um insulto pessoal e, a menos que eu me transforme no que não sou, não poderei me redimir com nenhum deles. Meu destino está selado.

Aren coçou o queixo, parecendo analisar aquelas palavras. Parecendo entender que tudo o que fosse dito ali, por necessidade, teria um sentido oculto.

— Há outras formas de ser popular que não sejam empunhando uma espada.

— Como alimentar uma nação faminta? — Keris levou a mão à orelha. — Ouça. Está ouvindo?

Aren franziu a testa, virando a cabeça para fora para ouvir, as palavras de ordem que os homens de Keris haviam incitado fazendo um barulho constante ao fundo.

— Há um boato de que você está sendo torturado para que meu pai consiga informações sobre como derrotar Eranahl — Keris disse. — As ideias terríveis que as multidões inventam quando estão enfurnadas durante tempestades... Mentes vazias são mais do que oficina do diabo...

São o alvo de Keris.

— Fico surpreso que eles se importem.

— Fica mesmo? — Keris franziu o nariz, a humildade de Aren soando falsa. — Minha tia acredita que você é mais inteligente do que parece, mas estou começando a questionar a opinião dela.

— Você acabou de me chamar de *burro*?

Considerando que minha irmã manipulou você como um fantoche, só me resta supor que ela o ama por seu rostinho bonito, Keris pensou, mas o que disse foi:

— Se a carapuça serviu...

Aren não respondeu à farpa, as engrenagens girando atrás dos olhos castanhos, embora um tanto mais devagar do que Keris gostaria. Ainda mais considerando que tinham pouco tempo.

— Pense comigo. Você diria que entender a natureza do povo ithicaniano foi fundamental para governar bem?

— Eu não governei bem.

Não mesmo.

— Não seja rabugento.

Aren o encarou, mas pouco importava se o homem gostava ou não dele. Ele precisava que Aren voltasse à vida e à frente do tabuleiro e, se fosse preciso raiva para fazer isso, que assim fosse. O esforço dele foi recompensado quando Aren retrucou:

— É óbvio que foi fundamental.

— Se esforce mais um pouco. Vou ver na sua cara quando você compreender.

Aren fechou os olhos e respirou fundo enquanto pensava.

Pense mais rápido, Keris gritou para ele em silêncio. *Não temos muito tempo*. Aren soltou um suspiro baixo de compreensão.

— Finalmente! — Keris bateu palmas como se estivesse zombando, embora, na realidade, fosse um sinal para Lestara. — Pensei que teria que esperar a manhã toda.

— Os maridrinianos não querem a ponte.

— Não, não querem. A ponte lhes custou muito caro e não ofereceu nada em troca.

Era como assistir a fogos de artifício sobre o porto, a compreensão iluminando o rosto de Aren. Sem conseguir evitar tirar sarro do homem, Keris disse:

— Acho que é assim que os pais se sentem quando os filhos aprendem a falar. É muito gratificante ver essa demonstração de inteligência de sua parte, majestade.

— Cale a boca — Aren respondeu, ainda distraído enquanto refletia sobre as revelações, e Keris esperou até ele entender por que o pai estava tão desesperado para Eranahl cair. Então Aren perguntou: — Quando o dinheiro vai acabar?

Keris sorriu para duas de suas irmãzinhas que passaram rodopiando por ele, as duas abrindo sorrisos largos, sabendo que ele estava aprontando algo, mesmo sem saber o quê.

— Os cofres, infelizmente, estão vazios. — Gastos pagando Amarid pelo uso da marinha deles. Gastos em armas de aço harendelliano. Gastos pagando os salários de milhares de soldados maridrinianos. E pagando pensões às famílias daqueles que haviam falecido.

— Você parece muito satisfeito em ser herdeiro de um reino quase falido.

— Melhor do que uma cova.

Aren suspirou, evasivo, então Keris acrescentou:

— Se Eranahl se render, meu pai não vai mais precisar da marinha amaridiana. E, considerando como é improvável que ele seja misericordioso com aqueles que se renderem, Ithicana não será mais uma ameaça ao controle de Maridrina sobre a ponte. A posição de meu pai será mais poderosa do que nunca. Então veja, majestade, muita coisa depende de sua pequena fortaleza na ilha continuar de pé.

— Acima de tudo, sua chance de tomar a Coroa maridriniana de seu pai por meio de um golpe.

Keris nem pestanejou.

— Acima de tudo, minha *vida*. O golpe e a Coroa são meramente um meio para um fim. — Uma verdade e uma mentira na mesma frase, pois, se Lara fizesse sua parte, o golpe nem seria necessário. Mas ele não podia revelar o envolvimento dela a Aren.

— Você está colocando muita coisa em risco me contando isso — Aren disse. — E não entendo com que objetivo. Meu envolvimento não muda nada. Pelo contrário, minha morte vai servir para que seu povo se volte cada vez mais contra seu pai. Mas também sei que não estaríamos tendo esta conversa se você não quisesse algo a mais de mim.

A hora é agora. No entanto, apesar de todo o trabalho que ele havia dedicado a chegar aqui, Keris se viu incapaz de expressar seu pedido, pois colocaria Valcotta em risco. Serin poderia voltar a submeter Aren à tortura, e o rei poderia muito bem entregá-la para acabar com a própria dor.

Mas parecia que Aren tinha sim um cérebro, pois disse, tão baixo que só Keris poderia escutar:

— Zarrah.

Como ele adivinhara? Apreensão atravessou o peito de Keris, mas ele tinha que seguir em frente. Tinha que usar a verdade de isca para que ele acreditasse na mentira. Keris deu um brevíssimo aceno de cabeça, sabendo que não era apenas o pessoal de Serin que estava observando, mas Lestara, que relataria tudo de volta ao harém.

— Você quer que eu providencie a fuga dela.

Keris deu mais um aceno, observando enquanto Aren refletia sobre a confirmação do que suspeitava que o ithicaniano havia suposto muito tempo antes. *Como ele havia descoberto?*, ficou se perguntando. *O que os tinha entregado?*

Será que mais alguém tinha conseguido chegar à mesma conclusão que Aren?

— Por que acha que eu colocaria meu povo em risco para salvá-la se não estou disposto a arriscá-lo nem para salvar minha própria pele?

Ele tinha mordido a isca da verdade e, agora, Keris precisava fisgá-lo com uma mentira.

— Porque ela prometeu que, se você fizer isso, Eranahl vai receber comida suficiente para sobreviver ao cerco de meu pai.

— Não acho que a imperatriz vá concordar com isso.

— Zarrah é uma mulher poderosa, e o acordo é com ela, não com a imperatriz. É pegar ou largar.

Ela ficaria furiosa com ele por fazer essa promessa sem consultá-la, mesmo tendo sido impossível falar com ela. Mas Keris não se importava. Ele se rebaixaria e sacrificaria cada gota de sua honra se fosse necessário para tirá-la daquele lugar.

— Aliar-se com o maior inimigo de seu reino para ganhar a Coroa. — Ele assobiou baixinho. — Se seu povo descobrir, você terá problemas.

Aren queria que isso funcionasse. Keris conseguia ver nos olhos dele, o brilho de esperança onde antes havia apenas desalento. Keris sentiu a culpa crescer no peito pela mentira, mas ele a conteve. Se Lara conseguisse assassinar o pai dele, Aren não precisaria da ajuda de Valcotta; teria a do rei de Maridrina.

— Concordo. Por isso que é muito melhor para nós dois que acreditem que você e os seus foram responsáveis pela libertação dela.

— Você tem acesso a meu povo agora. Não precisa de mim para isso.

Keris ficou sério, desejando profundamente que aquilo fosse verdade.

— Serin não confia em mim, então estou quase sempre sob vigilância quando saio do palácio, o que significa que não posso entrar em contato com seu povo diretamente. Preciso do harém para facilitar a comunicação. Mas aí está o problema: elas odeiam os valcottanos assim como qualquer outro maridriniano, então não existe a mínima chance de concordarem com meu plano. — Ele até *poderia* entrar em contato com eles pessoalmente, mas não confiava que não revelariam seu pedido de libertar Valcotta para Coralyn.

— E o que você sugere para resolver esse impasse?

— O harém não vai me ajudar a libertar Zarrah. Mas vai me ajudar a libertar *você*. — Keris sorriu. — E é por isso que você vai usá-las para ajudar a orquestrar sua fuga e, quando fugir, vai levar Zarrah junto.

Aren o encarou por um longo momento, ponderando os riscos e a possível recompensa.

— Certo. O que eu vou precisar fazer?

Keris quase afundou no banco pelo alívio que o percorreu. Daria certo. Ele *faria* dar certo.

— Conseguimos trazer seu pessoal para dentro, provavelmente meia dúzia — ele respondeu. — O que eles precisam é que *você* encontre uma forma de escapar depois que tirarem suas correntes.

Acenando com a cabeça, Aren disse:

— Vou ver o que consigo tramar. Mas acho que esta conversa acabou.

Segundos depois, botas bateram no chão, e Keris, ao virar, encontrou os guardas pessoais do pai atrás dele.

— Sua majestade quer falar com vossa alteza — um deles disse. — Agora.

59
ZARRAH

COM A BARRIGA VAZIA E UM ZUMBIDO ensurdecendo nos ouvidos, Zarrah recolocou a carta na escrivaninha de seu inimigo.

Prefiro que minha sobrinha morra mil vezes a negociar com um Veliant. Faça o que quiser com ela, mas esteja preparado para as consequências.

Não podia ser real. Não podia ter sido escrita pela mesma mulher que tinha vindo ao resgate de Zarrah. Que a havia desamarrado e limpado a podridão e o sangue de sua pele. Que a havia criado como filha. Que a havia ensinado a ser forte.

Que lhe havia prometido vingança.

— Não é a resposta que você esperava, creio eu — Silas disse, trazendo sua atenção de volta. — Ainda mais considerando que ela foi como uma mãe para você depois da morte da irmã. Deve ser um golpe terrível.

Não era real. Não podia ser. Devia ser uma falsificação. Um truque vindo da mão de Serin porque ele queria que os planos de Keris desabassem para poder vê-lo morto.

Como se ouvisse os pensamentos dela, Corvus disse:

— Se está duvidando da autenticidade da carta, eu teria o maior prazer em providenciar um encontro entre você e os harendellianos.

O queixo tremeu, e Zarrah cerrou os dentes. Mas isso não impediu seus olhos de arderem nem seu peito de se apertar enquanto a constatação de que *isso não era um truque* se afundava em seu peito.

— Achou que ela faria de tudo para recuperar você. Acreditou de verdade que ela sacrificaria o próprio orgulho para salvar você. — Silas coçou a barba rala no queixo. — O que significa que você ou é tola ou foi pega sob o jugo dela.

O jugo dela. Zarrah ficou arrepiada.

— É como ver uma mulher cega enxergar pela primeira vez — Silas disse. — O que antes estava claro para todos ao redor agora revelado com uma clareza chocante.

Zarrah sentiu a pele gelar e, pela primeira vez na vida, sentiu como se estivesse completamente sozinha, sem ninguém a seu lado. Ninguém que se importasse se ela estava viva ou morta, e a única pessoa que ela poderia culpar era a si mesma.

Silas se ajeitou, as botas batendo no chão.

— Petra me deixa pouca escolha além de executar você como inimiga de Maridrina.

As palavras dele deveriam ter provocado medo, mas tudo que Zarrah sentia era torpor.

Uma batida soou à porta e um guarda entrou.

— Sua alteza está aqui, majestade.

— Ótimo.

Keris entrou, os olhos alternando entre os três.

— Vossa majestade me convocou?

— Petra se recusou a negociar.

O queixo de Keris ficou tenso, mas o choque não chegou a seus olhos. E Zarrah entendeu nesse momento que ele já tinha previsto esse resultado. Que tinha enxergado os fatos e sabia que a tia não sacrificaria o próprio orgulho para salvá-la. Parte dela queria gritar com ele: *Por que não me contou?*

Mas ela sabia a resposta: não teria acreditado nele. Assim como não tinha acreditado em Yrina. Quando se tratava da tia, ela havia sido, como Silas tinha dito, cega.

Silas anunciou:

— Avisei que não funcionaria, mas você precisava ver com seus próprios olhos a prova de que nem tudo pode ser resolvido com palavras bonitas e negociações. Às vezes, é preciso conseguir o que se quer à *força*. E às vezes é preciso lembrar seus inimigos das consequências de contrariar você.

A cor do rosto de Keris se esvaiu.

— Não podemos executá-la. Estaríamos...

— Caindo nas mãos de Petra. — Silas soltou um suspiro divertido. — O apoio à insistência de Petra na Guerra Sem Fim está em forte declínio nos últimos anos, ainda mais com os rebeldes no sul que contestam o direito dela à Coroa, pois muitos acreditam que não era ela a herdeira escolhida, mas sim a irmã mais nova. — Ele apontou o queixo para Zarrah. — A mãe dela.

Zarrah piscou, aquelas palavras totalmente inesperadas. Ainda mais porque nunca tinha ouvido ninguém contestar o direito da tia ao trono. Mas, antes que ela pudesse pensar mais no comentário, Silas continuou:

— Petra está usando a prisão de Zarrah como forma de alimentar a inimizade entre nossas nações, e executar a sobrinha dela só alimentaria a chama que ela criou tão arduamente. — Ele sorriu. — Não tenho o hábito de dar a ela o que quer, então estou inclinado a manter Zarrah viva por enquanto.

Viva.

A palavra deveria tê-la enchido de alívio, mas Zarrah não sentiu nada. Nada além de um enorme vazio no peito deixado pela certeza perdida do amor da tia. A mãe tinha sido tirada dela. Depois Yrina. O único que lhe restava era...

— Zarrah vai continuar sendo minha hóspede aqui em Vencia — Silas disse. — Mas você, Keris, precisa seguir o caminho para se tornar um homem digno da Coroa. Resolva suas pendências e arrume suas malas, porque vai voltar a Nerastis.

60
KERIS

— Você PRECISA IR — Coralyn disse, os olhos fixos nas outras esposas, que estavam praticando uma dança que não pretendiam apresentar para ninguém, nunca. — Dessa forma, não vai ter chance de ser visto como culpável. Seu pai já está cansado de suas desculpas para ficar.

Ela não estava errada.

Fazia dias que o pai tinha ordenado que ele fosse embora de Vencia, mas Keris vinha protelando, encontrando motivo após motivo por que não estava pronto para entrar num navio a caminho de Nerastis, e a paciência do rei estava se esgotando enquanto a alegria de Serin crescia.

Mas Keris não podia partir. Não *queria* partir.

Não com todo o plano de resgate em jogo enquanto esperavam que Aren Kertell resolvesse o problema impossível de como escapar de um palácio inescapável. Não enquanto Valcotta continuasse prisioneira em uma jaula dourada.

Valcotta. A lembrança do rosto dela encheu sua mente, os olhos dela zonzos pela revelação de que a tia via mais valor nela morta do que viva. Ele não conseguia imaginar como ela se sentia, pois, embora não tivesse amor paterno, nunca sequer havia pensado ter. Silas jamais escondeu que era um babaca sem coração, enquanto Petra havia passado a última década fazendo Valcotta acreditar que era amada para então a trair em seu momento mais vulnerável.

Agora toda a esperança dele recaía sobre os ombros de Aren Kertell.

Como um tigre enjaulado, Aren testava os limites de sua clausura, sem nunca tentar o mesmo lugar duas vezes. Mas, até agora, os esforços empregados por ele não tinham resultado em nada além de surras dos guardas.

— Ele não está conseguindo pensar em nada que eu já não tenha pensado e descartado — Keris murmurou baixinho. — Apostamos todas as nossas fichas num idiota.

— Ele não é idiota — Coralyn repreendeu, de cara fechada. — Você simplesmente decidiu não gostar do homem e se recusa a enxergar os atributos dele. Além disso, Lara diz que ele vai conseguir, e sua irmã está *longe* de ser idiota.

— Só assassina e traiçoeira.

— Ela não é nenhuma dessas coisas. — Havia raiva na voz da tia. — Ouvi a verdade sobre o que aconteceu em Ithicana dos lábios dela.

— A verdade da boca de uma mentirosa treinada.

— Ela não teria motivo para mentir para mim.

Ele bufou.

— Tenho certeza de que é isso o que Aren dizia enquanto metia nela.

— Keris, cale essa maldita boca, senão juro que vou trazer todas as mulheres do harém aqui para segurar você enquanto a lavo com sabão.

Coralyn não fazia ameaças à toa, então Keris cruzou os braços e manteve os dentes fechados.

— Vai ouvir a história dela ou sua intenção é permanecer surdo como uma porta a tudo que contesta suas opiniões equivocadas?

Uma dezena de respostas chegou a seus lábios, mas o dia dele não melhoraria com o gosto de sabão, então disse apenas:

— Está bem.

A história que saiu da boca da tia não era nem de perto o que ele esperava. E sua irmã não era bem o monstro que ele acreditava que fosse.

— Eles nunca vão perdoá-la — ele disse depois que Coralyn terminou. — Não importa se foi um engano ou que Lara não quisesse que isso acontecesse. Milhares de ithicanianos foram mortos pelas atitudes dela, e não há reparação que os traga de volta.

— Ela sabe disso, e não quer ser perdoada. — Coralyn deu um gole de chá. — Mas talvez você devesse perdoá-la.

Ele fechou os olhos, lembrando dos homens do pai atacando sua escolta ithicaniana. Lembrando de como a luz se apagou dos olhos de Raina. Lembrando de quando entendeu que seu desejo de fugir de uma guerra tinha sido a chave para começar outra. Lembrando de como, naquele momento, havia *odiado* Lara tanto quanto odiava o pai.

Nada do que havia acontecido tinha sido intenção de Lara, mas isso não significava que não era culpa dela. E Keris nunca havia tido o dom de perdoar.

— Ela é um meio para um fim mutuamente benéfico, depois do qual nunca mais precisaremos voltar a nos ver.

— Você é teimoso feito mula — Coralyn retrucou. — Não há nada mais importante do que a família. Tudo que você faz, cada atitude que toma, deveria ter como objetivo proteger sua família.

A irritação dele cresceu.

— Estou planejando o assassinato do meu próprio pai e dando ao harém o que ele quer. Isso ainda não é o suficiente para a senhora, Coralyn?

— Se eu acreditasse que está fazendo isso *por nós*, seria. Mas ouvi o que o povo está gritando lá fora e são as *suas* palavras que saem dos lábios deles. Temo que, com a coroa na cabeça, sua busca por ideias que não têm lugar em nosso mundo leve à morte de todos que amo.

Preocupação afugentou a irritação de Keris, que virou para ela.

— O que exatamente a senhora pensa que pretendo fazer?

— Não sei. — A tia levou os dedos às têmporas, fechando os olhos. — Prometa, Keris. Prometa que não vai tomar decisões que coloquem esta família em perigo. Prometa que vai colocar sua família em primeiro lugar.

— Eu... — Essa promessa deveria ser fácil, porque a última coisa que ele queria era que acontecesse algo com suas tias ou seus irmãos, mas as palavras ficaram presas em sua boca. E ele foi poupado de dizer qualquer outra coisa quando um movimento lá fora chamou sua atenção.

Aren empurrou um dos guardas pela beirada da passarela coberta, o homem puxando o rei ithicaniano consigo. Os dois caíram, o guarda sofrendo o maior impacto da queda de uma forma que sugeria que ele nunca mais se levantaria.

Aren se levantou, atravessando o jardim e passando correndo por mulheres que gritavam, movendo-se o mais rápido que a corrente que prendia seus tornozelos permitia.

Sinos de alarme soaram, os guardas entrando em ação, mas Aren continuou se movendo, desviando de vasos de planta e estatuárias.

— Ele está correndo em direção ao bueiro — Coralyn disse com interesse. — Acha que ele...

Antes que ela pudesse terminar, um dos guardas atingiu Aren atrás da cabeça, derrubando-o no chão. Mais guardas se amontoaram ao redor do rei, imobilizando-o, e Keris observou com um fascínio macabro enquanto o pai se aproximava, seguido por várias das esposas.

— Eu poderia ter dito a ele que o esgoto não funcionaria — Keris murmurou, observando o pai provocar o rei ithicaniano, um sorriso no rosto em reação ao que quer que Aren tivesse respondido.

— Ele vai pensar em alguma coisa — Coralyn disse. — Tenha um pouco mais de confiança.

Uma coisa difícil de fazer enquanto observava Aren se contorcer e se debater contra os guardas feito um animal selvagem, o pai lançando um sorrisinho final antes de sair andando.

Os guardas se desvencilharam devagar, revelando o corpo de Aren. Mas, em vez de os encarar, Aren contemplava a torre que se erguia diante dele. Os olhos de Aren se mantiveram nela enquanto os guardas o puxavam para ficar em pé, mas, enquanto caminhava, o olhar se voltou para a janela de onde Keris e Coralyn observavam. E ele deu um brevíssimo aceno.

Exaltação inundou Keris, afugentando toda a raiva e todo o mal-estar pelas acusações de Coralyn, pois Aren havia encontrado uma forma de escapar.

— A senhora vai ter que confiar nas minhas intenções — disse ele para a tia. — Confiar que, se eu tiver a chance de governar, vou fazer o que acho certo.

A tia sorriu antes de envolvê-lo nos braços, dando um abraço apertado nele de uma forma como não fazia desde que era um garoto.

— Sei que vai, querido. Assim como vou fazer tudo em meu poder para garantir que tenha sucesso.

61
ZARRAH

— Seus braços cicatrizaram.

Zarrah tocou o antebraço. O inchaço dos golpes que havia levado de Otis tinham passado, o hematoma desbotado num amarelo facilmente disfarçado por cosméticos. Tivera sorte de ele não ter acertado o rosto dela, pois teria sido um ferimento mais difícil de explicar, dada a história que havia contado a Coralyn.

— Isso quer dizer que vou recuperar minha liberdade?

Longos dias presa naquele quarto, sem ver ninguém além das criadas de confiança de Coralyn, a haviam deixado à beira da loucura, e estava desesperada para sair. Para respirar ar fresco de novo.

— Sim — Coralyn respondeu, sentando e cruzando os tornozelos embaixo da cadeira. — Se você souber dar as cartas certas, estamos nos últimos momentos de seu desfrute do conforto da minha hospitalidade.

O coração de Zarrah palpitou antes de bater mais forte, e era difícil não prender a respiração enquanto esperava a mulher dizer mais.

— Hoje à noite — Coralyn disse — os ithicanianos, com a ajuda do harém, vão atacar durante um jantar que Silas vai oferecer para os embaixadores. Eles pretendem resgatar o rei, e solicitei que levassem você com eles. Depois que você matar Silas.

Zarrah piscou em choque, pois a última coisa que esperava era um plano dessa envergadura.

— Por que eles aceitariam me ajudar? Ithicana e Valcotta estão em atrito.

— Porque essa foi uma condição que impus para que o harém auxiliasse neste plano. Eles prometeram ajudar você.

Zarrah estreitou os olhos, desconfiança enchendo suas entranhas.

— Por quê? Por que não mandar os ithicanianos o matarem durante o resgate de Aren, considerando que definitivamente têm motivo para tanto? Por que me envolver nisso?

A velha ergueu um ombro.

— Meus motivos são vários. Mas o principal é que você é a única em quem confio para matar Silas independentemente do custo pessoal que isso possa vir a ter para você. Ele matou sua mãe. Cortou a cabeça dela e deixou você amarrada sob o corpo dela enquanto apodrecia. Não vai deixá-lo vivo.

Os instintos de Zarrah lhe diziam que as palavras de Coralyn eram verdadeiras ao mesmo tempo em que gritavam que havia muito mais em jogo.

— Por quê? Aren e seu povo desejam vingança contra Silas tanto quanto eu.

Uma ruga se formou na testa de Coralyn, mas logo se desfez.

— Receio que vão priorizar o resgate de Aren a essa vingança, e não posso correr esse risco. Preciso de certeza, Zarrah. Preciso *saber* que Silas vai dar seu último suspiro hoje. Se ele sobreviver mais um dia, meu sobrinho favorito pode não sobreviver.

— A senhora se refere a Keris. — As mãos de Zarrah gelaram, porque ela conseguia ver o medo real nos olhos dela, e isso contagiou seu próprio coração, embora tomasse cuidado para não deixar sua expressão transparecer todos esses sentimentos.

Coralyn inclinou a cabeça.

— Garanto a você que, se a situação não fosse grave, eu não correria esses riscos. Não me rebaixaria a uma aliança com uma valcottana. Mas Corvus quer Keris morto, e ele é muito habilidoso em conseguir o que quer.

Ela não estava mentindo.

Zarrah sabia melhor do que ninguém que Serin tinha fixado um alvo nas costas de Keris, mas também tinha ouvido Silas proibir que qualquer mal fosse feito a seu filho.

— Fiquei com a impressão de que Silas havia ordenado que ele partisse para Nerastis, o que o deixaria bem longe do alcance de Serin, não? Por que está tão desesperada, Coralyn?

— Porque ele se recusa a partir! — As palavras explodiram dos lábios da velha, que, num piscar de olhos, estava em pé. — Esse moleque teimoso maldito disse que chegou ao limite e se recusa a ir.

Keris ainda estava no palácio.

Ela não o via desde que o pai dele ordenara que partisse. Embora o coração dela lhe dissesse que ele não partiria sem alguma forma de despedida, a cada dia que se passava, a dúvida do paradeiro do príncipe crescia. Saber que ele não a havia abandonado a encheu de ternura ao mesmo tempo em que sua preocupação por ele estar colocando a própria vida em risco aumentava seu nervosismo.

— Keris está envolvido no plano que traçou com Aren? Ele sabe que a senhora conspira para matar o pai dele?

Coralyn fez um aceno de desprezo com a mão.

— Claro que não. Ele nunca concordaria em usar você como assassina.

Um arrepio de desconfiança percorreu a pele de Zarrah porque ela *sabia* que Keris havia facilitado o encontro de Coralyn com Aren no jantar.

— Por que não? A morte de Silas serviria aos objetivos dele.

Algo cintilou no olhar da velha, algo que se parecia muito com raiva, mas que desapareceu num instante.

— Você é valcottana, Zarrah. Usar você violaria a moral bastante rígida dele, então é melhor nem o envolver.

Porque Keris tinha sido criado para odiar valcottanos. Assim como ela tinha sido criada para odiar maridrinianos.

Zarrah não podia deixar de se questionar o que Coralyn pensaria se soubesse a verdade sobre Zarrah e Keris. Ela o havia criado, o que significava que tinha sido *ela* quem havia tentado instigar esse ódio nele. O fato de ele ter decidido seguir um caminho diferente o tornava um homem melhor aos olhos de Zarrah, mas Coralyn veria isso como traição. O pensamento a encheu de tristeza, mas suas desconfianças diminuíram. Não porque confiasse na mulher, mas porque sabia que Keris nunca concordaria em usar Zarrah para assassinar o pai, embora as razões dele fossem muito diferentes do que a tia imaginava.

— Sei que você não se importa com Keris — Coralyn disse. — Para você, ele é apenas o Veliant que a capturou e a trouxe para esta prisão. Mas, para mim, ele é o filho que nunca tive. Não há nada que eu não faria para protegê-lo.

Para o choque de Zarrah, lágrimas escorreram pelas bochechas da mulher.

— Os meios-irmãos dele vêm chegando a Vencia, e sei que é Serin quem os atraiu para cá. Corvus conseguiu voltar Otis, o irmão mais leal de Keris, contra ele, então é apenas questão de tempo até um dos outros tentar matá-lo. E Silas só estimula isso. Bota uns para brigar com os outros feito cães, certo de que o mais violento será seu herdeiro merecedor. Eu... — Coralyn perdeu a voz e secou o rosto. — Então sim, Zarrah. Estou desesperada. Mas você também está. Podemos as duas sair ganhando se deixarmos nossas animosidades de lado e trabalharmos juntas.

Um gosto amargo de apreensão encheu a boca de Zarrah enquanto observava Coralyn andar de um lado para o outro do quarto, as axilas do vestido da mulher se escurecendo de suor, o medo dela muito real.

Keris estava em perigo.

Coralyn estava lhe proporcionando a chance não apenas de matar Silas, mas de proteger Keris. Pois, se Silas estivesse morto, ele seria rei. Poderia colocar um fim em Serin com um machado de carrasco. E esse era apenas o começo do que ele poderia conquistar, ainda mais se os ithicanianos conseguissem tirá-la viva do palácio. Zarrah poderia voltar a Valcotta como a mulher que matara Silas Veliant com as próprias mãos. Uma morte honrável. A tia não teria escolha senão deixar que ela ocupasse seu lado, mantendo-a como herdeira. E, quando chegasse o dia que ela herdasse o trono, ela tinha toda a intenção de ser a mulher que acabaria com o papel de Valcotta na Guerra Sem Fim.

Endireitando os ombros, Zarrah encarou o olhar de Coralyn.

— Conte para mim o plano de Ithicana.

62
KERIS

Ele tinha visto Lara e suas outras meias-irmãs atravessarem os portões do santuário interno e, se não soubesse que eram elas, teria sido enganado como os guardas que as revistaram.

Usando os vestidos e os lenços das esposas que haviam saído com Coralyn no começo do dia, elas riam e conversavam umas com as outras enquanto atravessavam os jardins, cumprimentando as mulheres e crianças por que passavam pelo nome enquanto entravam na casa do harém, onde ficariam até o momento do ataque.

Ninguém desconfiou, nem seu pai, nem Serin, nem nenhum dos guardas, porque o harém nunca colocava os seus em risco. Mas, hoje, estavam arriscando tudo para matar o pai dele.

Havia mil maneiras como isso poderia dar errado, pois tudo dependia de Keris ser capaz de manipular os jogadores naquele vasto esquema de peças em movimento. Dependia de Keris convencer inimigos a trabalharem com outros inimigos, cada um com uma pretensão diferente no que os acontecimentos de hoje acarretariam, nenhum deles sabendo dos objetivos uns do outro.

Lara acreditava que teria o marido de volta.

Aren acreditava que tinha ganhado uma aliada para salvar Ithicana.

O harém acreditava que o pai dele daria o último suspiro.

A multidão acreditava que coroaria um novo rei.

Ninguém estava errado em acreditar nessas coisas, mas o que nenhum deles sabia era que Keris estava no centro da conspiração e que cada movimento que faziam era para atingir o objetivo *dele*: libertar Valcotta.

Era um tanto irônico que ela estivesse alheia a esse plano maluco. Valcotta não fazia ideia do que sucederia no jantar daquela noite, não fazia ideia do papel crucial que representava, o que significava que estava entrando na linha de fogo completamente às cegas. E ele não fazia ideia de como avisá-la.

Entrar em contato com ela era impossível.

Ele sabia porque havia tentado. Vezes e mais vezes, mas, juntando as *precauções* de Coralyn e do seu pai, ele havia se frustrado a cada tentativa.

"Você não vai comparecer ao jantar de hoje", Coralyn tinha ordenado. "Se estiver lá, os sobreviventes vão questionar por que não lutou. Se lutar, pode acabar morto. Você já fez a sua parte. Agora deixe que Lara faça a dela matando seu pai. À meia-noite de hoje, você será o rei de Maridrina."

O que não valeria absolutamente nada se Valcotta não saísse daquele jantar ilesa.

Ela poderia ser morta pelos guardas do pai dele.

Poderia ser morta por Lara ou pelas outras irmãs dele.

Mas o que mais o apavorava era que ela estaria sentada, sem algemas, numa sala com o pai dele. O homem que havia matado sua mãe. Que havia ordenado a morte de Yrina. O homem que ela já havia tentado matar uma vez.

E não havia *nada* que a impedisse de tentar de novo.

O plano era que ele ficasse fora disso, deixasse Coralyn garantir que todas as peças estivessem em ordem, confiasse que cada peça faria a sua parte. Mas...

— Foda-se o plano — ele murmurou antes de vestir um casaco e descer a escada.

63
ZARRAH

Toda vez que Zarrah ia para uma batalha, vestia couro e aço e se armava até os dentes. Mas hoje, na que poderia ser a batalha mais importante de sua vida, estava usando um vestido de seda e tinha apenas um prego cego como arma.

Parecia o suficiente.

O coração dela batia como um tambor de guerra no peito enquanto se dirigia à sala de jantar, os guardas se apressando para acompanhar as passadas longas dela.

— Espere pelo ataque antes de partir para cima de Silas — Coralyn tinha avisado. — Se atacar antes de tudo estar encadeado, vai acabar arruinando suas chances de fuga.

— Quando elas vão atacar?

— Você vai saber quando for a hora certa. — Esse tinha sido o único detalhe que Coralyn dera antes de colocar o prego precioso na mão de Zarrah e dizer: — Não falhe desta vez. — E deixar Zarrah aos cuidados das criadas.

Ela não falharia. Não poderia falhar, porque não era apenas uma questão de vingança. Era uma questão de salvar a vida de Keris.

E salvar a própria vida também.

— Mandei que voltasse para Nerastis! — A voz de Silas atingiu seu rosto quando as portas se abriram, o rei voltando o olhar fulminante para ela antes de se voltar contra Keris, que estava diante dele com os braços cruzados. Parecia fazer uma vida que ela não o via, e sentiu um friozinho na barriga quando passou os olhos por ele, se esforçando para fingir desinteresse.

— Ainda não terminei de fazer as malas.

— Você tem um exército de criados! Use-os!

Keris deu de ombros.

— Algumas coisas são valiosas demais para deixar que outros coloquem a mão. É muito melhor fazer isso eu mesmo. — Os olhos de Keris se voltaram para Zarrah, encontrando o olhar dela com firmeza antes de se voltar para o pai. — Vou terminar hoje depois do jantar.

Era uma mensagem.

— Esqueça o jantar — Silas vociferou. — Volte para o quarto, guarde suas bobagens inúteis e suba num navio para o sul. Entendido?

— Um acordo de passagem já foi acertado com o capitão — Keris olhou de canto de olho para Zarrah de novo, e havia um quê de desespero em seus olhos azuis que não combinava com o tom entediado que estava usando. — O cretino negociou bem; não vai faltar comida para a família dele pelos próximos meses. Perdão por fazer essa despesa sem sua permissão.

— Essa é a menor de minhas preocupações, porra!

Keris não estava falando com o pai; as palavras eram dirigidas a ela. Ele estava tentando dizer para ela algo que não poderia ser dito na frente do pai, e o fato de estar correndo esse risco significava que era urgente. Antes que Zarrah pudesse começar a desvendar a linguagem cifrada dele, Silas se voltou para ela.

— Vou querer silêncio de você hoje, mulher. Está participando deste jantar como prova de que seu coração ainda bate, para que sua tia não possa alegar o contrário.

Ele está nervoso. Nada na expressão de Silas revelava a emoção, mas Zarrah a sentiu. Farejou na catinga do suor que encharcava a gola do rei. E ficou se perguntando se alguma parte primitiva dele sentia que inúmeros indivíduos que desejavam a morte dele o atacariam. Se sentia que esta seria sua última noite.

— Pelo menos a multidão do lado de fora de nossos portões não se importa com ela — Keris interveio. — Só se importam com Aren Kertell. Talvez devesse seguir a liderança dele, Lady Zarrah. As pessoas fazem todo tipo de coisas por você se prometer livrá-las da fome.

Outra mensagem, mas ela não fazia ideia do que significava.

Silas bufou com desgosto.

— Aquela multidão lá fora é obra de sua irmã, Keris. Dela e da tentativa desesperada de Ithicana de que Aren apareça. Mas nunca fui de ceder às massas, e não vou mudar agora. Se ela o quiser, vai ter que vir buscar.

— Meu único arrependimento é não estar aqui para ver — Keris disse. — Agora, se me derem licença, tenho que fazer as malas.

Inclinando a cabeça para o pai, Keris saiu da sala sem olhar nem de relance para Zarrah.

Deixando-a a sós com Silas e seus guardas.

Nenhuma algema prendia seus punhos ou tornozelos, e os músculos de Zarrah tremiam pelo desejo de se mexer. De pegar entre os dedos o prego escondido no cinto, depois atacar com força, cravando o aço dentro do crânio dele.

Como se pressentisse os pensamentos da prisioneira, os olhos de Silas se fixaram nela, as mãos vagando sobre a espada na cintura. A última coisa de que ela precisava era ser algemada à mesa por Silas finalmente a reconhecer como a ameaça que era.

— Vossa majestade parece nervosa — ela murmurou. — Por favor, não me diga que o *grande Silas Veliant* está com medo de uma mulher desarmada.

Os guardas a escutaram e deram um passo à frente, mas Silas ergueu uma mão e eles pararam. Ele avançou.

Zarrah previu o movimento. Poderia ter bloqueado o golpe ou desviado, mas, em vez disso, deixou que o soco dele acertasse sua bochecha.

O golpe a fez cambalear e ela quase caiu, dor irradiando por seu rosto e seus olhos lacrimejando. Ele a puxou pelo cabelo, batendo-a com força na mesa. Copos se estilhaçaram, o vaso de flores no centro caindo de lado e derrubando o conteúdo sobre a toalha de mesa.

— Você pensa que é intocável — a respiração dele estava quente em sua nuca — mas não é. Serve a meus propósitos manter você viva, mas isso não quer dizer que eu não vá machucar você. Não quer dizer que eu não vá tornar sua vida um inferno. — Ele torceu a mão no cabelo dela, fazendo seu pescoço doer enquanto a forçava a erguer os olhos para ele. — Quando Eranahl cair, vou voltar os olhos ao sul na direção de Valcotta. E, quando eu marchar até lá, tenho toda a intenção do mundo de carregar seu cadáver em meu estandarte.

Ele a jogou como uma boneca de pano, forçando-a a se sentar.

— Mandem uma criada aqui para limpá-la — ele rosnou para os guardas. — Antes que os embaixadores cheguem.

O rosto dela doía, e seu crânio ardia onde ele havia arrancado cabelo, mas mesmo assim Zarrah precisou conter o sorriso quando ele saiu da sala, os punhos e tornozelos ainda sem algemas. *Seu orgulho vai ser sua derrocada*, ela sussurrou em silêncio, antes de ficar parada enquanto uma criada arrumava os cosméticos manchados e várias outras arrumavam a mesa às pressas.

Elas mal haviam terminado quando outros guardas chegaram com os nobres maridrinianos, atrás dos quais chegaram os embaixadores de Harendell e Amarid, além de alguns outros que ela não reconheceu.

— Sentimos muito por trazer uma notícia tão decepcionante — o embaixador harendelliano disse para ela ao se sentar no lugar designado à mesa. — Tínhamos esperança de que a imperatriz enxergasse o mérito da negociação, mas parece que a hostilidade entre suas nações supera o afeto dela.

As palavras daquele homem fizeram uma dor lancinante atravessar o peito dela, mas Zarrah apenas inclinou a cabeça.

— As decisões que ela toma devem visar ao bem de Valcotta, não à bondade do próprio coração. Mas agradeço seus esforços.

— Existe sempre uma esperança de que uma pessoa que seja acabe evitando a guerra através de nossos esforços — ele respondeu. — Mas acho que não há como evitar essa.

— Maridrina e Valcotta estão em guerra há gerações — ela disse, os olhos se voltando ao fim da mesa onde Coralyn estava se sentando.

— Invasões, escaramuças e bloqueios não são guerra, menina — o embaixador disse. — Você não tem idade suficiente para ter visto o que acontece quando duas nações de ódio equiparável colidem. Os céus ficam pretos pelas cinzas dos mortos.

Apreensão perpassou o peito de Zarrah, mas, antes que ela pudesse responder ao embaixador, Aren Kertell entrou na sala e atraiu todos os olhares.

Ele assumiu seu lugar de sempre na ponta da mesa, acenando e oferecendo cortesias a Coralyn enquanto suas correntes eram presas. Zarrah não conseguiu discernir o que a velha disse em resposta, mas o rosto dela ficou sério e encostou a mão na dele. O coração de Zarrah palpitou antes de bater mais forte, porque essa era a primeira prova de que o plano de fuga era real, não um truque do harém para convencer Zarrah a fazer o trabalho sujo que precisavam que fosse feito.

O olhar dela perpassou a mesa, vasculhando os rostos de homens desconhecidos. Tinha deduzido que eram embaixadores ou nobres, mas seria possível que fossem ithicanianos disfarçados? Contudo, mesmo se estivessem armados, não havia o suficiente para derrotar os guardas daquele perímetro.

Silas entrou com tudo na sala, não cercado por suas esposas, como era seu costume, mas sozinho. Então vociferou:

— Onde elas estão? Se você começar a fugir de seus deveres, seus dias de extravagância no Mercado Safira vão chegar ao fim.

Coralyn inclinou a cabeça.

— As meninas do harém chegarão em breve, *esposo*. Elas prepararam uma apresentação para você. Considerando o esforço que dedicaram para tornar este momento memorável, você deve considerar dar a elas toda a atenção quando chegarem.

Zarrah manteve o rosto suave enquanto tirava o prego do cinto, colocando-o entre os nós do punho esquerdo cerrado. Era agora. A hora era agora, e ela se preparou para atacar quando os ithicanianos entrassem pela porta. Teria apenas um segundo antes de Silas sacar a própria arma e precisava fazer valer.

Com a cara fechada, Silas se afundou na cadeira, virando uma taça de vinho, sem saber que a morte estava ao lado.

— Majestade — o embaixador amaridiano disse —, teve a chance de responder à carta de minha rainha?

— A carta exigindo pagamento? — Silas rosnou. — Talvez você possa me explicar por que eu deveria pagar algo a ela, considerando que Amarid não cumpriu sua parte do acordo?

As orelhas do homem ficaram vermelhas.

— Como assim? Faz *meses* que vossa majestade tem total acesso a nossa frota naval.

Zarrah mal prestou atenção na discussão, os ouvidos atentos às portas fechadas, tentando ouvir o som de passos correndo ou de luta. Qualquer som que lhe desse algum aviso de que precisava se levantar e socar o punho afiado no crânio de Silas.

Mas não havia nada.

Criados entraram, trazendo o prato de salada, e Zarrah comeu metodicamente, a comida com gosto de serragem. Onde eles estavam? Onde estavam os ithicanianos?

Talvez tivessem sido pegos.

Talvez nem viessem.

Então ela se engasgou com um pouco de salada que ficou presa em sua garganta, precisando dar vários goles de vinho para aliviar a tosse.

— Está bem, querida? — o harendelliano perguntou. — Avise-me se precisar...

A porta principal abriu e Zarrah começou a levantar. Mas parou com a visão familiar dos músicos do harém.

Dois homens batendo tambores com vigor, seguidos por outros dois tocando pratos. Zarrah voltou a se afundar no assento enquanto eles rodeavam a mesa e paravam em lados opostos do salão, sem interromper a batida furiosa. Então, com um estrondo retumbante, ficaram em silêncio.

Os olhos dos guardas estavam na porta aberta, e Zarrah lançou um olhar de esguelha para os homens à mesa para ver se o que estavam fazendo era uma distração, se esse era o momento em que Ithicana atacaria, mas todos os homens observavam o batente com interesse.

Portanto, ela virou a cabeça para ver o que estavam encarando.

Seis esposas do harém haviam entrado. Estavam vestidas em sedas diáfanas que escondiam pouco de seus corpos, mas grande parte de seus rostos. Os sinos amarrados nos punhos e tornozelos delas tocavam uma música suave, mas eram as batidas do coração dela própria que enchiam os ouvidos de Zarrah porque ela via o que os homens não viam. Os olhos dela se voltaram aos corpos das bailarinas, vendo os músculos duros de seus braços. Vendo as marcas suaves de cicatrizes na pele delas, visíveis através dos cosméticos que tentavam escondê-las. Vendo o azul-celeste vibrante de seus olhos, a cor lançando adrenalina por suas veias.

Nenhuma das mulheres eram esposas do harém. Tampouco eram ithicanianas.

Zarrah prendeu a respiração, esperando que os homens enxergassem o que ela estava vendo. Que *Silas* notasse que nenhuma daquelas dançarinas eram suas esposas.

Ninguém disse uma palavra.

Porque viam apenas o que Coralyn queria que vissem. Seios curvilíneos mal escondidos embaixo de corpetes finos, o tom rosa dos mamilos empertigados das mulheres visíveis através do tecido, assim como o ápice de suas coxas toda vez que passavam diante de uma lamparina. Os homens admiravam o espetáculo de pele feminina enquanto o único homem que deveria ser capaz de identificá-las estava ocupado demais olhando com raiva para Coralyn para enxergar a verdade.

Não eram as esposas do harém que rodeavam o salão; eram as filhas de Silas Veliant.

Uma mulher esguia começou a dançar, os sinos nos punhos ressoando suavemente. Ela fez uma sequência elaborada de passos, movendo o quadril de um lado para o outro com um ar sedutor. O cabelo loiro dela estava riscado de mechas mais claras por horas no sol, mas, fora isso, era de uma cor idêntica ao de Keris. As outras se juntaram a ela, imitando seus movimentos em perfeita sincronia, os músicos criando um ritmo, mas Zarrah manteve a atenção na loira.

Ela cercou a mesa, os pés descalços pisando no chão numa série complicada de passos que enchiam o ar de música. Girou o corpo, as madeixas compridas balançando antes de caírem sobre a lombar nua. Havia uma elegância predatória nela, e todos os músculos no corpo de Zarrah ficaram tensos com a certeza de que aquela mulher era *perigosa*.

Todas elas eram.

Mas os homens à mesa estavam alheios ao fato de que estavam sendo cercados não por mulheres, mas por caçadoras. Por tigresas acostumadas a passarem por gatos domésticos.

Era apenas questão de tempo até darem o bote, e Zarrah precisava estar pronta para quando fizessem isso.

A loira passou por trás de Silas, e Zarrah a observou erguer o rosto, o olhar na ponta oposta da mesa. Pelo rabo do olho, Zarrah observou o rosto de Aren ficar desprovido de qualquer cor.

Era toda a confirmação de que Zarrah precisava: a mulher era Lara Veliant, a rainha traidora de Ithicana, esposa de Aren e irmã mais nova de Keris.

Pensar nele despertou uma memória dentro dela. *Se Lara o quiser, vai ter que vir buscar.*

O que Keris havia respondido? Zarrah revirou a própria memória, mas as palavras já estavam emergindo.

Meu único arrependimento é não estar aqui para ver.

Keris sabia que Lara viria hoje. Sabia dos planos de Coralyn, embora a velha dissesse que não. Mas vinha alertando Zarrah do que estava por vir, o que sugeria que não sabia que Coralyn a tinha envolvido, senão por que correr o risco? Zarrah ficou olhando às cegas para as dançarinas, revirando a memória da conversa.

Um acordo de passagem já foi acertado com o capitão. O cretino negociou bem; não vai faltar comida para a família dele pelos próximos meses. Perdão por fazer essa despesa sem sua permissão.

O capitão... só podia ser com Aren que Keris havia negociado a passagem de sua fuga, mas disso ela já sabia. Coralyn tinha dito aos ithicanianos que a ajuda dela dependia de eles levarem Zarrah consigo.

Talvez devesse seguir a liderança dele. As pessoas fazem todo tipo de coisas por você se prometer livrá-las da fome. Zarrah praguejou em silêncio, percebendo que Coralyn havia mentido. Os ithicanianos não a estavam levando consigo em troca da ajuda do harém; eles a estavam levando porque Keris havia prometido que *ela* abasteceria Eranahl.

E ela deveria seguir a liderança de Aren.

O único problema era que o rei de Ithicana estava encarando a esposa dançante, claramente embasbacado pela presença dela.

Não era ele o mestre desse plano; era apenas mais uma peça no tabuleiro do plano de... quem? Quem havia concebido esse plano? Keris ou Coralyn? Zarrah não sabia ao certo, mas estava muito claro que os dois não estavam inteiramente alinhados.

Os tambores assumiram um ritmo frenético, finalizando a música com um estrondo trepidante dos pratos enquanto cada mulher assumia uma posição final, ao passo que o pulso de Zarrah continuou frenético enquanto esperava que entrassem em ação.

Porque, quando entrassem, ela também entraria.

— Muito bem! — Coralyn exclamou, batendo palmas. — Belíssima apresentação, minhas lindas. Elas não foram estupendas, Silas?

Silas abriu um sorriso ácido para ela.

— Uma maravilha, mas barulhento demais. — Então fez um gesto de dispensa com a mão e as jovens recuaram de cabeça baixa.

Todas, menos uma.

Lara deu três passos rápidos e saltou, parando no centro da mesa como um gato e fazendo a louça chacoalhar.

— O que está fazendo, mulher? — Silas questionou. — Desça daí e vá embora antes que eu mande açoitá-la.

— Ora, ora, pai — Lara murmurou, atravessando a mesa e chutando as taças de vinho a cada passo, e Zarrah sentiu um calafrio, ouvindo Keris na voz dela. — Isso é forma de cumprimentar sua filha *favorita*?

Silas arregalou os olhos enquanto ela tirava o véu que escondia seu rosto e o deixava cair sobre um prato. O peito de Zarrah se apertou, porque não havia como negar que ela tinha o mesmo sangue de Keris.

— Sua estúpida. — Silas levantou e sacou a espada. — O que exatamente pretendia vindo aqui hoje?

Por mais difícil que fosse, Zarrah tirou a atenção de Lara para olhar de esguelha para as sombras onde as outras estavam se encolhendo atrás dos guardas, chorando de medo fingido e implorando que os homens as protegessem.

Lara não era a ameaça. Era a distração.

As outras dançarinas se moveram, as mãos se estendendo para tirar facas dos cintos e botas dos soldados cujos olhos e armas estavam apontados para a rainha ithicaniana.

— Você mentiu para mim. Me manipulou. Me usou, e não pelo bem de nosso povo, mas para benefício próprio. Para satisfazer sua própria ganância. — A voz de Lara encheu os ouvidos dela, e Zarrah sentiu a fúria da mulher.

Conhecia essa fúria, pois era a mesma que queimava em seu próprio peito.

Zarrah tirou o olhar de Lara e das irmãs e viu que Coralyn não estava olhando para elas. Estava encarando Zarrah com tanto ódio que era difícil não se encolher. Não era o ódio político entre pessoas de nações inimigas; era um ódio pessoal.

A pele de Zarrah gelou, pavor enchendo suas entranhas, um sexto sentido dizendo a ela por que Coralyn a detestava tanto.

Ela sabia.

Coralyn sabia que havia algo entre Zarrah e Keris, e odiava Zarrah por isso. Odiava Zarrah por tirar o filho precioso dela do caminho que havia desejado para ele.

O caminho para o trono.

Embora Coralyn tivesse sido clara sobre as próprias intenções, Zarrah só conseguiu entendê-las de verdade naquele momento. Coralyn não havia trazido Zarrah até ali apenas para garantir que Silas fosse morto. Ela a havia trazido ali para mitigar qualquer chance de Keris buscar a paz com Valcotta. Acabar com qualquer chance de Keris de ir atrás de Zarrah ao garantir que ela assassinasse Silas na frente dos embaixadores, que eram testemunhas imparciais.

Mate-o, Coralyn fez com a boca. *Vingue-se.*

Antes, Zarrah não teria perdido a oportunidade. Não teria visto honra maior do que colocar aquele homem vil que havia causado tanto mal, que havia causado tanto mal *a ela*, a sete palmos embaixo da terra. Mas agora... agora ela estava entendendo como se desdobrariam as consequências de seus atos. Como a notícia de que o rei de Maridrina tinha sido morto em sua própria casa por uma valcottana faria Silas deixar de ser um monstro para o povo.

Ele seria um mártir.

Como herdeiro de Silas, Keris não teria escolha além de marchar os exércitos em busca de sangue e vingança, pois buscar a paz diante do assassinato do rei não seria nada menos que suicídio. E a imperatriz o enfrentaria cara a cara, gerações de ódio culminando numa guerra de tamanha violência que a terra se encharcaria de sangue. Milhares de mortos. Mais milhares de órfãos.

E a troco de quê?

De Zarrah poder sentir um momento prazeroso de justiça por se vingar da morte da mãe? Para voltar a Valcotta e ser honrada pela imperatriz que a havia abandonado? O que ela ganharia valeria o horror que estaria lançando contra tantos outros?

Não. Zarrah de repente chegou a essa conclusão de forma tão clara que se questionou como tinha chegado a achar que valeria a pena.

Não havia nada a ganhar matando Silas hoje, nem mesmo a certeza de que isso protegeria Keris. Porque, se ela matasse o pai dele, estaria condenando-o a um destino que ele consideraria pior do que a morte.

Zarrah se recusava a fazer isso com ele.

Encarou, portanto, o olhar de Coralyn, e gesticulou com a boca: *Não*.

Pânico encheu o rosto da velha enquanto a risada de Lara enchia o salão, a irmã de Keris declarando:

— Acha mesmo que sou idiota a ponto de vir até aqui sozinha?

As irmãs escondidas nas sombras se moveram em sincronia, cortando a garganta dos guardas com uma proficiência chocante, gorgolejos enchendo o ar enquanto corpos caíam no chão. Elas retiraram os véus e sorriram ao dizer, em uníssono:

— Olá, papai.

Naquele exato momento, Zarrah poderia ter atravessado a distância entre ela e Silas e cravado aquele prego no crânio dele. Poderia ter satisfeito a necessidade que a havia movido por tantos anos. Mas apenas respirou fundo enquanto o caos se instalava no salão.

Convidados gritaram e tentaram correr na direção da porta, colidindo com os guardas de Silas que partiam para cima das dançarinas. Mas as mulheres apenas pegaram as armas de suas vítimas e enfrentaram os soldados golpe a golpe, massacrando-os.

— Ignorem todas as *outras*... é *ela* que vocês precisam pegar! — Silas gritou para os guardas.

Todos os homens correram para cima de Lara, e Zarrah descalçou os sapatos de salto alto, se recusando a deixar a mulher sozinha. Pegou a própria cadeira e a quebrou na cabeça de um dos guardas. A madeira se partiu e, segurando com força um dos pés, ela o atacou de novo, sangue espirrando em seu vestido.

Deu meia-volta e viu Coralyn desacorrentar Aren, seus ouvidos se enchendo com o grito de Silas:

— Matem-no! Matem o ithicaniano!

Siga a liderança dele. A voz de Keris reverberou em seus pensamentos, lembrando-a de que Coralyn não era a única com um plano ali. Entretanto, não era o fato de depender de Aren para fugir que movia Zarrah, mas o fato de se recusar a ficar parada e ver mais um ithicaniano morrer.

Guardas saltaram para atacar e Zarrah os socou; o prego que quase tinha representado sua perdição agora seria a salvação de Aren enquanto era cravado na orelha do homem. Ele caiu e ela pegou a faca de sua bainha, passando para o próximo.

Os nobres, parecendo pressentir que, se não lutassem, morreriam, pegaram armas caídas e cercaram Silas. Com aço nas mãos, eles se mobilizaram ao redor do rei, agora uma força a ser temida. Os embaixadores se encolhiam nos cantos parecendo não saber ao certo de que lado estavam.

Batidas altas cortaram o ar.

Os olhos de Zarrah se voltaram à porta. A madeira grossa tremia a cada golpe, os guardas do outro lado tentando passar. Quando conseguissem, ela e seus aliados estariam em menor número a ponto de não haver habilidade que os tirasse dali vivos.

Ela vasculhou o salão em busca de uma saída, mas, com as janelas atrás das cortinas bloqueadas e com soldados nos lados opostos de ambas as portas, estavam acuados.

Mãos se fecharam ao redor de seus ombros.

Zarrah girou para atacar, mas encontrou Aren atrás dela. Ele murmurou:

— Tudo isso terá sido em vão se você morrer!

Porque Keris tinha feito uma promessa em nome dela de abastecer Eranahl. Aren não estava fazendo isso para se salvar, mas para salvar seu povo e, por isso, ela não resistiu enquanto ele a puxava e a arrastava para trás de uma cortina de veludo.

As janelas haviam sido pintadas de preto, o que não permitia a entrada de luz, mas Zarrah pegou as barras, puxando-as com toda a força antes de passar para a próxima, encontrando todas firmes. *Qual era o plano deles, pelo amor de Deus?*

Será que eles lá *tinham* um plano?

Madeira estalou e lascou.

Segurando a faca com mais firmeza, Zarrah saiu detrás da cortina, pronta para lutar. Um corte grande havia se aberto na porta, os soldados do outro lado prestes a passar. Mas não foi isso que chamou a atenção dela: foi Coralyn.

— Você achou que deixaríamos você impune, Silas? Achou que deixaríamos você impune por roubar nossas crianças? — Coralyn gritou. — Por assassinar nossas crianças? Achou que não teria que pagar por sua ganância?

Ela estava assumindo o crédito. Assumindo a culpa.

Como uma mãe, por mais falha e imperfeita que fosse, Coralyn estava protegendo o filho.

— Vou arrancar suas entranhas, sua bruxa velha!

— Por favor, Silas, faça isso! — Coralyn riu. — Vou me entreter no além vendo como você dorme sabendo que todas as suas atuais e futuras esposas estarão observando você, esperando uma brecha para se vingar dos seus atos. O harém protege os que a ele pertencem, e você se revelou nosso inimigo. Acho que não vai abaixar as calças tão facilmente agora que sabe que essas lindas boquinhas que te cercam têm dentes. Então, por favor, Silas. Faça de mim uma mártir. Quero um lugar privilegiado para assistir você pagar por seus crimes.

A rachadura na porta principal se alargou. Tinham só mais alguns segundos. Zarrah ergueu a arma, pronta para morrer lutando se fosse preciso.

Mas Coralyn tirou um jarro de vidro das dobras do vestido e o atirou no chão. Uma fumaça densa e sufocante se espalhou pelo salão, e uma mão agarrou o braço de Zarrah, a voz de Aren gritando:

— Fique atrás da mesa e cubra as orelhas!

Zarrah se jogou embaixo da mesa e caiu com um baque entre Lara e uma das outras mulheres, todas tossindo por causa da fumaça. No entanto, não foi a irmã de Keris que chamou a atenção de Zarrah, mas Coralyn, que se mantinha em pé, desafiadora, entre eles e Silas.

Sem pensar, Zarrah pulou, derrubando a velha no chão. Mal tinha conseguido cobrir as orelhas quando uma explosão ensurdecedora cortou o ar.

Vidro e pedaços de pedra caíram sobre ela, tão quentes que queimaram sua pele onde tocaram, mas Zarrah apenas rangeu os dentes enquanto se levantava.

— Vá! — Coralyn secou o sangue da boca. — Fuja, sua vagabunda inútil!

— Silas vai te matar se ficar. — Ela mal conseguiu dizer as palavras de tanto que tossia. Não sabia ao certo por que estava tentando, só sabia que a morte de Coralyn partiria o coração de Keris.

— Alguém precisa levar a culpa, e não vou deixar que seja ele. — A velha esposa do harém a empurrou. — Diga a Keris que o amo.

Antes que Zarrah pudesse dizer mais uma palavra, Coralyn entrou na névoa. Dedos esguios agarraram o punho de Zarrah, puxando-a na direção da janela quebrada. Através da fumaça, Zarrah discerniu cabelo loiro, e a voz de Lara questionou:

— Quem é ela? — E empurrou Zarrah na direção de Aren.
— Depois. — A voz do rei de Ithicana era cortante. — Subam!

Rasgando a saia do vestido para ficar com as pernas livres, Zarrah subiu no parapeito da janela, escalando pelo lado do prédio do harém, uma faca encaixada entre os dentes. Uma das outras mulheres a puxou por sobre o corrimão da sacada e a trouxe para dentro com um alerta sussurrado de:

— Fique em silêncio.

Os sinos de alarme batiam tão alto que fizeram sua cabeça doer, mas era melhor que fosse assim, pois escondia a passagem deles enquanto atravessavam os corredores.

— O que ele disse? — Aren perguntou para ela.

— Disse apenas para seguir sua liderança. — Pelo menos até certo ponto. A voz de Keris penetrou sua memória: *Algumas coisas são valiosas demais para deixar que outros carreguem. É muito melhor fazer isso eu mesmo.* Independentemente da forma como Aren pretendia sair do palácio, ela não iria com ele. Keris tinha traçado um plano diferente.

Como se ouvisse os pensamentos dela, Aren perguntou:
— Você confia nele?
Com todo o meu coração.
— Completamente.

Estavam correndo pelo salão principal, o carpete abafando os passos deles enquanto saíam para uma das passarelas cobertas. O interior estava escuro, mas a fumaça de lamparinas recém-apagadas ainda pairava forte. Lá fora, uma névoa turva subia das fontes, produzindo um efeito estranho e sobrenatural.

Entrando na torre, o grupo subiu a escada, mas Zarrah diminuiu o passo quando chegaram à porta dos aposentos de Keris. Ele sabia do plano. Sabia que viriam nessa direção, então fazia sentido que estivesse ali.

Zarrah levou a mão à maçaneta, mas, antes que pudesse pegá-la, a porta se abriu e Keris saiu.

E quase perdeu a cabeça para a lâmina de Lara. Zarrah deu um salto, mas Aren foi mais rápido, segurando o punho da esposa e a puxando para trás.

— Quem é ele? — perguntou ela.
— Quanto tempo, irmãzinhas — Keris disse, inclinando a cabeça.

— Queria que pudéssemos ter nos reencontrado sob circunstâncias melhores.

Os olhos de Lara se arregalaram, a rainha claramente sem saber que o irmão estava envolvido no esquema.

— *Keris?*

Ele abriu um sorriso, que, porém, não se refletiu em seus olhos, e Zarrah se perguntou se Lara tinha notado. Se ela se importava.

— Você está nos ajudando?

— Eu estou me ajudando — Keris respondeu. — Mas, hoje, nossos interesses estão alinhados.

Então passou a atenção da irmã para Zarrah, que instintivamente deu um passo na direção dele, fechando os olhos quando a mão dele se curvou ao redor do rosto dela, o polegar tocando sua bochecha.

— Você está bem?

A pele dela ardia por uma dezena de pequenas queimaduras provocadas pela explosão, o olho quase fechado de tão inchado pelo soco de Silas, mas Zarrah mal sentia a dor com a adrenalina que atravessava suas veias.

— Não foi nada.

Ele acenou e olhou para Aren:

— É aqui que você se separa da general.

— Creio que não — Aren retrucou. — Zarrah vem conosco. Vou garantir que ela cumpra a parte dela do acordo.

Garantir? Zarrah rangeu os dentes com o insulto, mas Keris já estava parado entre eles.

— As chances de você ser capturado ou morto são altas. E a vida dela é mais importante do que a sua. Enquanto todos estiverem perseguindo você, vou libertá-la.

Havia mérito em separar os dois, pois isso significava mais chance de um deles sair vivo. E, portanto, mais chance de que alguém escapasse para ajudar os ithicanianos famintos em Eranahl.

O que Aren devia saber, mas não demonstrou nenhum sinal de aceitar.

— Eu sou só uma distração para você? — grunhiu o homem.

Keris ficou tenso, emanando irritação, embora nada transparecesse em seu rosto ao dizer:

— Exatamente. Mas, como você tem mais chances de conseguir o que deseja com meu plano, talvez pare de choramingar. Temos pouco tempo. — Keris empurrou Zarrah na direção da porta aberta. Antes, porém, que ela pudesse se mover, Aren a segurou pelo braço, os dedos apertando sua pele.

A raiva de Zarrah cresceu, mas se suavizou ao ver o desespero nos olhos do rei ithicaniano. A necessidade dele de ter certeza de que tudo o que estavam fazendo não seria em vão.

— Dou a minha palavra: se eu sair viva, vou enviar provisões a pontos de entrega em Ithicana onde seu povo possa buscá-las. — Zarrah levou a mão ao peito. — Boa sorte, majestade.

E sabendo que essa poderia ser a última vez que ela via Aren Kertell vivo, Zarrah entrou no quarto.

64
KERIS

Aren deu um passo, como se pretendesse seguir Valcotta para dentro do quarto e arrastá-la de volta para fora, e Keris perdeu a paciência. Bloqueou o caminho do homem.

— Hora de você seguir em frente. Mas, antes de ir, preciso que finja que ao menos *tentei* deter você.

Keris não ansiava por essa parte, em particular, do plano, mas, para tirar Valcotta do palácio em segurança, precisaria que a inocência dele no que havia acontecido naquela noite não fosse questionada.

Aren abriu a boca como se fosse argumentar, mas soltou o ar.

— Com prazer. — E ergueu o braço.

O instinto implorou para que ele desviasse, mas, em vez disso, Keris se manteve firme, levando o soco.

Uma dor lancinante atravessou seu rosto, e Keris cambaleou para trás, se equilibrando na soleira da porta. Tocou o rosto que já começava a inchar, um olho roxo inevitável.

— Você tem dez minutos até eu descer para alertar os guardas. Faça bom proveito deles.

Não os viu continuarem a subir a escada, pois entrou e fechou a porta, depois trancou. Virou para confirmar que Valcotta estava mesmo bem, mas, antes que pudesse dizer uma palavra, os braços dela estavam ao redor de seu pescoço, a boca na dele.

Zarrah tomou os lábios dele como se quisesse possuir toda sua alma, embora, na verdade, já possuísse. Mesmo se ela fosse o diabo em pessoa, ele estava enfeitiçado por ela, perdido demais na sensação do toque dela, cativado demais pelo som da respiração dela para se importar. Ela puxou o lábio inferior de Keris com os dentes, abrindo-os. Na teoria, Keris sabia que agora não era a hora, mas se entregou a ela mesmo assim. O beijo ficou mais intenso, a língua dela entrando na boca dele, deslizando sobre a dele. Ele gemeu, querendo tirar as roupas do corpo dela, querendo sentir o gosto dela, se perder no cheiro dela, porque a presença dela havia feito seu sangue ferver pela necessidade de possuí-la. De jogá-la contra a parede e dominá-la tanto quanto ela o dominava.

O relógio na parede tocou, e seus olhos se voltaram para ele. Tudo estava dentro do horário. Tudo estava correndo de acordo com o plano. Eles tinham alguns momentos antes de ele precisar descer, e havia muita coisa que poderia fazer em poucos momentos.

Valcotta tirou a boca da dele e disse:

— Seu pai ainda está vivo.

A pele de Keris gelou conforme seu peito se apertava.

— Como assim?

— Pelo menos acredito que esteja. Existe a chance de ele ter sido morto na explosão, mas não acho que vamos ter essa sorte.

— *Lara* — ele sussurrou, furioso consigo mesmo por ter confiado que ela cumpriria a parte dela. Furioso por ter se permitido depender de uma mulher famosa pela traição. — Esse era o acordo. Nossa ajuda em troca de ela cravar uma faca no coração do meu pai.

Valcotta soltou o ar entre os dentes.

— O acordo que você fez com quem?

Ele piscou por um momento.

— Coralyn.

— Ela mentiu; Lara não fez essa promessa. — Valcotta deu um passo na direção dele e hesitou como se não soubesse ao certo como ele reagiria. — Ela deve ter enganado você porque sabia que a única forma de fazê-lo concordar com esse plano era se acreditasse que seu pai não sobreviveria a ele.

A espinha de Keris se enrijeceu e ele abanou fortemente a cabeça, os olhos se voltando para o relógio.

— Não, era *ela* quem nunca concordaria com isso; o risco ao harém seria grande demais.

— E foi exatamente por isso que ela armou para que eu o matasse. — A garganta de Valcotta se moveu ao engolir em seco e cruzar os braços. — Não foi a primeira vez. Foi Coralyn quem tramou para eu tentar matá-lo naquela noite na torre, embora eu só viesse a saber depois do fato.

Ela queria que eu tentasse de novo, mas me recusei a fazer isso a menos que ela descobrisse uma forma de eu escapar, o que ela conseguiu. Ou você conseguiu. Eu... — ela perdeu a voz. — Tive a chance de matá-lo, mas não matei. Se ele tivesse morrido por minhas mãos, viraria mártir da Guerra Sem Fim.

Um ruído surdo encheu os ouvidos de Keris, e não era apenas por seus planos terem se reduzido a pó, mas porque a tia dele vinha tentando usar Valcotta bem debaixo de seu nariz. Ele deveria ter previsto a interferência dela. Deveria ter imaginado que ela estava tramando alguma coisa, mas nem em sonho teria acreditado que ela se aliaria a uma valcottana apenas para matar seu pai. Ainda não acreditava.

— Onde Coralyn está? O que aconteceu?

— Ela assumiu a autoria do plano. E se recusou a sair conosco. — O queixo de Valcotta tremeu, os olhos fixos no peito dele. — Me mandou dizer que te ama.

Se o pai dele estava vivo e Coralyn havia levado a culpa pela fuga de Aren, então...

— Preciso ajudá-la.

Valcotta pegou o braço dele, puxando-o para trás.

— Você não tem como ajudá-la, Keris. Se tentar, seu pai só vai ficar ainda mais convencido de seu envolvimento e vai matar você também. O que vai significar que o sacrifício dela foi em vão.

Ele se soltou do aperto dela, levando os dedos às têmporas e pressionando, tentando pensar. Mas era impossível quando considerava o que poderia estar acontecendo com a tia naquele momento.

— Eu deveria ter mandado você com Aren. Eu... você precisa ir embora. Se correr, consegue alcançá-los lá em cima.

Dessa forma, Valcotta pelo menos teria uma chance de se libertar.

— Eu não vou com Aren. — Ela fechou as mãos ao redor dos punhos dele, puxando-os para o lado do corpo. — Porque, se eu for, você vai fazer alguma coisa idiota e corajosa e vai acabar morrendo. E eu me recuso a deixar você morrer, Keris Veliant.

— Então está se condenando, porque meu plano não funciona mais. — Ele encontrou o olhar dela, implorando em silêncio para que fosse embora. — Você precisa ir embora daqui com Aren. Ele vai sair ou morrer tentando, disso eu sei.

— Então por que não me mandou com ele desde o começo? — Ela entrelaçou os dedos nos dele, apertando com força. — Porque não confiava no plano dele? Ou tinha um melhor?

Porque ele não confiava em ninguém além de si mesmo para protegê-la.

— As duas coisas.

— O que era?

Ele sentia como se não conseguisse respirar, visões do que seu pai poderia estar fazendo com a tia enchendo sua cabeça. Por que ela havia mentido sobre as intenções de Lara? Por que tentara fazer com que Valcotta cometesse o ato?

— Você pode nunca descobrir a verdade por trás das motivações de Coralyn — ela disse, parecendo sentir os pensamentos que passavam por sua cabeça. — E não temos tempo para deliberar. Você tem três minutos para me explicar o resto do plano, depois precisa descer aquela escada e encobrir nossos rastros. *Não* destrua a chance que Coralyn lhe deu.

Keris esfregou o rosto, se crispando ao apertar a bochecha inchada. *Foco*, ele gritou consigo mesmo. *Você tem o resto da vida para se odiar pelos erros que cometeu hoje.*

— Todos vão estar correndo atrás de Aren. As chances de ele sair da cidade são pequenas, mas ele vai morrer se for capturado de novo. Meu plano era esconder você, depois tirá-lo às escondidas quando... — quando ele fosse rei, quando tivesse controle. Ele engoliu em seco. — Quando fosse seguro.

— Como? — ela perguntou, e Keris virou para o baú que viajava com ele por toda parte. Destrancou a tampa, erguendo pilhas de livros até o fundo se revelar.

O fundo falso.

Os olhos de Zarrah se moveram para o relógio.

— Um minuto.

Estavam sem tempo, então ele falou rapidamente.

— Tive essa ideia semanas atrás, mas descartei. Sua ausência seria descoberta imediatamente, e eu seria o culpado óbvio. Mas todos pensam que você escapou com Aren, então ninguém vai ter motivo para desconfiar de mim. — Ele apertou um botão minúsculo no exterior esculpido, que abriu o fundo falso. — Vai precisar se esconder aqui dentro.

Zarrah encarou o baú, engolindo em seco. Odiava esse plano; isso era óbvio. Queria lutar para se libertar, não se esconder numa caixa, e ele quase desejou que isso fosse possível.

— Valcotta...

— Me tranque dentro do baú caso alguém reviste seu quarto. Depois você precisa ir.

Ela se deitou de lado sobre a coberta com que ele havia acolchoado o fundo, os joelhos abraçados, os pés descalços. O coração dele estava acelerado, medo e nervosismo formigando em sua pele, porque não queria fechar a tampa em cima dela. Parecia demais com fechar um caixão.

— Pronta?

— Sim. — Ela pegou a mão dele, puxando-o para baixo e beijando com tanta força que deixou uma marca nos lábios dos dois. — Vamos passar por isto. Tudo que você precisa fazer é garantir que *ninguém* desconfie de você, muito menos seu pai.

Rezando para que ela estivesse certa, Keris baixou o painel sobre Zarrah, a fechadura soltando um estalo e indicando que estava encaixada. Ele colocou rapidamente os livros dentro e fechou a tampa.

Estava na hora.

Depois de respirar fundo, andou até a porta e a abriu, deixando-a aberta enquanto descia a escada, gritando:

— Guardas! Guardas! Eles estão na torre!

Desceu correndo a escada em espiral. Quando chegou ao segundo andar, fez a curva e quase trombou com os homens que corriam na direção do som de gritos.

Os olhos dele se arregalaram ao verem o olho de Keris, que estava quase fechado de tão inchado graças a Aren e o soco que ele dera. O príncipe rosnou:

— Eles subiram para o alto da torre, seus idiotas de merda! Corram!

Os homens passaram correndo por ele e Keris continuou a descer em direção ao térreo.

— Me deixem sair — ele ordenou aos homens que protegiam a porta.

— Não é seguro, alteza. O ithicaniano...

— Está no alto da torre e levou minha prisioneira valcottana com ele! Cadê o meu pai? Cadê o Serin? Quem está no comando desta zona?

Em vez de responder, o soldado destrancou a porta e a abriu, gritando:

— Eles estão na torre!

Keris ignorou a dezena de homens que passaram correndo por ele e saiu para os jardins antes de erguer os olhos.

O ar estava denso pelo nevoeiro que emanava das dezenas de latas que o harém tinha colocado nas fontes, mas o vento crescente soprava a cerração. E, enquanto observava, Keris conseguiu perceber o movimento de uma sombra voando do alto da torre por sobre as cabeças dos guardas na muralha interna.

E não foi o único a notar.

Gritos de alarme encheram o ar, mas foram abafados alguns segundos depois por uma *grande* explosão, um clarão de luz que veio do portão exterior e iluminou a noite.

Tudo ao redor dele foi afundado no caos e na confusão conforme os soldados se dividiam, metade correndo equivocadamente para dentro da torre e a outra metade compreendendo que a presa que caçavam já estava fora do santuário, se dirigindo aos portões para servir de reforços.

Cheguem aos cavalos, ele desejou em silêncio para as irmãs, correndo na direção do portão do santuário, embora não pudesse fazer nada para ajudá-las a essa altura. *Entrem na cidade.*

Porque, se fossem pegas dentro das muralhas, os homens de seu pai *saberiam* que Valcotta ainda estava lá dentro.

Os portões rebuscados que levavam ao santuário estavam escancarados, e Keris passou correndo, deparando com a carnificina. Por toda a extensão do pátio grande, soldados gritavam e apertavam os tímpanos estourados, os que estavam mais próximos ao portão jazendo inertes, provavelmente para nunca mais se levantarem.

Um grupo dos homens de seu pai saiu correndo do estábulo, montando em cavalos e galopando na direção das iscas do lado de fora dos muros.

Keris prendeu a respiração. E esperou. E esperou.

Então outro grupo a cavalo surgiu. Ele cerrou os punhos, certo de que os soldados reunidos veriam o que ele estava vendo: silhuetas pequenas e esguias demais para serem homens, e um vulto enorme que quicava freneticamente na sela, as rédeas batendo soltas em suas mãos.

O desgraçado não sabe cavalgar. Keris rangeu os dentes, rezando para que esse pequeno detalhe crucial não estragasse toda a fuga do grupo. Mas então, foram embora. O que Lara pretendia fazer na sequência, ele não sabia. E, para ser franco, desde que não fossem pegos e traíssem Valcotta, pouco importava para ele.

— Como assim, eles escaparam?

Keris se voltou para o som da voz do pai, observando-o sair pelos portões do santuário a passos largos, ferrugem manchando seu rosto e vinho cobrindo suas roupas. Mas ainda ocupando a posição de comando.

E ainda vivo para cacete.

Criando coragem, Keris se aproximou, mas o pai estava ocupado demais gritando ordens para notar sua presença.

— Eles subiram pela torre — interrompeu Keris. — O ithicaniano e um grupo de mulheres, incluindo Zarrah Anaphora.

O lábio de seu pai se curvou, os olhos assimilando o rosto inchado de Keris.

— E estou vendo que você não conseguiu fazer muita coisa para impedi-los.

Keris cruzou os braços.

— Não estava esperando me deparar com um grupo de mulheres armadas à minha porta. Como foi que isso tudo aconteceu?

— Coralyn.

Keris precisou de todo seu autocontrole para não se crispar.

— Como assim?

— A velha sacana planejou isso em retaliação. Me apunhalou pelas costas.

— Onde ela está?

Se ouviu a pergunta, o pai não se deu ao trabalho de responder; se limitou a empurrar Keris de sua frente para exigir relatórios de seus homens.

Parte dele queria pressionar o pai para extrair mais informações sobre Coralyn. Mas tinha conseguido o que precisava, reforçar a mentira de que Zarrah estava com Aren e Lara. Por enquanto, fora das muralhas seria o único lugar em que procurariam por ela, e ele poderia se concentrar em encontrar respostas sobre o destino da tia.

Keris foi primeiro à sala de jantar destruída, mas os únicos corpos ali eram os de soldados, então entrou nos aposentos do harém.

Estava um silêncio assustador.

Seguiu pelo corredor que levava à grande suíte de cômodos ocupados por Coralyn, o coração palpitando ao ver a porta aberta.

Foi então que a voz de Serin chegou a seus ouvidos.

— Quem mais estava envolvida?

— Já falei, *Corvus*, não sabemos. Isso é coisa da Coralyn. Lestara.

Com o coração na garganta, Keris entrou no quarto, encontrando seis de suas tias de joelhos na frente de Serin. As esposas estavam todas com olhos vermelhos e lágrimas no rosto, três delas chorando sem parar.

Fervendo de raiva, Keris disparou:

— É melhor ter uma boa explicação para isso, Corvus. E uma explicação ainda melhor sobre por que a mulher que *você* treinou fugiu do palácio com *dois* de nossos prisioneiros. Que merda mais espetacular você armou. Se eu fosse você, estaria o mais longe possível do meu pai, em vez de abusando das esposas favoritas dele.

Os olhos de Corvus ficaram mais sombrios.

— Coralyn conspirou com Lara para libertar o ithicaniano.

— Foi o que me contaram. Mas não é Coralyn que você está interrogando. — Enquanto falava, Keris sussurrava, em silêncio: *Por favor, não esteja morta.*

— Ela está indisposta — Serin respondeu. — E não temos muito tempo, alteza. Se não os capturarmos em breve, não os capturaremos nunca mais.

Indisposta poderia significar todo tipo de coisas, e nenhuma delas aliviava o medo que se retorcia em seu peito.

— Então por que está perdendo tempo falando com essas mulheres? — Baixando o braço, ele pegou a mão de Lestara e a puxou para que ficasse em pé. — Em vez de castigar minhas tias pela *sua* incapacidade de prever as ações da mulher que *você* treinou, talvez pudesse estar concentrado na missão de caçar minha irmã rebelde!

Ignorando o olhar fulminante de Serin, ele ajudou o resto das mulheres a se levantar, fazendo sinal para que saíssem. Depois se voltou contra Corvus.

— Cadê a Coralyn? O que você fez com ela?

— Nada que seu pai não tenha me pedido para fazer — Serin respondeu. — A vadia velha está finalmente tendo o que merece por ser uma intrometida.

Keris perdeu o controle.

Pegando o mestre de espionagem pela frente dos mantos, Keris o bateu contra a parede, apertando o antebraço na garganta do homem.

— Onde. Ela. Está?

Serin o encarou com raiva, mas, quando Keris apertou a garganta dele com tanta força que o impedia de respirar, a raiva se transformou em pânico e ele acenou de forma tensa. Resfolegando, disse:

— Você sabe onde ele coloca esposas que o contrariaram.

De repente, era Keris quem não conseguia respirar.

Tinham colocado Coralyn no buraco.

65
ZARRAH

O BAÚ A APERTAVA DE TODOS OS LADOS, o ar denso e irrespirável, impregnado pelo cheiro de sua própria respiração ofegante, todas as partes dela desejando poder estar em pé com uma arma na mão. Virando a cabeça, encostou os lábios no buraco que Keris havia feito no baú, inspirando golfadas de ar enquanto buscava algum grau de calma.

Ela era uma guerreira. Seus pontos fortes eram todos no campo de batalha. Não sabia nada de intrigas e estratégias, e sobretudo não levava o menor jeito para fugir escondida numa caixa feito um objeto contrabandeado.

Mas, mesmo que houvesse tido outra oportunidade de ir embora dali com Aren e os outros, teria escolhido ficar. Porque confiava plenamente em Keris e porque, ao ficar, impedia que ele se sacrificasse numa tentativa desesperada de salvar a tia.

Pelo menos era isso que ela esperava.

Relaxando os dedos doloridos ao redor do cabo da faca que empunhava, Zarrah fechou bem os olhos, lembrando do rosto de Keris quando contou a ele sobre Coralyn. A dor que viu ali. A culpa. Ela poderia tê-lo poupado de toda aquela agonia se tivesse matado o pai dele quando teve a chance. Mas os embaixadores de Harendell e Amarid e todas as outras nações tinham saído vivos e observado tudo o que acontecera, encolhidos no canto. Teriam visto. E, a não ser que ela tivesse cometido uma chacina com todos no salão, não haveria como esconder que a herdeira do trono valcottano tinha sido a responsável pela morte do rei maridriniano.

É isso que é governar.

O pensamento pesou em sua mente, fazendo-a entender por que a tia mantinha o mundo a certa distância. Como era possível que fizesse qualquer outra coisa quando se sofria pressões constantes para colocar o bem do império acima do bem individual? Essa era a escolha que a tia dela havia feito ao se recusar a negociar com Maridrina em troca de Zarrah. E, embora estivesse cada vez mais reticente em relação à visão da tia para o futuro de Valcotta, não havia dúvida na mente de Zarrah de que a imperatriz havia agido pelo que acreditava ser o bem do seu povo.

Seria possível mudar a visão de futuro da tia? Zarrah ainda teria influência sobre a imperatriz depois daquele fiasco? Uma apreensão palpitou em seu peito enquanto se imaginava entrando no palácio em Pyrinat e explicando, até onde se atrevia, como sua captura havia acontecido. Explicando como tinha renunciado a uma oportunidade de fuga no caminho para Vencia para assassinar Silas, para então abrir mão das duas chances que tivera de fazer isso. Primeiro para proteger Keris, depois porque tinha entendido que assassinar o rei de Maridrina seria como jogar gasolina nas chamas de ódio entre as duas nações. Explicando como tinha escapado ao fazer um trato com Ithicana, outra nação com que a imperatriz estava em atrito, tudo com a ajuda do filho de seu inimigo mortal.

— *Merda* — ela sussurrou, porque a verdade era comprometedora demais.

O trinco da porta girou.

O coração de Zarrah saltou enquanto a porta se abria, e ela estabilizou a respiração, tentando escutar a pisada familiar dos pés de Keris.

— Ele está distraído. Vasculhe o quarto de cima a baixo, mas tome cuidado para deixar tudo onde estava.

Serin.

— O que estamos procurando? — um homem perguntou antes de murmurar: — Este quarto está uma zona. Os criados nunca entram aqui?

— Procure por qualquer coisa que o associe a Ithicana — Serin respondeu. — Ou a Valcotta. E seja rápido.

A porta então fechou.

Zarrah cerrou os dentes, ouvindo as botas pisarem e rasparem sobre pedra enquanto o homem se movia pelo quarto. Papéis farfalharam e objetos se moveram conforme ele vasculhava as coisas de Keris, resmungando sobre a desordem enquanto fazia isso. Então as botas chegaram mais perto, parando bem na frente do buraco minúsculo pelo qual ela espiava.

— Quem tranca livros? — o homem resmungou, e Zarrah flexionou os dedos, o cabo da faca molhado de suor. *Vá embora*, ordenou em silêncio, embora soubesse que uma caixa trancada atrairia o interesse do homem.

Metal raspou em metal, o homem soltando palavrões baixos enquanto se atrapalhava com as gazuas. Mas não houve dúvidas de que um *clique* soou quando as tranquetas se soltaram.

É apenas um lacaio de Serin, disse a si mesma enquanto o escutava tirar livros, sacudindo-os à procura de folhas soltas. *Você é uma general do exército valcottano. Luta desde criancinha. Consegue derrotar esse homem.*

Mas e depois? Ainda estava encurralada no santuário interno lotado de soldados de Silas Veliant.

Algo raspou no fundo falso em cima dela, que rezou para ele não notar a diferença de profundidade. Rezou para que Keris voltasse. Rezou para um criado entrar e interromper a busca.

Ao mesmo tempo que rezava, porém, Zarrah planejou o ataque, porque havia apenas uma pessoa com quem poderia contar para salvar a própria pele: ela mesma.

— Quem precisa de tantos livros assim? — O baú balançou de leve, e o homem resmungou: — Meu Deus, que negócio pesado! E ele leva isso para todo lado. Mas espera aí...

Então fez-se silêncio, e Zarrah soltou o ar de forma controlada. E depois mais uma vez. Porque o silêncio que pairava era o de um homem que havia descoberto alguma coisa. De um homem que desconfiava que poderia não estar sozinho.

Mãos treinadas roçaram as laterais do baú, procurando.

Clique.

Luz brotou sobre ela.

E Zarrah atacou.

66
KERIS

Todos os membros da família Veliant sabiam sobre o buraco, mas, pela propensão que tinha a irritar o pai na juventude, Keris o conhecia melhor do que ninguém.

Se dirigiu à escada que levava aos porões debaixo do prédio do harém, as entranhas ficando ainda mais tensas ao ver os guardas diante da porta pesada.

— Abram. Agora.

Um deles usou uma chave amarrada ao cinto para destrancar a porta, abrindo-a, mas, enquanto Keris passava, levando a lamparina consigo, o homem disse:

— O rei ordenou que ela não fosse retirada. Em hipótese alguma.

Keris não se deu ao trabalho de responder, limitando-se a fechar a porta com o pé atrás de si, o cheiro úmido de terra enchendo seu nariz enquanto a escuridão o envolvia. Aumentando a luz da lamparina, gritou:

— Coralyn? Titia?

Não houve resposta.

Com o coração na garganta, ele desceu o corredor de pedra, passando pela adega e pelos depósitos, se dirigindo à porta que ficava na ponta. Quando colocou a mão na madeira, Keris hesitou. *E se estiver morta? E se aqueles homens tivessem recebido ordens para guardar o cadáver dela?*

A respiração de Keris estava ofegante, as mãos suadas enquanto se preparava para o pior. As dobradiças rangeram quando ele empurrou a porta, segurando a lamparina acima de si e engolindo em seco.

— Titia?

Silêncio.

— Imagino que ser deixada sozinha seria pedir demais.

Alívio reverberou através dele, fazendo as sombras da lamparina dançarem sobre as paredes mofadas. Mantendo a voz baixa, Keris disse:

— A senhora me disse que Lara tinha jurado matá-lo ou morreria tentando. Então, qual é a verdade, titia? Minha irmã é uma mentirosa? Ou a senhora é?

— Você sabe a resposta para essa pergunta.

Ela tinha mentido para ele.

Uma mágoa lancinante atravessou o peito de Keris porque, além de Valcotta, ela era a única pessoa viva em quem ele confiava.

— Eu nunca teria concordado com esse plano se soubesse que a senhora pretendia assumir a culpa. — Nem mesmo a oportunidade de salvar Valcotta valeria a morte da tia. Ele teria encontrado outra forma de fazer as coisas. Uma forma que protegesse todos que amava.

— Sei bem disso, Keris. Há um motivo para não ter te contado a verdade.

Seguindo na direção da abertura escura na terra, Keris baixou os olhos. Com quase dois metros de diâmetro e dois e meio de profundidade, o buraco cheirava a terra molhada e decomposição, a luz da lamparina quase nem iluminando o rosto da tia. Ela tinha um hematoma na bochecha e um corte no lábio, mas, do jeito que ele a conhecia, tinha certeza de que ela estava mais incomodada por estar com o vestido sujo de terra.

— Você se feriu?

— Seu pai acertou alguns socos, mas já suportei vários iguais a esses vindo dele ao longo dos anos. — Ela deu um suspiro irritado. — Como é impossível que vá embora sem algum tipo de conversa-fiada, vá me buscar duas garrafas de vinho.

— Vinho?

— Sim. Escolha um bem caro. Se vou morrer neste buraco, é melhor gastar o dinheiro de Silas enquanto espero que ele faça o serviço.

Keris não pretendia deixar que ela morresse, mas também sabia que não adiantava discutir. Portanto, voltou às pressas até o corredor, parando na frente da adega bem servida. Pegou duas garrafas de que sabia que ela gostava e praticamente correu de volta ao buraco, fechando a porta atrás de si.

Colocou a lamparina ao lado da beira do buraco e disse:

— Abra espaço para eu poder pular aí.

— Ter que dividir minhas acomodações não vai torná-las melhores — ela disse, mas fez o que ele pediu.

Keris segurou as garrafas com força e pulou, ignorando a dor nos joelhos pelo impacto. Depois de tirar uma das rolhas, entregou a garrafa para ela e ficou olhando enquanto ela entornava do gargalo. Tomou metade de um gole só.

— Eles foram pegos? — perguntou ela.

— A julgar pelo barulho das torres dos tambores, não.

Ela deu um aceno tenso antes de tomar mais alguns goles de vinho.

— Você precisa ir embora. Tudo isso terá sido em vão se seu pai pensar que você é cúmplice.

— Não vou deixar a senhora aqui embaixo, titia. — Ele resistiu ao impulso de cerrar os punhos. — Sem chance.

— Pois é exatamente isso que vai fazer. — Depois de acomodar a garrafa no chão, Coralyn o pegou pelos ombros. — Você já está em uma situação bem ruim porque foi visto falando com Aren em duas ocasiões, e não é segredo que eu e você somos próximos. Não pense nem por um segundo que Serin não vai desconfiar que você esteve envolvido em meu plano e usar esse ângulo para tentar voltar seu pai contra você.

— O plano era meu!

Ela bufou, sarcástica, o que o fez se sentir um idiota por ter chegado a crer naquilo.

— Não importa de quem era a conspiração. — A mente dele correu para buscar por soluções. Ele tiraria Valcotta da cidade. Entraria em contato com seus apoiadores e tomaria a Coroa à força, como tinha planejado desde o princípio. — Não vou deixar a senhora morrer por minha causa.

— Qualquer boa mãe morreria de boa vontade para salvar o filho da morte. — Ela o abraçou, seu perfume habitual enchendo as narinas dele. — Mais do que qualquer outra criança do harém, você é um filho para mim, Keris. E eu morreria mil vezes antes de permitir que qualquer mal acontecesse com você para me poupar da dor. E além do mais, já foi. Nada que você possa dizer ou fazer vai me salvar de seu pai.

— A senhora não vai precisar ser salva dele se ele estiver morto. — Empurrando-a para trás, Keris sustentou o olhar da tia. — Tenho milhares de apoiadores na cidade. Posso tomar o palácio à força.

— E matar todos os membros desta família no processo? — A voz dela estava cheia de fúria. — Você não vai fazer isso, Keris Veliant. Não vou permitir que coloque esta família em risco numa tentativa vã de salvar minha vida.

— E por que a senhora acha que vai conseguir me deter? — Ele deu as costas para ela, dobrando os joelhos para pular e sair do fosso, porque precisava preparar seus tenentes.

— Keris. — Ela puxou o casaco dele, a voz tensa. — Você tem razão. Não posso detê-lo. Mas talvez a verdade o faça reconsiderar tamanho sacrifício para salvar minha vida.

— Duvido. — Ele soltou os dedos dela, mas congelou quando ela disse:

— Sei a verdade sobre você e a valcottana. Sobre Zarrah.

Um calafrio percorreu a espinha dele.

— Do que a senhora está falando?

Ela soltou um suspiro atormentado.

— Não me insulte, rapaz. Soube desde o momento em que aquela mulher entrou em meus aposentos que havia algo entre vocês. Não bastasse a tensão entre vocês ser visível, você passou a vida toda fugindo de seus deveres como príncipe de Maridrina. Fugindo da política, das maquinações e dos jogos de poder. Mas, assim que Otis a capturou em Nerastis, decidiu do nada que ia jogar esse jogo? O idiota do seu pai acredita que foi porque você se tornou herdeiro, além do próprio desejo de sobreviver, que você mudou desse jeito, mas sei que não é isso.

Não adiantava negar, então Keris apenas a encarou em silêncio.

— Se fosse só luxúria, eu teria feito vista-grossa. Mas, quando vesti Zarrah como cortesã e a desfilei na sua frente, você não olhou para ela como alguém que levaria para a cama e depois descartaria; olhou para ela como se quisesse ficar de joelhos e pedir a mão dela em casamento! Como se a amasse!

Ele não conseguiu não se crispar, ainda mais quando lágrimas escorreram pelo rosto dela.

— Eu sabia que ela seria sua perdição. Que, se alguém descobrisse o que havia entre vocês, seu pai o mataria, porque o que vocês estão fazendo é proibido pelos dois povos. Já seria proibido se fossem fazendeiros paupérrimos, mas são herdeiros das famílias mais poderosas do continente!

Ele estava com um nó na garganta ao dizer:

— Acha que não sei disso? Nós dois sabemos que isso não tem futuro.

O rosto de Coralyn se enrugou como se parte dela tivesse esperança de ter se enganado e ele tivesse tirado dela essa esperança.

— Sabem mesmo, mas será que você já aceitou isso, Keris? Ou existe uma parte sua que acreditou que, se tomasse a Coroa, tomasse o poder, conseguiria forçar Maridrina a aceitá-la como sua consorte? Que acreditou que poderia forçar a paz goela abaixo de duas nações que se odeiam há gerações? Que essa sua teimosia o levou a acreditar que poderia ter conseguido conciliar isso tudo?

Os lábios de Keris se abriram para negar, para desprezar aquela sugestão com repulsa, mas as palavras não saíram. Porque ouvir isso em voz alta o fez começar a se questionar se não era verdade.

— Eu já queria a paz bem antes de conhecer Zarrah.

— Mas foi só depois que a encontrou que colocou tudo a perder para alcançar essa tal paz.

Era verdade, mas não da maneira como ela estava colocando as coisas. Encontrar Valcotta, *conhecer* Valcotta, o havia mudado. Havia feito com que acreditasse ser capaz de alcançar coisas que nunca tivesse pensado que fossem possíveis. E o tinha feito acreditar que tudo que valia a pena alcançar exigia sacrifício.

— Não apenas seu próprio futuro, sua própria vida, mas a vida de todos nesta família. Afinal, se perseguir o futuro que quer, vai fazer o nome Veliant, assim como o de todos que o carregam, se reduzir a cinzas. Eu não poderia deixar que isso acontecesse, portanto, em vez disso, resolvi matar Zarrah. Ajudei a saciar a busca dela por vingança pela morte da mãe e arranjei para que subisse até os aposentos de seu pai na torre, sabendo que os guardas dele a trucidariam. Sabendo que eu mataria dois coelhos com uma cajadada só e você nunca nem desconfiaria do meu envolvimento nisso tudo.

A respiração dele ficou mais rápida, a raiva crescente. Não apenas raiva, mas uma fúria alucinante. Coralyn não tinha apenas tentado matar Valcotta; tinha a manipulado e usado as feridas que a morte da mãe havia deixado nela.

— Mas ela não aproveitou a oportunidade, preferindo proteger você de seu irmão, por mais que tenha sido o romance entre vocês que o fez ficar contra você. — Coralyn estava tremendo, as palavras saindo entre soluços. — Nem a morte de seu próprio irmão bastou para afastar você dela. Em vez disso, tentou piorar tudo ainda mais ao planejar um golpe, disposto a deixar que uma multidão furiosa entrasse em nossa casa para libertar aquela sua puta maldita.

— Não a chame assim, porra — ele sibilou, furioso.

— Por que não? — Coralyn disparou entre soluços. — A imperatriz vai chamá-la disso e de coisa pior se descobrir o que Zarrah fez.

— Então me chame do mesmo jeito, porque ela não fez nada que eu não tenha feito!

— Não é a mesma coisa.

— É, sim! — Ele não se importava que os guardas estivessem ouvindo. Dando as costas para ela, Keris encostou a testa na parede do buraco, inspirando várias e várias vezes para tentar recuperar a compostura. Dominar a dor que sentia pela traição da única pessoa em quem tinha confiado durante toda a vida.

— A senhora convenceu Zarrah a matá-lo hoje em troca da chance de fugir com Aren, não foi? Não pretendia assumir a culpa; pretendia usá-la para fazer do meu pai um mártir para que qualquer esperança de paz entre nossas nações se perdesse.

— Foi.

Ele se voltou contra ela.

— Estava disposta a agravar uma guerra que levaria à morte de milhares só para destruir qualquer esperança que eu pudesse ter de ficar com Zarrah?

— Para proteger você. — Ela se engasgou com as palavras. — E proteger a família.

— A senhora já parou para pensar, em algum momento, que talvez esta família não mereça proteção?

Antes que ela pudesse responder, alguém gritou ao longe:

— Alteza? — Como Keris não respondeu, passos de botas ecoaram pelo corredor.

Pânico cintilou nos olhos de sua tia.

— Suba! Eles não podem pegar você aqui embaixo!

Keris estava furioso com ela. Mas isso não queria dizer que desejasse a morte dela. Pelo contrário, o que queria era a chance de provar que ela estava errada.

— Vou falar com o meu pai. Convencê-lo de poupar a senhora; ele acharia estranho se eu não fizesse isso.

— Certo. Faça o que quiser. Você sempre faz.

Keris dobrou os joelhos e pulou, passando por sobre a borda do buraco. Se içou bem quando a porta da câmara abriu. Mas o barulho das dobradiças não foi o suficiente para abafar o som de vidro se quebrando lá embaixo.

— Perdão pela interrupção, milorde — o guarda disse do batente. — O rei deseja falar com a senhora.

Keris ignorou o homem e estendeu a lanterna para dentro do buraco para enxergar melhor a tia, tremendo, embora não soubesse ao certo por quê.

— Coralyn...?

Havia sangue por toda parte.

Os braços do vestido dela estavam encharcados de carmesim dos cotovelos até o punho e ainda segurava a garrafa de vidro quebrado na mão.

— Me perdoe.

— Vá buscar o médico — ele gritou para o guarda, depois pulou de volta para dentro do buraco. Fechou as mãos ao redor dos punhos dela, tentando conter o fluxo de sangue, pânico o preenchendo quando sentiu o sangue escorrendo por entre os dedos. — Por quê? Por que você fez isso?

— Não posso arriscar as perguntas de Serin — ela respondeu, entre dentes, já se afundando nos braços do sobrinho. — Você precisa ir embora. Precisa ir embora.

— Não vou deixar você aqui! — Lágrimas escorreram por suas bochechas. Não precisava ter sido dessa forma. Ele teria mostrado a ela. Teria mostrado a todos.

Coralyn caiu de joelhos e Keris caiu junto com ela, sem nem escutar os gritos de alerta que vinham lá de cima. Sem nem sentir o sangue que encharcava suas roupas enquanto a tia se afundava em cima dele.

— Eu te amo, meu querido — ela sussurrou.

E não disse mais nada.

67
ZARRAH

As mãos de Zarrah socaram o fundo falso, fazendo-o voar para cima bem na cara do homem.

Ele gritou, mas Zarrah ignorou isso assim como a dor do corpo encolhido enquanto saltava do baú.

Partiu para cima dele, rolando com o homem pelo chão até uma pilha de livros. Pegou um e o acertou na têmpora do homem. Ele ficou caído, atordoado, e ela se levantou e acertou o tornozelo na espinha dele. O estalo do pescoço dele pareceu ecoar, e Zarrah olhou de relance para a porta, esperando que se abrisse. Esperando que alguém viesse investigar o barulho. Mas a porta continuou fechada.

Atravessou o quarto e trancou a porta antes de se virar para examinar o cadáver esparramado sobre o carpete. Um cadáver que ela precisaria encontrar uma forma de esconder. Tinha evitado usar a faca para minimizar a sujeira, mas o desgraçado tinha perdido o controle sobre os intestinos e o quarto já cheirava a merda e mijo.

— Cadê você, Keris, porra? — Ela se apegou à raiva porque a alternativa era sentir pavor. E se tivesse acontecido algo com ele? E se Silas o tivesse acusado de estar envolvido?

E se Keris tivesse cometido alguma idiotice para tentar salvar a tia?

Os pensamentos giraram em sua mente, agravados pela sensação de impotência por estar presa ali dentro enquanto ele estava lá fora enfrentando seus inimigos. Mas, se saísse e Keris estivesse com a situação sob controle, ela destruiria os planos que ele fizera e conquistara a duras penas. Em vez disso, tirou a calça imunda do homem e limpou a sujeira com uma toalha, jogando tudo pela latrina, desejando que fosse grande o suficiente para jogar o homem lá dentro também. Depois o enrolou numa coberta e o empurrou para debaixo da cama.

Não era uma solução permanente, mas era o melhor que poderia fazer naquele momento. Voltou para dentro do baú de livros e entrou, pensando em como fechar o fundo falso sobre si de novo.

Clique.

A fechadura da porta se abriu. Ela girou, sacando a faca do cinto enquanto Keris entrava pela porta.

Coberto de sangue.

O pânico incendiou o quarto enquanto ela saltava da caixa, atravessando o quarto até Keris. Ele se recostou para fechar a porta, fechando os olhos enquanto se apoiava nela.

— O que houve? Onde você se feriu?

— Esse sangue não é meu. É de Coralyn.

Ela viu então que os olhos dele estavam vermelhos e inchados, as bochechas sujas riscadas pelo caminho das lágrimas.

— Ela está…?

— Sim.

Uma dor encheu o peito de Zarrah, porque conhecia a dor dele. Poderia tê-lo poupado dela se tivesse feito o que Coralyn havia pedido.

— Desculpa. A culpa disso é minha. Se…

Os olhos de Keris se abriram.

— A culpa *não* é sua. — Ele cortou a distância entre os dois, segurando o rosto dela com delicadeza. Ela conseguia sentir o cheiro de sangue nas mãos dele enquanto dizia: — Ela me contou o que fez. Contou o porquê. Coralyn cavou a própria cova hoje por nenhum motivo além de não enxergar um futuro diferente do atual.

Havia um tremor na voz dele, a dor em seus olhos tão vasta que abriu um buraco no coração dela. Embora parte dela quisesse perguntar o que Coralyn havia dito, o que havia acontecido, Zarrah sentiu que conversar sobre isso acabaria com ele. E eles estavam longe de ficarem fora de perigo. Em vez disso, portanto, Zarrah passou os braços em volta do pescoço dele, puxando Keris até junto de si.

Ela sentiu a batida rápida do coração dele em seus seios, a bochecha dele encostada à dela, áspera por causa da barba por fazer.

— Você não deveria ter saído do baú — ele disse. — Não é seguro.

Zarrah engoliu em seco.

— Uma pessoa entrou aqui. O corpo está embaixo da cama.

— Como assim? — Ele a encarou, os olhos zonzos de dor e exaustão, embora logo tenham ficado alertas quando entendeu que as palavras dela não eram brincadeira.

— Serin o mandou entrar para procurar provas de que você talvez estivesse envolvido na fuga — disse ela, enquanto Keris atravessava o quarto, abaixando para levantar a saia da cama e se encolhendo logo em seguida. — O homem foi minucioso e descobriu onde eu estava escondida. Não tive escolha senão o matar.

— Merda. — Keris esfregou as mãos no cabelo, e ela notou que o rosto dele estava pálido. — Por que nada está saindo como o planejado?

Batalhas quase nunca corriam como o planejado: o segredo estava em ser capaz de adaptar a estratégia. Em buscar soluções para problemas à medida que eles aconteciam. Os dois precisavam se livrar do cadáver em algum lugar onde nunca fosse encontrado, o que era impossível dentro do palácio. Onde quer que o colocassem, o corpo acabaria sendo encontrado, e a culpa recairia sobre Keris.

— O que vamos fazer com ele, caralho?

Zarrah ouviu o tom de pânico na voz dele. Sabia que tinha sido sofrido demais, padecido demais, para pensar com clareza. Mas tinha sido criada no campo de batalha, treinada para lutar e pensar mesmo quando corpos estavam caindo ao redor. Mesmo quando a vida dela estava em jogo. O que significava que a mente dela estava mais perspicaz do que nunca.

— Vamos levá-lo conosco.

68
KERIS

Com o coração batendo na garganta, Keris seguiu a dupla de homens suados que havia encarregado de levar seu baú de livros para fora da torre, mantendo os braços cruzados e a cara fechada enquanto passava pelos jardins e saía dos portões na direção do palácio principal.

Até que as torres dos tambores, que vinham fazendo uma rajada constante de barulho por horas, mergulharam em silêncio.

Keris parou, as entranhas se retorcendo. Será que Aren tinha sido capturado ou morto? Era por isso que o barulho das torres havia sido interrompido? Bastava que uma pessoa do grupo de Aren fosse capturada viva, que uma cedesse à tortura de Serin, para a informação sobre o paradeiro de Zarrah ser revelada.

Assim como a cumplicidade de Keris na fuga.

Cascos ressoaram, e seu pai apareceu diante dele montado no dorso de seu garanhão.

— Eles chegaram às falésias depois do portão oeste — gritou para os soldados reunidos ao redor deles. — Não podemos deixar que cheguem à água! Vão!

Os olhos do pai se fixaram em Keris.

— Aonde você pensa que vai, porra?

— Nerastis. — Ele sustentou o olhar fulminante do pai sem se dar ao trabalho de esconder o rancor na voz. — Como ordenou, Majestade.

— Agora?

— O senhor me disse para ir embora antes do amanhecer. Além disso, já não tenho muito mais motivo para continuar em Vencia.

O cavalo se moveu para o lado, revelando a tensão do pai, que apertou as rédeas.

— Coralyn mereceu o destino que teve. É uma traidora do nome Veliant.

Não havia ninguém mais fiel a esta família do que ela, Keris quis gritar, mas conteve as palavras. Porque seria burrice provocar a ira do pai. E porque tinha sido a lealdade de Coralyn à família que a havia levado à morte.

— Meu navio zarpa ao alvorecer. Tem alguma ordem para mim?

O pai o encarou, depois deu um aceno duro.

— A guerra vai chegar a Nerastis. Certifique-se de que estejamos prontos. — Então bateu os calcanhares e galopou portão afora.

As ruas de Vencia estavam vazias exceto pelos soldados que as patrulhavam, todos sob ordens de ficarem dentro de casa enquanto a cidade era vasculhada. Estava tudo silencioso, mas o odor da fumaça do incêndio no portão leste era quase tão forte quanto a tensão que pairava no ar enquanto a carruagem dele descia devagar até o porto.

O vento tinha ficado mais forte, as águas reverberando com cristas brancas, apesar dos quebra-mares maciços que o protegiam do pior que os mares tinham a oferecer, a viagem seria turbulenta depois que entrassem em mar aberto. Mas estar em mares violentos era muito mais agradável do que continuar em Vencia por mais um momento que fosse, porque se afogar seria uma morte mais misericordiosa do que se eles fossem pegos.

Soldados cercavam a prancha de embarque enquanto Keris e os criados que carregavam seus baús se aproximavam, os homens com seu baú de livros cambaleando sob o peso. A bordo, mais homens revistaram os conteúdos da embarcação, uma vez que seu pai não queria correr o risco de ninguém fugir. A visão fez fios de suor escorrerem pela espinha de Keris.

— Alteza. — O soldado no comando fez uma grande reverência. — Lamento pela inconveniência, mas suas bagagens precisarão ser revistadas antes de o navio zarpar.

Keris bufou com irritação, mas apontou para os próprios baús.

— Sejam rápidos. Minha noite já foi bem longa.

Reviraram o que estava cheio de roupas, depois se voltaram para o baú com a carga mais preciosa e incriminatória. O soldado se virou para ele e disse:

— Vou precisar da chave, milorde.

Keris tirou o pedacinho de metal do bolso e destrancou o baú, depois ergueu a tampa e deu um passo para trás. Seu peito se apertou quando o homem ergueu um livro, antes de tirar outros dois. A camada de livros sobre o fundo falso eram pilhas de apenas seis. Se o soldado chegasse ao fundo, não haveria como não adivinhar que havia algo escondido mais embaixo.

Cercado por soldados como estavam, não haveria para onde fugir. Prestes a vomitar, Keris pegou o livro das mãos do homem.

— É a única cópia existente. Tenha cuidado com ela.

O homem franziu a testa.

— É apenas um livro.

— Que custa duzentas moedas de ouro. — O que era uma grande mentira. Ele tinha comprado o volume de um livreiro por um punhado de prata. Mas tinha a capa ornamentada, então parecia mesmo caro. — Basta uma rajada de vento para eu perder todos para a enseada, e é você que vou responsabilizar.

O soldado colocou o livro rapidamente de volta no lugar antes de encarar o príncipe, claramente em conflito entre o custo de desobedecer a ordens e o custo de danificar os pertences de Keris. O segundo venceu, e o homem voltou a encher o baú, indicando para que os criados o carregassem a bordo da embarcação.

— Boa viagem, alteza. Os mares estão violentos.

Foi difícil não respirar aliviado com um suspiro alto, e Keris fingiu tirar um fiapo da manga enquanto seguia os baús pela prancha de embarque.

O capitão o encontrou lá no alto, mas Keris nem escutou os cumprimentos do homem enquanto era guiado até uma cabine grande, onde seus baús foram colocados cuidadosamente encostados a uma parede, os homens que haviam carregado os livros resmungando sobre o peso enquanto saíam.

— Não quero ser interrompido — ele disse ao homem. — Prefiro estudar à noite e dormir durante o dia e, se eu desejar comida ou bebida, vou pedir. Entendido?

— Sim, milorde.

— Quando zarpamos?

— Assim que os soldados terminarem de revistar meu navio. —

O comandante raspou a bota no chão, um brilho de curiosidade nos olhos. — É verdade que o rei de Ithicana fugiu?

— A menos que esteja a bordo deste navio, o paradeiro de Aren Kertell não é de sua conta.

Os olhos do comandante ficaram arregalados.

— Claro que não, milorde! Sou leal ao rei e à Coroa.

— Maravilha. Será um prazer viajar ao sul com você. — Keris entrou e fechou a porta atrás de si antes de vasculhar o quarto em busca de algum buraco de espionagem furado na parede, mas não havia nenhum.

Parou ao lado do baú que abrigava Zarrah.

— Vou tirar você daí assim que passarmos pelo quebra-mar. — Ainda estariam em risco, mas não existiria mais a possibilidade de os soldados do pai dele julgarem que precisavam fazer mais uma inspeção no navio. — Está tudo bem aí?

— Sim — veio um sussurro baixo.

Indo até a janela da cabine, que na verdade era um vitral que retratava flores e folhagens, Keris olhou pelo vidro transparente no centro. O navio balançou, o som distante de gritos de marinheiros atravessando as paredes, e a embarcação se afastou da doca. Ele se segurou à beira da moldura da janela, observando os prédios rústicos do porto, fracamente iluminados pelo sol nascente, ficarem cada vez menores enquanto ganhavam velocidade. Depois surgiu o quebra-mar, a abertura cercada por duas torres. Alguns minutos depois, o convés balançou quando o vento forte que soprava ao redor da ponte soprou as velas, o navio balançando e entrando na rebentação bravia. O navio avançou mais para dentro do mar, depois mudou de direção, rumando para o sul ao longo da costa de Maridrina.

Keris soltou o ar, se permitindo finalmente relaxar os ombros, a adrenalina passando e dando lugar à exaustão. Valcotta estava livre.

69
ZARRAH

Não havia ar o suficiente, e o pouco que havia fedia a cadáver.

Zarrah encostou o rosto no buraco minúsculo, inspirando uma vez atrás da outra, mas era como se uma faixa de aço apertasse seu peito, sufocando-a lentamente. O cadáver espremido ao lado dela ficava mais rígido a cada segundo, embora ao menos finalmente tivesse parado de se contrair.

Me deixa sair, ela implorou em silêncio. *Por favor, me deixa sair.*

O orgulho dela era tudo que a impedia de gritar aquelas palavras em voz alta.

Foi então que o cheiro da colônia de Keris encheu seu nariz: amadeirado, familiar e reconfortante.

— Estamos em alto-mar. Vou tirar você daí.

Alívio aplacou o pânico crescente, mas o coração de Zarrah só parou de galopar depois que ele havia tirado a camada de livros, os volumes batendo no chão como se ele os estivesse jogando. Depois que havia tirado o fundo falso, deixando entrar uma corrente de ar. Depois que ele a estava tirando do baú e a envolvendo em seus braços.

Os músculos de Zarrah ardiam enquanto ela estendia o corpo, as pernas tremendo enquanto as forçava a se endireitar, mas não se importou.

Ela estava livre.

— Olhe — ele sussurrou no ouvido dela, praticamente a carregando até a janela. — Ali é Vencia atrás de nós.

A colina que abrigava a cidade se erguia sobre a muralha do quebra-mar, o palácio que tinha sido sua prisão dominando o topo, o domo de bronze da torre de Silas cintilando sob a luz do alvorecer. Estar livre parecia impossível, e parte dela teve medo de que acordasse de volta em seu quarto minúsculo no harém, sua fuga apenas um sonho.

— Você está bem?

Ela passou o olhar da cidade para Keris e se pegou mais uma vez sem fôlego. Ergueu a mão e ajeitou uma mecha de cabelo atrás da orelha dele, sem entender como os olhos daquele homem haviam inspirado ódio nela algum dia. Sem entender como os havia comparado aos do pai dele, pois, além da cor, não eram *nada* parecidos.

— Sim. Além do fato de que estou fedendo a cadáver e faz horas que preciso mijar.

Ele se encolheu.

— Desculpa. Queria que tivesse existido alguma outra forma.

— A ideia foi minha, Keris — ela o lembrou; os dois se viraram para encarar o corpo espremido no baú, as pernas e os braços dobrados em ângulos estranhos de tanto que Keris tinha forçado o corpo do homem a caber. — Vamos jogá-lo enquanto ainda está escuro.

Eles trabalharam juntos para arrastar o corpo para fora do baú e por sobre a janela. Zarrah a abriu, o ar que cheirava a maresia e tempestade soprando sobre ela, raios crepitando ao norte sobre Ithicana. O navio subiu por uma onda grande, depois voltou a descer, respingos d'água subindo para molhar seu cabelo. Barulho mais do que suficiente para esconder o som de um corpo caindo na água.

— Pronto? — ela sussurrou quando o navio subiu em outra onda.
— Agora!

Empurraram o homem pela janela, observando-o cair na água bem quando o navio descia entre as ondas. O cadáver desapareceu sob a espuma.

— Serin vai desconfiar. — Keris se apoiou no parapeito, os músculos de seus antebraços se apertando. — Não vai dar para evitar.

— Ele já desconfia faz tempo, mas não tinha a prova de que precisava para convencer seu pai. — Ela hesitou antes de acrescentar: — Eu ouvi a conversa deles naquela noite na torre. Seu pai... está protegendo você.

— Não acho que seja verdade. Meu pai me odeia.

Era melhor que ele continuasse a acreditar nisso? Melhor para ela que encerrassem aquela conversa do que abrir velhas feridas? A ideia era tentadora, mas Keris tinha escondido verdades duras dela pelo desejo de protegê-la. Verdades que depois haviam sido dadas a ela por outros com ódio no coração. Verdades que ela preferiria ter ouvido dele.

— Acho que não odeia. Acho que você o frustra e o irrita, mas... mas você é o único que não tem medo de enfrentá-lo, e ele respeita isso.
— Besteira. — Ele fechou a cara para a água. — Morro de medo dele. Desde sempre.
— Mesmo assim, você não se curva a ele. — Ela mordeu o lábio inferior. — Ele acredita que você esteja suprimindo a sua verdadeira natureza, mas que chegará o momento em que vai aceitá-la. Que vai fazer jus a seu sobrenome e ser o herdeiro que ele quer que você seja. É por isso que está protegendo você.
Keris se voltou contra ela, os olhos cheios de fúria enquanto rosnava:
— Eu *nunca* vou ser como ele. Prefiro enfiar uma faca em meu coração a algum dia sequer *chegar* a corresponder às expectativas dele.
Um calafrio de apreensão perpassou Zarrah. Não porque acreditasse que Keris era parecido com o pai, mas porque sentiu uma escuridão dentro dele. Uma corrente sombria que, se tivesse a chance de crescer, poderia transformá-lo em algo muito pior do que Silas. Keris apertou os dedos nas têmporas, a voz exausta quando disse:
— Desculpa. Não consigo... não quero falar sobre minha família agora. Só por agora, preciso me sentir longe deles.
Zarrah sentiu um aperto no peito. Não era assim que ela imaginava que seus primeiros momentos de liberdade seriam enquanto estava trancada naquele baú maldito com um cadáver. Em sua mente, ela se via nos braços dele. Sentia a boca dele apertar a sua, as mãos dele em seu corpo. Queria se perder nele de uma forma que lhe tinha sido negada por tempo demais.
Uma lágrima escorreu pela bochecha dela, e Zarrah a secou com raiva. Usou o banheiro antes de pegar um jarro d'água para limpar manchas de cosméticos, de sangue e de suor do corpo, o espelho revelando um hematoma na bochecha inchada em que Silas a havia socado. O corpo dela também carregava arranhões e hematomas da batalha na sala de jantar. Da luta com o lacaio de Serin. Todas evidências do que havia sofrido para chegar até ali, mas a dor daquelas marcas não era nada comparada à que sentia no coração.
Depois de vestir uma das camisas de Keris que tinha pegado de um baú, pegou o próprio vestido destruído e foi até a janela onde ele estava, depois jogou a roupa na rebentação. As joias que tinha usado foram na

sequência, um certo alívio a preenchendo. Não porque não gostasse das roupas que Coralyn escolhera, mas porque ser obrigada a usá-las tinha sido uma forma de controle tão grande quanto as grades e algemas.

Keris se virou abruptamente, um braço envolvendo o corpo dela e a puxando para si, o outro apoiado na parede enquanto o navio subia e descia. Ela envolveu os braços ao redor do pescoço dele, apoiando a bochecha na dele, sentindo a umidade dos respingos do mar.

— Coralyn estava certa. — O calor da respiração de Keris roçou em sua orelha, provocando cócegas e um calafrio que a fez arder. — Quero mesmo reformular o mundo para estar com você. Para me colocar de joelhos e te pedir para ser minha esposa. Para colocar uma coroa nessa sua cabeça e transformar você em minha rainha. Para construir um santuário e venerar você como minha deusa. Eu quero que tudo isso aconteça, mas só consigo enxergar um futuro sem *nada* disso, e não sei se prefiro me entregar a minha própria lâmina ou incendiar o mundo inteiro, porque não quero que você vá embora.

Um futuro impossível, mas as palavras dele fizeram o sangue dela cantar enquanto as visões que ele retratava atravessavam sua mente, semelhantes aos sonhos proibidos que ela tinha nas horas mais escuras da noite. Sonhos que haviam levado os dedos dela até o meio das pernas em busca de orgasmo, mas que, depois de as ondas de prazer terem passado, a deixavam apenas com tristeza, porque não poderiam existir. A menos que os dois abandonassem tudo o que tinham.

— Neste momento, eu sou sua. — Ela passou os dedos no cabelo dele.

— Não é o bastante. — A mão dele deslizou pelas costas dela, se curvando sobre a bunda e puxando-a mais para perto. — Uma vida não seria o bastante. A eternidade não seria o bastante. Não quando meu desejo é mapear todas as estrelas no céu com você em meus braços.

Por um instante, Zarrah sentiu como se não conseguisse respirar enquanto o peso de como seria perdê-lo a atingia com força total, arrancando o ar de seu peito. Fazendo seus olhos arderem. Viver uma vida sem a voz dele em seus ouvidos, nunca mais sentir o toque dele em seus lábios...

Lágrimas ameaçaram cair. E não apenas lágrimas, mas grandes soluços arfantes que partiriam seu peito ao meio. Mas ela não queria passar nem um segundo daquele momento precioso que estavam tendo sofrendo.

— Todo o tempo que temos é o agora. E proíbo você de desperdiçá-lo, Keris Veliant.

Ele não respondeu, os únicos sons que preenchiam o quarto sendo o trovão distante e o estrondo do navio atravessando a rebentação turbulenta. A cabeça dele se virou, os lábios tão próximos que os dois compartilhavam o mesmo ar.

— Não há nada que eu não daria a você — ele disse baixinho. — Nada que eu não faria por você.

A pele dela pegou fogo, cada toque da brisa enevoada lançando calafrios por seu corpo, suas coxas já molhadas.

— Há apenas uma coisa que quero de você agora. Apenas uma coisa de que preciso.

Os lábios de Keris encontraram os dela e todo o pensamento racional desapareceu.

Se era porque fazia semanas que estava privada do toque dele ou por causa do toque dele em si, Zarrah não sabia ao certo, mas o gosto de Keris em sua língua despertou uma ferocidade de que ela nem sabia ser capaz. Como uma criatura selvagem, inclinou o rosto na direção dele, consumindo-o com tanta força como ele a estava consumindo.

O momento para palavras e sentimentos havia passado, e tudo que restava era uma ânsia ardente e ofuscante.

Zarrah abriu a boca para ele sem hesitação e gemeu enquanto a língua de Keris traçava a sua própria, selvagem e exigente, cada inspiração se enchendo com o cheiro de especiaria, deixando-a com ainda mais sede dele. Dele *todo*, embora soubesse que nunca seria o bastante.

Os dedos de Keris subiram da bunda até a coluna de Zarrah, voltando a descer em seguida, a sensação fazendo o corpo dela empinar. Fazendo-a enroscar os dedos nos fios sedosos do cabelo dele e o beijar com mais intensidade, mas Keris se soltou de sua boca. Os lábios dele roçaram a pele da garganta de Zarrah, mordiscando a pele sensível embaixo de suas orelhas e a fazendo ofegar, a sensação quase insuportável.

Então começou a descer.

Traçou uma linha ardente de beijos pelo pescoço de Zarrah, depois por sua escápula, parando apenas para agarrar a barra da camisa que ela vestia, puxando-a para cima devagar, a sensação do linho roçando sobre os mamilos empertigados dela quase a levando ao clímax.

O navio desceu sobre outra onda e ela quase perdeu o equilíbrio. Keris a segurou pela cintura para equilibrá-la, a camisa escorregando dos dedos dele para o chão.

Ele a segurou mantendo a distância de um braço, comendo-a com os olhos.

— Você é a mulher mais linda em que já coloquei os olhos. A coisa mais bonita que já vi na vida. — Os olhos azuis a encaravam escuros pelo misto de tesão, agonia e alguma outra coisa que ela sabia que os dois estavam sentindo, mas não conseguiam expressar em palavras. Talvez nunca conseguissem expressar em palavras, pois, se conseguissem, era capaz que se desfizessem.

E ela estava farta de palavras. Farta de ser vista, e não tocada. Ela queria *mais*.

Os dedos de Zarrah se moveram para abrir os botões do casaco de Keris às pressas, que ela tirou dele e jogou para o lado. O riso sombrio dele encheu seus ouvidos enquanto ela passava para a camisa dele, quase a arruinando no desespero de vê-lo livre da peça.

O navio manobrou para o oeste e a luz da aurora adentrou o quarto, iluminando-o com seu brilho. Reluziu sobre o cabelo dele, molhado como estava pelos respingos do mar, e o transluziu de dourado, todos os músculos de seus braços e tronco parecendo esculpidos em alabastro. Ela desceu os olhos pelo abdome dele até chegar no V de músculo que desaparecia dentro da calça, depois para o pau duro marcado embaixo do tecido. Ele era perfeito. Tudo que ela mais desejava, mente, corpo e alma, embora o desejo dela ainda fosse mitigado por uma pontada de medo, porque fora daquela cabine havia dezenas de maridrinianos que desejavam a morte dela só porque era valcottana. Desejariam a morte de Keris por ousar não se importar com esse fato condenável.

— E se alguém entrar?

— Está trancada. — Os dedos dele se flexionaram onde a apertavam, lançando uma onda de calor por seu centro. — E há um baú à frente da porta.

— Mas pode ser que ouçam mesmo assim.

— Acho que tudo vai depender da altura com que você vai gritar meu nome, Valcotta. — Ele a soltou com uma mão, traçando um dedo entre os seios dela e sobre o umbigo, deslizando-o por entre as coxas dela.

Zarrah ficou olhando enquanto os olhos de Keris se escureciam ainda mais ao encontrar o sexo quente e molhado de desejo dela. — Considerando o que estou pretendendo fazer com você, todos escutarem é um risco *bastante* real.

O coração dela palpitou, uma parte estranha e maluca de sua alma gostando do risco, cuja adrenalina percorrendo suas veias fez seu corpo palpitar, já crescendo em direção ao clímax.

— Então me mostra — ela murmurou.

Keris abriu um sorriso ferino e a puxou para baixo consigo no assento que ficava na frente da janela aberta, os joelhos dela ao redor dele. A boca dele capturou a dela, mordendo seu lábio inferior e a fazendo gemer, seu sexo ardente roçando sobre a dureza perfeita do pau dele, ainda escondido por baixo da calça.

— *Caralho*, Valcotta — ele gemeu dentro da boca de Zarrah quando ela se lançou contra ele, depois pegou os punhos dela em uma mão, puxando até a espinha dela arquear, a cabeça dela caindo para trás.

Ao envolver o mamilo de Zarrah com a boca, chupando e provocando, ela quase gritou. Rebolou o quadril sobre o dele, ávida pelo orgasmo crescente, a respiração dela rápida e ofegante enquanto ele passava para o outro seio, os dentes encontrando o mamilo, mordendo até o prazer beirar a dor.

— Não pare — ela choramingou. — Por favor, não pare!

A pele de Zarrah vibrou com o riso de Keris, que soltou seus punhos, passando a agarrá-la pela cintura enquanto a erguia. Zarrah perdeu o ar, seus olhos se arregalando e as mãos segurando a moldura da janela, perigosamente perto de cair nas águas violentas que se erguiam lá embaixo.

"Confie em mim", murmurou Keris, e sentir a respiração quente dele contra o ápice de suas coxas afastou todo o medo que sentia. "Não vou deixar que você caia."

Ela confiava nele, sim. Completa e absolutamente, então decidiu fechar os olhos, deixando o corpo balançar com os solavancos do navio. Os joelhos de Zarrah, que ele tinha apoiado na parte de trás do banco, se abriram mais, e ela estremeceu por inteiro quando sentiu a língua dele traçar a extensão de seu sexo, abrindo-a e mergulhando dentro dela.

Acabando com ela.

Ela gritou o nome dele, mas o som foi consumido pelo vento crescente, pelo trovão ao norte e pelo estrondo do casco do navio sobre a rebentação. Soltou a moldura da janela.

Se ele a soltasse, ela cairia. Se ele a soltasse, ela morreria, mas Zarrah não sentiu medo enquanto cavalgava na sensação da língua dele dentro dela, os respingos do mar gelados sobre sua pele quente. A boca dele capturou seu centro de prazer, a língua a cercando. Provocando-a. Dominando-a.

Zarrah chegou ao clímax, a força do prazer provocando tremores maiores dos que os do navio sendo sacudido pela tempestade. Ondas e mais ondas a atravessaram, fazendo estrelas passarem por sua visão e tirando o nome dele de seus lábios. Ela caiu para trás, os braços pendurados enquanto imaginava que tocaria as ondas, até que ele a puxou para trás sobre o colo e entre os braços.

Com a testa encostada à dele, Zarrah suspirou enquanto ele acariciava suas costas nuas, calafrios ainda a percorrendo enquanto o prazer diminuía. Para então ser substituído pela necessidade de mais.

— Quero você dentro de mim. — Ela o beijou, sentindo o próprio gosto nos lábios dele. — *Preciso* de você dentro de mim.

— Como sempre, Valcotta — ele circulou o mamilo dela com o polegar —, nós dois queremos a mesma coisa.

Atrás do navio, a tempestade avançava mais e mais sobre o céu, o mar ficando mais violento a cada segundo, mas Zarrah não se importava. Quase nem via a luz que dançava pelo céu ou as cristas espumosas de ondas crescentes enquanto se punha de joelhos. Com os olhos fixos nos dele, desatou o cinto dele e deslizou a calça pelo quadril, seu centro ficando tenso ao ver o tamanho considerável que ele tinha entre as pernas.

Baixou a cabeça, querendo sentir o gosto dele. Querendo proporcionar a ele o mesmo prazer que ele havia proporcionado a ela, mas a mão de Keris envolveu sua bochecha, erguendo seu rosto.

— Deusas não se ajoelham diante de homens. — Ele a puxou para cima de modo que os joelhos dela ficassem ao redor do próprio quadril, o pau encostado à entrada dela, a sensação a fazendo gemer enquanto a visão que tinha umedecia seu corpo, pois era ele quem parecia um deus. Belo demais para ser descrito com palavras.

E ele era dela.

Por isso, ela o tomou para dentro de si, descendo mais a cada centímetro prazeroso, observando os olhos dele rolarem para trás, um gemido escapando dos lábios de Keris enquanto os dois se tornavam um.

Zarrah pensou que seria selvagem. Pensou que seria uma união frenética e desesperada de dois amantes pelo tanto de tempo que tinham passado privados e que logo precisariam se separar. Em vez disso, o que aconteceu foi uma reconstrução lenta e harmoniosa do coração de ambos, os seios dela encostados ao peito dele, apenas carne separando os batimentos trovejantes dos dois. Os lábios dele encontraram os dela e a respiração dele passou a pertencer a ela. O corpo dele estava tão dentro dela que, naquele momento precioso, eram um só.

O navio os balançou, o vento soprando por seus corpos enquanto a tensão crescia no centro de Zarrah, inflando e se acumulando até ela chegar ao ápice com uma intensidade que ofuscava com seu brilho. Reverberou através dela enquanto sentia Keris chegar ao clímax, ouvia seu grito, o pau dele pulsando e a preenchendo.

Tudo que ela conseguiu ver foram as estrelas, o mapa da história dos dois no céu de sua mente, e naquele momento sentiu que o próprio coração chorava porque, sem ele, ela temia que houvesse apenas trevas.

Ele a pegou no colo. Carregou-a até a cama e a deitou embaixo das cobertas, embora fosse o calor dele que a protegesse do frio. Ela não queria soltá-lo. Por Deus, não queria soltá-lo.

Uma lágrima rolou pela bochecha dela, e ela o sentiu secá-la. Sentiu o gosto de Keris quando ele a beijou. Ouviu quando ele sussurrou:

— Eu te amo, Valcotta. Ou vou ter você, ou não vou ter ninguém, porque, aonde quer que você vá, meu coração estará com você.

Por um longo momento, ela mal conseguia respirar, muito menos falar, depois disse:

— Quero que me chame de Zarrah a partir de agora. Porque não haverá mais muros entre nós. Nem grades. Nem fronteiras.

— Zarrah. — A voz dele embargou e ele repetiu: — Zarrah.

E ouvindo o próprio nome nos lábios de Keris, permitiu que a exaustão a dominasse, pegando no sono nos braços dele.

70
KERIS

Depois que ela já tinha pegado no sono, ele se levantou para fechar a janela contra o vento forte e a chuva, fechando as cortinas encharcadas e mergulhando o quarto em relativa escuridão antes de confirmar se a fechadura da porta estava trancada. Só então Keris se deitou na cama, o peito ardendo quando ela se encolheu em seus braços, os pés dela frios em suas canelas.

E ele dormiu.

E dormiu.

Por quanto tempo, Keris não sabia, só que, quando acordou, estava escuro, a tempestade chacoalhando as janelas, os mares mais turbulentos do que antes. O movimento do navio balançava o corpo ainda adormecido de Zarrah contra ele, a respiração dela quente e constante contra a garganta dele.

Ele a amava. Por Deus, ele *amava* aquela mulher mais do que a própria vida. Aquela criatura forte e bela que tinha sido jogada numa cova de cobras odientas e que não tinha apenas sobrevivido como saído mais forte. Não era mais alguém cuja dor poderia ser manipulada e usada, mas a comandante de seu próprio futuro, vendo com clareza enquanto antes seus olhos eram turvados pela dor e pelo ódio.

Ele queria poder dizer o mesmo sobre si. Talvez se tivesse a mesma característica, fosse digno dela.

Zarrah se agitou e, sob a luz fraca, ele viu quando os olhos dela se abriram, poças escuras em que teria o maior prazer em se afogar pelo resto da vida.

— Está tudo bem?

— Tudo perfeito. — Ele acariciou os cachos emaranhados dela, o pau despertando quando a coberta foi puxada para trás para revelar a curva empertigada do seio dela, o mamilo endurecendo sob seu olhar.

— Os mares estão agitados. — A voz dela era murmurada, e ele sorriu, baixando a boca para passar a língua sobre o pico escuro antes de perguntar: — Incomodam você? As ondas?

Ela suspirou, os olhos se fechando.

— Não.

Ele fechou a boca ao redor do seio dela, chupando e mordiscando, se baseando em parte na memória do que ela gostava e em parte no próprio instinto do que achava que poderia desmontá-la.

Ele traçou a língua sobre os músculos duros da barriga dela, passando os dedos em círculos sobre o umbigo antes de deslizá-los por entre as pernas de Zarrah. Ela estava quente e úmida, as coxas se abrindo para deixar que ele acariciasse o sexo dela enquanto continuava a beijar e chupar seus seios. Ele continuou fazendo desenhos circulares sobre o montículo de nervos com um toque levíssimo, sabendo que isso a levaria à loucura, mas não ao clímax.

— Você gosta de provocar. — Ela pegou o rosto dele e o puxou até que a boca dos dois se encontrasse, mordendo o lábio inferior dele com tanta força que quase tirou sangue, a dor suave fazendo-o querer se esquecer das preliminares e meter nela com força. E esse provavelmente tinha sido o motivo que a levara a fazer aquilo. Zarrah o *conhecia* como nenhuma outra mulher nunca havia conhecido. Nunca conheceria.

Em vez de morder a isca, Keris deslizou um dedo para dentro do centro molhado dela, metendo devagar. Zarrah ergueu o quadril, tentando aumentar o ritmo, mas ele só sorriu contra os lábios dela e ajeitou o próprio peso, segurando o quadril dela para baixo.

— Você não gosta só de provocar; gosta de ser um diabinho do caralho — ela gemeu, e ele respondeu com uma risada, colocando um segundo dedo dentro dela e beijando a extensão de sua garganta, mordiscando o lóbulo de sua orelha, os dentes estalando no brinco de rubi que ela ainda usava. As unhas dela traçaram os ombros de Keris enquanto ele acrescentava um terceiro dedo, quase sem conseguir controlar o próprio tesão enquanto Zarrah choramingava seu nome, a respiração rápida, os olhos se fechando.

— Por favor — ela gemeu. — Preciso de você. De você inteiro.

E ele também precisava dela. Mais do que do ar em seus pulmões e do sangue em suas veias, ele *precisava* daquela mulher. Virando os joelhos, ele abriu bem as coxas macias dela e meteu até o talo.

As costas de Zarrah se arquearam e ela cobriu a boca com a mão, mordendo a própria pele enquanto abafava um grito. Então o envolveu com as pernas, um calcanhar se apertando contra as costas dele e o outro contra a bunda, aumentando tanto a força de suas estocadas que Keris teve que apoiar uma mão na parede para não cair em cima dela.

Ele queria *olhar* para ela. Precisava vê-la se contorcer embaixo dele, aquele rosto lindo tenso de prazer crescente, uma mão no seio e a outra... ele gemeu, quase gozando, ao ver que ela usava os dedos para massagear e rodear o próprio órgão sensível enquanto ele metia, os raios tênues de luz que atravessavam as cortinas se refletindo no esmalte das unhas dela.

Ele a tinha visto fazer aquilo antes, na primeira noite em que tinham ficado juntos, e tinha acabado com ele.

Assim como estava acabando neste momento.

Ele meteu com ainda mais força dentro dela e gozou, quase sem conseguir conter um grito do nome dela enquanto ondas de prazer o dominavam, o pau jorrando para dentro de Zarrah enquanto as costas dela se arqueavam, o sexo tenso se contraindo ao redor dele enquanto chegava ao clímax também. Ele caiu sobre ela, afundando o rosto no pescoço dela e inspirando o cheiro suave de seu cabelo.

As pernas dela relaxaram ao redor do corpo dele, deslizando para se enroscar nas dele, os braços em volta do pescoço dele. Keris suspirou enquanto ela acariciava seu cabelo com uma mão, jogando-o para trás e desfazendo nós enquanto o coração dele desacelerava.

— Não posso continuar fazendo isso. — Ele beijou o pescoço dela, consciente da própria hipocrisia enquanto o pau endurecia de novo dentro dela. — Vou acabar te engravidando.

— Eu sei. — Ela não o soltou, não parou de acariciar o cabelo dele, os dedos agora gentis que há apenas alguns momentos haviam estado ferozes.

Sentiu outra facada no coração ao pensar que essa era mais uma coisa que havia sido tirada deles. Keris gostava de crianças, sempre tinha gostado, e pensar em *seu* filho no peito de Zarrah fazia seus olhos arderem. Ele tinha visto o modo como ela tinha agido com as crianças do harém, a doçura que havia demonstrado com Sara, encorajando a irmã dele a sonhar enquanto os outros sempre a tolhiam. Teria sido uma ótima mãe, gentil com os filhos na mesma medida em que seria violentamente protetora contra quem quer que tentasse fazer mal a eles.

E, pensando que os filhos seriam dele, muitas pessoas tentariam fazer mal a eles.

Zarrah murmurou:

— Quantos dias até chegarmos a Nerastis?

Ele ficou se perguntando se ela pensava o mesmo que ele na questão dos filhos. Ou se os pensamentos dela estavam em algo completamente diferente.

— Difícil dizer. — Ele saiu de cima dela, de dentro dela, se apoiando num cotovelo para olhar seu rosto. — O vento está contra nós.

— Está? — Ela sorriu, deslizando a mão pela barriga dele. — Então acho que na verdade está a nosso favor.

Se ao menos aquela viagem pudesse durar para sempre. Se ao menos o vento soprasse com tanta força que mantivesse o navio parado, perpetuando o momento que estavam vivendo, porque ele nunca o teria de novo.

— Não volte.

A mão dela parou de descer.

— Como assim?

— Não volte para Valcotta. — Antes que ela pudesse dizer qualquer coisa que o silenciaria, acrescentou: — Poderíamos deixar tudo isso para trás. Comprar passagens para um navio mercante harendelliano e enfrentar os mares Tempestuosos. Velejar para o norte até não haver ninguém que saiba nem se importe com quem somos e viver embaixo de outras estrelas.

Zarrah ficou em silêncio, a expressão impossível de interpretar.

— Você iria embora para ficarmos juntos?

— Quando você fala assim, fica parecendo que o sacrifício é muito maior do que ele é de verdade. — Keris sorriu, mas era forçado. — Abandonar a política, as intrigas, a guerra e a morte para estar com a mulher que amo é uma decisão fácil.

Agora que ele tinha dito aquela palavra de uma vez, era como se precisasse ser dita de novo e de novo, mesmo que ela não dissesse em resposta. Porque ele sabia o motivo para ela não ter dito.

— E sua família? São fáceis assim de abandonar? Deixar que sofram sob o jugo de seu pai ou de qualquer que seja o irmão que acabe por herdar a Coroa?

Keris fechou os olhos, pensando nas tias. Nos irmãos, muitos deles que ainda nem tinham deixado de ser crianças. Em Sara, obrigada a trabalhar para comer na igreja.

— Fácil não seria. Seria um fardo que eu carregaria pelo resto da vida. — Então abriu os olhos. — Mas faria isso mesmo assim para estar com você.

— Por quê? — A voz dela tremeu, mas o deitou de costas, montando em cima dele enquanto perguntava: — Por que está disposto a fazer tudo isso por mim?

— Porque eu não vivia antes de conhecer você, não de verdade. — Ele ergueu uma mão até o rosto dela, o polegar acariciando sua bochecha. — E porque você nunca chegou a receber o que merece. Nunca foi tratada como merece. Eu daria tudo o que você precisasse. Seríamos felizes.

A tempestade lá fora estava passando, a luz do sol se intensificando e iluminando o rosto dela. Revelando as sardas em suas bochechas, as mechas arruivadas em seu cabelo castanho-escuro. Mas foi nos olhos escuros dela que ele se fixou, arregalados e envoltos por cílios pretos infinitos. Como os de uma corça, embora a mente por trás deles lembrasse mais a de uma tigresa.

— Preciso pensar. — A voz dela estava tensa. Estrangulada. — Preciso... preciso de tempo para pensar.

Ela não estava recusando. Mas também não estava aceitando. Keris sentiu raiva contraindo seu peito, afinal, por que ela precisaria voltar para o próprio povo? A quem ela tinha obrigação de voltar além da tia que a tinha deixado para morrer? A vida para a qual ela retornaria não seria feliz, e ele desejava mais para ela. Mas, em vez de dizer isso, ele acenou para Zarrah, tenso.

— Não é uma decisão fácil. — Ela mordeu o lábio inferior. — Se for levar em conta só meu coração, a resposta é fácil, e seria sim. Mil vezes, sim. Mas...

— Honra. — Ele não conseguiu conter a amargura na voz. — Você honra as pessoas que cuspiriam na sua cara se soubessem a verdade.

Ela se encolheu, e ele se encheu de culpa.

— Desculpa. Sou um idiota por ter dito isso.

Zarrah apenas abanou a cabeça.

— Errado você não está. Cuspiriam mesmo. Mas essa decisão... não é porque estou honrando a eles, mas porque estou honrando a mim. Eu... — ela desviou os olhos, parecendo procurar as palavras de que precisava. — Preciso fazer coisas que acredito serem *certas*. Para poder me orgulhar de quem sou e do que fiz, porque há muita coisa que fiz de que me envergonho. — Os olhos dela se voltaram aos dele. — Não estou falando de você. Eu nunca me arrependeria de você.

Keris se perguntou se o que ela dizia era verdade mesmo. Se fosse, ficou se perguntando se continuaria sendo.

— Preciso pesar os custos das minhas ações antes de tomar uma decisão da qual não teria como voltar atrás. — Ela curvou a mão delicada ao redor da bochecha dele, o polegar roçando sua pele. — Se você me ama de verdade, vai me dar a oportunidade de pensar.

O peito dele ficou apertado, porque ele a *conhecia*. Conhecia a mulher que ela era e a mulher que tinha se tornado. Sabia qual decisão ela tomaria.

— O que quer que você decida, eu ainda vou te amar. E aonde quer que vá, se decidir voltar, estarei te esperando.

Os olhos dela cintilaram antes de duas lágrimas escorrerem por suas bochechas para cair sobre o peito dele.

— Eu só preciso de um tempo para pensar, Keris.

Ela o beijou, a língua sobre a boca dele enquanto pegava em seu pau, o corpo dele pouco se importando com o coração partido enquanto ela o masturbava. Keris virou o rosto, se sentindo angustiado, embora tenha conseguido dizer:

— Pelo que me parece, isso aqui não é exatamente pensar, Zarrah.

— Não. — Ela concordou enquanto sentava nele, as costas se arqueando, os seios iluminados pelos raios de sol. — Mas é sonhar.

71
ZARRAH

O NAVIO MERCANTE PAROU EM QUASE TODOS OS PORTOS entre Vencia e Nerastis para deixar e pegar passageiros, mais do que triplicando o tempo que a jornada levaria normalmente. E mesmo assim, Zarrah teria prolongado ainda mais a viagem se fosse possível, pois aquelas estavam sendo as semanas mais prazerosas de sua vida.

Zarrah, por necessidade, ficou fechada na cabine, mas Keris quase nunca saiu do lado dela a menos que absolutamente necessário. Pedia que comida e vinho fossem trazidos para o quarto, e ela ficou encantada ao descobrir que, na ausência do gosto de Silas por excesso de sal, a comida maridriniana até que era muito boa. E o vinho deles era ainda melhor, sem Keris poupando gastos, para a alegria óbvia do comandante. Ele lia para ela os livros que havia trazido para disfarçar a fuga dela, textos sobre todo tipo de tópico, até os assuntos mais insípidos ganhando contornos fascinantes na voz aveludada dele, e Zarrah pousava a cabeça no colo dele e escutava por horas. Ele a deliciava com histórias do passado, mas evitava falar do pai. De Otis. E de Coralyn. Embora estivesse desesperada para saber o que a velha teria dito a ele antes de morrer, Zarrah sabia que era melhor não forçar quando a dor ainda estava tão recente. Em vez disso, portanto, retribuiu, contando para ele sobre a própria infância em Pyrinat. Sobre sua mãe e seus primos e como tinha sido crescer no colo do privilégio valcottano. Contou de seu treinamento depois da morte da mãe, das horas sem fim, *sem fim*, de combate e lições. Que havia adorado crescer forte e capaz, embora tivesse perdido partes de sua natureza que a mãe havia alimentado com tanto carinho. E quando ele quis saber se ela fazia *qualquer coisa* divertida, ela contou para ele das travessuras em que Yrina a havia metido, especialmente quando tinham chegado à maioridade. Ele a abraçava quando a dor da perda da amiga crescia, ainda fresca, e a deixava chorar em seu peito até as ondas embalarem seu sono.

E eles faziam amor.

Um prazer infinito, infinito, que ia além do que ela sonhava ser possível. Por vezes doces e suaves, as carícias dele levavam o corpo dela a um clímax que a atravessava e a fazia ver estrelas. Por vezes desesperado e selvagem, o pau dele metia nela enquanto ela retribuía o arranhando, precisando de mais, precisando que fosse mais fundo, a explosão do clímax a deixando ofegante e exausta. Ele tinha uma criatividade infinita e, conforme as inibições dela passavam, Zarrah ia conseguindo dar voz aos próprios desejos pervertidos, pouca coisa a deliciando mais do que vê-lo perder o controle, o nome dela sempre nos lábios.

Os dois sabiam o que estavam fazendo. Estavam tentando fazer o tempo de uma vida inteira caber numa viagem de navio, porque era tudo o que poderiam vir a ter.

Tinha sido mentira quando ela pedira tempo para pensar. Só precisava de tempo para encontrar coragem para expressar a verdade. A verdade que partiria seu coração de uma forma da qual ela nunca se recuperaria, mas a verdade mesmo assim.

Zarrah tinha que voltar a Pyrinat.

O tempo que havia passado em Vencia tinha dissipado a nuvem de fumaça em sua mente em torno da tia e a feito enxergar tudo com clareza. A imperatriz não queria que a Guerra Sem Fim entre Maridrina e Valcotta acabasse, talvez quisesse até intensificá-la na busca de retomar Nerastis. Se por fanatismo, raiva ou orgulho, Zarrah não sabia ao certo, só sabia que a tia não estava agindo pelo bem de Valcotta.

Zarrah era a *única* pessoa em posição de dizer isso. A única pessoa capaz de moderar o desejo da tia por vingança. E, se assim quisesse o destino, a única pessoa na linha de sucessão que ascenderia com o desejo de buscar paz.

Desistir agora, por mais que fosse o que seu coração queria, condenaria o próprio povo dela a lutar, sofrer e *morrer* numa guerra que não fazia nada além de agradar o orgulho da imperatriz. Zarrah não conseguiria viver tranquila sabendo que tivera uma chance de fazer a diferença para dezenas de milhares de valcottanos e, em vez disso, escolhera a si mesma.

Não que ela achasse que seria fácil.

A imperatriz não seria facilmente dissuadida, e com Silas no trono não seria possível conquistar a paz. Mas, se Keris permanecesse em Maridrina, se ascendesse fosse por herança ou por algum estratagema, passaria a ser possível. E então dezenas de milhares de vidas maridrinianas melhorariam se os dois se mantivessem na corrida.

Se sacrificassem um ao outro.

Zarrah se sentou de pernas cruzadas na cama, observando Keris, que estava sentado de frente para a janela aberta, o coração acelerado e as palmas úmidas.

O tempo que tinham juntos havia acabado.

Embora a janela aberta revelasse apenas um céu noturno cheio de estrelas incontáveis, Zarrah sabia que estavam passando por paisagens conhecidas. Sabia que, se estivesse no convés do navio, veria as luzes de Nerastis brilhando ao longe.

Diga a ele, ela se ordenou em silêncio. *Está esperando o quê?*

Mas era como se a garganta dela estivesse fechada, a respiração rápida demais e gotas de suor escorrendo por suas costas, embora o ar da noite estivesse fresco. Zarrah abriu a boca para falar, mas a língua estava grossa, e tudo que fez foi engolir o nome dele sem conseguir vocalizar. Sabia por que estava hesitando — era porque, quanto mais esperava, mais oportunidade ele teria de convencê-la a mudar de ideia. A fugir com ele.

A ser feliz.

Você é uma covarde de merda, rosnou consigo mesma. *Só fale de uma vez.*

Keris tirou os olhos do céu escuro para voltá-los a ela, encarando o olhar que ela lhe lançava em silêncio. Estava usando as vestes de príncipe, recém-barbeado, o cabelo solto na altura dos ombros, o casaco azul real com bordados dourados, botas tão polidas que chegavam a brilhar. Com as estrelas reluzindo atrás dele, Keris era de uma beleza impossível, parecendo um príncipe de contos de fadas, mas não era isso que ela enxergava. Era a pergunta nos olhos dele.

— Preciso voltar. — As palavras escaparam de seus lábios e ela quis pegá-las de volta de imediato quando ele ficou tenso, olhando de repente para qualquer lugar, menos para ela. Por que ela não tinha dito aquilo de uma forma diferente? Por que não tinha começado com uma explicação? Por que...

— Eu sei.

Havia compreensão na voz dele, e não raiva, mas mesmo assim, quando percebeu, já estava correndo para se explicar.

— Prometi a Aren ajudar Ithicana. E preciso tentar afastar a postura da minha tia da guerra como reação. Preciso convencê-la dos méritos da paz. Preciso manter minha posição como herdeira para, quando você assumir a Coroa, podermos colocar um fim nisso.

O maxilar dele se flexionou na última frase e ela sentiu o peito apertar.

— Queria que houvesse outra maneira de fazer as coisas, Keris. Uma maneira na qual eu pudesse estar com você e fazer o que minha consciência manda ao mesmo tempo, mas não há. E odeio que não haja. Quero gritar e me enfurecer e chorar porque não é justo. — Ela inspirou sofregamente. — Não quero perder você.

Silêncio.

Ao longe, Zarrah ouvia os sons dos marujos se movendo sobre os conveses, gritos abafados de preparação, o barulho da âncora sendo lançada às profundezas. Mesmo assim, Keris não respondeu. Não saiu de onde estava, não tirou os olhos do chão.

— Por favor, diga que entende. — As palavras saíram roucas de seus lábios, o medo crescendo tanto em seu peito que ela se sentia até enjoada. — Por favor, diga que não me odeia por isso.

O rosto de Keris se ergueu e, em duas passadas, ele encurtou a distância entre os dois, envolvendo-a nos braços.

— Eu queria conseguir odiar você — ele disse em seu cabelo. — Porque aí eu conseguiria ver você ir embora e não sentir que... que...

— Ela o sentiu balançar a cabeça. — Se existem palavras para o que sinto por você, nunca as ouvi. Nunca as vi escritas em nenhum dos milhares de livros que já li.

Com a cabeça encostada no peito dele, o som do coração acelerado dele encheu seus ouvidos no mesmo ritmo do dela, e Zarrah apertou a mão no casaco dele enquanto sua determinação vacilava. *Não posso perder você, não posso perder você, não posso perder você*, o coração dolorido dela gritava em pensamentos, e ela cerrou os dentes para não gritar aquelas mesmas palavras em voz alta entre soluços.

— Sabia que você nunca aceitaria meu plano. Sabia que nunca aceitaria fugir quando tantas coisas dependem de seu retorno. Que sua consciência nunca permitiria que você fizesse isso. E, por mais que eu deteste esse fato, é um dos motivos pelos quais te amo. Se tivesse aceitado meu plano, teria se tornado como eu. E eu nunca conseguiria amar alguém como eu.

O coração dela estilhaçou e Zarrah ergueu o rosto, as palavras que fazia tanto tempo habitavam seu coração vindo à tona. Mas Keris levou um dedo aos lábios dela, sussurrando:

— Não. Já é difícil demais não lutar por você; se você disser, meu egoísmo vai vencer.

Egoísta era a última coisa que ele era.

— Keris...

— Se você vai, precisa ser agora. — Ele a virou em seus braços, guiando-a até a janela aberta. — O sol está para nascer, e você precisa chegar a águas valcottanas antes disso.

— Como...

Ele pegou o barril de cerveja que ela o tinha feito pedir dias antes, embora a maior parte do conteúdo tivesse sido entornado pela janela.

— Sabia que você não tinha a menor intenção de voltar dentro daquele baú, Zarrah. — Ele enrolou um cinto ao redor do barril, atando-o antes de colocá-lo nas mãos dela.

O navio balançava para cima e para baixo, os marinheiros fazendo bastante barulho enquanto preparavam tudo e, ao longe, ela conseguia ouvir o som de um navio de guerra maridriniano se aproximando para cuidar do processo de desembarcar a carga real.

A hora tinha chegado. O momento que ela havia temido durante a viagem inteira, mas nada poderia tê-la preparado para como seria horrível aquela sensação. Como se o ar estivesse sendo tirado de seu peito, sentindo muita dor, acima de tudo no coração.

No entanto, ela queria estender aquele momento. Queria se agarrar a ele pelo maior tempo possível para adiar aquele último golpe doloroso.

— Zarrah...

Inspirando uma golfada ofegante de ar, ela o beijou intensamente, depois subiu no peitoril, a água espirrando alto sobre o casco embaixo dela. Keris pegou a mão dela e se apoiou no caixilho.

— Tenha cuidado.

Ela sabia que não era a água que ele temia.

Concordou com um assentir, tensa, e deixou que ele a descesse até o rosto dele desaparecer sob a luz fraca, as mãos de Zarrah se entrelaçando às dele no único contato que ainda reservavam. A memória daquela primeira noite na barragem encheu a mente dela, a mão de Keris na dela sendo a única coisa que a separava de mergulhar para a morte certa. Na época, ele era inimigo dela, mas, agora...

— Eu te amo — ela disse. — Sempre vou te amar.

E soltou.

72
KERIS

Eu te amo.

Keris cerrou os dentes, as mãos ardendo pela força com que apertava a moldura da janela, precisando de todo seu autocontrole para não pular na água e segui-la até a costa.

— Você precisa deixá-la ir — ele disse a si mesmo, a dor em seu peito excruciante. — Precisa respeitar a escolha dela.

E ele respeitava. Mas isso não queria dizer que gostasse daquela decisão. Zarrah merecia coisa melhor, merecia ser tratada como uma rainha, não se sacrificar por quem nunca a agradeceria por isso. Por quem nunca saberia a que ela havia renunciado.

Uma batida alta soou à porta. Keris se sobressaltou, tirando os olhos da janela.

— Pois não?

— Alteza, os soldados que compõem sua escolta chegaram. Quando estiver pronto, pode desembarcar.

— Obrigado — ele se forçou a dizer. — Já vou sair.

Mas não saiu da janela, virando para tentar ouvir qualquer som que significasse que ela estava voltando. Qualquer sinal de que ela teria mudado de ideia. Odiando-se por desejar que ela fizesse isso.

Mas, enquanto a aurora esquentava o céu, ele não viu nada além de ondas vazias. Não ouviu nada além de gritos e palavrões de marinheiros e soldados.

Ela já tinha ido embora.

Inspirando fundo, ele deu as costas para a janela, se dirigindo à porta. Mas antes olhou no espelho da parede. Encarou a própria imagem por um instante antes de se voltar para o baú cheio, despindo o casaco. Revirando o fundo, pegou sua casaca de uniforme, que estava enfeitada por insígnias de patente que ele não havia conquistado. Vestiu-a mesmo assim antes de revirar o fundo e tirar a espada.

Encarou a arma, joias reluzindo no pomo e a ponta afiada resplandecente. Tinha sido um presente do pai, e ele a odiava. Não queria nada mais do que ir até a janela e jogá-la nas ondas.

Em vez disso, prendeu-a na cintura. Zarrah tinha sacrificado tudo em busca de paz, e isso só poderia acontecer se Maridrina estivesse disposta a selar o mesmo acordo.

O que significava que ele precisava guerrear contra o próprio pai.

E, dessa vez, o combate não seria travado com palavras.

73
ZARRAH

Por um longo tempo depois de ter chegado à praia, Zarrah ficou deitada na areia, apenas respirando.

Do outro lado da ponta do ancoradouro, conseguia distinguir o contorno do navio no qual havia abandonado Keris, flanqueado por um navio de guerra que monitorava atentamente o desembarque de passageiros e carga por escaleres. *Será que ele já havia chegado à costa?* ela se perguntou. *Será que está a caminho do palácio?*

Uma parte dela queria ficar onde estava, só observando. Mas sabia que patrulhas valcottanas logo cruzariam aquele trecho da praia, e ela não poderia ser associada ao navio ou a Keris. Portanto, Zarrah se levantou com dificuldade e se dirigiu à cidade.

Nerastis era sempre mais sossegada àquela hora, mas mesmo assim cruzou com dezenas de compatriotas cuidando dos próprios afazeres, os ouvidos se enchendo com o som familiar de vozes valcottanas, o nariz com o cheiro de carne grelhada e especiarias saborosas, a boca salivando, apesar de não fazer muito tempo desde a última vez em que havia comido.

Passou pela cabeça dela que essa era a primeira vez desde sua captura no lado norte do Anriot que ela andava sozinha. Que andava *livre*. Parada no meio da rua, Zarrah inspirou, sentindo a doçura dos sabores, aproveitando o momento. Mas, como ferro em magnetita, seus olhos foram atraídos para o norte, avistando o reflexo do sol nas torres abobadadas do palácio maridriniano.

Será que ele já teria entrado? O que estava fazendo? Como os soldados, muitos dos quais haviam sido leais a Otis, estavam reagindo ao retorno dele?

Apreensão perpassou suas entranhas, mas Zarrah a conteve. Cada um deles tinha o próprio caminho a seguir para chegarem ao objetivo comum, e nenhum dos dois poderia fazer nada para ajudar o outro. Mas, por Deus, ela *odiava* que ele estivesse no meio de tantas víboras. Odiava tê-lo abandonado. Odiava não estar lá para cuidar dele.

— Você fez sua escolha — sussurrou Zarrah consigo mesma. — Não deixe que ela seja em vão.

Portanto, começou a andar e, depois de um tempo, encontrou um vendedor e comprou uma calça, uma blusa e um par de sandálias de cordas. Trocou as roupas úmidas pelas secas e carregou o embrulho com as roupas de Keris na direção de uma pilha de lixo em chamas. Os dedos dela acariciaram o linho fino, querendo levar o tecido ao nariz para ver se ainda tinha algum vestígio do cheiro dele, mas se conteve, esperando a rua estar vazia antes de jogar as roupas na fogueira. Demoraram para pegar fogo, vapor subindo, mas, depois de um tempo, o tecido acabou ficando cada vez mais preto até carbonizar, os últimos vestígios físicos que ela tinha de Keris se reduzindo a cinzas.

Dizendo a si mesma que o ardor em seus olhos era pela fumaça, Zarrah endireitou os ombros e se voltou para a guarnição do palácio que antes comandava, desejando saber se o que encontraria lá seriam boas-vindas.

Todos pararam o que estavam fazendo quando ela atravessou os portões, olhos se arregalando e murmúrios de espanto por onde passava, seu nome nos lábios de todos.

Mas ninguém a deteve. Ninguém contestou o direito de Zarrah de entrar no palácio em si, as sandálias fazendo barulhos suaves sobre os azulejos enquanto ela se dirigia às salas do comandante, os dois soldados à porta a encarando quando ela se aproximou. Um deles conseguiu prestar continência, mas o outro hesitou antes de levar a mão ao peito.

Um símbolo de respeito, sim, mas concedido apenas à nobreza.

E aos mortos.

— Quem está no comando? — ela perguntou, embora já soubesse. Conseguia sentir o cheiro quente de bolinho frito que o primo adorava emanando de debaixo da porta e, em sua mente, conseguia até imaginá-lo comendo, os dedos gordurosos deixando marcas nos relatórios.

— Sua alteza, o general Bermin — respondeu o soldado que havia prestado continência. — Nós... ele... depois que foi levada como prisioneira... nós queríamos ir atrás de vossa alteza, milady, mas...

— Eu entendo as decisões que precisaram ser tomadas. — Ela entreabriu um sorriso. — E acho que é melhor deixar as explicações para o general. Pode perguntar se ele tem tempo para me ver?

No passado, teria entrado sem cerimônias. Exigido respostas. Extravasado a raiva com toda a força. Mas Zarrah tinha aprendido mais do que apenas paciência durante o tempo que passara em Vencia.

O soldado bateu e entrou. O que quer que tenha dito provocou uma explosão de movimento lá dentro, botas marretando o azulejo, até que a porta se abriu, e o primo dela encheu o batente.

— Pequena Zarrah! — ele gritou. — Você está viva!

Os braços do primo a envolveram, apertando-a com tanta força que Zarrah mal conseguia respirar, o rosto infelizmente pressionado contra a axila suada dele. Deu dois tapas nas costas dela antes de erguê-la no ar, girando-a de um lado para o outro, examinando-a.

— Recebemos a informação dias atrás que você tinha escapado com o ithicaniano, mas não ficamos sabendo de mais nada desde então, por isso temíamos o pior. Você está bem? Machucaram você?

Antes que Zarrah pudesse responder, ele a colocou no chão com um baque e se voltou para os soldados.

— Mandem trazer comida e bebida, e aos montes. Olhem como ela está magricela. — Bermin riu, alto e retumbante. — Ao que parece, Vencia está passando tanta fome que está faltando comida até para o palácio do rei Rato. Olhem para ela!

Escondendo a irritação, Zarrah deu de ombros.

— O tempero favorito de Silas é sal, e em grandes quantidades. Se eu nunca mais sentir o gosto daquela coisa maldita, melhor.

— Acho que é mais necessidade do que preferência. — Bermin sorriu. — Encurralamos os maridrinianos e eles estão, de fato, famintos. Mas o bloqueio contra eles é quase desnecessário, pois os desgraçados não têm dinheiro para pagar nem o que é oferecido. Até a rainha amaridiana cortou o abastecimento porque Silas atrasou o pagamento do uso da marinha dela, sem falar na compensação que deve a ela pelas embarcações perdidas às tempestades. Não vai demorar até Vencia feder a cadáver com tantos mortos de fome na rua, e tudo porque Silas se recusa a desistir de sua ponte preciosa.

O primo soltou uma gargalhada cuja alegria fez o estômago de Zarrah se embrulhar de repulsa. Aqueles que passariam fome primeiro seriam os que menos tinham controle sobre as circunstâncias, enquanto o rei no comando se banquetearia até dar o último suspiro.

— Acho que não é nem de perto tão grave quanto você foi levado a acreditar, primo.

— Mas em breve será. Ainda mais quando retomarmos Nerastis. — Ele pendurou um braço ao redor dos ombros de Zarrah, puxando-a para dentro do escritório que antes era dela, embora todos os vestígios da presença dela tivessem desaparecido, até a tinta nas paredes. Apagados, o que a deixou ainda mais certa de que a recepção calorosa de Bermin era fingida.

Enquanto ela se sentava numa cadeira, ele deu a volta pela mesa.

— Vamos retomar a cidade, depois avançar rumo ao norte, tomando terras quilômetro após quilômetro e massacrando todos os ratos que não conseguirem fugir, e aí vai ser só questão de tempo até Maridrina ficar espremida na ponta do extremo norte sem nada além de deserto para sustentá-los. — Ele se debruçou sobre a mesa, o sorriso ferino. — Vamos nos vingar de terem levado você, Zarrah. Eu mesmo vou cuidar disso.

Será que ela tinha sido daquele jeito antes? Será que aquela tinha sido a forma dela de ver o mundo? Asco a preencheu, mas Zarrah controlou a expressão e inclinou a cabeça.

— Sua ideia é agir em breve? A guarnição parece desfalcada para uma empreitada como essa.

Algo perpassou os olhos de Bermin, algo sombrio e rancoroso, mas desapareceu num instante, substituído por um sorriso.

— Você conhece minha mãe, pequena Zarrah. Sempre à espera, aguardando o momento certo. Se fosse eu, buscaria vingança por sua captura agora mesmo, mas me curvo à vontade dela.

— O embaixador harendelliano me disse que ela se trancou no quarto por um dia e uma noite para chorar, mas não acreditei.

— É verdade. — Bermin se recostou na cadeira e cruzou a perna, a bota apoiada sobre o joelho. — Se trancou com ordens de que não fosse incomodada por motivo *nenhum*, se chorou, não sei dizer. Sei apenas que quando saiu deu ordens de que você não fosse procurada por motivo algum. Mas... — ele hesitou. — Yrina desapareceu pouco depois e não recebemos notícias desde então.

— Serin a capturou. — O peito de Zarrah ficou apertado com a lembrança de que a amiga tinha sido a única que havia tentado ajudá-la. — Ela está morta. — Pelas próprias mãos, para proteger o segredo de Zarrah.

Bermin apertou a mão no coração, baixando a cabeça com uma tristeza que ela não achou ser fingida.

— Como você foi capturada? O que estava fazendo do lado norte do Anriot sozinha?

Zarrah tinha passado muito tempo pensando na melhor forma de responder àquela pergunta.

— Você me perguntou como eu sabia que os maridrinianos atacariam pelo mar naquela noite, e eu disse que tinha meus informantes. Mas era mentira. Eu mesma estava espionando, indo até lá disfarçada e extraindo informações da boca dos próprios maridrinianos.

Ele franziu a testa.

— Por que correr esse risco? Temos espiões de sobra.

— Espiões cuja cautela se refletia na qualidade das informações que estavam fornecendo. — Ela deu de ombros. — Fui ambiciosa e paguei o preço por isso. Fiquei por lá mais tempo do que deveria e acabei sendo capturada pela patrulha do príncipe Otis.

— Que a levou até o palácio, onde o irmão mais velho dele decidiu que você valia mais viva do que morta. — Bermin coçou o queixo. — Um príncipe que mal sabíamos que existia até assumir a posição de herdeiro, mas cujo nome agora está nos lábios de todos, a norte e a sul. É verdade que ele empurrou o próprio irmão pela janela e Silas o parabenizou por isso?

— Ouvi dizer que sim. — O rosto de Keris atravessou sua mente, o horror gravado nele enquanto olhava para o irmão moribundo. O irmão que havia matado para protegê-la. — Ele é um Veliant meio diferente do que estamos acostumados. Ele é... esperto.

— Mas não luta?

— Não vi evidência de que lutasse no tempo que passei perto dele.

— Ela não estava gostando nada daquele escrutínio, embora fosse inevitável. Bermin era um assassino, e ela não gostava da ideia da atenção dele se concentrar tanto em Keris. — Ele era muito menosprezado por ser intelectual, o que eu diria que é um bom julgamento de seu caráter.

O rosto de Bermin se franziu de desdém, mas, antes que a conversa dos dois tivesse chance de continuar, uma batida soou à porta.

— Entre — o primo disse com a voz retumbante, e a porta se abriu para admitir um dos guardas, que passou uma folha de papel dobrada para ele.

— Isto aqui acabou de chegar. Keris Veliant chegou de navio.

O coração de Zarrah palpitou, mas ela manteve a expressão carregada enquanto Bermin abria o papel, as sobrancelhas se erguendo enquanto lia.

— Talvez seja hora de reconsiderar esse julgamento do caráter dele, pequena Zarrah. Parece que o almofadinha intelectual decidiu que agora é militar.

74
KERIS

NERASTIS ERA UM LUGAR QUE ELE HAVIA sido forçado a ocupar. Uma ferramenta para o polir até que virasse um príncipe de verdade. Um lugar onde não havia desejo por pessoas como ele. Uma punição. Mas, enquanto andava pelas ruas familiares, o fedor de podridão e esgoto enchendo suas narinas, e gritos de cafetinas jogando bêbados para fora de bordéis, Keris se deu conta de que, de todos os lugares em que tinha vivido, era em Nerastis que se sentia mais à vontade.

Em que se sentia mais em casa.

O porquê disso, ele não sabia dizer. Era um pardieiro libertino cheio de violência, os prédios mais escombros do que qualquer outra coisa, e a pobreza pior do que em qualquer outro lugar de Maridrina. Mas, enquanto observava as pessoas da cidade fronteiriça cuidarem dos próprios afazeres, rostos e roupas um misto de Maridrina e Valcotta, Keris entendeu o que achava tão cativante ali. Nerastis era um lugar onde uma semente poderia criar raízes. Onde uma ideia poderia se transformar em realidade, pois, embora a cidade fosse o coração do conflito entre as duas nações, também era povoada por pessoas que deixavam a política de lado todas as noites e viviam em harmonia.

Fazia sentido que tivesse sido ali que ele e Zarrah haviam se encontrado. Isso não teria sido possível em nenhum outro lugar.

O pensamento o fez se voltar para o sul, os olhos encontrando o palácio valcottano no lado oposto do Anriot. Será que ela já havia chegado? Se sim, como teria sido recebida?

Será que estava bem?

Ansiedade cresceu em suas entranhas enquanto a mente de Keris considerava possibilidades infinitas em que as coisas tinham dado terrivelmente errado, um cenário pior do que o outro.

Eu não deveria tê-la deixado ir.
No momento em que aquele pensamento passou por sua mente, ele se crispou. Zarrah não era mulher de ser controlada. E ele tampouco estava interessado em controlá-la, por mais que isso tornasse aspectos de sua vida mais fáceis. O controle era uma prisão como qualquer cela.

Agora, porém, ele tinha que cuidar da própria sobrevivência, que era precária. A guarnição em que estavam era cheia até a borda de homens que respeitavam Otis, e não havia a menor chance de terem acreditado que Keris não o havia matado.

Porque você matou, a consciência dele sussurrou, mas o príncipe empurrou aquele pensamento para o lado, escondendo-o nas profundezas em que guardava o luto por todos os outros que havia perdido.

Então passou pelos portões do palácio.

— Alteza. — Um capitão chamado Philo esperava por ele, fazendo uma grande reverência. Tinha a idade mais avançada, o cabelo mais grisalho do que castanho, a pele bronzeada por uma vida passada em serviço ao sol. Até então, Keris tinha mantido apenas um contato mínimo com ele, dado seu pendor por evitar tudo que era militar, mas lembrava que Otis o descrevia como um bom líder e benquisto entre os homens.

Portanto, acenou com a cabeça e disse:

— É um prazer vê-lo bem, capitão. Seu nome é Philo, não é?

Surpresa perpassou os olhos do homem, embora se pela cortesia ou pelo fato de Keris ter se lembrado de seu nome, Keris não sabia. O fato de isso ser um choque era um lembrete de que ele tinha muito estrago para desfazer em relação a seu comportamento passado em relação aos homens daquela guarnição.

Philo se recuperou rapidamente da surpresa, apontando para o palácio.

— Seus aposentos estão prontos, alteza. Vou mandar levarem suas coisas se deseja se recuperar de sua jornada.

Keris colocou a mão no ombro do homem e o empurrou na direção da entrada.

— O que desejo, capitão, é um relatório sobre a situação de Nerastis. Com os últimos acontecimentos em Vencia, a situação está mais volátil do que jamais esteve na história recente.

— Sim, alteza. — Philo olhou para ele de esguelha. — Serin passou por aqui antes de sua chegada, mas já foi embora. Ele nos informou dos acontecimentos.

É claro que passou. Foi difícil não fechar a cara, embora a informação não fosse de todo chocante. O navio mercante em que ele e Zarrah tinham viajado havia aportado em vários ancoradouros durante a jornada para o sul, o que significava que outro navio, ou mesmo um cavaleiro rápido, teria chegado em Nerastis antes deles. Por mais que não se arrependesse de nenhum momento sequer que havia passado com ela naquele navio, sabia que tinha custado um preço.

— A jornada até aqui é longa demais para Corvus ter vindo apenas transmitir uma atualização.

— Ele estava atrás de Aren Kertell e da... *esposa* dele.

Choque atravessou Keris.

— Em Nerastis?

— No deserto Vermelho, na verdade. — Philo guiou Keris para a sala de guerra, fechando a porta atrás de si. — Eles foram seguidos para o sul e interceptados por uma força de nossa guarnição enviada a mando de Serin. Fugiram para o deserto Vermelho e agora foram dados como mortos.

Considerando que Lara tinha sido criada no deserto Vermelho, Keris não presumiria uma coisa dessas, mas a principal pergunta ali era por que o casal não tinha voltado para Ithicana. Será que tinham sido impedidos de chegar ao mar e aquela era a única rota de fuga que tinha sobrado?

Ou será que tinham vindo até o sul com um propósito?

— Continue me informando de qualquer desdobramento. — Os olhos de Keris se voltaram para o mapa do continente, varrendo a extensão de Vencia a Nerastis e passando por Pyrinat. — E Zarrah Anaphora? Ela estava com eles?

O objetivo real de Keris com aquela pergunta era saber se os espiões a tinham visto em Nerastis. Se havia chegado qualquer notícia de que ela estivesse segura.

Philo fez que não.

— Eram apenas os dois.

O que significava que não havia nenhuma notícia do retorno de Zarrah.

E se ela não tivesse conseguido voltar à costa? E se tivesse se afogado? Ou sido atacada por alguma coisa no mar? E se tivesse se ferido em algum lugar e precisasse de ajuda? E se na primeira vez em que Bermin tivesse colocado os olhos nela, a tivesse matado?

Foco.

Ele deu as costas para o mapa para se voltar para Philo.

— Quero uma interrupção total das invasões pela fronteira, com todos os esforços concentrados na defesa. Precisamos de mais patrulhas ao longo do Anriot, dentro da cidade e ao leste até o deserto Vermelho. — O resto das instruções jorrou de seus lábios, ideias que ele havia tido muito tempo antes, mas nunca havia colocado em prática porque teria significado se envolver. Teria significado ceder ao pai.

Mas agora ele precisava conquistar o respeito daqueles homens para que, quando chegasse a hora, eles o seguissem contra seu pai.

Philo encarou Keris como se nunca o tivesse visto antes, mas, pelo menos, acenou.

— Pode deixar, alteza.

Foi então que uma batida soou à porta. Um momento depois, um soldado entrou e passou uma folha de papel para Philo. O capitão leu e franziu a testa, depois a entregou para Keris.

— Não deve ser motivo para preocupação, alteza.

Keris leu e sentiu um aperto no peito, porque Philo não poderia estar mais enganado.

75
ZARRAH

Zarrah releu o relatório de espionagem e o colocou em cima da mesa.

— Parece que o principezinho não tem interesse em baixar suas defesas na fronteira, então talvez a postura de observar e aguardar da imperatriz faça mais sentido. — Ela ficou se perguntando por mais quanto tempo Keris conseguiria manter aquele nível de militância. Quanto tempo demoraria para Silas ser obrigado a sair da guarnição de Nerastis para continuar sua luta contra os ithicanianos.

Um conflito que ela estava prestes a estender ao cumprir a promessa que tinha feito a Aren.

O queixo de Bermin estava tenso, os olhos sombrios de novo.

— Você não está mais no comando, pequena Zarrah; esse é o preço de sua ambição, e seria bom não passar por cima de mim.

Ah, Zarrah pensou, a apreensão dele sobre as intenções dela um sinal sutil de que Zarrah não tinha perdido inteiramente a benevolência da imperatriz.

— Não tenho o menor interesse em retomar o comando desta guarnição. Minha intenção é voltar para Pyrinat e, se for do desejo da imperatriz, fixar moradia por lá.

Silêncio.

Muitas vezes, tinha chamado o primo de burro, mas aquilo não era inteiramente verdade, pois ele possuía um certo tipo de astúcia egoísta. Essa astúcia estava trabalhando intensamente agora, julgando a veracidade das palavras dela. E eram verdade — os olhos de Zarrah não estavam no título de general. Estavam no trono da imperatriz em Pyrinat.

— Você mudou — Bermin disse por fim, e ela respondeu com um aceno discretíssimo.

— Fiquei muito tempo sozinha refletindo sobre minhas escolhas do passado. — Ela pigarreou. — Mas preciso de um favor seu. Assumi dívidas durante minha fuga que seriam facilmente pagas enquanto estou em Nerastis, mas vou ter dificuldade para acessar meu crédito, considerando que não tenho como provar minha identidade. Pode me redigir uma procuração?

Bermin bufou.

— Você precisa de dinheiro.

A cor que ardeu em suas bochechas não era fingimento e, se houvesse uma forma de evitar isso, ela teria evitado. Mas não poderia se dar ao luxo de esperar até conseguir visitar os banqueiros de Pyrinat, e o plano que havia traçado exigia que estivesse aqui para o colocar em prática.

— Sim. E, assim que eu tiver pagado minhas dívidas, vou pegar um navio para o sul.

— É o mínimo que posso fazer. — Ele pegou um pedaço de papel, mas parou antes de mergulhar a pena no pote de tinta. — Se a escolha fosse minha, teríamos ido atrás de você, prima. Por mais que nossa relação tenha ficado tensa nos últimos anos, você é sangue do meu sangue. E abandonar você me custou honra.

Zarrah inspirou fundo, o sentimento a atingindo com mais força do que ela esperava.

— Obrigada — disse, observando enquanto ele escrevia rapidamente uma nota de procuração, selando a cera roxa com o anel de sinete pesado antes de entregar o documento. Enquanto ela o guardava num bolso, a comida chegou, os criados enchendo a mesa de Bermin com prato após prato. Zarrah devorou tudo, os sabores familiares deliciosos em sua língua, o primo também comendo com gosto, ambos bebendo um vinho doce.

— Ficamos sabendo de alguns detalhes de sua fuga. — Bermin disse, de boca cheia. — É verdade que a rainha traidora orquestrou tudo?

Zarrah fez que sim.

— Ela é uma força a ser respeitada, assim como as irmãs. Se Silas permitisse a entrada de mulheres em seus exércitos, ouso dizer que talvez saíssemos perdedores nos embates. — Quando o primo dela soltou um bufo risonho, Zarrah acrescentou: — Não estou brincando, Bermin. As seis se infiltraram no palácio com nada além de roupas de dança, sem armas, e eliminaram pelo menos duas dezenas de homens de Silas.

Bermin piscou, atônito, antes de acenar com a cabeça, admirado.

— Quando você se separou deles?

— Em Vencia. — Ela deu um gole de vinho. — Imagino que já estejam de volta a Ithicana.

O que a lembrava que precisava honrar a dívida que tinha com Aren, e não ficar sentada bebendo com o primo.

Mas Bermin fez que não.

— Eles não estão em Ithicana. Tampouco foram mortos pelos homens de Silas, apesar dos boatos que alegam o contrário. A última notícia que tivemos é que os maridrinianos estavam perseguindo Aren Kertell e a rainha dele, ambos sozinhos no deserto Vermelho.

Ela sentiu o vinho amargar na boca.

— Como assim?

— Já devem estar mortos a essa altura. Se não morreram, devem morrer em breve. — Bermin entornou a própria taça. — Sem suprimentos, sem camelos, sem *água*. Eles não têm a menor chance.

Zarrah sentiu o peito se apertar, angústia fazendo seu corpo doer, e colocou a taça na mesa com um tinido pesado. O que havia dado tão terrivelmente errado a ponto de eles terem precisado entrar no deserto Vermelho? O que havia acontecido com as outras irmãs de Keris? Com os ithicanianos que haviam participado do resgate?

— Você lamenta por eles?

— Sim. — Ela apertou a mão no peito em respeito a eles. — Aren é um homem bom. Honroso, apesar de todos os erros que cometeu. Me ajudou quando não precisava. — E não para se salvar, mas para salvar o próprio povo. Os olhos dela arderam, e ela os fechou. — Queria poder ter feito mais.

À frente dela, Bermin se ajeitou na cadeira, e ela sentiu o incômodo dele. Sabia que era porque ele odiava demonstrações de emoções que não compartilhava. Portanto, não foi muito um choque quando ele soltou:

— Você deveria repousar, prima. Vou pedir para levarem suas coisas até o seu quarto.

— Agradeço. — Ela se levantou. — Vou fazer os preparativos para partir a Pyrinat assim que conseguir encontrar um navio para o sul.

— Se eu puder ajudar, me avise.

Ele a guiou até a porta, dando ordens para uma criada à espera que a acompanhasse até um quarto e mandasse levar as coisas dela. Zarrah seguiu a criada em silêncio até os aposentos, as roupas empacotadas e objetos pessoais chegando enquanto estava no banho.

Depois de vestir o próprio uniforme, Zarrah amarrou as armas ao corpo e confirmou se a carta do primo estava bem guardada no bolso antes de deixar um recado de que estava indo falar com comandantes de navio sobre passagem.

Valcotta tinha controle sobre o porto de Nerastis, e as docas agora estavam cheias de embarcações mercantes carregando e descarregando carga, com navios de guerra bem armados ancorados no porto, atentos a qualquer sinal de ataque maridriniano. Mas Zarrah ignorou os navios militares, de olho nas embarcações mercantes sendo carregadas com grãos colhidos nos campos férteis do sul da cidade. Não poderia ser qualquer navio. Ela precisava de um capaz de resistir aos mares Tempestuosos, e um com um comandante com colhões para tal tarefa. Ao avistar uma embarcação conhecida, ela se aproximou e os marinheiros pararam o que estavam fazendo quando um deles a reconheceu.

— Gostaria de falar com o comandante de vocês — ela disse, e foi rapidamente escoltada até os aposentos dele.

— General! — O comandante se levantou com dificuldade, os olhos arregalados enquanto apertava a mão no peito. — Soubemos de sua fuga com o rei de Ithicana, mas não que tinha retornado a Nerastis. É um alívio vê-la viva.

Zarrah não corrigiu o uso do título que agora pertencia a Bermin, apenas inclinou a cabeça.

— É bom estar de volta em solo valcottano. — Quando o homem apontou para a cadeira que ficava do outro lado da escrivaninha, ela se sentou. — Está embarcando um carregamento de grãos, certo? Destinado a Pyrinat, imagino?

— Sim — ele respondeu, com um aceno de cabeça. — Teríamos o maior prazer de lhe oferecer passagem para o sul, se esse for seu desejo. Ofereço até minhas próprias cabines pela honra.

Ela abriu um sorriso para ele.

— Agradeço a generosidade, mas, embora esta seja precisamente minha intenção, viajar para o sul, qualquer navio pode me oferecer passagem. O favor de que necessito é de um comandante experiente em águas mais... *perigosas*. E um capaz de garantir a discrição de sua tripulação.

O que, considerando que o homem que estava a sua frente tinha sido um contrabandista no passado, ele definitivamente conseguiria fazer.

As sobrancelhas do comandante se ergueram e ele coçou o queixo grisalho.

— Eu talvez esteja interessado.

Puxando um mapa para cima da escrivaninha à frente deles, Zarrah apontou para a ilha de Eranahl.

— Quero que deixe sua carga aqui.

Ele bufou.

— Eranahl está bloqueada pelos amaridianos, e quem quer que se aproxime seria recebido pelos quebra-navios dos próprios ithicanianos. Com todo o respeito, não há compensação que justifique minha vida, general.

— Não em Eranahl em si — ela disse. — Mas em ilhas vizinhas a uma curta distância dela. A única exigência é que não seja visto pelos amaridianos e que a carga seja armazenada com uma segurança que garanta que suporte quaisquer tempestades.

O comandante se recostou na cadeira, os olhos castanhos perspicazes.

— Está pagando um favor a Aren Kertell por sua liberdade, não é?

Ela deu um leve aceno.

— Hm — ele respondeu. — Gosto que esteja querendo honrar seu acordo, milady, mas isso vai contra as proclamações da imperatriz. Aren Kertell cuspiu na amizade que os dois tinham e Ithicana está pagando o preço dessa escolha. Fazer isso, por mais que eu também deseje o contrário, vai contra as ordens que recebemos.

Milady. Foi difícil não ranger os dentes, pois ela tinha sido referida apenas por títulos militares durante toda a vida adulta. Ele sabia que ela não tinha poder para confiscar uma carga.

Felizmente, Bermin tinha. E parecia que alguns dos meios de Keris de conseguir as coisas a haviam influenciado.

Tirando a procuração do primo de dentro do bolso, empurrou sobre a mesa, observando quando o comandante viu a assinatura e o selo.

— Vamos tratar da questão da recompensa?

Negociaram durante a hora seguinte até chegarem a uma quantia que fez Zarrah se crispar, pois as contas que listou de onde sacar os fundos eram dela. Embora também fosse herdeira, possuindo muitas propriedades que geravam uma renda alta, um carregamento cheio de cereais ainda era caro. Celebraram o acordo com vinho e apertaram as mãos, depois Zarrah saiu em busca de passagem para Pyrinat.

Enquanto descia a prancha de desembarque, seus olhos se voltaram de novo ao palácio de Keris, cintilando ao longe. *Ele sabe o que está fazendo*, disse para si mesma, mas pensar nisso não diminuiu o nervosismo que sentia. Afinal, durante a vida inteira, ele havia resistido a aprender a lutar ou ter qualquer proximidade com as forças armadas maridrinianas, e grande parte do motivo dessa escolha era o medo dele de ficar parecido com o pai. Mas agora estava aceitando o papel e, embora ela soubesse que era uma atitude gerada pela necessidade, também sabia que, quando se representava um personagem por tempo demais, corria-se o risco de se tornar essa pessoa.

Eu poderia ir até a barragem hoje à noite, pensou ela consigo mesma. Não havia nenhuma garantia de que ele estaria lá, mas, caso estivesse... ela talvez conseguisse alertá-lo para que não fosse tão fundo naquela ideia para não fazer algo de que fosse se arrepender. E...

Ela sentiu um friozinho na barriga ao pensar no que mais eles poderiam fazer além de conversar, na memória das mãos dele em seu corpo fazendo sua pele corar, na voz dele ecoando em seus ouvidos... *eu te amo*.

Seria um crime tão grande assim estar nos braços dele uma última vez? Ela zarparia no dia seguinte, e toda chance de vê-lo se perderia, e poderia nunca mais haver outra.

Uma voz retumbante chamando seu nome atraiu sua atenção para aquele momento novamente e Zarrah ergueu os olhos para ver Bermin atravessando as docas na direção dela.

— Antes que vá embora — ele disse —, tenho uma notícia que pode ser do seu interesse.

— Ah, é?

— Acabamos de receber um relatório de dezoito baixas no oásis Jerin, a maioria de maridrinianos. O mensageiro disse que começou com uma piranha maridriniana sendo pega roubando, então eles a prenderam no pelourinho para torrar ao sol — o primo disse. — Até que um homem, um grande mercador harendelliano que atendia pelo nome de James, envenenou todos os fregueses de um bar como distração enquanto a resgatava antes de massacrar uma caravana de homens para roubar seus camelos e suas provisões antes de fugir para o sul. O único sobrevivente foi um menino, que disse que o homem se referiu à maridriniana como esposa.

Um calafrio percorreu a espinha de Zarrah. *Impossível.*

Eles tinham entrado no deserto Vermelho sem provisões. Sem camelos. Sem nem *água*. Mas, de algum modo, Lara e Aren tinham chegado a um oásis no meio do deserto e estavam se dirigindo ao sul.

Sul.

A boca de Zarrah ficou azeda enquanto compreendia o que estavam fazendo. Não estavam apenas fugindo de Silas; tinham um destino em mente. Aren, com quem ela tinha feito um acordo em troca da própria fuga. Aren, que sabia que na verdade tinha sido Keris quem a havia libertado. Aren, o filho da puta que *sabia* sobre a relação entre ela e Keris, estava a caminho de Pyrinat.

E Zarrah não tinha dúvidas sobre quem ele pretendia encontrar quando chegasse lá.

— Quais você acha que são as chances — Bermin balançou sobre os calcanhares — de que esse par de amantes violentos sejam o rei e a rainha de Ithicana?

Ela apostaria dinheiro nisso.

— Preciso falar com a imperatriz. — Ao avistar um navio que começava a sair da doca, ela correu na direção dele, gritando: — Pyrinat?

Um dos marinheiros assentiu, então ela pulou o vão entre o navio e a plataforma, pousando no convés. Os marinheiros a encararam enquanto ela alisava as roupas.

— Preciso de passagem. E vou pagar o triplo se vocês se apressarem.

Porque, se Aren chegasse antes dela, *tudo* que havia sacrificado teria sido em vão.

76
ZARRAH

Ela tinha uma residência na cidade, uma casa de arenito imponente com janelas grandes cheias de vitrais em que ela nunca tinha ficado por mais do que uma noite desde que se entendia por gente, mas Zarrah não se deu ao trabalho de passar por lá para se lavar.

Em vez disso, seguiu direto para o palácio.

O vento de proa havia apresentado resistência ao navio durante a viagem toda a Pyrinat, fazendo Zarrah andar de um lado para o outro pelo convés enquanto sua mente percorria todas as hipóteses possíveis. De Lara e Aren sucumbindo ao deserto até eles chegando a Pyrinat e usando a informação comprometedora contra ela numa tentativa de negociar a ajuda da imperatriz para retomar Ithicana.

Pois não havia dúvida em sua mente de que era ajuda que eles pediriam, embora não soubesse ao certo qual seria a resposta da tia.

Mas estava prestes a descobrir.

As botas de Zarrah ressoavam sobre a ponte enquanto ela atravessava o fosso ao redor do palácio da imperatriz, os guardas na entrada reconhecendo seu uniforme antes de encararem seu rosto. Com as mãos no coração, eles abriram as portas para ela.

As portas pesadas se abriam para dentro, revelando um pátio imenso com uma grande fonte no centro. Depois de enviar um garotinho para dar a notícia de sua chegada, o guarda a guiou através do espaço aberto, passando por um par de portões de bronze no lado oposto e entrando no palácio.

Por instinto, os olhos dela se ergueram para o ferro retorcido do teto, que era forjado em delicadas curvas, ostentando vidros coloridos belíssimos, a luz que os atravessava lançando arco-íris sobre as trilhas de pastilhas de vidro que serpenteavam pelos jardins cheios de flores.

O mordomo de sua tia se aproximou, acompanhado por uma menina que carregava uma bacia d'água e toalha de lavanda, e ficou em silêncio enquanto Zarrah limpava as mãos. Depois disse:

— A imperatriz foi avisada de sua chegada, milady. — Sorrindo, acrescentou: — Estamos muito contentes por seu retorno. Tememos o pior depois de tanto tempo ter se passado desde sua fuga de Vencia sem termos mais notícias.

Uma centelha de culpa atravessou Zarrah, porque ela poderia ter chegado semanas antes, não fosse a escolha de Keris de embarcação. E em nenhum momento ela havia considerado que alguém estaria preocupado com seu bem-estar.

— A jornada levou mais tempo do que o previsto, infelizmente. E eu não poderia correr o risco de mandar uma mensagem.

— Tudo o que importa é que agora está aqui, milady. Sua majestade imperial vai ficar exultante.

Zarrah só podia rezar para que isso fosse verdade enquanto seguia o mordomo.

Se Lara e Aren já tivessem chegado, alguém teria comentado esse fato, o que deu a Zarrah certo alívio enquanto seguia o mordomo para dentro da área aberta dos jardins da imperatriz. Seguiram as trilhas em silêncio, Zarrah perdida em pensamentos. Aquela tinha sido a casa de Zarrah e, quando criança, ela tinha corrido por aqueles jardins. Córregos entrecruzavam o espaço, imitando os canais de Pyrinat, pontes minúsculas construídas para parecerem idênticas às da cidade e de fato funcionando como ponte, embora ela sempre tivesse preferido saltar sobre os caminhos de pedras ou nadar nas poças que a água formava. Mesmo agora, alguns de seus primos de segundo e terceiro grau nadavam sob os olhares atentos dos criados, que sabiam que perderiam a vida se algum mal fosse causado às crianças da realeza.

Ao seguirem até os fundos do palácio, Zarrah começou a escutar o estalido familiar de armas de treino colidindo. Dito e feito, a tia estava praticando com o guarda-costas, um homem imenso que ocupava o cargo desde que Zarrah se entendia por gente. Welran tinha o dobro do tamanho da imperatriz e era extremamente habilidoso, mas, enquanto Zarrah observava, a tia acabou conseguindo penetrar a guarda dele, o cajado o pegando atrás dos joelhos e fazendo-o cair estatelado no chão.

A imperatriz disparou:

— Você está ficando frouxo com a idade. Houve um tempo em que eu não teria sido capaz de fazer isso, e minha habilidade não cresceu nos últimos anos.

— Perdão, majestade. — Welran se levantou, e Zarrah se crispou com a vergonha que viu nos olhos dele. O homem carregava dezenas de cicatrizes ganhadas em defesa da imperatriz e não merecia correção. A tia tirou o cajado das mãos dele e o girou, lançando-o para Zarrah. — Vamos ver se você enfraqueceu sob os cuidados maridrinianos.

Zarrah o pegou facilmente, entrando na areia, sem dizer nada enquanto elas se cercavam. O maxilar da tia estava tenso, e o olhar dela, frio, mas, se tivesse a intenção de expulsar Zarrah do palácio, não teria se dado ao trabalho de lutar.

Desta vez, Zarrah não estava exausta. Não estava de ressaca. Mais do que isso, porém, conseguia ver que a tia esperava que ela estivesse fraca depois de semanas de cativeiro.

Zarrah não estava fraca.

Atacou imediatamente e viu a surpresa nos olhos da imperatriz pela força do ataque.

— Está com raiva de mim por não resgatar você, não é, criança?

— Eu não sou mais criança, titia. — Zarrah derrubou o cajado das mãos da tia. — Não esperava que fosse me resgatar.

Esperou que a tia recuperasse a arma e voltou a atacar, mas, desta vez, a tia estava pronta. Elas avançaram e recuaram pelo pátio de treinamento, o pulso de Zarrah vibrando enquanto buscava por uma abertura. Mas a imperatriz não lhe dava chances.

Suor escorreu por suas bochechas, poeira levantada se grudando em seu rosto, mas Zarrah mal sentiu o incômodo. Mal notou os outros membros de sua grande família vindo assistir, as crianças rindo e torcendo.

Agora.

Ao avistar uma abertura, Zarrah rolou, pegando a tia atrás do joelho com a arma e fazendo-a cair de cara na areia.

Todos ficaram em silêncio, esperando para ver o que a imperatriz faria, mas a mulher mais velha apenas se virou, cuspindo areia.

Zarrah estendeu a mão para baixo. A imperatriz encarou sua mão por um longo momento, a expressão impossível de interpretar, até que sorriu e a pegou.

— Essa é a minha garota.

Zarrah a puxou para ficar em pé e a tia passou o braço pelo dela e a guiou na direção da torre mais alta. Embora as estruturas não tivessem nada em comum em termos de aparência, ela se pegou impressionada pelas semelhanças com a torre de Silas em Vencia. O pensamento fez um calafrio de mal-estar atravessar sua pele, mas ela o ignorou.

— Bermin me disse que você estava no lado norte do Anriot espionando, e que foi assim que os maridrinianos a capturaram. É verdade?

Bermin devia ter enviado um mensageiro assim que ela saíra da sala dele, e quem quer que tivesse trazido a mensagem cavalgara dia e noite, trocando de cavalos, para chegar antes de seu navio a Pyrinat. O que não chegava a ser inesperado, mas era irritante.

— Sim. Acabei sendo interceptada por uma patrulha ao amanhecer.

— Então o motivo não era um homem, como Yrina sugeriu?

Merda.

— Não. Disse isso para ela só para que não me seguisse.

A tia bufou com desgosto.

— O dever dela era proteger você. Talvez, se você tivesse deixado que ela fizesse isso, não teria sofrido a vergonha da captura, e Yrina estaria viva. — O olhar que lançou a Zarrah era incisivo. — Ela está morta, não está?

— Sim. — Zarrah sentiu a língua áspera. — Ao menos foi o que me disseram.

— Pode ser até que os Veliant a tenham matado, mas a morte de Yrina é culpa sua. — A tia cuspiu na grama. — Um desperdício de uma boa soldado, mas pelo menos morreu com honra, cumprindo o juramento que fez.

A dor da morte de Yrina cresceu quente e fresca, mas Zarrah apenas acenou.

— Os harendellianos disseram que você foi bem tratada. É verdade? — A tia parou de repente, virando para apertar os ombros de Zarrah. — Eles *tocaram* em você?

Ela encarou a tia, levando um segundo para entender o significado daquelas palavras.

— Não. Fui mantida dentro do harém, cercada por mulheres. Ninguém... *tocou* em mim.

Os olhos escuros da imperatriz a perscrutaram, seu aperto tão firme que deixaria marcas, pontadas de dor descendo pelos braços de Zarrah.

— Melhor morrer do que viver tendo sido maculada por um daqueles vermes, entende o que estou dizendo?

Foi um esforço não se desvencilhar à força do aperto da tia enquanto repulsa atravessava o corpo de Zarrah. Não pela sugestão de que ela tivesse sido violada, por mais horrível que aquilo fosse, mas pela sugestão de que seria melhor morrer a sobreviver a isso.

— A única vez que Silas Veliant encostou em mim foi para socar meu rosto na noite em que escapei.

— Não é Silas quem me preocupa. Ele é leal ao harém, então, se quer uma mulher, primeiro se casa com ela. — Ela riu. — E os maridrinianos fariam picadinho dele se ele se casasse com uma valcottana. Mas e os outros? E os filhos dele?

Perto demais da verdade. Perto demais para o gosto de Zarrah, que sentiu uma gota de suor escorrendo pela têmpora. Ela rezou para que a tia atribuísse a expressão que fazia à dor que estava causando enquanto dizia:

— Além de ter sido espancada quando fui capturada e quase morrer por causa do veneno de uma das lâminas do principezinho, nenhum mal foi cometido contra mim, titia.

— Uma misericórdia. — A tia relaxou as mãos, depois sorriu, embora seu olhar permanecesse inexpressivo. Depois puxou Zarrah para junto de si. — Foi o pior tipo de tortura saber que ele tinha capturado você, minha querida. Todos os instintos em meu coração pediam que eu guiasse meus exércitos para o norte e a resgatasse à força, mas precisei pensar no bem de Valcotta.

A senhora poderia ter me libertado se interrompesse o bloqueio, Zarrah pensou, mas o que falou foi:

— Entendi sua escolha... sabia que a senhora estava agindo pelo que acreditava ser o melhor para Valcotta.

A tia enrijeceu, empurrando-a para trás.

— O que eu *sabia* ser o melhor para Valcotta. Nossos bloqueios estão privando Maridrina tanto de dinheiro como de alimento, o que os torna fracos. Se os interrompêssemos, concederíamos essa vantagem a eles.

— Bermin me disse que a senhora pretende reconquistar a outra metade de Nerastis e depois seguir para o norte.

— Disse, foi? E o que você acha dessa empreitada?

Zarrah tinha abandonado a chance de uma vida com Keris para impedir uma guerra como essa. Para usar a pouca influência que tinha com a imperatriz para buscar a paz, de alguma forma. Uma estratégia sensata seria agradar a tia uma vez mais antes de tentar atingir seus objetivos, mas Zarrah tinha medo de que, se não desse um passo agora, nunca mais fosse dar.

— O embaixador harendelliano comentou comigo sobre as perdas que Valcotta sofreu nos mares Tempestuosos para contornar a ponte, e acho que elas não vão ser recuperadas conquistando Nerastis e alguns quilômetros a mais de costa. Não me parece uma recompensa que valha o sacrifício que a senhora está fazendo, titia.

Dessa vez, o sorriso se refletiu nos olhos da tia.

— Concordo, Zarrah. Não é, mesmo.

Guardas armados abriram as portas da torre da imperatriz feitas de metal retorcido com vidros de mil cores diferentes encaixados, formando a imagem de uma mulher com as mãos erguidas para um céu azul. Mas, antes que elas pudessem entrar, o mordomo correu na direção delas, ofegante.

— Sua majestade imperial — ele disse. — O rei Aren Kertell está aqui. E a maridriniana está com ele.

Eles tinham chegado.

A tia soltou um assobio baixo e disse:

— Tem certeza de que são eles?

O mordomo baixou a cabeça.

— Hã...

— Conheço o rosto deles — Zarrah interveio. — Permita-me confirmar.

A imperatriz dispensou o mordomo com a mão, dizendo:

— Entretenha esses dois por enquanto. Ofereça comida. Bebida. Diga que vou atendê-los quando concluir meus afazeres.

Depois que o homem saiu, a tia se voltou para ela.

— O que você prometeu a ele em troca da liberdade? Porque, se for a ajuda de Valcotta na guerra que ele está travando...

— Não prometi ajuda nenhuma da senhora — Zarrah interrompeu, pelo que recebeu um olhar frio fulminante. — E minha dívida com Aren Kertell é apenas minha. Se veio aqui para pedir algo da senhora, isso não tem nada a ver comigo. Pensei que a intenção dele fosse retornar a Ithicana.

O lábio da imperatriz se curvou.

— Ele sabe que não vai conseguir reconquistar o próprio reino sozinho. E mesmo assim trouxe *aquela mulher* até aqui para negociar. Delia deve estar se revirando no túmulo vendo a desgraça que o filho está causando no reino dela; o idiota pensa com a cabeça de baixo, em vez da de cima.

— E que golpe contra Silas seria maior do que ajudar Ithicana a reconquistar a ponte que ele lutou tanto para possuir? — Não que ela quisesse que Valcotta tomasse partido naquela guerra, mas, entre libertar Ithicana e invadir Maridrina, Zarrah escolheria a primeira.

A tia apenas sorriu e estalou os dedos.

— Vá, querida. Vá buscá-los, e vamos ficar assistindo enquanto aquele que cuspiu em nossa amizade agora nos implora por um favor.

Zarrah mordeu a parte interna da bochecha enquanto saía andando, a mente acelerada pensando, primeiro, numa maneira de alertar Aren a manter a boca fechada sobre Keris e, segundo, no que a tia estava planejando. Não tinha a intenção de ajudar Aren; isso era óbvio. E, embora Bermin acreditasse que a intenção dela fosse retomar Nerastis e boa parte da terra ao norte da cidade, esse objetivo parecia pouco ambicioso para explicar o brilho nos olhos da imperatriz.

Será que era a ponte? A tia a queria para si? Queria que Ithicana e Maridrina se esgotassem numa guerra prolongada, o que permitiria que Valcotta atacasse e a tomasse em nome da imperatriz?

Seria certamente algo difícil para Silas engolir, mas também não fazia nenhum sentido estratégico, pois apenas colocaria Valcotta na mesma posição em que Maridrina estava agora: em posse de um patrimônio que mais custava do que rendia. Embora a imperatriz fosse motivada por orgulho, não era tola; Zarrah não conseguia imaginá-la fazendo essa escolha.

Então qual seria a intenção da imperatriz?

Zarrah saiu dos jardins e entrou no palácio, controlando a respiração enquanto se aproximava do gazebo onde o casal real tinha sido colocado para esperar. Seus olhos encontraram primeiro o rei ithicaniano, Aren, andando de um lado para o outro, o nervosismo aparente enquanto Lara estava sentada calmamente, tomando uma taça de vinho. Os dois estavam com olheiras, os rostos magros pelas dificuldades, mas nenhum deles exibia nenhum ferimento grave. Uma proeza, considerando o que Zarrah desconfiava que eles tinham suportado desde que tinham seguido caminhos opostos na escadaria da torre de Silas.

Ao ouvir seus passos, Aren parou de andar, os olhos escuros se fixando nela. Zarrah lhe abriu um sorriso largo de boas-vindas.

— É bom vê-lo vivo, majestade. — Zarrah disse, levando a mão ao peito, sabendo que a imperatriz seria informada de cada palavra dita ali pelos criados e guardas que rodeavam o gazebo. — Soube que enfrentou alguns problemas depois que nos separamos nos portões de Vencia.

Era essa a mentira que ela havia contado, e ela *precisava* que ele fosse fiel à mesma história.

Aren estreitou os olhos, notando que as palavras dela eram um desvio da verdade, e foi difícil não prender a respiração enquanto ele hesitava em responder. Então disse:

— Também... estou feliz em ver que está bem.

— Não tive a oportunidade de agradecê-lo, então permita que eu faça isso agora. Chegará o dia em que poderei recompensá-lo.

— Acho que estamos quites — ele disse, embora fosse impossível que soubesse que ela havia cumprido sua promessa a ele. O navio que ela tinha enviado nem devia ter chegado a Ithicana ainda, que dirá a notícia dele chegado a Pyrinat.

Independentemente disso, a última coisa de que ela precisava era que a tia descobrisse seu pequeno artifício, então Zarrah acenou de leve com a cabeça e lançou a ele um olhar de alerta, torcendo para que isso o silenciasse sobre o tema. Rezando para que a parte política do homem fosse capaz de entender que as ações dela haviam ocorrido sem a aprovação da imperatriz. Gesticulou, então, para os guardas mais à frente.

— Podem ir. Sua majestade é quem diz ser. — Ela voltou os olhos para os de Lara, o olhar azul-celeste da mulher tão semelhante ao de Keris, não apenas pela cor mas pelo escrutínio, que fez o peito de Zarrah se apertar. — E ela também.

A jornada pelo deserto Vermelho havia escurecido a pele da rainha de Ithicana até um marrom dourado, o que deixava as muitas cicatrizes que marcavam a pele da mulher ainda mais pronunciadas. Lara tinha uma beleza rara e perigosa, e Zarrah não se admirava por Aren ter se apaixonado por ela.

— Gostei muito da sua dança, majestade. Mas gostei ainda mais do vinho que jogou na cara do seu pai.

Lara inclinou a cabeça, a voz suave, mas forte, ao dizer:

— Também gostei dessa parte.

Zarrah precisava levá-los à imperatriz, mas hesitou. Tinham sofrido demais para chegar a Pyrinat, e seria a troco de nada. Isso a deixava nauseada de culpa. Não apenas por causa do que haviam feito por ela, mas porque Ithicana não merecia o destino que lhe foi dado, nada mais do que um peão, vítima de um conflito entre nações rivais. Mas isso era algo que eles precisavam resolver sozinhos.

— Venham, venham. — Ela manteve a voz leve. — Minha tia quer conhecer o rosto por trás do nome. Imagino que ela também esteja ansiosa pela chance de dar uma bronca por todas as escolhas que você fez em seu reinado.

Com a presença imponente de Aren ao seu lado, Zarrah os guiou pelas trilhas do jardim, sentindo o olhar de Lara entre suas escápulas enquanto dizia para ele:

— Silas anda espalhando rumores sobre sua morte, Aren. De um lado a outro do litoral, embora a história mude toda hora. Nós, obviamente, questionamos a veracidade das alegações. Silas gosta de contar vantagem, e nenhuma cabeça ithicaniana está adornando os portões de Vencia. — Virando, Zarrah acrescentou para Lara: — Nem de nenhuma mulher parecida com aquelas que a ajudaram. Eram mesmo suas irmãs?

Lara encontrou o olhar de Zarrah e o sustentou sem piscar.

— Sim.

Sentiu a mulher dissecando sua expressão, procurando por sinais e indícios do que ela e Aren enfrentariam com a imperatriz. Em outros tempos, isso a teria deixado nervosa, mas Zarrah apenas sorriu e disse:

— Fascinante. Eu me pergunto se já ocorreu a seu pai que Maridrina poderia vencer a guerra entre nossas duas nações se deixasse de lado as noções ridículas que tem sobre a função de uma mulher.

— Ele teria que admitir estar errado — Lara respondeu. — O que parece improvável.

— Estou inclinada a concordar. — Zarrah deu de ombros em um gesto que contrariava o nervosismo que percorria suas entranhas. — O infortúnio de sua pátria há muito beneficia Valcotta, então eu não seria sincera se dissesse que sinto muito.

Lara não respondeu, e a conversa morreu por aí, tanto o rei como a rainha de Ithicana observando o interior do palácio com curiosidade, embora os dois tenham ficado mais alertas quando ela os levou para dentro da torre da imperatriz.

A tia tinha tirado as roupas de combate e vestia uma calça e uma blusa larga, ambas de seda dourada, os braços envoltos por dezenas de pulseiras e o cabelo grisalho enrolado por fios dourados cravejados de ametistas. Braceletes de ouro subiam por seus braços até os cotovelos, as orelhas cobertas por ouro e pedras preciosas, e o pescoço, envolto por um colar de ouro esculpido. Em suas mãos estava uma boneca inacabada, os dedos mexendo amorosamente nos barbantes como se a estivesse fazendo para uma criança amada.

Entretanto, a imperatriz de Valcotta *não* tinha tempo para macramê. A cena ali havia sido forjada para Aren e Lara, na qual a tia se apresentava de uma forma totalmente desconhecida para Zarrah. E *isso*, mais do que a mentira em si, a deixou à flor da pele.

Mas ela escondeu a apreensão, dizendo:

— Tia, gostaria de lhe apresentar sua majestade real, o rei Aren de Ithicana, mestre da ponte...

— Ah, mas você não é mais o mestre da ponte, é, rapaz? — A tia não tirou os olhos da boneca que tinha nas mãos. — Essa honra pertence ao rato maridriniano. E é por isso que está aqui, não é? — Antes que Aren pudesse responder, ela continuou: — E você, garota? É a filhote do rato? Não receberá nenhum título nesta casa. Seja grata por eu não mandar arrastarem você para fora e cortarem sua garganta.

Lara tinha o mesmo sangue de Keris, e não deixou de ocorrer a Zarrah que, se ele estivesse diante da imperatriz, as palavras poderiam ser as mesmas. Talvez até piores.

Aren ficou tenso, mas Lara apenas inclinou a cabeça, o olhar cheio de provocação enquanto dizia:

— Por que não manda?

— Por mais que seja minha vontade, sua vida não pertence a Valcotta. Nem sua morte.

Não havia nem sinal de medo na voz de Lara ao dizer:

— Sua honra é minha salvação. — Na verdade, a pele de Zarrah se arrepiou pela sensação de ameaça, pois, embora todos os indivíduos presentes fossem guerreiros de renome, aquela loira baixinha era mais perigosa do que todos eles juntos

A tia suspirou, irritada, sugerindo que também tinha identificado a ameaça e não havia gostado nada disso.

— Não venha me falar de honra.

Deixando a boneca de lado, ela se levantou, e Aren inclinou a cabeça.

— Majestade imperial. É um privilégio conhecê-la pessoalmente.

— Privilégio ou necessidade?

A tia rodeou o casal, ignorando completamente Zarrah. A testa de Lara se franziu, mas o rosto de Aren estava completamente sereno quando disse:

— Não pode ser os dois?

A imperatriz mordeu os lábios, respondendo com um murmúrio evasivo.

— Pela memória de sua mãe, que era uma grande amiga, estamos contentes em vê-lo vivo. Mas particularmente? — A voz dela endureceu. — Não esquecemos de como você desprezou a nossa amizade.

Zarrah entendeu o que a tia estava fazendo: transformando um conflito político em pessoal, e, portanto, pretendia usar justificativas pessoais para evitar oferecer ajuda a Ithicana.

Aren apenas coçou o queixo e disse.

— Vossa majestade fala de minha mãe como sua mais querida amiga, mas foi ela quem propôs o Tratado de Quinze Anos entre Ithicana, Harendell e Maridrina, incluindo a cláusula de casamento. Minha mãe formou a aliança com seu maior inimigo, e vossa majestade não guardou qualquer rancor dela. No entanto, quando cumpri os desejos de minha mãe, perdi valor a seus olhos.

A imperatriz parou na frente de Aren com os olhos castanho-escuros impossíveis de serem interpretados.

— Sua mãe não tinha escolha. Ithicana estava passando fome. E o tratado que ela escreveu não custava nada a Valcotta. Foram os termos que você aceitou quinze anos depois que causaram a desfeita. — Ela apontou o dedo para ele. — Meus soldados morrendo sob o aço fornecido pela ponte de Ithicana.

Aren fez que não.

— Aço fornecido por *Harendell*, que Maridrina já estava importando por navio. Saiu mais barato, sim, mas dizer que lhes deu mais vantagem contra seus soldados é uma falácia. Além do que, vocês tiveram a oportunidade única de impedir que Silas recebesse suas preciosas importações por quase um ano, então podemos dizer que os termos agiram a seu favor.

— Qualquer vantagem que vimos desapareceu rapidamente quando você apontou seus quebra-navios contra minha frota — a tia argumentou. — Você preferiu sua aliança com Maridrina a sua amizade com Valcotta, e agora vem choramingar porque descobriu que seu aliado era um rato.

— Vossa majestade colocou Ithicana em uma posição na qual todos os caminhos levavam à guerra e, quando ofereci um caminho rumo à paz, recusou.

— Não havia escolha. — A imperatriz ergueu as mãos. — Se tirássemos o bloqueio, Maridrina teria conseguido o que queria sem resistência. Mais aço para usar contra Valcotta. Além disso, estava claro que a última coisa que Silas queria era paz. Muito menos paz com Ithicana.

— Se vossa majestade previu o que estava por vir e não disse nada, que tipo de amizade é essa?

Palavras mais sinceras nunca haviam sido pronunciadas, e Zarrah viu a leve tensão no maxilar da tia, sugerindo que tinham causado um efeito. Mas não do jeito que Aren havia pretendido.

— Só porque vejo as nuvens no céu não significa que posso prever quando o raio vai cair.

O silêncio que se estendeu foi tenso, e Zarrah sentiu que a tia estava reavaliando a opinião que tinha do rei de Ithicana.

— Temos mais a discutir, mas acredito que seja melhor ter essa conversa em particular. — Ela lançou um olhar frio para Lara. — Espere aqui.

Os olhos da rainha de Ithicana ficaram igualmente frios.

— Não.

Zarrah se crispou, sabendo o que estava por vir, e dito e feito, a tia retrucou:

— Welran, prenda a mulher.

O guarda-costas enorme da tia derrubou Lara no chão e torceu o braço dela para trás. Zarrah, porém, já a tinha visto lutar e *sabia* que ela tinha se permitido ser derrubada. Então Lara abriu a boca para falar alguma coisa para o homem, mas a fechou, em dúvida, de repente, sobre o lado em que estava naquele combate.

Aren, porém, apertou o ombro de Welran, abrindo um sorriso irônico para ele.

— Não posso em sã consciência ir sem alertar você. Ela viu você chegar a um quilômetro de distância e pegou sua faca quando você a derrubou. Agora se contorcendo desse jeito? Aposto minha última moeda que a lâmina está a dois centímetros das suas bolas.

Sorrindo, Zarrah seguiu Aren e a tia, o riso de Welran ecoando atrás deles.

Chegaram ao topo, a escadaria se abrindo em um grande salão com janelas de vitrais exibindo governantes anteriores de Valcotta, todos com as mãos erguidas para o céu. Zarrah assumiu seu lugar ao lado da porta enquanto a tia fazia sinal para Aren se sentar em uma das muitas almofadas.

— Vamos começar com o que te trouxe aqui, Aren. Tenho minhas teorias, claro, mas gostaria de ouvir de você.

— Acho que vossa majestade sabe que ter a ponte sob o controle de Silas Veliant não beneficia ninguém, nem mesmo o povo dele. — Quando a imperatriz soltou um resmungo, nem concordando nem discordando, ele acrescentou: — Recebi informações de que minha irmã, a princesa Ahnna, conseguiu o apoio de Harendell para recuperar Guarda Norte. Tenho esperanças de que vossa majestade veja vantagens em me ajudar a tirar Guarda Sul das mãos de Maridrina e restabelecer Ithicana como uma nação soberana.

A imperatriz pegou uma taça e ficou observando a bebida, embora Zarrah soubesse que a tia estava apenas tentando ganhar tempo. Sabia que a tia não bebia álcool em negociações.

— Não podemos atacar Guarda Sul. Seria uma perda amarga de navios e vidas.

— É possível se você souber como. E eu sei.

— Revelar um segredo como esse tornaria Guarda Norte e Guarda Sul vulneráveis para sempre... tornaria *Ithicana* vulnerável para sempre.

O olhar de Aren sugeria que ele sabia bem disso, mas mesmo assim respondeu:

— Não se Harendell e Valcotta forem verdadeiros amigos e aliados.

A tia soltou uma gargalhada genuína em resposta.

— As amizades entre nações e governantes são inconstantes, Aren. Você mesmo provou isso.

— É verdade — ele disse. — Mas não a amizade entre povos.

— Você é um idealista.

Zarrah se sobressaltou com a palavra, lembrando que Keris a havia chamado disso. Será que ele estivera certo? Ela ainda não tinha certeza.

— Sou realista — Aren respondeu. — Ithicana não pode continuar como antes. Para resistir, precisamos mudar nossos hábitos.

Ithicana não era a única nação que precisaria de mudanças. Por mais que Valcotta certamente *pudesse* continuar a resistir do jeito que sempre fizera, Zarrah não acreditava mais que deveria.

— Você se parece com sua mãe — a imperatriz disse por fim, e Zarrah franziu a testa com a mudança de assunto, sabendo que a tia só seguiria naquela direção se acreditasse que conviria a seus propósitos. — Embora seja um regalo para os olhos, como seu pai foi.

Aren franziu a testa.

— Como vossa majestade sabe disso?

Um sorriso surgiu no rosto da imperatriz, assim como satisfação, pois adorava saber algo que os outros não sabiam. E ainda mais usar essa informação para causar um efeito.

— Acha mesmo que eu concederia minha amizade a alguém que só falava comigo detrás de uma máscara?

— Ela visitou Valcotta.

— Ah, sim, muitas, *muitas* vezes. Delia não gostava de ficar confinada, e seu pai a seguia para todo canto dos dois continentes tentando mantê-la em segurança. Fui derrotada apenas uma vez nos jogos de Pyrinat, e imagine meu choque quando descobri que a vencedora era uma princesa ithicaniana. — A imperatriz sorriu e massageou uma cicatriz antiga na ponta do nariz, uma das muitas que possuía. — Ela era forte.

A voz de Aren saiu embargada quando respondeu:

— Sim.

— É verdade que seu pai morreu tentando salvar a vida dela?

Ele fez que sim.

O rosto de sua tia foi tomado por uma expressão de tristeza, e ela colocou a mão no peito, mas os instintos de Zarrah soaram, estridentes, alertando que o sentimento era blefe.

— Vou lamentar a perda deles até o fim de meus dias.

Aren pareceu acreditar que ela estava sendo sincera, pois disse:

— Se você conhecia minha mãe tão bem, devia saber o sonho dela para Ithicana e para o seu povo.

— Liberdade? Sim, ela me contou. — A imperatriz balançou a cabeça. — Mas eu concordava com seu pai, que achava impossível. A sobrevivência de Ithicana sempre dependeu de ser um lugar impenetrável ou quase isso. Libertar milhares de pessoas que conheciam todos os segredos de Ithicana faria com que deixassem de ser segredos. — O olhar dela ficou sério. — E, pior ainda, permitir que outros tivessem uma visão de dentro. Mas, enfim, você já aprendeu essa lição, não?

Aren deu um brevíssimo aceno de concordância, provavelmente pensando na esposa que havia deixado no andar de baixo.

— No entanto, você não apenas permite que a arma de Silas Veliant continue viva como a mantém próxima. Por quê?

— Ela não é a arma dele. Não mais. — Aren entrou na defensiva. Que era exatamente o que a imperatriz queria. — Ela me libertou de Vencia e, depois disso, precisei dela para sobreviver à jornada pelo deserto Vermelho.

— Pode ter sido mais um truque, sabe? Ithicana ainda não caiu, e isso muito incomoda Silas. Há forma melhor de tomar Eranahl do que entregá-la nas mãos da mulher que rompeu as defesas da ponte?

Ela estava semeando a dúvida na mente dele, mas, com que intenção, Zarrah não sabia ao certo. A tia, então, acrescentou:

— Não seria trabalho algum para nós nos livrarmos desse problema em particular para você. Ela poderia desaparecer. — E então Zarrah entendeu o centro da estratégia da tia. Ela condicionaria sua ajuda a termos com que sabia que Aren nunca concordaria.

Como era de imaginar, o rei congelou.

— Não.

— Seu povo nunca vai aceitá-la como rainha. Ela é a traidora que tirou o lar e a vida de seus entes queridos.

— Eu sei. A resposta ainda assim é não.
Silêncio.
— E se eu disser que o apoio de Valcotta depende da morte dela?
— Não.

A imperatriz empurrou sua taça, levantando em um movimento rápido, fingindo raiva embora estivesse conseguindo o que queria.

— Mesmo agora você prioriza Maridrina.

Aren também levantou.

— Priorizo a chance de paz a velhos rancores. Algo que vossa majestade poderia considerar.

A imperatriz virou de uma só vez, os olhos brilhando de fúria sincera.

— Paz com Maridrina? Filho de minha amiga ou não, nisso você foi longe demais. Juro pela minha vida que não vou baixar meu cajado antes que Silas Veliant baixe sua espada, e nós dois sabemos que isso nunca vai acontecer.

— Não vai — concordou Aren. — Mas Silas não governará para sempre. Nem vossa majestade.

Um brilho de fúria se acendeu nos olhos da tia, mas ela sorriu enquanto Aren colocava a mão no peito, dizendo:

— Foi uma honra conhecer a amiga de minha mãe, mas agora devo pedir licença. Hoje, parto para Ithicana.

Ele saiu, mas Zarrah ficou, esperando a tia falar.

— Ele está errado, sabe — a imperatriz disse por fim. — Minha vontade e meu poder vão continuar depois que eu me for, através de você, minha querida. O Império Valcottano vai crescer e ter seu poder expandido e, unidas em mente e desejo, eu e você vamos destruir nossos inimigos.

Só que não estamos unidas, Zarrah pensou. *Você sacrifica honra e decência para conseguir o que quer. Permite que uma nação seja destroçada, famílias arrancadas de seus lares e crianças orfanadas pela violência, como eu fui, tudo em troca de poder e vingança.*

Mas ela mordeu a língua porque, para deter a tia, Zarrah precisava que ela acreditasse que era sua cúmplice. Portanto, inclinou a cabeça.

— Entendo sua vontade, majestade imperial. — *Mas me recuso a ajudar a cumpri-la.*

— Aqueles dois precisam embarcar num navio para o norte agora.
— A tia encarou o espaço entre elas, absorta demais nos próprios pensa-

mentos e maquinações para notar o que Zarrah *não* tinha dito. — Os espiões de Corvus vão saber que estiveram aqui e não vai demorar para que atentem contra a vida deles. Colocar guardas ao redor de suas acomodações vai implicar que os estou protegendo, o que não vai servir, ao passo que, se forem escoltados para um navio e largados do outro lado da fronteira, minha posição sobre Ithicana permanece clara. — Ela estalou os dedos, e um guarda entrou. — Prepare uma escolta para os governantes de Ithicana. Eu os quero no porto em menos de uma hora.

Quando ele saiu, a imperatriz se voltou para Zarrah.

— Quanto antes Aren fomentar o conflito com Maridrina sobre a ponte, antes poderemos atacar. Por isso, precisa voltar a Nerastis. Temos três embarcações maridrinianas que capturamos e quero que as encha de soldados e veleje para o norte no encalço de Aren e sua *mulher*. Escreva o que estou te dizendo: assim que o povo dele o tiver de volta, Ithicana vai se erguer, e Silas será forçado a comprometer as próprias reservas.

— E depois que isso acontecer?

Os olhos da imperatriz brilharam.

— É aí que você vai nos vingar, minha querida. Vai conduzir seus navios para o porto de Vencia e atacar. Vai queimar aquela cidade, derrubar o palácio e se assegurar de que todo homem, mulher e criança com nome Veliant seja executado.

Um horror nauseante encheu as entranhas de Zarrah, mas ela assentiu, observando enquanto a tia passava para a escrivaninha, escrevendo em uma folha de papel.

— Entregue isso a Bermin. Silas deve retirar os soldados de Nerastis em breve. Se já não tiver tirado. Assim que eles se forem, Bermin deve tomar a metade norte da cidade. As ordens que estou dando para ele são as mesmas que dei para você: garantir que todos os Veliant da cidade sejam mortos, com cuidado especial ao *príncipe herdeiro*. — Ela ergueu a cabeça para encontrar o olhar de Zarrah. — Keris Veliant vai sofrer pelo que fez a você, minha querida. Meu filho vai se certificar de que sofra.

O sangue de Zarrah gelou, e foi como se estivesse vendo a tia pela primeira vez. Finalmente enxergando a vilã que havia nela. Mas o que fez Zarrah querer vomitar foi que também ainda via a mulher que a havia resgatado. Que havia cuidado dela. Que a havia ajudado quando estava à beira da morte e a tornado forte. E, mesmo vendo os defeitos dela, Zarrah a *amava*.

— Pode deixar.

— Não deve revelar nossas intenções para com Vencia a *ninguém*, general — disse a tia. — A justificativa que deve dar para estar navegando ao norte é reconhecimento e proteção de embarcações mercantes valcottanas, e deve revelar os verdadeiros planos para seus soldados e suas tripulações apenas na hora final. Corvus tem espiões por toda parte, e *não* podemos correr o risco de nossas intenções chegarem aos ouvidos de Silas em Vencia.

Zarrah fez que sim.

— Vou manter a discrição para com seus segredos, como sempre.

A tia selou a carta e a entregou a ela.

— Garanta que Aren chegue com segurança até o lado norte de Nerastis. A capacidade dele de reagrupar Ithicana é fundamental para meus planos; nada pode acontecer a ele. Nem *àquela mulher*. — A sombra de um sorriso perpassou seu rosto. — Ithicana sofreu sob o jugo dos Veliant. Proporcione a eles a vingança que tanto desejam.

Quanto ódio.

Não havia como tentar ser mediadora diante daquelas ordens. Não havia argumento possível que fosse fazer a imperatriz agir com mais razão. Não havia discurso que a faria entender que suas ações não beneficiavam ninguém além do próprio orgulho. Não havia nada que Zarrah pudesse fazer, muito menos no curto tempo que tinha, para convencer a tia a mudar os planos de guerra contra Maridrina.

O tempo para palavras havia chegado ao fim.

— Então devo partir em breve. — Zarrah pressionou as mãos contra o coração. — Eu te amo, titia. Espero que saiba disso.

— Claro, minha querida. — A imperatriz tinha voltado à mesa e encarava um mapa, os olhos distantes. — Eu também.

Tomara que ame tanto que me perdoe um dia, Zarrah pensou, e saiu do palácio. Em busca de uma aliança com Ithicana.

E de trair Valcotta.

77
KERIS

KERIS LEU A FOLHA que continha as ordens do pai, franziu a testa, depois a jogou sobre a mesa para Philo. Esperou que o homem grisalho lesse o conteúdo ali presente antes de perguntar:

— Quantos homens vão nos restar para defender a fronteira?

— Pouco mais de cem. — Philo baixou a folha. — E apenas dois navios.

Nem de perto o suficiente para defender Nerastis se Bermin decidisse atacar, o que era uma grande preocupação. Mas o que mais afligia Keris era que, ao esvaziar os quartéis dali, o pai teria os navios e homens necessários para pôr fim à guerra contra Ithicana e matar todos os ithicanianos que encontrasse vivos. Silas sairia vitorioso, o mestre da ponte, e os planos de Keris de usar a dissidência do povo maridriniano para depor o pai ficaria em frangalhos, o que significava que a paz com Valcotta seria um sonho distante. E, sabendo o quanto Zarrah tinha renunciado em busca daquele sonho, Keris se recusou a permitir que isso acontecesse.

Ithicana, mesmo com seus governantes perdidos para o deserto Vermelho, precisava resistir.

— Isso é problemático. — Keris massageou as têmporas, a cabeça zonza. Os sonhos dele estavam sendo atormentados por pesadelos com Zarrah, e a exaustão pesava seus ombros. — Corremos o risco de perder Nerastis.

Rostos se encheram de pesar, e ele baixou as mãos, fixando um olhar frio nos homens.

— Estou errado? Algum de vocês vai conseguir ficar sentado lá e argumentar que somos capazes de rechaçar os valcottanos caso decidam cruzar o Anriot?

Eles se remexeram, constrangidos, e Philo finalmente disse:

— Vossa alteza não está errada. Com números tão baixos, se os valcottanos atacarem, seríamos forçados a recuar.

— Recuar até onde? — Keris perguntou, embora soubesse a resposta.

Philo abriu a boca e hesitou antes de dizer:

— A menos que recebamos reforços, até onde quiserem adentrar no território.

Que loucura consumou meu pai para que esteja disposto a suportar tamanha derrota? Keris quis gritar, mas a estratégia exigia o contrário. Ele precisava que as críticas contra o pai viessem *daqueles* homens, não dele.

— Está me dizendo, então, que, ao enviar esses recursos para meu pai usar na luta que está travando contra Ithicana, corremos o risco de perder Nerastis e quilômetros das melhores terras agrícolas de Maridrina?

Sim. Ele conseguia ver a resposta nos olhos deles. Mas também via que o temor que aqueles soldados sentiam do próprio pai ainda os mantinha em silêncio. *Tente usar isso a seu favor,* uma voz sussurrou em sua cabeça. *Volte-os contra o rei.*

— A imperatriz é oportunista, como todos sabemos — ele disse. — Por quanto tempo vamos conseguir manter nossas fraquezas escondidas deles?

Tempo nenhum, era a resposta, mas ele esperou que a discutissem entre si até Philo finalmente dizer:

— Um dia, talvez.

Keris não disse nada, deixando que o peso daquele fato fosse assimilado.

— Os valcottanos não invadem há meses, apesar de estarmos com poucos homens — um dos homens argumentou.

— Porque tínhamos raptado a sobrinha da imperatriz e a feito prisioneira. — Keris se levantou e atravessou a sala. — Mas a própria cria de Serin tirou a melhor sobre ele e perdemos esse trunfo.

Ele ficava mal por se referir a Zarrah daquela forma, mas era um mal necessário.

— O que vossa alteza sugere que façamos? — Philo perguntou. — A ordem vem do próprio rei. Não podemos recusar.

— Não, não podemos. — Keris parou de andar de um lado para o outro, mexendo no pomo da espada. — Mas, se *nós* perdermos Nerastis por falta de homens, *nós* é que seremos responsabilizados.

Ele girou o corpo e fingiu encarar o mapa na parede, esperando. Como tinha previsto, Philo disse:

— Sua majestade nos coloca numa posição em que estaremos destinados a enfrentar a raiva dele, qualquer que seja a ação que tomemos.

Os outros homens grunhiram em concordância, e Keris sentiu a raiva deles crescer. Não uma raiva nova, pois essa não seria a primeira vez que o pai os colocava naquela posição, mas uma raiva que só agora conseguiam expressar em voz alta. Ele sorriu para o mapa, permitindo-se resmungar por um momento antes de se virar:

— Que escolha ele tem? Por mais de dezesseis anos, meu pai conspirou para tomar a ponte, e agora ele a tem. Vocês o fariam abrir mão dela por uma cidade em escombros?

A expressão dos soldados ficou sombria ao ouvirem a palavra *conspirou*. Não por ele a ter usado, mas pelo rei ter recorrido a mentiras, subterfúgios e à *própria filha* para conquistar sua recompensa.

— Não é Nerastis que tem valor, alteza, mas a terra ao norte. A melhor terra de Maridrina — Philo respondeu, sem perceber que estava repetindo as palavras de Keris de volta para ele. — Vencia já passa fome. Se perdermos aquelas lavouras...

Keris acenou lentamente com a cabeça.

— Imagino que meu pai pretenda compensar a escassez com importações pela ponte.

Importações que custariam uma fortuna que apenas um nobre latifundiário poderia bancar, o que nenhum dos homens presentes ali era. Eram soldados de carreira, e todos tinham família em Vencia que passaria fome se tudo isso viesse a acontecer.

Philo se levantou de repente.

— Importações que ninguém consegue pagar! Isso é loucura movida por excesso de orgulho, Keris. A ponte, até agora, não passou de uma maldição sobre nós. Centenas de vidas perdidas tentando mantê-la, e a troco de quê? A ponte de riquezas incalculáveis passou a não gerar lucro algum pela política entre nações e pelas disputas entre reis e imperatrizes, mas é o povo quem passa fome. — Ele lançou a Keris um olhar suplicante. — Vossa alteza entende, não? Vossa alteza mesmo era contra a tomada da ponte; isso é de conhecimento geral. E dizem que escuta as preocupações do povo. Que até defende as virtudes da paz.

Um lampejo de emoção que Keris não conseguiu identificar encheu seu peito, pois, no passado, essas mesmas coisas lhe teriam rendido o escárnio daqueles homens.

— O que penso ou não sobre esse assunto pouco importa; sou subordinado à vontade do rei como qualquer um de vocês e igualmente sujeito às consequências de contrariá-lo.

Silêncio encheu a sala, a tensão crescente.

Philo, então, disse:

— Isso não o impediu no passado.

Keris voltou a seu assento, apoiando os cotovelos na mesa.

— Está sugerindo que eu ignore as ordens de meu pai? Do rei?

— Isso salvaria vidas, alteza. Centenas, talvez milhares, de vidas maridrinianas. E o custo... — Philo olhou de esguelha para os camaradas ali presentes, cujos olhos estavam cheios de concordância. — Se seu pai perder a ponte, bom... talvez seja melhor assim.

Euforia encheu o estômago de Keris, o pulso latejando e a pele ardente, mas ele evitou que tudo isso transparecesse em seu rosto.

— Então que nos unamos em rebeldia. — Ele se inclinou para a frente, finalmente permitindo que um sorriso se formasse em seu rosto. — Mas que fique claro, amigos: isso é apenas o começo.

78
ZARRAH

Eles tinham poucos dias para traçar o plano para tirar a ponte das mãos de Silas em um único golpe.

Enquanto o navio de Zarrah os levava rapidamente para o norte na direção de Nerastis, ela passava quase toda hora fechada na cabine do comandante com Aren Kertel e outro ithicaniano, um homem mais velho chamado Jor, que tinha um pendor por piadas obscenas e estava fazendo um belo trabalho comendo e bebendo todas as provisões do navio.

— Você desenha feito uma criancinha — Jor disparou, tirando o lápis das mãos do rei e puxando uma folha de papel para a frente dele, a testa franzida enquanto rabiscava, parando de tempos em tempos para cuspir na taça de vinho. Mas o que se materializou na página foi uma ilustração incrivelmente detalhada da ilha de Guarda Sul, não apenas acima da água, mas embaixo.

— Aqui. — Aren apontou para os círculos escuros que Jor sombreava na base do famigerado píer. — E aqui. São túneis que sobem para a ilha e dão nos armazéns. Você vai precisar usar seus melhores nadadores.

— E os tubarões?

Aren deu de ombros como se os formidáveis devoradores de homens que atormentavam as águas de Ithicana não fossem um problema significativo.

— Use-os como motivação para nadar rápido. Este é o único jeito; e vai precisar inutilizar os quebra-navios, senão já vai ter perdido duas de suas embarcações antes mesmo de chegar à costa.

Zarrah escutou enquanto ele falava, tomando notas dos infinitos detalhes cruciais do que deveria fazer para tomar a ilha, que era considerada por todos como inatacável. Eram segredos revelados que qualquer nação, de norte a sul, antes teria usado contra Ithicana, mas que agora seriam usados para salvá-la, pois a ilha de Guarda Sul era o alvo de Zarrah. Harendell, segundo o que ela havia ficado sabendo, faria o mesmo em Guarda Norte com as informações dadas pela irmã de Aren, a princesa Ahnna Kertell, e os ithicanianos cuidariam eles mesmos de todos os pontos que ficassem entre uma ilha e a outra. Uma união de três nações em um ataque coordenado diferente de tudo que ela já tinha visto, mas Aren parecia confiante de que daria certo.

— Preciso mijar — Jor anunciou. — Não conte nada de crucial para ele enquanto eu estiver fora, general. O rapaz tem um cérebro de peneira.

— Retiro tudo que disse sobre sentir sua falta — Aren respondeu, embora Zarrah tivesse notado o carinho em seu olhar enquanto o homem mais velho saía. Ele voltou a atenção para ela. — Perdão pelos palavrões dele. E pelas piadas. — Ele tirou o cabelo do rosto, depois olhou para a porta como se torcesse para que ela se abrisse. — E pela pequena fortuna de vinho que ele já consumiu. Ele é mesmo um soldado.

— Não somos todos? — Ela deu um gole da própria taça, avaliando Aren enquanto ele olhava de canto para a porta, sempre com a esperança de que Lara a atravessasse, embora a rainha de Ithicana quase nunca saísse do convés. *Uma clara falta de costume com o mar*, Jor tinha explicado, mas Zarrah desconfiava que as motivações de Lara para se manter fora das discussões de estratégia eram mais do que simples enjoo.

— Ela não vai voltar a Ithicana com você, vai?

O maxilar de Aren ficou tenso.

— Não. Meu povo... não vai aceitar Lara depois de tudo o que aconteceu. Vidas demais foram perdidas para mãos maridrinianas e, por mais que ela não quisesse que a invasão acontecesse, não há como negar que Lara veio até nós como espiã. Não há como negar que nada disso teria acontecido se não fosse pelas informações que ela forneceu a Silas. Se eu a levasse comigo, ficaria parecendo que estou exigindo que meu povo se ajoelhe diante dela como rainha, e isso *enfraqueceria* minha capacidade de mobilizá-los a meu favor, o que é fundamental. Preciso do apoio deles para que Ithicana possa sobreviver.

Tudo que Aren dizia era a verdade inegável, mas o misto de raiva e tristeza em seus olhos anogueirados, assim como a amargura em sua voz, mostrou a Zarrah que ele odiava essa verdade. Estava sendo forçado a escolher entre seu povo e a mulher que claramente amava e, embora não pudesse admitir, Zarrah sabia como era. Sabia como era ficar deitada à noite, tentando encontrar uma forma de ter as duas coisas. Sabia como era ser tomada, durante a madrugada, por uma certeza ardente de que era possível *fazer* as pessoas aceitarem as coisas como ela queria que fossem, só para ter essa certeza destruída pela luz da aurora. Sabia como era considerar virar as costas para tudo e todos só para estar com a pessoa que amava.

— Eu a levaria mesmo assim — ele disse, e as palavras soaram como uma confissão. — Mas tenho medo...

Ele interrompeu o que dizia, a garganta convulsionando enquanto engolia em seco, então Zarrah completou o pensamento.

— De que eles a matassem.

Aren assentiu, tenso.

— Se algo dessa natureza acontecesse com ela porque não consegui deixá-la livre, eu... não conseguiria mais viver com esse pensamento.

Não cabia a ela aconselhar. Nem mesmo expressar uma opinião. Portanto, Zarrah apenas cobriu a mão dele com a sua própria e disse:

— Ninguém pode prever o futuro, majestade. O destino favorece os fortes. Deus recompensa os bons. E as estrelas nunca abandonam aqueles que sonham com *mais*.

Aren ficou em silêncio por um longo momento, depois disse:

— Tem certeza de que quer mesmo fazer isso, Zarrah? Não é tarde demais para desistir.

Uma pergunta que ele havia feito muitas vezes desde que Zarrah fora até ele e Lara depois da reunião que haviam tido com a imperatriz. Desde que ela havia proposto que usassem os recursos que a tia havia oferecido a ela não para atacar Vencia enquanto Silas estava distraído, mas para ajudar a libertar Ithicana. E a resposta dela continuava sendo a mesma de antes.

— Você vai conseguir recuperar seu reino sem mim? — Ela olhou no fundo dos olhos dele. — Não tenho um desejo suicida, Aren. Se acha que Ithicana consegue expulsar Silas sem meus navios e soldados, é só me avisar agora que eu me retiro.

Os olhos de Aren se voltaram ao desenho de Jor, e ela sabia que ele estava considerando o que não tinha sido desenhado. As embarcações da marinha maridriniana que cercavam a ilha, que ele não tinha como combater. O grande número de soldados que Silas tinha protegendo seu patrimônio.

— Não seria uma batalha rápida. Levaria tempo.

— Tempo é o inimigo — ela disse. — Tempo significa uma oportunidade para Silas esvaziar as guarnições em Vencia e Nerastis para combater você. E, assim que ele fizer isso, a imperatriz ataca. Vencia vai ser saqueada e incendiada. Nerastis vai ser retomada e todos os maridrinianos que moram lá serão executados antes que ele perceba o erro que cometeu.

— Você pode mandar um recado para Keris — Aren disse, levantando para andar de um lado a outro da sala. — Se Silas souber da intenção da imperatriz, não vai deixar a capital indefesa. A ameaça do ataque dela pode bastar para ele se retirar de Ithicana sem resistência.

Zarrah bufou.

— Não vá me dizer que você acredita nisso de verdade? Silas dedicou mais de dezesseis anos, incontáveis filhos e faliu o reino só para conquistar a ponte de Ithicana. E agora ele finalmente a conquistou. E não vai abrir mão dela sem resistência; você sabe disso. Você o *conhece*.

— Ele não vai deixar que Vencia pegue fogo para ficar com ela.

— Tem certeza? Ele está deixando que Maridrina passe fome e seja devastada pela praga por causa dessa ponte; acha mesmo que não deixaria que uma cidade pegasse fogo? — Zarrah o encarou, querendo que Aren se lembrasse do homem que o havia mantido prisioneiro por meses. Ao mesmo tempo, porém, parte dela rezava para que ele enxergasse uma solução para aquele problema que ela ainda não tivesse visto.

Ele exalou, os ombros se afundando.

— Tem razão. Merda. *Merda*.

O medo que ela estava se esforçando tanto para conter começou a subir por suas entranhas, e Zarrah cerrou os dentes, engolindo o pavor. Não ia permitir que aquele sentimento a controlasse.

— Se eu fizer isso, Aren, precisa acabar antes que Silas tenha a chance de esvaziar as guarnições. Os planos de invasão de minha tia vão cair por terra, e Ithicana vai ser libertada.

— E você vai ser executada por traição.

Ela seria. A imperatriz tinha provado sua propensão a abandonar Zarrah por orgulho, e não haveria golpe maior a seu orgulho do que

Zarrah frustrar deliberadamente seus planos de destruir Maridrina. Mas ela não poderia permitir que o orgulho da tia obrigasse Valcotta a perder a honra. Não poderia ficar de braços cruzados enquanto Ithicana caía sob o jugo de Silas. Não poderia ficar de braços cruzados enquanto a tia destruía Vencia por completo. Não poderia ficar de braços cruzados enquanto a Guerra Sem Fim tornava mais uma geração de crianças órfãs.

A honra de Zarrah não permitiria que ela continuasse de braços cruzados. Não quando tinha o poder de agir.

Zarrah fechou os olhos, pensando no rosto de Keris enquanto sentia seus sonhos de os dois criarem a paz juntos se desfazerem.

— Por certas coisas, vale a pena morrer.

79
KERIS

Nem toda a resistência que tinha apresentado ao sair em patrulha se devia a princípios morais; boa parte poderia ser atribuída ao fato de a tarefa ser terrivelmente tediosa e, mais ainda, desconfortável.

Keris fez careta quando lama encharcou os joelhos da calça ao se ajoelhar, seus olhos, assim como os de todos os homens a seu redor, na praia lá embaixo. Uma das embarcações na água tinha sinalizado que um navio valcottano fora avistado se dirigindo ao continente, e Keris estava usando a tática de Zarrah de os enfrentar cara a cara. Uma boa batalha simples que mostraria aos valcottanos que o controle de Maridrina sobre a fronteira se mantinha firme como sempre.

Infelizmente, isso significava que ele teria que lutar.

Você consegue, ele disse a si mesmo em silêncio, tentando ignorar as gotas de suor que escorriam por suas costas. *Não é incompetente com uma arma.*

Um fato pouco reconfortante, considerando que a única batalha real em que ele tinha estado fora a tomada da ponte, e tinha sido quase inútil nela. Isso o fazia se questionar se as coisas teriam corrido de maneira diferente para Raina e o resto dos ithicanianos se ele tivesse sido mais hábil. Se tivesse tido o poder de virar o jogo.

Provavelmente não.

Keris distinguiu vagamente o som de um escaler baixando sobre a água. De remos sendo encaixados em forquetas. Depois houve apenas o bramido baixo da rebentação suave chegando à costa.

— Só um escaler — Philo murmurou à sua esquerda. — Pode ser que sejam batedores verificando se é seguro desembarcar antes de o resto vir à costa. É melhor nos mantermos encobertos e esperar até que deem o sinal, depois atacar quando os outros chegarem à praia, mas as forças deles ainda estiverem divididas. Vão sofrer mais baixas.

O maxilar de Keris ficou tenso, porque uma opção melhor seria espantar os batedores e reduzir a contagem de mortos a zero. Aquelas pessoas eram do povo de Zarrah e, embora ela estive longe, em Pyrinat, ele não queria ser responsável pelas mortes delas.

— Pode ser que sejam só contrabandistas. Vamos ver o que estão aprontando.

Ignorando os protestos de Philo, Keris se aproximou da praia, seguido por vários de seus homens. Chegaram à beira do arvoredo bem na hora em que o escaler alcançava a praia, quatro pessoas saindo. Estava escuro demais para ver qualquer coisa além de contornos sombreados, as vozes das pessoas abafadas enquanto trocavam algumas palavras; até que uma seguiu na direção dele.

Keris fez sinal para seus homens se manterem abaixados e ele próprio ficou imóvel. A valcottana que se aproximou não fez sussurro algum até parar, quase ao alcance do braço de Keris. Ela apoiou os ombros numa árvore antes de se curvar.

— Vá embora logo, sua covarde — ela sussurrou. — Acabe logo com isso e vá; despedidas só vão piorar as coisas.

O sotaque dela não era valcottano; era maridriniano. E havia algo mais... algo de familiar que ele não conseguia identificar...

Pelo canto do olho, Keris viu uma das companheiras da mulher voltar a subir no escaler, outro o empurrando para a rebentação antes de retornar para se juntar a um quarto.

Mas era difícil se concentrar neles com a mulher tão próxima que ele conseguia até ouvir a respiração dela, tão ofegante que ele pensou que poderia estar à beira das lágrimas.

Ela se virou abruptamente e voltou a descer para a praia, onde o trio conversava brevemente antes de um deles se dirigir para o norte ao longo da linha d'água.

Algo roçou em seu braço, e Keris se sobressaltou, encontrando Philo a seu lado.

— Não são invasores — o homem sussurrou. — São espiões. Precisamos capturá-los para ver o que conseguimos descobrir sobre as intenções de Valcotta.

Algo parecia estranho, sobretudo no fato de a mulher ser maridriniana. Mas o navio na água era, sem dúvida alguma, valcottano. Keris precisava chegar mais perto, precisava ouvir o que os dois remanescentes estavam dizendo.

Movendo-se em silêncio, foi se aproximando de onde os dois restantes, a mulher maridriniana e um homem excepcionalmente alto, agora discutiam.

— Deixe Keris fazer por merecer aquela coroa que ele tanto quer. Já está na hora de ele sujar as mãos.

Todo o sangue se esvaiu da pele de Keris, as mãos de repente ficando geladas. Não com a menção de seu nome ou de seus planos, mas porque *conhecia* aquela merda de voz. Aquele era Aren Kertell na praia, o que significava que a mulher só podia ser Lara. E eles tinham saído de um navio valcottano, o que significava...

Sentiu um arrepio e olhou por sobre o ombro para ver Philo e vários outros com arcos na mão, armas sacadas.

Pânico atravessou seu corpo, porque era nas costas de sua maldita irmã que eles estavam prestes a atirar. O fato de que Lara provavelmente merecia aquilo mal passou por sua mente enquanto ele desembainhava a faca. Esfaquear Philo não era uma opção viável, então Keris a angulou sob o luar fraco, confiando que Aren veria.

Confiando que a salvaria.

O rei ithicaniano reagiu no mesmo instante. Pulou e derrubou Lara, os dois rolando para trás de um pedregulho enquanto as flechas voavam.

— Atacar — Philo rosnou, e mais flechas arquearam pelo ar enquanto homens desciam a encosta para a praia. Keris se manteve onde estava, a mente acelerada enquanto pensava em formas de tirar Aren e Lara daquela situação; o barulho alto da vegetação rasteira sendo esmagada lhe dizia que seus homens estavam perseguindo o casal para o norte.

Ele precisava melhorar as chances deles.

— Peçam reforços! — Keris gritou. — Digam que temos invasores valcottanos vindo por nossas costas!

Metade dos homens pararam de persegui-los, os olhos na água, onde o navio valcottano estava vagamente visível, à procura de escaleres a caminho. Agora tinham mais chances, mas ainda não eram boas o bastante. Keris subiu a encosta correndo até onde seu cavalo estava amarrado.

Saltando em seu dorso, conduziu-o pela trilha estreita a galope, seguindo na direção da vila de pescadores na enseada seguinte.

O cavalo de Keris saiu para a praia no mesmo instante em que Lara e Aren saíram, cambaleantes, do meio dos arbustos. Ele se inclinou sobre o pescoço do cavalo e o apressou, puxando as rédeas quando alcançou os dois.

— O que vocês estão fazendo em Nerastis? — Eles o encararam, embasbacados. — Deixe para lá. Vocês precisam correr. Eles estão chegando, e não posso ajudar.

Assim que as palavras saíram de seus lábios, os soldados dele saíram da vegetação correndo atrás deles na praia. E, porque fazer qualquer outra coisa o tornaria cúmplice da fuga deles, Keris gritou:

— Peguem os valcottanos! Eles estão fugindo!

Lara lançou um olhar fulminante na direção dele antes de ser puxada por Aren na direção da linha da água, onde outro homem soltava as amarras de um barco de pesca.

Mas o tempo que tinham estava acabando.

Os soldados de Keris estavam no encalço deles, em número grande demais para lutar. A irmã, no entanto, abandonou o barco, subindo a praia para encontrar seus compatriotas com a espada na mão.

Lara lutou como se tivesse nascido para isso, usando velocidade em vez de força bruta, o maxilar cerrado de determinação enquanto derrubava um homem após o outro com um golpe de espada, deixando um rastro de cadáveres.

Mas eram homens demais.

Eles matariam a irmã dele, a menos que...

— Não a matem! — ele gritou. — É melhor que seja nossa prisioneira!

Se seus homens ouviram as ordens, Keris não sabia dizer. E não importava, porque Aren tinha abandonado o barco e agora estava lutando costas com costas com a esposa; os dois juntos eram páreo para os homens de Keris.

Ou teriam sido.

O som de cascos galopando encheu o ar e, um segundo depois, chegaram reforços à praia.

Se ele não fizesse nada, os dois seriam mortos.

A voz de Coralyn encheu seus ouvidos: *Ela não quer ser perdoada, mas talvez você devesse perdoá-la*. A teimosia dele não queria ceder, não queria fazer essa concessão, mas ele tampouco queria ficar de braços cruzados assistindo a irmã ser trucidada. A morte dela não levaria a nada, ao passo que, se ficasse viva, talvez... talvez Lara pudesse fazer algo de bom.

Um movimento na água chamou sua atenção. Eram escaleres cheios de valcottanos armados e, embora as duas forças agora estivessem equilibradas, Keris aproveitou a oportunidade.

— Recuem! — Ninguém deu ouvidos, então ele se levantou na sela e berrou: — Recuem!

Os olhos de Philo acompanharam a direção em que Keris apontava, e ele gritou:

— Bater em retirada!

Todos pararam de prestar atenção em Lara e Aren para olharem para a água, onde dezenas de valcottanos saíam de escaleres.

Ver quem os liderava fez o coração de Keris palpitar, todo o resto do mundo se desfazendo.

Zarrah subiu correndo pela praia com a arma na mão, o luar saindo de detrás das nuvens para iluminar o rosto dela.

— Por Valcotta — ela gritou.

Ele deveria focar na irmã. Ou em Aren. Mas os olhos de Keris estavam em Zarrah enquanto ela e seus soldados perseguiam os homens dele, matando aqueles por quem passavam. Seguindo na direção dele.

— Alteza, fuja! — Philo gritou, mas os olhos de Zarrah tinham pousado nele, e seria preciso um ato de Deus para o obrigar a dar as costas para ela.

Ela parou de repente, erguendo um braço. Enquanto seus soldados entravam em formação ao redor dela, olhou por sobre o ombro. Keris piscou, vendo que Lara e Aren estavam com o barco na água, guiando-o mar adentro, logo obscurecidos pelas trevas.

— Voltem para os barcos! — Zarrah gritou. Enquanto os soldados dela se movimentavam para obedecer, os olhos de Zarrah encontraram os dele. — Encontre-me amanhã à noite — ela gesticulou com a boca, depois deu meia-volta e se juntou aos camaradas, que corriam de volta aos escaleres; a batalha tinha chegado ao fim.

Por enquanto.

80
ZARRAH

ZARRAH SENTIA COMO SE ESTIVESSE ANDANDO dentro de um sonho enquanto atravessava Nerastis e saía para a cidade propriamente, a luz fraca da lanterna iluminando seu caminho através da grama alta. No céu, havia apenas uma fatia de lua, e um milhão de estrelas cintilava como diamantes sobre aquele manto de veludo. Embora só o tivesse percorrido poucas vezes para encontrar Keris, esse caminho estava gravado em sua alma, como se ela o tivesse atravessado todos os dias de sua vida. O caminho que levava a ele, e essa seria a última vez que ela o percorreria.

O bramido da água correndo pelo vertedouro a atingiu primeiro, depois a névoa que cheirava à vida e terra e plantas verdes, seus dedos traçando as pontas úmidas da grama enquanto subia a encosta, seus olhos fixos no brilho fraco da luz que esperava por ela.

Ele estava lá.

Os passos silenciosos de Zarrah se tornaram batidas suaves quando ela subiu na barragem, seguindo o arco da rocha que se projetava sobre a abertura até chegar ao fosso, sem nunca tirar os olhos da sombra conhecida do outro lado do vertedouro. A lanterna era forte o bastante para revelar que ele usava um uniforme maridriniano enfeitado pelas fitas, medalhas e insígnias de um oficial de alta patente, uma espada na cintura, bem como uma faca no lado oposto. O cabelo dele estava amarrado para trás, mas fios tinham sido soprados e soltos pelo vento.

Ele ergueu a mão.

— Não chegue mais perto, Zarrah. Não é seguro.

Confusão a perpassou e, por um instante, ela pensou que ele queria dizer que *ele* era o perigo para ela. Então viu que a água tinha erodido tanto o vertedouro que uma porção da plataforma da barragem havia ruído, alargando o fosso em mais de meio metro.

Longe demais para pular.

Uma dor forte e cortante atingiu seu coração, porque ela tinha pensado que faria o que viera ali para fazer nos braços dele. Pensado que diria adeus com o gosto dele em seus lábios e o toque das mãos dele em sua pele, mas aparentemente o destino, Deus e as estrelas lhe tinham dado o suficiente para uma noite e não lhe dariam mais. Os olhos dela arderam, e ela piscou para secar as lágrimas antes que pudessem cair.

Silêncio.

Zarrah sabia que deveria falar. Que deveria começar a explicação logo, porque o tempo que tinham era curto. Mas estava com um nó na garganta que estrangulava todas as palavras que tentassem subir até sua língua. Até seus lábios.

— Então Lara e Aren conseguiram atravessar o deserto Vermelho. — A voz dele chegou por sobre o bramido da água, nomes arriscados para gritar nos arredores de Nerastis. — O desgraçado deve ter sete vidas.

O canto da boca dela se ergueu.

— Acho que é sua irmã que é difícil de matar.

— Os acontecimentos recentes sugerem o contrário. — Havia um quê de raiva na voz dele. — Ela quase levou uma flechada nas costas ontem à noite, de tão distraída que estava buscando as palavras certas para se despedir.

Zarrah estremeceu, embora não soubesse ao certo por quê.

— O que está acontecendo, Zarrah? Por que eles estavam em seu navio? Por que você os largou numa praia para então desembarcar e salvar a pele deles?

Ela engoliu em seco, as mãos gelando.

— Eles vieram a Pyrinat para pedir para a imperatriz ajudar Ithicana a expulsar Maridrina e reconquistar a ponte.

— E?

— Ela recusou. Me deu ordens para largá-los a norte de Nerastis para que voltassem sozinhos a Ithicana para mobilizar o povo de Aren.

— Graças a Deus, caralho. — Os ombros de Keris se afundaram e, embora o barulho da cascata o abafasse, Zarrah *sentiu* o suspiro de alívio. Isso fez as entranhas dela darem um nó. Como se sentisse que havia algo de errado no silêncio dela, Keris ergueu a cabeça e sustentou o olhar da soldado. — Mas garanta pra mim que termina por aí, Zarrah.

— Não posso. — Ela respirou fundo. — Porque não termina. Não para mim.

— O que você fez? — Ele deu um passo na direção da beira do vertedouro, como se fosse pular, mas sacudiu a cabeça com força e ficou onde estava. — Zarrah?

— Vou levar navios para o norte a fim de ajudar Aren a libertar Ithicana. Vou ajudá-lo a acabar com essa guerra. Depois vou voltar a Pyrinat e aceitar as consequências da minha traição.

— Não, não vai! Você não vai fazer isso! Você...

— Percebeu que faz um ano? — O coração dela batia dentro das costelas como se tentasse sair à força. — Um ano desde que fiquei parada em cima do convés de um navio e assisti à frota do seu pai passar por mim rumo a Ithicana. Um ano que não fiz nada e milhares sofreram por minha inação. Sinto que estou completando o círculo e estou, mais uma vez, naquele convés, observando o desastre se aproximar. Mas, desta vez, não vou ficar de braços cruzados.

— Zarrah, não. Não faça isso. — A voz dele estava cheia de pânico e, de novo, ele deu um passo na direção do vertedouro. — Ithicana é problema de Aren, não seu. Foi o amor cego dele por minha irmã que causou a invasão. E a vergonha de Lara que a fez guardar segredos, sendo que se tivesse contado toda a verdade, teria impedido meu pai. O que aconteceu em Ithicana é culpa *deles*, não sua. Eles que paguem o preço disso.

O queixo de Zarrah tremeu e ela cerrou os dentes, tentando conter as emoções porque precisava botar tudo aquilo para fora. Precisava fazer com que ele entendesse.

— Não é apenas de Ithicana que o desastre se aproxima, Keris. É de Maridrina. — Ela inspirou fundo. — A imperatriz está vindo atrás de vocês. Sabe que seu pai precisa acabar com essa guerra antes que Amarid retire seu apoio. Sabe que ele pretende retirar todos os soldados do reino para dar um golpe fatal contra Ithicana. E, quando ele fizer isso, quando Maridrina estiver totalmente desprotegida, ela pretende dar seu próprio golpe final.

— Deixe que venha — ele gritou. — O controle sobre Nerastis é meu, *não* de meu pai. Não vou enviar nem soldados nem navios para ele, então, se Bermin pensa que vai atravessar a fronteira e tomar a cidade facilmente, vai se surpreender. Tenho tudo sob controle, Zarrah!

— Não, não tem! — As emoções dela transbordaram sobre os muros que havia construído para contê-las. — Você não tem nada sob controle, porque não é *só* atrás de Nerastis que ela está vindo; é de Vencia. Sei porque sou eu quem deveria velejar até o porto de lá para saquear, incendiar e matar. Sou eu quem deveria ir até o palácio de Silas e eliminar até o último Veliant.

Silêncio.

— Mas, em vez disso, vou *mentir*. — Lágrimas escorreram por suas bochechas. — Vou falar para meus soldados que as ordens são de reconquistar Guarda Sul para Ithicana. Vamos expulsar seu pai e mandá-lo de volta para lamber suas feridas em Vencia, e as coisas vão voltar a ser como sempre foram.

— Não vão, não, porque você vai ser executada. — Ele estava bem na ponta agora, e ela se arrepiou quando rochas desabaram na água lá embaixo. — Isso é loucura, Zarrah. Há outros caminhos. Vou alertar meu pai. Contar que a imperatriz pretende atacar enquanto ele está distraído. Ele não colocaria Vencia em risco.

— Não?

A boca de Keris se abriu, mas ele hesitou, e Zarrah soube que ele estava pensando na profundeza da obsessão de Silas pela ponte. Sabia que ele estava vendo como aquilo se desenrolaria e a calamidade que causaria.

— Deve haver outro caminho para impedir que isso aconteça. Só... não ataque. Espere até ele ter terminado com Ithicana, aí a oportunidade já vai ter passado.

— Isso também seria traição, Keris. — Ela secou as lágrimas do rosto. — E, se é para ser executada, não vai ser por inação. Se for para morrer, vai ser corrigindo meus erros.

— Não! Não vou permitir. — A luz da lamparina se refletiu nas lágrimas no rosto dele. — Não vou permitir que você morra!

— A escolha não é sua. — Ela deu mais um passo para trás. Depois outro.

— E quanto a Valcotta? — ele gritou. — E quanto a todo o bem que você faria como imperatriz? E as vidas que seriam salvas se fosse você quem estivesse governando?

— Isso é só um sonho. — Ela mordeu o lábio, dor a perpassando em ondas violentas. — Ao passo que o que estamos vivendo é a realidade.

Eu te amo, Keris, mas você não pode me impedir de fazer isso. — Ela recuou mais um passo. — Meus navios vão zarpar em poucas horas, então não pense que há alguma forma de me deter, porque não há. Eu disse que preciso fazer as coisas que acredito serem *certas* porque essa é a única forma que tenho de me honrar.

— Zarrah, por favor. — Ele caiu de joelhos. — Estou te implorando, não faça isso. Por favor, não faça isso. Não posso te perder.

O coração dela se partiu em um milhão de pedaços, mas a determinação que sentia se manteve intacta.

— Adeus, Keris. Que possamos nos reencontrar no Grande Além.

E, com ele gritando seu nome, Zarrah saiu andando.

81
KERIS

— Zarrah!

Ele não se importava se alguém ouvisse, nem se toda Nerastis ouvisse, porque precisava detê-la. Precisava impedir que tomasse aquela decisão. Precisava salvá-la.

Mesmo que significasse salvá-la de si mesma. Porque ele se recusava a deixar que ela morresse.

Mas ela não parou. Não se virou. Apenas continuou andando e andando até a luz da lanterna dela desaparecer e a voz dele ficar rouca.

Vá atrás dela.

Keris andou para trás pela barragem, olhando para o fosso do vertedouro, o outro lado mergulhado nas sombras.

É longe demais.

— Não é longe demais — ele rosnou consigo mesmo. — Você já pulou mais longe que isso.

E não havia outra forma de chegar até ela. O rio estava sendo vigiado pelos *homens dele* e, sem seu cavalo, ele nunca daria a volta pelo lago a tempo de impedir que ela embarcasse naquele navio. Aquele era o único jeito. Porque ele não ia permitir que ela morresse.

Desatou a correr, o olhar fixo no outro lado, a lanterna marcando o lugar de onde ele precisava pular.

Tum.

O som nauseante de seu irmão caindo no chão encheu seus ouvidos, e Keris jogou o peso para trás, parando de repente e caindo de bunda bem na beirada.

Apertou os dedos nas têmporas, tentando se obrigar a se levantar. Tentando se obrigar a tentar de novo. Mas o mesmo som se repetiu em sua cabeça de novo e de novo, e ele não conseguiu se mexer.

Tinha escalado a vida toda e nunca, em momento algum, havia sentido medo. Mas agora pavor o consumia.

Respire, ele ordenou a si mesmo, erguendo a cabeça para encarar o vertedouro. Respirando e respirando até a lógica, a razão e o *controle* voltarem.

Pense.

Era longe demais para pular. Tudo que ele conseguiria era se afundar na cascata para se espatifar nas rochas lá embaixo. Não poderia impedir que ela embarcasse naquele navio e zarpasse.

Mas talvez houvesse outro caminho.

Keris levantou e virou para o norte. A única forma de evitar que Zarrah cometesse traição era eliminar a oportunidade, algo que só conseguiria garantindo que Vencia tivesse defesas a ponto de arruinar os planos da imperatriz de saqueá-la, além de retirar as forças maridrinianas de Ithicana, o que tiraria de Zarrah a necessidade de lutar por Aren.

Mas Zarrah estava certa: seu pai colocaria, *sim*, Vencia em risco para não abrir mão da ponte. Era a obsessão que havia dominado a vida dele, e ele finalmente a tinha nas mãos. O que eram as vidas de todos em Vencia comparadas a *isso*?

E só restava uma opção.

A pele de Keris se arrepiou, seu estômago se embrulhando de náusea, porque era desonroso. E inaudito.

Mas, se funcionasse, salvaria Vencia. Deteria a escalada da Guerra Sem Fim. E salvaria a vida de Zarrah.

— Foda-se a honra.

Ele desatou a correr na direção a Nerastis.

Keris galopou a noite e a manhã toda até trocar o cavalo com um fazendeiro por um novo.

Havia deixado instruções a Philo para reter todos os navios e homens, alertando-o para se manter vigilante, pois Valcotta pretendia atacar. Só lhe restava rezar para que esse impedimento fosse o bastante, senão para impedir Bermin de atacar, pelo menos impedir que seguisse para o norte por Maridrina. Não havia mais nada que ele pudesse fazer por eles agora.

Ele cavalgou por dias, parando apenas para trocar de cavalos, ou para poucas horas de sono espasmódico na vegetação antes de seguir em frente. Quando as muralhas de Vencia surgiram em seu campo de visão, Keris estava tão exausto que mal conseguia pensar, as roupas arruinadas de tão sujas e a barriga tão vazia quanto os bolsos. Os dois homens que tripulavam os portões não o reconheceram, deixando que ele passasse com todo o resto do tráfego mercante que adentrava a cidade.

O porto estava dominado por navios de guerra que ostentavam a bandeira maridriniana e, nas docas, centenas de soldados esperavam para embarcar. Mesmo sabendo que aquela era a intenção de seu pai, Keris ficou chocado ao ver. Ithicana não teria como sobreviver a isso sem a ajuda de Zarrah e, mesmo com ela, seria uma batalha para entrar para a história.

No palácio, novos portões tinham sido instalados para substituir os destruídos por explosivos ithicanianos durante a fuga — mais resistentes, estavam fechados embora fosse meio-dia, as muralhas cheias de soldados.

— Alto lá — um deles gritou para Keris, que freou a montaria desgrenhada por causa das flechas apontadas para seu peito. — É proibida a entrada no palácio. Circulando!

Keris tirou o capuz e encarou os soldados.

— Abram a porra do portão! E mandem alguém deixar uma bebida esperando por mim no pátio. Estou com gosto de poeira na boca e minha bunda talvez nunca se recupere de cavalgar essa criatura. — Ele voltou um olhar fulminante para o cavalo, que era o animal mais endiabrado que ele já havia encontrado. O cavalo pareceu sentir a ira do príncipe, virando para tentar morder seu pé. — Vou dar você de comer para os cachorros.

Ele voltou a erguer o olhar para o soldado.

O homem o encarou por um instante, até que finalmente pareceu enxergar além da sujeira e do cavalo desgrenhado e suas feições se converteram numa expressão de reconhecimento.

— Alteza?

Sem paciência, Keris apenas ficou encarando os guardas até o portão se abrir devagar, permitindo que ele entrasse trotando. Desmontou e jogou as rédeas para um cavalariço.

— Dê um bom banho no coitado e uma porção extra de aveia. — Ele enxaguou as mãos rapidamente na bacia d'água que esperava por ele. — Cadê meu pai?

— Na sala de guerra. — O criado que carregava a bacia se apressou a seu lado, respingando água. — Mas talvez vossa alteza queira se banhar e se trocar antes de visitá-lo?

— Depois.

Keris virou à esquerda e entrou no prédio, ignorando a dor no corpo e subindo dois degraus por vez até o segundo andar. Ao contrário do santuário interno, que esbanjava mordomias, o palácio externo era austero e frio, as paredes desprovidas de arte e os pisos de pedra expostos. Um lembrete de que aquele prédio era uma fortaleza que havia rechaçado mais de um ataque durante a história tumultuosa de Maridrina. Ele se dirigiu à sala de guerra, onde o pai se reunia com seus generais, as botas estrondosas pela velocidade de seus passos.

— Preciso vê-lo — ele disse a um dos guardas do lado de fora da porta. O homem entrou, depois voltou a sair e acenou para Keris.

Respirando fundo e rezando para que seu nervosismo não transparecesse, Keris entrou na sala de guerra.

Embora só tivesse entrado ali poucas vezes na vida, a sala continuava quase idêntica a como costumava ser em sua infância. Uma parede continha uma série de janelas estreitas de vidro fosco, enquanto a parede oposta abrigava um mapa enquadrado de Maridrina. Uma mesa circular pesada ficava no meio da sala, cercada pelo que Keris sabia serem cadeiras extremamente desconfortáveis e, ao longo da parede lateral, ficava um gabinete que continha garrafas de bebidas alcoólicas, cada uma delas tão cara que o valor alimentaria uma família por um ano.

O pai dele estava sentado à mesa na companhia de alguns oficiais do exército maridriniano, a julgar por seus uniformes, mas, ao ver Keris, dispensou-os com um aceno.

— Continuamos depois. Gostaria de falar com meu filho.

Os homens se levantaram sem discutir, se curvando para o pai dele antes de abandonarem os copos de bebida cara em cima da mesa como se pretendessem retornar a eles em breve. Keris esperou que saíssem e estava prestes a falar quando a pele de sua nuca se arrepiou. Ele se virou a tempo de ver Serin sair das sombras, os mantos do homem roçando no chão enquanto seguia na direção da mesa.

— Você realmente precisa parar de se esgueirar pelos cantos — ele disse ao mestre de espionagem. — É muito perturbador.

— Apenas para aqueles com algo a esconder.

Keris respondeu com uma longa encarada.

— As frases de efeito não são muito melhores.

— Basta, Keris — o pai dele vociferou. — Em vez de encher o ar dessa sua tagarelice inútil, explique onde estão meus navios e soldados.

— Em Nerastis.

O pai se levantou num instante, o punho direito cerrado.

— Você está indo longe demais, rapaz. Vou tolerar suas reclamações sobre meus planos de controlar a ponte, mas não que os sabote ativamente. — Ele soltou um palavrão alto, depois bateu o punho na mesa, fazendo todos os copos pularem. — Dizem que Aren Kertell e a bruxa da sua irmã voltaram a Ithicana e estão se mobilizando. A rainha amaridiana vai retirar seu apoio e sua maldita marinha assim que começar a estação de tempestades. O que significa que tenho poucas semanas para destruir o que resta da resistência ithicaniana, e sua insistência em ideais idiotas — o volume da voz do pai cresceu até se tornar um grito — pode estragar tudo!

— Isso não tem nada a ver com ideais. — Keris observou o pai, com cautela. — A imperatriz previu sua intenção e planeja atacar enquanto estiver distraído.

O maxilar de seu pai se cerrou e ele olhou de canto de olho para Serin, revelando que sabia do risco e tinha requisitado os soldados mesmo assim.

— E daí? Perdemos Nerastis antes, mas a recuperamos em menos de um ano. A ponte vale sem vezes mais do que aquela pilha de entulho, e agora corremos o risco de perdê-la. — Ele apontou um dedo para Keris. — Se eu perder a ponte por sua causa, vou arrancar a porra da sua língua.

Não era a primeira vez que Keris tinha sido ameaçado com essa punição, mas era a primeira que não tinha medo dela.

— Não só Nerastis, majestade. Vencia também é alvo da imperatriz.

— Não ouvi nada sobre isso — Serin disparou, enquanto seu pai rosnava. — Ela não se atreveria.

— Ela se atreve. — O pulso de Keris era um latejar constante, as palmas das mãos suadas. — Zarrah Anaphora voltou a Nerastis e encheu três embarcações de soldados antes de velejar para o norte com a intenção de esperar até vossa majestade abandonar Vencia para atacar Ithicana, depois lançar seu próprio ataque.

— Como ficou sabendo disso? — Serin questionou.

Keris deu de ombro.

— Espiões. Tenho certeza de que os seus próprios olhos vão trazer a mesma informação em algum momento, mas, se dependêssemos deles, seria tarde demais.

Os olhos dele se estreitaram, mas foi o pai de Keris quem falou.

— E por que você achou necessário vir entregar essa informação pessoalmente?

Ele tinha que pelo menos tentar convencê-lo, mesmo que fazer isso fosse uma esperança vã.

— Essa ponte nunca nos deu nada além de uma maldição. A destruição de Vencia e a perda de milhares de vidas maridrinianas valem isso, pai?

Sim, era a resposta nos olhos de seu pai, embora ele tenha dito:

— Vamos levantar as correntes do porto e armar os civis. Eles podem defender as muralhas até retornarmos.

— Velhos, mulheres e crianças contra três navios cheios de soldados valcottanos inveterados não é uma luta justa.

Silas cruzou os braços.

— Então vamos evacuar. Deixe *Zarrah* se contentar em incendiar uma cidade vazia. Nós a reconstruímos depois e nos vingaremos quando chegar a hora certa.

Por Deus, como Keris *odiava* aquela palavra. Se pudesse, a riscaria de todas as línguas possíveis, pois aqueles motivados por ela só traziam desgraça.

— Desista da ponte, pai.

— Você quer que eu admita derrota? — Silas rodeou a messa. — Sacrifiquei quase duas décadas de meu reino e umas duas dezenas de filhas para conquistar esse prêmio, e você quer que eu simplesmente desista?

Keris ficou tenso, sabendo o que estava por vir. Mas não podia parar agora.

— Sim. Pelo bem de Maridrina, o senhor deve fazer isso.

— Não devo nada! Sou o rei!

— Seu orgulho vai ser o fim deste reino. — O autocontrole de Keris estava se perdendo a cada segundo, porque suas palavras eram como saliva ao vento. Porque o pai nunca admitiria derrota. — E vai ser a troco de nada, porque o senhor não é capaz de ganhar essa batalha.

Com o rosto tenebroso de fúria, o pai o atacou, o punho voando na direção de Keris.

Mas, enquanto antes ele teria permitido que o golpe acertasse, dessa vez Keris o bloqueou. E deu seu próprio.

O pai cambaleou, tropeçando numa cadeira e caindo de bunda, um vermelho pálido na bochecha. Mas, em vez de fúria, sua expressão se encheu de uma satisfação que deixou Keris nauseado.

— Guardas! — Serin gritou, mas o rei ergueu a mão.

— Não. Nada de guardas, Serin. — Ele cuspiu sangue no carpete e disse: — Você sempre escolhe muito bem as palavras, Keris. Disse que *eu* não posso vencer. Não que não seja possível vencer.

Keris sentiu como se houvesse uma forca em torno de seu pescoço, sufocando suas palavras, pois inocentes morreriam. Pessoas que não tinham voz nisso perderiam suas vidas porque eram peões nos jogos disputados por reis, rainhas e imperatrizes.

E príncipes.

Então disse:

— A chave para a vitória não é atacar os braços ou pernas de nosso inimigo, mas golpear o coração.

— Atacar Eranahl? — O pai balançou a cabeça. — As defesas deles são formidáveis; precisaríamos de quase todos os homens e navios a nossa disposição para atacá-la, o que significaria deixar nossas fortalezas sobre a ponte indefesas e prontas para serem tomadas.

Keris pegou um copo da mesa e deu um gole. O álcool desceu queimando por sua garganta para pousar como um peso de chumbo em seu estômago. O peso da aprovação de seu pai, algo que ele nunca quereria ganhar, porque fazer isso significaria se tornar algo que ele odiava. Mas era exatamente o que faria.

— Aren luta com a convicção de que está indo à guerra contra você.

— Porque ele *está mesmo* indo à guerra contra mim.

— Não, ele está indo à guerra contra mim. — Keris entornou o copo. — E, quando se der conta, vai ser tarde demais.

Os olhos de seu pai se estreitaram.

— O que você propõe?

— Proponho usarmos a ponte para retirar, em segredo, todos os nossos homens de Ithicana, deixando apenas o suficiente para manter a ilusão de que pretendemos lutar até a morte para manter nosso poder sobre a ponte. Quando Aren enviar suas forças e as dos valcottanos para atacar nossos postos avançados guardando a ponte, velejamos contra Eranahl e tomamos a cidade.

Silas fechou a cara.

— De que adiantaria? Aren vai controlar a ponte e suas defesas e, considerando que não vai sofrer quase nenhuma baixa no exército com a conquista, nunca vamos tirá-lo de lá de novo.

Mesmo agora, depois de todo aquele tempo, o pai dele ainda não entendia que nem todos os governantes eram como ele. Que nem todos os governantes estavam dispostos a sacrificar o próprio povo em troca de ganhos políticos, estratégicos e financeiros. Contudo, o que tornava Aren Kertel um homem melhor do que Silas Veliant viria a ser sua derrocada. E o fim de Ithicana.

Foi então que Keris detalhou o resto de seu plano, uma parte dele murchando e morrendo à medida que o sorriso de seu pai crescia, orgulho emanando de seu olhar.

— Você é mesmo meu filho, afinal. Um verdadeiro Veliant. Eu sempre soube. E acho que você também, por mais que tentasse resistir.

Mesmo querendo negar, ele sabia que o pai estava certo.

Keris deu um leve aceno e fez um pedido silencioso para onde quer que Zarrah estivesse em alto-mar.

Me perdoe.

82
ZARRAH

— A CORRENTE DO PORTO AINDA ESTÁ ERGUIDA.

Zarrah olhou à esquerda para o comandante do navio, que estava baixando a luneta depois de examinar Vencia.

— Faz dois dias que continua erguida, com todos os navios mercantes desviados para buscar cais em outros portos. E os mares estão ficando mais turbulentos, os ventos mais fortes. A estação de tempestade está quase chegando.

— Concordo. — O comandante apoiou os cotovelos na amurada. — Tenho medo de talvez não conseguirmos cumprir o plano de ação desejado pela imperatriz, general. Não com as atualizações que recebemos ontem à noite.

Zarrah tinha enviado um escaler para escorar na calada da noite a fim de encontrar espiões valcottanos, que lhes garantiram que Silas *não* tinha esvaziado as defesas da cidade para apoiar suas forças comprometidas a dominar Ithicana, pelo contrário: as havia duplicado. O que significava que atacar seria ideação suicida.

— Nossos planos devem ter vazado de alguma forma — um dos tenentes dela murmurou. — Estão preparados para um ataque. Eu não ficaria surpreso se mantivessem a corrente erguida até a chegada da estação de tempestades.

Zarrah sabia exatamente como Silas tinha ficado sabendo da intenção da imperatriz: Keris. Como ele tinha conseguido convencer Silas a não se expor ao ataque pelo bem de seus planos em Ithicana, ela não sabia. Fosse como fosse, porém, os planos da imperatriz de saquear Vencia agora estavam em frangalhos, com uma chance de sucesso pequena demais para colocar tantos soldados valcottanos em risco.

Zarrah sabia exatamente o que Keris estava querendo que ela fizesse em resposta: velejasse de volta a Nerastis sem medo da fúria da imperatriz por não completar a missão dela de incendiar Vencia.

— Quais são suas ordens, general? — o comandante perguntou. — Quer invadir a costa mais ao sul?

— Não. — Zarrah endireitou o corpo. — Volte para mar aberto para reencontrar nossos outros navios. Quando estivermos longe do campo de visão deles, quero todos os soldados no convés.

Eles velejaram a noroeste, as ondas sob o navio crescendo enquanto se embrenhavam pelos mares Tempestuosos, mas, depois que o vigia avisou que já estavam bem longe, soldados subiram ao convés, as expressões deles curiosas.

O momento havia chegado. O momento em que precisava dar esse último passo para trair os comandos da tia. Embora não tivesse intenção de voltar atrás, Zarrah ainda tinha uma escolha a fazer.

Os soldados a observaram em silêncio, esperando, e Zarrah mordeu a parte interna da bochecha enquanto considerava o que fazer. O caminho mais fácil e seguro seria mentir para eles. Dizer que a imperatriz tinha dado ordens para que executassem planos alternativos caso o ataque em Vencia fracassasse. Fazer isso significaria que todos aqueles soldados a seguiriam sem questionar até Guarda Sul, totalmente ignorantes da própria traição.

Significaria usá-los.

Mas ela sabia bem como era ser usada. Conhecia a sensação amarga e nauseante que encheria as entranhas deles quando descobrissem que ela, a general de confiança deles, os tinha enganado. Sabia que, por mais que todas as motivações de Zarrah fossem puras, dar esse passo a tornaria pouco melhor do que a tia, que preferia a estratégia à honra.

Zarrah tinha jurado que honraria o próprio nome, o que lhe deixava apenas uma opção: a verdade.

Ser honesta em suas motivações e rezar para que as consciências deles os motivassem a segui-la. Ela tinha escolhido aqueles homens e mulheres especificamente, todos eles tendo estado com ela quando a frota maridriniana passara por eles rumo a Ithicana. Todos carregando a culpa da inação. Zarrah rezou para que isso fosse pesar sobre eles tanto quanto pesava sobre ela própria, porque, se estivesse errada, seria Ithicana que sofreria.

— Um ano atrás — ela gritou —, vimos a frota de Silas Veliant passar pela nossa a caminho de Ithicana. A caminho de apunhalar um aliado pelas costas na busca de um homem egoísta por mais poder e riqueza. Foi, talvez, a atitude menos honrosa de um rei que é mais rato do que homem. Uma criatura que prefere ganhar guerras com dissimulação e trapaça a enfrentar seu oponente com bravura e habilidade!

Os soldados valcottanos concordaram com murmúrios e acenos, alguns gritando:

— Os maridrinianos são covardes! Eles não têm honra!

— Pode até ser que não tenham! — ela gritou. — Mas e nós? E nossa honra?

Silêncio.

— Ficamos de *braços cruzados* quando passaram por nós! Não oferecemos nem resistência nem alerta, mesmo conhecendo melhor do que qualquer nação na terra o horror que Ithicana enfrentou! — Zarrah deu passos à frente, as fileiras se abrindo para ela. — Quantas vezes testemunhamos o massacre de uma invasão? Vimos casas serem destruídas, homens e mulheres, massacrados, crianças, orfanadas? Quantas vezes atrasamos em apenas minutos e isso nos condenou a passarmos noites em claro, nos perguntando o que teria sido diferente se tivéssemos cavalgado mais rápido? Mas, quando tivemos a oportunidade de impedir que um reino inteiro enfrentasse esse destino, não velejamos mais rápido! Demos as costas!

Voltando à frente, ela gritou:

— Nós fomos os covardes naquele dia!

Os soldados baixaram a cabeça, e Zarrah conseguia sentir a vergonha que emanava deles. E sabia que, assim como ela, eles desejavam se redimir.

— O rei Aren Kertell voltou a Ithicana — ela continuou, confiando que as palavras de que precisava chegassem a sua língua. — Ele está mobilizando seu povo a lutar contra os maridrinianos e expulsá-los. Libertar o reino e recuperar os lares de seus povos. Mas não vai conseguir sozinho. — Ela parou, observando-os. — Ele precisa de aliados. Precisa de *nós*.

Os rostos deles se ergueram, a expectativa crescendo em seus olhos, mas ela sabia que o maior obstáculo estava por vir.

— E ainda assim, quando Aren foi até nossa imperatriz para clamar por ajuda, ela o recusou.

Zarrah esperou, deixando que a informação fosse assimilada.

— Em vez de enxergar nisso uma oportunidade para Valcotta corrigir um erro, ela enxergou nisso uma oportunidade de dar um golpe contra um inimigo. Uma oportunidade de atacar Maridrina enquanto o reino está distraído e levar contra eles a mesma carnificina que nossa covardia causou em Ithicana.

Silêncio.

Ninguém no convés do navio falou. Ninguém se mexeu. Ninguém pareceu nem respirar.

— Podemos cumprir o desejo dela e velejar para a costa, matando e incendiando tudo o que vemos pelo caminho. — A voz dela os alcançou, enchendo o navio. — Ou podemos velejar até Ithicana e defender o rei deles e lutar pela liberdade. Pela decência. Pela honra!

Zarrah ficou olhando para os soldados valcottanos, rezando às estrelas para que os tivesse julgado corretamente enquanto gritava:

— Estou dando uma escolha a vocês: vão preferir combater e matar inocentes para aplicar um golpe contra Silas Veliant? Ou vão combater e matar para proteger os inocentes que Silas Veliant quer destruir?

Ninguém disse uma palavra, e um arrepio de medo subiu pela espinha de Zarrah. Porque, se ela estivesse errada, Aren e Ithicana pagariam o preço...

O comandante do navio deu um passo à frente e gritou:

— Vou apoiar Ithicana!

Então um dos soldados valcottanos ergueu o punho.

— Vou apoiar Ithicana!

Uma mulher sacou a espada.

— Vou apoiar Ithicana! Vou lutar por eles.

E então veio um clamor de vozes, todas gritando ao mesmo tempo, todas querendo a mesma coisa.

Zarrah deu um passo à frente, erguendo a própria arma.

— Vamos à guerra!

83
ZARRAH

— Não vejo navio algum na doca. — Uma gota de suor escorreu pelo lado do rosto do comandante, revelando o nervosismo do homem. — Parece pacífico.

Guarda Sul parecia *mesmo* pacífica, apenas meia dúzia de soldados visíveis, mas Zarrah sabia bem que as aparências poderiam enganar. A embarcação em que ela estava parecia um navio mercante maridriniano, os marujos disfarçados, mas, embaixo do convés, duzentos soldados valcottanos armados esperavam para atacar.

Eles chegaram mais perto, os maridrinianos sobre o píer parecendo despreocupados enquanto esperavam para atracar o navio.

Suor escorreu pela espinha dela enquanto dava o sinal discretamente para seus melhores nadadores entrarem na água. Nadariam por baixo do navio e emergiriam sob o píer. Lá, encontrariam os túneis que Jor tinha mapeado, os quais levariam aos armazéns descritos por Aren. Quando Zarrah e seus soldados enchessem o píer, os nadadores atacariam por trás para inutilizar os quebra-navios, permitindo que as outras duas embarcações deles chegassem e participassem do combate.

Ela sentia o pulso latejar em um ritmo constante, o cajado segurado numa mão sob a amurada do navio, o capuz erguido para protegê-la da chuva leve bastando para disfarçar a cor de sua pele.

— Devagar — ela murmurou para o comandante. — Para que dê tempo de os nadadores chegarem aos túneis.

O navio bateu contra a doca e a tripulação se movimentou para jogar as cordas para baixo. Mas um dos maridrinianos gritou:

— Não estamos aceitando carga. Guarda Sul está fechada; ninguém tem permissão de entrar na ilha. Voltem para Vencia.

Que estranho, ela pensou, procurando algum sinal de que os maridrinianos tinham se preparado para um ataque, mas não havia nada.

Ela chutou o tornozelo do comandante, sabendo que, se falasse, levantaria suspeitas, pois os maridrinianos não tinham marinheiras mulheres. O comandante pigarreou e disse:

— Estamos com grãos comprados por sua majestade para os soldados em Nerastis.

— Eu não daria a mínima nem se vocês estivessem com uma carga de pipetas de ouro. Não vão colocar o pé na ilha.

Tinha alguma coisa errada.

A pele de Zarrah se arrepiou enquanto ouvia o comandante discutir com o homem, o navio subindo e descendo sobre a rebentação crescente, chuva encharcando suas roupas.

Uma tempestade está chegando.

Ouviram um trovão ao leste e uma rajada de vento atravessou o convés do navio.

No píer, o maridriniano arregalou os olhos, horrorizado.

Os olhos de Zarrah se voltaram para a esquerda a tempo de ver o comandante reerguendo o capuz, mas era tarde demais. Eles tinham visto.

— Valcottanos! — O maridriniano sacou a arma. — É um ataque!

Por instinto, Zarrah ergueu a arma.

— Atacar!

Os soldados valcottanos tiraram os mantos e sacaram as armas, e os que estavam embaixo correram para o convés. Com seu povo atrás, Zarrah coordenou o ataque.

Saltou do navio para o píer. Um número maior de maridrinianos se apressou para assumir a defensiva enquanto ela enfrentava a espada do homem com seu cajado, derrubando-a das mãos dele. Deu um giro, acertando a extremidade da cabeça dele com uma força letal antes de passar para o próximo.

Sangue respingou em seu rosto quando ela esmagou o crânio dele, mas mal piscou antes de voltar os olhos para o próximo oponente. O maxilar dele estava tenso, os olhos sombrios, como se soubesse que não havia chance de sair daquela situação vivo. O que não fazia sentido nenhum, porque a ilha em que estavam deveria estar repleta de soldados.

Zarrah desviou da lâmina de uma espada por baixo e depois deu uma rasteira no homem que a empunhava. Ele caiu com um baque e ela se virou, levando a arma ao pescoço dele. Endireitou os ombros e se virou para enfrentar o próximo.

Mas não havia mais ninguém para enfrentar.

Umas duas dezenas de maridrinianos jaziam mortos ou moribundos no píer, todos os soldados dela olhando vigilantes para a ilha, esperando a chegada de reforços.

— Onde estão os outros? — um dos valcottanos perguntou, num tom exigente.

Outro disse:

— Talvez tenham sido solicitados em caráter de reforço para locais atacados pelos ithicanianos?

Mas Zarrah sabia que não era isso. Sabia que a ilha em que estavam era primordial demais para ser deixada com apenas duas dezenas de homens para guardá-la. Algo estava errado.

— Será que caímos numa emboscada? — alguém sugeriu.

— Talvez. — Zarrah seguiu pelo píer, os soldados vindo atrás. Ela sabia a disposição do prédio pelas explicações de Aren e pelos desenhos de Jor, e deu ordens para que sua expedição se dividisse em grupos e vasculhasse a ilha.

O grupo de valcottanos se moveu com cautela na direção de um dos armazéns grandes que continham grãos, o coração de Zarrah acelerado. Não porque tivesse medo de encontrar maridrinianos esperando em uma emboscada.

Mas porque tinha medo de não encontrar.

Suor se misturou à chuva que descia por suas costas, e Zarrah levou a mão à porta, abrindo-a, depois entrou.

Sentiu um aperto no peito. Estava vazio.

Por toda Guarda Sul, ela ouviu gritos da mesma natureza. Não havia soldado algum. Não havia sido uma emboscada. A ilha estava vazia.

O que estava acontecendo?

— Enviem uma mensagem para Aren dizendo que Guarda Sul foi tomada — ela ordenou. — Digam que a ilha estava vazia. Que é melhor que ele esteja preparado, porque os maridrinianos não sumiram.

E Silas não era de entregar os pontos. Não havia a mínima chance de ele ter desistido da ponte sem lutar.

Zarrah pegou a luneta de um de seus homens.

— Levem um terço de nossa força e entrem na ponte por alguns quilômetros para ver se conseguem encontrar alguma coisa. Tenham cuidado: existem mais entradas e saídas do que vocês conseguem imaginar. Vou subir até o topo para ver se consigo ter uma visão melhor.

— Então vou organizar uma escolta.

— Não — ela respondeu, balançando a cabeça. — Vou sozinha.

Zarrah subiu a estrada que levava à entrada da ponte, a abertura cavernosa do túnel escuro que serpenteava pelas ilhas e pelos terrenos erodidos de Ithicana. Um gemido baixo ecoava de dentro do túnel, uma rajada de vento que trazia consigo um cheiro peculiar. Parecido com cheiro de chuva, mas diferente, e Zarrah estremeceu ao passar.

A ilha era composta de dois picos de rocha e vegetação densa, e não demorou para que estivesse respirando com dificuldade de calor e exaustão enquanto subia uma trilha estreita que levava ao topo de um pico, atenta às famigeradas cobras de Ithicana. O ar estava tão denso de umidade que ela sentia como se estivesse tomando água, tudo cheirando à vegetação exuberante e chuva e, ao longe, raios dançavam através de uma frente de tempestade negra que parecia se aproximar mais a cada vez que ela erguia a cabeça.

Todos os músculos de seu corpo estavam tensos, privados da vazão que a batalha sempre trazia e buscando um escape. Ela tinha prometido a Aren e Ithicana que auxiliaria no combate a Silas e, embora tivesse feito exatamente aquilo que havia sido acordado, não sentia como se a promessa tivesse sido cumprida. Havia enfrentado duas dezenas de soldados onde deveria haver duas centenas, e Zarrah não fazia ideia de onde eles estavam. Não fazia ideia de como poderia ajudar Aren, e essa impotência a fazia querer emborcar as entranhas na trilha.

Ela tinha ido até ali para corrigir um erro. Para se redimir. Para honrar o próprio nome.

Mas, até aquele momento, sentia como se tivesse falhado em todos os aspectos.

Raiva acelerou seus passos, e não demorou para Zarrah estar correndo pela trilha, subindo e subindo até avistar um mirante de pedra no pináculo. Com receio de maridrinianos, ela guardou a luneta no cinto e pegou o cajado, se aproximando com cautela da abertura da estrutura pequena. Era feita da mesma pedra que a ponte, o cheiro úmido e terroso enchendo seu nariz enquanto ela subia uma escada curta e chegava ao topo.

Sentiu o pulso latejar e se virou, ignorando a luneta no cinto em favor da maior, que os ithicanianos haviam montado na torre. Mas tudo que viu foram oceanos e neblina.

Não havia nenhum navio além dos dela.

Nenhum soldado além dos dela.

Foi então que uma voz conhecida disse:

— Esta batalha não é sua, Zarrah.

84
KERIS

Tinha sido loucura continuar em Guarda Sul, considerando que ele sabia o que estava por vir. Mas, enquanto seu pai tinha velejado na calada da noite com uma frota de navios carregados de maridrinianos, deixando os pobres desavisados para trás para morrerem, Keris se viu incapaz de partir. Incapaz de subir no navio que o levaria de volta à segurança de Vencia enquanto dezenas e dezenas de seu povo morreriam como parte de *sua* estratégia. *Seu* plano.

Sua guerra.

Portanto, em vez disso, deixou uma carta em sua cabine com ordens de que voltassem para buscá-lo depois que a batalha estivesse terminada, sabendo muito bem que talvez tudo que fossem encontrar seria um cadáver, e saiu às escondidas do navio. Ele tinha passado os dias desde então dormindo nos telhados dos armazéns e prédios do mercado de Guarda Sul, roubando comida, os olhos sempre no mar. Observando. Esperando.

Porque sabia que ela viria.

Então, quando o navio com uma bandeira maridriniana havia chegado ao porto, os marinheiros todos de capuz para se proteger da chuva, ele viu o que os soldados no píer não tinham visto. Que aquela não era uma embarcação cheia de compatriotas, mas um navio cheio de inimigos.

Mas o que ele viu foi *ela*.

Mesmo de manto e capuz, ele soube de algum modo que a silhueta ao lado do comandante era de Zarrah. Algo na maneira como ela se portava, como se *movia*, despertou os instintos de Keris. Os mesmos que haviam pedido que ele impedisse aquele ataque. Que descesse correndo e se colocasse entre Zarrah e seus compatriotas para suplicar pela vida deles.

Entretanto, isso a teria colocado na posição de ter que explicar por que estava disposta a negociar com um Veliant. Depois de tudo que ele havia feito para tentar salvá-la, Keris não a condenaria só por um capricho da própria consciência.

Portanto, em vez disso, tinha assistido enquanto os valcottanos invadiam o píer. Assistido enquanto a mulher que amava mais do que a própria vida assassinava seus compatriotas com uma eficiência brutal. Assistido enquanto ela entendia que a situação em Guarda Sul não era a esperada, que algo estava errado. Assistido enquanto ela entendia que *nada* do que estava acontecendo ali era do feitio de Silas Veliant.

E viu o momento em que ela entendeu contra quem realmente tinha ido à guerra.

— Esta batalha não é sua, Zarrah.

Ela se sobressaltou com o som da voz de Keris, os olhos saindo da torre do mirante para se fixar nos dele.

— Onde eles vão atacar?

Não: *Por que você está aqui, Keris?* Não: *O que está acontecendo, Keris?* Porque ela *sabia*. Ele conseguia ver nos olhos dela.

— Não importa onde eles estão. Esta batalha não é sua. Leve seus soldados de volta àqueles navios e veleje para o sul antes que a tempestade chegue. — Ele engoliu em seco o nó em sua garganta, fulminado ao mesmo tempo pela beleza dela e pela certeza de que ela o odiaria pelo que ele tinha feito.

Mas valeria a pena. Ele precisava acreditar que valeria a pena.

— Onde eles vão atacar, Keris? — Ela deu meia-volta, e ele ouviu os passos acelerados dela escada abaixo, aparecendo ao pé da torre. — O que foi que você fez?

— Não importa onde eles estão porque, mesmo que você embarque em seu navio neste momento, já será tarde demais — ele respondeu, cerrando os dentes enquanto ela cerrava os punhos. — A luta vai ser entre Maridrina e Ithicana, como deve ser. Valcotta e Harendell precisam ficar fora disso.

— E Amarid? — ela questionou. — Eles também vão ficar fora disso? Ou é apenas Ithicana que está sozinha mesmo?

Ele ergueu o ombro porque a alternativa era se encolher com a veracidade da declaração de Zarrah.

— Imagino que vão ficar fora da parte mais feia da batalha.

— Onde. Vai. Ser. O. Ataque? — Os olhos de Zarrah estavam luminosos de pânico. — Fale logo!

O ataque já estava em vias de acontecer, e seria longe demais para os navios dela chegarem a tempo.

— Meu pai e a frota que levou com ele estão atacando Eranahl.

Zarrah empalideceu, os olhos se enchendo de horror.

— Eranahl está cheia de inocentes. Como você pôde?

Tudo o que o plano de Keris tinha de simples em beleza, tinha de feio em crueldade. Deixar soldados para despistar em pontos-chave ao longo da ponte para atrair o ataque de Aren e do exército dele, depois seguir até o coração de Ithicana: a ilha fortaleza de Eranahl. Depois que a armadilha fosse descoberta, Aren e o exército dele se moveriam para defender a cidade e seriam forçados a lutar contra a frota de seu pai em mar aberto, onde Ithicana estaria em grave desvantagem. A guerra que tinha durado um ano acabaria numa noite.

— As pessoas iriam morrer de um jeito ou de outro, Zarrah. Essa batalha aconteceria de qualquer jeito. Eu só mudei o lugar onde ela seria travada.

A valcottana se curvou, um soluço rasgando seus lábios e as entranhas de Keris se retorcendo de culpa. De tristeza. *Vai valer a pena*, ele repetiu em silêncio consigo mesmo. *Precisa valer a pena.*

— Carregue seus navios e veleje para casa, Zarrah, porque ninguém pode acusar você de traição. Os espiões da imperatriz terão visto que as defesas de Vencia estavam fortes demais para você atacar. Quanto a sua vinda a Guarda Sul, considerando que meu pai está prestes a ganhar o controle incontestável da ponte, a imperatriz vai passar vexame por não ter feito mais para impedi-lo. Pelo menos *você* tentou.

O olhar que ela lançou a ele deixou Keris nauseado, mas ele continuou falando:

— Ganhe de volta a predileção da imperatriz e garanta sua posição como herdeira. Torne-se imperatriz. Faça todo o bem que sonhou em fazer. Eu vou fazer o mesmo e... — Ele parou de falar porque viu que o horror havia abandonado os olhos dela e, no lugar, havia apenas fúria.

— Aren confiou em mim — disse ela, entredentes. — E eu confiei em *você*. Em vez de honrar essa confiança, você me traiu.

— Eu não traí você. — Ele sabia que ela reagiria daquela forma. Sabia que ela ficaria furiosa. — Eu...

— Me protegeu? Salvou minha vida? — Lágrimas escorriam pelo rosto dela, e ele deu um passo à frente, mas ela ergueu a mão. — Não. Eu te amo, Keris. Só Deus sabe o quanto eu te amo. Mas agora, também te odeio, porque você puxou *sim* ao seu pai. Sempre quer fazer as coisas acontecerem exatamente da forma como você deseja, custe o que custar.

Vai valer a pena, ele disse a si mesmo quando as palavras dela cortaram fundo. *Ela está viva e vai continuar viva, então vale a pena toda a dor.*

Mas *machucava* ouvir aquela acusação vindo dela. Feito uma faca no coração, como a verdade costumava ser. Mesmo assim, ele não voltaria atrás. Recusava-se a se arrepender, porque Zarrah *ficaria viva*.

— Maridrina, Valcotta, Ithicana... alguém tinha que perder, Zarrah. Todos saírem disso ilesos nunca foi uma opção. Tentei convencer meu pai a desistir, mas isso nunca aconteceria, então precisei fazer uma escolha. — A voz dele tremeu. — Podemos mudar nosso mundo, Zarrah. Estabelecer a paz entre duas nações que estão em guerra há gerações. Salvar milhares de vidas do nosso povo. Mas isso não aconteceria sem sacrifício, e esse sacrifício é Ithicana.

Zarrah caiu de joelhos, encostando a testa na terra, mas, quando ele deu um passo na direção dela, ela ergueu o rosto.

— Não se atreva a chegar perto de mim.

— Zarrah. — Ele odiava ter causado aquela dor a ela. Queria que houvesse uma forma de apagar todo aquele sofrimento.

Mas se recusava a se arrepender do que havia feito.

— Você disse que fez isso por nossos reinos, mas não foi, né? — ela disse, entre soluços. — Você fez isso por mim. Para me salvar. Admita!

— Zarrah...

— Admita! — O grito foi pontuado por um trovão repentino, o vento soprando sobre eles.

Ele sentiu a garganta apertada, incapaz de falar. Mas precisava botar para fora:

— Eu não podia... — *perder você*, era o que Keris pretendia dizer, mas sabia que, ao fazer isso, perderia Zarrah para o ódio. — Não podia deixar que você morresse.

— Mas agora tenho que viver sabendo que minha vida custou a de centenas. Milhares! — As palavras saíram entre soluços, os ombros tremendo. — E não há nada que eu possa fazer para mudar isso.

Não me arrependo disso, Keris repetiu em silêncio.

— Se pudesse ter feito as coisas de outro jeito, eu teria feito. Não era meu desejo que Ithicana fosse derrotada. Não era meu desejo que pessoas morressem, mas era gente demais desejando guerra para que a batalha fosse evitada.

— Existia um outro jeito: o meu jeito! Mas você não gostou da escolha que fiz, então resolveu tirá-la de mim. — Zarrah secou as lágrimas do rosto e sustentou o olhar de Keris. — Nunca vou te perdoar por isso, Keris Veliant. Não quero olhar para a sua cara nunca mais. Não quero ouvir sua voz nunca mais. E, se nossos caminhos se cruzarem, eu vou *matar* você.

Keris sentiu a pele gelar, o peito apertar. *Não me arrependo disso. Eu...* a voz em sua cabeça hesitou.

— Estou indo embora. — Ela se endireitou. — Mas não para porra nenhuma de sul. Vou tentar ajudar Ithicana.

Os olhos de Keris dardejaram na direção da tempestade que vinha do leste, as nuvens escuras como a meia-noite exceto pelas explosões de relâmpagos constantes que as atravessava. Não era uma tempestade qualquer, mas um dos tufões lendários dos mares Tempestuosos. Um matador de navios. E avançava para o oeste mais rápido do que qualquer navio poderia velejar.

— Não, Zarrah. Você não pode... a tempestade.

— Estou indo socorrer Aren, Keris. E, desta vez, você não pode me impedir. — Zarrah deu as costas para ele, seguindo pela trilha a passos largos.

Ela acabaria morta. Depois de tudo que havia acontecido, depois de todos os sacrifícios que tinham sido feitos, ela acabaria morta. Tudo teria sido em *vão*.

Keris desatou a correr atrás dela, tentando segurar seu braço desesperadamente enquanto procurava palavras que a fizessem mudar de ideia.

Mas Zarrah girou, o cajado na mão, a ponta voando na direção dele.

E tudo mergulhou em trevas.

85
ZARRAH

— A tempestade está rumando diretamente para Eranahl — o comandante gritou sob o barulho dos ventos violentos e da rebentação. — Mesmo se a batalha ainda estiver acontecendo, não vai durar muito tempo; essa tempestade vai sepultar no mar todos os navios que estiverem em seu caminho!

— Não! — Ela gritou a palavra em desafio. Não para o comandante, nem para a tempestade, mas para Keris.

Keris, que ela havia largado inconsciente, sangrando e sozinho na ilha de Guarda Sul. Keris, que havia traído sua confiança. Keris, que tinha condenado Ithicana para salvá-la.

E, apesar de tudo que ele tinha feito, ela ainda o amava.

— General — o capitão suplicou. — Precisamos virar para o sul. Dê a ordem. Por favor!

— Não posso! Temos que ajudá-los! — Ela não conseguiria viver consigo mesma se Ithicana caísse. Se Aren e Lara e todo o povo deles morresse por causa de Zarrah. Seria melhor morrer acreditando que tinha feito tudo dentro de seu poder.

— Desse jeito, vai condenar todos nós! — O comandante abandonou o timão para seu primeiro imediato, apertando os ombros dela, os dois se esforçando para se equilibrar sobre o navio açoitado pela tempestade. — Mil vidas valcottanas vão perecer se não desistir dessa rota. — Ele encostou a testa na dela. — Dizem que as tempestades defendem Ithicana; confie que vão fazer isso agora.

Tempestades não deteriam Silas Veliant. Mas, ao redor dela, Zarrah viu sua tripulação, seus soldados, todos se segurando a cordas e amuradas. Todos tinham concordado com aquilo. Todos estavam dispostos a colocar a vida em risco para fazer o que era certo, mas ela estaria certa em condená-los à morte?

Preciso honrar meu nome. As palavras que Zarrah havia dito para si mesma se repetiram em sua cabeça e, devagar, ela baixou os ombros.

— Vire para o sul. E que o destino, Deus e as estrelas tenham piedade de Ithicana.

E dela também.

86
KERIS

Por quase uma hora, ele tinha ficado de joelhos na plataforma enquanto uma série de sacerdotes e sacerdotisas conduziam sua coroação. Velhos e velhas falando sobre seu direito divino de governar e outras baboseiras, o que era irônico porque, considerando a infame falta de religiosidade da família Veliant, parecia improvável que Deus tivesse algo a ver com a posição que ele ocupava naquele momento.

Keris não ouviu nem metade do que eles diziam, as vozes abafadas pela repetição interminável da última conversa que tivera com Zarrah, os olhos dele cheios da imagem do rosto dela manchado de lágrimas. Ele tinha acordado no chão, a cabeça dolorida e a visão zonza, mas tivera bom senso o suficiente para subir à torre de vigia a tempo de vê-la velejar para longe. De gritar seu nome, porque tinha certeza que a tempestade a mataria.

Tinha certeza de que, apesar de tudo, ela morreria.

Não me arrependo. Essas eram as palavras que ele tinha dito a si mesmo uma centena de vezes. Que não importava se Ithicana caísse, não importava se ela o odiasse, não importava se ele *se* odiasse, ele não se arrependeria. Mas, toda vez que tinha repetido aquelas mesmas palavras, tinham sido uma mentira.

Porque ele se arrependia de tudo.

Algo pesado pousou no topo da cabeça de Keris e ele se contraiu, percebendo que era a coroa. A coroa de Maridrina. A coroa de seu *pai*.

O pai dele estava morto.

Ithicana, com a liderança de Aren e a bravura de Lara, tinha vencido, a frota de seu pai quase destruída pela tempestade e pelas centenas de vidas sepultadas sob as ondas. Embora tivesse sido o plano dele que havia fracassado, o plano dele que havia perdido a ponte, Keris estava sendo ascendido a rei, o povo cantando seu nome nas ruas e proclamando que Maridrina entraria numa nova era de paz sob seu reinado.

A última coisa que ele merecia eram canções.

Os joelhos dele estalaram quando se levantou, um dos sacerdotes entregando em sua mão o cetro cravejado de joias que representava o posto que ocuparia e, quando Keris se virou, o homem entoou:

— Vida longa ao rei Keris de Maridrina!

Ao mesmo tempo, as multidões da nobreza que enchiam a catedral se abaixaram em grandes reverências e mesuras, um silêncio absoluto na estrutura enorme quando ele disse:

— Como seu soberano, juro perante os olhos de Deus defender as leis de Maridrina e proteger nossas fronteiras daqueles que podem fazer mal a nosso povo. Elevar Maridrina a um patamar tão alto que possa resplandecer como a joia mais luminosa do mundo conhecido. — Ele limpou a garganta, as próximas palavras não sendo as que tinham sido ordenadas que ele dissesse, mas que ele mesmo havia se permitido dizer. — Juro buscar a paz duradoura e alianças verdadeiras. Ouvir meu povo e ser a voz dele. Proteger aqueles que precisam de proteção e levar à justiça os vilões que os vitimam. Isso eu juro.

A nobreza de todo o reino o encarou em silêncio, mas Keris ouviu os sussurros de suas palavras sendo repetidas, repassadas pelo prédio e saindo a céu aberto, onde esperavam multidões de civis. Ouviu vivas e gritos de seu nome.

E se sentiu vazio.

Keris deveria andar de forma imponente ao sair da igreja, mas se pegou apertando o passo, sem olhar nem para a esquerda nem para a direita enquanto passava, deixando a procissão atrás de si. Ao lançar um sinal de cabeça, os guardas abriram as portas e ele piscou para secar as lágrimas que ofuscaram sua visão pelo clarão brilhante do sol matinal antes de descer os degraus até a carruagem que o aguardava.

Depois de se sentar no banco traseiro, ele resistiu ao impulso de fechar as cortinas enquanto se esforçava para recuperar o controle de seu coração trovejante, o peso da responsabilidade que agora detinha só começando a tomar conta. A carruagem sacudiu enquanto começava a se mover, atravessando devagar as multidões em celebração.

Multidões que ontem mesmo haviam chorado a perda de tantos saldados: maridos, filhos, pais e irmãos que tinham morrido nas encostas de Eranahl ou se afogado nos mares Tempestuosos. Multidões que haviam xingado seu pai por tudo que ele havia feito, e Keris queria subir no teto da carruagem e gritar: *O plano era meu! Sou eu que vocês devem culpar!*

Do mesmo jeito que ela me culpa.
Zarrah.

Os navios dela tinham sido avistados a caminho do sul, embora não houvesse notícia ainda dos espiões se ela estava ou não neles. Mas ele sabia. Sabia em seu coração que ela estava viva.

Keris se inclinou para a frente e apoiou os cotovelos nos joelhos, a coroa escorregando de sua cabeça para cair com um *tum* pesado no chão da carruagem. Ouro cintilava sob o sol, atravessando as janelas, os rubis maridrinianos que a adornavam parecendo gotas de sangue.

Ela consumia seus pensamentos. Dominava seus sonhos a ponto de ele ter que se afogar em vinho para silenciar a voz dela. Superar os olhos dela, que sempre o encaravam com a dor da traição.

Desculpa, ele sussurrou em silêncio, desejando poder dizer isso na cara dela. Mas ela tinha sido clara: não queria vê-lo nunca mais. Depois de tudo que ele havia feito, pelo menos nisso ele poderia honrar a vontade dela. E, ao buscar o futuro pelo qual tinham sonhado, mesmo que isso significasse estar sempre em lados opostos de uma fronteira.

Não havia dúvida em sua mente do primeiro passo que precisava dar como rei de Maridrina.

Levar os vilões à justiça.

A carruagem passou pelos portões do palácio e, relutante, ele pegou a coroa do chão e a colocou de volta na cabeça. A porta se abriu e ele saiu, sem esperar que as carruagens infinitas com suas tias e seus irmãos chegassem para entrar no santuário interno. Havia questões que ele pretendia resolver com seus familiares, pois se recusava a continuar chamando-os de *harém*, mas ficariam para depois. Isso, *isso*, tinha que vir primeiro.

Dax, a barba bem aparada e o uniforme recém-passado, o encontrou ao pé da torre.

— Majestade. — Ele fez uma grande reverência, mas a voz estava cheia de ironia ao acrescentar: — Belo chapéu.

— É terrivelmente pesado. — Keris a tirou quando entraram, pendurando-a no antebraço. — Agora entendo por que meu pai nunca a usava.

— Tomara que vossa majestade carregue o peso da responsabilidade melhor do que o rato desgraçado.

Keris lançou um olhar de esguelha para o capitão de sua guarda pessoal.

— Só o tempo pode dizer, Dax. Só o tempo pode dizer. Alguém foi enviado para buscá-*lo*?

— Sim — Dax respondeu. — Foi tudo feito exatamente como vossa majestade ordenou. — A boca do homem se abriu em um sorriso ferino. — A multidão que vai se reunir para a execução daquele monstro vai ser maior do que a de sua coroação. Vossa majestade poderia fazer deste dia um feriado.

— Vou pensar nisso.

Subiram a escada em espiral da torre, chegando ao último andar, onde outros membros da guarda pessoal de Keris estavam na entrada, a antiga guarda que tinha sido tão leal a seu pai morta em Eranahl ou dispensada com o aviso de não voltarem mais. Um deles abriu a porta e Keris entrou no escritório, examinando o que antes era domínio de seu pai. O lugar de onde ele havia governado de cima como um falso deus.

— Odeio esta sala. — Ele colocou a coroa em cima da mesa, a pele arrepiada com a sensação de que o pai o observava. Que não estava morto e que, quando Keris se virasse, seria para vê-lo entrando pela porta, pronto para colocá-lo em seu lugar.

— A casa é sua — Dax respondeu, sem parecer ter percebido a nota de tensão na voz de Keris. — Redecore.

Keris pensava, porém, que nem se queimasse todos os objetos daquela sala conseguiria apagar a presença do pai. Depois de se servir uma bebida, ele desafivelou a espada do cinto e apoiou a arma na mesa antes de se sentar.

Segundos se passaram, depois minutos, e, embora ele devesse estar ansioso para a doçura do momento iminente, as mãos de Keris estavam úmidas de suor, o estômago embrulhado.

Uma batida soou à porta.

— Mande-o entrar. — Era um pequeno milagre que sua voz estivesse firme, porque seu coração parecia estar ricocheteando nas costelas.

Corvus entrou.

— Majestade. — Ele fez uma grande reverência. — Minhas mais sinceras felicitações por sua coroação. Fiquei triste por tê-la perdido, mas meus passarinhos me contaram todos os detalhes encantadores, incluindo seu discurso. — O mestre de espionagem sorriu, revelando os dentes podres. — Tão inspirador. Os gritos do povo chegaram a mim mesmo no fundo de minha oficina.

O poder é meu agora, Keris se lembrou. *Não dessa criatura*. Mas o lembrete nada fez para acalmar seu nervosismo, nada fez para aliviar a sensação crescente de que mesmo que tivesse a coroa na mão, *não* estava no comando.

— Imagino que saiba por que está aqui?

— Claro. — Serin apontou para a cadeira. — Posso?

Keris deu de ombros, se esforçando para manter a calma no rosto diante da compostura de Serin.

Depois que o velho tinha se sentado na cadeira diante dele, tendo arrumado minuciosamente seus mantos marrons, Keris disse:

— Quando você sair desta sala, vai ser acorrentado, Serin. Vai ser levado para a prisão, onde vai ser mantido sob forte vigilância até a hora de seu julgamento. Um julgamento que vai revelar todos os muitos horrores que causou ao povo de Maridrina a mando do meu pai. Vou, claro, condenar você por todos, quando, então, você será executado.

O sorriso de Serin não vacilou.

— Coralyn ficaria *tão* satisfeita, majestade. Creio que desejava minha morte ainda mais do que a de seu pai, e aqui está você, obtendo as duas.

— Meu pai morreu em batalha. Nas mãos da rainha de Ithicana, segundo os rumores.

Serin bufou com ironia.

— Vossa majestade sempre foi um jogador. Toda sua vida adulta, meus passarinhos o viram se desfazer das aparências de príncipe refinado e intelectual para alçar voo e se misturar às massas, jogando dados e apostando em jogatinas, a adrenalina que sentia valendo os riscos que assumia. — Ele passou a língua nos lábios. — Com isso não foi diferente. Você deu a seu pai um plano perfeito, mas apostou no fracasso dele. Ou, para ser mais preciso, apostou no desejo de sua irmã de se redimir.

Foi a vez de Keris de rir, embora a risada fosse totalmente fingida.

— Você está se deixando levar pela imaginação, Serin. Como eu poderia ter previsto o que aconteceu? Não teria como saber que uma tempestade cairia. Não teria como saber que a rainha ithicaniana estava viva, muito menos em Eranahl, para dar aquele golpe final. Isso foi obra de poderes superiores a mim.

— Esses poderes superiores devem gostar de vossa majestade, pois *tudo* correu como pretendia. — Os olhos remelentos do velho cintilaram.

— Quase tudo, pelo menos.

A pele de Keris se arrepiou e formigou de tensão. Não... não era tensão, era medo. Serin tinha uma carta na manga. Algo que machucaria. Buscou na mente o que poderia ser, porque ele tinha cuidado para que sua família estivesse sob vigilância, com os homens escolhidos a dedo por Dax. Que sua irmãzinha Sara tivesse sido escondida do alcance de qualquer mal. Mas Keris sabia que aquela criatura tinha meios, pois o tinha visto destruir pessoas a vida toda. Ele olhou de relance para Dax.

— Deixe-nos.

O homem hesitou, olhando para Serin como a maioria das pessoas olharia para uma cobra venenosa.

— Majestade...

— Está tudo bem. — Enquanto dizia as palavras, Keris tirou uma faca da bota, colocando-a sobre o colo. — Você não vai tentar me matar, vai, Corvus?

O maxilar de Serin ficou tenso, sempre com ódio daquela alcunha.

— Não, majestade. Tenho ambições maiores do que sua morte.

O sangue de Keris gelou, suor escorrendo por sua espinha enquanto Dax saía da sala.

— Chega de joguinhos, Serin. Meu plano é lhe dar uma morte rápida nas mãos do carrasco, mas, se continuar a testar minha paciência, vou ter que recorrer a minha intenção original, que era pregar seus pés à terra do jardim lá embaixo e dar a minhas tias vários baldes de rochas. Elas gostam de você ainda menos do que eu.

Corvus apenas se recostou na cadeira e riu.

— Não sinto nem temo a dor, majestade. Além disso, sabia, ao vir até aqui, que estava caminhando na direção de minha morte.

— Então por que não fugiu? Melhor do que ninguém, você tem os meios para escapar e continuar escondido.

Serin coçou a barba grisalha rala no queixo, escamas de pele seca caindo como neve para se juntar à coleção que cobria seu manto.

— Verdade, mas é difícil renunciar ao poder depois que você se acostuma e, embora muitos possam desejar viver seus últimos anos em paz, não sou um deles. *Paz* nunca me deu prazer algum e, portanto, vou sempre caminhar na direção oposta desse destino. Por isso, caminhei em sua direção.

Os pensamentos de Keris ficaram acelerados tentando prever a intenção do homem. Tentando prever os planos dele. Mas sua mente não encontrou nada além de pânico crescente.

— Seu pai foi um amo perfeito, pois era um peão perfeito — Serin continuou. — Exceto por uma coisa: o fraco dele por sua mãe. E pela prole dela. — Ele cuspiu no chão. — Apesar de todos os meus protestos de que vocês representariam a derrocada dele, Silas protegeu você e Lara. Enxergou os defeitos de vocês como méritos e, mesmo depois de sua irmã mostrar a verdadeira face, ele se recusou a virar as costas para você.

— Eu tive que assistir meu pai estrangular minha mãe. — Keris não conseguiu conter a raiva na voz. — Então não acho que ele gostasse dela, assim como não gostava de Lara. Nem de mim.

Serin riu baixinho, um som estranho e insano que fez Keris se retrair.

— Não há como negar que seu pai era um homem falho e violento, mas sua mãe foi a única mulher que ele amou. Não foi a desobediência dela ao ir atrás de Lara que o levou a matá-la, mas as coisas que ela disse quando ele a apanhou. A revelação dos *verdadeiros* sentimentos dela por sua majestade, que estavam longe de ser o que ele acreditava. Como o amor logo se transforma em ódio diante da traição. Um sentimento que imagino que Zarrah Anaphora conhece *intimamente*.

Keris não conseguia respirar.

— Achou mesmo que poderia guardar um segredo como esse de mim, majestade? — Serin apoiou os cotovelos em cima da mesa. — Não vou ficar repassando cada uma das inúmeras pequenas pistas, entre as quais uma disposição impressionante para jogar o jogo do qual você fugiu durante toda a sua vida patética. Eu *sabia* que havia algo entre vocês, mas, sem provas, seu pai não me daria ouvidos. Pensei que a vagabunda em Nerastis entregaria algo, mas tudo que ela me disse foi que você não tocava nela e desaparecia durante a noite, voltando horas depois cheirando a *lilás*. Ela achava que você estava visitando uma amante, e um estalajadeiro jurava que um homem com a sua descrição tinha alugado um dos quartos dele na companhia de uma valcottana. O que era persuasivo, mas ainda não era bom o bastante para seu pai.

O mundo ao redor de Keris entrou e saiu de foco, mas o monstro maldito não tinha acabado.

— Cheguei à conclusão de que nada além de pegá-lo no flagra, o que desconfio que nosso querido Otis tenha feito, o condenaria aos olhos de seu pai. Que nem mesmo o flagrar na cama de Zarrah poderia ser suficiente, pois ele gostava de sua rebeldia, sempre acreditando que isso um dia o guiaria ao propósito que ele vislumbrava para vossa majestade. Vi que eu estava destinado a assistir sua ascensão e perder meu poder para seu *idealismo* e, por isso, resolvi torná-lo impotente no sentido que mais importava.

Mate-o! Silencie-o! Keris apertou a faca com mais força, porque não poderia permitir que isso vazasse. Não poderia permitir que Serin revelasse a verdade, não porque isso o condenaria.

Mas porque condenaria Zarrah.

Ele saltou por sobre a mesa, a faca na direção da garganta de Corvus, mas as palavras de Serin o paralisaram.

— Se me matar, você também a condena. Se eu morrer, meus passarinhos têm ordens para divulgar os detalhes deste caso de amor tórrido.

Merda, merda, merda. Keris soltou a frente dos mantos de Serin.

— O que você quer?

Corvus soltou uma risada baixa e estranha.

— Meus passarinhos sussurraram seu discurso em meus ouvidos, Keris. Disseram que você jurou *proteger aqueles que precisam de proteção e levar à justiça os vilões que os vitimam.* — A gargalhada de Serin ficou estrepitosa, absolutamente desprovida de sanidade. — Se seu intuito era proteger Zarrah, deveria tê-la mandado para muito, muito longe, mas, em vez disso, a mandou de volta aos braços da maior vilã que já conheci.

Deus do céu, o que foi que eu fiz?

— Apesar de todos os defeitos dele, seu pai amava você. Protegia você. E creio que, mesmo se eu revelasse essa verdade para o povo, eles o perdoariam, Keris, porque querem o que você prometeu. Mas Petra? Petra não ama. Petra não *sente*. E eu e Petra temos uma relação que remonta há muitos anos, quando ela deu a meus passarinhos a notícia de que a irmã dela, a verdadeira e legítima herdeira de Valcotta, estava hospedada, quase sem proteção, numa casa de campo perto da fronteira. Eu, em resposta, sussurrei essa informação nos ouvidos de seu pai.

Keris prendeu a respiração, o horror gelando suas veias. A imperatriz tinha planejado o assassinato da própria irmã. Da mãe de Zarrah.

— Para fincar a faca ainda mais fundo, Petra acolheu a sobrinha e a criou ao contrário de *tudo* em que a mãe dela acreditava. — Ele sorriu. — O que exatamente você pensa que Petra vai fazer com Zarrah quando descobrir que a herdeira não era apenas *amante* de seu inimigo mortal, mas que também arruinou a única chance que ela tinha de destruir Maridrina? Porque, se eu morrer, Petra *vai* ficar sabendo que Zarrah traiu os planos dela. Isso eu te garanto. Meus passarinhos são leais apenas a mim.

Keris sentiu pânico nas veias, tudo luminoso demais, ruidoso demais.

— Diga seu preço, Serin. O que você quer?

Porque não havia nada que ele não daria para impedir isso. Inclusive manter esse monstro vivo e a seu lado.

— A única coisa que quero — Serin se levantou — é ver sua cara quando entender que perdeu o jogo, Keris. Quando entender que perdeu o jogo para *mim*.

Então ele se lançou à frente.

Não na direção de Keris, mas das janelas que cercavam a torre, o vidro estourando quando ele se lançou contra a superfície transparente.

Keris se jogou atrás dele para a sacada, a mão estendida.

Mas, de novo, chegou tarde demais.

Serin pulou por sobre a grade e caiu, um grito desvairado enchendo o ar. Mas, quando Keris se apoiou na grade e olhou para baixo, foi para ver o Corvus sorrindo para ele. Sorrindo, até o momento em que acertou as pedras do calçamento lá embaixo.

Tum.

87
ZARRAH

— Guerreamos contra o inimigo errado — foi a resposta de sua tia quando Zarrah voltara a Pyrinat. — Pensei que meu adversário era Silas, mas era o filho dele. Não vou cometer o mesmo erro da próxima vez.

Próxima vez. As palavras assombraram Zarrah enquanto ouvia a tia dar ordens não para que Zarrah fosse castigada por sua escolha de ajudar Aren em Guarda Sul, mas para que fizessem uma celebração em sua homenagem.

— Que fique claro que minha sobrinha e herdeira é responsável por tirar a ponte das mãos de Maridrina — ela declarou. — Sem os atos dela e o alerta que nos deu, o exército ithicaniano nunca teria chegado a Eranahl a tempo de rechaçar o rei Rato e sua frota.

Uma mentira total e completa. Por causa de Keris, sua chance de se redimir e recuperar a honra de seu nome tinha sido roubada dela, a vitória conquistada pelas mãos dos ithicanianos e pelas mãos da rainha deles. O que talvez tivesse acontecido da maneira certa.

Silas estava morto. Ithicana estava livre. E a Guerra Infinita entre Maridrina e Valcotta estava, de novo, em um impasse, tudo por causa do que Keris havia feito. Ela ainda não conseguia perdoá-lo. Não conseguia renunciar à raiva pela traição dele. Mas também não conseguia renunciar a *ele.*

Os sonhos de Zarrah eram assombrados pelo rosto dele. Pela voz dele. Pelo toque dele.

Ela o amava na mesma medida em que o odiava, e as emoções guerreavam dentro dela, sem dar paz a Zarrah.

E isso devia fazer sentido, considerando que a paz entre Maridrina e Valcotta não estava no horizonte próximo. Não quando a obsessão da tia pelo novo adversário crescia a cada dia. Keris tinha lhe negado a vitória e ferido seu orgulho, e o resultado era um ódio que fazia a animosidade que ela alimentara a vida toda contra Silas parecer insignificante.

Era assustador, porque o que a imperatriz queria não era a morte dele: ela queria Keris destruído.

— Todo mundo tem uma fraqueza! — a tia gritou enquanto andava a passos duros pelo quarto, pedaços de papel detalhando tudo que os espiões tinham conseguido descobrir sobre Keris caindo ao chão. — Precisamos encontrar a dele.

Uma Guerra Sem Fim entre imperatrizes e reis. Uma guerra de orgulho e avareza. Uma guerra na qual pessoas não passavam de peões num tabuleiro, usados e descartados sem qualquer consideração além de atingirem o propósito do jogador. E, por mais esforços que Zarrah dedicasse a guiar a tia a objetivos diferentes e um propósito maior, eles não davam em nada. Porque, para a imperatriz, Zarrah era um peão assim como todos os outros.

— Deveríamos enviar um emissário para Ithicana — Zarrah repetiu. — Reafirmar nossa boa vontade, não?

A tia dela não respondeu, com toda a atenção voltada para um relatório que detalhava os planos para a coroação iminente de Keris.

— Isso aqui não me diz nada! — Ela o jogou de lado. — Por que ninguém sabe nada sobre esse homem? Preciso entender a forma como ele pensa e vocês ficam me dando detalhes dos jantares e da decoração! O que Keris Veliant quer?

— Paz. — A palavra escapou dos lábios de Zarrah, e ela se arrependeu disso no mesmo instante quando a tia se voltou para ela.

— O que a leva a dizer isso?

— As ações dele. — Zarrah pegou um relatório caído. — Ele deixou claro que não quer a ponte e pretende retirar o que resta de seus soldados de Ithicana.

— Tudo que isso prova é que ele é mais inteligente do que o pai; aquela estrutura é uma maldição!

— Bermin disse que não houve nenhuma invasão pela fronteira — Zarrah persistiu. — E não por falta de efetivos, pois a guarnição deles está cheia. Em vez disso, decidiram investir em defesa e em reconstruir a metade deles da cidade.

— Está só protelando enquanto Maridrina lambe suas feridas. — A tia pegou um copo, entornando o que havia dentro, encarando o relatório. — Diz aqui que ele não vai seguir a tradição maridriniana de se casar com o harém do pai. Mas tampouco vai expulsá-las do palácio. O que você acha disso, garota? Viveu com eles por meses, mas não está me dando muita informação.

O peito de Zarrah se apertou.

— Acredito que o afeto dele por elas é platônico.

A imperatriz bufou.

— Uma aversão a ir para a cama com elas não é motivo para correr o risco de enfurecer o povo rejeitando a tradição. Tem mais alguma coisa acontecendo. — Ela apontou para um dos mestres de espionagem. — Descubra mais sobre as motivações deste homem.

O espião fez uma reverência e saiu, mas, na sequência, entrou um criado carregando uma bandeja. Nela havia um tubo esmaltado que carregava o selo real maridriniano. O coração de Zarrah palpitou com a visão, se perguntando que mensagem Keris poderia ter enviado à tia.

A imperatriz claramente se perguntou o mesmo, pois pegou o tubo e tirou um maço grosso de papel, a testa se franzindo enquanto se sentava para ler.

Sentido o coração bater forte, Zarrah esperou em silêncio.

Segundos se passaram. Minutos. Depois do que parecia uma eternidade, a tia colocou as páginas sobre a mesa com o olhar distante. A voz dela estava rouca ao dizer:

— Você é igualzinha à sua mãe.

Zarrah ficou imóvel, a pele arrepiada.

— Como assim, titia?

O lábio da imperatriz se curvou, o nariz se franzindo como se cheirasse algo podre.

— Apesar de tudo que dei a você, tudo que fiz por você, você tomou o partido dela. — Ela virou a cabeça, os olhos que encararam os de Zarrah cheios de fúria fria. — Duas vagabundas.

Um calafrio percorreu a espinha de Zarrah.

— Como é?

— Você levou um rato para a cama. — A tia deu um passo na direção dela, que deu um passo para trás por instinto. — O que seria imperdoável por si só, mas também resolveu contar meus segredos para ele. Traiu sua imperatriz e sua nação por causa de um amante.

— Isso é loucura, titia. — Ela não conseguiu evitar que a voz falhasse. — Quem está contando essas mentiras para a senhora?

— É você quem está mentindo!

O golpe veio rápido e certeiro, um soco da tia em sua bochecha que a lançou para trás. Zarrah cambaleou, se equilibrando em uma mesa.

— Você foi amante de Keris Veliant. — A imperatriz avançou na direção dela. — Não apenas enquanto era *prisioneira* dele, mas antes. *Depois*.

— Pergunto de novo — Zarrah ergueu o queixo —, quem contou essas mentiras para a senhora?

— Corvus.

A tia jogou as páginas na cara dela. Zarrah pegou algumas delas, passando os olhos pela caligrafia sinuosa expondo todos os pequenos detalhes comprometedores. Uma centena de coincidências que, juntas, sussurravam uma verdade que apenas um tolo negaria. Mas, por Keris, e por ela própria, ela precisava tentar.

— Serin é um mentiroso.

— Não para mim. — A tia de Zarrah curvou o pescoço, uma expressão que a fazia querer fugir. Se esconder. Porque não apenas o que a encarava de volta era desconhecido e estranho, mas porque quase nem era humano. — Somos adversários de longa data, e há uma confiança que nasce disso. É um horror que eu possa depositar mais confiança nas palavras de um mestre de espionagem maridriniano do que em meu próprio sangue. Minha herdeira escolhida.

— Titia...

— Shh, minha querida. — A imperatriz encostou dois dedos nos lábios de Zarrah, as unhas se cravando com tanta força que sangue escorreu em sua boca. — Não contei a ninguém além de você sobre meus planos para Vencia. Disse para você não contar para ninguém até que estivesse em alto-mar. Mas o principezinho entregou meus planos para o pai de uma forma que *só* podem ter saído de seus lábios. Você me traiu. Traiu Valcotta.

— Eu não traí Valcotta.

Num piscar de olhos, uma faca estava na mão da tia, encostada ao pescoço de Zarrah.

— Minta para mim de novo, minha querida, e vai se esvair em sangue neste piso. E vou dar seu cadáver para os cachorros comerem.

Uma morte digna de um traidor.

De nada adiantava negar. Mas talvez a verdade pudesse fazer algum bem.

— Posso ter traído sua confiança, mas não traí Valcotta, titia. A senhora aspirava uma escalada da guerra e um ataque que causaria a morte de inúmeros inocentes. E por quê? O que ganharia atacando Vencia além do prazer perverso da carnificina?

— Vingança. — A tia dela a encarou sem piscar. — Eles mataram a sua mãe, Zarrah. O principezinho é tão agradável entre os lençóis que você se esqueceu disso? Esqueceu quem cortou a cabeça dela e pendurou o corpo para apodrecer e pingar sobre você por dias?

Ouvir isso doeu, mas não como havia doído no passado.

— Não esqueci. Mas, ao contrário da senhora, lembro que foi Silas quem matou minha mãe, não Maridrina. E Silas está morto.

— Não por inteiro. Está desonrando a memória de sua mãe por não extinguir a linhagem dele.

— Keris é... — Ela estava prestes a dizer que ele era completamente diferente do pai, mas não era bem verdade. Silas tinha deixado a marca no filho. — Ele não é o pai. Ele quer paz, titia. A Guerra Sem Fim pode acabar. Podemos parar de lutar. Podemos ter paz se ao menos a senhora desistisse dessa... dessa busca fanática por orgulho e vingança. Valcotta vai ser melhor por isso.

Silêncio.

Sangue pingou lentamente de seus lábios em sua boca, mas Zarrah mal sentiu o ardor enquanto olhava no fundo dos olhos da mulher que havia salvado sua vida. Que a havia trazido de volta da beira da morte. Que a havia tornado forte. Pela primeira vez, viu que havia algo *errado* com a tia. Algo faltando. E essa falta assegurava que a imperatriz nunca fosse entender o futuro que Zarrah sonhava para Valcotta.

— Era para você ser minha, querida. Era para você ser quem daria continuidade a meu legado. Que se certificaria de que minha vontade perduraria. Mas você ainda é dela. Ou, ainda pior — ela disse com fúria —, é *dele*.

Zarrah ergueu o queixo.

— Não pertenço a ninguém além de mim mesma.

E ela honraria o próprio nome até o fim.

A imperatriz riu, e a brutalidade do som gelou o sangue de Zarrah.

A tia a atacou.

O cabo da faca da imperatriz acertou a têmpora de Zarrah, que caiu de joelhos, atordoada. Um pé a atingiu no estômago, fazendo-a cair de lado. O mundo girou e Zarrah tentou se levantar, mas outro golpe acertou seu estômago, fazendo-a rolar para cima. Depois outro e outro, cada um acertando sua barriga mais fundo, agonia atravessando seu corpo.

Se deixar que ela a mate, isso nunca vai terminar, uma voz sussurrou no fundo de seus pensamentos. *Se deixar que ela a mate, ela vai travar guerra contra Keris.*

Ela precisava lutar.

Zarrah rolou, apanhando o tornozelo da imperatriz e puxando-a para baixo. Ela caiu com estrépito, e Zarrah subiu em cima dela num piscar de olhos. Embora sua tia tivesse experiência e habilidade, a juventude e a força ainda valiam de alguma coisa enquanto Zarrah a imobilizava.

— Isso não pode continuar. — Ela cuspiu sangue no piso. — Precisa acabar.

A imperatriz gargalhou.

— A guerra nunca vai terminar.

E aquilo era verdade. Sob o reinado de sua tia, nada nunca mudaria. E a chance de Zarrah a influenciar tinha sido erradicada, se é que tinha existido.

Restava apenas uma opção.

Mesmo se fosse executada por isso, Zarrah tinha a esperança de que Bermin seria melhor, pois ao menos seu primo ainda possuía humanidade.

Enquanto aquela criatura era inteiramente desprovida de tal qualidade.

Zarrah fechou as mãos sobre a garganta da tia e apertou, silenciando a gargalhada.

E deixando pânico em seu lugar.

Os olhos de sua tia se arregalaram e ela se contorceu e se debateu embaixo de Zarrah. Mas a imperatriz tinha ensinado a Zarrah todos os truques que conhecia. E Zarrah se aproveitou desse conhecimento enquanto apertava ainda mais forte.

O rosto da tia ficou roxo, os olhos arregalados e frenéticos, e Zarrah assistiu enquanto ela perdia a consciência. Lágrimas escorreram pelas bochechas dela, mas Zarrah não soltou.

Até que a força de um aríete acertou suas costelas.

Todo o ar se esvaiu dos pulmões de Zarrah, a cabeça acertando o piso, e ela conseguiu distinguir vagamente o rosto de Welran acima de si. Botas acertaram o piso enquanto guardas entravam, vários se movendo para ajudar o guarda-costas da tia a conter Zarrah.

A voz da imperatriz, baixa e estrangulada, disse:

— Ela tentou me matar. É uma traidora. Uma traidora maldita que foi para a cama com Maridrina. Prendam-na! Sob acusação de traição.

O mundo entrou e saiu de foco, mas Zarrah se forçou a se centrar na imperatriz.

— Sim, titia. Prenda-me. Me acuse de traição e me dê um *julgamento*. — Porque era isso que a lei exigia, e Zarrah estava preparada para garantir que *todos* em Pyrinat e em Valcotta soubessem o que ela tinha a dizer sobre a governante deles.

A imperatriz estava trêmula, Welran tendo se deslocado para apoiá-la, mas era uma fraqueza falsa. Pois os olhos que encaravam Zarrah em resposta não expressavam *nada* além de fúria.

— Não, minha querida. Não haverá julgamento para você. Nem execução. Pelo que você fez, precisa ir para a Ilha do Diabo.

Horror encheu o peito de Zarrah e, na sequência, veio um terror diferente de tudo que ela já havia sentido, bile subindo por sua garganta, porque ser enviada àquela ilha era ser enviada ao inferno na terra.

— Não, titia. Por favor, por favor, não me mande para lá!

— Se não conseguia enfrentar as consequências, não deveria ter me traído.

Mas traição significava execução, não *aquele* lugar.

— Então resolva isso e me mate. Por favor.

A imperatriz se limitou a abrir um sorriso frio.

— Coloquem algemas nela. E uma mordaça. Deixem suas palavras traiçoeiras para os que a receberão na costa da Ilha do Diabo.

88
KERIS

O boato de que ele havia matado Serin a sangue frio atravessou Vencia como um maremoto, repetido de novo e de novo até todos jurarem que era verdade. E embora ninguém chorasse pela perda do mestre de espionagem de Maridrina, o conhecimento de que seu novo rei o havia matado a sangue frio mudava tudo.

Não havia mais celebrações. Não havia mais canções. E Keris sentia uma desconfiança nos olhos do povo quando passava por eles, que não tinham mais tanta certeza de que ele seria o portador da mudança.

Não tinham mais certeza de que nada fosse mudar.

Embora, na verdade, ele pouco se importava. Apenas seguia seu reinado mecanicamente, a mente consumida por pesadelos diurnos do que a imperatriz faria quando descobrisse a verdade. Ele tinha pensado em fechar os portões da cidade. Trancar todos dentro até encontrar uma forma de deter os mensageiros de Serin.

Entretanto, sabia que era tarde demais.

Serin tinha colocado tudo em marcha muito antes de se matar, provavelmente assim que soube que o pai de Keris estava morto. E nem o navio mais veloz nem o cavalo mais rápido levariam Keris a Pyrinat a tempo de salvar Zarrah da verdade.

Em vez disso, portanto, ele se forçou a seguir em frente. A começar as negociações com Ithicana pelo retorno dos prisioneiros maridrinianos. Colocar as coisas em ordem em todos os sentidos possíveis, porque, assim que os espiões trouxessem a informação sobre o destino dela, ele estaria acabado. Havia certas mágoas que nenhum coração poderia suportar, muito menos o dele.

Os passarinhos de Serin agiam rápido, embora, se isso era uma bênção ou uma maldição, Keris não sabia dizer.

— Notícias de Valcotta. — Dax disse, entregando a Keris uma folha de papel dobrada antes de sair da sala.

Keris inspirou fundo, depois se apoiou na cadeira e entornou o conteúdo do copo enquanto encarava o papel que havia colocado em cima de sua mesa. Devagar, pegou uma faca, a ponta afiada reluzindo, e a encostou no papel.

Por favor, que tenha sido rápido, ele rezou em silêncio. *Por favor, que ela não tenha sofrido.*

Então desdobrou o papel, os olhos perpassando as palavras. Viu que Zarrah tinha atacado a imperatriz por motivos que não tinham sido comunicados. Mas, em vez de um relato de sua execução, ele viu algo que gelou seu sangue.

Zarrah Anaphora foi enviada à Ilha do Diabo.

— Não. Não, não, não.

A Ilha do Diabo era a prisão mais cruel de Valcotta. Uma ilha pequena e rochosa no meio das águas geladas do extremo sul para onde eram enviados apenas os piores criminosos da nação. Homens e mulheres tão vis que diziam que o próprio inferno os havia cuspido e se recusado a recebê-los de volta.

E a imperatriz tinha entregado Zarrah a eles.

Keris se levantou, o copo caindo de suas mãos para se espatifar no chão, mas ele mal notou.

Precisava tirá-la de lá.

A Ilha do Diabo, no entanto, era impenetrável, a única rota sendo por uma única doca, o resto das falésias da ilha cercados por mares frios e violentos. Embarcações valcottanas patrulhavam o perímetro constantemente, com arqueiros armados e prontos para atirar em quem quer que chegasse até aquelas águas.

Ninguém, ninguém, nunca havia escapado.

Pense, Keris, ele gritou consigo mesmo em silêncio. *Pense numa maneira de resgatá-la.*

Os olhos do rei se voltaram para a carta que descrevia os termos que Aren havia imposto para que ele recuperasse os soldados aprisionados. Ao lado, um relatório de espionagem que tinha vindo dos harendellianos de que Aren tinha declarado Lara como a legítima rainha de Ithicana.

Uma ilha impenetrável. Uma missão impossível.

Foi até a porta, abrindo-a.

— Faça os preparativos para um navio. Quero velejar na próxima maré.

Dax ergueu uma sobrancelha.

— E para onde vossa majestade pretende velejar?

Keris virou, olhando pela janela da torre para o mar e a bruma distante que cobria Ithicana.

— Velejaremos para a ilha de Eranahl.

Ele não pararia até ter feito tudo que estava ao seu alcance para libertar Zarrah. Não se importava se Maridrina inteira se voltasse contra ele, se fosse para libertá-la do pior lugar na face da Terra.

— Eranahl, majestade? Acha prudente entrar em Ithicana?

Prudente não era, nem um pouco. Poderia até ser fatal. Mas ele não teria como resgatar Zarrah sem ajuda.

Estava na hora de ter uma conversa com Lara.

ESTA OBRA FOI COMPOSTA POR VANESSA LIMA EM BEMBO
E IMPRESSA EM OFSETE PELA LIS GRÁFICA SOBRE PAPEL PÓLEN NATURAL
DA SUZANO S.A. PARA A EDITORA SCHWARCZ EM SETEMBRO DE 2024

A marca FSC® é a garantia de que a madeira utilizada na fabricação do papel deste livro provém de florestas que foram gerenciadas de maneira ambientalmente correta, socialmente justa e economicamente viável, além de outras fontes de origem controlada.